中国文学を
つまみ食い

『詩経』から『三体』まで

武田　雅哉
加部勇一郎 編著
田村　容子

シリーズ
世界の文学をひらく 4

ミネルヴァ書房

はじめに
──そそられたものから，どうぞ──

　すこし昔の日本人が読みふけっていた「中国文学」のなかには，いまはほとんど読まれていないような
ものがあります。たとえば，本書の「中華民国の文学の流れ」や「1949年以降の文学の流れ」で紹介され
ているものがそうですが，いわゆる現代文学に属するものです。中国現代文学の作家といえば，だれもが
知っていた，そして教科書に載るような魯迅でさえ，若い人たちのなかには，名前を知っている人は少な
くなりました。大学生に，中国の文学者の名前を挙げよ，とアンケートをとれば，李白や杜甫など，古代
の詩人の名前はかろうじて出てくるかもしれませんが，近現代となると絶望的です。小説なら『水滸伝』
や『西遊記』をちゃんと読んだ人も，100人に1人いるかどうか。かつてはゲームなどから『三国志』には
まり，読んでみたという学生もいましたが，そんな『三国志』好きが，それゆえに中国文学を専攻しよう
などという殊勝なケースも，いまや希少なものとなりました。

　いっぽうで，中国文学には関心がなかったような人から，こんな声も届きます。──「『三体』とかいう
SFが流行っているようだね」。あるいは「華文ミステリがおもしろいそうだね」。SFもミステリも，ほん
の少し前までは，「中国にそんなものがあるの？」と首をかしげられていたジャンルです。これから書か
れる中国文学史で，これらがどのように記述されるのかは，たいへん興味深いところです。

　本書の第Ⅰ部は，「主菜──作者と作品」と題して，作者もしくは作品の紹介を，おおむね古いほう
から並べてみました。いく千年にもわたる膨大な作品の山から，なにを紹介しようかという選択の作業は，
非常に頭を悩ませるものでした。つきつめていけば，「中国」の定義をしなければならないわけですから。
だれもが納得するセレクションなどは最初からあきらめ，あの作品やこの作家が入っていないことへの非
難に対する，これまたいつ果てるとも知れない言い訳も，いさぎよく放棄することにしました。

　こうした苦渋の果てに選ばれた，中国文学の作品群は，どうぞ中華料理に見立ててください。美食家あ
り，また悪食家ありの執筆陣が，それぞれのお勧め料理として，その美味しいところを，食材から，味つ
けから，料理法から，さらには秘密の食べ方まで，読者の皆さんにつまみ食いしていただくべく，解説し
ています。

　中国の歴史を，どこで時代区分すべきかという問題は，これまた突き詰めると，たいへんめんどうなこ
とになるので，なんとなく五つに分けておきました。もともと断絶などしていない，永遠につながってい
るはずの時間の流れですので，まったく無関係に断ち切れているわけではありません。あくまでも便宜上
の区分であるとお考えください。そうして分けた各時代の冒頭には，その時代の流れを簡単になぞった文
を添えておきました。前菜，または食前酒としてください。

　第Ⅱ部では，個々の作品や作家ではなく，中国の文学全体を「ある視点」で見たらどう見えるのか，「あ
る切り口」で切ったらどのような断面が浮かび出てくるのか，といった，さまざまな読み方の提案をさせ
ていただきます。視点や切り口によって，時代を超えた作品群が集結するかもしれません。どんと大皿で
来る料理ではないが，気分次第で，道端で立ち食いをする小吃をつまむような気分で読んでいただければ
と存じます。題して「小吃──中国文学への多様なアプローチ」。

一「何語で書くか，何文字で書くか」は，そもそも中国文学の範疇は？という大問題ともかかわります。たとえば中華人民共和国という国家の版図の内で営まれている文学を中国文学と呼んでよいのであれば，それらは，ひとり中国語で書かれたものにとどまりません。多くの少数民族を擁したこの大国では，さまざまな言語と文字で書かれた文学作品が読まれているからです。また，中国語で書かれた作品を中国文学と呼ぶことに異論がないとすれば，そのような文学作品が綴られているのは，中華人民共和国や中華民国（台湾）にかぎりません。このようなことを考えてみると，中国文学なる概念は，なにやら複雑なグラデーションを伴った，明確な境界線を引くことのできない，妖怪じみたものであり，これを定義することは，いよいよ困難なものとなることがおわかりでしょう。

そのような言語の問題ばかりではありません。古来，中国は，たいへん豊かなヴィジュアル文化を構築してきました。必ずしも識字率が高かったわけではない近代以前の中国においては，文字の読めない人びとも，おびただしい物語を，目玉や耳を通して堪能してきました。文学作品が，昔も今も，漢字が印刷された書物を通してのみ享受されているわけではないことは，二「ヴィジュアルとのコラボレーション」や，三「さまざまなジャンルと形態」で，ご理解ください。また，紀元前に始まる歴史をもつ中国文学は，世界のさまざまな文化圏によって発見され，享受され，また他者に影響を与えてもきました。四「世界から見た中国文学」では，外から見た中国文学，他者にとっての中国文学という視点を駆使した冒険をしてみましょう。

また，中国の文学作品に，不思議な味つけをしてくれている，一癖ありそうな人物を何人か厳選し，「コラム」としてご紹介しました。この本では，本文にあらわれるいくつかの事項のかたわらに，矢印（⇨）と関連する項目の場所を明記し，クロス・リファレンスができるようになっています。

この本の執筆者は，全員が，研究や翻訳など，なんらかの形で中国文学にかかわっています。研究者というものは，時代やジャンル，作品や作家など，それぞれが専門とする分野やテーマをもっています。この本では，ある作品を，それを専門とするかたに書いていただいたものもあれば，「好きだから」「ファンだから」という理由で書いていただいたものもあります。作品の研究状況を解説してもらうよりは，それを読んでおもしろいと思った時の感動や驚きを，特に若い世代の読者にも体験してほしいというのが，この本の趣旨です。そのような考えに賛同し，貴重な時間を割いて原稿を書いてくださった執筆者のみなさんには，心より感謝もうしあげます。また，『中国文化　55のキーワード』につづいて，編集をご担当いただいたミネルヴァ書房の河野菜穂さんにも，この場を借りてお礼もうしあげます。

編者代表　武田雅哉

目　次

はじめに——そそられたものから，どうぞ
地　図

第Ⅰ部　主菜（メインディッシュ）——作者と作品

第Ⅱ部　小　吃（スナック）――中国文学への多様なアプローチ

地　図

★左の枠内には，本書に登場する地名が列挙してある。丸番号のついた地名がどの
　あたりに位置するかは，それらを大まかに示した右の地図を参照されたし。
　ただし紙面の都合上，網羅的ではない。

◎北京・上海・天津・重慶（夔州）
○黒竜江／①ハルビン（呼蘭）
○河北／②張家口
○山西／③臨汾・④永済
○陝西／⑤延安（保安）・⑥西安（長安）
○山東／⑦済南・⑧濰坊・⑨青島・⑩曲阜
○河南／⑪開封・⑫周口（陳州）
○江蘇／⑬連雲港・⑭揚州（高郵）・⑮鎮江（丹徒）・⑯南京・⑰常州・
　⑱無錫・⑲蘇州
○浙江／⑳湖州（烏程）・㉑嘉興（烏鎮・海寧）・㉒杭州・㉓紹興・
　㉔金華（蘭渓）・㉕寧波
○湖北／㉖神農架・㉗武漢・㉘黄岡（黄州・黄梅）
○湖南／㉙湘西・㉚岳陽・㉛永州
○江西／㉜九江
○福建／㉝厦門
○広東／㉞広州・㉟恵州
㊱香港・マカオ
○広西／㊲柳州
○四川／㊳成都・㊴眉山
○新疆ウイグル／㊵ウルムチ
○雲南／㊶昆明
○チベット
○内モンゴル
○安徽
○青海
○海南島
○台湾／㊷台北・㊸台南

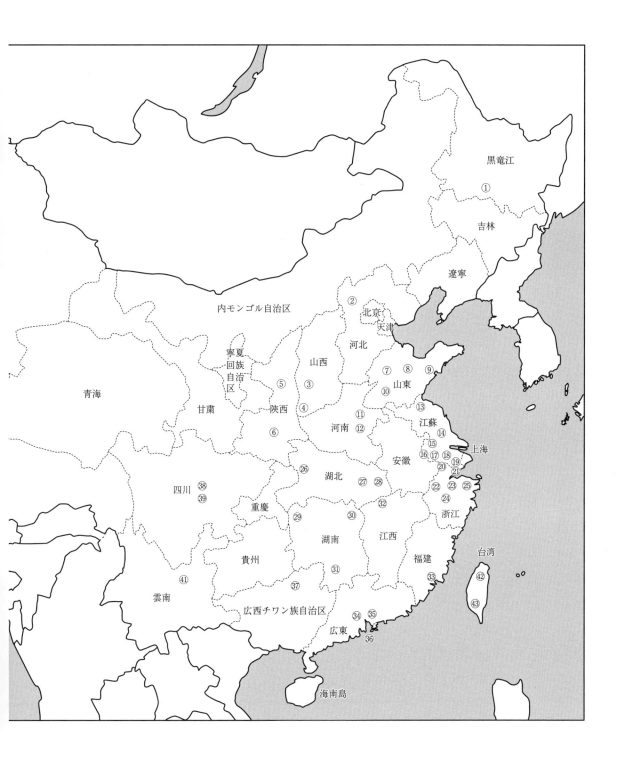

黒竜江
① 吉林
遼寧
内モンゴル自治区
② 北京
天津
河北
寧夏回族自治区
山西
青海
甘粛
陝西
⑤ ③
④
⑥
⑦ ⑧ ⑨
山東
⑩
⑬
江蘇
河南
⑪ ⑫
⑭
⑮
安徽
⑯⑰⑱
上海
⑲
⑳㉑
四川
㊳
㊴
重慶
湖北
㉖
㉗㉘
㉒㉓㉕
㉔
浙江
江西
雲南
㊶
貴州
湖南
㉙
㉚
㉛
㊲
福建
㉝
広西チワン族自治区
広東
㉞ ㉟
㊱
㉜
台湾
㊷
㊸
海南島

第 **I** 部

主　菜　メインディッシュ

作者と作品

一　先秦・漢魏六朝

先秦・漢魏六朝の文学の流れ

▶1　関羽が『春秋左氏伝』
を愛読したという伝承があ
る。これは歴史書『三国
志』の注に引用されている
「江表伝」に由来するが,
関羽が『左伝』を手にして
いる絵画や塑造は,いまで
もよく目にする（図1）。
だが,『左伝』は大部の書
物である。これを読み始め
たところが,最初の「隠公
伝」で力尽きてやめてしま
うことを「隠公左伝」とい
う。わが国の「桐壺源氏」
に近い。

**図1　『左伝』を愛読する関
羽を描いたポスター**
（『1996　年画縮様』安徽美術出
版社,1996年）

1 中国文学の黎明

　中国の歴史年表では,紀元前1700年ころに殷王朝が始まる。紀元前1500年こ
ろには,現在の四川省で高度な文明が繁栄していたらしい。紀元前1100年ころ
には殷が滅び,周王朝が始まる。さまざまな場で大気を揺るがしていたであろ
う「声」の文化は,やがて原初の文字が作られ,漢字という記録の道具が完備
されるにおよび,「文字」の文化として後世に伝えられることとなった。われ
われが「中国文学」と呼んでいるものの,はじまりである。

　先秦──秦による統一以前には,声の文学が文字に,かなり様相を変えながら
も書き写され,『詩経』や『楚辞』として伝えられた。『尚書』や『春秋』の
ような政治や歴史を扱った散文も作られる。戦国時代には,『論語』をはじめ
諸子百家と呼ばれる思想家たちの言行録が編まれた。かれらは為政者に寓話を
説いて悟らせるという方法を得意としたせいか,これらには,笑い話のネタが
盛りだくさんだ。魯国の史書『春秋』は孔子の作であると伝えられたが,その
注釈書『春秋左氏伝』（『左伝』）は,儒教経典として珍重されたばかりでなく,
語り物に由来する描写の妙から,『春秋』を継いだ『戦国策』とともに,虚実な
いまぜの物語性に富んだ散文として,広く味読された。

　漢代には,楚辞から発展した賦が好んで作られ,賈誼,司馬相如,楊雄など
が活躍した。散文においては,司馬遷の『史記』が現われた。個々の人間の人生
と事件にまつわる物語的記述を中心にした「紀伝体」と呼ばれる方式は,その後
の歴史記述の手本となり,のちの明清時期の通俗小説にも多くの材料を与えた。

2 政治と文学の関係のはじまり

⇨Ⅰ-三-24

　後漢が滅び,魏王朝のあるじ曹操,曹丕,曹植らは,いずれも文学創作に携
わり,また文学者とも親しく交わり,かれらを優遇した。曹丕は,その『典論』
「論文」において,「文章は経国の大業,不朽の盛事なり」と綴っている。文章
こそは,国を治めるための大事業であり,永遠に朽ちることのない大いなる事
業である,というのである。曹丕の言う「文章」とは,文学全般のことではな
く,王朝の正当化に資するという意味での,理想的な「文章」を指すのであろ
う。いかにも天子らしい宣言である。20世紀,毛沢東は詞をつくり,人びとは
これにメロディをつけて,社会主義王朝の弥栄を謳歌した。曹丕の文章経国論

は，のちのちまで，為政者と文学者とが切っても切れない関係を結んでいるという中国文学史の常態を，的確に暗示しているのである。

３ 文芸批評の誕生——あるいは「文人，相軽んず」の黎明

この時期には，漢代につづいて辞賦が作られ，修辞に徹した駢文が起こり，さらに，民間に由来する五言詩の発展を見た。多くの詩人が輩出し，各時代，各地域ごとに文学サロンが形成され，隆盛した。6世紀には，『文選』という六朝期最大の詩文集が編まれたほか，宮体と呼ばれる艶冶な五言詩を集めた『玉台新詠』が編まれる。また，文学評論としては，南朝梁の劉勰『文心雕龍』，梁の鍾嶸『詩品』が作られた。『詩品』は，漢から梁までの百人ほどの詩人を「上中下」に品付けしたもので，後世，その評価に対するさらなる評価を生み，文芸批評を活性化させる材料ともなった。たとえば『詩品』は陶淵明を「中品」にランクしているが，その是非をめぐり，議論百出とあいなった。先ほど引いた曹丕の『典論』「論文」には，われわれもよく耳にする「文人，相軽んず」ということばも見えている。罵りあいという，文学批評のひとつの様式が，古くから意識されていたことがうかがえよう。

４ 小説の誕生

人類が事件を記録する手段を獲得してから，その対象が，ことさら不思議なことに向かっていたのは，想像にかたくない。六朝期には，常識の一線を越えた事象や人物について書き残しておくという伝統が，志怪小説（怪異を志す）や
⇨I―――6
志人小説（人物を志す）として，スタイルを確立し，現代に至るまで継承されて
⇨I―――7
いる。これらはあくまでも実話の記述であるとされるが，かれらの筆が，虚構を綴ることへの抗しがたい誘惑を克服できたとは，断言はできないだろう。

５ 神話が見えてくる世界

⇨I-5-60
中国文学の草創期にあたるこの時期の作品は，多かれ少なかれ，中国の神話世界をかいま見るための断片的な証言を含んでいる。その神話世界は，文字によるものよりも，ヴィジュアルの要素の大きいものであっただろう。もろい素材に書かれたものは風化し，墓室の内壁に造形された画像石や画像磚などは，現代に残された。文字に書かれたものと絵画に描かれたものは，もともと相互補完的に機能していたと思われるが，幾星霜の月日を経ることで，さながら完成されたジグソーパズルがひっくりかえされたようにバラバラになってしまった。パズルのピースを発掘する作業と，しかるべき位置を特定して，もとの場所に配置する作業は，これからもつづくであろう。黎明期の文学は，未来において，パーツが発見されることで，これまで聞いたこともなかった太古の「新作」がもたらされる可能性は，おおいに期待できるのである。　　（武田雅哉）

▷2　1986年，四川省の三星堆から出土した青銅器群は，その異様なデザインによって，世界に大きな衝撃を与えた。また，それらと，特に四川省——蜀の地について書かれた古文献の記述の中に合致する文言が見いだされるという報告もある。それまで青銅器といえば，黄河中流域に栄えた殷周文明に属するものであったが，この発見は，それとはまったく異質，かつ高度な文明が存在することと，中国の文明の多様性を示唆してくれた（図2）。

図2　三星堆から出土した青銅器
(Michael Sullivan, The Arts of China, Fourth Edition, Univ. of California Press, 1999)

一　先秦・漢魏六朝

1 『詩経』

図1　孔子像
（『孔聖家語図』上海古籍出版社，1994年）

図2　清・徐鼎『毛詩名物図説』
『詩経』に登場する動植物の研究は名物学の基礎とされ，これを図解した博物学書が作られた。
（清・徐鼎『毛詩名物図説』，任継癒主編『中国科学技術典籍通彙』生物巻2，河南教育出版社，1993年）

1 『詩』から『詩経』へ

　『詩経』は殷（商）から春秋時代にかけて黄河流域で歌われていた歌謡の作品集である。内容は，恋愛歌謡，降雨や豊作を祈り，また感謝するもの等々民衆の生活に根づいた民謡や，先祖の霊を祀る儀礼で歌われ，演奏された宗教歌謡であり，「風」（諸国民謡），「雅」（朝廷・貴族の音楽），「頌」（祖先を讃えるもの）に分けて収録されている。『春秋左氏伝』によれば，宴席などで『詩経』の詩を披露することが教養の表れとされていた。

　司馬遷の『史記』は，『詩経』は孔子が編集したという説を載せる（図1）。『詩経』は古くは『詩』と呼ばれていた。孔子は『詩』を教育の書として重視しており，弟子たちに対してこう言っている。

　　お前たちはどうしてかの『詩』を学ばないのか。『詩』を読むことによって社会への関心が高められるし，観察力もつくし，集団の中で生きるルールも身につくし，政治を批判的に見ることもできるようになる。近きは父親に仕え，遠きは君主に仕える際に役立つし，鳥獣草木の名をたくさん知ることができるのだよ。（『論語』陽貨篇）（図2）

　漢の武帝が儒教を国教とした際，『詩』は『書経（尚書とも呼ばれる）』『礼記』『易経』『春秋』とともに五経の一つという国家的権威をもった儒教の聖典となった。『詩』が『詩経』と呼ばれるようになったのはこの時からである。

2 『詩経』解釈史

　『詩経』は儒教の経典として解釈されるものになり，複数の注釈書が作られた。このうち前漢初期の毛亨・毛萇が編んだものを「毛詩」といい，「毛詩」こそが今に伝わる『詩経』のテキストである。「毛詩」の「大序」には『詩経』の全体像と詩の原理について述べられていて，その冒頭に置かれた「〈詩〉は〈志〉の働きによって生み出される。心の中にある時は〈志〉であり，言葉に発せられると〈詩〉になる（詩者志之所之也。在心為志，発言為詩）」という一文は詩の精神を語ったものとして，それ以降，中国における詩作の場を強く支配する理念となった。

　儒教の聖典となったことで，『詩経』は儒教的規範の教科書となり，あらゆる詩が聖人の教えと見なされ，古の諸侯たちの事跡と結びつけられて政治諷刺

として解釈されることになる。『詩経』にはたわいもない恋愛歌や戯れ歌もあるのだが，それもまた歴史的事件と結びつけられた。一例をあげよう。

豈曰無衣　七兮　　　　服ならあります。七着も

不如子之衣　安且吉兮　けれど立派できれいなあなたの服には敵いません

（国風・唐風「無衣」の前半）

この詩は恋愛ソングであり，「子之衣」は「貴方がプレゼントしてくれた服」と読む方がふさわしかろう。しかしこれを「毛詩」の注では周に滅ぼされた晋の武公が宝を捧げて命乞いをしたことを詠った詩と解釈する。

このような解釈は宋代に新儒学が興ると疑問を呈された。近代にいたってようやく『詩経』を古代歌謡として捉え直し，原初の姿に迫ろうとする学問が発達してきたのである。

3 『詩経』の神話詩

『詩経』は南方の歌謡集である『楚辞』と並び称されて，「詩騒」と呼ばれてきた（「騒」は「離騒」を指す）。『楚辞』が巫の幻覚のごとく幻想的であるのに対して，『詩経』には民衆の息吹が感じられる。たとえば両者に詠われた馬を比較してみよう。『楚辞』では，馬は太陽を運ぶ馬車となり，また魂を崑崙山へと運び，天界を駆ける神獣として描かれる。一方，『詩経』における馬は草原を力強く駆け抜け，時には先祖の魂の依り代ともなり，大地そして民衆の生活に密着した動物として描かれる。ここに幻想的要素は少ない。

また『楚辞』が神話の宝庫であるのに対し，『詩経』には洪水を治めて夏王朝の始祖となった「禹」以外に神話的人物の名は見られない。だが，殷や周の始祖に関する物語詩があり，きわめて神話的な色彩を帯びている。たとえば，「生民」は姜嫄という女性が天帝の足跡を踏んで孕み，後に周の始祖となる后稷を生んだ話から始まる。后稷は捨てられてしまうのだが，不思議な力に護られる。

誕寘之隘巷　牛羊腓字之　道に置けば牛や羊が護り養い

誕寘之平林　会伐平林　　林に置けば木こりに助けられ

誕寘之寒冰　鳥覆翼之　　氷に置けば鳥が翼で覆い護る

鳥乃去矣　后稷呱矣　　　鳥が去ると后稷はワーと泣く

実覃実訏　厥声載路　　　大きく長い泣き声道に満ちる

（大雅・生民之什「生民」の一部）

他にも殷の始祖である契がツバメの子だという神話を背景とする「玄鳥」詩（頌・商頌）などもある。中国には長編叙事詩は存在しなかったと一般に言われるが，これらの先祖の不思議な出生と功績を讃えた詩は，長編叙事詩の存在がその背後にあったことをうかがわせる。先に触れたような馬を讃えた詩が非常に多いこともあわせ考えると，あるいはより北方の騎馬民族の影響も視野に入れた大胆な読みの可能性があり得るのかも知れない。　　　　（佐々木睦）

5

一　先秦・漢魏六朝

2　楚辞（そじ）

1　いまひとつの古代歌謡の世界

「楚」というのは，現在の湖南省・湖北省（洞庭湖の南と北）を中心とした広範囲にわたる地域をさす。「楚辞」とは，おおよそ戦国時代の，楚地方における歌謡のことである。また，書物としての『楚辞』は，前漢の劉 向（りゅうきょう）がはじめてまとめたらしいが，さらに後漢の王逸が編集した『楚辞章句』が，いまに伝わっている。代表的な作品としては，「離騒（りそう）」「九歌」「天問（てんもん）」「九章」「遠遊（よう）」「卜居（ぼくきょ）」「漁父」「九 辯（きゅうべん）」「招魂」と題されたものがある。それらのなかからいくつかを拾い読みしてみよう。

2　異界をうたう

「九歌」は，原初の世界において，人類が，神々といまだ幽かな交流を保っていて，かれらの心情をおもんぱかるくらいの余裕があったころ，神やら鬼やら異界のものに向けて捧げられた歌である。そのひとつ「山鬼（さんき）」を見てみよう。ここで山鬼と呼ばれる存在は，深山幽谷に棲む，なまめかしい妖精らしい。蔦（かずら）葛で身を覆っただけの彼女は，恋人に会いにゆく（図1）。

　　　　既に睇（てい）を含みて，またよく笑い　子は予（よ）の善く窈 窕（ようちょう）たるを慕う

その流し目も色気たっぷりで，笑顔もすてき。「あのひとは，あたしの窈窕なのを慕ってくださったのだわ」とつぶやきながら，山鬼は赤い豹に騎り，斑模様の山猫をしたがえ，逢瀬の場へと進んでゆく。このくだり，原文では「既含睇兮又宜笑，子慕予兮善窈窕」となっている。それぞれ「兮（けい）」という助辞を含んでいるが，これは楚辞の特徴のひとつである。

山鬼の進む道は，深い藪の中で空もよく見えず，険難なために，彼女は恋人との約束の時間に遅刻してしまうのだった。

　　　　雷 塡塡（てんてん）として　雨 冥冥（めいめい）　猨 啾 啾（しゅうしゅう）として　狖（ゆう）夜に鳴く
　　　　風 颯颯（さつさつ）として　木 蕭蕭（しょうしょう）　公子（こうし）を思いて　徒（いたず）らに憂（うれ）いに離（かか）る

雷鳴とどろき，雨が降る。猨や狖といった山の猿どもは悲しげに鳴き，吹きつける風に木々はざわめく。待ってもくれなかった恋人——そもそもそれは恋人だったのか？——を恨みながら，山鬼の憂いは増すばかり。愛想を尽かされたのか，ふられたのか，俗世のそれとさして変わらない，神女の哀歌（エレジー）である。

図1　山鬼。明・蕭雲従『離騒図』

（鄭振鐸編『中国古代版画叢刊4』上海古籍出版社，1988年）

3 神話世界の飛翔者
⇨Ｉ-五-60

楚辞は，中国の神話を物語る貴重な証言でもある。「天問」は，かつて通行していた宇宙論の諸相を披瀝しながら，天に問いかけた歌だ。

遂古の初は　誰か之を伝道せる
上下いまだ形あらず　何に由りてか之を考うる

遠い昔の原初のことを，いったいだれが語り伝えたのだろう？　上も下も無かったというが，どうしてそんなことがわかったのだろう？──こうして始まる問いかけは，楚地方に伝わっていた宇宙論を反映しているのだろう[1]。

楚辞の中でも，もっとも優れた作品と目され，楚辞の代名詞ともなっている「離騒」は，天界への飛翔を，自述というスタイルで描いた，壮大なオデッセイである。純粋に生きることをみずからに課し，優れた才能と気高い精神をもつ主人公は，いまの世とは相容れない。君主に尽くそうとしているのに，君主は，かれをかえりみない。絶望と諦観に打ちひしがれた主人公は，「離騒」の前半部において，わが身の不遇を嘆じ，その不遇を，いにしえの聖なる支配者，帝舜に訴える。こうして主人公は，いよいよ天界への飛翔の旅に出る。

玉虹を駟として以て鷖に乗り　溘ち風に埃あげて　余，上り征く
朝に軔を蒼梧に発し　夕に余　縣圃に至る

四頭の龍が牽引する，大鳥の鷖の車に乗りこめば，たちまちにして風の中にほこりを巻き起こし，私は天に翔んでいく。朝には世界の東南にある蒼梧の山から出発し，夕べには西の果てにある崑崙山の縣圃に到達する。

天界への旅で目にするのは，神話の情景だ。聖獣たちや，神や女神たちとの触れあいがつづく。飛翔を楽しむ主人公は，ふと望郷の念をもよおして，祖国をふりかえる。だがそこには，あいかわらず優れた人物もいないし，自分を知る者もいない。絶望した主人公は，聖人を訪うべく，さらに天空に羽ばたく。

4 楚辞と屈原

これらのユニークな楚辞の作品群は，いったいだれが作ったのだろうか？代表的な作者として挙げられるのが，屈原という人物である。讒言を信じた王によって疎んぜられて彷徨し，ついには汨羅の河に身を投げたと伝えられる，この憂国の士は，「離騒」「天問」「九章」などの作者とされている。屈原がどういう理由でそれらを綴ったかについては，楚辞が文学作品としてまとめられた最初期から，すぐれて伝奇的な色彩とともに語られていた。たとえば「天問」は，屈原が放浪生活の途で，廟宇において神話の図像を描いた壁画をながめながら，その場で書き綴ったのだというし，「離騒」に描かれるような不遇からの飛翔者は，屈原その人であるに相違ない，と。だが，われわれは，屈原にまつわる「愛国」や「憂国」の伝説とは，ひとまず距離をおいて，そこに反映された宇宙論と神話世界に，魂を遊ばせてみようではないか。　　　　　（武田雅哉）

▷1　中国の月面探査プロジェクトは「嫦娥計画」と命名された。これは月にいる女神の名に由来する。2020年7月に打ち上げられた火星探査機は「天問1号」と命名された。宇宙の構造に疑問を投げかけた楚辞のタイトルに由来することは言うまでもない。

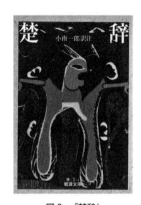

図2　『楚辞』
（小南一郎訳注『楚辞』）

▷2　人びとの屈原への思いは，いまに伝わるさまざまな行事に反映されている。五月五日，端午の節句に，河の中の屈原に粽を捧げる儀式や，龍船と呼ばれるボートレースなどだ。

一　先秦・漢魏六朝

3 『荘子』

図1　荘子像
（王圻『三才図会』上海古籍出版
社，1988年）

▷1　J・F・ビルテール／
亀節子訳『荘子に学ぶ』み
すず書房，2011年，152頁。

▷2　老荘思想という名か
ら，荘子は老子の思想を引
き継いだと思われがちであ
るが，『荘子』の「内篇」が
『老子』よりも先に成立し
たとされる。

▷3　福永光司／興膳宏訳
『荘子内篇』「応帝王篇」ち
くま学芸文庫，2013年，
277-279頁。

▷4　福永光司／興膳宏訳
『荘子外篇』「至楽篇」ちく
ま学芸文庫，2013年，369-
373頁。中国現代文学の作
家魯迅は，この荘子と髑髏
の対話にもとづき，戯曲
「起死」を書いている（魯
迅／竹内好訳『故事新編』
岩波文庫，1979年）。

1　荘子と『荘子』

　『荘子』の著者とされる荘周（図1）については，『史記』「老子韓非子列伝第三」に簡略な伝記がある。それによると，荘周は，蒙という地の生まれであり，梁の恵王（前400-319）や斉の宣王（前?-301）と同時代を生きたとされている。紀元前4世紀の人ということになるだろう。ギリシャでは，プラトン（前427-327）やアリストテレス（前384-322）が活躍した時代である。

　とはいえ，『荘子』という書物は，荘周という個人の著作物ではない。『荘子』の成立の過程は，ややこしいので省くけれども，現在見られるものは，「内篇」，「外篇」，「雑篇」にまとめられ，さらにそれぞれの篇には，たとえば「内篇」であれば，「逍遥遊篇」，「斉物論篇」から「応帝王篇」などの小篇があり，『荘子』全体を通すと，33の小篇がある。このうち荘周自身の言葉でつむがれたのは，「内篇」だけとされる。この「内篇」は，中国人の書いた著作物の中で，誰が書いたか特定できる最古のもののひとつとされている。▷1

2　渾沌の死

　『荘子』は，いわゆる老荘思想の著作のひとつとされ，道という概念が語られる。▷2道とは，人間を含めた，あらゆる存在を生まれさせ，消滅させる現象の根源にある原理である。『荘子』によれば，この道にのっとった人生こそが至高のものであり，こざかしい知恵を使って生き抜く人生などはどうでもよいものということになる。そういわれても，古来，毎日せせこましい暮らしをする俗人どもには，なんのことかわかるまい。そこで，『荘子』が用いるのが「寓話」による道の説明である。この話がまためっぽうおもしろい。

　南海の帝王を儵といい，北海の帝王を忽といい，中央の帝王を渾沌といった。儵と忽とはおりおり渾沌の国で会合し，渾沌は彼らを丁重にもてなした。儵と忽とは渾沌の好意に報いたいものと相談して，いった。「人間には誰でも七つの穴があって，それで見たり聞いたり食べたり呼吸したりしているが，この渾沌にだけはそれがない。ひとつ試しに穴をあけてやろうじゃないか」。

　二人が毎日一つずつ穴をあけてゆくと，7日目に渾沌は死んでしまった。▷3儵も忽も「一瞬の時間」という意味である。渾沌は，宇宙の原初としての状

態であって，すべてが未分化であり，永遠の時間も象徴する。道に通じるものである。目口耳鼻のない渾沌がどうやって接客したのかと思ってしまうが，渾沌は存在の根源にある原理なので，その存在全体で接待したのであろう。儵と忽とは，なんとかお礼はできないものかと考え，渾沌によかれと思って，穴をあけてあげる。それは，渾沌にとって，みずからの存在価値を奪われることであったが，それも運命と享受して，7日かけて死んでゆく。この後，儵と忽も，渾沌の命を奪った罪にさいなまれて，まもなく一瞬の生を終えるのではあるまいか。短い寓話ながら，ありきたりの小説をこえた，宇宙や人間への洞察を含むものであろう。

3 髑髏との対話，うんこの真理

このほかにも『荘子』には摩訶不思議な寓話がみちている。荘子が楚の国へ行く途中，髑髏が落ちているのを見かけた。荘子は，それを鞭打ち，どうしてそのような姿になったのか尋問し，それを枕にして眠りにつく。すると，夢に髑髏が出てきて，死後の世界の自由闊達な楽しみを説く。荘子は，それを信じず，髑髏を生き返らせようとするが，髑髏は人間世界の苦しみはもういやだといって，荘子の申し出を断ったのであった[4]（図2）。

この髑髏問答の前には支離叔と滑介叔の物語が載る。身体の不完全な叔という人物と精神の不完全な叔という人物の対話である。この二人が死と深い関係のある冥伯の丘や崑崙の丘に遊んだ。すると，滑介叔の腕に，なんと瘤（原文は「柳」であり，柳の木が生えてきたとする説もある）ができてきた。支離叔は「それが嫌かね」と聞くが，滑介叔は「何が嫌なものか」と答える。万物は常に流転するものであり，その万物の転生が滑介叔にも訪れて，瘤ができてきたのにすぎないのであった[5]。また支離疏という「せむし」の人物が，それゆえに天寿をまっとうする物語，足切りの刑にあった人びとが道にのっとって生きる話などもある[6]。『荘子』には，グロテスク，異形であるものこそ，万物の存在の根源的原理である道をより明確に具現化するという発想があるのだ。

荘子はまた，東郭子という哲学者から「いわゆる道はどこにありますか」と聞かれて，「どこにでもありますよ」と答え，例として，螻蟻，稊稗，瓦甓，屎溺と答えている。虫けらやがらくたばかりでなく，うんこやおしっこにも，「道」——万物をつらぬく原理は存在しているという。東郭子は，それを聞いて，絶句してしまった[7]。『荘子』のもつ万物の存在の根源的原理への強靱な問いかけ，グロテスクへの偏愛，けた外れの想像力の背景には，彼の生きた時代が「無秩序と破壊的紛争にみちていると同時に知的にも活気あふれた時代」であったこともあげられるだろう[8]。彼と同時代の先秦諸子百家の書物である『韓非子』や『列子』なども，そのような魅力あふれる物語にみちている。

（齊藤大紀）

図2 荘子と髑髏の対話をテーマにした明代の語り物文芸の挿絵（明・杜蕙『新編増評林荘子嘆骷髏南北詞曲』より）
(Wilt L. Idema, *The Resurrected Skeleton, from Zhuangzi to Lu xun*, Columbia Univ. Press, 2014, p. 87)

▷5 支離叔と滑介叔の物語は，前掲▷4 福永光司／興膳宏訳『荘子外篇』「至楽篇」367-369頁。

▷6 支離疏の物語は，前掲▷3 福永光司／興膳宏訳『荘子内篇』「人間世篇」155-157頁，足切りの刑に処された者たちの物語は，前掲▷3 福永光司／興膳宏訳『荘子内篇』「徳充符篇」などに見られる。また現代日本の作家・岡本かの子の小説「荘子」には，「支離遜」というせむしの商人が登場し，荘子のパトロンという設定になっている（『岡本かの子全集』第2巻，ちくま文庫，1994年）。

▷7 荘子と東郭子の問答は前掲▷4 福永光司／興膳宏訳『荘子外篇』「知北遊篇」570-577頁。

▷8 前掲▷1 J・F・ビルテール／亀節子訳『荘子に学ぶ』162頁。また福永光司『荘子』中国古典選12-17（朝日新聞社，1978年）は，著者が第二次世界大戦に出征し，死と向きあう中で『荘子』を読み解いていったものである。

一　先秦・漢魏六朝

4　『史記』

図1　司馬遷
（『無双譜』，鄭振鐸編『中国古代版画叢刊　4』上海古籍出版社，1988年，391頁）

▷1　本紀は歴代皇帝の編年史。表は年表。とくに戦国七雄の年表は国際関係の早見表として便利。彗星や隕石，日食，月食も記録されている。書は諸制度の記録。世家は諸侯の家系の記録。列伝は個人の伝記。宰相，将軍から遊俠に至るまで，さまざまな人間ドラマが交錯する。

▷2　天文，暦法，国家の文書の起草や管理，史書の作成を掌る官職。

▷3　天下平定を天地に報告する儀式。泰山の上で盛り土をして天を祭ることを「封」と言い，泰山の下で土を払い地を祭ることを「禅」と言う。

▷4　麒麟は仁獣。聖王が現れる瑞兆である。ところが，世の乱れた魯に麒麟が現れ捕らえられた。絶望した孔子は「（哀公）十有四

1　父の遺言――「息子よ，太史を継げ！」

　『史記』は司馬遷（図1）が父，司馬談の遺志を継ぎ完成させた書である。自序では「太史公の書」（図2）と称するが，後に『史記』と呼ばれるようになった。黄帝から漢に至るまで，十二本紀，十表，八書，三十世家，七十列伝，合わせて170巻からなっている。▷1

　第170巻は「太史公自序」，司馬遷の自伝である。そのクライマックスは，いまわの際の父から太史を継ぐようにと遺言を受ける場面である。▷2

　司馬談は武帝の封禅の儀に随行できず，失意のうちに死の床に就いていた。▷3遷は駆けつけ父を見舞う。父は息子の手を執り泣いて言った。「先祖は周王室の太史であった。代々この職を掌ってきたというに，わしの代で絶えてしまうのか。父亡き後お前も太史となり，我が先祖の業を継ぐのだ。わしは泰山封禅の儀に付き従うことができなんだ。これが我が天命よ。必ず太史になれ。我が未完の書を忘れるでないぞ」と。遷は首を垂れて涙を流し，「不才なれど，先人の伝えしものを全て記し，必ずや完成させまする」と誓ったのであった。

2　歴史と制度の記録者としての司馬遷

　父，談の死から3年，遷は太史令となり，王宮中の国家図書館の書を見る特権を得て，父より託された未完の書に着手した。獲麟から400年，▷4途絶え失われた国家の記録を再構築していく。各時代の年表と，礼楽，律暦，封禅などの制度史の整理は，文書を掌る者としての司馬遷の本領である。

　司馬遷は20歳のとき中国各地を旅し，史跡を訪ね，古老に話を聞き，実地体験に裏付けられた知識を蓄えた。南は長江，会稽，禹穴，九疑山，北は泗水，斉，魯（孔子の故郷），また，梁，楚にも足を伸ばした。帰朝後，官職を得，使者として西は巴，蜀，南は昆明などにも派遣された。この経験が司馬遷の一生において，事実の記録にも，物語の演出にも反映されることになる。

3　演出家としての司馬遷　人間模様の活写――ライバルの物語

　演出家としての司馬遷は，もととなるエピソードをリライトし，人間模様を活写する。例えば范雎と蔡沢の丁々発止の舌戦や，宰相藺相如と廉頗将軍との一触即発の対立や，李斯と趙高の虚々実々の権力闘争など，ライバルの物

語は多彩なプロットと巧妙なレトリックによって構築されている。

　『史記』はその構成の性質上，同一人物が複数の箇所に登場するため，それらを合わせ鏡にすることで立体的な人物像が表れる。伏線が張りめぐらされ，単線の物語が相呼応し物語は複線になる。合伝の人物たちの関係性が化学反応を起こす。『史記』は演出家，司馬遷の脚色を経た物語の集積なのである。

４　演出家としての司馬遷　怒りという情動——仇討ちの物語

　物語を動かすのは怒りという情動である。負の感情である怒りを演出家司馬遷はどのように料理したのだろう。呉越の攻防を例に見てみよう。

　越王句践は戦で呉王闔閭を死に追いやった。その後闔閭の息子の夫差は父の敵を討った。敗北した句践は臥薪嘗胆し夫差に報復した。この攻防には第三の人物，楚の伍子胥が絡んでいる。伍子胥は父と兄を殺され楚から呉に亡命し，楚王への怨みをはらす機会をうかがっていた。三者三様の物語は「越王句践世家」，「呉太伯世家」，「伍子胥列伝」で展開される。それぞれに印象的な台詞がある。夫差の父闔閭は「息子よ，句践がお前の父を殺したことを忘れるな」と言って息を引きとった。会稽で夫差に破れた句践は「会稽の恥を忘れるものか」と言って自らを叱咤激励した。夫差は子胥の諫言を退け死を命じた。子胥は「俺のめんたまをくりぬいて呉の東門に置け。越の兵が攻め入るのを見とどけてやる」と言って絶命した。結局，句践に破れた夫差は自害した。「わたしはあの世で子胥に合わせる顔が無い」と言い残して。

　伍子胥の楚からの出奔，伍子胥と呉王夫差の関係，呉王夫差と越王句践との因縁。これらは世家，列伝を突き合わせて初めて事の全容が明らかになる。さらに「刺客列伝」で描かれる伍子胥は，暗殺計画の黒幕として登場し自身の仇討ちの物語を補完する。伍子胥には伍子胥の正義がある。「刺客列伝」に描かれる５人の刺客にもそれぞれの正義がある。視点が異なればひとつの事実にもそれぞれの真実がある。その真実のダイナミズムを演出家司馬遷は複眼的に描く。

５　『史記』の主旋律——人を知る

　『史記』に通底するテーマは「人を知る」である。他者の真価を認め，その信頼関係の上に成り立つドラマこそ，演出家司馬遷が目指したものである。「刺客列伝」に象徴的な台詞がある。漆を塗って面相を変え，炭を飲んで声も変え，主の仇を討とうとする豫譲は，「士は己を知る者のために死ぬ」と言い放つ。

　「人を知る」とは，孔子の「人が自分の真価を認めなくても憤怒しない」という言葉の裏のテーゼとも言える。真に己を知る者のために命をかけて報いる。その命の炎の物語は時空を超えて共振を起こす。それが『史記』の生命力だと言えよう。

（田村加代子）

年春，西に狩りして麟を獲う」の句をもって魯国の史書『春秋』を断筆した。ここで言う「獲麟」とは孔子断筆のときを指す。

▷5　共通項のある複数の人物を合わせた列伝。例えば「白起王翦列伝」は秦の白起将軍と王翦将軍の伝，「刺客列伝」は曹沫，専諸，豫譲，聶政，荊軻の５人の刺客の伝。

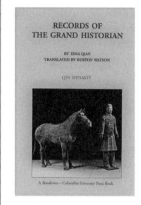

図２　『太史公の書』を英訳すると『偉大な歴史家の記録』に！
(Sima Qian, *Records of the Grand Historian*, Translated by Burton Watson, Columbia University Press Book, 1993)

図３　危うし重耳（晋文公）！晋を出奔！　戦国の覇者への旅が始まる（『史記』「晋世家」より）
（張道一主編『老戯曲年画』上海画報出版社，1999年）

一　先秦・漢魏六朝

5 『山海経』（せんがいきょう）

図1　「帝江」
（馬昌儀『全像山海経図比較』学苑，2003年）

図2　「貫匈国」
（図1に同じ）

▷1　『山海経』「南山経」と「大荒東経」に見える。『山海経』は九尾の狐を記述した最古のテキストでもある。その後，日本にも伝わり美女に化けて国を傾ける妖怪として，室町時代の『御伽草紙』「玉藻の草紙」や，謡曲『殺生石』の物語が生まれ，現在でも東アジアで小説・漫画・アニメなどにたびたび登場する人気キャラクターだ。

⌈1⌋ 奇々怪々，中国古代怪獣総進撃！

　『論語』「述而篇」に見える「子，怪力乱神を語らず」⇨Ⅰ-三-37とは，むやみに不思議なことについて語るべきではないという孔子の態度を表した言葉とされるが，中国では古代より奇々怪々な怪獣や妖怪の物語に事欠かない。その中でも，おそらくは最古と思われる書物に，『山海経』がある。

　のっぺらぼうで6本の脚に4枚の羽を持ち，口もないのに歌って躍る「帝江」（図1），ひとつの頭に十の身体で泳ぐ魚「何羅魚」。人々の胸に竅がぽっかり空いている「貫匈国」（図2），常に脛を交差させている民の住む「交脛国」。人面魚身の「氐人国」（図3）……。その他，三本脚の鳥，独脚の牛，身体の前後に頭のある豚，翼の生えた人，手足が異様に長い人などなど，『山海経』を紐解けば，この世のものとは思えない奇々怪々なキャラクターたちが，所狭しと蠢いている。さながら妖怪図鑑か怪獣百科といった趣だ。さらには，それを食した場合の効能なんぞもしばしば書き添えられていたりする。ちなみに「九尾の狐」▷1は人を食うが，逆にこれを食べると邪気に襲われぬとある。食うか食われるか……勇気ある御仁はお試しあれ。

　まるでカタログを読むかのように，その土地の動植物や民族の名前と特徴とが，ただひたすら淡々と羅列されていく中で，ある程度物語性を備えたキャラクターも登場する。

　刑天（図4）はある時，天の帝（黄帝とされる）と神の座を争って戦い，首を切られて常羊の山に葬られた。しかし刑天は死なず，自らの乳を目とし，ヘソを口として立ち上がり，干と戚を持って舞ったという。まるでヘソ踊りのような滑稽なヴィジュアルの怪物で，荒唐無稽な話に思えるが，中国の神話学者，袁珂（1916-2001）⇨Ⅰ-5-60は刑天を伝説上の帝である神農（炎帝）の臣下とみなし，この記述を古代の黄帝と神農の争いに関連した戦いを描いたものだと考察する。

　早くに散逸し，体系的な形では伝わってこなかったとされる中国古代神話の断片を，『山海経』の中にかいま見ることができる。

⌈2⌋ 古代の奇書——ジャンル不明の謎の書物

　現存する『山海経』は全18巻。地域名や距離などが具体的に記されているため一般的に「古代の地理書」などと紹介されることも多いが，その記述は現実

世界の地理を反映してはおらず，その地に産するとされる動植物や鉱物，民族，そして神々の姿形は多分に空想的である。

　その作者や製作目的は不明だが，各巻の成立年代は一様ではなく，おそらくは戦国時代から漢代にかけて複数の書き手によって，徐々に書き足されていったものと考えられている。

　しかし，その非現実的で奇怪な内容から，長らく学者たちからはまともに相手にされず，『山海経』の書名に言及した最古の記録である『史記』「大宛伝」からして，「余，敢えて之を言わざるなり（わたしは敢えてこれに言及しない）」と司馬遷に評されているありさまだ。

　漢代に劉向（前77-前6）・劉歆（前50?-23）父子によって校訂されたものの，荒唐無稽な内容ゆえに取るに足らない書とみなされ，その後久しく顧みられずに廃れそうになっていたところ，その散逸を危惧した晋の郭璞（276-324）が詳細な注解を施してその命脈を保った。さらに清代になり，郝懿行（1757-1825）によっても数々の典拠を加えた詳細な注が付けられている。

図3　「氐人国」
（図1に同じ）

図4　「刑天」
（図1に同じ）

3　明清時代〜現代にも息づく怪獣たち

　もともと『山海経』にはオリジナルの絵図があったとされるが，後世には伝わらず，今見ることのできるのは皆，明清時代に描かれたものである。印刷技術が発達し，『山海経』の絵入り本が大量に流通するようになっていったこの時代はまさに古代の怪獣・妖怪たちが増殖を繰り返した時期といえよう。清代の李汝珍の小説『鏡花縁』（1818）では，主人公が『山海経』に出てくる不思議な国々を巡っている。
⇨I-三-40

　絵入りの『山海経』の版本は日本にも流れ込み，亜流本の流行を招いた。鳥山石燕（1712-88）や葛飾北斎（1760?-1849），歌川国芳（1798-1861）といった浮世絵師も，しばしばその作品の中に個性あふれる『山海経』のキャラクターたちを登場させてもいる。

　ちなみに魯迅（1881-1936）も幼少期に絵入りの『山海経』を買ってもらい，夢中で読んだと「阿長と『山海経』」（『朝花夕拾』1932所収）で回想している。

　清末の絵入り新聞『点石斎画報』では，謎の生物出現の記事にしばしば『山海経』の怪獣の姿が引用され，描かれている。20世紀に入ってからも，所謂，
⇨II-三-13
未確認動物〈野人〉や〈水怪〉などの報道の際には，その正体探しのため『山海経』が必ずといっていいほど紐解かれる。

　近年，映画産業が盛んな中国では，伝奇ファンタジー映画のキャラクターとしても，あちこちで重宝されているようだ。

　荒唐無稽とされ散逸しかかった『山海経』も，今や様々なメディアで誰でも楽しむことができる。郭璞たち先人の努力に感謝しつつ，古代から現代まで生き延びてきた怪獣たちの姿を，堪能してみてはいかがだろう。　　　　（中根研一）

図5　『山海経』
（高馬三良訳『山海経』）

一　先秦・漢魏六朝

6 『捜神記』

1　本当にあった不思議な話?

　昔々，蜀（現在の四川省）西南部の高い山に，人間のように立って歩き，人間を追いかけるという巨大なサルのような怪物が棲んでいた。通り掛かりの人間の女性を——それも美人ばかり狙って——さらっては自分の妻にしていた。名は「猳国」，または「馬化」「獲猿」ともいった（図1）。

　さらった女性は男の子を生むまでは一生帰してもらえないが，生むと大事に家まで送り返してくれるという。その男児は成長すると人間と変わらないが，猳国の子孫はみな「楊」という姓を名乗るため，現在の蜀の西南部には「楊」姓が多い……。

　これは，六朝志怪小説「猳国」のストーリーである。西晋・張華（232-300）の『博物志』（3世紀），東晋・干宝（?-336）の『捜神記』（4世紀）に同内容の記述があるが，その怪物はいったい何者なのか?　なぜ人間の女性との間に子をもうけ，しかも人間界へ送り返すのか?　そしてなぜ「楊」姓を名乗るのか?

　その謎は語られることのないまま，物語は唐突に終わる。読者は言い知れぬ恐怖を感じながら，その不思議な世界においてけぼりにされるのである。

　しかも，これら志怪小説は実際にあった事件，つまりノンフィクションという形で語られていた。

2　六朝志怪小説の誕生

　古代中国において「小説」という単語の指す意味は，「取るに足らない小さな話」であった。中国最古の図書目録である『漢書』「芸文志」において初めて「小説家」の項目が設けられているが，これはその他のジャンルに分類できない雑多な余り物の総称として用いられたと考えられている。

　中国文学史において，読み物としての中国小説の祖とも言われるのが，「六朝志怪小説」だ。

　「志怪」とは「怪を志す」の意で，3-6世紀の六朝時代（三国時代の呉・東晋・南朝の宋・斉・梁・陳の時代）に盛んとなった作品群の総称である。その名の通り，内容は古今の怪異の記録集といった性格のものであり，神仙・占卜・蘇り・幽鬼・妖怪・変身・異類婚姻・動物報恩等々，現実には起こりえないような不可思議な出来事を書き記している。そして，その多くは怪異の出来事

▷1　サルのような怪獣が人間の女性をさらって子を産ませるというモチーフは，その後，唐代伝奇小説の『補江総白猿伝』など，様々な作品に受け継がれている。また，猳国のような怪獣は『本草綱目』などにも「玃」の名で記録されており，オスばかりでメスがいないために，人間の女性との間に子をもうけるとある。さらに，同様のモチーフは，1970年代半ばに中国で話題となった未確認動物〈野人〉をめぐるエピソードの中にも確認することができる。

図1　玃図
（清・蒋廷錫等奉敕恭校『欽定古今図書集成』図書集成鉛版印書局，1884年，「禽蟲典」第87巻，博物彙編禽虫典第八十七巻玃部彙考之二）

のみの簡潔な記載で，最終的に因果関係の説明や怪奇現象の解釈をすることはあまりない。これらは当時「事実」と考えられていた話を記録した，いわば実録奇談集なのである。

不可思議な現象を物語るのに文学的な技巧を凝らすようになり，より娯楽的な読み物として昇華していくのは，後の唐代伝奇小説の登場を待たねばならない ⇨Ⅰ─二─14 が，余計な解釈をせずに怪異の記録を淡々と語るだけの志怪には，シンプルさゆえの面白さ――場合によっては恐ろしさ――がある。

志怪の誕生には，六朝時代になって紙の入手が比較的容易になり，それまでは取り上げるまでもないと思われていたような事象についても，記録して残せるようになったため，巷で噂されるような怪異譚までをも拾い上げることが可能になったという歴史的背景もある。

そしてそれは人々の好奇心を大いに刺激し，魏・曹丕（186-226）『列異伝』，西晋・張華『博物志』，東晋・葛洪（283-343）『神仙伝』等々，多くの志怪小説集が世に出ることになった。

③ 不可思議現象の魅力に取り憑かれた干宝『捜神記』

志怪の中でも比較的初期に編まれたのが，東晋の干宝の手による『捜神記』である（図2）。

作者の干宝自身，もともと超常現象的な話には深い関心があったとされ，自身が実際に体験した不思議な事件も『捜神記』執筆には大きく影響しているといわれている。ひとつは，かつて彼の父の寵愛を受けていた女性使用人が，父の死後，嫉妬した母によって一緒に生きたまま埋葬されてしまったものの，十数年後に掘ってみるとまだ息をしていたという事件。もうひとつは，実の兄が病死後に再び蘇生し，臨死体験を語ったという事件である。

その資質を買われて国史編纂にも携わっていた干宝は，冷静な筆致で数々の怪異を記録し続けたのである。

その後，陶淵明の撰とされる『捜神後記』も編まれたが，後の人が陶淵明の名に仮託したものと考えられている。

『捜神記』は後の時代への影響も大きく，たとえば冒頭に挙げた「猳国」の話は，唐代伝奇小説『補江総白猿伝』のベースになっている。また，志怪の蒔いた種は明末・清初に再び花開き，明・瞿佑『剪灯新話』や，清・蒲松齢『聊斎志異』をはじめとした様々な小説集が生まれることになった。

『捜神記』には各地の民間説話や，同時代に語られていた怪談・奇談，また当時の中国に入ってきた仏教説話等などが豊富に収録されており，現存する20巻本は邦訳も入手しやすいので，志怪への入り口としてはお薦めである。志怪は総じて短い話が多いので，ショートショートのような感覚で楽しむことができるだろう。

(中根研一)

図2 『捜神記』
（干宝／竹田晃訳『捜神記』）

一　先秦・漢魏六朝

7 『世説新語』

1　名士たちの逸話集

　『世説新語』は，主に後漢から東晋にかけての時期の士人・文人（以下「名士」と総称する）たちの言行を集めた逸話集である。東晋に続く南朝宋の時代に，帝室の一員である劉義慶（403-44）によって編纂された。[1]

　魏晋の時代は，官吏登用制度の改革に伴い人物評論が盛んになり，また，老荘思想の興隆や仏教という新しい思想の流入によって，「清談」と呼ばれる哲学談義が活況を呈した。その風潮を受け，人の言行を志す書物が次々と撰述・編纂された。これらは，怪異を志す「志怪小説」（⇨Ⅰ-一-6）に対して，「志人小説」と呼ばれる。[2]『世説新語』は志人小説の代表的なものである。[3]

　『世説新語』に収められた逸話は1130条にも上る。これらは内容に応じて，「徳行（徳のある言動）」，「言語（機知に富んだ言語応対）」などをはじめとする36の部門（篇）に分けて収められている。そのうち，「雅量（余裕ある言動）」篇には，大貴族・琅邪の王氏の一員で，「書聖」とも称される王羲之（字は逸少）の次のような逸話が見える。

　　郗太傅（郗鑒）が京口（江蘇鎮江）にいたとき，門人に手紙をもたせ王丞相（王導）のもとへ遣わし，娘婿を求めた。丞相は使者にこう答えた。「東の部屋に行って，自由に選ぶがよい」。門人は帰ると，郗太傅に報告した。「王家の坊ちゃまたちは，みなすぐれた方々でしたが，婿探しに来たと聞くと，みな気取られました。ただ一人，ベッドで腹ばいになって，何も聞こえていないご様子の方がおられました」。郗太傅が言った。「まさにその男だ」。訪ねてみると，なんと逸少であった。そこで娘を嫁がせた。

　また，「仮譎（他人をだました話）」篇には，三国志の英雄・曹操（魏の武帝）の次のような逸話がある。

　　魏の武帝は行軍中，水のある場所に向かう道から外れてしまったので，兵士たちはみなのどが渇いてしまった。そこで号令をかけて言った。「前方に大きな梅林がある。実がたくさんなっていて，甘くて酸っぱいから，渇きを癒すことができるぞ」。士卒たちはそれを聞くと，みな口の中に唾が湧き出した。これによって前方の水源までたどり着くことができた。

　なお，南朝梁の時代に劉孝標（462-521）が『世説新語』に詳細な注を付けている。そこには逸話と関連する情報や異聞等が多数紹介されている。合わせて

▷1　〔唐〕『隋書』「経籍志」から〔清〕『四庫提要』に至るまで「劉義慶の撰述である」とされてきたが，魯迅が「劉義慶のもとに集う文人たちの手になる」，つまり「劉義慶の編纂である」とする見方を提示して以来それが有力説となっている（魯迅／中島長文訳『中国小説史略』東洋文庫618,619, 平凡社，1997年）。ただ，劉義慶の関与がどれくらいあったのか，中心的な役割を担っていた文人は誰かについては議論がある。

▷2　「志人小説」という呼び方は魯迅に始まる（魯迅／丸尾常喜訳『中国小説の歴史的変遷——魯迅による中国小説史入門』凱風社,1987年）。

▷3　『世説新語』以外の志人小説には，〔東晋〕郭澄之撰『郭子』，〔東晋〕裴啓撰『語林』，〔南朝梁〕殷芸『小説』などがある。これらはすでに散逸しているが，魯迅『古小説鉤沈』に輯逸したものが収められている。

読めば，『世説新語』をより深く味わうことができるだろう。

２ はじける機知

　清談の流行を反映して，『世説新語』（図１）には機知に富んだ発言がたくさん出てくる。東晋の殷中軍（殷浩）がある時，集まった人たちにこのように尋ねた。「自然は人に天分を与えるのに無心なのに，どうして善人は少なくて悪人が多いのだろうか」と。誰も答えられなかったが，劉尹（劉惔）はこう答えた。

　　例えば地面に水をそそぐと，縦横に広がっていって，真四角や円形になるものがほとんどないようなものだ（文学46）

人々は名解釈と讃えたという。

　機知を発揮したのは大人だけではない。『世説新語』には名士たちの子供時代の逸話も多く収録されている。魏の時代のこと，鍾毓・鍾会兄弟は父が昼寝している間，こっそりと酒を飲むことにした。ちょうど目が覚めた父は寝たふりをして，様子を窺っていた。すると，兄の鍾毓は拝礼してから飲んだが，弟の鍾会は拝礼をしなかった。後で父がわけを尋ねると，鍾毓は「酒は礼を成すものですから，拝礼しないわけにはいきません」と答えた。一方，鍾会はこう答えた。

　　盗みは本来，礼ではありません。だから拝礼しなかったのです（言語12）

　負け惜しみを言う際にも機知は発揮される。西晋の孫子荊（孫楚）は若いころ隠棲しようと考えた。そこで，王武子にそのことを話す際，「石を枕とし，流れで口をすすぐ」と言おうとしたところ，間違えて「石で口をすすぎ，流れを枕とする」と言ってしまった。王武子がからかって言った。「流れは枕にできるのかね。石で口をすすげるのかね」。すると孫子荊はこう言い返した。

　　流れを枕にするのは耳を洗うためで，石で口をすすぐのは歯をとぐためだ（排調６）

「流れを枕とする」「石で口をすすぐ」は原文ではそれぞれ「枕流」「漱石」である。ここから「漱石枕流」（負け惜しみが強い）という成語が生まれた。

３ 世説新語から広がる世界

　唐代以降，『世説新語』の体例にならった書物が多く著され，〔唐〕劉粛撰『大唐新語』，〔宋〕王讜撰『唐語林』，〔明〕何良俊撰『何氏語林』，〔清〕王晫撰『今世説』などがある。中でも『何氏語林』は，〔明〕王世貞（1526-90）がその十の三を取り，『世説新語』の十の二を削って，『世説新語補』として刊行した。これは江戸時代の日本で大いに流行した。また，元代には『世説新語』の逸話をもとにした雑劇もいくつか生まれた。例えば，関漢卿（生没年不明）には「仮譎」第９条をもとにした「温太真玉鏡台」があり，秦簡夫（生没年不明）には「賢媛」第19条をもとにした「晋陶母剪髪待賓」がある。（山田大輔）
⇨ I-三-21

図１　『世説新語』
（劉義慶撰／井波律子訳注『世説新語』第１巻）

▷4　ちなみに，夏目漱石の「漱石」はこの逸話に由来する。なお，『世説新語』から生まれた成語は数多くあり，日本語でもよく使われるものには，「登龍門」（徳行４），「断腸」（黜免２）などがある。

▷5　『世説新語補』は，塚本哲三編『世説新語』（漢文叢書，有朋堂書店，1928年）に書き下し文と簡単な注がある。

▷6　『元曲選』に収録。日本語訳は後藤裕也ほか編訳『中国古典名劇選Ⅱ』（東方書店，2019年）で読むことができる。

▷7　『元曲選外編』に収録。

一　先秦・漢魏六朝

8　陶淵明（365-427）
とうえんめい

図1　陶淵明
（『歴代古人像賛』，鄭振鐸編『中国古代版画叢刊　1』上海古籍出版社，1988年，459頁）

▷1　尋陽は潯陽とも表記する。長江中流域の郡名。長江の南岸に位置し，交通の要衝であった。治所の南には廬山，東には鄱陽湖がひかえている。

1　隠逸詩人

　陶淵明は唐以前の詩人の中で，最もよく知られた人である。しかし当時にあっては隠者としての側面が強調されていて，詩人として高く評価されていたわけではない。真価が本格的に認識されるのは宋代に入ってからで，宋代の詩において重んじられる点が，すでに淵明の詩の中に見られたからである。具体的には，日常のできごとを平易なことばでこまやかに表現し，おだやかな詩風をもっている点である。当時の主流であった詩がきらびやかで難解な麗句を連ねているのと対照をなす。

　都の建康（江蘇省南京市）から遠く離れた尋陽（江西省九江市）で，生涯の大部分を過ごす。そこは全くの人里離れた田舎ではなく，都会と田舎の両義性をもった場所と言える。年少のころから衣食にこと欠く生活であったが，書物や琴に心を託していて，世界に羽ばたかんとする壮大な志を持っていた。29歳のころ初めて出仕した後，仕官と辞任を繰り返し，41歳で最後の官職である彭沢県の長官を辞してからは，死ぬまで郷里で隠棲生活を続ける。

2　「飲酒」詩

　陶淵明の詩の中で最も人口に膾炙したのは「飲酒」詩其の五であろう。

　　廬を結んで人境に在り，而も車馬の喧しき無し。君に問う　何ぞ能く爾ると，心遠ければ地　自ら偏なり。菊を採る　東籬の下，悠然として南山を見る。山気　日夕に佳く，飛鳥　相与に還る。此の中に真意有り，弁ぜんと欲して已に言を忘る。

　「飲酒」詩と題する計20首からなる連作のうちの1首。「飲酒」と題するが，この詩に「酒」は出てこない。ではなぜ「飲酒」としたのか。序でそのわけを説明して，酒に酔ったあと書きつけた句をお笑いぐさに集めたものだという。ならば戯れ言に過ぎないのか。いや，酔ったいきおいで書いたと言うのは半ば本音，半ばカムフラージュであって，酔人のたわごとをよそおいながら，じつはここに本音が述べられている。一種の詠懐の詩である。

　隠者として生きているが，身を置いているのは山中ではなく人里である。心が俗界から遠く離れているから，おのずと場所も辺鄙になると自問自答で言う。われわれが孤独を感じるのは，皆から離れてひとり生きている時ではない。皆

とともにいる時にこそ自身がひとりぼっちでいるのを強く感じるのであり，それと相通ずるところがあろう。

　菊を摘み取るのは，その花びらを酒に浮かべて飲む風習があるから。ここに至って，詩の字面にあらわれていない「酒」が登場してくる。南山とは廬山（ろざん）という名山を指し，悠然は距離があるさまをいう。作者と山のあいだに実際の距離があるとともに，心理的にも距離を感じて，それゆえにゆったりとした心で眺めているのだ。夕暮れに鳥が連れ立って帰ってゆく情景の中に，真意があるという。ではその真意とは何か。

　日暮れに鳥がねぐらに帰るのは，本来のいるべき場所にもどることである。淵明は何度か出仕してそのたびに辞任している。俗世のしがらみに身をあずける仕官に堪えられず，田園の生活にもどることは，人として本来もっている場所にもどり，人間としての生き方を回復することである。そこにこそ生きる喜びがあると考える。鳥の帰還は作者の生き方をなぞらえているのである。その帰還にこそ真の意味があるのだが，それはことばで説き明かすことのできない奥深い境地であるという。言語はあくまで認識するための手段であり，認識した内容を言語で伝達することはできないとする『荘子』の考えに基づく[▷2]。言語による表現伝達の限界を認識しており，心中の思いである「意」とそれを伝える「言」との関係が，当時すでに深く思索されていたのである。

　また「南山を見る」については北宋・蘇軾（1037-1101）が，一般のテキストは「見」を「望」に作るが，ここは南山がふと目に入ったのであり，見ようとして望んだのではないと言っている[▷3]。何気なく見えたのか，それともゆったりとした気持ちで遠くの山に視線を走らせるのか。どちらがよいと思うかは，読者それぞれの経験や感性によって異なってくる。あなたはいかがだろうか。

3 日常をうたう

　陶淵明の詩はごくありふれた日常の些事，田園での農村生活の一齣をうたうが，それまでの認識によると，詩はこうした卑近なものを描くものではなかった。もっとよそいきの，格好をつけたものをうたうのであって，野暮ったい題材は民間歌謡のテーマであった。淵明はそれを大胆に詩に持ちこみ，ために同時代にあってはあまり評価されなかった。日常生活を，平易な表現で詩にうたうという，のちの中国古典詩のスタイルを確立したと言えるのが陶淵明である。いかんせん時期が早すぎて，当時はそれが理解されなかったのである。

　「飲酒」のほか，「園田の居に帰りて」，出来の悪い子どもを嘆きつつ，子への温かいまなざしを注ぐ「子を責む」，肉体・影・精神三者の架空の対話形式をとる「形影神」などの詩があり，詩以外でも帰隠のよろこびをうたった「帰去来の辞」や，桃源郷なる語のもととなった「桃花源記」，自伝のごとき「五柳先生の伝」がよく知られる。

（釜谷武志）

図2　稚子が門で帰宅を待つ（明代・馬軾「帰去来の図」）
（『中国絵画全集』第10巻，浙江人民美術出版社・文物出版社，2000年）

▷2　『荘子』外物篇に「言は意を在るる所以なり，意を得て言を忘る」。

▷3　蘇軾『東坡題跋』巻2（「津逮秘書」12）。

一　先秦・漢魏六朝

9　『列子』

図1　『列子』
（小林勝人訳注『列子』上）

1　由来不明の怪しい名著

　『列子』という書物は，おおよそ春秋戦国のころの列子（列禦寇）と呼ばれる隠者にまつわる，説話や言論の集大成であると考えられている。だが，そもそも列子なる人物にまつわる記録は断片的であり，実在したのかどうかもあやしい。実在したとして，それが『列子』にどれほど反映しているのかも審らかではない。『列子』の成立についても諸説あり，由来の怪しい本といわざるをえない。その詳細については参考文献の解説などに譲るが，おおよそのところ，前漢には，いくつかのバージョンの『列子』があったらしい。いま読むことのできるものは，晋の張湛が編んだ，現存する最古の注釈書によるものである。

　その思想は，老荘的な道家思想の空気につつまれ，⇨Ⅰ――3特に「虚を尊ぶ」ということが挙げられるが，本項においては，ただその不思議な空気感を持ったエピソードを楽しんでいただくことを推奨する。諸子百家と呼ばれる古代の思索者たちの言行録や説話集は，難しい説教で思想を説くよりは，おもしろいエピソードを語り聞かせて，思索を浸潤させる方法を採った。エピソードのおもしろさという点では『列子』が群を抜いているだろう。

2　杞憂について——オチはあるの？

　「いらぬ心配」「取り越し苦労」のような意味で使われる「杞憂」ということばの出典は，『列子』「天瑞篇」である。天地が崩れることを心配した杞の国の人の憂いがテーマだが，『列子』の本文はいささか複雑な構成になっている。

　まず，杞の国に，天地の崩壊を心配する男がいた。さらに，かれのことを心配する男がいて，「天は気の集まりであり，地は土のかたまりであるから，崩れることなんかありえないよ」と説いてやると，杞の男は安心して，スッキリした気持ちになった。説得した男もまた，スッキリした気持ちになった。めでたし，めでたし――と，これだけで完結しても，「杞憂」の典故としては成立しそうなものだが，記述はさらにつづく。ここで長廬子という哲学者が現われて，二人の対話に対し，笑いながらコメントするのである。――「天地が気や土の集まりだとするならば，集まったものはいずれ必ず散じるから，崩壊しないというのはまちがいだ。だが，天地の崩壊を心配するのは遠大すぎる」と。

　ここでやっと列子の登場だ。かれもまた笑ってコメントを加える。――「崩

壊するという主張も，しないという主張も，まちがっている。生者と死者は，互いのことはわからず，未来の人には過去はわからず，過去の人には未来はわからない。天地の崩壊などに心を乱されない境地こそ重要なのだよ」と。

　もしわれわれが，「きみ，それは杞憂だよ」と言って友人を慰めるのであれば，それはこの寓話の第一ステップでしかない。もっと進めば長廬子の境地に至り，さらに考えを深めることで，やっと列子さまの境地にいたる。「それは杞憂だよ」などと言って慰めあっているうちは，まだまだ序の口，半可通というわけだ。日本でも知られている「朝三暮四」や「愚公，山を移す」などの寓話も『列子』に見えるものだが，知ったかぶりをして安易に使おうものなら，たちまち列子さまから笑われてしまうだろう。

③ 綺談をちりばめた思想書

　ある国が，周の穆王に，偃師と呼ばれる技術者を献じた。偃師は，生きた人間と区別のつかないようなロボットを作り，王の前で歌や踊りを演じてみせた。人造人間は，穆王の侍女たちに向かってウインクまでしてみせる。その無礼に激怒した穆王は，偃師を殺そうとした。あわてた偃師はロボットを分解してみせ，これがただの作り物にすぎないことを説明し，許しを請うた。穆王が心臓の部品を取り除くと，そいつは口がきけなくなり，腎臓を取り除くと歩けなくなった。それが精巧な機関にすぎないことに納得した王は，感嘆して言った。「人間の技術も，造物主と競うまでになっているのだなあ」と。

　ところが，これではなしは終わりではない。伝説的な機械工学の祖とされる，班輸（公輸班，魯班とも）と墨翟（墨子）が，このエピソードの締めに登場するのである。みずからの技術を誇っていた班輸と墨翟は，この偃師の話を聞いてからというもの，生涯にわたり，技術の話題を口にしなくなったというのだ。中国人は，古来，卓越した科学技術を誇ってはいたものの，実生活には無益であると見なされた技術——たとえば空を飛ぶこと——を「拙」な技術としておとしめる傾向もあった。班輸も墨翟も，空を翔ぶ木製の鳥を作ったと伝えられる人物である。ここには列子は登場しないが，もしもコメントを求められたら，やはり笑いながら「どっちとも言えないよ」とうそぶくのであろうか。

④ おもしろいから，それでいいのだ

　列子その人が仙道修業にはげむさまは，『荘子』「逍遥遊篇」に見えている。そこでは列子が空を翔ぶ様子を，「風に御して行き，冷然として善し」と記している。風に乗って空を翔ぶ列子は，クールでカッコいい！　というわけである（図2）。オチや教訓があるのかないのかわからない落語でわれわれを翻弄しながら，みずからは心地よく飛翔する，この答えを求めない哲学者とともに，いわば「思索しない思索」の大空を飛んでみようではないか。　　（武田雅哉）

▷1 「朝三暮四」は「黄帝篇」に，「愚公，山を移す」は「湯問篇」に見える。

▷2 「湯問篇」に見えるこのエピソードは，仏典の影響を受けたものであるとも考えられ，『列子』という書物の成立を考えるうえでも，重要な証拠とされている。

図2　列子
列子の像は，しばしばこのように，風に吹かれて衣服の裾がなびいているデザインで描かれる。「冷然として善し」を表現しているのだろう。「列子御風」の四文字は，現在でも，飛翔機械の飛行の軽やかさを形容する際に，好んで用いられる。
（『沖虚至徳真経』正統道蔵本）

▷3 『列子』は，日本人の創作にも多くのヒントを与えてきた。幸田露伴の「列子を読む」（1927）は，硬めの考証であるから別としても，中島敦は，『列子』「湯問篇」などに見える「不射之射」から，「名人伝」（1942）をつむいだ。石川淳には，「おとしばなし列子」（1950）がある。また，中島の「名人伝」をベースにした，川本喜八郎による日中合作の人形アニメ「不射之射」（1988）がある。

一　先秦・漢魏六朝

10 『文選』
もんぜん

1 「文は文集，文選」
ふみ　もんじゅう

　日本の248番目の元号となる「令和」は，初めて国書から採録された字句として注目を集めた。『万葉集』巻5「梅花歌三十二首 並 序」にある「初春令月，気淑風和」がその典故なのだが，この句はさらに，『文選』第3巻収録の張衡(78-139)「帰田賦」の中の一句「仲春令月，時和気清」に由来すると言われている。日本文学における漢語字句をさかのぼっていくと『文選』にたどりつく，ということは少なくない。『枕草子』は「文は文集，文選」といい，『徒然草』もまた「文は文選のあはれなる巻々，白氏文集」という。(白氏) 文集とは白居易の詩文集のことで，日本人が白居易を偏愛してきたことはよく知られてきた。『文選』は『白氏文集』のような個人の作品集 (「別集」と呼ばれる) ではなく，読まれるべき規範的文学の集大成として編まれたアンソロジー (「総集」と呼ばれる) であり，ながらく東アジアの詩文創作のお手本として大きな役割を果たしてきた。

▷1 「初春の令月にして気淑く風和らぐ」

▷2 「仲春の令月，時和し気清む」

図1　昭明太子
(『歴代古人像賛』，鄭振鐸編『中国古代版画叢刊　1』上海古籍出版社，1988年，439頁)

▷3　死後に贈られる称号。

2 『文選』の成立とその構成

　現存する最古の総集である『文選』が編まれたのは南朝・梁の時代である。梁の初代皇帝蕭衍 (武帝) は学術の奨励に熱心で，試験によって官吏を登用する教育機関を置いたが，これは隋に始まる科挙の源流とも言われている。このように学問が重視された時代に，武帝の長子である蕭統 (501-31) (図1) が文学作品の編纂という事業にあたったのだった。蕭統は皇太子に立てられていたが，即位する前に亡くなったので，その諡により昭明太子と呼ばれている。『文選』(図2) は526年から531年の間，日本では古墳時代にあたる6世紀前半に編纂されたことがわかっている。昭明太子はその時代までに蓄積された膨大な量の別集から，精華をよりすぐって『文選』を編んだ。

　『文選』は，中国初の総集だったわけではない。しかし『文選』が世に問われ，さらに唐のはじめに李善 (?-690) によるすぐれた注釈本が作られると，従前の総集はほぼ駆逐されてしまい，『文選』が総集の中心的な位置を占めるようになった。初唐になって，科挙に詩と賦の制作が課されるようになるとその動きに拍車がかかった。『文選』はいわば唐王朝のお墨付きテクストとして，官僚文人全てにとっての文学規範となったのである。

▷4　『隋書』経籍志は『文章流別集』，『集林』，『文苑』などをあげている。

『文選』30巻は収録作品約800篇を37の文体に分け，更にそれぞれの文体を作者の時代順に並べている。全体の半分以上を占めている「賦」と「詩」は，当時の文学の核心をなすジャンルであった。『文選』「序」は作品の採録基準を「事は沈思より出で，義は翰藻に帰す（深い思索から生まれ，美しい言葉で表現されたもの）」と集約している。思索を凝らした内容と，それを盛る美しい言葉。その二つが並びたって初めて「文」として選ばれるのだという宣言は，literature に相応する概念がなかった6世紀中国に，「文」に何を求めるかという確かな審美的基準があったことを示している。

3 うたわれた言葉

『文選』は具体的にどんな作品を選んだのだろうか。先に述べた通り，分量の半分以上を「賦」と「詩」が占めている。冒頭に置かれる「賦」は漢代の文学を代表するジャンルで，韻文だが一句の字数には決まりがない。例えば前漢の司馬相如（前179-117）の代表作「子虚賦」は楚国の使者によるお国自慢が主な内容である。雲夢という沢を語る一節を読んでみよう（下線部が韻字）。

　　雲夢者，方九百里，其中有山焉。其山則盤紆弗鬱，隆崇嵂崒，岑崟參差，
　　日月蔽虧。（雲夢は方九百里，其の中に山有り。その山は則ち盤紆弗鬱，隆崇嵂崒，岑崟參差として，日月蔽虧す。）

曲がりくねった険しい山に日月も隠されている，という描写だが，山かんむりのついた難解な字が多く目につく。韻律（聴覚）のみならず，密集する同部首の漢字（視覚）もまた，峻厳な山の様子を伝えてくる。漢代の賦の多くは，このように難解な韻文を密度濃く積み重ねるものだった。

では『文選』所収のテクストには全てこのような難字を用いた修辞が施されているかといえば，必ずしもそうではない。次に掲げるのは「詩」の部に採録されている読み人知らずの「古詩十九首」の出だしである。

　　行行重行行　与君生別離　行き行き重ねて行き行く　君と生きて別離す
　　相去万余里　各在天一涯　相い去ること万余里　各の天の一涯に在り

「古詩十九首」は魏晋以降に全盛を極めた五言詩の起源とされている。平易な言葉が使われており，先ほどあげた賦とは全く異なる印象を受ける。現代に生きる私たちも，生き別れになった夫婦の哀切の情をこの詩から読み取ることは難しくない。

台湾の映画監督，侯孝賢の初期作品『冬冬の夏休み』は，母の入院のために祖父母の家に預けられた兄妹を描いた佳篇である。小学生の冬冬が，父母と離れた不安な生活の中でこの「行き行き重ねて行き行く」を音読する場面では，台北の父母を想う幼い心と古人の別離の悲しみが自然に溶け合っている。今も昔も，『文選』は古の人の心，文の美を教えてくれる規範の「文」なのだ。

（濱田麻矢）

▷5　賦，詩，騒，七，詔，冊，令，教，策文，表，上書，啓，弾事，牋，奏記，書，檄，対問，設論，辞，序，頌，賛，符命，史論，史述賛，論，連珠，箴，銘，誄，哀，碑文，墓誌，行状，弔文，祭文。

図2　『文選』
（川合康三ほか訳注『文選―詩篇（一）』）

▷6　侯孝賢監督・朱天文脚本『冬冬の夏休み（冬冬的假期）』（1984）

一　先秦・漢魏六朝

11 『玉台新詠』（534?）

① 現代流行詩の選集

　中国の伝統的な詩では，民謡以外は恋愛をうたわない。恋愛を題材とする『詩経』のいくつかの詩は，もともとは民謡であった。『詩経』に載せられる恋愛の歌も，男女関係は君臣関係の隠喩だとする解釈がとりわけ漢代以降は顕著になって，おもてだって恋愛を詩にうたうことははばかられた。うたう場合は作者の名を秘すか，女性に代わってうたう，あるいは戯れにうたうとして，あくまでも士大夫たる男が作ったものではないというスタンスを貫いてきた。それを変えようとしたのが『玉台新詠』の編集作業である。

　梁の詩人徐陵（507-83）が534年ころに編纂した詩の選集で10巻からなる。当時流行した「宮体詩」と称される艶詩とその系列に属する詩風をもつものを，漢代から同時代まで網羅している。編纂は蕭綱（503-51，のちの簡文帝）の命による。この詩集の性格は，編纂がやや先んずる梁・蕭統編集の『文選』と対比することでより明らかになろう。『文選』30巻は春秋戦国の世から同時代に至るまでの韻文・散文から，哲学思想や歴史関係の書物を除き，模範となるすぐれた作品をあらゆるジャンルにわたって選んでいる。それに対して本書は韻文の中でも詩だけに限っている。さらに『文選』に選ばれる詩は，内容に重みがあり表現も美麗である，いわば古典的価値をもつが，本書では艶麗な詩に限定されていて，はやりの詩とその先蹤が集められたといえる。巻１から巻８までは五言詩で，巻９は五言以外の雑言体，巻10は五言四句，すなわちのちの五言絶句に相当する形式の詩を収める。そのうち巻１から巻６までは漢代から梁代までをほぼ時代順に排列し，巻７・８は編纂当時存命であった梁代詩人の詩を，それぞれ皇族と臣下とに分けて収める。

② 美女の姿態を描く詩

　異色なのは巻７・８である。生存している詩人，なかでも蕭綱とそのサロンにいた詩人，徐摛（474-551）・徐陵父子，庾肩吾（?-?）・庾信（513-81）父子に代表されるグループの作を中心に集めている。いわば当代流行詩の巻である。いったい複数の詩人の作品を収録する総集は，いかなる作品を収めるかという選択基準が問われるのであり，その点において収録作品を選択するという行為は文学批評の一種ともいえる。ここで生存する同時代人の作，さらには撰者で

図１　梁の武帝蕭衍の陵墓修陵に置かれた石刻の天禄（伝説上の獣）像
（姚遷・古兵編著『六朝芸術』文物出版社，1981年）

ある徐陵自身の作も収録していることは，本書の編集がこうした艶詩の存在と発展を，強くアピールするという意図に基づくものであることを物語っている。

「倡婦怨情十二韻」（巻7）と題する蕭綱の詩は，歌い女の怨みを12韻，すなわち全24句でのべたもので，女性の登場を次のように描く。

髣髴　簾中より出ず，妖麗　特に非常なり。秦羅の髻を学ぶを恥じ，楼上の妝を為すを羞ず。散誕　紅帔を披き，生情　新たに黄を約す。斜鐙　錦帳に入り，微煙　玉牀を出ず。六安　双玭瑁，八幅　両鴛鴦。猶是れ　別時許して，留置して　心傷を解かしむ（簾のなかからおぼろに出たものがある，それは見るからに特別非常に妖麗な美人である。この女はむかし話にある秦羅敷の倭堕髻を学ぶことを恥とし，秦氏楼上の化粧をすることを恥としている。彼女はふわりとバサバサに紅の肩衣をはおり粋な風に新しく黄粉で額に月形のよそおいを施している。灯火の光は斜に錦の掛幕にはいり，かすかな香煙は玉の寝台から出ている。玭瑁で造った六角の二つ枕。二羽の「おしどり」のついた八幅の夜着，これは愛人がわかれるとき留めおいて悲しい時の心のなぐさめにせよと許してくれたものなのだ）。

悩ましい美女の姿を微に入り細を穿って描いている。物をこと細かに描写するこうした新たな詩風は，前代の謝朓（464-99）らのいわゆる永明体を継承し，さらに発展させたものであって，おそらくそれらを中心に集めたので「新詠」と名づけられた。父の武帝はこの詩風に激怒し，兄の昭明太子・蕭統もあまり好意的ではなかったと思われる。敢えて編集したのは革新的であり，大胆な宣言であったのだ。

３　艶詩と語り物

「むかし話にある秦羅敷」は，楽府「陌上桑（別名　日出東南隅行）」（巻1）にも登場する。秦氏の羅敷は桑摘みをする二十歳前の女性，道行く男はみなその美しさに心を奪われる。馬車で通りかかった郡の長官が誘いをかけると，お互いそれぞれ配偶者がいるではないですかと厳しくはねつける。桑摘みの女とそれに声をかける男という類型の物語は複数見られ，どうやら民間に広く流布していたようである。それが「陌上桑」のような詩に結晶したのだろう。

民間の歌謡では恋愛がほぼタブーなくうたわれる。「焦仲卿の妻の為に作る」（巻1）は婚家を追い出される妻が再嫁を強いられ，夫婦ともに自ら死を選ぶという悲しい結末を迎える。350句を超える長篇の物語詩で，メロディをともなってうたわれた可能性も大である。民間ではこうした歌をまじえた語り物がほかにもあったことをうかがわせる。

艶詩を積極的に収めようとする意義は大きかったが，結局のところ，中国古典詩の大きな流れは変わらなかった。唐代以降，李商隠（811-58）のように恋愛詩を作る詩人は散発的にいたけれども。

（釜谷武志）

▷1　倭堕髻は女性の髪型の一つ。髪を頭頂で束ねて曲げたり折り返したりしたもので，額のあたりまで垂れている（図2）。

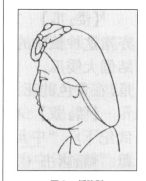

図2　倭堕髻
（羅竹風主編『漢語大詞典』上海辞書出版社，1986年）

▷2　鈴木虎雄訳解『玉台新詠集』中，385-387頁。

▷3　楽府は歌謡をいう。メロディをともなった詩やそれをふまえてつくられたメロディのない詩を含み，その多くは民間の歌謡詩である。

図3　『玉台新詠集』
（鈴木虎雄訳解『玉台新詠集』）

一　先秦・漢魏六朝

12　漢訳仏典
かんやくぶってん

▷1　インドでの経典の成立から中国での漢訳に至るまでの流れについては水野弘元（『経典はいかに伝わったか』）を，中国において仏典が叢書としてまとめられるようになる過程については船山徹（「漢語仏典」『漢籍はおもしろい』）を，木版印刷大蔵経の歴史については野沢佳美（『印刷漢文大蔵経の歴史　中国・高麗編』）をそれぞれ参照されたい。

▷2　『大正蔵』には漢訳仏典以外にも，中国や日本で撰述された僧伝や注疏など仏教史上重要な文献も多数収められている。なお，『大正蔵』はウェブ上でテキスト検索もできるようになっている（大正新脩大蔵経テキストデータベース https://21dzk.l.u-tokyo.ac.jp/SAT/）。

▷3　「譬喩経」は，仏弟子や信者の前世物語という意味で使用されることもある。ここでは単に譬喩が多く用いられた経典という意味で用いる。

▷4　経典冒頭の〔　〕は訳出年代である。紙幅の都合上，訳者は省略する。

▷5　大正蔵から引用する場合は，巻数・頁数・頁段を示す。

1　漢訳仏典と『大正新脩大蔵経』

　漢訳仏典とは，漢訳された仏教経典のことである。紀元前6-5世紀にインドで始まった仏教は，中央アジアを通って，1世紀半ばまでには中国に伝わっていたとされる。ただ，経典の翻訳（漢訳）が本格的に始まるのは2世紀後半，後漢の桓帝（在位146-67）・霊帝（在位168-89）のころである。経典は後漢以降，唐代さらには北宋に至るまで続々ともたらされ，次々と漢訳された（図1）。漢訳経典が増えるに従い，それらは「大蔵経」（もしくは「一切経」）と呼ばれる叢書にまとめられて伝承されるようになる。唐代までは書写で，宋代以降は木版印刷で伝承された。19世紀に入ると日本で金属活字印刷による刊行が行なわれるようになり，大正12年（1923）から昭和9年（1934）にかけて近代的な仏教学の成果を取り入れて刊行されたのが『大正新脩大蔵経』（略称は「大正蔵」）である。▷1

⇨Ⅰ-二-19

　現在，学術研究で広く用いられている漢訳仏典のテキストは，『大正蔵』のものである。『大正蔵』は全100巻から成るが，漢訳仏典と言われるものは主に1-32巻に収められている。▷2その数はおよそ1600部にものぼる。

2　譬喩経と仏伝

　あまたある漢訳仏典の中で，比較的平易な内容で親しみやすいものが，譬喩（例え話）を用いて仏教の教えを説く譬喩経である。▷3〔後漢〕『雑譬喩経』，〔姚秦〕『大荘厳論経』『衆経撰雑譬喩』，〔北魏〕『雑宝蔵経』，〔南朝斉〕『百喩経』▷4などがあり，これらは『大正蔵』3-4巻「本縁部」に収められている。例えば『百喩経』には，正しい修業法に関する次のような譬喩がある（大正4-546-c）。▷5

　　その昔，ある愚か者がいた。生でゴマを食べたところ，まったくおいしくなかったが，煎ってから食べるととてもおいしかった。そこでこう考えた。「煎ってから植え，そうしてから収穫すればもっとおいしくなるのではないか」。そこで煎ってから植えたが，いつまで経っても芽は出てこなかった。

　このほか親しみやすい経典としては，「仏伝」と呼ばれる仏陀の生涯を描いた経典がある。主なものに，〔後漢〕『中本起経』，〔劉宋〕『過去現在因果経』，〔隋〕『仏本行集経』などがあり，これらも「本縁部」に収められている。中でも『中本起経』には，かの有名な祇園精舎の寄進の話がある。「精舎」とは僧院のことで，出家者の修行と生活の場である。祇園精舎は古代インドのコーサ

ラ国の首都舎衛城の郊外にあった。仏陀に帰依したコーサラ国の大金持ち須達は精舎の寄進を思い立つ。そこで祇陀太子所有の園林を買い取ろうとするが，太子は物惜しみして売ろうとせず，「もし金銭を園林いっぱいに敷き詰めることができたら，売ってやろう」（大正4-156-b）と言う。それを本気にした須達は，お金を敷き詰め始める。その熱意に打たれた太子は園林を売りに出す。こうして祇陀太子の園林に建てられた精舎，すなわち祇園精舎が誕生するのである。

3 孝を説く経典

　漢訳仏典の中には漢訳された体裁をとった経典がある。これらは「疑経」と呼ばれる[6]。疑経が作られた理由の一つに，中国の伝統的思想との調和がある[7]。中国に伝来した仏教が直面した問題は「孝」であった。仏教の修行者は家と家族を捨てる（出家）からである。そこで，三宝（仏法僧）を礼拝し供養することが親や先祖への報恩になると説かれるようになり，そのために作られた（作られたとされる）経典が『父母恩重経』[8]や『盂蘭盆経』[9]である。

　『父母恩重経』の特徴は，慈愛に満ちた父母の養育とそれを踏みにじる親不孝を対比的に描いていることである。前半ではまず「母親は空腹であっても，まずいものは自分が食べ，うまいものは子供に与える。乾いたところに子供を寝かせ，湿った場所には自分が横たわる」（大正85-1403-c）というように，両親（とくに母親）が子供に愛情を注ぎ，苦労しながら育てる様が描写される。その後，子供が，大切に育てられた恩を忘れ，親をないがしろにする様が続く。親にはぼろを着せ，自分は派手な服を着て友人たちと遊びほうける。結婚後は親を別室においやり，夫婦二人だけで楽しく語り合う。親の気力が衰えてきてもご機嫌伺いにもいかず，親が急病で倒れたとの知らせが来てもすぐに駆け付けない。そしてなんと「早く死んでしまえばいいのに。ずうずうしく地面にへばりついてやがる」（大正85-1404-a）とまで言う。

　『盂蘭盆経』は，仏弟子の一人目連（大目乾連）が餓鬼になった母親を救済する物語を通して，7月15日の盂蘭盆会の由来を説く経典である。目連は，母親の養育の恩に報いるため，餓鬼になって骨と皮だけになっている母親を助けようと，鉢にご飯を盛って母親のところに行って与える。しかし，

　　母親はご飯を取ると，（他の餓鬼にとられないように）左手でご飯を隠し，
　　右手で口に運んだが，ご飯が口に入る前に，ご飯は燃え盛る炭に変わり，
　　食べることができなかった（大正16-685-b）。

目連は大声で泣きながら仏に助けを求める。仏は，お前の母親の罪業はとても深いから，天地の神々でも救うことはできない。ただ僧たちの威神力のみが救うことができる。だから，7月15日，自恣（反省会）のために四方から集まった僧たちに飲食などを盆器に盛って提供せよと言う。これを聞いた目連は大いに喜び，目連の母親は餓鬼の苦しみから救われるのである。　　　　（山田大輔）

図1　玄奘三蔵ら，取経僧が将来した仏典は，精力的に漢訳されていった（「玄奘法師像」西安慈恩寺大雁塔，石刻線画）

（沈従文編著『中国古代服飾研究』南天書局，1981年，図92）

一　先秦・漢魏六朝

13 神話と伝説

1 荒唐無稽な物語

　世界はどのように始まり，人はどのように生まれたのか。神話はこの種の問いに，とりあえずの答えを与えてくれる。中国でも，天地をはじめとする万物始源の物語は，さまざまに語り継がれ，『山海経』や『淮南子』など，断片的に書きとめられてきたが，長らくまとまったものがなかった。20世紀後半に至り，ようやく神話研究者の袁珂によって体系化がなされ，いまの日本では，その翻訳『中国の神話伝説』を読むことで，全貌をうかがうことができる。⇨Ⅰ-五-60

　なぜ中国では，ギリシャの『イーリアス』やインドの『ラーマーヤナ』のような書物が編まれなかったのか。このあたり，漢族を主とした「中国人の性質」が原因の一つと言われる。中国のエリートたちを縛ってきた儒教の現実主義的傾向，たとえば「子，怪力乱神を語らず」に代表されるような態度が影響◁1⇨Ⅰ-三-37し，それは神話によくある荒唐無稽さを退け，存続を阻み，ゆえに神話に類する物語は民間で生まれていながら，しかし重宝はされなかったというのである。

　ただし彼らはその一方で道教を生み出し，儒教がカバーしない領域についての思索をもまた深めてきた。それは修養いかんで，ありふれた現実を超えられると説いたから，その種の老荘思想に淵源をもつ書物には，荒唐無稽な伝説が⇨Ⅰ-一-3, Ⅰ-一-9大量に収められることになる。『神仙伝』や『列仙伝』には，普通ではない人々が当たり前のように存在していたことが記されている。

　古来，神仙と人とは共生し，境界も曖昧で，人はまたよく死後に神として祀られた。その代表には関羽や済公のほか，航海の女神である媽祖などがいる。⇨コラム7

2 世界のはじまり，人のはじまり

　天地開闢と人類創造については，次のような物語がある。◁2

　盤古（図1）なる神は，まだ天地が暗く未分化な状態であったころに生まれ，1万8000年の時を眠りながら過ごし，目覚めると手斧を投げつけ，暗黒を打ち破った。すると中の軽く澄んだものは上昇して天になり，重く濁ったものは下降して地になった。毎日，天は一丈ずつ高くなり，地は一丈ずつ厚くなり，盤古もまた一丈ずつ背が伸びていった。彼は天地がふたたび混じりあわないよう，長い柱のように，間に立ちはだかった。そのまま気の遠くなるような時間が過ぎて，天地がふたたび混じりあう心配がなくなるほどに固まると，彼は臨終を

▷1　『論語』「述而篇」に由来し，立派な先生は荒唐無稽なことを語らない，といった意味のことば。

▷2　袁珂／鈴木博訳『中国の神話伝説』「開闢篇」の第2，3章（101-115頁）に，より詳しい列挙がある。

図1　盤古
（『中国名家画集系列　戴敦邦画集』中国美術出版社，2011年）

迎えた。息は風と雲に，声は雷鳴になり，左目は太陽に，右目は月になり，その体軀は山や川や田畑や星や樹木や金属や玉石になり，汗のようなものさえも雨露になって，つまり彼は世界そのものになったのだった。

　天地開闢のあとには，人が生まれる。人類創造は女媧なる女神の担当だ。彼女は生まれたての荒涼とした世界を，生気あふれるものに変えんと，池の傍らにたたずむと，水面に映じたじしんの姿をもとに，泥をこねて人を作った。それは地に置くと動き出し，オギャアと泣いて跳び上がった。喜んだ女媧は，一つまた一つとこねあげてゆき，みなは彼女の周りを騒ぎながら駆け回り，世界はしだいに賑やかになったが，大地はあまりに広大で，こねてもこねても数が足りない。次第に彼女は疲れを覚えて，横着して，縄を泥に入れてかき混ぜると，さっと引き出し地面に一振り，飛び散った飛沫もまた人になって，こうして大地には人類が満ちあふれたのだった。

　彼女はよく伏羲なる男神とペアにされ，彼らは夫婦とも兄妹とも言われるが，漢代の石刻や帛画には，人首蛇身の両者が長い尾を絡ませて描かれ（図2），それは一説に性交の隠喩と言われる。

図2　画像石に描かれた，尾を絡ませる人首蛇身の伏羲と女媧
（朱錫禄編著『武氏祠漢画像石』山東美術出版社，1986年）

③　中国のロミオとジュリエット

　「梁山伯と祝英台」は，人々によく知られた男女の悲恋の物語である。東晋の江南地方が舞台で，長い間，口や文字で伝えられ，図像に描かれ，舞台で上演され，20世紀には映画が大量に作られた。テレビドラマやアニメーション（図3）にもなった。この物語をモチーフにした同名のバイオリン協奏曲（1959初演）は，中国を代表するクラシック曲の一つである[3]。

　その前半は，学問が男に限られていた時代，祝英台が男装して男だらけの学堂にもぐりこみ，梁山伯と兄弟としての情愛を深めるはなし。少女マンガにありそうな設定だが，民間ではやはり「祝英台は，女であることをいかに隠し通したか」といったあたりが，面白く語られたようだ。彼女は着替えや小用の際に，一瞬たりとも気が抜けないのだった[4]。

　より重要なのは後半だ。後に梁山伯は，祝英台が女だと知ると，じしんの本当の気持ちに気づく。しかし彼女にはすでに，親の決めた婚約者がいて，梁山伯は思いやつれた果てに死んでしまう。かたや同じ気持ちの祝英台だったが，やむなく輿入れとなり，彼女はかごの中で，ふと彼の墓を見つける。泣きながら近づくと，墓は二つにパカッと割れた。彼女が中に飛び込むと，墓は再びピタッと閉じた。その空には，二匹の蝶が仲睦まじく飛んでいたという。

　現在，浙江省寧波市には，「梁祝文化公園」なるテーマパークが作られている。最寄りの地下鉄「梁祝」駅は，蝶の意匠にいろどられ，広大な敷地内に置かれた展示やオブジェ（図4）は，学問をこころざす女性と，愛を語らうカップルを応援している。

（加部勇一郎）

図3　アニメーション『梁山伯与祝英台』DVD

▷3　周静書主編『梁祝文化大観』（全4冊，中華書局，1999年）には，この伝説の豊かなバリエーションや研究成果が広く集められている。

▷4　馬場英子・瀬田充子・千野明日香編訳『中国昔話集』第2巻，（東洋文庫762，平凡社，2007年）所収の物語「梁山伯と祝英台」参照。

図4　梁祝と蝶を材に取ったオブジェ
（筆者撮影）

二　隋・唐・宋

隋・唐・宋の文学の流れ

▷1　漢代の文芸で最も優れているのは文章，唐代なら詩，宋代なら詞，元代なら曲（芝居）という意味。

図1　『唐詩選』
（前野直彬注解『唐詩選』上，岩波文庫，2000年）

▷2　安禄山と史思明らが起こした反乱（755-63）。

⃞1　唐詩と唐宋八大家

　およそ150年の南北朝時代は隋の全土統一によって終わりを迎えた。しかし二代目皇帝煬帝の暴政により，隋は滅亡する。その後を担った唐の時代に文芸は花開き，それを宋が受け継いだ。

　この時代に栄えた文芸ジャンルは，詩，詞，文，伝奇（小説），語り物等々多岐にわたる。その中でも「漢文・唐詩・宋詞・元曲」という，各時代と代表的ジャンルを結びつけた慣用句で讃えられているように，詩こそが唐を代表する文芸だ。その作風によって初唐・盛唐・中唐・晩唐という時代区分をするが，この区分は歴史学や文化史などのジャンルでもしばしば援用される。

　唐詩には，偶数句の末尾で韻を踏むこと以外にも実は様々な縛りがあって，そのルールは初唐から盛唐にかけて完成する。名前の通り盛唐が最も詩の栄えた時期で，優れた詩人を輩出している。李白や杜甫は言うに及ばず，「春眠暁を覚えず」の出だしで漢文の教科書でもおなじみの詩「春暁」の作者孟浩然も盛唐の詩人だ。エネルギッシュで生き生きとした詩がこの時期の特徴だ（図1）。盛唐の終わりには安禄山の乱があり，その後は白居易（白楽天）が提唱したような平易な詩が好まれるようになり，さらに晩唐には感傷的な詩が多く作られた。

　文ならば何と言っても唐宋八大家に尽きる。これは唐代の韓愈・柳宗元，宋代の欧陽脩・蘇洵・蘇東坡（蘇軾）・蘇轍・曾鞏・王安石という8人の優れた文人を讃え称した呼び名である。彼らの文章の特徴は六朝時代以来流行してきた，やたらときらびやかな四六駢儷文から，質朴な漢代の文章に立ち返ろうとする風潮（古文運動）に沿ったものであった。唐宋八大家という呼び名は明代以来のもので，彼らの文集がいくつか編纂されたが，清代の沈徳潜が編んだ『唐宋八家文読本』は江戸時代にわが国でも広く読まれた。

⃞2　想像力の飛翔

　唐代には「伝奇」と呼ばれる，現代でいう小説のはしりが作られ出した。内容は恋愛（不倫や異類婚姻も含む），異界冒険譚，神仙もの，推理，復讐その他さまざまな不思議な話で，あらすじ程度のものも多いが，その前の六朝時代の不思議話が事実の記録（ノンフィクション）という意識から書かれたのに対し，唐代の伝奇がフィクションを楽しもうという意識から記されたことは特筆に値

する。これらの短編小説が含む優れたイマジネーションが，明代には長編小説へと改編される原動力ともなり，またわが国の名作の元ネタともなった（芥川龍之介「杜子春」，中島敦「山月記」など）。

詩のジャンルでも，辺境警備隊にまつわる風景や心情をうたった「辺塞詩」が数多く残されていて，この世界観は『万葉集』の「防人の歌」にも通じる。「葡萄の美酒 夜光の杯」で知られる王翰の「涼州詞」は「辺塞詩」の代表作で，異国情緒にあふれた作品だが，王翰自身は辺境には赴いたことがなかったとされ，想像力の優れた産物と言えよう。次第に開けてきた南方の彩り豊かな自然世界を詠った詩も増えてきている。これもまた想像で書かれたとおぼしき作品が多い。李白や王維の作品で知られる「少年行」と題された一群の詩は，勢い盛んな若者を描いているが，不良少年や歴代の暗殺者も好んで題材とされている。その背後には西洋の「悪漢小説」（ピカレスクロマン）にも通じる，既成秩序の破壊や破滅に向かう美学への志向が見え隠れしている。もっとも，こういった秩序破壊者たちを題材にした詩にしろ伝奇にしろ，文人たちのサロン文芸であり，一般庶民はと言うと，こういった物語を街中で行なわれる語り物（講談）で楽しんでいたようだ。

③ 唐から宋へ

この語り物演芸が盛んになるのは宋代である。宋は唐に比べるとエネルギッシュさに欠けることは否めないが，国内のインフラが整い，内的充実をみせた時代である。唐の都市は夜間になると城門と市中の各ブロックが閉門されていたが，宋になると出入りも自由となり，庶民たちのエネルギーが解放された。唐代にも寺院で定期的に仏教物語の絵解きが行なわれていたが，北宋の都汴京（現在の開封）の瓦子（盛り場）では，勾欄と呼ばれる演芸場で連日連夜，芝居，サーカス，相撲などが上演されたという（図2）。そこで演じられた講談の種本は「話本」といい，同時代の出版物からその姿をうかがうことができる。講談には『三国志』『水滸伝』『西遊記』の元の形も含まれていたとされる。

宋代にあっても詩は引き続き文芸の中心にあったが，この時代には「詞」と呼ばれる形式も大流行し，前述の通り，宋代を代表する文芸ジャンルと見なされている。詞は定型の曲（メロディ）に合わせ，それに歌詞を当てはめて歌うもので，「詩余」とも呼ばれ，詩より一段低いものと見なされていたが，そこに新しい発展性を見出す文人もいた。歌詞は口語を取り入れた極めて平易なもので，題材も非常に身近なものから採られることもあった。蘇東坡などはある宴で，目の前にいる名妓（芸者）を詞に詠み，プレゼントした。

このように，唐から宋にかけての文芸は，ごくごく大雑把にくくるとすれば，サロン的（閉鎖的）・理想的・文字的（筆写的）なものから，大衆的（開放的）・直截的・音声的なものに向かったと言えよう。 （佐々木睦）

図2　清明上河図に描かれた語り物演芸
（宋・張択端『清明上河図』栄宝斎出版社，1997年）

二　隋・唐・宋

14 唐宋の伝奇と志怪

図1　『唐宋伝奇集』
（今村与志雄訳『唐宋伝奇集』上）

1 「中国的」な物語の遺伝子

　唐宋の時代には，伝奇と呼ばれるフィクションが現れる。超常的な物語は以前にもあったが，六朝の志怪がそれを「事実」として淡々と述べる傾向にあったのに対して，唐宋の伝奇では，情景描写はもちろん登場人物の心理までも記すようになり，物語は起伏に富み，会話も細やかになってゆく。内容も，夢のお告げで仇討ちを達成する話（「謝小娥伝」）や，超能力を持つ白猿が女をさらう話（「補江総白猿伝」），杵や燭台といった日用品が深夜に歌会を開く話（「元無有」）や，人が虎と婚姻を結ぶ話（「申屠澄」）など，多種多様だ。

　冒頭には，六朝の志怪と同様，具体的な年代や場所が明示される。途中話はさんざんにぶっ飛ぶのだが，末尾にはやはり，現実と地続きであることを伝える文言が添えられたりする。当時の文人たちが，美辞麗句を奔放に操りながら，それでも「事実」を語るといった構えを崩さないあたり，「事実である」ことが不思議な物語をおいしく味わうためのスパイスなのだと知っていたかのようでもある。これらの伝奇は，宋代の李昉『太平広記』（981）や洪邁『夷堅志』（1200頃）などの物語集に収められ，いまに伝わっている。

　これらのフィクションはまた，後の作家たちの良質な刺激となった。日本の芥川龍之介は沈既済「枕中記」と牛僧孺「杜子春」に着想を得て「黄粱夢」と「杜子春」（ともに1917）を書いている。中島敦の「山月記」（1942）もまた，張読「李徴」（宋代には「人虎伝」とも）に淵源がある。あるいはその遺伝子は，最近の在米華人作家であるケン・リュウの「紙の動物園」（"The Paper Menagerie", 2011）などにも，認められるように思われる。

2 異国の人々，異国の技

　伝奇作品の中には，よそから来た胡人と呼ばれる人々が，中国の品の，漢人にはわからない真価を認めて，高価で購う物語が数多くある。石田幹之助は『長安の春』の中で，その種の物語を「胡人採宝譚」と呼んだが，シルクロードを通ってやってきた多くの異人たちの，風変わりな振舞やアイテムが，この時代の物語にエキゾチックな魅力を添えている。

　張読「陸顒」（『太平広記』巻476）は，麺（小麦製の食品）を食べるのが大好きな，しかしどんなに食べても太らない陸顒なる男の話。ある日，彼のもとに，

▷1　小説「紙の動物園」の舞台はアメリカで，物語では異国の地に暮らす中国出身の母親に対する「私」の思いが綴られる。折り紙が得意な彼女が，「私」に紙で，さまざまな動物を折って見せると，それらはファンタジックに動き出すのだが，その理由について，作品内ではとくに解説されない。

▷2　石田幹之助「西域の商胡，重価を以て宝物を求める話──唐代支那に広布せる一種の説話に就いて」『長安の春』210-246頁参照。

数人の胡人が酒や魚を手にしてやって来て，交際を結びたいという。宴を尽くして，また十日もすると，今度は黄金や絹織物を持って来た。陸顒の周囲の者たちは，その来訪を不気味に思い，彼に距離を置くよう忠告し，それを聞いた陸顒が居を移すと，ついに胡人たちは，彼に近づいた真意を告げたのだった。彼らいわく，陸顒の腹には消麵虫なる虫がいて，それを何としても手に入れたいとのこと。言われて陸顒，もらった紫の薬を一粒飲むと，ゲエと二寸ばかりの，色の青い，蛙のような虫を吐いた。胡人は山のような財宝と引き換えに，その虫を豪華な箱に入れて大切に持ち帰っていった。

　わが芥川に「酒虫」(1916)なる，ある酒好きが西域の蛮僧に「腹中に酒虫がいる」と言われる話があり，これは『聊斎志異』「酒虫」（図2）が直接の元ネタだが，この「陸顒」は，その上流に位置するものといえる。

　薛漁思「胡媚児」（『太平広記』巻286）は，唐の貞元のころに揚州に現れた胡媚児なる大道芸人の話。観客から小銭を求め，蓆に置いたガラスの小瓶に，チャリンチャリンと入れていたが，何百何千の銭を入れても，小瓶はあふれることがなく，葦ほどの細い入り口から入るそれらは，まるで砂粒のようで，そのうち，道を通りかかった租税運搬の馬やら車やらをも飲み込んでしまうようになる。呆然とする観衆をよそに，ついには胡媚児じしんも，するりと瓶の中へ。租税運搬の役人が慌てて，瓶を手に取りガシャンと叩き割ると，銭も馬も，車も胡媚児も，跡形もなく消え去ってしまった。

　物語はその後，別所で車馬を引く胡媚児の目撃談を付して「胡媚児の目的は初めから租税を盗むことにあった」かのように語りを終えるが，胡媚児の操った，質も量も無効化する技じたいが「なんだったのか」の解説は一切されない。

　「胡」字はもともと，北方および西方の異民族を指す。そんな「胡」の人々は，漢人とは違った論理で動き，たいていの場合，金儲けに長けている。だから唐宋の伝奇を読んでいて，彼らに出くわした際には，読む側もかつがれぬよう，少し気を引き締めなければならないというわけなのである。

図2　「酒虫」（部分）
（戴敦邦『戴敦邦聊斎人物譜』天津楊柳青画社，1990年）

3 奇譚は世界をめぐる

　「胡媚児」と同じ薛漁思の作とされる「板橋三娘子」は，三娘子なる30過ぎの寡婦が営む宿屋「板橋店」の話。三娘子は客が寝静まると，人形を操って土間を耕し，蕎麦を育てて粉にして，翌朝，客にふるまうのだが，それを食べた客はロバに変身し，三娘子に死ぬまでこき使われてしまうのだった。この極めて異国情緒の豊かな物語からは，東西の様々な類話とのつながりを見出すことができる。そのほか，唐の段成式『酉陽雑俎』所収の「葉限」は，継母や義姉妹にいじめられる貧しい娘が，金色の魚の助けを得て王と結婚する話であるが，南方熊楠が指摘したように，グリム兄弟やペローの「シンデレラ」物語につながるものだ。人や物が動くとき，変な話もまた動くのであった。（加部勇一郎）

▷3　グリム兄弟は19世紀のドイツの言語学者・文学者で，兄をヤーコプ (1785-1863)，弟をヴィルヘルム (1786-1859) という。シャルル・ペロー (1628-1703) はフランスの詩人。

▷4　南方熊楠「西暦九世紀の支那書に載せたるシンダレラ物語（異なれる民族間に存する類似古話の比較研究）」『南方熊楠全集』第2巻，平凡社，1971年，121-135頁参照。初出は1911年参照。

二　隋・唐・宋

15 張鷟（ちょうさく）『遊仙窟』（ゆうせんくつ）（8世紀）

▷1　黄河の源流域は，現在の青海省に位置するが，唐代においては，政治的には，外交上重要な地域であるとともに，説話の世界では，西方の神話的世界と現実世界との境界でもあった。武田雅哉『星への槎——黄河幻視行』参照。

▷2　張鷟の伝は『旧唐書』（くとうじょ）巻149などに見えるが，これらの史書にも『遊仙窟』への言及はない。

図1　日本で刊行された『遊仙窟鈔』の挿絵
（『頭書図画　遊仙窟鈔』松山堂書店，元禄三年刊本の明治における後刷本（刊行年不記））

1 黄河源流域での一夜のアバンチュール

　唐代の伝奇小説のひとつ『遊仙窟』は，ほかの伝奇作品に比べると，いささか長めである。作者は張文成（ちょうぶんせい）であるが，これは，唐代の文人張鷟のことであろうといわれている。

　ストーリーは，いたって単純だ。黄河の源流域という辺境の空間に出張した，作者と同名の男は，旅の途中で，神仙が住むといわれる土地に迷い込み，とある屋敷の前に出た。そこで男は一夜の宿を借りることにしたが，屋敷のあるじは，崔十娘（さいじゅうじょう）という美貌の未亡人と，その兄嫁の五嫂（ごそう）であった。男は，十娘らと詩を交わしながら，しだいに打ち解けていき，ついには一夜かぎりの情を交わす。やがて夜が明け，男は，美女たちと涙ながらに別れる。

2 忘れ去られた大作

　張鷟は則天武后の時代の文人であり，性格はいたって軽佻浮薄，それゆえ晩年には，まわりに疎まれて左遷されたらしい。それでも，かれが綴る文は華麗で艶があり，新羅や日本の使節が来ると，かならずや大金をもって買い求めたという。ところが『遊仙窟』の存在は，中国では早い時期に忘れ去られた。いま，この作品が読めるのは，日本の留学僧が手に入れて持ち帰り，一千数百年のあいだ，お寺の奥で大切に保管されてきたおかげだ。清の中期になってから，中国人にもその存在が知られるようになり，魯迅がこれを中国の小説史の中に位置づけて以来，文学史において言及されるべき古典文学の名著となった。

　作中でやりとりされる歌の多くは性的なニュアンスを含んでいるもので，妓楼での遊びを仙境譚に仮託したものともいわれている。じっさい中国のポルノグラフィが，わが国のお寺で発見されるケースは，少なくない。日本の寺院は，中国のこの種の作品の，きわめて忠実なる保管者でもあったのである。⇨Ⅱ-三-11

3 十娘とのやりとり

　さて，宿を借りた主人公，ちらりと目にした十娘のことが頭から離れない。そこで，あつかましくも長めのラブレターをしたためる。ここでは古来の恋愛にまつわる故事が羅列され，あなたのことが気になってしかたないのだと告白する。それから始まる，二人の詩のやりとり。そうこうするうちに，主人公は

十娘との対話を許される。こうして，エロティックなニュアンスを含んだことばのやりとりが展開していくのだが，ただ「好いた惚れた」を叫んでいるわけではない。周到に典故を折り込んだ，詩であり，会話なのである。

たとえば主人公の張文成は，女たちの前で自己紹介をする際に，過去の「張」姓の有名人の赫々たる事績を羅列し，張一族の才能を誇示しつつ，みずからはその末裔であることを強調する。さらに，二人を取り持つのは，機転の利く五嫂。ほかにも女中が何人か出入りしているが，いずれも美人ばかりで，主人公は目移りをする。そのたびにムッとする十娘。男をたしなめる五嫂……。

図2 『遊仙窟』
（張文成／今村与志雄訳『遊仙窟』）

4 ポルノグラフィの古典？

かくして一夜の交情は，いよいよクライマックスを迎える。

私は十娘に手を貸して，綾絹の打掛けをとると，薄絹の裳裾を解いて，赤い襦袢を脱がせ，さらに緑の靴下を取ってやりました。すると，私の目の前には，花と見紛うばかりの眩い姿態がさらされ，よい香りの風が鼻を刺激しました。行き場を失った私の心は，もはや，だれにも止められなくなりました。湧きあがる情欲は，もう抑えるすべがありません。私はこの手を緋色の下着の中に挿し入れ，緑の掛け布団の中で足をからませました。二人が唇を重ねると，私は片方の腕で彼女の首をささえつつ，もう片方の腕ではその乳房をまさぐり，太股のあたりを撫で，探ったのでした。唇を重ねるたびに喜びが走り，抱きしめるたびに胸には熱いものがこみ上げました。鼻は激しく息づき，胸はつまりそうです。たちまちのうちに，眼はくらみ，耳はほてり，脈は激しく打ち，筋肉は弛緩していきました。ここで私は，はじめて悟ったのです。十娘こそは，この世では逢えず，目にすることのかなわなかった，なににも換えがたい大切な女であることを。こうして，わずかな時間のうちに，私たちは何度も交わったのでした。

そのとき烏がカアと鳴き，鶏がときを作る。ああ憎らしや！　恨めしや！二人は涙を流しながら見つめあいました。——このような描写があることから，ポルノグラフィの古典的作品と目されるのもうなずける。[43]

本作は，漢代にシルクロードを踏破した歴史上の人物張騫が，槎に乗って黄河の源流を尋ね，果ては天河まで至り織女に出会ったという伝説や，宋玉の「高唐賦」にうたわれている，巫山で神女と契りを結んだ話[45]，あるいは陶淵明の『桃花源記』などに見えるような，神仙境への訪問や神仙との遭遇のモチーフを取り入れながら綴られたものであろう。

『遊仙窟』は，奈良朝，文武天皇のときにわが国に伝わり，中国の人気作家の作品として広く読まれたようである。かくしてこの作品は，白居易の『長恨歌』などとともに，その後の日本文学の形成に，はかりしれない影響を与えたのであった。[46]

（武田雅哉）

▷3　晋・張華『博物志』「雑説下」では，この伝説の主人公は「ある人」とされているが，しだいに張騫の事績に取り込まれていった。宋代『太平御覧』巻51地部「石・上」に引く『荊楚歳時記』のテクストには，「張騫は黄河の源流を尋ねた」とある。わが国の『今昔物語集』第10巻「震旦部」には「漢の武帝，張騫を以て天河の水上を見せたること」の題で引かれている。

▷4　『文選』巻19に収められている。

▷5　日本における明治期の翻訳では，このあたりは，しばしばカットされているが，該当部分が猥褻であると認識されていた証拠であろう。

▷6　山上憶良はその「沈痾自哀文」（『万葉集』巻5）に『遊仙窟』を引用し，大伴家持も『遊仙窟』を踏まえた歌をつくっている（『万葉集』巻4）。また，遊廓での遊びを描いた江戸期の洒落本にも，『遊仙窟』の趣向を模倣したものがある。

二　隋・唐・宋

16　李白（701-62）・杜甫（712-70）

▷1　中国文学史上，唐代は初唐・盛唐・中唐・晩唐の四期に区分する。一般的には，玄宗即位以前を初唐，玄宗・粛宗期を盛唐，代宗〜文宗太和年間末を中唐，文宗開成年間〜唐末を晩唐とする。

▷2　絶句・律詩・排律など，中国語の音調に基づき形式面で一定の規則を設けた，唐代に確立した詩型。

図1　李白
（『無双譜』，鄭振鐸編『中国古代版画叢刊　4』上海古籍出版社，1988年，439頁）

▷3　「古風」其一。

▷4　『詩経』は中国最古のアンソロジー。大雅は宴席や儀式でうたった詩。

1　花開く詩歌──伝統と創新

　唐代は中国文学が劇的に展開する時代と言ってよい。その最大の転換点が中唐であるとすれば，漢魏六朝以来の華麗な措辞と形式に重きをおいた文学のあり方に対し復古を唱える文人が現れた初唐や，李白・杜甫を輩出した盛唐は，豊かな素地をつくった時期と言えるであろう。特に詩歌について言えば，初唐期には近体詩がおおむね確立し，盛唐に至ってさまざまな形式を自在に選択しながら創作することが可能となった。政治的にも文化的にも隆盛した玄宗朝はやがて安禄山の乱を経て崩壊の危機を迎えるが，その中で詩人たちは，民草の声を伝え，為政者に善政を促すという文学に本来求められてきたあり方に立ち返ることを目指した。但しそれは単なる伝統の継承ではなく，新旧の表現形式や手法を柔軟に採り入れつつ，より効果的に現実を写し，自らの主張を明確に発信しようとする試みでもあった。詩人たちによる伝統と創新の融合は，詩が唐を代表する文学形式と目されるに至るまでの発展をもたらした。

2　李白の詩歌

　李白（図1）の詩はロマンティックで躍動的だ。「白髪三千丈，愁いに縁りて箇の似く長し」（「秋浦の歌」其十五），「朝に辞す白帝彩雲の間，千里の江陵一日にして還る」（「早に白帝城を発す」）など，一度で心をつかまれる表現は数え切れない。加えて，水面に映る月を取ろうとして水死した話など，伝説の多い李白はその奔放なイメージと詩風とを結びつけがちだが，必ずしもそればかりではない。李白は確かに意表を衝く斬新な感覚や発想力を持つ詩人だが，その文学観は中国古来の伝統的な考え方にそうものである。「大雅久しく作らず，吾衰うれば竟に誰か陳べん。」廃れて久しい『詩経』大雅のごとき正統の詩を我こそがうたうのだという自負は，文学にこめる李白の意気込みを表していよう。

　異民族の血が流れ，商人の出とされる李白の生涯は不明な点が多い。科挙に応じた形跡はないが，文才によって皇帝に召し出され宮仕えをした時期がある。但しその職も翰林院（詔勅の作成を司る官庁）で皇帝の命に応じて詩文を作るというものであり，政治的な活躍などまるで期待されてはいなかった。

　かくて生み出された作品には，先に見た李白の強い自負を反映するものが少なくない。たとえば「城南に戦う」では凄惨な戦場を描いて，「乃ち知る兵なる

者は是れ凶器，聖人は已むを得ずして之を用うるを」と強烈な反戦のメッセージを伝えている。石を運ぶ船曳人夫の悲哀を詠う「丁都護の歌」では，「呉 牛 月に喘ぐ時，船を拖くは一に何ぞ苦しき。水は濁りて飲むべからず，壺 漿 半ば土と成る」という。月を見ても太陽かと思って牛が喘ぐほどの暑さの中，壺に汲んだ飲み水も半分は泥，というだけでその苛酷さが伝わってこよう。

　古体詩や楽府（民間歌謡）など制約の少ない形式で人々の思いを代弁するかのように詠じた李白は，近体詩では絶句を得意とした。「天門中断して楚江開く，碧水東流して直に北に迴る。両岸の青山相対して出づ，孤帆一片日辺より来る。」（「天門山を望む」）長江が大きく開けて流れを変える地点。割けるように両岸に聳える山，迫り出す岸，近づく船。わずか二十八文字で一篇の動画を見るかのようだ。言葉の選択と絶妙の構成には，李白の真骨頂が発揮されている。

3 杜甫の詩歌

　李白は「伝統の集大成」，杜甫（図2）は「新たな伝統を切り開く創始者」であり，杜甫から個人の日常が文学の中心的な内容になるという。加えて言えば，李白は古典の中から言葉を巧みに選び，思いがけない組み合わせで鮮やかに詩的世界を現出するが，一方杜甫は深い古典の教養に根ざしつつも，現実を描き出すためには造語をし，口語を使用する。それは杜甫の詩に対する誠実さを示すものでもあろう。杜甫は祖父に初唐の宮廷詩人杜審言（645?-708）をもつが，父は地方官に終わった人物で，杜甫自身も科挙に落第し，有力者を頼って日を過ごす一生を送った。万事不如意な生涯において，貴族文学の中で紡がれてきた言葉だけでは，杜甫を取り巻く苛酷な現実は描ききれなかったとも言える。

　あまりにも有名な「春望」や「登高」など，近体詩の中でも特に律詩に秀でた杜甫だが，「三吏三別」や「兵車行」など，鋭く社会の矛盾に斬り込むのは，やはり自由な詩型である古詩や歌謡体である。年の暮れ，岳 州 の民の生活が逼迫している様を詠んだ「歳晏行」では次のようにうたう。「去年は米が値上がりして軍の食糧が不足したが，今年は値下がりして農民が苦しんでいる。高位高官は飽きるほど酒や肉を食しているが，民衆はどこまでも貧乏だ。楚の人は魚好きで鳥は好まないのだから，雁をむやみに殺してはいけない。ましてや，あちこちで息子や娘を売って，親子の情愛を断ち切る思いで租税を納めていることを耳にすればなおさらである。」

　米価や食材など生活に密着した視点から人々をみつめ，苦 境 に陥った現実を訴えかける。こうした瑣末な日常やそれにまつわる悲喜を描写し共感を誘うのが，李白にはない杜甫の持ち味と言えよう。詩風は異なるものの，李白と杜甫がそれぞれ開いた新たな境地は，次の中唐以降の文学に大きな影響を与えることになる。作詩において華麗な文辞のみによらず，温かくも厳しい眼差しで現実を直視したからこそ，李杜の詩は普遍性を持ち得たと言えよう。（林　香奈）

▷5　絶句とは，四句（起・承・転・結）から成る詩の形式。一句五文字が五言絶句，一句七文字が七言絶句。

図2 『杜甫全詩訳注』
（杜甫／下定雅弘・松原朗編『杜甫全詩訳注　一』）

▷6　川合康三『杜甫』岩波新書，2012年。

▷7　律詩とは，八句（首聯・頷聯・頸聯・尾聯）から成る詩の形式。一句五文字が五言律詩，一句七文字が七言律詩。

▷8　「三吏三別」とは，杜甫が民衆の労苦や悲哀をうたった歌謡の総称。「新安吏」「潼関吏」「石壕吏」「新婚別」「垂老別」「無家別」のこと。

▷9　岳州は湖南省岳陽市。かつての楚の地。

二　隋・唐・宋

17 韓愈(かんゆ)（768-824）・柳宗元(りゅうそうげん)（773-819）

▷1　駢とは馬を二頭並べること。駢文は四字・六字の対句を用い、音調を調えた文体。内容よりも形式を重んじた。

図1　柳宗元
（『歴代古人像賛』、鄭振鐸編『中国古代版画叢刊　1』上海古籍出版社、1988年、476頁）

▷2　清水茂『韓愈』中国詩人選集11、岩波書店、1958年。

▷3　宋の陳師道『後山詩話』に見えることば。

1 中唐の文学──新しい酒は新しい革袋(かわぶくろ)に盛れ

　安禄山(あんろくざん)の乱以後、社会全体が大きく変化するに伴い、文学にも新たな展開が生まれる。科挙によって新興の知識人たちが登場すると、彼らは自らの主張をのせるための文体を求め始める。その一つが韓愈・柳宗元が提唱した古文創作であり、いま一つが白居易(はくきょい)を中心とする新楽府(しんがふ)運動である。

　後漢以来用いられてきた駢文(べんぶん)♩1に対し、韓愈や柳宗元（図1）は古文による達意の文を目指した。この復古の動きは晩唐以降衰えるが、宋代中期に欧陽脩(おうようしゅう)（1007-72）らが提唱することにより、古文運動として大きく発展する。

　文章創作に対する意識変革は詩歌創作にも及んだ。韓愈は「李杜文章在り、光焔(こうえん)　万丈(ばんじょう)長し」（「張籍を調(ちょうせき)る(あざけ)」）と李白と杜甫の文学を称賛している。また中唐になると李白と杜甫の詩はよく読まれるようになったようで、韓愈は「昔年(せきねん)李白杜甫の詩を読むに因(よ)り、長く恨(うら)む二人の相(あ)い従(したが)わざるを」（「酔(よ)うて東野(とうや)を留(と)む(とど)」）といい、白居易には「李杜の詩集を読み(よ)因(よ)りて巻後に題(かんご)す(だい)」という詩がある。同時代には評価されなかった杜甫の文学にようやく継承者が現れ、詩においても新たな試みに取りかかる時期が到来したのである。

2 韓愈の詩──文を以て詩を為す

　韓愈の詩は独特の趣をもつ。その一因として、まず韓愈は杜甫から「個人の生活を見つめる態度を受けついで、徹底させた。」♩2ただ、日常の瑣事(さじ)を描写するのは、中唐以降、他の詩人にも見られるようになる特徴でもある。また韓愈は陳腐(ちんぷ)な言葉を避けることを旨としたため、造語が多いとされ、それが詩を難解にもしている。一方で、詩によっては口語を用いて趣を変えもしている。

　さらに北宋の詩人黄庭堅(こうていけん)（1045-1105）が、「韓（愈）は文を以て詩を為し、杜（甫）は詩を以て文を為す」♩3と評するごとく、韓愈は文章のように詩を書く。たとえば「忽忽(こっこつ)」という詩は、「失意のため、生きることの楽しさがわからない。抜け出ようと願うものの、そのすべがない。どうにかして雲のような大きな翼を得て、風に乗り翼を振るい、この世を出て、俗塵(ぞくじん)を断ち切りたい。死生哀楽いずれも棄(す)て去り、是非得失は閑(ひま)な輩(やから)に任せよう」という内容だが、その原文を示せば、「忽忽乎余未知生之為楽也。願脱去而無因、安得長翮大翼如雲生我身、乗風振奮、出六合、絶浮塵。死生哀楽両相棄、是非得失付閑人」となる（。は

韻字)。長短句がつづく雑言古詩はまるで文章のようであり，文章ではしばしば用いられる「也」や「而」といった助字が，詩の言葉として現れることも，他の詩人には見られない特徴であろう。

　復古を唱える韓愈は，詩においても儒家の経典である『詩経』への回帰を目指したことから，近体詩であっても音調よりも『詩経』の形式に寄せることを優先する傾向があるという[14]。儒家を重んじ，道を載せる文学を求めた韓愈は，文であれ詩であれ，古への拘りは徹底している。

③ 柳宗元の詩——外は枯るるも中は膏か，淡なるに似て実は美

　歯に衣着せぬ物言いで，嶺南（広東省）への二度の左遷を身に招いた韓愈と，クーデター失敗に連座し，永州（湖南省），柳州（広西省）へと左遷された柳宗元。境遇は似ているようだが，長安に戻って活躍する時期を得た韓愈とは対照的に，後半生は南方で過ごすことを余儀なくされた柳宗元は，その心境が如実に詩作に反映されている。司馬（次官）として左遷された永州時代は大半が古体詩，それ以後は近体詩という顕著な詩作傾向があるという[15]。柳州は異民族が住み罪人が流される地ではあったが，刺史（長官）としての赴任であった。

　永州期[16]には山水を記した代表作「永州八記」や，苛酷な統治に苦しむ永州の民の訴えを綴った「蛇を捕うる者の説」など，優れた古文をいくつも残しているように，異郷で見聞した事柄や鬱屈した心情を存分に記すために，自由な古体詩を積極的に選択したのであろう。たとえば「読書」という詩にはこうある。「南方の病に心は乱され，日々昔とは違ってくる。文章を読んで理解しても，本を閉じれば忘れてしまう。一晩中誰と語るのか，それは本だけ。……世渡り上手は私を拙とし，賢い人は私を愚とする。書物は自分を悦ばせてくれるもの，俗世で苦労するためのものではない。」柳宗元の複雑な心情が手に取るようにわかるとともに，「読み疲れたら横になり，熟睡したら目を覚ます。あくびをして体を伸ばし，歌をうたえば愉快な気分」という一節には，杜甫から継承された日常を切り取る描写が活きている。

　柳州[17]で詠んだ「柳州の峒氓」詩では，洞窟に住む「異服殊音」[18]の民への対応に四苦八苦する姿を，「役所で通訳に通訳を重ねなければならないことに頭を痛め，いっそ冠を投げ棄てて入れ墨をしてしまおうかと思う」とユーモラスに描く。しかし韓愈が記した柳宗元の墓誌銘には，彼が柳州の奴隷解放にいかに尽力したかが綴られており，これを併せ読めば，その誠実で温かな人柄が窺われよう。「外は枯るるも中は膏か，淡なるに似て実は美」という蘇軾[19]の評は，柳宗元文学の真髄を言い当てていると言えよう。

　ただ，約1450首の詩を残す杜甫，約2700首を残す白居易らに比べ，韓愈は約400首，柳宗元は147首と作品数が少ない。韓愈・柳宗元にとって民の声を伝えるための創作の中心は，やはり文章にあったのかもしれない。　　　　（林　香奈）

▷4　畑崎みさき「韓愈の詩と文——古文改革における詩の位置」『和漢語文研究』8，京都府立大学国中文学会，2010年，16-43頁。

▷5　下定雅弘『柳宗元詩選』岩波文庫，2011年，292頁（図2）。

図2　『柳宗元詩選』

▷6　永州司馬として永州に到着したのは永貞元年（805），柳宗元33歳，長安に召還されたのは元和10年（815）正月，43歳。

▷7　柳州刺史として着任するのは，元和10年（815）6月。柳宗元は元和14年（819）に柳州にて没している。

▷8　服飾を異にし，訛りがあること。

▷9　蘇軾（1037-1101）は北宋の詩人。韓愈・柳宗元らと並んで唐宋八大家の一人に数えられ，すぐれた古文を残したことで知られる。評語は，東晋の陶淵明（365-429）と柳宗元の詩文を評したもの。

二　隋・唐・宋

18 白居易（772-846）・李商隠（811?-58）
はくきょい　　　　　　　　　　　　　　りしょういん

図1　白楽天
（『歴代古人像賛』，鄭振鐸編『中
国古代版画叢刊　1』上海古籍
出版社，1988年，477頁）

図2　『白楽天詩選』
（白居易／川合康三訳注『白楽天
詩選』上）

▷1　僻典とは，ふつうは
用いられることのない典故
のこと。典故は一般的には，
経書などよく知られた書物
に見える言葉を用いて読者
の連想を呼びおこし，作品
の理解を助ける手法。李商
隠の場合は，経書や史書の
みならず，稗史小説（民間
の雑多な記録やとるに足り
ない話）の類をはじめとす
る多種多様な書物に典故を
求めることを目指した。

1　中唐から晩唐へ

　中唐期は韓愈らによる古文創作の提唱に加え，白居易（字は楽天。図1）を中
心とした新楽府運動が展開された。新楽府とは，民間歌謡である楽府が本来も
つべき諷諭の精神を取り戻し，民の声を為政者に届けるため白居易らによって
新たに制作されたうたである。早くは杜甫が「兵車行」などの新体楽府により
社会詩を詠んでおり，その流れを承けたものと言える。白居易は平易な言葉で
詠じることによって，非識字層を含む大衆を享受者とすることに成功した。

　ところが晩唐に入ると激しい政争により政局は混乱し，古文や新楽府といっ
た批判精神に溢れた力強い文学から，修辞や形式に拘る艶麗・淫靡な詩や駢文
へと一変していく。とくに晩唐を代表する李商隠の詩は，詩意をはかりがたい
ものが少なくなく，難解とされる。しかし，平易な文学から一転，難解な文学
へと展開しながらも，李商隠の詩は次々と模倣する者を生み，北宋前期にはそ
の詩風をまねた「西崑体」が流行するに至るのである。

　白居易と李商隠は正反対に見えるが，共通点がないわけではない。それは小
説などの通俗文学との関わりである。中唐期に唐代伝奇小説が隆盛した背後に
は白居易ら新興官僚の存在があり，李商隠の詩を難解にした一因である僻典は，▷1
経書などの古典だけではなく，通俗の書に典故を求めるものである。雅俗の交
錯するところに，時代の新たな潮流を生む要素があるのかもしれない。

2　白居易の詩歌

　中国において文学は為政者を正し，民の声を伝える政治的役割をもつ。ただ
それを実現し，政治的任務を果たすことはなかなかに難しかった。中国詩の多
くが憂憤や悲哀を詠じるのはそのためである。その中で白居易の詩は為政者を
不安にさせ，民衆がこぞって口ずさむ力をもった。自らの詩で世の中に有効な
メッセージを送ることのできた数少ない詩人と言ってよい。

　詠うのは為政者批判ばかりではない。たとえば「凶宅（不吉な家）」という詩
の一節にはこうある。長安には空き家になった大邸宅があり，風雨で軒は傷み，
蛇や鼠が穴をあけ，気味悪がって買う人もなく，立派な普請も朽ち果てるばか
り。ああ俗人の心はなんと愚かなのか。災いが来ることばかり恐れて，禍の原
因を考えない。私はこの詩を書いて迷える者を悟らせたい。そして，こうしめ

くくる。「語を家と国とに寄せん，人凶にして宅凶なるに非ず（家と国家に告げよう。人が元凶なのであって，家が不吉なのではないと）。」

また女性の淫奔を戒める新楽府「井底　銀瓶を引く」では，愛した男について家まで行ったものの，何年経っても男の家族に，正式な婚姻を経ていなければ妾にすぎぬと言われる女性を詠む。「君が一日の恩の為に，妾が百年の身を誤る」の句は，自由恋愛の末に行き場を失った女性の切実な嘆きである。

不吉な家の迷信に翻弄される人々に覚醒を求め，男に簡単にだまされるなと女性たちに忠告する。成功者白居易ならではの弁か，いずれも上から諭すところがやや鼻につくが，テーマは現代にも通じるものがあり，共感を呼ぶ。

こうした諷諭の詩よりも「長恨歌」ばかりがもてはやされることに白居易自身不満があったようだが，長恨歌の流行も人々が歌うことができたからこそであり，わかりやすく，伝わるように書くことの意義を示してもいよう。

3　李商隠の詩

李商隠の詩は，わかりにくさにこそ魅力があるのかもしれない。その特徴は，「過去と現在，架空と現実，その他様々の異質なものが，畳みかけるように同次元に羅列され，夥しい典故に隠蔽される故に，卒読しては意味を了解し難い[43]」と評される。また李商隠には「無題」の詩が多い。詩が日常を描くようになると，詩題も具体的になっていく中で，敢えて「無題」とするのは「詩と現実との結びつきを故意に曖昧にする[44]」ためである。

ただ，「無題」詩もわかりにくいものばかりではない。適齢期を迎えて戸惑う女児の愛らしい成長過程を描いた詩では，「八歳偸かに鏡に照らし，長眉已に能く画く。十歳去きて踏青し，芙蓉　裙衩と作す。十二　箏を弾くを学び，銀甲曽て卸さず。十四　六親より蔵る。懸め知る猶お未だ嫁がざるを。十五　春風に泣き，面を背く鞦韆の下」と詠う。「踏青」は春に郊外に出掛けること。「裙衩」はスカート。「銀甲」は銀の琴爪。「六親」は親族。「鞦韆」はブランコ。

一方，題があってもわかりやすい訳ではない。たとえば李商隠詩の中でも難解とされる「井泥四十韻」。井戸の底の泥が思いがけず地表に出るところから始まるうただが，解釈は定まっていない。また洛陽の商人の娘柳枝が，一度耳にしただけで夢中になったという詩[45]の冒頭には，「風光冉冉たり東西の陌，幾日か嬌魂尋ぬるも得ず。蜜房の羽客　芳心に類し，冶葉倡條　徧く相い識る」とある。緩やかに道をわたる風と光。穏やかな春景色かと思いきや，続くのは愛しい人の面影を幾日も探す姿。突如，艶やかな葉も枝も知り尽くした蜜蜂は花の思いを心得ていると詠い，一気に男女の恋の世界が眼前に広がる。ただ，美しく抒情的に恋情を詠うものの，男女の姿は終始朦朧としたままである。

正統文学から逸脱した恋愛というテーマ，僻典の手法，具体性のない世界。李商隠詩は斬新な要素に満ちているがゆえに，難解で魅力的である。（林　香奈）

▷2　白居易は，自ら文集を編むに際し，詩を「諷諭」「閑適」「感傷」「雑律」に四分類している。政治や社会のあり方を批判する「諷諭」詩と，私的な暮らしの中での喜びを詠う「閑適」詩を白居易自身は特に重んじていた。玄宗と楊貴妃のロマンスを詠んだ「長恨歌」は，「感傷」詩に属する。

▷3　高橋和巳『李商隠』中国詩人選集 15，岩波書店，1958年，のちに河出書房新社，1996年。

▷4　李商隠／川合康三選訳『李商隠詩選』岩波文庫，2008年（図3）。

図3　『李商隠詩選』

▷5　「燕台詩」其一。春夏秋冬の四首から成る恋情を詠った詩。「燕台」は戦国時代に燕の昭王が築いた台。天下の賢人をここに招いたことで知られる。詩題と詩の内容との関わりもよくわかっていない。

二 隋・唐・宋

19 宋詩・宋詞

① 唐から宋へ──変わる中国社会

　長い中国の歴史において，そこを越えると社会システムががらりと変わる，深い川が何本かあるという。そのうちの一本が唐と宋の間に横たわる。

　唐の時代までは，門閥貴族が支配層を形成する貴族制社会であった。それに対して，宋の時代は，科挙によって官僚が選ばれ，皇帝と官僚とが直接に師弟関係を結ぶことによって，支配層が形成された。科挙は，儒教の経典を学ぶ余裕のある男性であれば，受験できた。つまり宋代は，支配層の裾野が大きく広がった時代だったのである。そういったことから，宋代以降を，近代の前段階ということで，近世と呼ぶことが多い。

② テクノロジーの革新

　そのような社会を支える技術も発展した。ここでもっとも関係あるものは，印刷術の普及であろう。唐代までは，ある書物を複製しようとすると，ひたすら手写ししなければならなかった。宋代になると，版木に文字を彫り，紙と墨とを用いて複写し，短時間で大量のコピーを作ることができるようになったのである。印刷術の普及は，書物の体裁にも影響を与えた。唐代までは主に巻物の形態であった。それに対して，宋代では，版木で印刷された紙を谷折りにし，折り目を中心とする綴じ代を糊で貼った胡蝶綴という冊子の形態が主流になる（図1）。これらのことにより，多くの人がさまざまな情報により簡単にアクセスできるようになったわけである。まさに画期的というべきであろう。

　また，唐代は人びとの夜間外出が禁止されていた。しかし，宋代は人びとが夜間も街に出られるようになる。料理の方法も，油を使って強火で調理する現在のそれに近い方法が主流になる。そんな宋の都・開封のにぎわいは，張択端「清明上河図」に生き生きと描かれている（図2）。眺めるうちに，千年前の街角のにぎわいの中に，いつの間にか引き込まれてしまうだろう。

③ 文弱の王朝

　やや意外な感じもするのだが，宋は，中国歴代の王朝の中で，漢（前206-220）に次いで二番目の長寿を保った王朝であった。なぜ意外なのかといえば，宋はいわば「文弱」の王朝だったからである。建国の祖である太祖・趙匡胤

図1 胡蝶綴
（毛春翔『古書版本常談』上海古籍出版社，2002年）

図2 北宋の首都・開封の街のにぎわい
（陸昱華編著『張択端・清明上河図』湖北美術出版社，2013年）

が「人生は短い。富貴になって一生を楽に送り，子孫繁栄するに越したことはない[1]」と言って，建国後まもなく諸将の武装解除を行なったことからもわかるだろう。宋は，300年あまりの歴史を通じて，遼，西夏，金，モンゴルなどの北方の異民族と常に緊張した関係を強いられていた。靖康元年（1126）には，金が開封を攻め落とし，時の上皇の徽宗，皇帝の欽宗をはじめとする多くの皇族を北方に連れ去っている。これにより北宋は滅亡し，これ以降，杭州を臨時首都とする南宋が中国の南半分だけを支配することになったのであった。

4 宋詩と宋詞

　中国で詩といえば，まず李白や杜甫の唐詩を思い浮かべるだろう。しかし，詩作が庶民を含めた幅広い層に広がったことから，宋詩のほうが唐詩よりも圧倒的に数が多い。宋以前の詩が主に感情を表現したのに対して，宋詩は「叙述し，議論し，生活に密着し，連帯感からの批判を示す[2]」とされる。また宋詩には恋愛をうたった詩が少ないという。恋愛の感情の表白については，決まったメロディーに言葉を当てはめる，より通俗的な「詞」に譲ったと考えていいだろう。それにしても，冷静に叙述して，こむずかしい哲理を議論して，詩の王道の恋愛はうたわない，なんていう詩であったならば，いったい，それのどこがおもしろいというのか。

5 詩人のつぶやき──梅尭臣の詩

　それがおもしろいのである。ここでは，あまたの宋代の詩人を代表して，梅尭臣（1002-60）に登場してもらおう。梅尭臣は，詩の題材にそれまで一顧だにされなかったものをあつかっており，異彩もしくは異臭を放つ。「八月九日晨興きて厠に如く，鴉の蛆を啄ばむ有り」では，朝まだき，カラスが肥だめのウジ虫をついばむようすが描かれる[3]。カラスは臭気をまとって木に止まり，西風に向かってカアと鳴く。正直，汚い。次は「猫を祭る[4]」という詩である。

自有五白猫	うちに五白ちゃんが来てからというもの
鼠不侵我書	ぼくの本はネズミにかじられなくなった
今朝五白死	今朝，その五白ちゃんが死んでしまった
祭与飯与魚	ごはんとさかなを供えてとむらってやる

この後，愛猫の思い出と喪失の悲しみが縷々つづられる。涙なくしては読めない詩である。しかし，涙でかすむ目をこすってみると，なぜか既視感に襲われはしないだろうか。この悲しみのつぶやきは，愛猫を失った人びとが現代のSNSで「タマや」「クロや」と悲しむものによく似ているのである。社会が大きく変化するとき，人びとは，日常のつぶやきを大切にするものなのかもしれない。

（齊藤大紀）

▷1 内藤湖南『中国近世史』岩波文庫，2015年，91頁。

▷2 吉川幸次郎『宋詩概説』岩波文庫，2006年，72頁（図3）。

図3 『宋詩概説』

▷3 筧文生注『梅尭臣』「中国詩人選集二集」第3巻，岩波書店，1962年，105頁。

▷4 前掲▷3 筧文生注『梅尭臣』「中国詩人選集二集」134-136頁。「猫を祭る」の訳は拙訳。

二　隋・唐・宋

20 蘇東坡（そとうば）（1037-1101）

図1　蘇東坡
（『歴代古人像賛』，鄭振鐸編『中
国古代版画叢刊　1』上海古籍
出版社，1988年，483頁）

▶1　鎌倉時代から江戸時
代初期にかけ，わが国の禅
宗寺院において漢文で書か
れた詩文などの総称。京都
五山，鎌倉五山がその中心
地だったため五山文学と呼
ばれる。

1 民衆に愛された詩人

　蘇東坡は四川・眉山県出身（図1）。名は軾，字は子瞻。父の蘇洵，弟の蘇轍とともに唐宋八大家の一人に数えられる。唐宋八大家の一人である欧陽脩に若くしてその才能を見出される。科挙に合格して官界に入るが，政争に巻き込まれて各地を転々とした。詩，文，画，書ともにすぐれ，数々のエピソードとともに民衆に愛されている。宋代の印刷術の発展により，民間でも広く詠われた。蘇東坡の詩はわが国でも人気があり，特に五山文学では蘇軾親子を尊んで，味噌を「三蘇」と書いたと言う。他にも今に伝わる偉業として，杭州知事にあった際に塩害対策として作った堤防は，「蘇堤」の名で西湖の名所となっている。やはり唐宋八大家の一人である王安石の政治改革に端を発し，激しい政治闘争に発展した新旧法の政争において，蘇東坡は反対派に立つ。それぞれの立場に言い分はあるものの，蘇東坡は一貫して民衆に寄り添った立場を堅持した。彼は民衆を愛し，民衆に愛された詩人だったと言えよう。

2 人生を楽しむ

　蘇東坡は政権が交代する度に左遷の憂き目を見，最後は当時の地の果てと考えられていた海南島にまで流されるが，「悲劇の詩人」のように呼ばれることはない。彼が各地で残した詩を見ると，恨みや悲しみの向こう側に，現実を冷静に見つめ，今いる場所，今の生活を全力で楽しもうというポジティブな態度がうかがえる。スーパー趣味人であった彼は，赴任する先々で変わった酒を造り，それを讃える詩を詠んだ。黄州では「蜜酒」を造り，本人の絶賛にもかかわらず，ふるまわれた者たちは腹を下した。その黄州在任時には東の坡に耕作地を作り，そこにちなんで「東坡居士」と号した。日本では本名の蘇軾よりも蘇東坡という名で親しまれている。この号が冠された東坡肉（トンポーロウ）という豚の角煮料理は，蘇東坡が考案した料理という言い伝えをもつ。このネーミングは，彼の食べることへの情熱をも物語っていよう。そして人々は彼への愛情をこめて「蘇東坡さんのお肉」と呼び続けてきたのだ。広東の恵州では初めて食べた荔枝（ライチ）を大いに気に入って数種の詩を残しているが，「食荔枝」詩ではこう言っている。

　　日啖荔枝三百顆　不辞長作嶺南人（3，4句）

　　毎日三百個も荔枝が食べられるなら，永遠に嶺南の住人になっても構わん

嶺南（五嶺の南側，広東や広西）は当時疫病がはびこる地と見なされ，先住民との対立も続いていた。この地への左遷は死罪に等しく，このように楽しむ役人は希有であったのだが，蘇東坡は海南島では先住民とも親しく交わった。

3　別れと月と

蘇東坡の代表作は数多くあるが，その中でも弟との別れを詠った詩や詞は胸に迫る。蘇東坡がいかなる境遇にあろうと片時も忘れなかったのは弟蘇轍（子由）のことであり，隠居後は弟のそばで暮らそうという夢も持っていた。蘇東坡は生前に何度も弟との別れを経験するが，蘇東坡が初の任地に赴く際，蘇轍が見送り，帰って行く情景を詠った詩は特に弟への愛情が感じられる[▷2]。

苦寒念爾衣裳薄　独騎痩馬踏残月（7，8句）

極寒なので心配に思う　君が薄着で痩せ馬に乗り　残月の中を帰って行くのを

君知此意不可忘　慎勿苦愛高官職（15，16句）

再びベッドを並べて語り合う夢を果たそうと思うなら，高い官職に執着するでないぞ

蘇東坡の作品の中でも人気の高い「水調歌頭」は，注記に「兼ねて子由を懐う」とあるように，月に託して弟への思いをつづった叙情的な幻想詩だ（図2）。月を詠った名作は数多くあれど，本作は「あらゆる詩人から，中秋を詠った最高傑作とみなされる詞」[▷3]とされる。本作には多くの引用と多様な解釈があるがそれらは省略して思い切った意訳で紹介しよう。

明月幾時有　把酒問青天　　月はいつから　あるのかしら？

不知天上宮闕　今夕是何年　向こうの世界じゃ何が起きてるかしら？

我欲乗風帰去　又恐瓊楼玉宇　雲に乗って　帰ろと思えども

高処不勝寒　　　　　　　　寒さにゃ耐えられぬと[▷4]

起舞弄清影　何似在人間　　影と舞えば　この世もまた佳し

転朱閣　低綺戸　照無眠　　さやけき光　眠れぬ我を　照らす

不応有恨　何事長向別時円　会えない夜に　満月だなんていじわる

人有悲歓離合　月有陰晴円欠　別れは人の常　月も陰（かげ）るもの

此事古難全　　　　　　　　身は離れどもせめて

但願人長久　千里共嬋娟　　同じ月を　永遠に望まん

もとの曲調は失われたが，現代にいたって新たな曲がつけられ，鄧麗君（テレサ・テン）や王菲（フェイ・ウォン）の美麗な歌で親しまれ，若者の間でも人気がある[▷5]。現在活躍中の在米SF作家ケン・リュウの短編作品においても，飛行船乗りの中国人妻が満月を眺めながら聴くラジオからこの歌が流れてきて，彼女が故郷に残してきた家族への思いや夫への愛情がほのめかされている[▷6]。時代ごとの新たなメディアと結びつきながら，蘇東坡の作品は永遠に愛され続けることだろう。　（佐々木睦）

図2　「水調歌頭」の世界観
（明・汪氏輯『詩余画譜』上海古籍出版社，1988年）

▷2　「辛丑十一月十九日既与子由別於鄭州西門之外馬上賦詩一篇寄之」。

▷3　林語堂／合山究訳『蘇東坡』上，309頁参照。

▷4　太陽が熱いのと対照的に，月の世界は寒いと考えられていた。

▷5　曲名は「但願人長久」。台湾の梁弘志が鄧麗君のために作曲（1983）。ここで紹介している「水調歌頭」もこの曲に合うように訳してみた。もっともこの詞は古典からの引用に満ち，短い言葉の中に多くの意味を含んでいるため，それらを全て汲み取って訳出するのは困難である。ぜひとも巻末の「読書案内」に掲げた書籍につけられた詳細な注釈を参照してほしい。

▷6　ケン・リュウ／古沢嘉通訳『『輸送年報』より「長距離貨物輸送飛行船」（〈パシフィック・マンスリー〉誌2009年5月号掲載）』『草を結びて環を銜えん』ハヤカワ書房，2019年）。

三　元・明・清

元・明・清の文学の流れ

図1　元曲の名作を精選し，平易に翻訳した『中国古典名劇選』
（後藤裕也・西川芳樹・林雅清編訳『中国古典名劇選』東方書店，2016年）

①　元曲というジャンル

　「漢文・唐詩・宋詞・元曲」のことばのとおり，元代には戯曲文学が隆盛する。征服者である蒙古族の嗜好に由来するというが，漢族もまた進んでそれに参与していった。話しことばを用い，題材や筋も市民階層によりそうものだったから，庶民でも楽しむことができた。流行した地域により北曲と南曲の別があり，時期も短く，質も玉石混交だったが，社会現実を映す鏡としての文学的な達成度は極めて高いと言われる。

　この中国史上初の本格的な演劇は，一世を風靡するも次第に下火となり，いまうかがえる「元曲」は，明代臧懋循が100作品をまとめた『元曲選』による。有名な作家に関漢卿がおり，60を越す作品群を生み出し，自らおしろいを塗って舞台に立ったりもしたようだが，その生涯についてはほとんど分かっていない。このあたり，当時の演劇なるものの地位の低さが現れていると言われる。

②　大量のテキスト

　明代で特筆すべきは，通俗白話小説と呼ばれる，話しことばを用いた文学が，大量に刊行された点だろう。人々に長い間，口やら文字やらで伝えられてきた，古来の奇想や伝説，神さまや英雄，大小さまざまなプロットの断片などが，ここで巧みに組み合わされ，一本の長大なストーリーとなるのである。その代表には『三国演義』や『水滸伝』や『西遊記』などがあるが，それらのいま見るオーソドックスな形がまとまったのが，すなわちこのころということだ。一方で文言の作品も，勢いは弱いが，あるにはあって，明の初めに，古くから伝わる志怪小説の流れを汲んだ瞿佑『剪灯新話』が現れたが，これも非常な人気を博し，『剪灯余話』『覓灯因話』『挑灯集異』など，多くの，別の者による模倣作を生むなどした。

図2　町の本屋
（明・仇英『清明上河図』天津人民美術出版社，2008年）

　嘉靖年間（1522-66）にまとめられる洪楩『清平山堂話本』は，宋代に行なわれた盛り場での「語り物」の雰囲気を今に伝えるものと言われる。やや遅れて『水滸伝』の「潘金蓮の夫殺し」の一段を反転させた『金瓶梅』が登場した。出版業の勢いに，馮夢龍のような傑出した編集者の登場が相まり，「三言」および『平妖伝』（40回本）が世に出ることとなる。胡応麟『少室山房筆叢』（1589）では「小説」に対する考察がなされ，当時の小説観を今に伝えている。

　明の末には，既存の小説作品に独自の注釈を付し，自身の見識を示す批評家も現れた。李卓吾（1527-1602）や金聖歎（1608-61）^{⇨I-三-24} ^{⇨I-三-25}であるが，彼らのコメントからは，当時の読み方をうかがうことができる。多くの戯曲と演劇理論を残し，『十二楼』のような洗練された小説作品を生み出した李漁の登場もこのころ。明代の文学は，日本にも伝わり，井原西鶴や上田秋成や滝沢馬琴といった江戸^{⇨II-四-7}の文人たちに，多くの刺激を与えていった。

3 洗練と爛熟

　立身出世が科挙という官吏登用試験に限られていた時代，文人たちの正業とは，四書五経の解釈を身に備え，八股文という文言の定型文を書くことであったが，小説に手を染める文人も，やはり後を絶たなかった。落ちこぼれ受験生であった蒲松齢が，科挙への失意を胸に抱きつつまとめあげた『聊斎志異』が生まれるのは康熙年間であるが，長く写本の時代が続き，刊行は乾隆年間になってからのこと。乾隆年間はチベットや新疆を制圧し，中華帝国の最大版図を誇る時期であるが，このころ，そういった華やかな時代にふさわしい，『紅楼夢』や『儒林外史』などの，洗練の度を極めた小説作品の登場とあいなる。それらの作品は，心の機微を細やかに描き，社会への諷刺を巧みに織り交ぜている。次いで『子不語』や『閲微草堂筆記』といった一級の文人らによる志怪小説が登場する。少し後に現れた『鏡花縁』は，音韻学者の紡いだ諧謔と遊戯の物語。名裁判官で知られる包公モノの代表作である石玉昆『三俠五義』や，^{⇨コラム6}仇討ちする美少女を描く文康『児女英雄伝』は少し後の作品である。^{⇨II-三-12}

　アヘン戦争が起こり，ウエスタンインパクトが中華帝国を襲うと，外国勢の流入にともない，中国国内には西方の知識と文物が大量に流入するようになる。西方の科学知識や哲学は，明末ころからやってきている宣教師や貿易商人らによって，たびたびもたらされてはいたが，清代にはそれほど広まることがなかった。清末にはとくに，西洋近代社会からの「遅れ」が指摘され，海外書の翻訳が盛んに行なわれるようになる。

　留学により「進んだ」異国を実見した帰国組にとって，日清戦争の敗北は，とくに政体変革の必要を感じさせ，梁啓超（1873-1929）らの唱導のもと，小説は「社会を改革する道具」としての側面が強調されてゆく。『二十年目睹之^{⇨I-三-42}怪現状』（1902）や『官場現形記』のような，官界や社会を批判的に描き出す「譴責小説」が現れる一方で，過去の有名作品に「続」や「新」の字をつけた作品群が続々と登場する。呉趼人『新石頭記』（1908。石頭記は紅楼夢の別名）がその代表であるが，これらは明代董若雨の『西遊補』と同様，過去の物語の続編^{⇨II-三-10}といった体をとりながら，実際には，当時の社会を諷刺する意図を持ち，いま「翻新小説」とも呼ばれる。その他，ホームズ作品の翻案など，海外の娯楽小説^{⇨I-三-43，II-三-3}の紹介とパロディが現れるようになる。　　　　　　　（加部勇一郎）

三　元・明・清

21 王実甫
『西廂記』（13世紀）
<small>おうじっぽ／せいそうき</small>

▷1　今の山西省永済市。

**図1　清代の木版画『西廂記』
の夢の場面**
（王海霞主編／謝昌一・任暁妹分
巻主編『中国古版年画珍本　山
東巻』上，湖北美術出版社，
2015年）

▷2　京劇および越劇は，いずれも現在見ることのできる「戯曲」の一種。京劇は，湖北省・安徽省を起源とする節回しを用い，19世紀に北京で発達し，20世紀以降，中国を代表する歌舞劇となった。越劇は，浙江省嵊県を起源とし，1920年代に上海に進出したのち，女性のみによる女子越劇が創始された。現在では，浙江省・上海一帯のみならず，全国的に人気を博し，しばしば宝塚歌劇と比較される。

1　元代の演劇『西廂記』

　『西廂記』は，中国演劇史上，最高傑作と謳われるラブストーリーである。この話には複数のバージョンがあるが，その筋立ては，張生なる貧乏書生が，崔宰相の娘・鶯鶯と蒲州の名刹普救寺で出会い，一目惚れをして結ばれるまでの紆余曲折を描く。家柄の違う二人の恋路は，鶯鶯の母である老夫人が決めた許嫁の出現によって引き裂かれる。王実甫の『西廂記』，略して「王西廂」では，二人は最後に老夫人と和解し，めでたく婚礼をあげ，大団円となる（図1）。

　王実甫は，この物語を元雑劇（元曲）という演劇の脚本に仕立てた。元雑劇とは，宋代の流れを汲む演劇の脚本が，元代において整った形式を持つようになったものを指す。中国語で「戯曲」といわれる伝統的な演劇は，基本的に音楽を伴った歌舞劇であり，脚本は韻文による歌詞，散文によるセリフ，ト書きから成る。曲調は大きく北曲と南曲に分かれ，北方の曲調である北曲を用いる元雑劇は，通常，一本全四折（4幕）という形式だが，王実甫の『西廂記』は五本全二一折と長編であり，明代に隆盛する南曲の特徴に近づいている。<small>⇨Ⅰ-三-22, Ⅰ-三-34</small>

2　紅娘の大活躍

　『西廂記』で大活躍するのは，鶯鶯に仕える女中の紅娘である。良家の子女が気軽に言葉も交わせない時代，張生と鶯鶯の仲を取り持つのは紅娘の役目であった。二人は，紅娘の取り次ぐ手紙で互いの気持ちを確認するのだが，ラブレターを受け取った鶯鶯は，「宰相の娘である私をいやらしい手紙でからかって！」と怒り出す。お嬢様ゆえもったいぶる鶯鶯に，紅娘は「私は字が読めませんから，何が書いてあるかなんて知りませんよーだ」と口答えしつつ，鶯鶯の返信を男に渡し，とうとうある晩，鶯鶯を張生の部屋へ送り届けてやるのだ。

　現代において『西廂記』を鑑賞するなら，京劇あるいは越劇を観るとよい。京劇では男女共演による掛け合いが楽しめ，女優ばかりの越劇では，優美な歌唱が味わえる。鶯鶯のために駆けずり回り，老夫人に叱られてもめげない紅娘のごときお節介な女中は，鶯鶯のようなお嬢様が冒険するには欠かせない水先案内人であり，事件を起こすトリックスターなのである（図2）。

3　元稹『鶯鶯伝』とその書き換え

「王西廂」のもとになっているのは，元稹（779-831）による唐代伝奇の『鶯鶯伝』である。元稹は，白居易と同年に科挙に及第し，宰相にまでのぼりつめ，白と並び称された文人であり，女性との交情を詠んだ「艶詩」に秀でた。『鶯鶯伝』は，元稹が自身と恋人をモデルに書いたフィクションといわれ，「才子佳人」の恋愛を描く物語の元祖として，後の文芸に大きな影響を与えた。

ただし，『鶯鶯伝』は，張生が途中で心変わりし，鶯鶯を捨てる物語である。別の男に嫁いだ鶯鶯は，後になって会いにきた張生を，「昔の情があるならば，今のお方を大切に」という詩で謝絶する。元稹は，鶯鶯を「傾城の美女」になぞらえ，わざわいの種を退けた張生を称えて筆を擱いた。魯迅（1881-1936）は，『鶯鶯伝』のこうした結末について，男の過ちを粉飾してほとんど弁解に近いと評し，後世の数多の改編が，「張生と鶯鶯の悲恋を書き換えたい！」という，中国人のハッピーエンドを求める習性によると指摘している。[3]

図2　京劇の紅娘（左）と鶯鶯
（周伝家主編『中国京劇図史』下，北京出版集団公司・北京十月文芸出版社，2013年）

▷3　魯迅／丸尾常喜訳注『中国小説の歴史的変遷──魯迅による中国小説史入門』凱風社，1987年。

4 語り物の傑作『董解元西廂記』

『鶯鶯伝』にもとづく改編で，「王西廂」が下敷きにしているのが金の董解元による『董解元西廂記』，略して「董西廂」である。董解元については謎が多く，12世紀末ごろの人としかわからない。「董西廂」は，諸宮調といわれる宋・金・元代に流行した語り物の脚本である。宋代に詞に歌われ，芸能としても語られた『鶯鶯伝』を吸収しながら成立した「董西廂」は，張生と鶯鶯が駆け落ちの末，結ばれる大団円の結末となった。また，鶯鶯との逢瀬を期待した張生が，軽率な行ないを彼女に叱られ意気消沈していると，夜に鶯鶯が忍んできて契りを交わす……が，ハッと目覚めれば夢だった，といった劇的な展開も見られる。

「董西廂」で注目すべきは，張生と鶯鶯の性愛描写であろう。二人が思いを遂げた夜，張生が鶯鶯を愛撫するさまは「王西廂」にも描かれるが，その言葉遣いは語り物の「董西廂」の方がよりなまめかしく，臨場感にあふれている。

5 明・清における流行

通俗小説の出版が盛んになった明末には，『西廂記』がふたたび流行し，改編脚本が数多く刊行された。北宋を舞台にしながら，明末の社会風俗を映した小説『金瓶梅』には，宴席でお抱えの役者や芸を仕込んだ女中に，『西廂記』を歌わせる場面がしばしば描かれる。

清代の小説『紅楼夢』第23回では，買家の貴公子である宝玉が『西廂記』を読んでいると，従妹の美少女・林黛玉があらわれる。黛玉は渡された本を一気に読み終えるが，宝玉が『西廂記』の句を持ち出して彼女をからかうと，「そんないやらしい歌詞で私をバカにして！」と怒り出す。実は黛玉も，歌詞をすっかり覚えるほどハマっていたのである。『西廂記』に見られる「才子佳人」の物語は，後世においても，かように繰り返されるのであった。　　　　（田村容子）

三　元・明・清

22 高明
『琵琶記』（14世紀）

1　糟糠の妻

「糟糠の妻」という言葉がある。「糟糠」とは酒かすと米ぬかのことで，粗末な食べ物を指す。後漢の宋弘が，光武帝から，富貴な身分に合わせて妻を替えてはどうかと問われた際，「糟糠の妻は堂より下さず」という諺を引いて答えたことに由来する（『後漢書』「宋弘伝」）。この諺は，粗末な食事で苦労を共にした妻を，正妻の地位から追い出してはならないという意味であるが，逆にいえば，追い出す人が多いからこそ，こうした教訓があるのかもしれない。

元末明初の進士であった高明が，南曲の形式で長編脚本に仕立てた『琵琶記』は，まさしくこの「糟糠の妻」を描く。その筋書きを一言でいえば，科挙の試験を受けに都に行った男が，糟糠の妻を故郷に置き去りにする話である。捨てられた妻は，舅と姑を亡くしたのち，琵琶の弾き語りで物乞いをしながら夫を尋ね歩く。その原型は，『趙貞女蔡二郎』という宋・元の時代から民間に伝わっていた演劇といわれる。南宋の陸游（1125-1210）の詩にも，「斜陽　古柳　趙家荘　鼓を負う盲翁　正に場を作す　死後の是非　誰か管し得ん　満村説くを聴く　蔡中郎」と，盲目の老人が村で講談を語る様子が詠まれている。この「蔡二郎」や「蔡中郎」は，後漢末の儒者・蔡邕（133-92）のこととされているが，これは民衆の想像力の中で，両者が結びつけられたものらしい。

2　因果応報譚の書き換え

明の文人・徐渭（1521-93）は，『趙貞女蔡二郎』について，親を捨て，妻を裏切った男が，雷に打たれて死ぬ筋であったと記している（『南詞叙録』）。だが『琵琶記』では，都で状元に及第した蔡邕は，皇帝の勅命によって牛宰相の婿になることを迫られ，仕方なく宰相の娘・牛氏と結婚する。その結末も，故郷の妻・趙五娘を第一夫人，牛氏を第二夫人に迎え，二人を連れて親の墓参りをし，「孝男義女」の一門と称えられて大団円となるよう，書き換えられている。

中国演劇研究者の田仲一成は，元末から明初にかけて，江南地方の郷村で宗族体制の力が強まった結果，恨みを呑んで自死した女性の魂を慰めるための演劇が発達したことが，明代文人の脚本の改編に影響を与えたと述べる。蔡邕が皇帝の命に従った孝子へ，趙五娘が家を守った貞婦へと改められ，夫婦ともに顕彰される結末は，女の恨みが男に祟るという因果応報譚から，宗族の秩序を

▷1　中国古代の官吏登用試験である科挙の科目名。のちにその合格者を指す。首席合格者を「状元」という。

▷2　元雑劇に用いられる北曲の形式が一本四折（4幕）に限られ，各折で歌うのは主役一人と厳密な決まりを持つのに対し，南曲は歌い手の数に制限がなく，そのため長編化が可能であった。南曲の脚本のことを「戯文」と呼び，南曲の形式を用いた演劇を「南戯」，明・清時代には「伝奇」とも呼んだ。

▷3　陸游「小舟遊近村捨舟歩帰（小舟にて近村に遊び，舟を捨て歩みて帰る）」。陸游／一海知義編『陸游詩選』岩波書店，2007年。

守り，忠孝，節義を称揚する方向性への転換といえる。

徐渭はまた，明太祖が『琵琶記』について，「山海の珍味のごとく，富貴の家には欠かせない」と述べたと記す。明代を通し，『琵琶記』の脚本は膨大な数が刊行されたが，抑制のきいた文人好みの改編が，その一因となったのだろう。

図1 『元本出相南琵琶記』
挿絵
（馬文大・陳堅主編『明清珍本版
画資料叢刊 4』学苑出版社，
2003年）

3 『琵琶記』の見どころ

とはいえ，『琵琶記』は，むろんただの説教くさい脚本ではない。中国の伝統演劇の常として，人物が登場時にかならず自己紹介し，歌で状況を説明するため，長編といえども筋はわかりやすい。都の蔡邕と故郷の趙五娘を幕ごとに交互に描き，その栄華と没落を対照的に示す構成も，完成度が高いと定評がある。

邦訳を手がけた濱一衛は，この脚本を高く評価し，「舞台に通用するもので読む戯曲の文ではない」と述べる。濱の推す見どころは，牛宰相の邸内の使用人が，ぶらんこに乗る人をどつき落とす過激な遊びにふける第3幕，飢饉に見舞われた故郷で，貧民に施す米をちょろまかす庄屋が出てくる第17幕，夫を探す旅に出た趙五娘が，寺で怪しい詐欺師に出会う第34幕であり，いずれも滑稽な脇役によって，本邦の狂言に似た他愛もないやりとりが展開される。

また，第21幕の歌は切ない。飢饉のさなか，五娘は舅と姑に米を与え，自分はこっそりぬかを食べて飢えをしのぐ。食べ慣れぬ米ぬかを吐きながら，五娘は米を夫に，ぬかを自分に喩え，「ぬかと米とは　はじめ一つによりそいて箕にふり分けられて離れゆき」と，糟糠の妻のテーマソングともいうべき歌詞を口ずさむ。嫁が隠れて食べているものに目を光らせ，奪い取り，それが米ぬかであったことに仰天する姑も，味わい深いキャラクターである。

図2 京劇『秦香蓮』
（周伝家主編『中国京劇図史』下，
北京出版集団公司・北京十月文
芸出版社，2013年）

趙五娘は，あくまでも清く正しい嫁なのだが，どこか間の抜けた欲深な脇役たちの人間くささが，物語に起伏を与えているといえるだろう（図1）。

4 糟糠の妻の逆襲

『琵琶記』のパターンによく似た話は，中国演劇に数多く見ることができる。現代でも上演されるものに，京劇『秦香蓮』がある。中華人民共和国成立後に改編されたこの演目のルーツは，『琵琶記』をふまえたとされる清代の『賽琵琶』にある。『賽琵琶』は，皇帝の婿となった夫・陳世美が，糟糠の妻である秦香蓮と子を殺害しようとするが，秦香蓮は神仙の加護によって救われ，戦で軍功を立てたのち夫を裁くという筋であった。『秦香蓮』では，北宋の名裁判官として知られる包拯が登場し ➪コラム6，秦香蓮の訴えを聞くと，皇太后らが止めるのも聞かず，陳世美を処刑してしまう。皇帝の婿が裁かれ，忖度なしに処刑されて大団円という結末に，現代中国の論理を垣間見ることができよう（図2）。

繰り返し語られる糟糠の妻の物語は，そこに時空を超えた普遍性があり，いつの世も，心打たれる民衆が存在することをあらわしている。　　（田村容子）

▷4 『琵琶記』は，19世紀より海外でもさまざまに受容されている。同作はまず1841年にフランスの中国学者アントワーヌ・バザンによりフランス語に翻訳された。1946年にはフランス語訳にもとづくアメリカのミュージカル『リュート・ソング』が作られ，ブロードウェイでまずまずの成功を収めたという。Birch, Cyril. "Introduction: *The Peach Blossom Fan* as Southern Drama." in *The Peach Blossom Fan*. by K'ung Shang-jen. translated by Chen Shih-hsiang and Harold Acton with Cyril Birch. University of California Press, 1976.

三　元・明・清

23 瞿佑（くゆう）（1347-1433）
『剪灯新話（せんとうしんわ）』（14世紀）

▷1　瞿佑の生没年は1341-1427年とする資料もあるが，瞿佑の詞集『楽府遺音』の識語から生年を至正7年（1347）とするのに従う。生没年の研究史は喬光輝『明代剪灯系列小説研究』（中国社会科学出版社，2006年，22-23頁）参照。

図1　滕穆は現れた女がこの世ならぬ者と知りつつ語り合う
（早川翠石『画伝剪灯新話』1889年，国立国会図書館蔵）

▷2　金銭を模して作った紙の貨幣で，火にくべることで冥界に届けられ，死者が貨幣として用いるとされる。

1 怪異を語る

　明・瞿佑の文言小説集『剪灯新話』（1378序）には幽明の隔てを超える怪異が多く記される。たとえば「愛卿伝（あいけいでん）」の名妓・愛卿は死して後，夫の前に姿を現して転生する先の家を告げるが，夫がその家を訪ねると男児が生まれたばかりで，愛卿の言葉通りに夫の顔を見てにっこり笑う。「牡丹灯記（ぼたんとうき）」では，美女の亡霊が侍女を伴って夜な夜な男の元を訪れ，やがて正体が露見すると，男を棺の中に引きずり込んで取り殺してしまう。「滕穆酔いて聚景園に遊ぶ（とうぼく…しゅうけいえん）」（滕穆酔遊聚景園記）では過ぎし世の女官が現れるし（図1），「緑衣人伝（りょくいじんでん）」ではやはりいにしえに生きた女と宿世の縁で契りが交わされる。「金の鳳のかんざし（おおとり）」（金鳳釵記）は魂が肉体を離れる物語で，恋わずらいの末に死んだ姉の魂が，妹の体を借りて恋人としばし結ばれる。

　一方で，この世で見過ごされた不正があの世で正され，遂げられぬ願いがこの世ならぬ世界で実現される物語もまた多い。たとえば，「水宮慶会録（すいきゅうけいかいろく）」の主人公は竜宮に招かれ，新殿の棟上げに際して奉る文章を起草するよう請われ，多くの宝物を得て帰る。現世で報われることのない文才が竜宮で認められるのである。「三山福地志（さんざんふくちし）」ではこの世で不実を働いた者は必ずその悪業の報いを受けることが示される。「令狐生冥夢録（れいこせいめいぼうろく）」では，貪欲な富豪が死んだものの，遺族が紙銭（▷2）をたくさん焼いたため，それを受け取った冥土の役人が喜び，富豪を生き返らせたとの逸話から始まる。わいろが物を言うのは人間界のみかと思ったが，地獄の沙汰も金次第とは，と怒りに燃えた主人公の令狐生は，それを諷刺した詩を作るが，そのために冥土の使いに連行されてしまう。しかし供述書を見事に書きあげて無罪放免となり，地獄見物して生還するという筋で，これもまた告発した不正が冥土で最終的に正されるという枠組みである。

2 瞿佑の生涯

　瞿佑は字を宗吉（そうきつ）といい，元末の順帝至正7年（1347）に杭州に生まれ，早熟の才能をもって知られた。その詩才は『剪灯新話』に挿入された詩詞にもうかがえる。元末の戦乱の中で成長し，20歳までのほぼ十年間は乱を逃れて江南各地を転々とすることを余儀なくされた。『剪灯新話』の中にも，張士誠の乱を背景にした「愛卿伝」「翠翠伝」「秋香亭記」のように，愛し合う者同士が戦乱

によって生死の両岸に引き裂かれる物語が収められている。

　その官途も理想的とはいえず，30歳を過ぎてから仁和県学訓導[43]に任じられ，洪武年間（1368-98）には浙江省各地を転々とした後，1400年から1403年にかけて南京で国子監の太学助教[44]に就いた。しかし筆禍から永楽6年（1408）に陝西省の保安（ほうあん）に流され，18年をその地で過ごした後，洪熙（こうき）元年（1425）に赦しを得，その後87歳で没している。「志怪」の形で記された勧善懲悪の物語は，「剪灯」の題の通り小夜（さよ）更けて灯心を切りながら語るに適し，戦乱の後も官途に恵まれず志を得ぬ知識人の鬱屈を反映したものであった。

3 発禁処分

　『剪灯新話』のたどった道もまた瞿佑の生涯と同じく波乱に富んだものであったといえよう。洪武11年（1378）に序文が書かれた後，実際に刊行されたのは洪武14年（1381）と見られている[45]。各地で読まれて人気を博したが，瞿佑が投獄されてからは散逸してしまった。保安の地にあった瞿佑は永楽18年（1420）に再刊のために自ら抄本の校訂に当たったものの，この重校本が日の目を見るに至ったのは瞿佑の没後30年あまりが経った成化3年から10年（1467-74）の間のことであった[46]。その背景には，明代前期には太祖朱元璋（しゅげんしょう）以来，歴代の皇帝が民衆の教化を重視し，戯曲や小説を厳しく統制していたことが指摘される[47]。英宗の正統7年（1442）2月，『剪灯新話』も禁書に列せられて焚書に処され，出版する者や所蔵する者は処罰を受けることとなった。その理由は怪異の事に託して根拠のない言を粉飾し，「邪説異端」を広め人心を惑わすというものであった。そのため『剪灯新話』の各篇は通俗類書や文言小説のアンソロジーにばらばらに収められることになり，明代の刊本はわずかしか伝わっていない。

4 牡丹灯籠──文言小説から日本の落語へ

　『剪灯新話』には後続作や模倣作も多く，その影響は朝鮮や日本，ベトナムに広がっている。朝鮮の金時習（キム・シスプ）（1435-93）『金鰲新話』（きんごうしんわ）（執筆年代には諸説あり），ベトナムの阮嶼（グエン・ズー）（生没年不明）『伝奇漫録』（1530年代に成立か）も『剪灯新話』の影響下に書かれた漢文小説である。　⇨II-四-7

　日本での翻訳・翻案としては，古くは『奇異雑談集』（きいぞうだんしゅう）（1687）に「金鳳釵記」「牡丹灯記」「申陽洞記」の翻訳が見られるほか，浅井了意（りょうい）の仮名草子『伽婢子』（おとぎぼうこ）（1666）に，「牡丹灯記」を含む16話が日本を舞台に翻案されている[49]。「牡丹灯記」は幕末には三遊亭圓朝（1839-1900）によって落語『怪談牡丹灯籠』（ぼたんどうろう）（1884速記本刊行）に仕立てられた。後には映画やドラマにもなり，牡丹の絵の提灯を供の少女に提げさせ，下駄の音を立てて闇の中を訪れる美女の亡霊のイメージが広く日本で知られるに至っている（図2）。

（及川　茜）

▷3　県に設置された国立学校の教官。

▷4　国子監は中央の国立学校を管理する教育行政官庁で，太学はその下に置かれた官吏養成のための学校の一つであり，助教はその学官。訓導（▷3）や助教というのは官吏としてのエリートコースからは外れた職官であった。

▷5　陳益源『剪灯新話与伝奇漫録之比較研究』台湾学生書局，1990年，53頁。

▷6　その後，重校本は朝鮮にも渡り，1559年には校注を加えた『剪灯新話句解』が刊行された。『剪灯新話句解』は日本にももたらされ，慶長年間（1596-1614）から元和（1615-23）年間には和刻本が刊行された。民国期に中国で出版された『剪灯新話』はこの和刻本に基づいている。

▷7　趙維国『教化与懲戒中国古代戯曲小説禁毀問題研究』上海古籍出版社，2014年。

▷8　李昌祺『剪灯余話』（りしょうき）（1419），趙弼『効顰集』（ちょうひつ）（こうひん）（1428），邵景詹『覓灯因話』（しょうけいせん）（べきとういんわ）（1592序）などが知られる。

▷9　また慶安年間（1648-51）の『霊怪艸』（あやしぐさ）は『剪灯新話』から八篇を訳出し，林羅山『怪談全書』（1643）にも「金鳳釵記」が翻訳されている。

図2　喬生が門のところにたたずんでいると，女の幽霊が「双頭の牡丹」の提灯を手にした侍女に足元を照らさせて通りかかる
（図1に同じ）

三　元・明・清

24 『三国演義』（元末明初？）

1 七実三虚の歴史ドラマ

　　後漢末の184年に起きた黄巾の乱から，魏・呉・蜀の３王朝が鼎立する三国時代を経て，天下が再び統一される280年までを描いた歴史小説。清初以来，『水滸伝』『西遊記』『金瓶梅』とともに四大奇書と称されている。

　　物語は前漢の景帝の末裔劉備が関羽・張飛と義兄弟の契りを結ぶのに始まる。群雄が入り乱れて天下を争ううちに，後漢最後の皇帝となる献帝を手中に収めた曹操が中原の覇権を握り，孫権が江南の地盤を固める。出遅れた劉備は三顧の礼を尽くして諸葛亮（孔明）を軍師に迎え，孫権と結んで曹操の南下を阻止する。孔明の天下三分の計に従って劉備も四川を手に入れ，曹操の魏・孫権の呉・劉備の蜀が鼎立する情勢がみえてくる。後は読んでのお楽しみ……。

　　史実の流れに沿って進む話の中に興趣あふれる虚構が散りばめられており，その巧みな配分は清代から「七実三虚」と評されている。架空の人物も大勢登場するが，悪目立ちすることはなく，あくまで実在の人物を中心に話が動く。劉備の蜀を話の中心に据えてはいるものの，他勢力の人物も個性豊かに描きわけられて多彩に活躍する。中でも曹操の描写は出色で，覇道のためには手段を選ばぬ非情さ，野望を押し通せるだけの卓越した才能，高く評価した人材への執着と愛憎，更には後世の文学に多大な影響を与えた詩人としての側面など，⇨Ⅰ一一単純なやられ役や憎まれ役にはとどまらない多面的な造形に成功している。

2 成立と展開

　　三国時代についてはその後半を生きた陳寿（233-97）が『三国志』という歴史書を編んでおり，後に裴松之（372-451）が詳細な注を加えて，唐代には正史に認定された。また，劉義慶（403-44）『世説新語』にも三国時代の人物の逸話が多く収録されている。北宋になると劉備を善玉，曹操を悪玉とした「説三分」という講談が人気を博していたことが，蘇東坡（1037-1101）『東坡志林』の記述などからわかる。元代には三国志ものの雑劇が数多く作られ，おそらくは講談と相互に影響を与え合いながら，三国志の物語は通俗文芸の世界で膨らまされていった。そうした物語をもとに，至治年間（1321-23）に『全相三国志平話』という原始的な小説が出版された。文体も内容も分量もまったく未成熟ながら，後の『三国演義』を彩る様々な架空の名場面の原型が備わっている。

▷1　奇書とは「風変わりな本」とか「怪作」とかいう意味ではなく，「素晴らしい本」とか「傑作」とかいった意味である。

▷2　ともに史実においても各自が１万人に匹敵すると称えられていた勇将（図1）。

図1　張飛，曹操軍百万相手に仁王立ち
（覆万暦19年（1591）金陵周日校刊本『新刊校正古本大字音釈三国志通俗演義』，筆者蔵）

▷3　劉備や張飛の出身地が金末元初に雑劇が盛んに作られた河北に属することもあり，雑劇には張飛を主役とする作品が多い。

やがて，そういう通俗的な物語を土台としながら『三国志』や『資治通鑑綱目』など硬派な歴史書も参照して，『三国演義』の原型がまとめられた。この段階ではまだ現存する『三国演義』諸本に共通してみられる話が出揃っていたわけではなく，後から別人の手で追加された場面も多いと考えられている。上記とは別の歴史書を参照したうえで書き換えが行なわれた場面もあるようで，現存する諸本に共通する話の大枠がいつ誰の手で固められたのかは未解明である。『三国演義』は元末明初の羅貫中なる人物の作だと明代から言われているが，彼がこうした成立過程のどの段階でどう関与したのかはわからない。⇨II-三-7

現存する明代の『三国演義』は全て16世紀以降の木版印刷によるものだが，30種以上の版本が知られており，この時期の商業出版の爆発的な伸長にともなって各地で大量に出版されたことがうかがえる。諸本は話の筋はいくつかの短い挿話の有無を除けば一致するものの，文章は互いに大なり小なり異なっていて，24巻系・20巻繁本系・20巻簡本系の3系統に大別される。このうち20巻繁本系の中で現存最古の，嘉靖27年（1548）の序を持ついわゆる葉逢春本の本文▷5が，3系統に共通する祖本の姿にかなり近いとの説が有力である。▷6

清代に入ると，毛綸と毛宗崗（1632-1709）という父子が24巻系に属する李卓吾評本を元に全面的な改訂を施し，詳細な評語も加えた。この毛宗崗本は当初は24巻系や20巻簡本系と併存していたが，19世紀には絶対的なシェアを占める通行本となった。現代中国で広く読まれているテキストや，戦後日本で何種も出版された全訳は，どれも毛宗崗本を底本としている。一方，早くも元禄年間に湖南文山訳『通俗三国志』（1689-92）という全訳が出ていて戦前まで定番の翻訳として長く読み継がれたが，これは李卓吾評本が底本であった。

3 形式・書名・文体

『三国演義』は，全体を多くの章に分けてそれらを「第何回」と数え上げ，各回に章題を付ける章回小説と呼ばれる形式の草分けとされる。ただし，早い時期の版本はどの系統もまだ「回」で数える形にはなっておらず，17世紀以降に刊行された24巻系の一部と毛宗崗本だけが「回」を用いている。▷8

現代中国では『三国演義』，日本では『三国志演義』と呼ぶのが一般的だが，どちらも16世紀末には既に使われていた通称である。▷9だが，20巻繁本系や20巻簡本系の版本には宣伝文句を除くと『三国志伝』と題するものが多く，17世紀以降の24巻系には陳寿の歴史書ではないのに単に『三国志』と題する版本も複数あり，毛宗崗本の初期版本に至っては正題は「三国」すら付かない『四大奇書第一種』で別題が『古本三国志』というありさまなので，『三国演義』にしろ『三国志演義』にしろ，あくまで便宜的な呼称と受け止めるのがよい。

文体の面では白話小説に分類されるが，白話文（口語体）は時おり使われる程度で，主として簡単な文言文（文語体）が用いられている。⇨II-一-1 ▷10　　（上原究一）

▷4 「繁本」は描写が詳細で長めの文章をもつ本，「簡本」は描写が簡略で短めの文章をもつ本を指す用語。

▷5 物理的なモノとしては，これより古い24巻系の版本も現存する。

▷6 井口千雪『三国志演義成立史の研究』汲古書院，2016年参照。

▷7 満州語訳に続く2番目の他言語への翻訳である。

▷8 「回」を用いる形式は『水滸伝』の影響で定着したと思われる。

▷9 正式な書名は前後に様々な宣伝文句が加えられて長くなっている版本が多く，「演義」自体がもともとは「内容をわかりやすく述べたもの」といった意味合いの宣伝文句である。その本義に立ち返れば「歴史書『三国志』の内容を分かりやすく伝えたお話」という意味になる『三国志演義』が正しいはずだが，16世紀半ば以降に後追いで大量に作られた歴史小説には「時代名＋演義」と題するものが少なくなく，その影響で「三国時代を描いた歴史小説」といった意味合いで『三国演義』という呼称も定着してしまったようだ。

▷10 そのため多くの部分は漢文訓読が可能であり，『三国演義』の名場面を載せた高校漢文の教科書も稀にみられる。

三　元・明・清

25　『水滸伝』（16世紀）

1 通俗文芸のオールスターバトル

　北宋の嘉祐３年（1058），道教の総本山たる龍虎山に遣わされた洪信が，封印されていた36の天罡星と72の地煞星を解き放ってしまう。108星は人間に転生し[1]，北宋最後の皇帝徽宗（在位1100-26）の治世に山東の大湖沼地帯にある梁山泊の山寨に１人また１人と集まり，官軍をも脅かす大勢力をなす。紆余曲折を経て朝廷に帰順した108人は，まず北方の遼[2]と戦い，続いて江南で反乱を起こした方臘の討伐に赴く……。四大奇書の１つたる明代の白話章回小説『水滸伝』は，こんな痛快時代活劇である。水滸は「水のほとり」の意で，梁山泊を指す。朝廷を牛耳る蔡京・高俅らや方臘など敵役には実在の人物も配されるが，主人公たる梁山泊の108人は，首領の宋江を除いて架空の人物だ。

　108人は「天微星・九紋龍・史進」や「天殺星・黒旋風・李逵」のように，転生元である星の名と，特徴や技能を端的に表す二つ名とを持っていて，１位から108位までの席次も定められている。行者・武松（図１）や花和尚・魯智深など独立した物語の主人公だったのを取り込んだと思しき者や，三国志や隋末唐初や楊家将など他の時代を題材とする物語の人気キャラクターの子孫やそっくりさんが何人もいて，さしずめ通俗文芸のオールスター選抜とも言うべき様相を呈している。そうした来歴のなさそうな面々も個性豊かで，腕っぷし自慢で放火と殺人が大好きといういかにも盗賊らしい連中や，槍や斧や弓などの一般的な武器を得意とする軍人たちはもとより，石つぶての達人[3]，仙人直伝の法術を使う道士[4]，大砲の開発者[5]，一日に800里を走れる神行法の使い手，色白な泳ぎの名人，どんな筆跡でも真似られる書家，名医，凄腕の泥棒，忠義者で相撲が強くて頭も切れて風流な若きイケメン，といった特技の持ち主がズラリと並ぶ。また，飲食店の女将さんが２人[6]と美少女剣士が１人いて，108人のうち３人は女性である。序盤はこうした多彩なキャラクターが入れ替わり立ち替わり登場しては，合流したりいったん別れたりすることで中心人物を切り替えながら話が進むのだが，梁山泊に集う人数が増えるに連れてそうした銘々伝は少なくなり，集団としての梁山泊の動向に描写の中心が移ってゆく。

2 成立の過程

　実在の宋江は徽宗の宣和年間（1119-25）に36人で山東を含む地域を荒らして

▷1　神仏や天界の星々の生まれ変わりという設定は中国古典文学に頻出するが，昨今流行りの異世界転生モノとは違って転生前の記憶は持っておらず，引き継がれるのは才能と命運，というのが一般的なパターンである。なお，その手の転生とは別に，死んだ人の魂が記憶を保ったまま別人の体に入って生き返る話もある。

▷2　北はモンゴル高原から南は現在の北京一帯や山西北部までを領有していた契丹人の王朝。現実には1125年に金（女真人の王朝）と北宋との挟撃を受けて滅ぼされ，その戦後外交のまずさから北宋が金に支配領域の北半分を奪われることになるのだが，『水滸伝』ではどうなりますやら……？

▷3　うんと強い。

▷4　もっと強い。

▷5　実際には大砲はこの時代には未開発。

▷6　その片方は，客に痺れ薬を飲ませて殺して金品を奪い，死体は人肉饅頭にしてしまう，というとんでもない人である。

いたというが，史料に乏しく実態は判然としない。だが，「宋江が率いる梁山泊の36人」の物語は通俗文芸の世界で人気を博し，講談や演劇などの形で多彩な発展を遂げていった。古い梁山泊物語のテキストとしては，成立時期不明の『大宋宣和遺事』や，6種の元雑劇と4種の明雑劇が現存し，題名のみが伝わる講談や雑劇も少なくない。また，南宋後期に知られていた36人の姓名と二つ名と各人への短評を記した龔聖与「宋江三十六人賛」が周密（1232-98）『癸辛雑識』に引用されているなど，明代の章回小説『水滸伝』より古い物語にもとづく36人の名簿が複数残っている。[7] いずれも『水滸伝』の天罡星36人とは若干の違いがあり，互いの相違点から物語の変遷過程の一端がうかがえる。[8]

そうした前史を経て白話章回小説としてまとめられたのが『水滸伝』である。成立時期には未だ定説がないが，豹子頭・林冲の描写は16世紀前半に何度かの改作を経て作られた戯曲『宝剣記』の強い影響を受けているとの有力な説が近年出されており，今後は現在見られるテキストがこの形に整えられたのは16世紀前半のことであった，という見解が広まっていく可能性が高い。[9] 現存諸本の多くが施耐庵と羅貫中の名を作者として挙げるが，彼らは元末明初の人だと明代から言われているので，現行の形に整えた人物だとは考えがたい。

③ 成立後の展開

成立当初の形は20巻100回だったと思しいが，20巻100回本は部分的にしか現存せず，その文章を概ね踏襲して16世紀末から17世紀初頭に編まれた100巻100回本が4種類完全な形で現存している。また，20巻100回本の文章を全体的に簡略化して回数も変えつつ，宋江・方臘と並ぶ反乱勢力として名のみが見えていた田虎と王慶の2勢力と戦う話を新たに創作して征遼と征方臘の間に挿入した，文簡事繁本と呼ばれる系統の版本が16世紀後半から17世紀末にかけて福建で多数出版された。[10] 大衆向けの安価な文簡事繁本は清代には他の地域でも出るようになり，清末まで刊行が続いた。江南では17世紀前半に100巻100回本をもとに文章の洗練を図った不分巻100回本が複数現れ，そこに文簡本とは異なる形の田虎・王慶の話を嵌め込んだ120回本が明朝最後の崇禎年間（1628-44）に作られた。そして，崇禎末期に金聖歎（1608-61）が120回本の文章に更に手を入れ，自らの評språを大量に加えた上で，108人が勢揃いする120回本の第71回までで話を打ち切った70回本（金聖歎本）を完成させた。清代に入るとどの地域でも70回本のシェアが次第に拡大してゆき，清末民初の時点では100回本や120回本の存在がほとんど忘れられるまでに至っていた。なお，100巻100回本，120回本，70回本にはいずれも全訳がある。[11]

また，本格的な白話文による最初の長篇小説である『水滸伝』では，版を重ねるごとに白話語彙の文字表記の適切な方法の模索が繰り返されており，それが現代中国語の体系に多大な影響を与えたと指摘されている。[12] ⇒Ⅱ-1-1 （上原究一）

図1　行者・武松の虎退治
（万暦38年（1610）虎林容与堂刊本『李卓吾先生批評忠義水滸伝』，古本小説集成編輯委員会編『古本小説集成』第2批，上海古籍出版社，1990年）

▷7　『大宋宣和遺事』，明の皇族朱有燉（1379-1439）の雑劇「豹子和尚自還俗」，郎瑛（1487-1566?）『七修類稿』にそれぞれ見える。

▷8　地煞星の72人もいるという設定は元代には固まっていたようだが，『水滸伝』以前の名簿は残っていない。

▷9　小松謙『中国白話文学研究——小説と演劇の関わりから』汲古書院，2016年参照。

▷10「文簡」は文章が簡略なこと，「事繁」はエピソードが多いことを表す。

▷11 吉川幸次郎・清水茂訳と井波律子訳が100巻100回本，駒田信二訳が120回本，佐藤一郎訳が70回本。

▷12 小松謙『水滸伝と金瓶梅の研究』汲古書院，2020年参照。

三　元・明・清

26 『西遊記』（16世紀）

1 9×9＝81の厄難を乗り越えろ！

　四大奇書の一角を占める明代の白話章回小説で，唐僧こと玄奘三蔵がサルの孫悟空（孫行者），黒ブタの猪悟能（猪八戒），青黒い顔をした沙悟浄（沙和尚）という3人の弟子に守られ，龍が変じた白馬に乗って，9×9＝81の厄難を乗り越えながら，唐の長安から天竺国の釈迦如来のもとに仏典を取りにゆく10万8千里の西天取経の旅を描く。途上の国々は架空の国ばかりで，その地に住まう妖怪が玄奘を食べてしまおうと襲ってくるのが81の厄難の中心だが，人間に化けて国王をたぶらかし悪政を布かせている妖怪もいれば，羽毛すら沈む川や燃える山といった険阻な地形もあり，女だらけの国の女王や女性妖怪に結婚を迫られることもあれば，果ては赤ん坊そっくりの人参果だの水を飲むと男でも妊娠してしまう川だのといった摩訶不思議な自然物まである。

　ところが玄奘は普通の人間で，こうした厄難を乗り越える力などもっていない。しかし，絶対にまっすぐ天竺へゆくのだという意志の強さだけは誰にも負けない。厄難に遭うとすぐに泣いてしまうが，怖くて泣くのではなく，西へ進めないのが悲しくて泣くのだ。そこで神通力をもつ弟子たちの出番となる。特に孫悟空はかつて斉天大聖を自称して天界の神々と戦い，天界の精鋭を何度も1人で蹴散らした化け物である。彼さえいれば妖怪変化もなんのその……かと思えば，意外にも大抵は苦戦し，神仙諸仏の助力を仰ぐことが多い。お釈迦様に退治されてから500年間幽閉されていたブランクや，愛用していた武具を如意金箍棒を除いて没収されているのを言い訳にできなくはないが，まあ要するにお話の都合である。孫悟空は味方になったら弱くなるキャラのはしりなのだ。また，孫悟空は赤と白，猪八戒は青と黒，沙悟浄は黄色とイメージカラーが決まっている。特撮戦隊ものの先駆だとも言えるかもしれない!?

2 成立と展開

　玄奘（602-64）は唐初に出国制限を破って単身インドに渡り多数の仏典を持ち帰る偉業をなしとげ，帰国後はその漢訳に尽くした実在の高僧だが，没後ほどない頃から伝説化が始まっていた。やがてトラを連れていたという話が広まり，いつしかそれがサルに変わって孫悟空の原型となったらしい。南宋の都臨安では，神通力をもった猴行者なるサルの王が玄奘の取経のお供をする『大

▷1　河童ではなく（そもそも河童は日本の妖怪！），動物のモチーフもない。

▷2　10回生まれ変わる間1滴も精液を漏らさずに修行を重ねた玄奘を食べれば不老長寿になれる，という噂があるため。

▷3　女性妖怪が迫るのは，食べるのと同じ効果があるからだ。

▷4　空腹でもう進めないとゴネることは多いが，仕方がないさ人間だもの。

▷5　「天と同格の大聖人」の意。

▷6　『西遊記』の序盤は孫悟空の誕生からお釈迦様に退治されるまでを描く。

▷7　まあ，色が主眼ではなく，各色に対応する五行を割り当てられた（孫悟空は火と金，猪八戒は木と水，沙悟浄は土）結果なのだが。

▷8　猴はニホンザルのようなマカク属のサルを指す。猿はテナガザル。

唐三蔵取経詩話』という短い物語が出版されていた。また，そのなかで玄奘一行が砂漠を渡るのを手助けする深沙神が，沙悟浄の原型とみられている。

元代には西遊記ものの雑劇が複数作られ，平話（『三国志平話』のような原始的な小説）も出版されていたらしい。それらは現存しないが，李氏朝鮮で編まれた中国語会話教科書『朴通事諺解』が平話のあらすじを載せるなど，複数の資料に痕跡がみられる。この時期にはサルの孫悟空と沙和尚に加えて黒ブタ朱八戒も登場し，明代の章回小説『西遊記』にみえる話のいくつかは原型ができあがっていた。朱八戒はもちろん後の猪八戒で，ブタを意味する猪と同じ発音の朱というありふれた姓だったのだが，明代になるとブタの化け物が皇帝と同じ姓では都合が悪いということで，猪という実在しない姓になってしまった。

また，明初の『永楽大典』に後の章回小説にもみられる一場面が引用されているほか，楊景賢の手になると思しき西遊記ものの長篇雑劇が現存している。

このように『西遊記』も『三国演義』や『水滸伝』にひけをとらない豊富な前史を持つのだが，現在に伝わる100回本の章回小説が成立したのはそれらよりもかなり遅く，万暦20年（1592）に南京の唐氏世徳堂が出版した『新刻出像官板大字西遊記』[10]（いわゆる世徳堂本）が，現存最古であるばかりか，初めての100回本そのものであったと考えられる。[11]その改編を行なった人物の名は記されておらず，改編前の原作者は既に不明だったと序文にみえる。[12]

現存する明代に出版された『西遊記』は10種あまりで，『三国演義』や『水滸伝』よりだいぶ少ない。ただし，世徳堂本の流れをくむ100回本諸本のほかに，[13]より古いテキストの超大幅なダイジェスト版と思われる「回」という単位を用いない本が2種，福建で刊行されているという特徴がある。[14]

清代には，文章を全体に簡略化させたうえで，明代の100回本では詳しくは描かれていなかった玄奘の数奇な生い立ちを描く話を加えた100回本が生まれた。『三国演義』の毛宗崗本や『水滸伝』の金聖歎本のような圧倒的なシェアを占める通行本は現れなかったが，さまざまな思想的・宗教的な立場にもとづいた解釈を示す新たな評語を付した版本が，数十年おきに清末まで編まれ続けた。

3 特色と文体

『西遊記』の特色として，数字へのこだわりが指摘されている。それは10万8千里や9×9＝81のような9の倍数が頻出するという表層的な面はもとより，7の倍数の回に重要イベントを配するとか，第49回で旅の中間点に着き第98回で釈迦如来のもとに至るとかいった構成の面でも発揮されている。[15]

白話文で書かれ，直接話法による会話が目立つ。特に，陽気で間抜けな大食らいの怠け者にして少し陰険で中途半端に博識な猪八戒が，ことあるごとに孫悟空と繰り広げる饒舌な憎まれ口のたたき合いは見どころだ。また，稀に登場人物が敵に自分や武器の強さを歌って聞かせるのも面白い。[16]（上原究一）

▷9 唐代の玄奘伝説にも登場する護法神。

▷10「新刻」（新刊書だよ！），「出像」（挿絵入りだよ！），「官板」（由緒正しいよ！），「大字」（字がデカいよ！）は，いずれも本書Ｉ-三-24の▷9で触れた，書名に冠される宣伝文句だ。

▷11 ただし，完全な形で現存するのは万暦20年刊本そのものではなく，直後に福建で作られた覆刻本である。図1はその挿絵。

図1　右から孫悟空，沙悟浄，玄奘，猪八戒
（覆万暦20年（1592）金陵唐氏世徳堂刊本『新刻出像官板大字西遊記』，筆者蔵）

▷12 上原究一「百回本『西遊記』の成立と展開——書坊間の関係を視野に」東京大学博士論文，2016年（http://doi.org/10.15083/00075383）参照。

▷13 文章の簡略化の有無や評語の追加による系統分岐は生じている。

▷14 うち1種は清代にも繰り返し刊行された。

▷15 詳しくは中野美代子『西遊記——トリック・ワールド探訪』岩波新書，2000年参照。

▷16 こうした会話を冗長とみて省略した版本も多いが，中野美代子訳は省略がない版本にもとづく。

三　元・明・清

27 『金瓶梅』（16世紀）

［1］『水滸伝』のパラレルワールド？

　物語の舞台は，宋代，山東のとある都市。生薬商をいとなむ西門慶には，正妻の呉月娘を筆頭に，数人の妻妾がいた。欲望つきない西門慶は，潘金蓮や李瓶児という人妻をもわがものとし，官職さえも手に入れ，富と権力を増殖させていく。そんな西門慶の妻妾や親戚友人をはじめ，西門の家に出入りするさまざまな人間たちの交錯を活写した小説。濃厚な情交シーンが多いことから，中国ポルノグラフィの代表作ともされる全100回の小説。それが『金瓶梅』である。

　この作品は，虎退治で有名な『水滸伝』のヒーロー・武松の物語から分岐していくというユニークな形で始まる。武松の兄である武大の妻，潘金蓮は，西門慶と密通を重ねたあげく武大を毒殺するが，やがて真実を知った武松によって，二人はあっさり殺され，武松の敵討ちが成就する，というのが『水滸伝』だが，『金瓶梅』では，どっこいそうはいかない。こちらのパラレルワールドでは，武松は，勘違いから別の者を殺して逮捕され，遠方の地に流されてしまうのだ。こうして恋路の邪魔者を排除した世界で，西門慶は金蓮を第五夫人として輿入れさせ，妻妾たちや妓楼の女たちと，おもしろおかしく日を送る（図1）。

　四大奇書と総称される他の三作——『水滸伝』『西遊記』『三国演義』のように，天地をどよもす波乱万丈の事件が起きるわけでもない。その日その日を愉快に暮らそうとするがゆえに，女たちが采配を揮う家庭内の戦争も勃発する。西門慶は，内外のトラブルにあたふたしては，なんとか乗りきって，ふたたび日常を取りもどす。もとより好色漢の西門慶のことであるから，かれらの性生活もおのずと念入りに描写される（図2）。一般に中国のポルノグラフィは，性交に関わる非凡な能力や超絶な技術の描写を通して，読者に呆れてもらうことを旨とする。ヒーローは怪物的な性的能力を誇り，『肉蒲団』のように，科学力で男根を増強したりもする。その荒唐無稽な筆致は『西遊記』や『封神演義』に近く，『金瓶梅』からは遠い。ならば『金瓶梅』はポルノグラフィではないのかもしれない。少なくとも凡百の淫書とは一線を画しているとはいえるだろう。⇨Ⅱ-三-11

［2］謎に満ちた『金瓶梅』の成立

　『金瓶梅』は，16世紀の終わりころに書かれたらしく，以降，多くのヴァージョンが刊行された。現存する最古の版本とされるのは，万暦年間（17世紀初頭）

図1　『金瓶梅』（崇禎本）第
25回挿絵
（『新刻繡像批評金瓶梅　会校本』
三聯書店，1990年）

図2　『金瓶梅』（崇禎本）第
27回挿絵
（図1に同じ）

に刊行された『金瓶梅詞話』である。これには，多くの俗語や方言が用いられ，⇒Ⅱ-1-2
冗漫な表現も多く見られる。のちの版本では，方言などは平易なことばに置き
換え，読みやすくする工夫がなされているほか，唄や芝居をはじめ，本筋には
関わらないと判断された雑駁な付随物が削られている。だが，明代小説の魅力
は，なんといっても，その雑駁さにこそあるといえよう。作者は「蘭陵笑笑
生」と自称するのみで，その正体については，数十種類の説が提示されている。▷1

3 中心にある男とさまざまな女たち

　物語の中心に位置する西門慶は，精力絶倫のプレイボーイかと思いきや，あ
る意味，さほどパッとしない平凡な男である。ふだんは鷹揚にかまえ，取り巻
きどもの好きなようにさせているが，惚れていた女に裏切られたと思い込むや，
怒りを爆発させ，執拗な仕置きにおよぶこともある。そこで女に泣かれると，
またころりと態度を変えて許してしまう。筋を通しているように見えることも
あるが，確乎とした思想信条があるわけでもない。口の達者な女たちにちょっ
と言い含められると，一瞬にして前言をくつがえしてはばからない。このよう
な曖昧模糊としたキャラクターが，長編小説の中心には不可欠なのだ。コラム9

　女たちの描写は，じつに見事である。邦訳を作った小野忍は，夫人たちをそ
れぞれ概括して，正妻の呉月娘は賢夫人型，第二夫人の李嬌児は打算型，第三
夫人の孟玉楼は善人型，第四夫人の孫雪娥は破滅型，第五夫人の潘金蓮は淫婦
型・じゃじゃ馬型，第六夫人の李瓶児は純情型としているが，これには異論も▷2
あるだろう。呉月娘は，しばしば正妻らしからぬ動揺をきたすし，潘金蓮の舌
先三寸の技からは，彼女がかなりの知能犯であることがうかがえる。さんざん
悪態をついたあと，ひとりベッドに突っ伏して涙するシーンなど，悪女の哀愁
が漂っていて，可愛すぎる。李瓶児は純情ぶってはいるが，なかなかしたたか⇒コラム2
な女だ。多様な人間たちの心の襞にまで分け入り，それを丁寧に描いたことに
より，『金瓶梅』は，極上のエンターテインメントとなった。

　同盟や敵対の関係を作りながら，家庭内戦争を展開してゆく妻妾たち。女中，
および小者とその女房たちも，けっして「その他のコマ」にはしない。かれら
をもしっかり巻きこんで，西門慶の王国は，きょうも騒がしいのである。軸と
なるのは女たちのおしゃべりだが，それとともに，衣服，アクセサリー，料理，
演劇，祝祭，性行為などはもとより，ギフトのやりとりや衛生観念が見てとれ
る微妙な仕草まで，細部をおろそかにしない風俗描写の執拗さは，まさに称讃
にあたいするいやらしさだ。『金瓶梅詞話』が世に出てから，おおよそ400年を
経たものの，いまだに完訳本は存在しない。最後まで通読するには，小野忍・▷3
千田九一訳の『金瓶梅』があるが，これとても，ところどころ省略がなされて
いる。通読に堪えうる日本語で綴られた翻訳が世に出るまでは，いましばらく
お待ちいただくしかないようである。　　　　　　　　　　　　（武田雅哉）

▷1　そのひとつに，明代
の文人・王世貞作者説が
あるが，これにはおもしろい
伝説が伝わっている。王は，
政敵に滅ぼされた父親の敵
討ちをするために『金瓶
梅』を書いた。みずから印
刷製本して，その紙には砒
素を染み込ませ，指に唾を
つけてページをめくる癖の
ある仇に読ませ，気の長い
毒殺計画を果たしたという
のである。ちなみに，この
ような読書を通した薬殺の
モチーフは，『アラビア
ン・ナイト』の第五夜，あ
るいはウンベルト・エーコ
『薔薇の名前』（1980）など
にも見えている。

▷2　小野忍・千田九一訳
『金瓶梅（一）』の小野によ
る「解説」。

▷3　『金瓶梅』は江戸期に
舶載されて以来，流通し，
読まれていたばかりでなく，
学問的な態度による語彙研
究なども積極的に行なわれ
ていた。曲亭馬琴は原著を
読み込んだうえで，翻案
『新編金瓶梅』を綴ったが，
原本の『金瓶梅』を「淫
書」として喧伝している。

三　元・明・清

28 『封神演義』（16世紀）

1 神仙たちがサポートした殷周革命

　『封神演義』は明代に書かれた全100回の長編通俗小説で，『封神榜』『封神榜演義』とも呼ばれる。商（殷）王朝が周によって滅ぼされるという歴史的事件を題材とするが，小説中では神々や仙人たちが道術や不思議な武器で戦闘を繰り広げ，一般には「神怪小説」のカテゴリーに入れられる。内閣文庫所蔵本に名がある許仲琳が作者と見られている。殷王朝末代の紂王とその后で悪女の妲己の饗宴と暴虐の逸話や，釣りの最中に周の文王に見出され軍師として活躍した太公望呂尚の物語は，元代に『武王伐紂平話』という神仙も登場する講談小説にまとめられた。明代にはこの話を発展させた長編小説『春秋列国志伝』が生まれ，さらに多くの神々やエピソードを盛り込んだのが『封神演義』だ。

　物語は，商の紂王が女神の女媧像に欲情して卑猥な詩を神廟の壁に書きつけるところから始まる。この詩に女媧は激怒し，狐の妖怪たちに紂王の心を乱し，周の討伐を助けるよう命じる。紂王は妲己（正体は狐の妖怪）に夢中になって政治をおろそかにし，諫める者たちは次々に惨殺されていく。西伯侯姫昌（後の周の文王）は紂王に幽閉されていたが解放され，崑崙山の道士姜子牙（＝太公望）を丞相として迎える。商から周に寝返った黄飛虎将軍を追ってきた太師聞仲との戦闘はやがて商と周の全面戦争へと発展していく。商の軍には魔家四将，黄花山の四将らが次々に援助に現れ，一方の周軍にも天界から神仙が下りて来て援助するのであった（図1）。

図1　黄河陣の戦い（陝西鳳翔の木版画）

（左漢中編『民間木版画図形』湖南美術出版社，2000年）

2 魅力的なキャラクターたち

　『封神演義』の人気を支えているのは，この壮大なストーリーと言うよりも，魅力的なキャラクターたちである。人間界の戦いを補佐する神々や仙人たちの中でも一番人気の呼び声が高いのがスーパー少年神の哪吒だ。哪吒は度を超えた暴れん坊で，龍王の息子を殺した罪をとがめられて自害するが，蓮の花の化身として生まれ変わる。普段は童子の姿をとるが，戦う時は三頭六臂で恐ろしい形相になる。風火二輪に乗って空中を飛び，火尖槍，乾坤圏（輪），混天綾（布）という三種の武器を操って，多くの戦闘で大活躍する。哪吒はそのルーツをたどれば仏教の毘沙門天の第三子だが，道教に取り入れられ，現在でも厚く信仰されている。

▷1　哪吒が龍王の息子を殺したのは，『封神演義』では7歳の時だが，『西遊記』では生後3日目のこととされる。

▷2　哪吒を始めとする『封神演義』の諸神のルーツについては二階堂善弘『封神演義の世界——中国の戦う神々』第三章「戦う神々の由来」に詳しい。

同じく大活躍する楊戩は，普通は二郎神という名で知られ，やはり各地で信仰される。武器は袖口に隠した哮天犬という神犬だ。哪吒や二郎神は人気キャラクターとして，元代の雑劇や，明代の他の通俗小説にも，自在に越境して登場する。『西遊記』において孫悟空が天界で大暴れした際，哪吒や二郎神も出撃し，哮天犬は孫悟空にかみつく。文王の百人目の子雷震子はその名の示すように雷公（雷の神様）そのもので，鳥のような顔と羽を持ち，日本の烏天狗のような姿で描かれる。仏教系キャラクターの韋護は韋駄天がモデルで，韋駄天は一説にはアレクサンドロス大王が変転した神だ。チビで醜い土行孫と女傑鄧嬋玉の結婚は，『水滸伝』の短足で女好きの矮脚虎・王英と一丈青・扈三娘の関係，さらにはギリシャ神話の鍛冶神ヘパイストスと愛と美の女神アフロディーテの婚姻をも連想させる。彼らの背後には古今東西の物語が見え隠れしている。

彼らは視覚的にも映える。尋常ならざる容姿，手にするは不思議な呪力を発揮する武器，跨がるは幻獣たち，これを絵画化するとなかなかに賑やかになる（図2）。この容姿，武器や特殊能力，騎獣らは一つのユニットをなしている。たとえば武成王黄飛虎ならばこうだ。

【騎獣】五色神牛（日に800里走る），【武器】金眼神鳶（妲己に一撃を加える）
【プロフィール】もと商の武将。紂王のせいで夫人と妹を失い，周軍に寝返る。
【得意技】敵に何度捕らえられても釈放されたり仲間に助けられるぞ。

彼らはまるでゲームのカードで，その戦闘場面はあたかも「ぼくのつくったさいきょうキャラクター」カードが次々に繰り出されるのに似ている。

図2　賑やかな武将たち
（許仲琳『新刻鍾伯敬先生批評封神演義』刊行年不明。内閣文庫所蔵本）

③ 消費される『封神演義』

戦争の初期に姜子牙は元始天尊から「封神榜」を授けられる。「封神」とは殷周革命の際に死ぬ人物を神に封じることで，「封神榜」はそのリストなのだ。終戦の前に死亡者は確定していて，登場人物たちはやがて訪れる封神の儀式に向かい，賑やかに登場して華やかに戦い，次々に死んでいく。すなわち「封神榜」は登場キャラクターカタログに他ならない。中には封神榜に載る365人の数合わせのためだけに登場する武将も多数存在する。彼らは陣営に唐突に現れるや勇ましく援助を申し出，数行後には首が胴体から離れてしまっている。

神々たちの戦いの背後には，周側につく闡教と殷側の截教の対立という，殷周革命とは別のコードも潜んでいる。しかし，それについて明確な説明はなく，背後の物語の形成は読者側に委ねられる。この点では，まるでビックリマンシールのようでもある。しかしこのキャラクター主義と背後に隠された世界観をつなぎ合わせようとする渇望は，消費市場には合致しており，『封神演義』の物語を題材とした作品が講談や芝居に留まらず，連環画（絵物語），漫画（二次創作も含め），TVドラマ，映画，アニメ，ゲームと絶え間なく作られ続けている原動力とも言えよう。
（佐々木睦）

▷3　大塚英志は『物語消費論——「ビックリマン」の神話学』において，ビックリマンチョコのおまけのシールにはビックリマンの神話体系についての断片的な物語が記されていて，それをつなぎ合わせると世界観（「大きな物語」）が明らかになるが，消費者はその断片的な物語をこそ消費し，楽しむと指摘している。これと同様に，『封神演義』の読者も闡教と截教の対立という「大きな物語」よりも，その対立の中に登場する神々たち個人の性格，一人一人の独特な武器，異空間を生みだす不思議な陣，それらを駆使した戦いという断片をこそ楽しんでいると言えよう。

三　元・明・清

29 『楊家将演義』（16世紀）

1　楊家のファミリー戦記

　『楊家将演義』とは，明代に書かれた通俗小説であり，『三国演義』と同様，実在の人物に材をとった戦記物のフィクションである。山西地方の名将・楊業を筆頭に，その一族の興亡を描く物語は，日本ではあまり馴染みがないかもしれないが，中国では演劇やドラマやゲーム，また絵画や民芸品の題材としてよく知られている。

　『楊家将演義』の特徴は，楊家という家族を軸とした物語の展開にある。武門の一族である楊家は，もとは五代十国の北漢に仕えていたが，その武勇を買われて宋に投降すると，北方の守備の要として遼軍の侵攻を阻止すべく戦う。楊業の子には七男二女がいるが，いずれも強者ぞろい，嫁も孫もみな武将という軍人一家の戦記は，代替わりしながら続いていく。「家将小説」なる一族の戦記物を指すジャンルがあるが，『楊家将演義』はその代表格といえるだろう。

2　『北宋志伝』と『楊家府』

　『宋史』に伝の立てられている楊業とその子らの事績は，北宋中期にはすでに語り草となっており，南宋から明までの間に，講談や演劇などによって物語化が進められてきた。明代後半になると，『南北両宋志伝』の後半にあたる『北宋志伝』全10巻50回と，『楊家府世代忠勇通俗演義伝』（以下，『楊家府』）全8巻58則という二つの長編小説が刊行され，それまでに流布していた楊一族の物語がまとめられた。『楊家将演義』とは，一般的にこの二つの小説のどちらかを指すが，その物語世界には，小説から演劇や語り物まで，多様なバージョンの広がりがあることをおさえておきたい。

　『北宋志伝』と『楊家府』にも違いがあり，前者は楊一族三代，後者は五代にわたる物語を描く。どちらかといえば歴史書の体で書かれている前者に比べ，女武将が術を使って妖人と戦うなど，後者はより小説らしい想像力にあふれていることが特徴である。

3　男たちの悲哀

　『楊家将演義』の見どころの一つは，宋の太宗には武勲を認められながらも，北漢から「投降した将軍」として，楊業が宋の武官である潘仁美に冷遇される

▷1　『北宋志伝』にもとづく邦訳に，岡崎由美・松浦智子訳『完訳楊家将演義』上・下がある。『楊家府』は，今後の翻訳が待たれるところである。

図1　清代の木版画「碰碑」
（王海霞主編／薄松年・尉彬分巻
主編『中国古版年画珍本　河北
巻』湖北美術出版社，2015年）

ところであろう。楊家の父子を憎む潘の指揮下に入った楊業が，陥れられ，勝ち目のない遼軍との戦いに赴かざるを得ないところなど，組織の理屈に個人が屈服させられる理不尽さに，誰しも憤りをかき立てられるのではないだろうか。

　潘仁美によって援軍を絶たれた楊業は，転戦するうち，敵に囲まれ，前漢の武将で匈奴と戦って捕虜となった李陵の石碑にたどり着くと，碑に頭を打ちつけて自害する。このエピソードは，明朝の宮廷で演じられていた雑劇「八大王開詔救忠臣」から，現代でも上演される京劇『李陵碑』まで，さまざまな演劇に見ることができる。また，楊業の子・楊七郎（延嗣）は，敵兵の包囲を脱けて潘仁美に救援を求めに行くが，潘は七郎を縛りつけ，矢を射かけさせて亡き者にしてしまう。かように非業の死を遂げた楊家の男たちの悲哀と，かれらに対する同情こそ，物語が語り継がれる原動力となったのだろう（図1）。

4　「男まさり」の女将たち

　『楊家将演義』には，「男まさり」の女将たちが数多く登場する。楊業の娘である八娘と九妹は，遼将との武芸比べで敵を負かすし，楊六郎（延昭）の妻・柴夫人は，臨月にもかかわらず出陣し，戦場で男児を産み落とす。さらに，共に戦っていた嫁の穆桂英は，姑の産んだ赤子を懐に入れ，敵陣を打ち破る。演劇においては，楊業の妻である佘太君が，楊家のゴッドマザーとして君臨するのだが，男たちがバタバタと死んだり，窮地に陥ったりする楊家の物語では，女たちの存在感が増すのである。楊家のみならず，宋軍に合流する金頭馬氏や，敵対する遼の皇太后である蕭太后など，当たり前のように戦う女将が描かれる点は，男の武将ばかりが登場する『三国演義』との大きな違いである。

　『楊家将演義』の終盤には，12人の寡婦が勢揃いし，お家の危機に大挙して出陣，勝利して凱旋するというエピソードが置かれている。この話は，中華人民共和国成立後，新作京劇『穆桂英掛帥』および『楊門女将』に改編され，国のために戦う寡婦というプロパガンダ・イメージとして作りかえられた（図2）。

5　西王母の娘たち

　『楊家将演義』には，強い女が男と腕くらべをし，相手の美しさに惚れ込んで結婚を迫るというエピソードがしばしば見られる。先に述べた楊六郎の嫁・穆桂英は，もとは山賊の娘であった。六郎の長男である楊宗保と刀を交え，その男ぶりを気に入った彼女は，ただちに結婚を申し込む。

　こうしたモチーフについて，中国文学研究者の大塚秀高は，穆桂英らが「西王母の娘たち」である可能性を指摘する。西王母は，不老不死を掌る女神として知られ，人間界の帝王や男神と交わり，その力を更新すると考えられてきた。選んだ男との結婚により，宗族の生命力を長らえさせる楊家の女たちは，中国人の宇宙観では，たしかに西王母の系譜上にあるのかもしれない。（田村容子）

図2　京劇の『穆桂英掛帥』
（"京劇電影工程"叢書編委会編
『穆桂英掛帥』人民出版社，
2017年）

三　元・明・清

30 三言二拍（17世紀）
さんげん に はく

［1］明末の商業出版と馮夢龍
ふうぼうりゅう

　明末は出版業が大いに栄えた時代であり，とくに江南の南京，蘇州，杭州など経済的に発展した都市には多くの出版業者が集まっていた。これは商業出版が盛んになったということであり，様々な書籍が大量に出版されていた。

　明末の蘇州に生まれた馮夢龍（1574-1646）は，早くからその才能を認められていた。だが彼は受験勉強より色と酒を好み，また出版業の盛んな蘇州の気風を受けてか，蘇州の民謡の採集や，小説など通俗文学の編集出版に力を入れていた。彼の活動は，各種小説などの編集校訂・増補，蘇州の民謡集『山歌』や笑話集『笑府』の編纂，科挙参考書の編集など多岐にわたる。『古今小説』（1621刊行）『警世通言』（1624刊行）『醒世恒言』（1627刊行），合わせて「三言」も，馮夢龍の旺盛な編集出版活動から生まれたものである。

　「三言」はそれぞれ40巻で全120巻，各巻に小説1篇を収める。収められている作品は，宋元代に流行した「説話」（講談，語り物）の台本を元にした「話本」から題材を取ったものと，明代に話本の形式に倣って作られた「擬話本」に分けられる。明代後期には，『清平山堂話本』など宋元の話本を集めた話本集が成立していた。馮夢龍は，それら話本集に収められた話本を集め，また話本の形式に倣った擬話本を自作して，「三言」を編纂したのだ。

［2］馮夢龍と「三言」——人々を喩し警め醒ます物語

　では「三言」編纂の目的は何だったのか。書名がそれぞれ「世を喩さんとて言を明らかにす」「世を警めんとて言を通ず」「世を醒まさんとて言を恒くす」と解釈できるように，俗世の民衆を教化することを標榜している。ではなぜ「話本」のような形式を選んだのか。『喩世明言』序に「例えばここで説話人（講談師）が登壇して語り出せば，聴衆は笑ったかと思うとびっくりし，悲しんでは涙を流し，はては歌い出し舞い始める。（中略）臆病者は勇敢になり，浮気者は貞淑になり，薄情者は情に厚くなり，鈍感な者はおどおどし始める。幼少より『孝経』『論語』を読んでいても，講談のように短い時間で深く人を教化できるとは限らない」とあるように，お堅い儒教の経典より，講談や，講談をもとにした話本のほうが，民衆教化の手段としてふさわしい，というのだ。

　一話紹介しよう。「杜十娘，怒りて百宝箱を沈める」（『警世通言』巻32）は，

▷1　「馮夢龍」の日本語の読みには「ふうぼうりゅう」のほか「ふうぼうりょう」「ふうむりゅう」など複数の読みが存在するが，本項では「ふうぼうりゅう」と読むことにする。

▷2　例えば，もと20巻だった『三遂平妖伝』にエピソードを増補し40巻にした『三遂北宋平妖伝』としたり，明・余邵魚『列国志伝』の史実に合わない部分を改訂して『新列国志』として刊行するなど。

▷3　のち『喩世明言』と改題された。

都の名妓杜十娘と国子監⁴の学生李甲の物語である。李甲と恋仲になった杜十娘，李甲に身請けされ妓楼を出たいと願うが，妓楼通いで無一文になった李甲，実家にも頼れず，金が用意できない。杜十娘は貯金をはたき，李甲の知人の援助も受け，晴れて妓楼を出る。妓女仲間は餞別に，鍵のかかった化粧品箱を杜十娘に贈る。二人は李甲の故郷浙江に向かうが，長江を渡る船に同乗していた塩商人の孫富が杜十娘に横恋慕。妓女を連れての帰郷に躊躇していた李甲に甘言を弄して，金千両で杜十娘を買い取る約束をする。李甲がそのことを杜十娘に告げると，杜十娘は承諾するふりをする。そして二人の前で化粧品箱を開けると，中には値数千両の金銀の装飾品がどっさりと入っていた。杜十娘はそれを次々と川に投げ込み，李甲と孫富を痛罵すると，空の箱を抱えて長江に投身してしまう。金と保身のために愛を失った李甲と，李甲の本性を見抜けず命を捨てた杜十娘，一つの選択ミスで一生を台無しにしてしまったのだ（図1）。

3 凌濛初と「二拍」——案を拍いて奇に驚くような物語

「三言」は評判高く，これに追随するものもあらわれた。『醒世恒言』が刊行された翌年の天啓8年（1628），『拍案驚奇』40巻が刊行された。編者は凌濛初（1580-1644）。彼も馮夢龍と同じく晩年まで官職につかず，著述活動で生活していたようである。『拍案驚奇』は「三言」同様，1巻に小説1篇を収める。崇禎5年（1632）には『二刻拍案驚奇』40巻を刊行し⁵，あわせて「二拍」と称される。この「二拍」は，書名に「案を拍いて奇に驚く」というとおり，「三言」のような教訓的要素より，娯楽的要素に重きを置いた擬話本である。凌濛初は「三言」の持つ娯楽的要素を強く意識し，それに追随する形で「二拍」を著したのだろう。性質は異なるが，話本・擬話本の集成という形式，各40巻という構成は共通しており，「三言二拍」と並び称せられることとなった。

とはいえ全200巻はかなりのボリュームであるので，明末の抱甕老人が「三言二拍」から良作40篇を選びだし，『今古奇観』と名づけて出版した。この簡便な書が世に出たことと，清朝のたびたびの禁書令により，もとの「三言二拍」はその存在すら忘れられてしまった。

4 「三言二拍」と日本

忘れられた「三言二拍」は，しかし日本で生き延びていた。内閣文庫などに明刊本「三言二拍」が所蔵されていたことが明らかになり，宋・元・明の話本・擬話本の世界が知られることとなったのだ。

日本に渡った「三言二拍」は，江戸時代の俗文学にも影響を与えた。『警世通言』巻28「白娘子，永に雷峰塔に鎮められる」および『醒世恒言』巻26「薛録事，魚服して仙を証する」は，上田秋成により翻案され，それぞれ「蛇性の婬」「夢応の鯉魚」として『雨月物語』に収められている。 （田村祐之）

▷4 隋代以降，近代以前の中国における最高学府。各王朝の都に置かれ，明代には南京と北京の二都に設置された。国子監に入学するには，科挙の受験資格が必要だが，明代には，一定量の米などを納入することで国子監の学生の身分をあがなうことができた（「捐納」という）。この話の李甲も捐納によって国子監に入学している。

図1 杜十娘（画面中央），宝箱を持ち出し，迎えに来た孫富（画面右）を罵る。李甲は杜十娘の後ろでおろおろしている
（明・天啓年間刊『警世通言』中華書局影印，『古本小説叢刊』第32輯第2冊，1991年）

▷5 『二刻拍案驚奇』と区別するため，さきに刊行された『拍案驚奇』を一般に『初刻拍案驚奇』と呼ぶ。

67

三　元・明・清

31 董若雨（1620-86）
『西遊補』（1641）

⇨Ⅱ-三-10

1 孫悟空の道草

　『西遊補』全16回は，『西遊記』を補うといった体の，いわばスピンオフ作品である。『西遊記』は，天竺へありがたいお経を取りに行く三蔵法師一行の物語であるが，途中，火焰山の焰を芭蕉扇で消すくだりがあり，その直後に差し挟まれるべきものという。内容は，空前絶後のヒーローである孫悟空が，小月王なる鯖魚の精が作り出した青々世界に迷い込むといった異界探訪もの。「鯖魚」はサバではなくアオウオであるが，音が「情欲」に通じ，つまりは孫悟空の心が生み出した世界に，自身ではまってしまうといった物語である。

　孫悟空がめぐる世界は，西施をはじめとするいにしえの美女が集う「古人世界」や，売国奴として悪名高い秦檜の裁きの場「未来世界」などさまざまで，この中で彼は，虞美人になったり閻魔王になったり，自分の偽物と出会ったりする。異界はパラレルあるいは入れ子式に存在するが，そのワープ装置には鏡や水面が用いられ，孫悟空が水平または垂直にワープ移動するあたり，200年後のイギリスに現れるルイス・キャロルのアリス・シリーズを彷彿とさせる。

　この作品は従来，社会諷刺小説だとかノンセンス小説だとか言われ，中には「意識の流れ」の手法を汲み取る評もあったりするが，いずれにせよ，明清小説では他に類を見ないヘンテコな小説であることは間違いないだろう。

2 現実を侵す極彩色の夢

　この作品には全体的に，夢の中のような模糊とした感触と情理の歪み，プリズムを通した光のような豊かな色彩の刺激がある。たとえば第1回，孫悟空一行は子どもたちが遊ぶ場面に出くわすが，彼らは三蔵法師のつぎはぎだらけの袈裟を百家衣と見立てて，こんな歌を歌う（図1）。

　　おまえの一色だけの百家衣をうちに恵んでおくれ。おまえがくれなきゃ，家へ帰ってかあちゃんに，青い水草色の，断腸色の，緑の柳色の，比翼色の，夕焼け色の，燕青色の，醬色の，天玄色の，紅色の，玉色の，蓮根色の，青い蓮華の花色の，銀青色の，魚の腹の白色の，水墨画の色の，石藍色の，蘆の花色の，緑色の，五色の錦色の，荔枝色の，珊瑚色の，鴨頭緑色の，廻文錦色の，相思錦色の百家衣を一枚作ってもらわい。うちはおまえの一色だけの百家衣なんかいらないやい。

▷1　『西遊記』第59〜61回。

▷2　百家衣は，近隣の家から端切れを集めて作る旧時の子どもの服。家々の幸運を集め，子どもが健康に育つように，といった願いが込められている。

図1　三蔵をからかう子どもたち
（連環画版『西遊補』『連環画報』人民美術出版社，1981年1月）

▷3　董若雨／荒井健・大平桂一訳『鏡の国の孫悟空——西遊補』15頁。

よくわからない色も含めて，うかがえるのは視覚的快楽への執拗な渇望である。さらに直後に孫悟空は，歌い絡んでくる子どもにイラついて，自慢の如意<ruby>棒<rt>ぼう</rt></ruby>で子どもらを皆殺しにしてしまうのだが，そこには死に伴うべき「痛みや生臭さ」が皆無なのだ。彼は本家の『西遊記』でも「肉みそにしてくれる！」と敵に凄んだりするが，その残虐さは基本的に，相手が強盗や妖怪だったときのものだ。強烈な色彩と乾いた残虐と，どこかバランスを欠いた孫悟空に，開巻早々からして「なんか変だぞ」と思わざるをえない。

色への偏愛や執拗な列挙のさまはまた，第4回，孫悟空が異界へワープする起点となる<ruby>万鏡楼<rt>ばんきょうろう</rt></ruby>の描写においても顕著に現れている。

　　悟空は瞳を凝らして眺めますと，実は琉璃の楼閣で，上面は琉璃の大きな一枚板で屋根を作り，下面は琉璃の一枚板の床を張り，紫琉璃の寝台が一つ，緑琉璃の椅子が十脚，白琉璃の<ruby>卓子<rt>ガラス</rt></ruby>が一脚，卓上に黒琉璃の<ruby>茶壺<rt>きゅうす</rt></ruby>が一つ，紺碧琉璃の杯が二つ。正面の青琉璃の窓は八枚ともすっかり閉まっており……[4]

この，董若雨が想像した，色とりどりのガラスで造られた楼閣は，中国文学に描かれた幻想の構造物の中でも，群を抜いて魅力的だ。孫悟空が中から楼閣を眺めると，その内壁は，江戸川乱歩の「鏡地獄」さながら，百万の宝鏡で埋め尽くされていて，さらにそれらは，それぞれが別の並行世界に通じている（図2）。中国の鏡文学というと，李漁の「<ruby>夏宜楼<rt>かぎろう</rt></ruby>」（『<ruby>十二楼<rt>じゅうにろう</rt></ruby>』所収）や『紅楼夢』が有名だが，『西遊補』もまた，それらに比肩しうる傑作と言えそうなのだ。

3 明末奇人の無意識

作者の董若雨は，浙江烏程（現在の湖州市呉興県）の人。若雨は字で，名を<ruby>説<rt>えつ</rt></ruby>といい，号に<ruby>静嘯斎<rt>せいしょうさい</rt></ruby>主人がある。董家は当地の名門だったが，彼の時代にはすでに落ちぶれていた。彼は若い頃から仏教に興味を抱き，14歳のときに科挙の第一段階を突破し，数えて21歳という若さで『西遊補』を書いたが，数年後に時代が清になると，名を変え住まいも変え，科挙を目指すのもやめ，隠棲するようになる。その後37歳で出家し，1686年に67歳で死ぬまで，諸国を遍歴したり，寺院の住職をしたりして過ごし，著作は100以上と言われるが，その多くは伝わらない。彼の著作は，四書五経関連や仏教関連のほか，夢の記録があり，その一つである『<ruby>昭陽夢史<rt>しょうようむし</rt></ruby>』は『西遊補』と同一線上にあるものと言える。『西遊補』からもうかがえるように，相当な変わり者（神経症とも）だったようで，若い頃から舟に乗ることと，雨と鐘が大好きで，舟中で雨音を聴いて楽しんでいたとか，自分の家に小さい鐘を置いて，静夜に寝そべって鳴らしていたとかいったエピソードが残っている。

『西遊補』は明末文人の夢に関わり，歴史に残りにくい彼らの無意識への探訪を可能にする，そんな稀有な小説でもあるのである。

(加部勇一郎)

▷4　前掲▷3董若雨／荒井健・大平桂一訳『鏡の国の孫悟空』53頁。

図2　万鏡楼の鏡をのぞく孫悟空
（図1に同じ）

三　元・明・清

32 李漁（1611-80頃）
『十二楼』（1658）

1 在野の趣味人・李漁

　明末清初の文人，李笠翁こと李漁は現・浙江省蘭渓市に生まれ，25歳で童試に合格して生員となったものの，郷試に合格せずにいるうちに李自成の乱が起こり，山中で避難生活を送っている。清が都を北京に置いた後，40歳近くなっていた李漁は官途を断念し，杭州に出て売文で口を糊した。程なくして最初の伝奇（長編の戯曲）『憐香伴』を刊行し，それから在野のまま陸続と伝奇や小説を発表した。戯曲に関しては机上での執筆のみならず，実際に屋敷で少女たちに芝居を練習させて一座を作り，各地を歴遊して公演を行なっている。家を置いたのは蘭渓，杭州，江寧（現南京）であったが，その実，各地を転々とする旅暮らしだった。晩年は江寧に芥子園という屋敷を構え，文人趣味生活について蘊蓄を傾けた随筆『閑情偶寄』（1671序）を物した。そのうち劇作法と演出論を述べる「詞曲部」「演習部」は戯曲論としてとりわけ名高い。

　戯曲小説作品には『笠翁十種曲』と呼ばれる十篇の長編戯曲のほか，小説に『十二楼』『無声戯』（後に改題本『連城璧』）があり，また好色小説『肉蒲団』⇨Ⅱ-三-11の作者とも目されている。

図1　合影楼
（『李漁全集』第9冊，浙江古籍出版社，2014年）

2 『十二楼』

　短篇小説集『十二楼』（順治5年／1658序）は一名『覚世名言』ともいい，楼の名にちなんだ題を持つ12篇から成る。章回小説の形式を採るが，各篇の長さは1回から6回とまちまちである。いずれも様々にひねりを効かせた筋で，たとえば鏡に限っても次のような趣向が見られる。

　恋愛小説では男女が互いを知るきっかけが必要だが，良家の娘は屋敷の奥にいて他人には姿を見せないものであったから，何らかの偶然や仕掛けが必要になる。「合影楼」（図1）では塀を隔てて池の水面に映った互いの姿を見ることがきっかけになる。このカップルは母が姉妹同士のため，面差しがうり二つで，水鏡に映った姿もちょうど互いに鏡を見るようだというわけで，二重の意味で鏡が物語の鍵となる。「夏宜楼」（図2）もまた鏡の物語だが，こちらに登場するのは「千里鏡」こと望遠鏡だ。⇨Ⅰ-三-31男は高所に登ってあちこちの屋敷の邸内を覗いているうちに，裸になって蓮池で遊ぶ腰元たちと，それを叱る令嬢の姿に目を引かれる。井原西鶴（1642-93）『好色一代男』（1682）で九歳の世之介が「遠

図2　夏宜楼
（図1に同じ）

眼鏡」で5月4日に菖蒲湯を使う女を覗く場面と同工異曲だが，しかし見初められた令嬢はというと，自分の一挙一動がすべて知られていることから，男を神仙と思い，この人ならと見込む。この話の妙は，めでたく二人が結ばれてこれまでの種明かしがされた後，夫婦は望遠鏡を祀って礼拝し，事あるごとにお伺いを立て，手に取って覗いてはレンズの向こうに見えたもので吉凶を占うようになるというところだ。そもそも二人の縁談は占いのせいで危うく破談となるところだったのが，科学技術の成果である望遠鏡を駆使してその結果を人為的に覆したのに，また望遠鏡までが占いの道具として奉られるところにおかしみがある。

3 日本における李漁の受容

　李漁の戯曲作品の日本への紹介としては，明和8年（1771）の八文字屋自笑⇒II-四-7『新刻役者綱目』が筆頭に挙げられる。これは李漁による長篇の伝奇作品，『蜃中楼』から「結蜃」・「雙訂」の2齣を日本語に訳したもので，生・旦といった中国戯曲の役柄はそのまま残しつつ，全体は日本の歌舞伎の脚本の形式を襲っている。

　注目されるのは，李漁の名前が中国の代表的な「歌舞妓狂言」作家として江戸の読者に迎えられた点である。寛政2年（1790）には銅脈先生こと畠中観斎が『唐土奇談』を著し，『千字文西湖柳』なる戯曲の1齣から4齣の内容を紹介したと謳い，原作者として李漁の名を冠しているところからも，劇作家といえばまず李漁というイメージが窺えよう。19世紀に入ると曲亭馬琴が『曲亭伝奇花釵児』（1803）として『玉搔頭』を翻案し，石川雅望も『近江県物語』（1808）として『巧団円』を，『飛弾匠物語』（1809）として『蜃中楼』を翻案している。

　しかし，「歌舞妓狂言」作家や「雑劇作者」として俗的な面が迎えられたばかりではなく，江戸中期以降，文人としてむしろ高雅なイメージに近づけられてもいた。李漁が序を寄せた『芥子園画伝』（1679）は康熙年間の画家・王概の手になるものだが，日本では李漁の画論書として受容された面があったことが指摘されている。『閑情偶寄』の作者としては，特に文房具や器具を論じた部分⇒I---4が注目されたという。劇作家としての肖像が，司馬遷に重ねるように描かれていることは，俗なるものを雅へと引き上げる試みといえようか（図3）。

　『十二楼』の翻案は，「奉先楼」を粉本とした三宅嘯山の読本『和漢嘉話宿直文』（1787）の「叙兼別し妻に再会会の談」，「合影楼」「奪錦楼」「夏宜楼」「帰正楼」の五話を粉本とする笠亭仙果の合巻『七組入子枕』（1850-54）に見られる。

（及川　茜）

図3 「雑劇作者湖上笠翁先生肖照」
（愛媛大学図書館 鈴鹿文庫蔵『唐土奇談』）

▷1　李漁の原作の事実はなく，畠中の仮構である。

▷2　西村楠亭によるこの画は，清代の金古良『無双譜』に見える司馬遷の肖像画「龍門司馬子長」を下敷きにしたものであることが分かっている（吉田恵理「日本「文人画」研究ノート——江戸中期の李漁（李笠翁）イメージに関する一考察」『学習院大学人文科学論集』8号，1999年9月，27-52頁）。

三　元・明・清

33　蒲松齢（1640-1715）
『聊斎志異』（17世紀）

1 人とあやかしとの不思議な物語

　六朝志怪小説・唐代伝奇小説の末裔ともいえる作品群は，その後の時代も人々に愛され，楽しまれ続けていたが，明・清代になってまた一段と大きな流行を見せるようになる。かつての志怪・伝奇の文体や題材を模倣して多くの作品が生まれたが，早期のものには明の瞿佑の『剪灯新話』（14世紀）などがあり，民衆の間に広く流通していった。

　その後も次々に志怪・伝奇小説の類いが生み出されていったが，中でも現代まで長く愛され続けている文言短編作品集が，清の蒲松齢（図1）による『聊斎志異』である。

　そこに収める「画皮」は，人間に化ける鬼の物語（図2）。身売りさせられた先から逃げ出してきたという娘に出会い，その美しさに魅せられた男が，妻のある身でありながら彼女を自宅に匿う。しかしその娘の正体は恐ろしい鬼で，人間の皮に筆で絵を描き，それをまるで着物を羽織るかのように身にまとい，娘の姿に化けていたのであった。やがて本性を現した鬼は，男の心臓をむしり取って逃走する。悲しみに暮れる男の妻が，その後にとった行動とは……？ ⇨コラム7

　「酒虫」は，いくら酒を飲んでも酔わない大酒飲みの男の話（図3）。ある日， ⇨Ⅰ-二-14 ラマ僧に，「その原因は腹の中にいる酒虫の仕業だ」と言われた男が治療法を尋ねると，手足を縛られてうつ伏せに寝かされ，目の前に美酒を入れた器を置かれる。すると男の口から赤い肉片が飛び出し，酒の中に落ちて泳ぎ始めた。僧が言うには，それは美酒の素となる「酒の精」なのだそうだ。しかしその後，男は酒を憎むようになり……といったストーリー。

　『聊斎志異』では，鬼（幽霊）・殭屍（動く死体）・狐・妖怪・仙人・道士等々，不思議な存在が跳梁跋扈し，奇怪な出来事が次々発生する中で，それらと関わる人間たちの悲喜こもごもを，微細な筆致で活写している。登場する妖怪の類いの多くもどこか人間くさく，愛嬌のあるものも少なくないところが，広く庶民に好まれた理由かもしれない。

2 蒲松齢による志怪・伝奇風の怪談集

　「聊斎」とは蒲松齢自身の書斎を指し，書名は「聊斎先生が異（不思議なこと）を志す」との意味である。

図1　蒲松齢肖像
（清『蒲松齢肖像』，蒲松齢原著／任篤行・馬瑞芳主編『聊斎志異』上・下，山東友誼出版社，1997年）

図2　画皮
（蒲松齢『絵図聊斎志異』天津古籍出版社，2020年）

『聊斎志異』冒頭，蒲松齢による「聊斎自誌」では，干宝（六朝の志怪小説集『捜神記』の作者）ほどの才はないと謙遜しつつ，自らも不思議な話を聞けば書きとめ，また各地の同好の士が資料を送ってくるなどして，長年の間に物語がどんどん集まってきたという経緯を説明している。各エピソードの最後にしばしば「異史氏曰く」と蒲松齢の評が入るのが特徴だが，これは司馬遷『史記』の「太史公曰く」に倣ったものだ。⇨I-一-4

本作の正確な成立時期は不明だが，上記のようにして，長い年月をかけ，少しずつ書き続けていったものと考えられている。刻本として上梓されるのは，蒲松齢の死から約半世紀も後のことであった。話数は版本によって多少の異同があるが，これまでの各刊本を校訂し，1962年に中華書局から刊行された『会校会注会評本　聊斎志異』では，全503篇を読むことができる。

内容は巷に流布する民間説話に材を取ったものや，先行する志怪・伝奇小説から着想したもの，同好の士から寄せられたという異聞・奇聞の類いが多い。数行で終わる短編もあるが，比較的長めの作品も載せており，前者は志怪，後者は伝奇の特徴を持ったものとなっている。

図3　酒虫
（図2に同じ）

［3］その後への影響

『聊斎志異』の人気は，後にその作風を踏襲した袁枚（1716-97）『子不語』や，より六朝志怪を模倣した簡素・簡潔で古典的な語りを目指した紀昀（1724-1805）『閲微草堂筆記』などの登場へとつながっていく。

日本では江戸後期にもたらされて以降，いくつかの翻案作品が生まれている。⇨Ⅱ-四-7 芥川龍之介『酒虫』（1916）は上述の「酒虫」を，太宰治『清貧譚』（1941）は「黄英」，同『竹青』（1945）は同名作品をそれぞれ翻案したものだ。

初期の現代日本語訳作品としては国木田独歩や田中貢太郎のものが知られているが，1919年に発表された柴田天馬の訳文は独特で人気が高い。特に原文の漢字をそのまま残して活かしつつ，そこへ意味を表すルビを振るのが特徴的で，たとえば，「背地不言人ノ，我等両個で正いま談道て居るところへ小妖婢が迹響もなしに悄と来たのじゃ」（「聶小倩」）といった具合である。

また，現代の中国語圏においても『聊斎志異』は多くの映画やドラマの題材として親しまれ続けている。人と幽霊との愛を描いた「聶小倩」を元にした香港映画『チャイニーズ・ゴースト・ストーリー』（1987），家屋の怪異を描いた「宅妖」に着想を得て膨らませた中国の妖怪ファンタジー映画『モンスター・ハント』（2015），さらには蒲松齢を主人公（演じるはジャッキー・チェン）にした『ナイト・オブ・シャドー　魔法拳』（2019）などもある。冒頭で紹介した「画皮」も『画皮　あやかしの恋』（2008）を始め，近年何度も映像化されているので，原作と合わせて楽しんでみるのも一興だろう。そして，恐ろしくもどこか楽しい『聊斎志異』の世界を存分に堪能してほしい。（中根研一）

三　元・明・清

34　洪昇（こうしょう）（1645-1704）『長生殿（ちょうせいでん）』（1688）・
孔尚仁（こうしょうじん）（1648-1718）『桃花扇（とうかせん）』（1699）

1　明末清初の演劇の流れ

　元代に発展した元雑劇（元曲）⇨Ⅰ-三-21 は，14世紀半ばには衰退の兆しが見え，その
一方，明初には南曲の形式を用いた長編の歌劇である南戯（なんぎ）⇨Ⅰ-三-22 が隆盛する。だが，
明朝は俳優が歴代帝王や后妃，忠臣烈士，先聖先賢の神像に扮することを禁じ，
忠孝や節義など勧善の内容を持つ場合にはこの限りでないという法令を出した。
そのため一時期停滞に陥った南戯は，16世紀半ば，崑腔（こんこう）（崑曲）という新たな
節回しを得て，明代万暦年間（1573-1620）には全盛期を迎える。この時期の代
表作に，湯顕祖（とうけんそ）（1550-1616）による『牡丹亭還魂記（ぼたんていかんこんき）』（1598）があげられよう。
才子佳人が夢で出逢う場面が有名なラブストーリーである。

　明末清初の劇作家・李漁（りぎょ）は，『閑情偶寄（かんじょうぐうき）』（1671）において，旧套を脱するこ
とや脚本の構造に伏線をはること，筋の曲折を減じることなど，具体的な作劇
論を述べた。このように，南戯の創作が爛熟したのちにあらわれ，その掉尾（ちょうび）を
飾る傑作と名高いのが，清代康熙年間（1662-1722）中期の作である『長生殿』
と『桃花扇』である。

2　洪昇『長生殿』──玄宗皇帝と楊貴妃の「純愛」

　洪昇による『長生殿』は，唐代に起きた安禄山（あんろくざん）の乱を背景に，玄宗皇帝と楊
貴妃の愛情を描く。洪昇は浙江の文人で，明代文化の影響下に育ち，清朝での
仕官を希望したが，生涯を無官で終えた。同題材の演劇は，元代には複数の雑
劇が作られたが，明代においては禁令のため，中期以降にわずかな作品が見ら
れるのみであった。明が滅び王朝が交替したことや，明末清初に「長恨歌（ちょうごんか）」を
詠んだ白居易（はくきょい）が再評価されたことが，『長生殿』成立を促したという。

　『長生殿』の特徴は，先行する演劇に見られる楊貴妃と安禄山の間の醜聞を
一切排除し，玄宗皇帝と楊貴妃の「純愛」をひたすら美しく描いた点であろう。
そのテーマは「情」にあり，湯顕祖や，曹雪芹（そうせつきん）の『紅楼夢（こうろうむ）』に通ずるモードが
全編を覆う。第21幕，華清宮（かせいきゅう）での玄宗と楊貴妃の入浴を描くエロティックな場
面も，「ゆるやかに雲の衣を脱げば　早や珠玉の肌の現わるる」といった典雅
な歌詞に彩られている（図1）。

　明末の流れを汲む演劇としては，月への飛翔の場面が見どころであったのか
もしれない。中国の伝説では，玄宗皇帝の月世界旅行譚が長らく語り継がれ，

**図1　崑曲『長生殿』の玄宗
皇帝と楊貴妃**
（劉月美『中国崑曲衣箱』上海辞
書出版社，2010年）

元・明代に演劇化もされている。明末清初の文人・張岱（1597-1689）の『陶庵夢憶』には，舞台上で花火や煙などの特殊効果を用いて，月に遊ぶ場面を演じたことが記されている。[1]『長生殿』では，まず楊貴妃が夢で月宮に召され，天上の曲を聴き覚えて玄宗に譜面を伝えたのち，最後の第50幕で，玄宗が道士のかけた仙橋を渡り，月宮で亡き楊貴妃と再会するという趣向が凝らされている。

③ 孔尚仁『桃花扇』——血の痕のにじむ扇

　『長生殿』のおよそ十年後に書かれたのが，孔尚仁による『桃花扇』である。こちらは，明代に実在した文人・侯方域と，南京の名妓・李香君を中心に，明末の動乱と政争を描いた歴史劇である。孔尚仁は山東曲阜の人で，孔子の子孫として知られる。国子監博士に任命され，仕官したが，『桃花扇』脱稿の年に職を辞した。明の滅亡を哀惜とともに描いたことが一因といわれるが，康熙帝はこの劇を好んだという説もある。

　侯方域と李香君のロマンスが始まるのは，南京の秦淮河のほとりである。そこは科挙の試験場である貢院と，名妓の集まる旧院が河を隔てて向き合っており，才子佳人の出逢いの場であった。侯方域が旧院を訪れる第5幕では，河岸に建つ水楼や，水に浮かぶ屋形船の光景が歌詞に織り込まれ，妓楼で詩を詠み，芸妓の歌に耳を傾ける文人の遊びが描かれる。
▷I-三-35

　『桃花扇』における男女の交情も，また風雅なものである。侯方域と床入りをした李香君は，詩をしたためた扇を贈られるが，これが二人の「約束の品」となる。のちに侯方域は政敵に陥れられて逃亡，別の相手との縁談を仕組まれた李香君は，操を守るために抵抗し，倒れて頭を打ちつけ，くだんの扇に血が飛び散る。この扇に残った血の痕こそタイトルの由来なのだが，劇中，二人が共に過ごす場面はごくわずかであるにもかかわらず，詩扇にまつわる歌がその想いを饒舌に語るあたりに，やはり「情」のモードが濃厚に漂っている（図2）。

④ 「傾城の美女」から「救国の名妓」へ

　『長生殿』は，「傾城の美女」として知られる楊貴妃を月の女神・嫦娥に拝謁させ，清廉な雰囲気をまとわせた。『桃花扇』は，晩唐の詩人・杜牧の「秦淮に泊す」[2]に「商女は知らず亡国の恨み」と詠まれた芸妓の姿を，明の滅亡を前に毅然として節を守る李香君によって，反転させた。王朝の興亡と美女にまつわるこれらのイメージは，1930年代後半，日本軍による侵略戦争が激化した中華民国に，ふたたび召喚されることとなった。当時，上海では，欧陽予倩（1889-1962）による新作京劇『桃花扇』のほか，清の将軍に対し命をかけて抵抗した明末の名妓・葛嫩娘や，李鴻章の講和談判を助けたとされる清の名妓・賽金花など，「救国の名妓」の物語が相次いで上演された。国難に直面した人びとの愛国心を支えたのは，いにしえの側女たちだったのである。[3]　　　　　（田村容子）

▷1　張岱／松枝茂夫訳『陶庵夢憶』岩波書店，2002年。

図2　『桃花扇』（暖紅室刻）
　　第23齣挿絵
扇の血痕に枝葉をあしらい，桃花扇とする場面。
（孔尚任原著／呉梅・李詳校正『増図校正桃花扇』江蘇広陵古籍刻印社，1979年）

▷2　「秦淮に泊す（泊秦淮）」は，次のような七言詩である。「煙は寒水を籠め月は沙を籠む　夜秦淮に泊まりて酒家に近し　商女は知らず亡国の恨み　江を隔てて猶お唱う後庭花（煙籠寒水月籠沙　夜泊秦淮近酒家　商女不知亡国恨　隔江猶唱後庭花）」。南京は隋に滅ぼされた陳のかつての都であり，陳の後主が作って歌わせた亡国の曲「後庭花」を，それと知らず歌い興じる商女（妓女）の姿を詠んだもの。川合康三編訳『新編　中国名詩選』下，岩波書店，2015年。

▷3　明の滅亡と芸妓をモチーフとした近年の小説に，在米華人作家ケン・リュウによる「草を結びて環を衛えん」（原題は「結草衛環（Knotting Grass, Holding Ring）」，2014）がある。ケン・リュウ／古沢嘉通ほか訳『母の記憶に』早川書房，2017年。

三　元・明・清

35 呉敬梓（1701-54）
『儒林外史』（18世紀）

▷1　『儒林外史』第３回の末尾に付された評語に記された言葉。なお『儒林外史』の現存する版本は，56回本，55回本，60回本があり，この評語は56回本によった。

▷2　清代中期の科挙は地方で行なう童試（県試・府試・院試の三段階がある），各省の省都で行なう科試・郷試，首都北京で行なう挙人覆試・会試・会試覆試・殿試・朝考の計10段階からなっていた。童試に合格すると生員となり，また秀才と呼ばれる。郷試に合格すると挙人となる。殿試に合格すると進士となる。挙人覆試は会試の受験資格を得るための試験，会試覆試は実力の確認，殿試の予行演習，本人確認などのために行なう試験。童試は３年に２回，科試以上は３年に１回実施された（宮崎市定『科挙　中国の試験地獄』中公新書15，1963年など）。

図1　郷試を受ける周進（右）
受験生はこの狭い空間で答案を書き，食事をし，睡眠をとる。
（良士改編／呂品絵『范進中挙』上海人民美術出版社，1957年）

▷3　学政ともいい，各省の教育行政を司る官。

1 清代中国の受験戦争と『儒林外史』

「くれぐれも『儒林外史』を読んではいけない。読めば，日常の人づきあいのさまざまな場面，すべてが『儒林外史』に見えてしまうから。」

これは，清代中期の呉敬梓（1701-54）による小説，『儒林外史』を読んだある読者の批評である。「読んではいけない」とは穏やかではない。『三国演義』や『水滸伝』を読んでも，「日常の人づきあいのさまざまな場面」がそれらの小説のように見えるということは，ふつうはないだろう。『儒林外史』はなぜ，冒頭のように批評されたのか。『儒林外史』は時代設定こそ元末および明代だが，描かれているのは，作者呉敬梓が生きた清代中期の中国社会である。具体的にいえば「儒林」すなわち儒学者，知識人の世界である。

当時の知識人は，科挙に及第し，高位高官となることが人生の大きな目標であった。ただこの科挙は，清代には地方試験から中央まで何段階もの試験に分けられ，上級試験を受ける資格を得るための試験まで加えられた。このような煩雑な制度になったのは，カンニングや替え玉受験など不正受験を防ぐためであった。受験回数が多くしかも難解な試験のため，何度受験しても合格できぬまま年老いていく人も少なくなかった。さらに省都や北京で行なう上級試験は「貢院」という個室式試験会場に三日間缶詰で行なわれ（図1），不安やストレスから精神に異常をきたす受験生もいた。なぜそんな苦労をしてまで受験するかといえば，合格した暁には本人がさまざまな特権を得られるばかりでなく，一族郎党も恩恵を被り，まさに「故郷に錦を飾る」ことができるからである。『儒林外史』は，そのような知識人とその周囲の人々の世界を描いた小説である。

2 『儒林外史』の構造と登場人物

『儒林外史』は他の小説とは少し異なった構成をとっている。小説全体を通じて登場する人物はおらず，数話ごとに登場人物が入れ替わっていく，オムニバス形式となっている。例えば第２回から登場する周進は山東の人で，学問はあるが六十余歳になっても童試に受からず，私塾の教師や家庭教師で糊口をしのいでいたが，とある事情でクビになってしまう。見かねた知人たちの援助で郷試を受けると見事に合格，さらに会試，殿試も合格して高級官僚の仲間入り。広東の学道に任ぜられ院試を実施，そこで受験生の一人，54歳の范進の答案に

感嘆し，首席で合格させる。しかし范進は貧乏生活で郷試を受けに行く旅費も
なく，義父にも反対される。同年の秀才たちの援助を得て郷試を受けたところ，
見事に合格，挙人となる。范進は郷試の試験官にあいさつに出向き，そこで試
験官の知人だという厳貢生[44]と出会う。厳貢生は正直者を自称するが，じつは他
人の豚を盗んだり因縁をつけて人の財産を奪うなど，正直とは程遠い悪党であ
る。被害者から告訴された厳貢生は郷里から逃亡し，弟で財産家の厳監生[45]が後
始末をするが，ほどなく病気で亡くなる。戻ってきた厳貢生は，弟の家の乗っ
取りを企てる……という形で，一人の主役級人物が登場し，さまざまな事件を
起こしては次の主役級人物にバトンを渡して退場するという，『水滸伝』冒頭
とよく似た構造を持っている。

　ただ『水滸伝』の主役級人物は，退場してものち再び登場して梁山泊に集う
が，『儒林外史』の主役級人物の大半は，いちど退場したらそれっきりである。
　そして彼ら主役級の人物を取りまく脇役たちも興味深い。例えば，范進の義
父である胡親父は，范進が院試に受かっても「いつまでもモノにならない貧乏
神」と馬鹿にする。范進が郷試受験の費用を借りに来ると，「合格したというが，
ありゃお前の文章じゃねえ，試験官さまがお前が年寄りなんで憐れんで，合格
を恵んでくださったんだ」「自分のそのみすぼらしい顔を，小便に映してとっく
りと見なよ。夢みたいなことほざくな」とさんざんに罵り倒して追い返す。
　その後仲間の援助で郷試を受けた范進は，自宅に来た合格通知を見て正気を
失い，「やった！合格だ！」と叫びながら外に飛び出してしまう。慌てた家人
や隣近所の人々は，范進が一番恐れている人に一発殴ってもらえば正気に戻る
のではと考えて，胡親父に頼むが，胡親父は「挙人さま」を殴ったら罰が当た
る，と尻込みする。周りから説得されてなんとか張り手をくらわし（図2），范
進が正気に戻ると，進み出て「婿殿，今のはわしに度胸があったからじゃない
んです。あんたのおっかさんが，わしにやってくれとお願いしたんですよ」と
言い訳する。さらに野次馬に向かって「わしゃもう豚は殺さんよ！　こんな立
派な婿殿がいるんだから，これから先頼っちゃいけないことはあるまい？　い
つも言ってただろう，うちの婿殿は学識高く顔かたちも素晴らしいって」と，
見事な手のひら返しを見せる。人間くさいこの態度には，つい親近感を覚える。

図2　合格通知を見て正気を失った范進（中央左）に張り手をくらわす胡親父
（図1に同じ）

3 『儒林外史』の作者

　『儒林外史』の作者，呉敬梓について一言添えておきたい。呉敬梓は，科挙合
格者を輩出する名門の家に生まれたが，童試には合格したもののそれより上に
は行けず，また文人仲間との交友で家の財産を使い果たし，売文したり蔵書を
処分したりして生活していた。知識人としては最低レベルの生活の中で目にし
たさまざまな事どもを，呉敬梓は物語化した。それは，文人仲間にすれば「読
んではいけない」ものであった。

（田村祐之）

三　元・明・清

36 曹雪芹（1715?-63）
『紅楼夢』（18世紀）

1 多情多恨の美少年——賈宝玉

　この小説は，栄華を謳歌した名門の賈家が没落し，華やかな家族がつぎつぎに離散していく悲哀を描いている。作者の曹雪芹も清朝の名家に生まれ，幼くして家産没収に遭い，病没にいたる十数年間に，極貧のなかでこの物語を第80回まで執筆したが，未完に終わった。現行の120回本は後人の補筆による。

　「女子は水でからだができているが，男は泥でできている。女子に会うと気分がスッキリするが，男に会うと悪臭で鼻が曲がる」。作中の主人公，賈宝玉が幼時に口走ったことばである。かれは賈家の見目うるわしい貴公子で，教養も備え，みごとな詩文もつくる。ところが科挙の勉強となると，まったくやる気がない。理由は上記の男性嫌悪と同根で，立身出世や蓄財を事とする俗物性をとことん忌避するからである。とはいえ，宝玉自身も生物的・社会的には男性にほかならない。それゆえ自分の存在を恥じ，かつ恨みもする（図1）。

　女召使いとの身分の差など，宝玉の眼中にはない。彼女たちが顔を洗ったり髪を梳いた水も気にせず，同じ桶で顔を洗う。それどころか，すきを見て唇の口紅を舐めようとさえする。それら純真無垢な言動は，周囲の眼には奇矯としか映らない。はては儒教倫理を体現したような父から，死ぬほどひどい折檻をうける。結局，宝玉は礼教秩序のなかでは「余計者」▷1にすぎない。

2 美少女たちと暮らすアルカディア——大観園

　宝玉が自分らしくいられる場所は，皇帝の側室となった姉のために修築された大庭園「大観園」しかない。そこには美しい姉妹，いとこたち，そして大勢の女召使いが集住している。少女たちはいずれ劣らず多情多恨で魅力的だが，なかでもいとこの林黛玉は突出している⇨コラム4。だれよりも才色に秀でながら，病弱なうえに両親を失い，不安と孤独と劣等感のなかにある。宝玉は黛玉にはじめて会ったときから運命的な結びつきを感じ，ひたすら彼女を思いやる。ところが「多心」（気を回しすぎる）な彼女とは，ともすれば思いがすれ違い，逆に彼女を涙に暮れさせるばかりである（図2）。

　このように気むずかしい黛玉だが，宝玉と強く共感する場面もある。一例は「芒種」▷2の日，にぎやかに花神を送る年中行事の陰で，密かにいそしんだ共同作業だ。ふたりは落花が朽ちるのを惜しみ，地面に散った花弁を集めて専用の

図1　賈宝玉
（改琦『紅楼夢図詠』1879年序，月楼軒刻版影印本，北京市中国書店，1984年）

▷1　19世紀ロシア文学に登場する典型的人物像。貴族階級の若い知識人で，優れた資質をもちながら社会的には認められず，無為なことに全力を傾注する。古来，中国では実用の軽んじられることこそあれ，無為は必ずしも無価値とはされないが，本作品での主人公の貶められようにはそのような伝統を破り，上記のロシア青年貴族たちを想起させるところがある。

▷2　二十四節気で，夏至のひとつまえ。

塚に埋葬した。黛玉が花にみずからの身を重ねて，はかない運命を傷み，涙ながらに詞を詠ずれば，宝玉も思わずもらい泣きする。花が色と香りを失って顧みられなくなることへの哀情を，その場のふたりだけが共有していた。

図2　林黛玉
（図1に同じ）

3 楽園をとりまく現実

アルカディアを囲む現実世界は苛酷である。不正は国中にはびこり，賄賂が横行し，訴訟が乱発され，裁判も公正には進まない。頼りとする有力者の寵を失えば，買家といえども超然としてはいられない。ましてやたび重なる浪費や自堕落な生活によって，とうに家運は傾き，家計は火の車だった。家督を継ぐはずの男たちは無能で，宝玉の不勉強を叱って厳罰をくわえた父でさえ，空学問は実世間で役に立たないことを赴任先でみずから証明するはめになる。

大観園のなかも平穏ではありえない。使用人たちは，気ままに生きる宝玉や黛玉とは事情が異なり，養うべき家族があり，きびしい生存競争がある。そもそも使用人とは，やさしくされればつけあがり，厳しくされれば恨みを抱き，主人に勢力のあるうちはおもねるが，勢力の衰えを察知するとたちまち手のひらを返すものである。さらに，主人のまわりでお世話をする特権的な女召使い，下働きのばあや，屋敷で養われる女劇団員など，所属集団ごとに身分や利益は異なり，相互の摩擦や衝突も絶えない。

黛玉が病死し，宝玉が臥せりがちになると，園内に住んでいた少女たちはそれぞれの家に帰る。買家の経済状態からじゅうぶんな維持管理もできなくなり，ついには荒れ果てた園内に物の怪らしきものが住みつくというありさま。宝玉は居場所を失う。

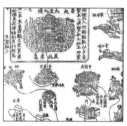

図3　清代のすごろく

『紅楼夢』のストーリーと登場人物の人間関係を当時の人々がどれほど知悉していたかを示す好例である。すごろくの参加者は『紅楼夢』の主要人物になり，おもに買家の大邸宅内の建築群と副次的な登場人物をたずね歩き，天上世界への帰還を争う。担当する人物によって障害となる相手や場所がストーリーどおりに異なることや，大観園が天上世界への入口になっていることが興味深い。
（復刻版『大観園全図』の一部）

4 石の物語──神話の額縁

この小説のテクストはすべて，ある巨石が地上で見聞きした出来事をみずからの表面に彫り込んだものである。それを整理・編集したのが作者，曹雪芹という仕立てになっている。巨石は，かつて女神の女媧が天のほころびを埋めたときに煉造したあまたの石のうち，使い残した最後の一個である。山中にうち捨てられ，「余計者」となってしまったみずからの運命を恨み，日夜うめき叫んでいた。ある日，巨石は通りすがりの仏僧に頼み込んで小さな玉に姿を変えてもらい，おりしも俗界に降誕することを許された仙童の口にもぐり込む。この仙童こそ宝玉の前身であり，その口にくわえていた，巨石が変化した玉は護身符に加工され，宝玉の身のまわりで起きる事件の記録係となる（図3）。

ところで，この仙童はかつてある仙草に甘露を日々注ぎ，仙草はそのおかげで仙女の姿を得ることができた。仙女はその恩返しをしようと仙童を追って地上に降誕する。それが黛玉である。黛玉は地上で流した涙の量で，天上で注がれた甘露の恩返しをするという約束だった（図4）。　　　　（大谷通順）

図4　巨石と仙草
（図1に同じ）

三　元・明・清

37
袁枚（えんばい）（1716-97）
『子不語』（しふご）（正1788，続1792頃）

図1　袁枚
（『叢書集成三編』所収『随園三十八種』）

▷1　詔書の起草などを司る官署。

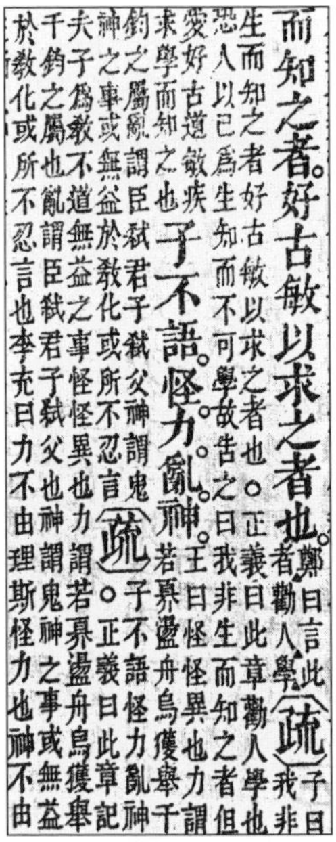

図2　「子不語怪力乱神」の文字（『論語注疏』）
（清・阮元『十三経注疏』中華書局，1980年，2483頁）

1 清代中期，江南の代表的文人

　袁枚（図1），字は子才，号は簡斎という。その居宅の名により，多く随園先生とも呼ばれる。浙江銭塘（いまの杭州市）の人。7歳ころから学問を初め，幼少より文才を認められ，12歳で科挙の第一段階の試験に及第し，秀才の称号を得る。24歳のときに進士に及第し，翰林院に入る。のち，溧水県（いまの江蘇省南京市）を初めとするいくつかの知県の職を歴任する。30代で官を辞して以降，82歳で死ぬまでを，もっぱら南京郊外小倉山の随園に暮らし，再び出仕することはなかった。

　彼の才を表わすのに，趙翼や蔣士銓と合わせて「江右三大家」，「乾隆三大家」の称がある。また紀昀と合わせて「南袁北紀」ともいう。志怪小説集『子不語』24巻と，それに続く『続子不語』10巻が有名である。書名は『論語』「述而篇」の「子不語怪力乱神（先生は超自然的なことを語らなかった）」（図2）に由来し，まじめな先生が語らないような，ふまじめなことを語ります！　といった宣言だが，後に元代に同名書があることがわかり，名を『新斉諧』と改め，いまこちらで呼んだりもする。

⇨Ⅰ-三-35
⇨Ⅰ-三-38

2 先生が語らないこと

　『子不語』に収められる物語は，『聊斎志異』（りょうさいしい）や『閲微草堂筆記』（えつびそうどうひっき）といった同時期の志怪書とは，少し雰囲気が異なるようだ。とくに鬼や狐などの登場が，どこかユーモラスに語られるあたりが特徴的かもしれない。

　たとえば浙江の王二（おうじ）なる仕立て屋の話。王二がある夜，品物の裙子（スカート）を持って山を越えようとしたとき，水中から裸の，黒い顔をしたモノが二匹飛び出し，彼を水中に引きずろうとした。ヤバいと思ったそのとき，山の松の木立から，舌を垂らしたモノが出てきて，持っている縄を王二の腰に結んで，山側へ引こうとする。水側が「王二は俺の身代わりだ」と言うと，山側は「お前ら水の中で尻出してるやつらに，仕立て屋なんか用があるか！」と応戦する。王二は上から下からひっぱられ，朦朧（もうろう）となりながらも，かすかに，スカートを失くしたら大変と思い，それを木の上にかけた。すると遠くで彼の叔父がスカートを見つけた。叔父が何だろうと思って近づくと，三匹のモノはまたたくまに退散したのだった（巻9「鬼争替身人因得脱」）。

　山側の舌を垂らしたモノは縊れ鬼で，水側の裸のモノは溺死した鬼である。中国の幽鬼（ゆうれい）は，成仏にあたって身代わりが必要なため，生きている人間を襲うわけなのだが，この話の鬼たちは，ただのマヌケな追いはぎのような風情がある。他にも五匹の鬼がチームを組む話（巻9「一目五先生」）があり，一匹の目の見える鬼は，襲う人間を見定め，残りの目の見えない四匹は，黙々と彼の指示に従う。彼らの武器は鼻で，一匹で嗅ぐと，嗅がれた人は病気になり，五匹みんなで嗅ぐと，死に至るという。

　性もまた，明るく陽気に語られる。たとえば，前世の記憶を持っているチベットの僧の話。彼は前世では，男女の垣根も飛び越える性の探求者だったが，今世でもまた，僧籍ながら春画に興味をもち，他人の性行為を見て淫楽にふけるようになってしまう（巻17「清涼老人」）。また，長安の蔣なる風流気取りのお坊ちゃんの話。見目良い女に導かれて，ある邸宅に入っていったところ，主人であるヒゲ面の男にバカにされ，そこの童子二人に裸に剝かれて陽具（ナニ）を検められたりする（巻23「風流具」）。そのほか，唐代の女皇帝武則天（図3）にまつわる奔放な性の記録などもあり（巻24「控鶴監秘記二則」），武則天は娘の太平公主（たいへいこうしゅ）らと，寵臣の張易之・昌宗（ちょうえきし・しょうそう）兄弟ら男どもの「持ち物」について，ハリがどうとか固さがどうとか議論が尽きないのだが，あまりに赤裸々な描写のため，現行のテキストでは削除されたりもしている。

　袁枚は長く官界を離れていたとはいえ，当時のトップレベルの文人だったからには，虚構（フィクション）を記すことには一定の躊躇があったはずで，この種の「先生が語らないこと」も，基本的に人から伝え聞いたものか，でなければ自身が体験したもので，全体を覆う諧謔性は，彼の性質が浸み込んだものだろう。

3　好きなものには正直に

　袁枚を語るポイントは数多くあるが，有名なのは彼をとりまく女性たちである。幼いころから，とくに祖母に溺愛され，20歳になっても一緒に寝ていたという。またおばの沈氏（しん）の影響が深く，出戻りの未亡人である彼女は，子どもの袁枚に愛情を注ぎ，よく歴史や小説を語って聞かせたのだそうだ。彼は14歳の若さで「郭巨論（かくきょ）」という文章を書き，これは親のために子どもを穴埋めにしようとする郭巨なる「孝行息子」のふるまいに疑問を投げかけるものだが，この種の伝統的価値観への反逆精神は，彼女らの薫陶に由来するとみる向きもある。彼は，数十名の女弟子を迎えて，詩作を教えたことでも有名で，道義的な点で，周囲からは多くの非難を受けたという。男尊女卑の世にあって，女性を肉体的に縛る纏足（てんそく）⇨I-三-40 の風習を廃止せんといった意見を提出したことも特筆される。そのほか美食家としての側面も持ち，その書『随園食単（ずいえんしょくたん）』には，酒や茶，菓子などを含めた300余りの料理について，材料の選び方から，味付け，調理法など，彼のこだわりが収められている。

（加部勇一郎）

▷2　この種のシステムを「鬼求代」といい，中国の鬼については，澤田瑞穂『鬼趣談義——中国幽鬼の世界』（中公文庫，1998年）に詳しい。

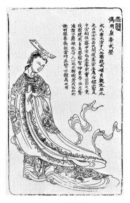

図3　武則天
（『無双譜』，鄭振鐸編『中国古代版画叢刊　4』上海古籍出版社，1988年，431頁）

▷3　この話は『二十四孝』に収められる。「孝」は重要な徳目の一つであったから，『二十四孝』は旧時の児童教育において必修であった。

▷4　黒田真美子・福田素子『中国古典小説選11　閲微草堂筆記・子不語・続子不語【清代Ⅲ】』所収の，黒田真美子氏の「解説」参照。

三　元・明・清

38 紀昀（1724-1805）
『閲微草堂筆記』（1800）

1 屈指のエリートが記した超常世界

　『閲微草堂筆記』は，紀昀が撰した小説集。「灤陽消夏録」(1789)，「如是我聞」(1791)，「槐西雑誌」(1792)，「姑妄聴之」(1793)，「灤陽続録」(1798) という，断続的に出版された五種の書物をまとめたもの。彼本人や周囲の人々が見聞きした不思議な出来事が，端正な文言で綴られている。「閲微草堂」は彼の居宅の名で，「如是我聞」は「私はこのように聞いたよ」，「姑妄聴之」は「ひとまずテキトーに聞いて」といった意味のことば。灤陽や槐西は，彼の執筆時の滞在場所に由来する。

　紀昀は字を暁嵐といい，河間府献県（河北）の人（図 1）。24歳のとき科挙（官吏登用試験）の郷試（地方試）に合格，その 7 年後には，第 5 位の成績で進士に及第した。乾隆帝のもと，しばらくエリート街道を歩んでいたが，45歳のとき，姻戚の失態に連座し，ウルムチに左遷される。当時のウルムチを含む新疆は，中華帝国に組み入れられたばかりの「辺境の地」であるが，その 3 年後には，翰林院に復帰がかない，後には，国家的プロジェクトである『四庫全書』編纂の総纂官に任じられた。『閲微草堂筆記』は，彼が編纂作業を終えたのち，悠々自適の中で書き進められたものと言える。

⇨Ⅰ-三-35
⇨Ⅱ-三-8 ▶2

図 1　紀昀の銅像（北京市内の旧居前にて）
（筆者撮影）

▶1　皇帝直属の，詔勅の起草などに従事する部署。

▶2　清代乾隆期に編纂された叢書。歴代の書物を校勘して整理したもので，「四庫」の名は伝統的な分類法である四部分類（経・史・子・集）に基づく。

2 清代の『耳嚢』

　紀昀の生きた時代には，すでに蒲松齢『聊斎志異』が刊行され，好評を博していた。紀昀は蒲松齢の才を認めつつも，この物語集については，いささか眉を顰めざるを得なかった。それは蒲松齢が，男女の睦みごとなど，当事者にしか知りようのない状況を，まるでその場に居合わせたかのように，生き生きと描写していたからである。しかし，紀昀のような正統派の文人にとって「物を書く」とは，まず事実や伝聞を，そのまま述べるものでなくてはならなかった。

　だから『閲微草堂筆記』には，身近な人の体験談が，細々とした情報源とともに，虚構を排する形で綴られている。ただしそれは，この書の「本当にあった怖い話」の側面をより強調する結果となった。例えばこんな話。

　紀昀がウルムチで働いていたときのこと，ある係の者が数十枚の文書に署名を求めてきた。何の書類かと聞くと，この地に遠方からやってきて，そして死んだ者の棺を送り返すための証明書であり，紀昀の署名がないと亡霊が関所を

越えられないのだという。それを聞いた紀昀，また役人がムダな書類で，遺族から金を巻き上げているのだなと疑い，取り合わず，その慣例自体を廃棄するよう上申した。すると十日後，城壁西方の墓地で亡霊が泣いていると報告が入った。さらに十日後，その声が城壁で聞こえると報告が入った。紀昀が「下役人が亡霊のマネをしているのでは？」と思って，無視していると，その泣き声は彼の家の土塀の外から，窓の外にまで迫り，ついには彼じしんでその泣き声を聞くに至る。見かねた同僚に「試しに証明書を発行してみてはどうか」といさめられ，しぶしぶ従うと，その泣き声はピタリとやんだのだった。[3]

現代日本の都市伝説にも，「メリーさん」が電話で，「いまお家にいるの」「いまあなたの家の近くにいるの」「いまあなたの後ろにいるの」と，ささやきながら迫り来る話があるが，一つ，決定的に違う部分がある。それは当事者の紀昀が，自身の身に起きたことながら，何一つおびえる様子を見せていないことだ。家のそばで実際に「亡霊の泣き声を耳にする」なんて，引っ越し必至の事態なわけだが，彼はおびえる風でもなく，事態を淡々と，ただ冷静に綴るのである。清代中期の人々の精神世界を今に伝える『閲微草堂筆記』だが，その作者からしてどこか底知れないというわけなのだ。

図2　『閲微草堂筆記』
（紀昀／前野直彬訳『中国怪異譚
閲微草堂筆記』上）

▷3　巻1「灤陽消夏録一」。

③ となりの怪異

紀昀の周囲は，まこと怪異に事欠かない。彼自身，5歳くらいまでは，夜中でも昼間のように物が見えたのだそうだ。身近にあった怪異としては，他にもこんな話が収められている。[4]

紀昀は幼い頃，よく4，5人の子どもと一緒に遊んでいた。子どもたちは五色の着物を着て金の腕輪を嵌め，紀昀を弟と呼んでかわいがってくれた。しかし次第に彼らは現れなくなった。のちにそのことを父親に尋ねると，彼は茫然としてこう答えた。「亡くなったお前の母は，子どもができず，神廟に供えてある泥人形に，五色の糸をかけさせ，持ち帰って寝室に置き，それぞれに名前をつけて，子どものように毎日お菓子や食べ物を与えていた。彼女が死んだあとは，人形はみな裏の空き地に埋めたよ。」[5]

▷4　巻14「槐西雑誌四」。

▷5　巻5「灤陽消夏録五」。

もっと生々しい話もある。紀昀の部下に，狐が化した女に迷い，日に日に痩せこけていっている男がいた。道術を用いて治療を施していると，どこからともなく声が聞こえた。「この男，いま不法に利益を得ておりますので，このままだと死刑になります。私は彼に前世の恩がありますので，色香に迷わせ，彼を畳の上で死なせてあげようとしているのです」。治療が済んで，晴れて男は健康を取り戻すが，声の通りに公金の着服がばれ，死刑に処せられてしまった。[6]

『閲微草堂筆記』には多くの狐が登場し，ときに人を不幸に陥れるが，その顛末の裏には，狐なりの理があって，その発動のきっかけは，じつは人の「だらしなさ」だったりするのである。

（加部勇一郎）

▷6　巻3「灤陽消夏録三」。

三　元・明・清

39　沈復（1763-1822?）
『浮生六記』（1808）

1 貧乏文人の自伝文学

　清代の中期，乾隆から道光にかけて生きた沈復（字は三白）は，多くの文人を輩出したことで知られる江南のまち，蘇州に生まれた。文人の常として，科挙を受験するのが出世の道だが，沈復はその道を歩むことなく，しがない下級文人として，貧困のなか，しかし風雅を友として，一生を終えた。そんな男が，若くして先立たれた愛妻，陳芸との，楽しく，それゆえにまた辛い想い出を軸に，さまざまなことがらを，朴訥な筆致で綴った散文が，この『浮生六記』だ。書かれた当初は写本で読まれていたようだが，楊引伝なる人物が，蘇州の露天の古本屋で，その手稿本を発見し，光緒3年（1877），申報館から『独悟庵叢鈔』の一篇として刊行されるにおよび，広く読まれることとなった。民国13年（1924）には，これをもとに，兪平伯による校点本が刊行された。これは，現在にいたるまで定本とされている（図1）。タイトルにある「六記」とは，本書がもともと六つの記（章）から成っていたことに由来するが，最後の二記は逸して伝わらない。自伝文学，随筆文学の白眉とされている。

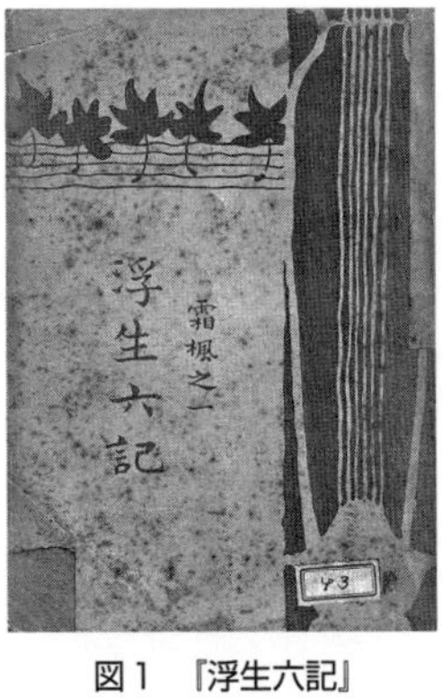

2 この世でもっとも愛すべき夫婦

　第一の記「閨房記楽（閨房での楽しみを記す）」は，夫婦の楽しいやりとりが情愛たっぷりに描かれる。妻の芸（字は淑珍）は，沈復より十か月年上の幼なじみ。子供のころから「お嫁さんをもらうなら，淑姉さんでなくちゃイヤだ」と訴えていた沈復であったが，やがて二人は夫婦となる。家のなかでも，すれ違うたびに手を握って，「どこに行くの？」とたずねあい，芸がだれかと話しているところに沈復が行くと，芸は体を横にずらし，夫と並んで坐るといったぐあい。その嫌味のない仲のよさは，可愛いとしか言いようがない。
　縁日の夜は，ことのほかにぎやかだ。だが，この時代，女の身で遊びに行くことは憚られた。芸が悔しがるので，沈復は「男装していこうよ」と提案する。さっそく芸は，頭を男性の辮髪に結いなおし，沈復の服を着て，帽子と鞋を履き替えると，男のように大股で歩く練習をしてはしゃぐ。ところが，いざ出かけようとすると，「やっぱりやめとくわ」と言う。「だって，人に見破られたらまずいでしょ」。沈復は「だいじょうぶ！」と請け負って，縁日に出向いた。二人の結婚生活は，わくわくするような小さな冒険に満ちていた。

図1　『浮生六記』
（沈復／兪平伯校閲『浮生六記』）

第二の記「閑情記趣（閑情で趣を記す）」は，文人としての風雅の世界を描く。とはいえ貧窮の中にあった作者には，ぜいたくは禁物である。日々の遊びにちょっとした工夫を加えて生活を演出する。聡明な芸も，あれこれと智慧をしぼり，二人の楽しい生活に，ささやかなうるおいを与える。

図2 『浮生六記』
（沈復／松枝茂夫訳『浮生六記』）

③ 絶望の果てに

第三の記「坎坷記愁（坎坷のなかで愁いを記す）」は，一転して読むだに辛い。沈復も芸も，世渡りが不器用なせいで，近しい人びととのあいだにも，いらぬトラブルを招く。沈復の父親は，県知事などの顧問として行政事務を請け負う幕友として，相応の経済的余裕もあった。父は息子にも同じ仕事を継がせようとしたが，沈復にはおよそ不向きな仕事であり，父の目には，彼は不肖の息子と映っただろう。母親の芸に対する感情のもつれもあり，さらに弟ともうまくいかず，家族とのあいだには，なにかと誤解が生じ軋轢が生まれる。二人に向けられた冷たい攻撃は，持病のある芸の寿命を，いっそう縮めることになった。二人の子供にも恵まれた夫婦だが，やがて家族は散り散りになり，芸は41歳の若さで帰らぬ人となった。沈復は深い悲しみに打ちひしがれる。

沈復は，その生涯にわたって，父の任地について回ったり，あるいはみずからの生活のために，中国各地を転々としたようである。夫婦の物語は第三記でいったん締めくくられ，第四の記「浪游記快（浪游の快を記す）」では，意外にも楽しげな旅の遍歴が綴られる。文弱の士・沈復は，心身ともに強靱な，放浪者という一面も持っていたようだ。「旅する文人」という，中国文人のひとつの典型の記録としても興味深い。ここでは元気な芸がしばしば顔を出し，芸ちゃんファンの読者の顔を，ほころばせるだろう。

④ 消えた第五の記と第六の記

『浮生六記』の第五および第六の記は，もともと本文を欠いていた。それが，1930年代になって「発見」され，これを収めた『足本浮生六記』なる本が刊行された。第五の記のタイトル「中山記歴（中山訪問記）」は，中山（沖縄・琉球）への旅行記という意味である。沈復は，翰林院編修の斉鯤を正使とする琉球冊封使の従客，すなわち専門技術を持った随行員として，1808年に渡琉している。絵を得意とした沈復の任務は，絵師として記録を残すことだったのかもしれない。第六の記「養生記道（養生の道を記す）」は，健康保持の秘訣を記したものである。ところが「発見」された両記の文は，いずれも別の似たような内容の文献から，そのまま写し取ったものであった。▷1 1936年，本書を英訳した林語堂は，芸を「中国文学史上，もっとも愛すべき女性」と称した。四記しかない『浮生六記』は，それだけでじゅうぶん胸をうつ読み物だ。改竄までして頭数を揃える必要など，いささかもない。▷2 　　　　　　（武田雅哉）

▷1 朱剣芒編「美化文学名著叢刊」世界書局，1935年。現在，一般に通行している『浮生六記』には，この五記と六記のテクストを収録しながらも，それらが偽書であることを断わっているものが多いようだ。近年，またぞろ第五記が「発見」され，これを収めた「新増補版」なるものが刊行された（人民文学出版社，2010年）。さらにこれを根拠として，釣魚島（尖閣諸島）が中国固有の領土であることの主張までなされた。中国でも，まっとうな研究者はこれを相手にしていないようだが，文学作品が政治の道具に使われるのは，この国の常でもある。沈復も，まさか二百年後の領土問題に自分の名前がひっぱり出されるとは，夢にも思わなかったであろう。「新増補版」の帯には「『浮生六記』に重大なる発見あり。釣魚島の主権に最新の証拠あり」と書かれている。

▷2 現在，中国では，多くの種類の原文あるいは現代中国語訳が出版されて，読まれている。また多くの外国語にも翻訳されている。

三　元・明・清

40 李汝珍（1763？‐1830？）『鏡花縁』（1818）

図1　李汝珍の胸像（江蘇省連雲港市の李汝珍記念館にて）
（筆者撮影）

1 花の精を描いた「鏡花」の物語

　3月3日は、西王母の誕生日。彼女を祝うべく、仙界の住人たちが一堂に会する中で、事件は起こった。月の女神である嫦娥が、西王母を喜ばせようと、下界のすべての花を司る百花仙子に、あらゆる花を一斉に咲かせるよう、提案したのである。時宜に違う命は出せないと、百花仙子は、嫦娥の提案を突っぱねたのだったが、これがきっかけとなり、彼女を筆頭とする100人の花の精たちは、仙界を追われることになってしまった……。

　『鏡花縁』は、清代嘉慶道光年間に海州（江蘇省連雲港市）で生まれた全100回の長編白話小説である。作者の李汝珍（図1）は、音韻学者としても知られ、その学術的成果に『李氏音鑑』（1805）がある。物語は、花の精たちが唐の武則天の御代に転生し、彼女が主催する才女試験にそろって合格、再び地上にて集う、といった骨子を持つ。仙界の女仙が下界で苦難に遭う物語は、それまでにも例があるが、⇨Ⅰ‐三‐36　作者はその種の「ありがちな設定」を使いながら、音韻学や経書解釈に関する議論、社会諷刺や女性意識に関する自身の意見を開陳する。その他、なぞなぞ遊びや日用算術、占いや琴棋書画といった多種多様の雑多な知識が、このややこしい物語をさらに豊かに彩っている。

　タイトルの「鏡花」は、「鏡の中の花」のことで、「水月」すなわち「水に映った月」と対になり、「手に届かないすばらしいもの」を意味している。書き手によれば、物語自体が「鏡」ということらしい。ならば、中に描かれているのが「花」ということになるだろう。そんな「鏡花」たる『鏡花縁』を、読み手が覗き込んだとき、そこにはいったいどんな像が映るのか。

　この小説は、過去に「科学小説」「才学小説」「女権を論ずる書」「諷刺小説」など、時代によって、評者によって、さまざまな読み方がなされてきたが、それらはいずれも評者がテクストに照らされた結果のものなのかもしれない。

2 書物の大海を渡る中年男

　書き手の筆が最も冴えるのは、前半の中年男三人による異国巡りの場面である。三人とは、科挙の望みを絶たれた知識人である唐敖と、彼の義兄で海外貿易を生業としている林之洋と、彼の船の船頭で腹に知識がつまった多九公のこと。彼らの雅俗を問わないおしゃべりこそが、『鏡花縁』最大の魅力と言っ

ても過言ではない。

　彼らが回る三十余国は，中国の古典籍に依拠しつつも，作者の奔放な想像力によって味付けがされている。例えば，全身が真っ黒で唇の紅い人が住む黒歯国は，女子教育が盛んであり，舌先が二つに岐れた人が住んでいる岐舌国は，音韻学の聖地である。淑士国の人は文語調で語り，無腸国の人は腸がない。あちらの奇怪さを語りながら，こちらの常識にゆさぶりをかけるあたり，『鏡花縁』は，イギリスのジョナサン・スウィフト[1]『ガリバー旅行記』（1726）や日本の風来山人（平賀源内）[2]『風流志道軒伝』（1763）といった，架空世界を旅する文学の系譜上にあるものと言えるだろう。

▷1　1667-1745。イングランド系アイルランド人の作家であり詩人。

▷2　1728-80。江戸中期の本草学者であり戯作者，発明家。

3　200年前の，いまそこにある問題

　彼らの異国巡りは，女児国にいたりピークを迎える。女児国は『西遊記』をはじめとする，明清の通俗小説にお馴染みの「異国」（⇨コラム9）であるが，『鏡花縁』のそれは，男女の服装と社会的役割が転倒する国として描かれ（図2），ここでは40がらみの中年男である林之洋が，香油を塗られたりピアッシングをされたりといった女装を施されて，王妃候補に仕立てあげられる流れとなる。以下に引くのは，纏足[3]を施される場面からのものである。

　　継いで黒ヒゲの宮女が一人，手には一本の白絹を持ち，ベッドの下でひざまづいて言った。「おひいさま，ご命により，足を縛らせていただきます。」さらに二人の宮女がやってきて，ともにひざまづき，「金蓮」を支え持つと，絹の靴下を脱がせた。その黒ヒゲの宮女は足の短い腰かけを一つ取り，そこに腰かけると，白絹を縦に割いて二本にし，まず林之洋の右足をじしんの膝の上において，明礬をいくらか足指の股にふりかけると，五本の足指を硬くひとところにまとめ，足の甲を力をこめて弓のようにたわめ，さっと白絹で縛りくるんだ。二巻きしたところで，宮女は針と糸とを手に取りぴったりと縫い付ける。きっちり縛ったり，ぴったり縫い付けたり。林之洋は四人の宮女がそばにぴったりくっつき，また二人の宮女に足を固められて，少しも身動きが取れない。縛り終わると，足は炭火で焼かれたように，ズキズキと痛んでいる。思わず胸が詰まって悲しくなり，大声で泣きながらこう言った。「殺されるぅ。」（第33回）

　纏足は苦痛を伴うものでありながら，当時の女にとって当たり前の装いであった。ここでは，林之洋という大の男が，髭を生やした女装の男たちに足をキチキチに縛られて悲鳴を上げる，といった状況が，「笑うべきもの」として綴られている。読み手が，淡々と語られる倒錯した世界に，ひとしきり笑った後で，ふと思うのは，この種の女に対する肉体的規範と束縛は，なにも昔に限った話ではないということ。それはいまなお，化粧や脱毛，ブラジャーやハイヒールなど，形を変えて存在している。

（加部勇一郎）

図2　清末の絵師である孫継芳の描く女児国の男子
（孫継芳『清・孫継芳絵鏡花縁』作家出版社，2007年）

▷3　女児の足を縛って発育を止める風習。少なくとも宋のころには存在し，本格的な廃絶の動きは20世紀に入ってからのこと。小さいものがよりよいとされ，その美称に「三寸金蓮」がある（図3）。

図3　清末に河北石家荘で用いられた纏足の靴（15.5×4cm）
（柯基生『千載金蓮風華──纏足文物展』国立歴史博物館，2003年，62頁）

三　元・明・清

41 韓邦慶（かんほうけい）（1856-94）
『海上花列伝』（かいじょうかれつでん）（1894）

図1　上海の色町
作品中の主要な妓楼がある場所にダイヤ印を付した。
（『上海県城廂租界全図』上海点石斎，1884年の一部，孫遜・鐘翔主編『上海城市地図集成』上冊，上海書画出版社，2017年）

▷1　出版時の署名。「花もおれを憐れむ」という意味。かれが作中で海上に浮かぶ「花を憐れむ」ことに基づく。『紅楼夢』で黛玉（たいぎょく）が落花（らっか）を埋めたときに詠じた詞句（しく）——「儂今葬花」（われはいま花を葬り），「他年葬儂知是誰」（こんどわれを葬るのはだれだろう）——を想起させる。

図2　「亨達利」でお買い物
（『海上奇書』第3期，1892年，王燕輯『晩清小説期刊輯存』第1冊，国家図書館出版社，2015年）

1 リアルな舞台——上海

　この小説の全64回をつらぬく縦糸（たていと）は，素朴な田舎者の転落の物語である。薬屋を経営する叔父を頼りに上海へと出てきた青年は，色町に入（い）り浸って零落（れいらく）し，かれを心配して追ってきた老母と妹も都会の風気に惑わされ，なんと妹は妓女（ぎじょ）に身を落としたあげく，将来を約束した客にだまされる。その縦糸に，色町に出入りする多彩な人物の事件を横糸（よこいと）として複雑に絡みあわせ，みごとに一幅の人間模様を織り上げる。作者の韓邦慶は上海発行の新聞『申報』（しんぽう）で論説に筆を揮（ふる）った人物であり，この都会の住人の生態をすみずみまで知悉（ちしつ）していた。

　作品は「花也憐儂」（かやりんのう）という神話的人物の夢物語としてスタートする。かれは「花海」（かかい）に漂（ただよ）うおびただしい花たちが，荒波に打たれ，害虫にむしばまれ，水中に没するのを見て心を痛める。「花」（はな）は苦海に漂う女性の比喩であり，作品名の「海上」は上海の別称である。かれはうっかり足を滑らせて海に落ち，数千丈（じょう）もの落下のすえに現実の上海に着地し，上述の青年に出会うのである。

　かくて舞台はリアルな上海の雑踏に変貌する。作中の街道や町名はすべて実在したものである（図1）。宴会は「聚豊園」（しゅうほうえん），西洋料理は「壺中天」（こちゅうてん），芝居は「大観園」（たいかんえん），散策は「明園」（めいえん），舶来品は「亨達利」（こうたつり），ケガなら「仁済医館」（じんさい）など，清代末期の租界の名所・名店が次々に現れる（図2）。街角にはターバンのインド人警官，青い印ばんてんの中国人巡査，棍棒を持った白人巡査，火事場にかけつける放水ポンプ車，定時に巡回するゴミ収集車，煌々（こうこう）とともるガス灯など，租界の新風景が繰りひろげられる。妓楼の描写も盛りだくさんだ。お茶だけの初等段階の接待から始まり，節句や祝いごとで開かれる大宴会，座興のマージャンや拳遊び，妓女のケンカ，客の商談，小部屋でのみそかごと，そして妓女の葬儀まで，清末社会の一隅が綿密に活写される（図3）。

2 革新的な描写方法——めまぐるしい視点の遷移

　作者は「例言」（れいげん）で，本作品の描写方法を自賛する。『儒林外史』（じゅりんがいし）から「脱化」（だっか）したものであるが，「穿・挿・蔵・閃」（せん・そう・ぞう・せん）（つらぬき，割り込ませ，隠し，ちらりと見せる）の手法は未曾有（みぞう）だと。確かに，『儒林外史』のように単線で人物と出来事を遷移させていくのではない。近景で一つの事件が起きている最中に，遠景でもなにやら発生しているのだが，詳細はわからない。その後，話題の焦点が遠

景に移って，ようやく事の次第が判然となる。そのように平行して複数のエピソードを錯綜させ，全体としてあまたの人物の出来事を矛盾なく一枚の絵に描きこむという，じつに手の込んだ構成を作者はやってのけたのである。

　他方，中国の旧小説では，語りの進行とともに，同一人物を「未知」（疎遠）から「既知」（親密）へと描き分ける技法が一般的である。たとえば見知らぬ「一人の男」は，属性をもった既知の存在になると「あの商人」と称され，ついで作中の固定席を獲得するや「劉さん」と固有名詞で呼ばれるようになる。本作品ではその技法が上記の移りゆく視点と人工的に結びつけられ，少々不自然な感覚を与えることさえある。

　ある淫売婦の家を複数の客が訪れた場面である。はじめは階下の視点で語られているので，そこの客たちは固有名詞で呼ばれ，階上の客たちは未知の存在にすぎない。ふと階上の一人が降りてきて，じつは階下の客たちの知り合いだったことが判明する。その瞬間，降りてきた男は固有名詞で呼ばれるようになるが，あろうことか，かれが階上にもどって描写の視点が階上に移動したとたん，こんどは視認できる階上の客たちが固有名詞で呼ばれ，階下の客たちは姿の見えない複数の男たちとして遠ざけられてしまうのである[2]。

図3　妓楼でマージャン
（『海上奇書』第7期，1892年，王燕輯『晩清小説期刊輯存』第1冊，国家図書館出版社，2015年）

▷2　第55〜56回の潘三の家の描写。

▷3　ただし第15期で停刊，連載も全64回のうち第30回で中止。

③ 野心的な作者

　作者はかくも不自然なまでの手法をとって，極力「神の眼」を廃そうとする。そして淡々と描くのは，多くが金銭目的でつながった人々である。その生きざまは浅ましく悲しい。妓女は男女関係を越えて，一種の社交担当者としてなじみ客と契約関係にある。客は大官・大商人から，かれらに寄生する便利屋・腐敗警官・ヤクザ者など多種多様で，客をだます妓女，主人をだます使用人，不義や裏切りは日常茶飯事である。妓楼のおかみは引退した妓女であり，田舎から買ってきた少女や自分の娘によって，事業の再生産に励む。素朴な近郊の農民もその渦に巻き込まれ，正業を捨てて，いとも簡単にこの道に陥る。

　韓邦慶はじつに野心的な人物だった。本作品のために中国初の小説専門雑誌『海上奇書』を1892年に発刊した（図4）[3]。また作品の地の文は官話（標準語）だが，登場人物の対話には基本的に呉語（蘇州方言）⇒Ⅱ-1-2を用い，方言表記のために新たに造字し，あて字を大量に考案した。わが国でもよく知られるように「姑蘇（蘇州の古称）は天下の美人産地と知られ，かつそのなだらかな発音はまったく男子をして恍惚せしむるものがある。それで他所の妓はみなこの姑蘇音を修養し，みずから蘇州女と名乗るのである」[4]。したがって妓女のセリフにそれを活かそうという意図はよくわかる。また一般読者の多くは，かねてより崑曲や評弾のような芸能を通して，呉語の音声的な優美とともに江南人のエスプリたる辛辣や滑稽も理解している。しかしそれを読ませるのは難度が高い。その点で作者は自信過剰だったといわざるを得ない。

（大谷通順）

図4　『海上奇書』第15期（1892年）の表紙
（王燕輯『晩清小説期刊輯存』第1冊，国家図書館出版社，2015年）

▷4　島津長次郎『上海案内　第7版』（金風社，1917年）の「唱書，長三」の項目より（現代的表記に改変）。

三　元・明・清

42 李伯元（1867-1906）
りはくげん
『官場現形記』（1905）
かんじょうげんけいき

▷1　戊戌の変法に失敗した梁啓超（1873-1929）は日本に亡命し，横浜で1902年に『新小説』を創刊した。その第１号に「小説と群治（社会）の関係を論ず」という一文を投稿し，「一国の民を新たにしようとするならば，まず一国の小説を新たにしなければならない」として，小説による社会改革を訴えた。

図1　李伯元
（魏紹昌編『李伯元研究資料』上海古籍出版社，1980年）

▷2　時弊の批判は清末小説の特権ではないが，この時期の小説には，それを主旨としたものが多い。題目には，「商界現形記」「官場怪現状」などのほか，社会を映し出すという意味の「鏡」の文字を含んだ，「立憲鏡」「医界鏡」といったものも見られる。譴責小説については，蔡之国『晩清譴責小説伝播研究』社会科学文献出版社，2012年を参照。

1 清末小説とジャーナリズム

「清末小説」とは，清末期のとくに最後の10年間に発行された小説を指す言葉である。この時期，小説の数量が創作・翻訳とも飛躍的に増加した。その動きを先導したのは，梁啓超らが唱えた小説による社会改革論，すなわち「小説界革命」である。また，小説のおもな掲載媒体である新聞や雑誌の発展が大きな下支えとなった。『官場現形記』もまた，作者の李伯元（名は宝嘉）が創刊した日刊紙『世界繁華報』に連載された作品である。

李伯元（図1）は，江蘇省武進（今の常州）の人である。上海で新聞業に携わり，『世界繁華報』のほか，小報（娯楽性の強い小新聞）の草分けとされる『遊戯報』や，連載小説に口絵をあしらった小説誌『繡像小説』を創刊した。また，ジャーナリストとしての側面を持つだけでなく，『文明小史』や『活地獄』といった小説を書いてもいる。その執筆に対する信念は，「社会が悪人に同調し進化を理解しないこと」（呉趼人「李伯元伝」）への憤慨によって貫かれていた。

2 社会の悪弊を映し出す小説

『官場現形記』は全60回の白話小説であり，李伯元の代表作である。当初は120回の構想だったが，李は連載の途中で病に斃れた。友人の欧陽鉅源が末尾を補い完結させたとされるが，手の入れ方については諸説ある。一貫した筋立てはなく，いくつもの細かいエピソードで構成されており，その手法は『儒林外史』を引き継ぐものだと言われる。

「現形」とは，亡霊などが正体を現すことであり，「官場現形記」とは，官界にうごめく魑魅魍魎の姿をあらわにした記録，といった意味合いである。作中でも，登場人物の夢の内容に事寄せて，「『封神演義』や『西遊記』もかくや，妖怪変化が勢ぞろい」（第60回）などと述べられる。

魯迅は『中国小説史略』において，この小説を同時期の『老残遊記』『孽海花』『二十年目睹之怪現状』などと並べて「譴責小説」と呼んだ。この呼称はいまなお用いられている。「譴責」という語句の意味は日本語のそれとは異なり，「糾弾」に近い。小説の呼称をめぐっては，魯迅による定義も含めて議論はあるが，「譴責小説」の大枠の理解としては，「社会の暗部を暴き出し，世間の時弊を取り上げる社会写実小説」くらいが穏当なところだろう。

③ 外国人との付き合い

　『官場現形記』は，清朝の同治年間から光緒年間を時代背景とする。中国ではアヘン戦争後の不平等条約によって外国の租界が各地にできており，作中には双方の人間が折衝する場面も少なくない。

　第7回では，山東省の地方官候補（欠員待ちの官吏）・陶子堯が，搾油や製紙の機械を海外から購入すべく上海へと赴く。ところが仲買人の接待で妓楼に出入りするうちにタガが外れ，購入資金をお気に入りの芸妓につぎ込んでしまった（図2）。契約をすでに結んでいた陶は，山東省巡撫（地方長官）に支払金の追加を願い出るが，病気の巡撫に代わって巡撫代理の胡鯉図が電報を寄越す。

　陶子堯も悪いが，事態を悪化させたのは胡鯉図である。外国絡みの事件で何度も痛い目に遭ってきた胡は，外国人との交渉を恐れており，発注じたいを取り止めるよう通達したのであった。しかし契約破棄などあり得ないとして，先方から多額の賠償金を要求されてしまう。胡は次のように愚痴をこぼす。

　　わしの七代前か八代前か知らんが，どういう前世の仇なんじゃ。こんな役
　　人なら，わしは一日たりともやりたくないわい。

　胡鯉図という名は，愚かで道理を理解しないことを意味する「糊里糊涂」に通じる。中国のやり方が通用しない外国人とのやりとりは，ことさら役人の性格や能力をあぶり出すものであった。

④ 官吏の日常

　作中では，贈賄によって官途に就こうとする人間は珍しくない。また，冒得官のように，ほかの役人の褒状と委任状を金で買い，他人になりすまして任官する人物もいる。冒の名前もまた人物像を象徴しており，「名を冒して官職を得る」といった意味がある。こうした名付けはよく見られるものであった。

　試験の不正もまた当たり前のように描かれる。第56回では，湖南省の巡撫が，官界を刷新すべく，等級を問わず官吏に試験を課す。知事候補のとある男，家庭教師を雇おうとするが，ふと替え玉に受験させることを思い立った。さっそく心当たりの人物に声をかけたが，今朝がた別の人と約束をとりつけてしまったという。考えることはみな同じらしい。試験当日，替え玉の存在が明るみに出ると，巡撫は怒り心頭。「替え玉をひっ捕えたからには，思いきって死刑に処し，衆目に晒して見せしめにしてやるわい」などと息巻いたは良かったが，首謀者はみずからの近親者であった。

　随所に描かれる他愛もない話にも注目したい。外国の使節を自宅に招く際に一夜漬けでマナーを覚えようとする者や，西洋料理店に行くたびにフォークをくすねる者，他人が書いた見聞録を滔々とそらんじて西洋世界を見てきたかのように語る者など様々である。「官界の腐敗」といった強い言葉では括りがたい，役人たちの日々の所作もまた，ここには切り抜かれている。　　（藤井得弘）

図2　妓女にホラを吹いて得意になる陶子堯
（『増注絵図官場現形記』粤東書局，1904年）

▷3　ちなみに，外国人の視点から清末中国の礼儀や慣習をまとめた記録に，イギリス人宣教師のW・G・ウォルシュが書いた田口一郎訳『清国作法指南──外国人のための中国生活案内』（東洋文庫799，2010年）がある。

三　元・明・清

43 劉 鶚（りゅうがく）（1857-1909）
『老残遊記（ろうざんゆうき）』（1907）

図1　劉鶚
（林語堂主編『人間世』良友図書
印刷有限公司，1934年）

▷1　劉鶚および『老残遊記』については，樽本照雄『清末小説閑談』など，氏の一連の論考に詳しい。

▷2　譚光輝『症状的症状——疾病隠喩与中国現代小説』中国社会科学出版社，2007年を参照。

[1] 旅医者の見聞録

　劉鶚（図1）は江蘇省丹徒の人である。科挙には合格しなかったものの，治水，算術，医学などの学問に通じ，出版社の創業や炭鉱の採掘など，さまざまな事業を試みた実業家であった。黄河の治水事業にも貢献し，関連する報告書や著作を数多く残している。また，甲骨文の収集家としても知られており，一部を資料集『鉄雲蔵亀（てつうんぞうき）』（鉄雲は字）としてまとめ，当時まだ発見されて間もない甲骨文の存在を世に知らしめた。

　『老残遊記』は全20回の白話小説であり，続編9回と外編残稿がある。劉鶚が小説誌『繡像小説（しゅうぞう）』にこの作品を投稿した目的は，原稿料で友人を援助するためであった。しかし，著者に断りなく改竄（かいざん）や削除が施されたことがきっかけで連載は途絶え，1906年前半に『天津日日新聞』へと場所を移し，第1回から掲載し直す運びとなる。そのような経緯からか，中断後に書き継がれた第14回以降は，それ以前とは内容や雰囲気が異なっていることが指摘されている[1]。

　物語の内容は，老残という名の旅医者が山東省一帯を遊歴し，見聞した事柄を記したものである。主人公の名前「老残」については，一説によると，「老」は「補うこと」を，「残」は「欠損」を意味しており，医者としての老残の身に，社会の病態を癒す役割を仮託したものだとされる[2]。国の病状を診断して処方箋を出すことは，文人の責務にほかならなかった。

[2] 清官の悪弊

　『老残遊記』は『官場現形記』とともに，社会の現状を批判した「譴責小説（けんせき）」の代表作に数えられる。しかし『官場現形記』とは異なり，その矛先は，賄賂（わいろ）をむさぼる貪官（たんかん）ではなく，廉直な清官へと向けられた。

　清廉潔白な官吏の何が問題なのか。描かれている人物のひとりは，曹洲府（そうしゅうふ）知事の玉賢（ぎょくけん）であり，次のような話が展開する。ある強盗の一味が于家屯（うかとん）という村の于朝棟（うちょうとう）なる富豪の家を襲ったが，玉の厳しい捜査で下っ端が捕まった。根に持った強盗は，府城の人家に押し入り騒ぎ立てると，追われるふりをして玉たち捕り手を于家屯まで誘導する。于朝棟の家には盗品を隠してあり，疑いの目が向くよう仕向けたのであった。そうとも知らず，玉は于家の親子3名をひったてて刑具にかけ，部下に対して次のように言いつける。

お前はみなに伝えておくのだ。誰であろうが于家のために嘆願に来ようものなら，それは賄賂を受け取ったということだ，わしに伺いを立てる必要などなく，その者を立枷（たちかせ）にかければよいとな！（第5回）（図2）

この場面からは，裁きの匙加減が賄賂で決まることも珍しくなかったという背景が窺われる。のみならず，その状況が頑迷な清官を生み出していることが浮き彫りとなっている。劉鶚はみずからの小説を評して次のように述べた。

清官は自分が賄賂を受け取らないため，悪いところなど無いと考える。強情で人の声に耳を傾けず，小にしては人を殺し，大にしては国を誤る。

この話は，みずからの正しさを信じて疑わない人物の弊害といった，より普遍的な問題にも通じるものだろう。

図2 立枷によって亡くなった家族を引き取る場面
（李伯元主編『繍像小説』上海書店，1980年影印本）

3 「ホームズ」と呼ばれた男

物語の第15回以降は，ある事件を軸に展開する。ここでは『老残遊記』の「公案小説」（裁きもの）としての側面について取り上げよう。 ⇨Ⅱ-三-3, コラム6

ある日のこと，斉東村（せいとうそん）の賈家で13人が犠牲となる謎の中毒事件が起きた。食べ残しの月餅（げっぺい）から砒素が見つかり，賈（か）家に月餅を贈った魏（ぎ）家に嫌疑がかかる。裁きにあたった剛弼（ごうひつ）は筋金入りの清官であり，魏家の番頭が村の名士に賄賂を贈ったことから，魏家の者が犯人だと決めつけ，拷問にかけようとする。

剛弼は先の玉賢と同じ思考回路に陥っているが，今度は老残が拷問を未然に防ぎ，裁きは理想の清官・白子寿（はくしじゅ）へと委ねられた。白は，剛弼がその清廉さゆえに見落としていた事実関係をひとつずつ解き明かし，魏家の者の無罪を立証する。理路整然とした推理は，ここまでの重苦しい雰囲気を一掃するものの，真犯人は依然としてわからない。白は裁きを終えると，次のように続ける。

お考えください，かくも不思議な事件，並の使いの者になど扱うことはできません。いかんともしがたいからこそ，あなたというホームズにお教え願いたいのです！

かくして事件の謎解き役は老残へと託される。シャーロック・ホームズ物語は，当時の中国では圧倒的な人気を誇っていた。ふたりの交替の場面は，公案小説が探偵小説へと引き継がれてゆく文学史の流れをなぞるかのようでもある。 ▷3 このあと老残はいかにして謎を解き明かし，事件を解決するのか。話の顛末（てんまつ）は，小説を手に取りご確認いただきたい。

中国文学研究者の王徳威（おうとくい）は，老残のホームズとしての役割について，次のように述べている。「彼（老残）は，裁判官，特に「清官」に対して審判を下すことを決意したのだ。裁判官——法と正義の象徴——こそ，究極の真犯人だと暴かれるような推理小説ほど，読みごたえのあるものはないだろう」。真相を「暴き出す」という探偵の性質が，社会の現状を暴露するという清末小説の風潮と相性の良いものであったことは，同時期の探偵小説からも窺われる。（藤井得弘）

▷3 シャーロック・ホームズ物語が最初に翻訳されたのは1896年のことである。シリーズのあまりの人気ぶりに，中国人もパロディを数多く生み出した。そのいくつかは樽本照雄『上海のシャーロック・ホームズ』（国書刊行会，2016年）で読むことができる。また，ホームズ物語の翻訳状況については，樽本照雄『漢訳ホームズ論集』（汲古書院，2005年）に詳しい。

▷4 王徳威『抑圧されたモダニティ——清末小説新論』を参照。

四　中華民国

中華民国の文学の流れ

▶1　中国現代文学は，1917年の文学革命から1949年の中華人民共和国成立までの文学を指し，日本における「現代文学」とは意味合いが異なる。なお，中華人民共和国成立以降の文学は「当代文学」という。

1 「家族の絆」

　今日の日本でテレビをつけると，しばしば「家族の絆」なるものの重要性が訴えられている。しかし，つい数十年前まで，日本でも中国でも，しばしば家族は若者の敵として描かれていた。中国現代文学の諸作品にも，家族が若者の前途を抑圧するというテーマを描いたものが数多く存在する[1]。ただしこの家族は，現代の日本のような核家族ではなく，たいてい旧世代に属する祖父もしくは父を頂点とし，一族が同居する大家族である。家父長の命令は，絶対的なものであった。巴金（1904-2005）は，長編小説『家』で，家父長制に起因する，高覚新，覚民，覚慧兄弟の不幸や抵抗を描く。この作品では，多くの若い女性たちが家父長制の犠牲となって命を落とす。またこの時代には，自由を求める女性作家たちの文学も花開いた。

　中国現代文学の主なテーマは，個性の尊重，反封建，革命と恋愛，民主と科学などであった。あるいは遥かに遠い「文学」のように思われるかもしれない。

2 中華民国の歴史

　私が中国現代文学の著名作家である沈従文夫人の張兆和（1910-2003）に1997年に会ったとき，この87歳になろうとする老婦人は，住居のベランダから北京の街並みをながめながら，ひとこと「わたしたちの世代は一生苦労の連続だったわ」とつぶやいた。彼女は，中華民国より一歳年上である。

　中華民国の歴史は，1911年，中国最後の封建王朝であった清朝が辛亥革命によって倒れたことにはじまる。主導者であった孫文（1866-1925）が臨時総統に就任し，アジアの大国としては初の共和制の国家が誕生する。まさに「青年中国」の誕生であった。しかし，青年の前途は多難であった。1910年代には，袁世凱（1859-1916）による帝政復活の動きが起こる。20年代には，軍閥と呼ばれる軍事勢力がそれぞれ外国勢力と結びついて割拠し，内戦が繰り返される。1928年にようやく国民党による統一政府が南京を首都として誕生した。30年代には，国民党政府の統治によって，上海などで空前の都市文化が花開く。しかし，そのいっぽうで，日本との間で満洲事変，第一次上海事変などの軍事衝突が起こり，国民党と共産党も内戦をくりひろげていた。そして，1937年に盧溝橋事件が起こり，日中戦争が全面化する。南京にあった政府も，武漢，重慶と

▶2　魯迅／竹内好訳「『吶喊』自序」『魯迅選集』第1巻，岩波書店，1956年，8-9頁。

▶3　胡適／増田渉・服部昌之訳「文学改良芻議」『五・四文学革命集』中国現代文学選集3，平凡社，1963年，289頁。

移転しながら，戦争が継続された。やがて1945年，日本が降伏する。しかし翌年には国民党と共産党との内戦が再発する。北京に共産党政権ができたのは，50年代の幕開けまでわずか3か月を残す1949年10月1日のことであった。

　中華民国の時代は，外国の侵略による戦乱と内戦が相次ぎ，中国人であることが不断に問い直された時代であった。

3 若い共和国の若い文学

　現代の日本において，文学によって社会を変革するということも，また想像しがたいことであろう。しかし，中華民国の時代は，多くの人びとが真剣に文学で社会を変革しようとしていた。魯迅（1881-1936）は，医学の道を志すが，愚弱な国民は肉体がいくら立派でも見せしめに処刑されるかその野次馬になるかが関の山であり，むしろ精神を改造すべきである，それには文学がいちばんだと考えて，文学に転向したのであった。医学よりも文学――彼の作品に出て来る阿Qや孔乙己は，中国人の心の薬であり，人間の心の薬なのである[92]。

　1917年，北京で「文学革命」が起こり，中国現代文学がはじまる。主要な舞台となったのは，その名も『青年雑誌』から改名した『新青年』という雑誌であった。胡適（1891-1962）の「文学改良芻議」は，理想の新しい文学のイメージとして，「一，内容のあることをいう。二，古人の模倣をやめる。三，文法にかなう文章を書く。四，理由もなく深刻がらない。五，陳腐な常套語はできるだけ避ける。六，典故は用いない。七，対句を考えない。八，俗語俗字を避けない」と提言する[93]（図1，2）。つまり，言語は文語体ではなく口語体を用い，古典文学に見られるような過度な修辞を避け，みずからの心に忠実な文学を目指すことを提案したのだ。⇨Ⅱ-一-1 そして，「理由もなく深刻がらない」――ジジむさい感傷的な文学を排して，国家社会の改良の礎となるべき，潑剌とした文学を提唱する。年老いた中華の伝統文化と決別し，若く潑剌とした共和国である中華民国という共同体にふさわしい内容の文学が目指され，詩でも散文でも，その内容に合致した新しい表現が求められたのだ。そして，その動きは，1919年，学生たちの社会・文化改良の運動であった五四新文化運動へとつながってゆく[94]（図3）。

　国家も青春なら，文学も青春――しかし，その青春は，内憂外患，イバラの道であった。その道を歩みつつ，みんな悩んで大きくなる過程の文学，それが中華民国の文学だったのではないか。伝統的な文学と決別して新たな文学を目指した新文学，旧来の通俗小説を引き継ぎながら近代を描いた鴛鴦蝴蝶派と呼ばれる通俗文学，⇨Ⅱ-三-5 それぞれ歩む道は違っていても，やはり若者のための文学であったことに変わりはない。

　その意味で，中華民国の文学は，いつの時代でも共鳴を呼ぶことのできる文学なのではないだろうか。 （齊藤大紀）

図1　1914年の胡適
（胡適『胡適全集』第5巻，安徽教育出版社，2003年）

図2　『新青年』
（汲古書院，1970年影印，第四巻第五号，1918年）

▶4　五四新文化運動は，第一次世界大戦終結後に，ドイツの植民地であった青島の権益が日本に引き継がれたことへの抗議に端を発する学生運動である。この運動により，個性の尊重，反封建，革命と恋愛，民主と科学などの中国現代文学の主要テーマが前面に躍り出ることになった。

図3　1919年5月4日の北京における学生デモ
（熊権『『新青年』図伝』陝西人民出版社，2013年）

四　中華民国

44　魯迅（1881-1936）
『阿Q正伝』（1922）

図1　魯迅
（『魯迅全集』第六巻，人民文学
出版社，1981年）

▷1　一般に日本人に親し
まれているのは，中学の国
語教科書に載せられた「故
郷」や，日本留学時期の恩
師を描いた「藤野先生」で
あろうか。藤井省三『魯迅
「故郷」の読書史』創文社，
1997年参照。

図2　阿Q
（豊子愷『漫画　阿Q正伝』開明
書店，1939年）

1 魯迅でも読んでみようか

　浙江省紹興府の裕福な家庭に生まれた魯迅（本名は周樹人，図1）は，1902年，日本に留学して医学を学ぶかたわら，外国の文学に触れることを得て，翻訳や出版にもたずさわった。これは，清朝の末年における，若い知識人の，ひとつの典型であった。7年後に帰国し，1912年に中華民国が成立すると，北京で教育部に職を得た。その後は，厦門，広州，上海など各地の大学で教員をしながら55年の生涯を閉じるまで，執筆活動と文学論争をつづけた。

　魯迅の書いたものは難しい。ちゃんと理解しようとすれば，詳しい注釈を併せ読んで「お勉強」することが求められる。そのうえ，「文は人なり」というが，まさしく魯迅の文章は，ときに相当にひねくれていて読みにくい。こんなめんどうくさい作家の作品に親しんでいただくには，どうしたらいいのだろうか。とりあえずは，かろうじておもしろく通読できそうな，そして，魯迅の小説ではいちばん長い『阿Q正伝』（1922）を読んでみるとしよう。

2 阿Qとはこんなやつ

　主人公は「阿Q」──「Qちゃん」と呼ばれており，ふだんは未荘という村で，日雇い農民をして生きている（図2）。姓は不明で，Qは名前のイニシャルらしいが，よくわからない。中国の物語の中では，特に個性を強調して描かれない一般人の群像を，平々凡々たる中国人の姓ふたつに代表させて「張三李四」というが，阿Qもまた，その半匿名性を付与された由緒正しき輩に連なるものであろう。したがって本来であれば，物語の世界では，名もなき「その他おおぜい」として，歴史に名を残さぬまま消えてゆく群衆の，ひとつのピースで終わるはずであった。それが魯迅によって，主人公の座に担ぎ出されてしまったのである。この小説は，かれじしんにもよくわからない「カクメイ」なるものの波──いわゆる「辛亥革命」──に翻弄された阿Qが，ついには処刑されるまでの，ささやかすぎる事件の物語だが，魯迅のひねくれた筆が，歴史の教科書に載る人物よろしく，かれのために「正伝」を綴ることになった。

　パッとしないくせに自意識だけはことさらに強い阿Qは，「精神勝利法」という思考方式の名手とされている。敗北を認めたくないばかりに，心の中で認識の座標軸をあれこれずらし，精神的には勝利したこととして自己満足に浸る

というもので，なんのことはない，われわれが日々愛用している，生き延びんがための武器である。阿Qの「正伝」は，太宰治の『人間失格』なみに，これはおまえの物語だよと，読み手をゾッとさせるだろう。阿Qにみずからを映して戦慄すべきは，旧社会の人間や，中国人にとどまるはずもないのだから。

3 辮髪をたらした亡霊？

　阿Qの波瀾に満ちた全生涯については，魯迅による「正伝」を読んでもらうとして，そもそもかれが，どういう理由でQと呼ばれるのかという，この小説最大の鍵をめぐる説を紹介しておこう。「正伝」においては，生前のかれのことを，みんなが「阿Quei」と呼んでいたとの事実が提示されている。さらにこれに該当する漢字として「阿桂」や「阿貴」の可能性が，考証学風の筆致で提示されるが，いまとなってはわからぬと，魯迅はうそぶく。

　魯迅の真意は謎のままだが，いろいろな詮索が許されるだろう。英語で「queue」といえば辮髪のことである。清朝における辮髪は，被征服民族である漢族男子の屈辱的な証しであった。「Q」の字形は，辮髪を垂らしたかれらを後ろから見た形状にほかならない（図3）。群衆にとっての「カクメイ」は，それゆえに，辮髪をどう処理するかという問題でもあった。阿Qが「ニセ毛唐」と呼ぶ銭旦那の息子は，西洋で学んだ男で，辮髪もなく，かつらで辮髪を作っている。辮髪の化身たる阿Qとしては，そのことが許せない。なにしろ辮髪は，戦いのための手掛かりでもある。というのは，阿Qの仲間たちは，喧嘩をする際には互いの辮髪をつかんで引っ張り合うのがマナーだからだ。だが，革命党たるもの，辮髪を頭のてっぺんでぐるぐる巻きにして，竹箸で止めておくべきであることが判明すると，阿Qもさっそくこれを実行してみる。

　「阿Q」は「阿鬼」であるという説がある。中国語の「鬼」は，亡霊，亡魂，死者のことをいう。阿Qは，鎮守様を祀る土地廟を借り，あたかも神のしもべのごとく住んでいる。たしかにそれは，行き場を失った亡魂のようでもある。すると「阿Q正伝」は，幽霊の物語（ゴースト・ストーリー）に位置づけられるのかもしれない。

4 さらなる魯迅ワールドへ

　たしかに魯迅は，中国の誇る怪談作家かもしれない。ほかの小説や詩やエッセイの中でも，幽霊や，これと紙一重の活ける者たちのことを，親しげに語っているからだ。田舎町の居酒屋を舞台に，「彼がいれば笑い声がおこる」貧乏知識人を描いた「孔乙己（コンイーチー）」もそうだ。幼いころの想い出とともに，江南地方の風物を綴ったエッセイ群にも，しばしばあの世の者たちが懐かしく描かれる。注釈を読むだけの熱意があれば，その背景も理解できるだろう。「阿Q正伝」はよくわからん，ということがわかったら，幽霊をキーワードに，さらなる魯迅の作品群を彷徨してみるのもいいだろう。

（武田雅哉）

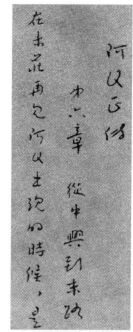

図3　「阿Q正伝」手稿
（『魯迅『阿Q正伝』日訳本注釈手稿』文物出版社，1975年）

▷2　丸尾常喜『魯迅——「人」「鬼」の葛藤』参照。なお，丸尾による「阿Q正伝」の邦訳は，中野美代子・武田雅哉編『中国怪談集』（河出文庫，1992年。2019年新装版）に収められている。

▷3　魯迅の作品を読むには，『魯迅全集』全20巻（学習研究社，1984-86年）があるほか，増田渉・松枝茂夫・竹内好等訳『魯迅選集』（岩波書店，文庫にも各種あり），竹内好訳『魯迅文集』（筑摩書房，ちくま文庫，1991年）があり，また主要な作品は，いくつかの文庫にも収められている。

四　中華民国

45 周作人（1885-1967）
しゅうさくじん
『周作人読書雑記』

図1　日本留学中の周作人
（鍾叔河編『周作人文類編・中国気味』湖南文芸出版社，1998年）

▷1　原題「人的文学」。五四新文化運動の拠点であった雑誌『新青年』に発表。新しい文学は人道主義に基づいて，人間の理想的生活やありふれた生活を描くべきだと主張した。

▷2　この時期に周が翻訳・紹介した作家は，アンデルセン，ワイルド，トルストイ，シェンケーヴィチ，石川啄木など枚挙に暇がない。とくに，武者小路実篤とは，彼の「新しき村」運動に共鳴したことにより，交遊を深めた。

▷3　「周作人自述」（1930）。

1　兄の背を追って

　魯迅の4歳下の弟が周作人（図1）である。周作人も魯迅と同様，幼少期は家塾で科挙受験のための勉強に励む。1901年，兄も在籍する南京の江南水師学堂（海兵学校）に入学して英語を学び，西洋の学問に触れる。その後，日本に渡った兄から洋書を送ってもらい耽読し，『アラビアン・ナイト』やヴィクトル・ユゴーの小説の翻訳も試みた。翻訳は以降，彼の文学活動の柱のひとつとなる。

　1906年，日本に留学する。日本式の生活に馴染み，落語にも親しんだ。1909年には，借家の女給であった羽太信子と結婚。日本語のほかに，ギリシャ語やサンスクリットも学んだ。1911年に妻を伴って帰国。

　故郷の浙江省紹興で数年，教育関係の仕事に就いたのち，1917年に魯迅の周旋で北京大学の教授となり，ヨーロッパ文学史などを講じた。同時に，「人の文学」（1918）▷1などの論文を発表して文学改革を訴え，五四新文化運動の一翼⇨Ⅰ-四を担う。兄とは違って小説は書かず，もっぱら散文の手練れとして名を馳せたほか，日本や西洋文学の翻訳・紹介を熱心に行なった▷2。

　1923年，ここまで行動を共にしてきた兄の魯迅と決別する。その原因については，双方黙して語らない。周はここから独自の道を模索し，とくに「小品文」と呼ばれる散文に磨きをかけていく。

2　寝ても覚めても本の虫

　周作人いわく「本を読むのは煙草の代わり」であった。はたで子どもが泣いていても，おかまいなしに読書に没頭していたという魯迅の証言は有名である。

　大量の読書の一端は，エッセイとして新聞や雑誌に数多く発表されている。『周作人読書雑記』はそれらを集めて分類したアンソロジーだが，各巻の目次を見れば，その興味の範囲の幅広さがわかる。

　当人は，「専門をもたぬゆえ，学問に熱中することはなかったが，雑書を読むのは好きで，その目的は，いくらか物事を知りたいというだけであった▷3」と言うが，実際には，日本やギリシャの文学をはじめ，とくに神話や民俗学，心理学，児童文学などに通暁していた。⇨Ⅱ-三-6

　周の読書エッセイには，古今東西のさまざまな書籍が縦横に引用されるうえに，その筆運びにもいささかのとっつきづらさがある。郁達夫の言を借りれば，
いくたつふ

彼の文体は「はじめは散漫でとりとめなく，繁瑣に過ぎるかに見える。だが仔細に読めば，彼の気ままな語りの一文一文に重みがあり，一篇のなかで一文を減じてもおかしいし，一文のうち一字を換えてもならないと感じ，読み終わると，また初めに戻って読み返したくなる」[44]というものだ。

　こうした書物をめぐって自由に展開する学術的エッセイというのは，中国の文人の伝統を引き継いでもいる。気になった一篇から読み始めれば，中国文学の奥行きの深さを垣間見ることができるだろう。

③ 北京に踏みとどまる

　1937年，日中戦争の火蓋が切られ，北平（北京）が日本軍の手に落ちる。北京大学も南に遷り[45]，多くの文化人も避難するなか，周作人（図２）は苦住庵（じゅうあん）と名づけた自宅からかたくなに離れなかった。さらに1940年，汪精衛（おうせいえい）の傀儡（かいらい）政権のもとで，教育督弁（とくべん）（文部大臣に相当）に就任する。

　この激動の時期にあっても，周は本を読み，古書にかんするエッセイを書き続けた。これを現実逃避と見る向きもある。彼自身はこのことについて，直接弁解をしてはいないのだが，「灯下読書論」（1944）にこんな一節がある。

　　ひとこと説明するとすれば，自分の教養のために本を読むのだと言ってもいいかもしれない。なんの利益もないし，たいした楽しみもない。得るのは少しの知識だけであるが，少なくとも知識にはいくらか苦味があるものだ。古代ヘブライの伝道者は「私は，智慧と狂妄と愚昧をも見極めようと心を尽くしたが，それは風を捕まえるようなものだとわかった。智慧が多くなればなるほど懊悩が多くなり，知識が増えれば増えるほど憂愁が増える」と言った。ここで述べられた話にはとても道理がある。……だがどうであれ，寂寞（せきばく）はいつでも免れがたく，ただ寂寞に耐えうる者だけがこの道に沿って歩んでいけるのである。

　読書と知について述べた箇所であるが，ここからは，彼が処世の道として読書を選び取ったことへの覚悟も感じ取れるように思われる。

　1945年12月，周作人は対日協力の容疑で逮捕され，漢奸（かんかん）（売国奴）罪によって懲役10年を言い渡された。南京の老虎橋（ろうこきょう）監獄で刑に服していたが，1949年１月，恩赦を得て釈放される。

　周はふたたび北京に戻り，日本やギリシャの文学作品の翻訳に従事する[46]。生活に窮して，エッセイも量産を余儀なくされる。もっとも注目されたのが，すでに国民作家であった亡兄魯迅にかんする文章であったのは[47]，なんとも皮肉なことである。

　1966年，文化大革命が始まると，漢奸である周は当然批判の対象となった。彼はすでに80歳を超えていたが，紅衛兵から暴行を受け，台所脇の小屋に追いやられる。翌年５月，誰にも気づかれぬまま死去した。　　　　（日野杉匡大）

⇨I-五

▷4　『中国新文学大系・散文二集』「導言」（1935）。郁は，魯迅と周作人が成人するまでほぼ似た経歴でありながら，まったく対照的な文風を備えたことに驚きつつ，ふたりの文体の特徴を述べている。

▷5　日本軍の侵攻を受けて，北京大学は，同じ北京の清華（せいか）大学，天津の南開（なんかい）大学とともに湖南省長沙，のち雲南省昆明へと疎開。昆明で合併して西南連合大学を組織し，日中戦争終了まで教育活動を維持し続けた。

図２　55歳ごろの周作人
（鍾叔河編『周作人文類編・花煞』湖南文芸出版社，1998年）

▷6　周がこの時期に手がけた翻訳には，『古事記』『枕草子』『徒然草』『浮世床』『浮世風呂』『平家物語』（未完）『ルキアノス対話集』などがある。

▷7　魯迅関連の文章は，『魯迅の故家』（1953。原題『魯迅的故家』），『魯迅小説のなかの人物』（1954。原題『魯迅小説里的人物』）として整理・出版された。いずれも魯迅を読むための重要なサブテキストである。

四　中華民国

46 郁達夫（1896-1945）
『沈淪』（1921）

▷1　郁達夫は作家。1913年に長兄とともに日本に渡り，15年に名古屋の旧制第八高等学校に入学。19年に卒業し，同年東京帝国大学経済学部に入学。21年には同じく日本留学組の郭沫若らとともに文学結社・創造社を設立。21年に出版した小説集『沈淪』が大きな話題を呼び，一躍人気作家となる。後年シンガポールに渡り，日本降伏直後に日本憲兵に殺害される。

図1　郁達夫（1940年）
（劉家鳴編『郁達夫代表作』黄河文芸出版社，1989年）

▷2　「沈淪」は，1921年10月に泰東図書局から出版された短編小説集『沈淪』に「銀灰色の死」「南遷」とともに収められた。

1 青春の悩み

　郁達夫（図1）によって書かれた「沈淪」は，中国現代文学史上においてきわめて重要な作品である。

　主人公は21歳の，名古屋で学ぶ中国人留学生。彼はつねに孤独を感じている。同級生に話しかけてほしいのに，いざ話しかけられると，何もいえずに黙り込んでしまう。同級生は彼を敬遠するようになるが，孤独におちいった自分に愛おしさを感じつつ，「自分が中国人だから日本人はバカにして話しかけてこないのだ」と思いこむ。やがて周囲とのつながりを完全に断ち，引きこもり，下宿先の少女に片思いし，風呂をのぞき，自慰にふけりつつ，自分で自分を追い込んでいく。破れかぶれになって遊郭へいって散財し，一文無しになり，最後は祖国を思って海に身を投げる。

　　彼も誰かが話しかけてくれることを望んでいるのだが，同級生たちはそれぞれ自分の好きなように楽しみを求めに行っており，彼の物悲しげな顔を見ると，みな逃げ出してしまうのだった。それで彼はますます同級生を恨むようになった。「やつらはみんな日本人だ。やつらは俺の敵だ。いつかきっと復讐してやる。絶対に復讐してやるぞ」（第2章）

　　彼はもともと非常に高尚であり，清潔を愛した男だったが，ひとたびこの邪念が起ると，理性も用をなさず，良心も麻痺し，幼児から心に留めてきた「身体髪膚あえて毀傷せず」の聖訓も顧みなくなってしまうのだった。彼は罪を犯すといつもひどく後悔し，歯噛みしながら今後は二度と犯すまいと誓うのだが，翌日，その時分になると，さまざまな妄想がまたも彼の眼前に次々に押しよせてきた。彼がふだん目にするイヴの子孫たちが，裸になって彼を誘惑した。（第5章）

　小説に描かれる主人公の言動は，すべてが自己中心的に見える。妄想をふくらませ，それを他人に投影しつつ，殻にこもってしまう。独りよがりであり，コミュニケーション力ゼロ。

　ところが，発売されるやいなや，「沈淪」は中国の若者に熱狂的に受け入れられ，次々に版を重ねた。この小説のなにが，当時の若者たちの心を捉えたのだろうか？

［2］格好悪い主人公

　現在の中国では，「沈淪」は「日本人に侮辱され，悲憤（ひ ふん）のうちに命を絶つ若者を描いた小説」という評価が一般的である。しかし小説中には，主人公が日本人から直接バカにされるシーンは，じつはまったく存在しない。そのすべてが主人公の思いこみなのである。先の引用にあるように，主人公の同級生たちは，「彼の物悲しげな顔を見ると，みな逃げ出してしまう」が，主人公はそれを「やつらはみんな日本人だ。やつらは俺の敵だ」と読み替え（読み違え）る。作者の郁達夫は，「日本人に侮辱された主人公」ではなく，「日本人に侮辱されたと思いこむ主人公」を設定した。独りよがりで，自分勝手で，妄想癖があり，自慰にまで高尚な理屈をつけるような，格好悪い若者を主人公に据えたのである。

［3］「主人公」としての作者

　「沈淪」が発表されるやいなや，文壇は賛否ともども大きな反響が起きた。性描写（といっても自慰シーンだが）が不道徳だという批判が多かったが，当時の文壇の指導者的存在であった周 作人（しゅうさくじん）が「これは立派な文学作品だ」[▷3]と論じ，それにより「沈淪」の評価が定まったのであった。

　当時の中国では，「作品は作者の自己表現である」という新しい文学観がおこっていた。作者，そしてその投影である主人公に共感することこそが読書であり，作品には作者の内面が表現されるべきであり，それがなされている作品こそが素晴らしい作品である，という価値観である。郁達夫の言葉としてしばしば取りあげられる「文学作品は，すべて作家の自叙伝（じ じょでん）である」[▷4]は，この価値観を端的（たんてき）に述べたものといえよう。

　「沈淪」においても，主人公を作者の郁達夫の分身とすることは，出版当時において（そして現在においても）自明視されていた。しかし，郁達夫自身の留学生活は，彼自身の明るい性格もあって，日本人の友人にも恵まれた，楽しげなものであった，という証言もある。もちろん，当時の状況にあって，中国人留学生が日本で生活するにおいて多くの苦難があったことは想像に難くないが，「沈淪」における主人公像が，作者の分身であることを想起させる形（かた）で，周到に創り上げられたものであるというのも確かであろう。

　「沈淪」は，作品と作者を同時に商品化する，新しい文学の形態を登場させた。「沈淪」とともに郁達夫の知名度は上がり，全集や「郁達夫論」など，彼の名を冠した書籍が次々に発行されていった。彼自身，自作がどう読まれているかについてつねに気にしており，先に触れた周作人の批評も，郁達夫自身が頼み込んで執筆を依頼したものであった。こうしたセルフプロデュースにより，「沈淪」（作品）と郁達夫（作家）は切っても切れないものとして，中国現代文学史上に刻み込まれるものとなったのである。

（高橋　俊）

▷3　「自己的園地九　「沈淪」」『晨報副鐫』1922年3月26日。

▷4　「五六年来創作生活的回顧」『文学週報』286，287合併号，1927年10月23日。

四　中華民国

47 張 天翼（ちょうてんよく）（1906-85）
『大林と小林』（タアリン　シャオリン）（大林和小林，1932）

1 諷刺小説と児童文学

　張天翼は南京出身。1922年に大衆小説誌『礼拝六（れいはいろく）』に作品が初めて掲載される。多様な作品を残していて，初期には鴛鴦蝴蝶（えんおうこちょう）派の作品や探偵小説を書いていた。1931年に中国左翼作家聯盟（左聯（されん））に参加した頃から，日常生活に根ざし，誇張とユーモアを交えた諷刺小説の名手として評価された。代表作に『華威先生（かいせん）』（1938）がある[1]。一方で児童向け作品も数多く執筆している。戦後に書かれた『宝のひょうたんの秘密（宝葫蘆的秘密）』（1958）は中国児童文学屈指の名作であり，映画化もされて，長く親しまれてきた[2]。

2 サーガの作り手

　戦前の児童向け作品にも名作が多い。『大林と小林（大林和小林）』は，もと『好兄弟』の名で1932年に発表された（図1）。貧しい農民に突然授かった双子の兄弟の物語で，両親の死後，大林と小林は仕事を探す旅に出るが，怪物に襲われて生き別れとなる。小林は売られて貴金属工場の労働者となるが，他の子供たちとともに工場主と闘って逃走する。大林は富豪の息子となり飽食と怠惰により肥満化する。世界一の富豪となった大林は国王の娘との結婚式に向かう途中，汽車を運転してきた小林と再会する。大林の太りすぎのせいで，汽車は海に突っ込み，大林は金銀財宝に満ちた孤島で餓死する[3]。

　『つるピカ大王（禿禿大王）』（1933）の中心人物つるピカ大王は世界一の富豪にして，人の血肉を食らう悪の権化である。また不潔極まりなくて，体の周りを蠅が囲み，顔にカビが生えている。つるピカ大王の圧政に苦しむ農民の子らは大王と戦って打倒する。この二作は戦後に書き換えられてはいるが，いまだに書店に並び，児童たちを楽しませている（図2）。

　『鬼土日記』（1930）は主人公韓士謙（かんしけん）が「鬼土」すなわち冥界を訪れ（中国語で「鬼」は幽霊の意味），この世とは価値観の異なる社会を見聞した際の日記という体裁をとる。鬼土は富豪たちが暮らす上層と労働者や農民が暮らす下層からなる文字通りの二層社会で，上層は全てが金の腐敗した社会だ。後に外国の侵略や下層社会の反乱が起き，主人公は鬼土から帰還する。これらの作品で見られるのは「資本家—労働者」の対立構造で，いずれも資本家側の敗北，あるいは崩壊を予兆させる終わり方になっている。1930年代の中国文学では異界訪問

▷1　邦訳あり。張天翼／寺尾善雄訳「華威先生」『中国のユーモア』参照。

▷2　邦訳は多数あり。張天翼／松枝茂夫・君島久子訳『宝のひょうたん』参照。のち岩波少年文庫に収録，1981年ほか。

図1　『好兄弟』
（張天翼『好兄弟』文化生活出版社，1932年）

▷3　邦訳あり。張天翼／伊藤貴麿訳「あっぱれ弟」『少年少女新世界文学全集35 中国現代編』参照。

に託した諷刺小説がしばしば書かれた。たとえば老舎の『猫城記』(1932) は
火星に不時着した主人公が猫から進化した猫人が打ち立てた猫国を巡りながら,
社会の腐敗,政治の混迷ぶりを目の当たりにするというストーリーだが,猫国
は言うまでもなく当時の中国を諷刺している。

さて,つるピカ大王の描写に見られるように,資本家の欺瞞性を揶揄するの
に,張天翼はしばしば,不潔なもの (蠅やウンコ) と結びつけている。これらは資
本主義の象徴とも言える。鬼土の上層では二大政党の「坐社」と「蹲社」が政権
を争っているが,「坐」(こしかける) と「蹲」(ウンコ座りをする) は排便の形式だ。

ところで,つるピカ大王の王国も,この鬼土も仮構の国家である。日常生活
とは対極にある,仮構の歴史すなわちサーガを作り出し,偽史の中で諷刺的寓
話を紡ぐのも張天翼の得意とするところで,むしろこの手法にこそ同時代の作
家には見られない才能が感じられる。

**図2 いまでも大人気の『禿
禿大王』**
(張天翼『禿禿大王』長江文芸出
版社,2015年)

3 金鴨帝国の終焉

偽史小説の最高傑作が『金鴨帝国』(1942-43) である。この作品は富豪を夢[4]
見る大糞王が,殺人や強盗を皮切りに,高利貸し,公衆便所経営で身を立てる
や,知謀を巡らして事業を次々に拡大し,ついには国家の命運を左右するほど
の影響力を持つまでを描いた物語である。大糞王を筆頭とするやたらと糞 (=
資本主義の象徴) がらみのネーミングやエピソードが満載で,欲にまみれた登
場人物たちによる謀略や悲喜劇が展開される。本小説を特異な作品たらしめて
いるのが,導入部として本編より前に置かれた三つの神話的経典 (『山兎之書』
『鴨寵児之書』『金蛋之書』) である。これらは金鴨帝国の建国神話で,本編中では
これらを巡って経典論争が起き,サーガ内サーガの役割を帯びている。

金鴨帝国の皇帝は万世一系で,皇帝=神とされている。この作品が書かれた
時代背景を考えれば,これが大日本帝国のパロディであることは疑いもなく,
それを裏付けるように楽譜つきで載る金鴨帝国の国歌のメロディーは「君が
代」に一致するとの指摘もある。つまり「金鴨帝国」は大日本帝国を戯画化し
た疑史なのである。しかし本作は単なる帝国主義批判に留まらず,本作品中の
エピソードは,いわば帝国主義下における「美術」「博覧会」「婦人の役割」「皇
帝と神」等々の視点から読み解かれるべき問題をはらんでいる。

開戦ムードが一気に高まり,大糞王の指揮で一同国家を歌うというところで,
本作は作者の体調不良により未完に終わってしまったが,その後の展開は予想
可能だ。まず大糞王は何らかの手段で帝位につき,周辺国との戦争は拡大し世
界大戦になる。そして金鴨帝国は敗れ,神話は虚構であり,皇帝は神ではなく
人だったと人民は知ることになるだろう。回復後の張天翼はこの続きを書く必
要がなくなった。なぜなら現実世界がその通りになったのだから。

(佐々木睦)

▷4 『金鴨帝国』は『文芸
雑誌』1942年1月号から
1943年11月号にかけて連載
された。

四　中華民国

48 廃名（1901-67）
『橋』（1932）

図1　廃名（1920年代）
（王風編『廃名集』第1巻，北京
大学出版社，2009年）

図2　『桃園』第3版
（廃名『桃園』開明書店，1930
年）

▷1　『竹林の物語』に掲載
された彼自身の訳文による
（『廃名集』第1巻，北京大
学出版社，2009年，10-11
頁）。

▷2　原題「小五放牛」。

1　閉められた窓から見える人生──1920年代短編小説

　廃名は，その独特の文体と晦渋な用語で，民国期の新文学に特異な位置を占める作家である（図1）。本名は馮文炳，湖北省黄梅県の出身。北京大学英文系で学び，早くから周作人の門下に入る。彼は，1920年代から30年代にかけて，創作の爆発期を迎える。短編小説集3冊『竹林の物語』（1925），『桃畑』（1928）（原題『桃園』，図2），『棗』（1931）と，長編小説2冊『橋』『莫須有先生伝』（1932）を出版（図3）。さらに同時期に集中する詩作にも見るべきものがある。

　廃名は「私の創作の最も優れた説明」として，フランスの詩人ボードレール（1821-67）の散文詩「窓」（『パリの憂鬱』）を『竹林の物語』の冒頭に訳載した。「窓」によれば，窓は開け放たれているよりも，閉められている方が多くのものが見え，見えたものの「生き，夢み，もがいている」さまを見届けることができるのだという。廃名は，閉められた窓を通して，彼に見えた，現実以上に豊かな「現実」を，自らの生きる証しとして小説に書いた。ゆえに，彼の小説は，生きる意味を問わない。彼の筆は，生きることの不思議へと向かう。

　廃名の短編小説は，題材から見ると，郷里の生活・風俗を描く郷土物と，都会に暮らす若い知識人の苦悩を描く都会物に二分されるが，前者に佳作が多い。今，その中から掌編「牛飼いの小五」（『棗』）を見てみよう。

　「牛飼いの小五」は，牛の放牧を請け負う小五と呼ばれる少年の眼を通して，一つ屋根の下で暮らす男二人（陳大爺とデブの王）と女一人（毛媽媽）の暮らしぶりを淡々と描く。遊び盛りの小五の遊び相手は，仕事もせずいつもぶらぶらしている大人の陳大爺だ。二人は原っぱで花札をしたり，盛っている犬の尻を追いかけたり，ろくでもない遊びに夢中である。そんな小五もある時ふと陳大爺が寝取られ男だと気づく。デブの王と毛媽媽の二人の方がよっぽど夫婦らしく見えるのだ。この人生のお馬鹿さんで，イノセントな陳大爺が，ふと垣間見せる寂しげな後ろ姿が印象深い。夕方，小五はいつものように牛に跨り帰途につく。「陳大爺が僕の牛の後ろから，いかにも名残惜しそうについてくる。振り返るとまだぐるぐる回ったりして遊んでから離れていった」。廃名は，陳大爺の孤独が際立つ，いや生が燃え立つ一瞬を見事にとらえた。

2 漢語小説の美を極める──『橋』

　廃名の代表作『橋』は，美と晦渋が紙一重の表現を随所にちりばめる[3]。その物語（上下巻のうち下巻が未完のため上巻のみ）を簡単に記しておこう。

　『橋』の主人公 程小林（チョンシアオリン）は，幼い頃（12歳），城外で史家荘のおばあさんとその孫史琴子（シーチンズ）（10歳）と知り合う。二人の父が友人だったことから，史家ばあさんが二人の縁談をまとめる。その後，小林は，史家荘を訪ね琴子と遊ぶうち，琴子のことが好きになる。小林は，死者を見送る提灯行列の美しさに見入ったり，琴子の髪の毛に森を幻視したり，その瑞々しい感性を発揮する。

　それから10年後。小林は立派な青年となり北方で学んでいたが，ある大きな精神的ショックから学業を捨て帰郷する。彼の心を癒してくれたのは史家荘の緑なす自然であり，琴子とその親戚で2歳年下の細竹（シチュー）という女の子との暮らしであった。小林は，細竹の奔放な発想にしばしば驚かされ好意を抱くが，琴子はこれに強い嫉妬を示す。小林は，このままならぬ事態を受け入れ，現実ではなく，現実をいかに語るかに美を見出そうとする。小説の最後の場面において，小林は桃畑で偶然細竹と一緒になる。小林は，桃を食べ終わった細竹に桃畑の向こう側に行こうと誘う。細竹の答えは「向こう側も同じじゃないかしら」。小林はがっかりすると同時に，この語がいたく気に入る。細竹の思惑とは別に，小林はこの語から，確かに桃畑の向こう側もつまりは俗世であり，俗世はどこも大して変わらない風景が広がっているだけであることを悟るのである。

　小林の精神の遍歴に終わりはない。下巻では，俗世の史家荘を飛び出し，仏教の聖地天禄山へと巡礼の旅に出る。『橋』の上下巻に一貫する，現実そのものではなく，その語り方に美を見出そうとする小林の姿勢は，間違いなく1920年代の，閉められた窓への視線を継承しているだろう。

3 天下の駄作か，名作か──『莫須有先生伝』

　このいずれにしろ，『莫須有先生伝』は，廃名が紛れもないアーティストであることを立証した。そもそも題名の「莫須有」とは，いるかも知れないし，いないかも知れない。つまりいないかも知れない人物が主人公だというのであるから，随分人を喰っている。おまけに「伝」とあるが，書かれているのは莫須有先生が引っ越し先の家主のばあさんやご近所連中とあれこれ脈絡もなくおしゃべりしたことばかり。しかも，この脈絡のなさが文脈の飛躍として高く評価されるのだから，ますますもって尋常ではない。では，これが全くの嘘っぱちかと言うと，実は，廃名が1927年に移り住んだ北京郊外での生活が主な根拠になっている。こんなアンチロマンを『橋』と並行して執筆し，ほぼ同時期に出版したというのが，廃名の真に凄いところだ。

（松浦恆雄）

図3 『橋』『莫須有先生』初版
（王風編『廃名集』第2巻，北京大学出版社，2009年）

▷3 『橋』上巻，下巻の別は，▷1に示した『廃名集』による。

四　中華民国

49 巴金（1904-2005）
『家』（1933）

図1　1907年撮影。後列右から２番目に立つ黒い服の女性が巴金の母。前列左に腰掛けているのが巴金の外祖母で，抱かれているのは幼い巴金である

（陳丹晨『巴金全伝』中国青年出版社，2003年）

▷1　五四新文化運動の中心的な役割を担い，中国の思想文化界をリードした雑誌。『青年雑誌』という名で1915年に上海で創刊され，16年に改題した。

▷2　無政府主義。一切の政治的，社会的権力を否定し，個人の完全な自由と独立を望む考え方。

▷3　「愛国主義と中国人が幸福へ到る道（愛国主義与中国人到幸福的路）」。芾甘の筆名で，雑誌『警群』一号，1921年９月１日に掲載された。

1 アナキズムと理想主義

　約100年にわたる巴金の人生は，まるごと激動の20世紀中国史と響き合っている。巴金は本名を李尭棠といい，1904年に四川省成都に生まれた。李家は親族と使用人合わせて100人以上が同居する大世帯（図１）で，家長たる祖父が絶対的権力をもって君臨していた。少年巴金は経済的には何一つ不自由なかったが，家制度が個人を束縛し，抑圧するという不幸をつぶさに見て育つ。

　五四新文化運動の波が成都に及んだ頃に思春期を迎えた巴金は，『新青年』[1]などの啓蒙的雑誌を貪るように読み，とりわけアナキズム[2]に感銘を受けて社会運動に積極的に関わり始めた。のちのペンネーム「巴金」は，崇敬していたロシアのアナキスト，克魯泡特金（1842-1921）から一字を選んでいる。彼は五四新文化運動と共に広がった愛国主義を「人類の進化にとっての障害」と断じ，中国人が幸福になるための唯一の道は「政府，私有財産，宗教といった制度を廃絶することだ」と述べた[3]。近代国家という枠組みを越え，「全ての人が幸福にならねばならない」とする理想主義は，アナキズム運動が挫折したのちも巴金の創作の中心であり続けた。

2 弱い兄

　アナキスト李尭棠が作家巴金となったのは，1923年に成都を離れて上海に行き，さらにフランスでの留学を経た後のことだ。初期代表作『家』は，因襲的な大家族で育った青年主人公が，新思想の洗礼をうけ，家を捨てて上海を目指すまでを描く。年長者に従うのではなく，叛逆し，出奔する主人公像は，民国期文学を代表するアイコンの一つとなった。

　ここでは，主人公高覚慧の長兄，覚新に注目してみよう。巴金は『家』は自伝ではなく純粋な虚構であると言うが，覚慧の兄，覚新については自らの長兄李尭枚をモデルにしたと認めている（図２）。長男の長男（嫡長孫）として李家没落の重責を一身に担わされた李尭枚は，皮肉にも『家』の新聞連載が始まったその日に自殺した。創作を最も応援してくれていた長兄の死は『家』の執筆に重大な影響を与えたはずだ。しかし現実とは異なり，『家』では高覚新は生き抜く。彼は続編『春』，続々篇の『秋』でも主要な人物として現れ，最終的には元使用人の女性と共に穏やかな生活を手に入れるのだ。自死した長兄を小

説の中に蘇らせたことについて巴金はこう書いている。

　　もちろん現実の生活では覚新は自殺している。……しかし，私の性格の中に，覚新のようなところはないだろうか？　答えはイエスだ。……旧社会で四十数年生きてきた私に，どうして旧知識人のいろいろな欠点がないと言えるだろう。覚悟と決意さえあれば，人は変わることができ，ろくでなしも更生することができる。覚新ももちろん死ななくてよいのだ。

「全ての人が幸福にならねばならない」と考える巴金にとっては，世の悲惨を克明にえぐりとることよりも，弱い人間も変わりうること，現実は動かすことができること，こうしたメッセージを伝えることが優先されたのである。

3　クィアな短篇

　巴金はアナキストとして文筆活動を始めたが，『家』以降は過激さは影をひそめ，起伏に富んだストーリーと細やかな心理描写で幅広い層の読者を獲得するようになった。しかし『家』脱稿と同時期に書かれた「二番目の母」[4]は一風変わった印象を残す。以下簡単にあらすじを紹介しよう。

　孤児の「僕」は，男やもめの叔父に育てられている。ある日，叔父に連れられて芝居を見に行くと，桟敷席に叔父と恋仲であるらしい美しい女性が現れる。思わず「お母さん」と呼びかける「僕」に，彼女は，実は自分は男であると打ち明ける。若くして最愛の弟と生き別れ，身を売り女形（おやま）となったあと，「僕」の叔父に身請けされたというのだ。「僕」は驚くものの，迷うことなく彼を「お母さん」として受け入れ，愛情に満ちた擬似母子関係を作り上げる。しかしやがて叔父が亡くなると，幼い「僕」と彼は生き別れになってしまった。物語は青年になった「僕」が往時を語るという枠組みをとっている。

　彼が生き別れの弟に瓜二つである「僕」を愛しむという設定は興味深い。この「母子」の設定は『家』で描かれた高圧的な大家族とは全く異なってはいるが，このクィアな短篇で描かれたのも，覚新と同じく「無力な兄」なのである。成長した「僕」は，「母」はもう死んでいるだろうと思いつつ，次のようにテクストを結ぶ。

　　私はひ弱な性格の人に同情し，不合理な制度を呪詛（じゅそ）する。

　　このために，私はまだ生き続けるのだ。

　無力な兄に代わって弟が声をあげるという構図も『家』に通じるが，さらに注目すべきなのはこのテクストがトランスフォビア[5]やホモフォビア[6]から自由であることだ。「僕」は彼と叔父の関係をごく自然に受け入れ，彼を慕う。後に作者はこの女形を女性に書き換えてしまうのだが[7]，1930年代の巴金にとっては，「全ての人が幸福にならねばならない」というアナキズム的命題の前には，愛国主義もジェンダー規範も重要な価値を持つものではなかったのである。

（濱田麻矢）

図2　長兄李尭枚（前）と巴金。1929年，上海にて撮影
（図1に同じ）

▷4　初出は「第二的母親」というタイトルで作品集『抹布集』（1933年4月，星雲堂）に収録された。

▷5　性を男女のどちらかに二分する社会規範に従い，そこに当てはまらない人を嫌悪する態度のこと。

▷6　同性愛嫌悪。

▷7　北京・人民文学出版社版の『巴金全集』第9巻（1989年）ではタイトルは「母親」，叔父の愛人は女性となっている。

四　中華民国

50 茅盾（ぼうじゅん）（1896-1981）
『子夜』（しや）（1933）

図1　道と川が交差する都市・上海——ガーデンブリッジ，ブロードウェイ・マンション，ロシア領事館
（2013年，筆者撮影）

1 中国現代文学を代表する長編小説

　長編小説『子夜』の題名は，子の刻の夜，つまり真夜中という意味になる。明けない夜はないということで考えれば，夜明け前という意味にも取れるだろう。舞台は1930年5月から7月にかけての上海である。周知の通り上海は，19世紀に英米仏日などの外国勢力が租界を建設し，1930年当時，東洋のパリ，魔都などと呼ばれる，アジア有数の近代的な大都市に発展していた（図1）。上海は背後の中国の内陸世界と海の彼方の異国とがまさに出会う街として存在していたのである。『子夜』は，その上海の，真夜中の漆黒の世界，しかし，いずれは夜が明けゆく世界を描いた作品である。

　そんな期待に胸を膨らませて，『子夜』を読んでみよう。ところが，これが案外，骨が折れる。

　それはなぜか。ひとつにはストーリーの複雑さがある。主人公は上海で裕華（ユーホワ）製糸工場を経営する呉蓀甫（ウースンフー）という30代の男性である。いわば中国製のブルジョアだ。『子夜』のメインのストーリーは，この呉蓀甫が，自分の工場の労働者によるストライキと対峙しながら，工場経営，公債市場などによって金もうけを謀るものの，結局，外国勢力と結託したブルジョアの趙伯韜（ヂャオボータオ）に破れ，破産するまでの過程を描いたものである。そこに，サブストーリーとして，さまざまな青年男女の恋模様も絡み合う。そして，登場人物は主なものだけで50人以上にのぼる。つぎつぎと現れる呉蓀甫の家族や親戚たちに，読み手の脳みそはかき混ぜられることだろう。

　しかも『子夜』では，呉蓀甫も含めて，深い心理描写が行なわれない。つまり，この小説は，おじさんたちがわらわらと出てきて，彼らの心のうちはさして語られぬままに，みんな血眼になってお金もうけに奔走する物語なのである。

　ならば，『子夜』のおもしろさは，いったいどこにあるのだろうか。

2 編集者，文芸理論家，作家，政治家

　『子夜』の作者茅盾は，本名が沈徳鴻（しんとくこう），字が雁冰（がんぴょう），ペンネームが茅盾のほかに，郎損（ろうそん），玄珠（げんしゅ）など（図2）。浙江省桐郷県烏鎮の生まれ。北京大学予科に進学するが，家計の都合で退学し，上海にあった中国最大の出版社である商務印書館（しょうむいんしょかん）の編集者・翻訳者となる。商務印書館で出版されていた『小説月報』とい

図2　茅盾（1928年9月27日東京にて）
（茅盾『茅盾全集』第8巻，人民文学出版社，1985年）

う中国現代文学を代表する雑誌は，もともと鴛鴦蝴蝶派と呼ばれる通俗文学
⇨Ⅱ-三-5
の作品を多く掲載していたが，茅盾がその雑誌を編集するようになり，「人生
のための文学」を標榜する文学研究会の雑誌となったのであった。また茅盾は，
中国共産党の創設に加わったともされる。

　茅盾が小説を発表したのは，1927年，30歳過ぎのことであった。国民党と共
産党が分裂するという当時の政治状況に絶望して，作品を執筆しはじめたとさ
れる。そして，1933年1月に『子夜』が出版された。32年1月の第一次上海事
変の際に，商務印書館が日本軍の攻撃によって全焼し，多くの作品原稿が灰燼
に帰す。『子夜』の原稿も燃えてしまったのであるが，茅盾自身が副本を持って
いたため，日の目を見ることができ，やがて中国現代文学を代表する作品とさ
れるようになったのであった（図3）。まさに戦火をかいくぐった小説といえよう。

図3　戦火をくぐり抜けた『子夜』原稿
原稿の段階では『夕陽』と題されている。
（中国現代文学館編『中国現代文学百家　茅盾』華夏出版社，1997年）

③ 情報の交差点としての上海

　『子夜』のメインのストーリーは，中国を統一したばかりの国民政府が発行
する公債の相場をめぐる呉蓀甫と趙伯韜との攻防であろう。この公債相場は，
国民政府が軍閥と戦う内戦の行方によって，乱高下する。公債が安いときに買
って高く売りぬければもうかるし，高いときに買って安く売らざるをえなくな
れば損をする。この判断をするときに重要なのが，いうまでもなく情報である。
『子夜』では，呉蓀甫たちが電話，電報などの当時の主要なコミュニケーショ
ン手段を駆使して，情報を収集し，判断を下す。つまり，さまざまな情報の糸
が交錯する都市上海の，一つ一つの結び目こそが『子夜』の数多い登場人物だ
と考えられるだろう。『子夜』は，さまざまな人間関係を通した情報の流通と
それらから構成される都市上海を「主人公」にした作品なのである。

④ 茅盾と揺れるおっぱい

　ところで，茅盾の作品を読んでいると，しばしば女性の身体の克明な描写に
である。特におっぱいだ。『子夜』の冒頭では，呉蓀甫の父の呉老太爺が，田舎
の戦火を避けて上海に疎開する。呉老太爺は，自動車というこれまでに経験し
たことのないスピードの乗り物に乗せられ，車窓に見えるモダンガールの解放
されたおっぱいを目の当たりにして，脳卒中を起こしてこの世を去ってしまう。
彼がなじんでいたのは，いくつものボタンのついた中国式の下着によって，行
儀よく縛られたおっぱいであった。ところが，上海では，道行く女性も自分の
娘も，旧式の下着を脱ぎ捨てて，たわわなるおっぱいをこれ見よがしに誇示し
ていたのであった。老人はその衝撃に耐えられなかったのである。

　『子夜』という作品は，情報の十字路である上海を舞台に，古い中国の身体
と新しい中国の身体の十字路を描いた作品ともいえよう。十字路は，その存在
自体に意味があるのではなく，交差することに意味があるのだ。　（齊藤大紀）

▷1　『子夜』の描く都市表象については，鈴木将久「都市上海を語ること――茅盾『子夜』テクストの布置」（『上海モダニズム』中国文庫，2012年）を参照。

▷2　中国人の乳房論については，武田雅哉「中国乳房文化論ノート」乳房文化研究会編『乳房の文化論』（淡交社，2014年）がある。茅盾の描くおっぱいについては，濱田麻矢に興味深い研究があるほか，是永駿も言及する。濱田麻矢「民国文学むねくらべ」武田雅哉編『ゆれるおっぱい，ふくらむおっぱい――乳房の図像と記憶』岩波書店，2018年，是永駿『茅盾小説論――幻想と現実』汲古書院，2012年。

四 中華民国

51 沈従文（しんじゅうぶん）（1902-88）
『辺城』（へんじょう）（1934）

図1 沈従文と張兆和夫人
（1935年夏, 蘇州にて）
（『沈従文全集』第4巻, 北岳文
芸出版社, 2002年）

1 湘西の作家

　沈従文は, 湘西（しょうせい）（湖南省西部）の鳳凰（ほうおう）県で生まれた（図1）。湘西は, 中国最多の民族である漢族と少数民族の苗族（ミャオ）・土家族（トゥジャー）が混住する山岳地帯である。鳳凰県は, その美しい名に反して, 漢族が周辺の農村に住む苗族・土家族を支配するために築かれた要塞都市であった。沈従文は, 代々軍人を輩出した家に生まれた。少数民族を支配する漢族の家柄だったわけである。しかし, 沈従文の実の祖母は苗族の女性であり, 母の黄英も土家族の出身であった。この複雑な血も, 沈従文の文学の原点のひとつであったとされる。

　沈従文は, 小学校を卒業すると, 地方軍閥の軍隊に入り, 一兵卒となった。湘西の各地を転戦し, 所属していた部隊が全滅したこともあったが, たまたま死を免れる。やがて北京で起こった五四新文化運動の波が湘西にまで伝わると, 沈従文は, 1923年, 北京にのぼり, 作家となることを志したのである。少数民族の血を引き, 一兵卒の経験を持つということで, 沈従文は, 中国現代文学の作家の中でも異色の作家ということができよう。

2 中国現代文学初の「職業作家」

　当時の北京大学では, 蔡元培（さいげんばい）校長によって思想の自由が標榜され, 「賽先生（サイエンス）」と「徳先生（デモクラシー）」が追求されていた。⇨Ⅰ-四91 大学周辺には, 多くの学生が暮らし, 沈従文のような地方出身の文学青年たちも集っていた。彼らは, 公寓（こうぐう）と呼ばれる下宿屋に住み, 新聞の附録である副刊や同人誌に投稿し, 作品を発表した。そういった文学青年たちは, 投稿による微々たる原稿料で生計を立てながら, 公寓に集う仲間たちと文学を議論し, 切磋琢磨していった。彼らは, 民国北京で極貧生活を送りながら文学を志した中国現代文学初の「職業作家」なのであった。

　沈従文は, 1927年, 中国最大の近代都市である上海へ移住する。そこで, 北京時代からの友人であった作家の胡也頻（こやひん）（1903-31）や丁玲（ていれい）（1904-86）とともに紅黒出版処という出版社を起こし, 『紅黒月刊（ホンヘイ）』『人間月刊（レンジェン）』という雑誌を発行した。出版社, 編集者の意向に左右されない, 彼ら自身の文学の発表の場を求めてのことであった。沈従文たちは, 時代の最先端を行く文学青年だったのである。沈従文は, 北京や上海といった都会に暮らす若者たちの物語も多く書いているが, より知られているのは故郷の湘西に暮らす少数民族や軍人といった

▷1 「賽先生」と「徳先生」は, 五四新文化運動のスローガン。

▷2 文化大革命は1966-76年の10年間つづいた, 毛沢東が主導する大政治運動。多くの知識人が厳しい批判にさらされ, 命を絶ったり, 強制労働に送られたりした。

名もなき人びとの物語である。『辺城』も，湖南省・四川省・貴州省の三省の境に近い茶峒（実際の地名は茶洞）という小さな町を舞台としている（図2）。

沈従文は，人民共和国の成立後，共産党のイデオロギーから距離を置いた作品が批判にさらされ，筆を折る。しかし，文化大革命終結後[42]の1980年代になり，作品が再評価されて，ノーベル文学賞の候補にも挙げられた。

3 辺境の町の恋物語

『辺城』は1934年1月から『国聞週報』という新聞に連載された[43]。"辺城"とは，辺境の町という意味である。

茶峒郊外にある碧渓咀には，渡し場があり，老船頭と孫娘の翠翠と赤犬が暮らしていた。翠翠の父は茶峒に駐屯する軍人であり，母は老船頭の一人娘であった。二人は恋に落ち，母は翠翠を身ごもった。しかし，二人は結婚できなかったため，先に父が服毒自殺し，翠翠が生まれた後，母も後を追って自殺してしまう。翠翠は，祖父の老船頭によって育てられ，年ごろの娘となる。そんな翠翠の前に，茶峒の船問屋である順順の二人の息子——天保大老と儺送二老が現れ，ともに翠翠を見初めてしまう。老船頭は，なんとかして翠翠の縁談をまとめようと奔走する。月夜の碧渓咀で，二人の兄弟は歌をうたって翠翠に思いを伝えるが，敗れた兄は川下に下ってゆき，川に落ちて溺死してしまう。老船頭はそれを知ってショックの余りにこの世を去る。二老は，翠翠に未練があったが，彼女との結婚に反対する父と衝突して茶峒を出奔してしまう。翠翠はいつ帰るともしれぬ人を待ちつづけるのであった。

4 初夜権と『辺城』

この恋愛物語には，謎も残る。もっとも大きな謎は，翠翠の父母がなぜ子どもを得ながらも，死を選ばなければならなかったのかということであろう[44]。実は当時，日本の二階堂招久が著した『初夜権』（1926）が中国語に訳され，話題となっていたのであった[45]。初夜権とは，新婦が結婚に先立って新郎以外の男性と性交してからでないと，新郎との結婚が許されないという習俗である。処女には，邪気があると考えられていたからである。湘西にもかつてその習俗があった。沈従文は，『辺城』ではそれをはっきり語らないが，ほかの作品では初夜権をテーマにしている[46]。翠翠の母は，初恋の相手の子どもを身ごもった時点で，彼との結婚が許されなかったことになる。翠翠は，生れながらにして邪気をはらんだ娘だったのだ。祖父は，その事実を知っており，孫娘の邪気を払い，幸福な結婚をさせようと懸命に奔走し，力尽きてしまったのだと考えられよう。

都会の最先端を生きた沈従文の作品は，遠い田舎の故郷を描いても，単なる田舎の物語であるのにとどまらず，さまざまな思想・文化が折り重なる，興味深いテクストなのであった。

（齊藤大紀）

図2 『辺城』の舞台，湖南省茶洞
（2015，筆者撮影）

▷3 沈従文の作品は度重なる修正を経ているものが多い。本人が修正したものもあるが，彼の死後も出版社の編集者によって修正が加えられている場合もある。『辺城』の修正に関しては，城谷武男／角田篤信編『沈従文「辺城」の校勘』（サッポロ堂書店，2005年）を参照。また『辺城』の原文の評釈については，城谷武男／角田篤信編『沈従文「辺城」の評釈』（サッポロ堂書店，2012年）を参照。

▷4 翠翠の父母の自死については，民族問題が背景にあるとする説もある。今泉秀人「『辺城』・伝達の物語——沈従文と民族意識」（『関西大学中国文学会紀要』第13号，1992年）を参照。

▷5 二階堂招久『初夜権：Jus Primae Noctis の社会学的攻究』は無名出版社から1926年に出版され，その中国語訳は北新書局から1929年に出版されている。また中国における初夜権については，黄石「初夜権的起源」（『北新』第4巻第6号，1930年，後に『二十世紀中国民俗学経典・社会民俗巻』社会科学文献出版社，2002年）を参照。

▷6 初夜権をテーマとした作品に「月下小景」がある。翻訳は小島久代『辺境から訪れる愛の物語——沈従文小説選』（勉誠出版，2013年）。また散文集『湘西』に収める「白河流域幾個碼頭」にも，湘西における初夜権について言及がある。

四　中華民国

52　曹禺（そうぐう）（1910-96）　『雷雨』（1934）

1　士大夫（したいふ）になれなかった男たち

　20世紀の劇作家として活躍した曹禺の脚本には，「士大夫になれなかった男たち」がしばしば登場する。「士大夫」とは，科挙を受けて役人になることを目指すような，いにしえの読書人階級を指す。むろん，曹禺が作品を発表しはじめた1930年代には，科挙はとっくに廃止され⇨Ⅰ-三-35，五四新文化運動を経て⇨Ⅰ-四，儒教道徳は古いものとみなされていた。だが，曹禺は，もはや伝統的な士大夫には後戻りできない男たちが，それでも儒教にもとづく家父長制にしがみつき，家を崩壊させていくさまを繰り返し描いた（図1）。

　デビュー作にして代表作の『雷雨』は，炭鉱を経営する周樸園（チョウブーユアン）の邸（やしき）を舞台とする。後日譚にあたるプロローグとエピローグにはさまれた第1幕から第4幕は，周家のある一日の出来事である。曹禺の脚本は，登場人物や舞台装置についてのト書きが異常に長い。それによれば，登場時，周樸園は絹の中国服を身にまとい，長男の周萍は藍色の絹の長衣を着ている▷1。周樸園はドイツ留学帰り，周萍もまた五四期の教育を受けた知識人だが，その服装と同様，周家には旧態依然とした空気が漂い，かれらは息苦しさの中で「家族」を演じている。

2　煎じ薬の示すもの

　周樸園の後妻・繁漪（ファンイー）は，年の離れた夫との愛情のない生活に，鬱屈を抱えていた。部屋に籠りがちな繁漪は，周家では病人扱いされており，周樸園は彼女に漢方の煎じ薬を飲ませたがる。いうことを聞かない妻を屈服させるため，周樸園は次男の周冲（チョウチョン）に薬を捧げ持ち，周萍にひざまずいて薬を勧めるよう命じ，子供の前で苦い薬を飲まされた繁漪は，悔し涙を流す。第1幕に置かれたこの場面は，偽りの「家族」の欺瞞性を端的に示し，この邸の人びとが，周樸園自身も含め，父親の権威なるものに縛りつけられていることをあらわしている。

　類似した場面は，やはり大家族の崩壊を描いた曹禺の脚本『北京人』（1941）にも見られる。北平の没落した旧家・曾家▷2では，隠居した家長の曾皓（ゾンハオ）に代わり，長男の嫁である思懿（スーイー）が邸内を切り回している。その第1幕では，思懿が朝鮮人参の煎じ薬を，やたらと男たちに飲ませようとする。彼女はまず夫の曾文清（ゾンウェンチン）に勧め，夫に相手にされないと息子に与え，息子にも拒絶されると残りを曾皓に持っていく。曾皓や曾文清の生活習慣は，かつての士大夫そのものだが，か

図1　曹禺の演じる周樸園（1936年）

（連輯主編『歴史回放　舞台輝煌——中国話劇誕生110周年紀念図冊』文化芸術出版社，2017年）

▷1　長衣は，丈の長い中国服を指す。周樸園と周萍が着ているのは，いずれも中華民国時期に知識人など，肉体労働に従事しない階層の男性が着用した中国服である。

▷2　北京市の旧称。中華民国期，1928年に国民政府によって北平特別市が設置され，1937年に日本の占領によって北京市に改められた。1945年，日本の敗戦によってふたたび北平市に戻り，1949年，中華人民共和国の首都として北京市に改称された。

れらにはもはや家計を支える力がない。『雷雨』では，家長である周樸園の妻や子に対する圧迫を意味していた煎じ薬の場面が，『北京人』では，威厳を失った父親と，それに代わる嫁の支配欲の象徴として用いられているのだ。

3 ウェルメイド・プレイとしての『雷雨』

　天津に生まれ，1925年より南開学校新劇団という学校演劇の活動に参加した曹禺は，アマチュア俳優として舞台にも立った。1928年には，イプセン作『人形の家』(1879) でヒロインのノラ役を演じており，1933年には北京の清華大学で，卒業論文「イプセン論」を英語で書き上げた。『雷雨』にもイプセンの影響が見られ，登場人物の関係が『幽霊』(1881) に似ていることが指摘されている。

　『人形の家』は，家庭の主婦であったノラが夫の傀儡であることをやめ，家を出ていく物語である。曹禺もまた，共通するテーマを描いたが，『雷雨』では，繁漪と長男の周萍，女中の四鳳がそれぞれ家を出ようとする。繁漪は継子である周萍と関係を持ち，出ていく周萍に連れて行ってほしいと懇願する。周萍はそんな継母との過去を嫌悪し，自分が妊娠させた四鳳と逃避行をはかる。だが第4幕で，周萍と四鳳が実は異父兄妹であり，かつて周樸園に仕えた四鳳の母親が，周萍の産みの母でもある事実が発覚すると，かれらは破滅の道を選ぶ。

　義理の母と息子に，異父兄妹の間の近親相姦が畳み掛けるように暴かれるこのくだりは，本来のリアリズム演劇よりも，黄梅戯のような音楽劇での上演のほうが，その通俗性が際立つ。ギリシャ悲劇に霊感を得たとも評される『雷雨』は，近代悲劇でありながら，偶然の出来事が重なる「韓流ドラマ」さながらのウェルメイド・プレイという一面も持っているのである（図2）。

4 ノラは家を出てからどうなったか

　1923年，魯迅 (1881-1936) は「ノラは家出してからどうなったか」と題する講演において，経済力のないノラには，堕落するか，家に戻るかの二つの道しかなかったのではないかと述べた。「ノラ」型の女性を描いた曹禺の脚本に，『日の出』(1936) がある。1930年代の金融恐慌を背景とした同作のヒロイン・陳白露は，自由恋愛，結婚，離婚を経験した，家を出たノラといえる人物である。だが，社交界の花である彼女は，資本家に寄生するほかに生きる術を持たず，負債という金の鎖から結局自力では抜け出すことができない。

　一方，『北京人』では，曾家の二人の女性が家を出るが，とりわけ曾皓の姪である愫方の出奔は鮮烈だ。未婚のまま，曾家に一生仕える覚悟だった彼女は，思いを寄せていた曾文清の妾となることを迫られると，この「家族」を捨てる決意をする。近代人の葛藤を描き続けた曹禺は，愫方という女性の自尊心を通し，家との決別をかすかな希望とともにあらわしたのである。

（田村容子）

▷3　ヘンリック・イプセン (1828-1906)。ノルウェーの劇作家。女性解放運動を推進する劇として世界各地で上演された『人形の家』のほか，『幽霊』『人民の敵』(1882) などの社会問題を扱った劇によって近代劇を確立したとされる。

▷4　中国語で「戯曲」といわれる伝統劇の歌舞劇の一種。湖北省黄梅県を起源とする節回しが安徽省に伝わり，安慶方言の歌唱とセリフを用いた歌舞劇となった。『雷雨』は本来セリフの演技による近代劇だが，黄梅戯バージョンの『雷雨』(安徽省黄梅戯劇院) は，日本での上演や中国での映画化もされている。

図2　『雷雨』の繁漪（右）と四鳳（北京人民芸術劇院）
（劉錦雲・林兆華主編『紀念北京人民芸術劇院建院四十周年』香港江源出版公司，出版年未詳）

▷5　魯迅／竹内好編訳『魯迅評論集』岩波書店，1981年。

四　中華民国

53 蕭紅（1911-42）
『生死の場』（生死場，1935）

図1　蕭紅
（蕭耘・王建中編著『縁分的天空
——蕭軍与蕭紅』団結出版社，
2002年）

▷1　「妊娠小説」の定義は，「「望まない妊娠」を登載した小説」だという。斎藤美奈子『妊娠小説』筑摩書房，1997年。

1　流浪生活

　蕭紅の生涯は短い。その生没年は，中華民国の成立（1912）から，第二次世界大戦における日本軍の香港占領（1941）にほぼ重なる。蕭紅の人生は，20世紀前半に起きた五四新文化運動，すなわち伝統的な家父長制に反逆する思想の影響下にあり，また日本の中国侵略によって翻弄された（図1）。

　中国東北地方の黒竜江省呼蘭に生まれた蕭紅は，故郷からはるか南のかなたに位置する香港で客死した。そのあいだに，ハルピン，北平（北京），青島，上海，東京，武漢，臨汾，西安，重慶と，彼女はめまぐるしく移動をつづけた。1932年，日本が中国東北地方に「満洲国」を作ったことにより，蕭紅の創作活動はおびやかされる。その流浪は，戦火からの逃避行だったのだ。

　本名を張廼瑩といい，地方の名家に生まれた蕭紅は，親の命による結婚から逃れ，従兄を頼って20歳のときに，北平の女子師範大学附属中学に入学すべく家出する。蕭紅の流浪生活は，手を差しのべる男性との出会いと別れに彩られていた。その中には，婚姻関係を結んだ作家の蕭軍（1907-88）と端木蕻良（1912-96），香港で病床の彼女を世話した駱賓基（1917-94），そして蕭紅の才能を高く評価した魯迅（1881-1936）らがいる。

2　「妊娠小説」と蕭紅

　文芸評論家の斎藤美奈子は，日本の近現代文学に「妊娠小説」なるジャンルがあると述べた。中国の近現代文学における「妊娠小説」作家といえば，蕭紅をぬきに語ることはできない。20代で駆け落ち，同棲，妊娠，出産を経験した蕭紅は，「棄児」（1933）という短篇小説を書いている。舞台はハルピン，大洪水のさなかに産気づいた女は，病院の入院費のかたに，産んだばかりの子を手放す。蕭紅自身の体験にもとづく物語だが，筆致はどこか他人事のようにあっけらかんとしている。たとえば，小説の前半，大きなお腹を抱え，窓から洪水を眺める女の眼に，水に落ちた子豚が救出される様子はこんな風に映る。

　　　子豚は板塀の上に横たわっていた。救い出され，大人しく，眼には希望の
　　　光をたたえている。豚の眼から流れ出た希望の光と，人びとが豚肉を食べ
　　　ようとする希望が一つにより合わさり，不思議な一本の縄を形成していた。
　　ここでは，子豚の希望と人びとの希望が表裏一体のものとしてあらわされ，

その境遇は女の棄てた子の運命と重なりあう。妊娠と出産，つまりは生と死といった人間の営みを，動物のいる風景とともに描く手法は，その翌年に書かれた『生死の場』でも用いられる（図2）。

3 『生死の場』における妊娠と出産

　「妊娠小説」として『生死の場』を読むと，この物語が望まぬ妊娠と産みの苦しみ，そして子どもの死に満ちていることに気づくだろう。蕭紅の故郷，黒竜江省を彷彿させる中国東北地方の農村では，女たちは川辺で男に誘惑される。村の娘金枝（ジンジー）もまた，川辺で成業（チョンイエ）に押し倒され，未婚のうちに身ごもる。「妊娠小説」において欠かせないのは，「受胎告知」の場面だと斎藤は述べるが，『生死の場』では，成業の叔母が金枝の身に起こることをこう予言する。

　　思いもかけないことに，私はそんなことしたくなかったのに，男とあれすることは悪いことだと知っていたのに，それなのにあんたの叔父さんは，私を川辺から馬小屋に連れていき，その馬小屋で，私のすべては終わったのさ！　でも，私は怖くなかった。私は喜んで叔父さんの嫁になった。ところがいま，私は亭主が怖い。

　金枝は，まるでこの言葉に呪いをかけられたかのように，臨月，成業に性交を迫られ，早産する。彼女の妊娠と出産は，馬や牛の交尾と重ねて語られる。
　　農村では，人と動物はともに生きるのに忙しく，死ぬのに忙しい……。

4 女の身体が語るもの

　『生死の場』には「満洲国」建国が描かれ，小説の後半では村の男たちが救国に決起する。そのため長らく東北出身の作家による，抵抗の文学として認められてきた。一方，1990年代になると，むしろ女の身体が語るものが注目されるようになった。中国文学研究者のリディア・H・リウは，故郷を侵略者に奪われる前から，家父長制の下の女性に，「家」はなかったと指摘した。[2]

　小説の後半，成業に子を投げ殺された金枝は，ハルビンに出稼ぎに出る。冷淡な都市で男に辱められ，帰郷した金枝を迎えた母は，金枝がわが身とひきかえに得た金を手にして喜びを隠さない。村の男が日本人の首を斬ったと聞いた金枝は，「これまでは男を恨んでいたけど，いまは日本人が憎らしい」と呟（つぶや）くが，「私は中国人が憎い？　それ以外には恨むものはない」ともつけ加える。[3]

　金枝の言葉は難解だが，「救国」が彼女に帰るべき家をもたらすわけではないことを示唆しており，物語をナショナリズムの枠組みから解き放つ。こうした，女の身体に対する作者の鋭敏な感性は，同作において村の女たちが冬の針仕事の合間に，夜の営みにまつわる冗談を交わし，笑い合う場面にもあらわされている。蕭紅の「妊娠小説」は，動物としての女の生殖が，国や家とせめぎあい，拮抗するさまを描いているのだ。
　　　　　　　　　　　　　　　　　　　　　　　　　　　　　　　（田村容子）

図2　『生死場』
蕭紅のデザインした表紙。
（劉禾／宋偉杰ほか訳『跨語際実践──文学，民族文化与被訳介的現代性』生活・読書・新知三聯書店，2008年）

▷2　Lydia H. Liu, "Literary Criticism as a Discourse of Legitimation", in *Translingual Practice: Literature, National Culture, and Translated Modernity-China, 1900-1937*, Stanford University Press, 1995. 邦訳にリディア・H・リウ／西村正男・中里見敬訳「正統化する言説としての文芸批評」『言語文化論究』（26，2011年）がある。

▷3　金枝のセリフは，初版本では「私は中国人が憎い」の後に「？」があるが，この符号を「！」とするもの，符号のないものなど，のちの校訂によってテキストには異同が見られる。これには，蕭紅の手稿が判読困難なものであったことや，初版時には符号の用法の標準化がなされていなかったことが考えられるが，ここでは初版本にもとづく訳にしたがった。

四　中華民国

54　老舎（1899-1966）
『駱駝祥子』（1937）

（ろうしゃ）
（らくだのシアンズ）

図1　老舎
（『老舎文集』第11巻，人民文学
出版社，1987年）

▷1　『駱駝祥子』は，1937
年1月から，文芸雑誌『宇
宙風』に2章ずつ掲載し，
ちょうど1年の連載を経て，
全24章で完結，その後，
1939年に人間書屋より単行
本として出版された。1950
年代に，著者により3度の
修正が加えられている（図
2）。

**図2　『宇宙風』連載時の挿
し絵**
（『宇宙風』第25期，1936年）

1　貧しい北京っ子

　北京を描いた作家と言えば，真っ先に老舎（図1）の名が挙がるだろう。彼の本名は舒慶春，字は舎予。北京生まれの北京育ち。両親はともに満洲族である。生後間もなく義和団事件が勃発し，紫禁城の警護兵であった父は戦死。生活は困窮するが，母が懸命に働いて一家を養った。

　老舎が育ったのは「胡同」と呼ばれる下町で，下層の人々が寄り集まって住んでいた。一族で唯一文字が読めた老舎は，中学に行かせてもらうが，いち早く働いて家計を助けるべく，半年で師範学校に転じる。1918年，卒業して北京市内の小学校の校長となった。

　1920年，勧学員（指導主事）に昇格。折しも五四新文化運動真っ盛りで，白話文（口語文）の使用が提唱されていた。庶民の俗語に慣れ親しんでいた老舎は，白話で小説を書き始め，「小鈴児」（1923）で作家デビューを果たす。

2　『駱駝祥子』に至るまで

　勧学員を辞め，教育関係の仕事をしながら英語を学んでいた老舎は，1924年，ロンドン大学東方学院の招聘により，中国語学部の講師として渡英。英語の勉強として欧米の文学作品を渉猟しつつ，小説執筆も続け，「張さんの哲学」（原題「老張的哲学」，1926），「趙子曰」（1927）などを書き上げた。

　1930年，5年の任期を終えて帰国。山東省済南の斉魯大学に教授として招かれ，文学を講じた。余暇を利用して，「離婚」（1934），「三日月」（原題「月牙児」，1935）などの小説をコンスタントに発表していたが，1936年の秋に専業作家として独立し，『駱駝祥子』執筆の準備に入った。

　老舎の長男舒乙によれば，「三日月」を画期として，老舎の描く対象が，公務員や教員，商人などの中流階層から，下層の人々に転じていったという。「三日月」では娼婦を描き，『駱駝祥子』では俥引きを題材に選んだ。「小人物自述」（1937）では巡査を取り上げている。

3　俥引きの文学

　五四新文化運動において，封建思想から個を解放し，ありふれた人間の生活を描くことが提唱され，文学の担い手であった知識人たちは，社会の低層の

人々に目を向けるようになった。

　人力車は，1910年代にすでに大都市における交通手段となっており，俥引き
は下層労働者の代表として，この時期の詩や小説，芝居に多く取り上げられた。
わけても，魯迅の短篇小説「小さな出来事」（原題「一件小事」。小説集『吶喊』
に収録，1919）が名高い。これらの作品では，神聖な労働者としての俥引き，あ
るいは知識人と俥引きとの出会いに焦点が当てられているものが多い。

　だが『駱駝祥子』は，俥引きそのものをテーマに据え，彼らの仕事や暮らしぶ
り，考え方までも丹念に描ききった，言わば俥引きものの集大成である。

▷2　高峡「中国近代文学
における人力車夫表象の不
／可能性」（『多元文化』第
7号，2007年）。

④ どん底のさらに底

　『駱駝祥子』の冒頭は，北平（北京）の俥引きの紹介から始まる。俥引きの各
種類型や，俥を流すコースや料金までこと細かに述べられたのち，主人公の
祥子（「駱駝」はあだ名）が登場する。彼は田舎から北平に出てきた18歳の俥引
き。丈夫な身体だけを頼みに，毎日北平の街を駆け回っている。

　数年後，彼は念願の自分の俥を手に入れ，俥宿の親方から独立を果たすが，
ほどなく兵隊の理不尽によって愛車を取り上げられてしまう。これをきっかけ
に，祥子の人生の歯車は狂い出す。小説は，しだいに追いつめられて彼の輝き
が鈍っていくさまをじっくりと描く。

　　俥引きってのは死への一本道だ！　どれだけ負けじとがんばろうとも，所
　帯をもつことも，病気になることも，ちょっとしたヘマも許されない。
　……しかも，死がいつやってくるのか，本人にもさっぱりわからない。そ
　こまで考えると，憂いは捨て鉢へと変わった。もう勝手にしろッ，動けな
　くなりゃふて寝するだけのこった！

　希望が少し生まれてはまた潰える。それが執拗に繰り返されて，祥子はつい
にどん底からは這い上がれないのだと悟り，酒や女に溺れ，仕事も手を抜くよ
うになる。そうなれば転落は止まらず，祥子は身体を壊して俥も引けなくなり，
生ける屍のような姿となって，ようやく物語は終わりを迎える。

　このあまりに希望のない結末にたいして，英訳本では著者に無断でハッピー
エンドに改変し，それがアメリカではベストセラーになったという。

⑤ その後の老舎

　1937年，盧溝橋事件を機に日中戦争が始まると，老舎は中華全国文芸界抗敵
協会に参加し，文芸界の指導者として精力的に活動する。そのかたわら，長篇
小説『四世同堂』（1946）や戯曲『茶館』（1957）などの名作を残した。

　1966年，文化大革命が発生。同年8月23日，文壇の重鎮であった老舎は批判
大会に引きずり出され，紅衛兵から翌日の明け方まで激しい暴行を受け続ける。
25日，北京城外の太平湖に入水して，自ら命を絶った。　　　　（日野杉匡大）

四　中華民国

55 丁玲（てぃれぃ）（1904-86）
『霞村（かそん）にいた時』（1941）

▷1　陝西省北部の町。1937年から1947年まで中国共産党中央委員会が置かれ，毛沢東の拠点となった。

図1　延安での丁玲
（李向東・王増如『丁玲伝』上，中国大百科全書出版社，2015年）

▷2　日本人，特に日本兵をさす罵り言葉。

▷3　中国左翼作家聯盟の略。1930年，中国共産党の指導により上海で結成された文学者の地下組織。

1 慰安婦を描く

　1940年に丁玲が延安で執筆した短篇「霞村にいた時」は，日中戦争期の共産党根拠区が舞台である（図1）。語り手のインテリ女性「私」は，休養のために党の組織を離れて霞村へゆき，貞貞という少女と知り合う。「鬼子（グイズ）▷2」に拉致され慰安婦となっていた貞貞は，日本軍に潜伏して共産党ゲリラのために諜報活動をしていたが，病気になって故郷の霞村に戻っていたのだった。村人たちは彼女を「百人の男と寝たらしい」，「淫売よりひどい」とおとしめ，共産党員は「彼女こそが英雄だ」と持ち上げるのだが，「私」はどちらにも違和感を覚える。村になじめない「私」と貞貞はすぐに親しくなり，「互いに不可欠の相手でもあるかのように，ちょっと姿が見えないと気にかか」るようになる。

　そんな中，以前貞貞と恋仲だった夏大宝が彼女に求婚するが，最良の解決法に見えたこの縁談を貞貞は「捕らわれた野獣か，復讐の女神のように」拒絶し，村を離れて延安に行くことを決めた。「私」ははじめはその決意をいぶかしく思うが，すぐに「彼女の前途に明るさを見いだし」，また延安で会える，「しかも今度は長いこと別れずにいられる」と考える。

　この短篇は，日本軍の残虐さや共産党の偉大さではなく，「元慰安婦のスパイ」貞貞に向けられた「あばずれ／英雄」という二項対立的な眼差しと，そこに囚われない貞貞の力強さを描く。また，貞貞と「党」ではなく貞貞と「私」の関係が中核となることで，ステレオタイプな抗日文学からは大きく逸脱している。「情熱的で血の通った，喜びも知り憂いも帯び，そして明朗な性格」の貞貞は，丁玲文学でもっとも魅力あるヒロインの一人と言えるだろう。彼女は，いったいどこからやってきたのだろうか。

2 延安とフェミニズム

　丁玲は初期創作から性を語ることを忌避していなかった。デビュー作「夢珂（ぼうか）」（1927）にはすでに，自分の身体が性的な商品となることを意識するヒロインが描かれている。初期代表作の「ソフィ女士の日記」（1928）は，あるエリート男性の品性が下劣であることを知り抜きながら，なおも焦がれるほどに彼を欲望する鮮烈なヒロインを描いて文壇に衝撃を与えた。

　その後まもなく丁玲は左聯（れん）▷3に参加し，創作の主題は社会，大衆，革命に大き

く方向転換した。翌年には夫の胡也頻（1903-31）が国民党によって処刑され，1933年には彼女自身も国民党政府に拉致，軟禁されている（図2）。この間に丁玲は自分が拉致される原因となった馮達（1908-90）と同棲，出産し，1936年に脱出した。自由になった丁玲は長征[4]に合流して毛沢東と親交を結び，陝北地方での文芸工作に携わるようになる。「昨日の文小姐，今日の武将軍」とは毛沢東が彼女に送った詞の一節であり，神経質なモダンガールが勇ましい革命家に変貌した佳話として広く伝えられた。

しかし，「革命の聖地」延安の現実は厳しかった。すでに整風運動[5]の前兆があらわれていたし，1941年ごろの延安の男女比は18対1前後で，女性には特に辛い環境だった。まもなく丁玲は「裏切り者」馮達との関係と出産について批判を受け，政治的転向を疑われるようになる。さらに当時，彼女は13歳年少の陳明（1917-2019）と恋愛中だったが，この若い演劇青年との関係も多くの誹謗を呼んだらしい。

散文「国際女性デーに思う」（1942）は，延安では女性の一挙手一投足があげつらわれると言い，「女の同志[6]の結婚は永遠に注目され，飽きられることがない。ひとりの男性と親しくしてはならず，ましてや何人もと親しくなってはならない」と嘆く。共産主義革命のさなかにも性別の不平等が存在し，それが追認されているという事実を，丁玲はしっかりと書き記していた。

3　建国後の丁玲

土地革命を描いた長篇『太陽は桑乾河を照らす』（1948）で1951年にスターリン文学賞を受賞し，丁玲の名声は頂点に達した。創作活動と同時に政府要職を歴任したが，「反党集団」と糾弾されて1957年に失脚すると共産党から除籍され，「霞村にいた時」や「国際女性デーに思う」も「毒草」として非難を浴びることになった。1978年に名誉回復するまで，丁玲は入獄や労働改造を繰り返している。

丁玲は政治闘争の被害者の一人である。しかし彼女の批判によって創作生命を奪われた蕭也牧（1918-70）[7]のような作家もいることを忘れてはならない。反右派闘争前まで要職にあった丁玲の言葉には大きな影響力があった。

ある老作家は，「丁玲は女の欠点を全て備えている」[8]と言ったという。出しゃばりで競争心が強く，嫉妬深いからというのだ。こうしたジェンダー観こそ，丁玲が一貫して戦ってきた偏見だったのだが。

50年代から70年代にかけて，多くの知識人が保身のために人を陥れる発言をした。丁玲のように，被害者であると同時に人を傷つけた側面を持つ人物も多数いる。しかし「男の欠点を全て備えている」と非難される知識人はいないだろう。丁玲の著作は今もなお，こうした不均衡について考えるための手がかりを与えてくれる。

（濱田麻矢）

図2　胡也頻が処刑されて間もない頃，湖南の母に子供を預けた時に撮られた写真。右が丁玲
（王増如『無奈的涅槃　丁玲最後的日子』上海書店出版社，2003年）

▷4　国民党軍に敗れた中国共産党（紅軍）は本拠地だった江西省瑞金を放棄し，1934年から2年をかけ，徒歩で1万2500km離れた陝西省延安まで移動した。

▷5　毛沢東が1942年に主導した反対派粛清運動。過酷な思想矯正が行なわれ，王実味（1906-47）など多数の知識人が犠牲になった。

▷6　ここでは，共産党内でお互いを呼ぶ語として使われている。

▷7　インテリの「私」と教養のない妻との間の矛盾を描いた「我々夫婦の間」（1950）が批判の対象となり，作家生命を絶たれて文革中に惨死した。

▷8　王蒙「わたしの心の中の丁玲（我心目中的丁玲）」『読書』（第2期，1997年）による。

四　中華民国

56 張 愛玲（1920-95）
『沈香屑 第一炉香』（1942）

図1　張愛玲
（止庵・万燕編著『張愛玲画話』
天津社会科学院出版社, 2003
年）

1 中国人と愛

　中国の近現代小説は，そのほとんどが社会の暗黒面，人生の艱難に正面から向き合った真剣な作品である。それとは対照的に男女間の機微に重点を置いて，明るさと誇りを失わない作風を特徴とするのが，張愛玲である（図1）。祖父の張佩綸⇨Ⅰ-三-35は科挙の進士に及第した高官，祖母の李菊藕は李鴻章の娘という名門の家系で上海に生まれた。父はアヘン，賭博，妓女に夢中となり，母は父の妹とともに欧州へ留学に発つという複雑な家庭で育つ。18歳でロンドン大学に合格するが，戦争のために留学はかなわず，翌年香港大学に入学する。21歳の時に日本軍が香港に侵攻したため，翌年には日本占領下の上海に帰っている。23歳から本格的に作家活動を始め，またたく間に流行作家となる。人民共和国建国後しばらくは大陸に留まるが，33歳で香港へ，35歳の年にはアメリカに移り，その後は亡くなるまでアメリカで過ごした。

2 もてあそばれる恋

　「沈香屑 第一炉香」では，登場人物が恋のかけひきを楽しみながら，じつはかけひきに翻弄されていて，しかも翻弄されている自身を冷静に見ているところがある。夜更けに訪ねてきたジョージと逢い引きした後，ヒロイン葛薇龍がジョージへの愛に固執する心理を語り手は分析していう。

　　　こんなに自分を貶めてまで彼を愛するのは，最初はもちろん彼の魅力によるものでした。しかし時間が経つにつれ，彼が彼女を愛してくれないからこそ，彼を愛するようになっていたのです。もしかしたらジョージは過去の経験から，理詰めでは解けない女心を征服するためのこの秘訣をとうに見つけていたのかもしれません。彼は彼女に数えきれないほどの優しい言葉をかけてくれましたが，一度も愛しているという言葉を口にしたことはありませんでした。いま彼女にはわかりました。ジョージは彼女を愛しているのです。もちろん，彼の愛と彼女の愛は違う方式です。……でも彼女は，自分をこれ以上ないほどまでに貶めていたので，いともあっさり満足してしまったのでした。[1]

　手練手管にたけた，おば梁太太の手のひらで体良くもてあそばれながら，薇龍はジョージの愛に陥落してしまい，薇龍はそのことがよく分かっていながら，

▷1　張愛玲／濱田麻矢訳「沈香屑 第一炉」『中国が愛を知ったころ』69頁を参照。

抗しがたい状態で，結局は破滅への道を進んでいくしかないのである。冷静になろうとしつつも，客観的には冷静さを失っているという恋愛感情は，おそらく誰しもが経験するところであろう。その時の心理を事こまかに描く筆力を張愛玲はそなえていて，それが江湖に迎えられた要因であろう。

　微妙な女性の心理といえば，代表作「傾城の恋」（1943）も，出戻りのヒロイン白流蘇の心の動きを巧みに描いている。彼女は実家にもどっているが，再嫁の相手が見つからず，兄たち夫婦にいじめられながら，宙ぶらりんな生活を続けている。腹違いの妹に来た縁談の相手，大華僑の息子である范柳原に見初められて，ともに香港に行くことになる。香港での范とのかけひきが作品の眼目であるけれども，その背景には流蘇の置かれている微妙な立場とそれに基づく感情の揺れがある。母，二人の兄とその妻子たち，妹という大家族で暮らしていて，自身は遠からず良縁があって嫁ぐ日を待っているものの，なかなか訪れず，自分の持ち金は兄夫婦に費消されて，みじめな日々が続く。そうした情況のせいか，流蘇は家族に対してひそかな悪意を懐いているとともに，家族を出しぬきたいという望みも持ちつづけている。よく言えば矜持，悪く言えば見栄っぱりな，いかにも体面を重んじる中国人の特質がよくあらわれている。

③ 描写の妙

　わかい女性の胸のうちを巧みに描く張愛玲は，じつは情景の描写でも非凡さを発揮する。先の「沈香屑 第一炉香」では，両親が上海に帰るのを見送った後，薇龍は梁太太の家に身を寄せるが，その時の梁邸について。

　　それは湿った春の晩でした。香港の山に出る霧はよく知られています。梁家のあの白い家は白い霧の中にべっとりと溶けてしまい，ただ緑の窓ガラスに灯火が煌めいているのがうっそうとゆらめいて見え，一つ一つの四角はミントリキュールに浮かべた氷のようでした。しだいに氷も溶けてしまいました——霧が濃くなって，窓の明かりも見えなくなってしまったのです。

　香港の急峻な丘陵地にへばりつくように建つ家，その家にまとわりつく深い霧が，湿っぽい手触りをともなって読者に伝わってくる。乳白色の中にゆらいで見える緑色を，視覚と触覚が入りまじったように描いていて，近代イギリス小説を読んでいるような錯覚にとらわれる。張愛玲が読みこんでいた外国小説がかたちを変えて，違和感なくここにあらわれているようである。

　張愛玲は映画評論を書いて糊口をしのいでいた時もあったというし，建国後は数本の映画脚本に手を染めている。そうした実績は，場面を次々に展開して観客の関心をそそる才能が彼女にあったからにほかならない。彼女にとっては不本意であったかもしれぬ仕事をやることが，小説のストーリー展開の技術を洗練するのに大きくあずかっていたのであろう。　　　　　（釜谷武志）

▷2　前掲▷1張愛玲／濱田麻矢訳「沈香屑第一炉」25頁。

図2　「沈香屑 第一炉香」の収録された小説集『伝奇』（1946）表紙
（止庵・万燕編著『張愛玲画話』天津社会科学院出版社，2003年）

四　中華民国

57　趙 樹理（1906-70）
『小二黒の結婚』（小二黒結婚，1943）

図 1　趙樹理
（段文昌『趙樹理小説的改編与伝播』山西人民出版社，2014年）

1 声に出して読みたい『小二黒の結婚』

　中国語で書かれた小説には，声に出して読みたくなるものが多い。これは，中国語に「声調」と呼ばれるメロディーのような音の高低があり，さらに韻を踏んでリズムを楽しむ言語遊戯の伝統があるためだろう。語り物芸能から発展したといわれる明代の白話小説にその傾向が顕著だが，時代が下り，新文学が提唱されると，小説の文体は講釈師の語りを模した枠組みから離れていった。

　1942年，毛沢東の『文芸講話』▷1⇨Ⅰ-五 が発表されると，中国の文芸は労働者・農民・兵士といった人びとに奉仕するものとなる。この号令に呼応した作品とみなされ，称揚されたのが，趙樹理の短編小説『小二黒の結婚』である。物語は，中国の農村における若い男女の自由恋愛と結婚問題，かれらの仲を引き裂かんとする親世代の圧力，村のゴロツキによる妨害工作などを描く。現代日本の読者にとって，あまり興味をひかれない内容かもしれないが，中国語の学習者であれば，ぜひ原文を声に出して読んでみてほしい。山西省の農村に生まれた趙樹理（図 1 ）は，自らのよく知る農民に向けて，平易でリズミカルな語り口を用いて小説を書いた。この作品は，叙述の形式は昔の講談調を借りながら，村の若者が旧習に反抗して婚姻の自由を勝ち取るという「革命的」なテーマを，説教くさくなく，親しみやすい文体で謳いあげたプロパガンダ文学なのだ。

2 「包辦婚」と「童養媳」

　「小二黒」とは，主人公の青年の名前である。二枚目のかれは，村の娘で器量よしの小芹と仲がよいが，それぞれの親は勝手に別の相手との縁談を進めていく。中国の伝統的なしきたりでは，家長や仲人が一切を取り仕切る「包辦婚」こそが正しい結婚であり，当事者が相手を選ぶのは掟破りとみなされた。また，農村では，労働力として幼い女児を買い取り，成長したら嫁にする「童養媳」という売買婚の風習もあった。

　『小二黒の結婚』は，舞台となる山西省の農村で実際に起きた，男女の悲恋をもとにして書かれた。小説では，結末がハッピーエンドとなるが，小二黒の父親が用意する「童養媳」や，小芹の母親が決めた金持ちとの縁談といった「包辦婚」にまつわる困難は，当時の農村ではよくある話だっただろう。「包辦婚」や「童養媳」による悲劇を描くことは，中国文学では一大テーマとなって

いる。これらは，中華人民共和国の建国後に制定された新婚姻法では，むろん旧社会の悪習として禁止されている。

3 迷信旧習を打倒せよ！

中国のプロパガンダ文学の常套として，『小二黒の結婚』では，「善玉」と「悪玉」がわかりやすく誇張されている。小二黒と小芹は「善玉」ゆえに美男美女かつ気立てもよいが，この小説では，むしろ「悪玉」の個性が際立っている。

小二黒と小芹の結婚を阻むのは，直接的にはかれらの親たちだ。小二黒の父親の二諸葛（アルチュコー）は，農民だが字が読め，暦を見て八卦を占うこともできる。だが占いに凝るあまり，種まきの日を誤ったことが，村の笑い種となっている。小芹の母親の三仙姑（サンシェンクー）は，家に村の男を集めては神おろしをやり，若い男の気を引きたがるが，実は彼女の取り巻きたちの目当ては小芹なのであった。

二諸葛が小二黒の結婚に反対するのも，占いによる。小芹の運勢がわるく，三仙姑の評判もよくないことを嫌った二諸葛は，息子の望まぬ「童養媳」を連れてくる。三仙姑のほうは，娘がいうことを聞かないと見るや，神おろしを始め，「小芹をひっぱたかなければ」などとデタラメなお告げを口にする。結局のところ，かれらの言うことは当てにならないのだが，神さまにかこつけてインチキをする占い師は，中国の古典小説ではおなじみのキャラクターでもある。

こうした迷信旧習の打倒は，五四新文化運動以来の課題であるが，この小説では，迷信を隠れ蓑にした人びとの欲望を滑稽に描き出した。区役所の区長が一切を解決し，二諸葛と三仙姑が村の人びとに嘲笑される結末は，「党」が「神」に代わる時代が来たことを示している。さらに，旧い思想の持ち主をあざ笑う新世代という描写は，新たな権力の発動をも予感させるものとなっている。

4 さまざまなメディアへの改編

1964年の映画版では，二諸葛や三仙姑，ゴロツキの金旺（チンワン）など，どこか憎めない「悪玉」が精彩を放つ。文学作品が，演劇や映画，連環画など，視覚や聴覚に訴えるメディアに改編されることも，中国のプロパガンダ芸術の特徴だが，この小説はその早期の例といえるだろう（図2）。1940年代から50年代にかけて，『小二黒の結婚』は各種の演劇で上演され，52年にはオペラも作られた。

一方，1950年代から60年代にかけての趙樹理は，党の宣伝をするような文学を書かなくなり，むしろ政策と乖離した農村の現実を描いて批判された。1966年，文化大革命が始まると，かれは迫害を受けて死去する。

趙樹理の作品は，今日では読まれているとは言い難いが，研究上の再評価は進んでおり，決して忘れられた作家ではない。『小二黒の結婚』は，連環画の新作が著名絵師の賀友直（がゆうちょく）（1922-2016）によって2010年に発表された。新版のオペラも2016年から上演され続け，息の長いレパートリーとなっている。　（田村容子）

▷2　中華人民共和国最初の婚姻法は，1950年5月1日に発布された。婚姻の自由，一夫一婦制，男女平等などを定めた法律は，建国前からすでにあったが，新しい婚姻法では離婚の自由が明文化された。夫婦には役所での結婚登記と結婚証書の受け取りが義務づけられ，法の普及のために新婚姻法をテーマとする演劇，ポスター，連環画（絵物語）などが数多く作られた。関西中国女性史研究会編『増補改訂版　中国女性史入門──女たちの今と昔』人文書院，2014年。

図2　電影連環画『小二黒結婚』
（王逸改編『小二黒結婚』電影連環画冊，中国電影出版社，1979年）

四　中華民国

58 銭鍾書（せんしょうしょ）（1910-98）
『囲城』（いじょう）（1946）

図1　銭鍾書
（『銭鍾書集　囲城，人・獣・鬼』
生活・読書・新知三聯書店，
2007年）

▷1　銭鍾書の作品の大半
は『銭鍾書集』（中華書局
2001年刊）に収められてい
る。

▷2　(1886-1956) ドイツ
の文芸批評家。

▷3　(1929-2020) パリ生
まれの文芸評論家。

▷4　『囲　城』(forteresse
assiégée) を直訳すると
「囲まれた城砦」となるが，
岩波文庫の邦訳題は『結婚
狂詩曲（囲城)』である。

▷5　荒井健による『結婚
狂詩曲』上，岩波文庫，解
説。

1　囲城の作者銭鍾書

　銭鍾書は1910年生まれ江蘇省無錫（むしゃく）の人（図1），父親の銭基博も有名な学者で
あった。1933年清華大学（せいかだいがく）外国語学部を卒業し，1935年から37年にかけてオック
スフォードとパリに留学した。彼は中国の古典文学はすべて読んだといわれる
ほどの博覧を誇り，英・仏・独・伊・ラテン語・ギリシャ語など各国語に通暁
した。『管錐編（かんすいへん）』[1] (1979) は中国の古典（『史記（しき）』『詩経（しきょう）』『易経（えききょう）』『太平広記（たいへいこうき）』など）
を総覧し，その古典から連想される西洋の文献を引用しつつ，東西の文化を比
較したもので，おそらく世界のどこにも存在しない書物である。銭鍾書に匹敵
する学者をあげるとすれば，クルティウス[2]かジョージ・スタイナー[3]くらいであ
ろうか？　銭鍾書唯一の長編小説が『囲城』[4] (forteresse assiégée) である（図2）。

2　囲城の粗筋

　荒井健による『囲城』の要約を見てみよう。

　　主人公が四年間のヨーロッパ遊学を終えて上海へ帰港する1937・昭和12年
　　夏に，この小説は始まり，38年秋に上海から浙江（せっこう）および江西（こうせい）への旅をへて
　　（第一-五章・上冊），湖南（こなん）へ入り，一年足らずの大学勤務の後に結婚，再び
　　上海へもどり，三九年末に幕が降りる（第6〜9章・下冊）。日中戦争と時
　　を同じくして小説は進行するのだが，日本の侵略と戦禍は舞台の背景に止
　　まり，新聞記者・大学教師その他，中層知識階級の男女の哀れにも愚かし
　　いからみ合いが，終始冷静しかも華麗な筆致で描き出される。その舞台が
　　動乱の時期ならば，執筆の時期は輪をかけた危機的状況であったにもかか
　　わらず，安楽椅子にかけて「上等のハバナ」をくゆらすみたいに，ゆった
　　りと小説の面白さを満喫させてくれる，近代中国にはまれな文学作品とい
　　えよう。[5]

　補足しておくと，全体の構成は前半と後半に大きく分かれる。前半は主人公
の帰国の際の船の上の情事と，帰国後の恋のさやあてと，上海在住の新聞記者，
哲学者，詩人の間にかわされるプラトンの饗宴（シンポジウム）風の知的な会話が主な内容で
ある。

　後半は戦火の中，大陸の内部にある国立大学の助教授となって赴任する，貴
種流離譚（しゅりゅうりたん）のような内容で，筋らしい筋は後半になってから展開する。主人公

は思いもかけない人物と結婚し，その相手の女性が天真爛漫な性格かと思いきや，意外にも個性の強い女性で喧嘩が絶えず，上海に戻って来た後，猛烈な諍いの後決裂する。

③ 囲城の文体

　囲城の粗筋は，前半が静謐，後半は波乱万丈とくくることができるのだが，面白いのは何と言っても前半の饗宴風の会話である。以下は哲学者，新聞記者，詩人，主人公，主人公の女友達でリヨン大学博士が会食して議論を戦わせる場面。

　　方鴻漸が言った，「philophilosopher とはうまく言いますね，あなたが考えだしたのですか？」（哲学者の褚慎明が答える）「これは誰かがある本で見て，バーティに教えたのを，バーティが僕に話したのさ」「バーティって誰？」「ラッセルのことだよ」世界的な哲学者，近頃叙爵された，ラッセルを愛称で呼ぶとは，詩人の董斜川すら羨ましくなり，「ラッセルと親しいのかい？」「まあ友人と言えるだろうね，彼には力を認められいろんな問題の解決の手助けをしたのさ」褚慎明は別にホラ話をしていたわけではなかった，ラッセルは確かに褚慎明に「いつイギリスへ来たか？」「どんな予定があるのか？」「紅茶に砂糖をいくつ入れるのか」といった本人にしか答えられない問題を尋ねたことがあった。そんなことを誰が知ろうか。

　まさに抱腹絶倒の会話である。スイスのダヴォスが舞台で，ゼプテムブリーニとナフタの神学論争がかわされるトーマス・マンの『魔の山』，大離婚（ヘンリー8世の離婚とローマカトリックからの分離）をはじめとする歴史学についての論争がかわされるドロシー・レイ・セイヤーズの『学寮祭の夜』，日本でいえば首くくりの力学についての論争がかわされる夏目漱石の『吾輩は猫である』クラスの衒学的な会話である。

④ 『囲城』の改編

　『囲城』は『文芸復興』に最初に登場し，その後何度も出版された。銭鍾書はテキストに何度も改変を加え，文章は洗練されていき，単純なミスも訂正されていったが，初出にあった多量の印象的なフレーズは次々に姿を消していった。例えば，初版には主人公方鴻漸が帰国の船上で関係を持つ肉感的な女性鮑小姐について，「ミス鮑（鮑小姐）は肉そのものである。西門慶が潘金蓮をほめたたえ，フランスの高名な画家セザンヌ（Cézanne）がモデルを評して言ったように，「美しく脂の乗り切った肉（Cette belle viande）」なのであって，精神や霊魂について語り得ない。」と描写していたが，現行のテキストでは「ミス鮑は精神や霊魂について語り得ない。」と，大幅に削られてしまった。紙幅の関係で引用はできないが，一つのエピソードがまるごと削除された例もあり，『囲城』は改編が行なわれるたびに無毒化されていったのである。　　　　（大平桂一）

図2　『囲城』
（銭鍾書『囲城』人民文学出版社，
1995年15次印刷）

▷6　「哲学者を研究する人」の意味で本物の哲学者とは違う「二流の」という含みがある。

▷7　トーマス・マン／高橋義孝訳『魔の山』上・下，新潮文庫，1974年。主人公ハンス・カストルプが軽い結核でスイスのダヴォスにある療養所に入院し，周囲の人との会話を通して成長してゆく一種の教養小説。

▷8　ドロシー・レイ・セイヤーズ／浅羽莢子訳『学寮祭の夜』創元推理文庫，2001年。貴族探偵ウィムジー卿が活躍するシリーズの一つ。

▷9　『文芸復興』は1940年代上海で刊行されていた総合雑誌。

四　中華民国

59 民国期の詩——蝶の詩史（上）

図1　『嘗試集』
（胡適『嘗試集』亜東図書館，
1922年増訂4版，上海書店，影
印，1982年）

▷1　尾坂徳司『中国新文
学運動史——政治と文学の
交点・胡適から魯迅へ』法
政大学出版局，1957年。

▷2　汪曾祺「中国文学的
語言問題——在耶魯和哈佛
的演講」『汪曾祺文集・文
論巻』江蘇文芸出版社，
1993年。

▷3　大山岩根「李商隠の
愛情詩に見える蝶」『東北
大学中国語学文学論集』第
16号，2011年。

▷4　杜甫「曲江二首其二」
川合康三編訳『中国名詩
選』中，岩波文庫，2015年，
316-318頁。

▷5　大山岩根「李商隠詩
に見える蝶の諸相」『集刊
東洋学』第105号，2011年。

▷6　胡適「逼上梁山」『中
国新文学大系・建設理論
集』良友図書公司，1936年。

⟦1⟧ 胡適（1891-1962）の黄蝶（1910-20年代）

　1910年代半ば，五四新文化運動が起こると，中国詩は，古典詩に代わり口語自由詩が主要なスタイルとなる。胡適が留学先のアメリカで日記に書きつけた「蝴蝶」（1916）がその先蹤となった（図1）。こんな詩だ。「二羽の黄蝶が，そろって空に舞いあがる／なぜか知らぬが，一羽がふいに舞い戻る／残った一羽は，寂しくてかわいそう／空にのぼる気も失せ，ひとり空で寂しそう。」

　この詩に対する評語は「幼稚そのもの」，「全く文化を感じさせない」といった否定的なものがほとんどだ。だがここで，古典詩で蝶がどのように詠まれてきたのかを見てみよう。古典詩の蝶はつがいで飛び，愛し合う男女をイメージさせたり，孤閨の女性の孤独を表わす。気儘に飛ぶ蝶に自然の摂理を見る杜甫の詩もある。一方，李商隠は，「疎外され孤独を強いられる」自己を蝶に仮託する。当時，賛同者のいない口語詩を主張し留学仲間から完全に孤立した胡適もまた，李商隠以来の伝統を踏み，新しいスタイルの詩を産む苦しみを，覚束ない黄蝶の飛翔に仮託したのであった。以下，「蝶」というキーワードから，民国期と共和国期の詩を見てみよう。

⟦2⟧ 飛ばない蝶（1930年代）

　蝶を詠む詩の伝統は，卞之琳（1910-2000）以降，根本的に変化する。「駅」（1937）を見てみよう（図2）。この蝶は，これまでのいかなる蝶とも異なる。

　　引き出せ，引き出せ，夢の奥底から／またしても夜行列車。これが現実だ。／昔の人は川辺で水の流れを嘆いたが；／私は駅のそばに張られたポスターのよう。／坊や，窓で苛立つ蜜蜂の羽音をお聞き。／生きたまま蝶が壁にとめられている。／詰め込め，詰め込め，私のここの現実を。／ベッドの緩んだバネが軋んだ。／小さな地震も夢に見た，／ドキドキ，ドキドキ，この胸が鳴る／今のはひょっとして汽車の鼓動なのか？／ならば喜んで夢の駅になろう！

　作者の乗った夜行列車が，深夜，とある駅に停車したまま動かなくなった。どうやら幾本もの列車の通過待ちらしい。この詩は，次々と通過する列車を見送りながら，独りじりじり発車を待つ心境を描く。3行目は，川の流れに時間の推移を嘆く孔子の感慨を変形させたもの。今の「私」は，まるで駅に貼られ

たポスターだ。列車が通過するたび，風にあおられジタバタする。二重窓に閉じ込められた蜜蜂も駅の壁に生きたままピンで止められた蝶も，ジタバタする「私」にほかならない。蜂と蝶をセットで詠うのは古典詩に見える。卞之琳の詩は，しばしば個人的体験によりながら，時代相を鋭く切り出す。この飛べない蝶は，近代の利器が旧態依然とした社会に持ち込まれ機能不全に陥る，後発近代国家の通弊に苛立つ知識人像としても読めそうだ。

3 白い蝶（1940年代）

戴望舒（たいぼうじょ）（1905-50）の「白い蝶」（1940）もまた飛ばない。飛ばずに羽をゆっくり動かすだけだ。

> どんな知恵を授けてくれるのか／白い小さな蝶よ／開いたら真っ白なページ／閉じたら真っ白なページ／／開いたページが／寂しい／閉じたページが／寂しい。

ふと目の前に羽を閉じて蝶がとまった。その蝶が静かに羽を広げる。あたかも何かを知らせるかのように。しかし，開いた羽は真っ白。ついで静かに羽を閉じる。羽の裏もまた真っ白。作者は，その白い羽を空白ととらえ，寂しさを催す。しかし，真っ白な羽こそ，蝶の「知恵」ではなかろうか。何の意味も持たない白い羽。その白い羽に身を委ねられない戴望舒。もはや近代が自明の善ではない時代に，意味の限界を意識しながら，つい意味を求めざるを得ない近代人の鬱屈が，この「寂しい」という語を呟かせたのであろう。

4 蝶のいない春（1940年代）

1940年代後半，日中戦争中に急成長した若い詩人たちが詩壇を席巻した。中国新詩派（あるいは九葉派（きゅうようは））と呼ばれる。その代表的詩人が穆旦（ぼくたん）（1918-77）である（図3）。彼らの主要な詩集を通覧しても，ほとんど蝶という伝統的な詩語は見えない。穆旦の「春」（1942）に，鳥は鳴かず，蝶も飛ばない。

> 緑の焔が草むらにゆらめき／彼は君との抱擁を渇望する，花よ。／大地に抗して，花茎が伸びた／暖風が煩悩あるいは歓喜を吹きつける。／君は目覚めたら，窓を押し開き／庭いっぱいの欲望の美しさを見よ。／／青空の下，永遠の謎に惑うのが／二十歳の堅く閉ざされた肉体，／ちょうど泥で作った鳥の歌のように，／君たちは燃やされるが，帰依するところもない。／ああ，光，影，声，色，すべてが剝き出しで／痛みに耐えながら，新しい組み合わせに進むのを待っている。

花に絡むのは蝶ではなく，緑の焔によるきつい抱擁だ。花はすっくと立ち，欲望の美しさを発散する。若い肉体は堅く，土製の鳥のように脆い。「新しい組み合わせ」とは何か。分からない。しかし，分からないまま，ひりひり痛む肉体でその到来を待ち受ける。恐れと不安と憧れに身を燃やされつつ。　　（松浦恆雄）

▷7　原題「車站」。

図2『十年詩草　1930-1939』
（卞之琳『十年詩草』（台湾）大雁書店，1989年）

▷8　吉川幸次郎『論語上』朝日出版社，1978年，307頁。

図3『穆旦詩集（1939-1945）』
（穆旦『穆旦詩集（1939-1945）』私家版，1947年）

▷9　ただし，穆旦には「春天和蜜蜂」（1945）という詩がある。

五　1949年以降

1949年以降の文学の流れ

[1] 「群衆」の時代の幕開け

　1949年10月1日，中華人民共和国の中央人民政府主席となった毛沢東（1893-1976）は，北京の天安門で建国宣言を行なった。それに先立つ42年，毛沢東は『文芸講話』において，中国の文芸が労働者・農民・兵士のためのものであると位置づけ，「彼らは，字をおぼえればすぐ本や新聞を見たがるし，字を知らぬものでも，芝居を見たがり，絵を見たがり，歌をうたいたがり，音楽をききたがる」と述べた。建国後から1970年代までの中国の文芸には，演劇や民謡や映画，またポスターや連環画（絵物語）など視聴覚に訴えるメディアを重視する特徴が見られる。それらは，あらゆる教育水準の人びとに中国共産党の方針を伝えるために活用され，同時期に，中国で「普通話」と呼ばれる標準化された中国語の規範が，全国に普及したとも指摘される。▷1

　建国前後の歴史と文芸の関係を知るには，映画『さらば，わが愛／覇王別姫』（1993）を見るとよい。京劇を通して中国現代史を描いた同作では，舞台を眺める「群衆」の姿がしばしば映し出される。芸術の享受者たるかれらの変遷は，権力者に寵愛され，大衆の娯楽として君臨してきた京劇が，建国後，人民に奉仕するものとなる過程を物語っている。▷2

[2] 文化大革命期の批判大会

　1966年から76年にかけて，文化大革命が発動すると，▷3 青少年の組織である紅衛兵は，軍服に軍帽，左腕に赤い腕章という出で立ちで，「紅宝書」と呼ばれた赤いビニール表紙の小さな本をふりかざした。その本こそ，毛沢東の言葉を寄せ集めた『毛沢東語録』（原題『毛主席語録』）である（図1）。66年8月に天安門広場で毛沢東と接見し，勢いを得た紅衛兵は，街に繰り出して「四旧」（旧思想，旧文化，旧風俗，旧習慣）の打破を叫び，書物や文化財を破壊した。また，「黒五類」（地主・富農・反革命分子・悪質分子・右派分子）とされた人びとを集団でつるしあげ，暴行を加え，収容所に送り，死に至らしめる場合もあった。その中には，⇨Ⅱ-一-6 中華民国期から活躍した作家や俳優など，数多くの文芸関係者が含まれる。⇨Ⅰ-四-45, Ⅰ-四-54

　紅衛兵らによる批判大会もまた，多くの観衆の目を意識した，多分に「芝居がかった」ものであった。文革期のプロパガンダ芸術は，善玉が悪玉に勝利する筋書きを，あるべき社会の手本として示したが，現実の群衆もまたそのよう

▷1 「普通話」とは，中華人民共和国における北京語音を標準音，北方語を基礎方言とし，模範的な現代口語文による著作を文法の規範とした漢族の共通語である。平田昌司「目の文学革命・耳の文学革命——一九二〇年代中国における聴覚メディアと「国語」の実験」『中国文学報』第58冊，1999年。

▷2 『さらば，わが愛／覇王別姫』は，陳凱歌監督による中国・香港合作映画。原作は，李碧華／田中昌太郎訳『さらば，わが愛　覇王別姫』早川書房，1993年。

▷3 文化大革命（略称「文革」）は，1966年から約十年間続いた，大規模な政治闘争を指す。初期には毛沢東が学生を組織した紅衛兵運動が暴徒化し，粛清による大量の犠牲者を出した。76年，周恩来死去による第一次天安門事件，および毛沢東の死去によって，収束に向かう。

な役を演じ，でっちあげの罪状によって「敵」を糾弾したのである。

3　第二次天安門事件とその後の群衆運動

　1978年，ポスト文革期の指導者となった鄧小平（とうしょうへい）（1904-97）は，「改革開放」政策を主導し，80年12月，中国共産党は正式に文革を否定した。70年代末より，文革の記憶を語る文学が書かれ始め，[4]80年代には，詩や小説，演劇などにおいて，毛沢東時代に確立された群衆を動員する文芸の様式に抗（あらが）い，まったく新しい言語表現と文体を構築しようとする創作が多数生み出された。

　文革後に海外，とくに西側資本主義諸国の思想や文化に触れた知識人らの間では，民主化要求の気運が高まっていた。だが，1989年6月4日，第二次天安門事件が発生すると，[5]その理想も潰（つい）える。政府の公式見解は，中国共産党北京市委員会宣伝部による「北京で発生した反革命暴乱の真相」として，6月10日に党の機関紙『人民日報』に掲載された。天安門広場に集まった群衆が直面した国家の暴力について，中国国内ではいまなお，この「真相」の筋書きを外れて語ることは許されない。事件を契機として亡命した作家，国内にとどまった作家を問わず，それぞれがその衝撃に向き合うことを余儀なくされた。

　ところで，事件から20年以上が経過した2014年には，台湾や香港で学生を中心とした社会運動が盛り上がった。[6]いずれも中国政府の経済的，政治的圧力に抵抗する新たな群衆運動であったが，映画『私たちの青春，台湾』（2017）に描かれるように，「民主」を求める人びとの間で，「六四」は風化しておらず，むしろ精神的紐帯としての象徴的な役割を果たしているように見える。

4　中国文学と華語語系文学

　中華人民共和国の誕生が，異なる政治イデオロギーを持つ香港，台湾，あるいは東南アジアといった近隣の中国語圏の文学に与えた影響にも，目を向ける必要があるだろう。21世紀に入り，中国と香港や台湾との間には，「一国二制度」や「一つの中国」といった政治的主張をめぐる緊張状態が続いている。こうした状況を背景に，近年，「華語語系」（英語では「Sinophone（サイノフォン）」）という視点から，中国文学史の再考が提唱されていることに触れておきたい。⇨Ⅱ-1-3

　これは，20世紀中国の「現代文学」観が，中国大陸の・漢族による・中国語の文学中心であったことから脱し，世界的な視野に立って中国語，あるいは非中国語で書かれた中国語圏の文学をとらえようとする考え方である。「華語」とは，中国内外の地域で広く通用する標準的な中国語を指し，「華語語系」には，中国を中心，それ以外の地を周縁と考える「華夷秩序（かい）」の二項対立を解体せんとする意図が込められている。こうした動向をふまえ，本書第二部では，言語・文字・異域との交流といった切り口からの解説を試みた。「中国文学」なるものの複雑な広がりを，多様な角度から眺めていただければと願う。　（田村容子）

図1　『毛沢東語録』を掲げる紅衛兵

（ポスター『熱烈歓呼無産階級文化大革命的輝煌勝利』（部分），広州美術学院革委会（籌）宣伝組供稿，中国人民解放軍広東省軍区政治部編印，1967年）

▷4　1970年代末より，文革の傷痕を描く文学が書かれるようになり，80年代半ば以降は，文革期に知識青年（略称「知青」）と呼ばれた世代の「下放（かほう）」（知青を農村で労働に従事させ，再教育すること。「上山下郷運動」とも呼ぶ）体験が，作家の創作の源となった。たとえば王小波『黄金時代（おうごんじだい）』（台湾1991，中国1994）など。王小波／桜庭ゆみ子訳『黄金時代』勉誠出版，2012年。

▷5　第二次天安門事件は，1989年4月，中国共産党の元総書記・胡耀邦（こようほう）の死去を契機とし，北京の天安門広場に集まった学生を中心とする人びとによる，政府に対する民主化要求運動を指す。5月には鄧小平により戒厳令が発令され，6月4日，中国人民解放軍の兵士と戦車による一般民衆への発砲をもって制圧された。「六四」とも呼ばれる。

▷6　2014年，台湾では市民が立法院を占拠する「ひまわり学生運動」が起き，二年後の政権交代を促した。香港では市民が街頭を占拠する「雨傘運動」が起き，2019年から20年にかけての「逃亡犯条例」改正をめぐる民主化デモにつながっている。『私たちの青春，台湾』は，傅楡監督による台湾のドキュメンタリー。

五　1949年以降

60 袁珂（えんか）（1916-2001）
『中国古代神話』（1950）

▷2　嫦娥（じょうが）は英雄羿（げい）の妻で，羿は十個の太陽が一度に現われた時に，そのうち九個を射落としたとされる（十日神話）。羿は西王母（せいおうぼ）という女神から不死の薬を賜ったが，嫦娥はそれを盗んで月に逃げてしまった。この話は「嫦娥奔月（嫦娥が月に逃げる）」として知られている。

▷3　禹（う）は夏王朝の始祖とされる神話的人物。太古の昔にこの世が大洪水に襲われた際，大規模な治水事業を行なって人々を救ったという。

▷4　邦訳あり。玄珠／伊藤弥太郎訳『支那の神話』参照。

図1　袁珂
（『中国神話大詞典』四川辞書出版社，1998年）

▷5　袁珂「袁珂自伝」晋陽学刊編輯部編『中国現代社会科学家伝略』第四輯，山西人民出版社，1983年。

1　中国神話研究のあゆみ

中国神話を解釈しようとする試みは古くからあり，『山海経（せんがいきょう）』や『淮南子（えなんじ）』その他古籍の神話部分に付された注釈はもちろん，不可思議な現象を論理的に批判した後漢・王充『論衡（ろんこう）』も一種の神話解釈学と見なされる。宇宙や神々の事跡に疑問を呈する『楚辞』「天問」篇や，六朝・陶淵明（とうえんめい）がその答えとして詠った（うた）「天対」もまたしかりである。宋・羅泌の『路史（らひつ）』も新しい神話解釈を呈示しており，これらは全て広義の研究史に含まれるだろう。

狭義の，すなわち天地創造や神々の話を「神話」として切り取り，「神話」とは何かを定義づけし，民俗学や宗教学などの近代的な理論を用いた中国神話研究は中華民国期にその萌芽が見られる。民国期には神話ブームがあり，国内の神話や伝説の収集が盛んに行なわれ，ギリシャ神話や北欧神話なども紹介された。神話は新思想を表現する小説題材としても選ばれた。魯迅も「国故整理」[1]の一環として神話資料を整理する一方，嫦娥奔月（じょうがほんげつ）[2]（う）や禹の治水[3]を題材にした小説群を残している。作家の茅盾（沈雁冰（しんがんひょう）） ⇨Ⅰ-Ⅳ-50 は，ヨーロッパ文学の源泉である神話を研究する過程で，中国神話研究の重要性に気づき，玄珠（げんじゅ）というペンネームで『中国神話研究 ABC』（1929）を著わした[4]。本書は入門書と称しながらも近代的神話学の成果を取り入れ，中国神話研究の基礎を築いた著作と言える。その末尾で，彼は中国神話研究における残された課題を3点挙げた。その一つがすでに歴史化されてしまった神話を古代史の中から還元し，それに精緻な推論と考証を加え，一つの神話体系を創造することであった。「神話の歴史化」と「断片的」なこと，これが常に中国神話研究のネックなのだ。

2　神話研究の道へ

袁珂は四川省新繁県出身（図1）。四川大学を中退し，華西大学に転入。卒業後は教員などをして暮らす。1946年，華西大学時代の恩師で台湾省編訳館館長を務めていた許寿裳（きょじゅしょう）に呼ばれ，教科書編纂の傍ら，童話も執筆する。編訳館が廃止されて編審委員会になると，袁珂は仕事の合間に古書を読みふけるうちに，〔清〕畢沅（ひつげん）の校訂した『山海経』（『山海経新校正』）に出会い，神話への興味をかき立てられて研究を開始する。その過程で玄珠（茅盾）の『中国神話研究 ABC』も非常に役立ったと袁珂は記している[5]。

私はこう考えた。中国の神話はもともとまばゆい光を放ち，独特の個性に富んでいたのに，残念ながら断片化してあちこちに散らばってしまい，体系を成していない。玄珠が語るように，バラバラになってしまった神話の破片を集めて，歴史という枠組みにはめ込んでみれば，おおよそではあるが，その本来の姿を復活させられるのではなかろうか？ これは意義ある仕事と言えるだろう。[96]

つまり，袁珂の最初の試みは，玄珠のやり残した仕事の完成，すなわち中国神話の体系化にあった。こうして，1950年に上海の商務印書館から『中国古代神話』が出版された（図2）。これは本人も簡本とか小冊子と称しているように，7〜8万字，130頁のそれほど厚くない本であった。『中国神話研究ABC』と同じく，夏王朝の始祖である禹までを記述している。

出版に先立つ1949年，四川に戻っていた袁珂は，再び資料の収集にかかり，仕事と他の著作の合間に『中国古代神話』の増補改訂作業を行なった。そして，1957年に，28万字，323頁の増訂版『中国古代神話』を出版する（図3）。ここで袁珂は神話時代を周王朝の前半，すなわち春秋時代の直前までに広げている。本書は好評で，旧ソ連や日本でも翻訳が出版された。[97]ここに到り，袁珂は初めて中国古代神話を専門に研究する決意を固めた。

[3] 狭義の神話から広義の神話へ

袁珂が1982年の自伝でやり残した仕事と書いた，『中国古代神話』のさらなる増補改訂である『中国神話伝説』は1984年に出版された。[98]これは神話の範囲をさらに秦の始皇帝の時代まで広げている。袁珂による神話研究のキーワードに「狭義の神話から広義の神話へ」がある。袁珂は視野を古代に限定してはならず，後世にも新しい神話，たとえば民間伝承などが生まれることを認めるべきだと説く。彼は神話研究の視野を「広義から狭義へ，古代から現代へ，漢民族から少数民族へと」広げてきた。[99]

中国神話学研究者の潜明茲は袁珂の功績を，(1)中国古代神話の注釈と編纂，(2)断片化した神話の収集，(3)神話理論研究，だとする。[10]その業績の一部をざっと掲げると，上述の『中国古代神話』『中国神話伝説』のほかに，神話事典である『中国神話伝説詞典』(1985)，『中国民族神話詞典』(1989)，神話資料を集めた『中国神話資料萃編』（周明との共著，1985)，彼が重要資料と位置づける『山海経』の注釈書『山海経校注』(1980)，『山海経校釈』(1985)，理論的著作として『神話論文集』(1982)，『中国神話史』(1988)，『中国神話通論』(1996) などがある。また『神話故事新編』(1963) を始めとした，一般向け，少年向けの著書も多数ある。袁珂の業績は何よりも，難解になりがちな神話研究をポピュラーにしてくれたことと，中国神話を身近にしてくれたことの2点にある。

（佐々木睦）

図2 『中国古代神話』
（袁珂『中国古代神話』商務印書館，1950年）

図3 増訂版『中国古代神話』
（袁珂『中国古代神話』商務印書館，1957年）

▷6 前掲▷5 袁珂「袁珂自伝」328頁。

▷7 袁珂／伊藤敬一・高畠穣・松井博光訳『中国古代神話』参照。

▷8 邦訳あり。袁珂／鈴木博訳『中国の神話伝説』上・下，参照。

▷9 前掲▷5 袁珂「袁珂自伝」332頁。

▷10 潜明茲『神話学的歴程』北方文芸出版社，1989年。

五　1949年以降

61 金庸（1924-2019）の武侠小説

▷1　今村与志雄訳「空を飛ぶ俠女—聶隠娘」『唐宋伝奇集』下，岩波文庫，1988年，192頁を参照のこと。

▷2　奥野信太郎監訳『児女英雄伝』上・下，中国古典文学全集，平凡社，1960・1961年。なおプロレスラー出身の女優マッハ文朱が十三妹を演じ，「黄土の嵐」と題してテレビドラマ化されたことがある。

▷3　このあたりの経緯は艾濤『金庸新伝』を参照。

図1　『笑傲江湖』
（金庸『笑傲江湖（一）』遠流出版事業股份公司，2002年）

1　〈武侠小説〉の起源と発展

　武侠小説の起源には諸説あるが，たいていは唐代伝奇小説の「聶隠娘」に帰着する。「聶隠娘」は幼い頃にさらわれた少女が武術の訓練を受け，プロの暗殺者となるというストーリーである。『水滸伝』『三国演義』を武侠小説の一種とみなす人もいる。清代の作品『児女英雄伝』も，十三妹という女性の主人公が，文弱の書生が，科挙の功名を得る手助けをし，最後は賢妻に収まるという中途半端なストーリーであるが，戦闘シーンには見るべきものがある。

　20世紀に入り，1920年代から1930年代にかけ，「旧派武侠小説」と称される『江湖奇俠伝』，『蜀山剣俠伝』などが出版された。1952年マカオで高名な武術家による対戦が行なわれ，武術の一大ブームが起こった。香港の報道機関大公報の社員梁羽生（1924-2009）が依頼を受けて『龍虎闘京華』を連載し，評判となった。梁羽生の碁敵であり，武侠小説の愛好家として梁羽生と蘊蓄を傾け合っていた金庸も『書剣恩仇録』の連載を開始，これもまた評判を呼び，1960年代に台湾でデビューしたハードボイルド風武侠小説家古龍（1938-85）もあわせて，新派武侠小説の御三家と称されるようになった。

2　金庸の人と作品

　金庸は浙江省海寧県に生まれた。本名は査良鏞で，清代康熙朝の詩人査慎行を出した名門査氏の出身である。重慶にあった中央政治大学外交系に学んだ彼は外交官志望であり，一度大公報に入社した後，1950年，北京に赴き，旧知の外交官で，後に外交部長となった喬冠華に面会したが，受け入れられず，再度大公報にもどり，すでに触れたような事情で武侠小説を書くことになった。

　金庸の代表作は，「飛雪連天射白鹿，笑書神俠倚碧鴛」（飛雪　天に連なりて白鹿を射，笑書　神俠　碧鴛に倚る）という詩句にまとめられるように，書剣恩仇録，碧血剣，射鵰英雄伝，神鵰俠侶，雪山飛狐，（白馬嘯西風と鴛鴦刀を含む）飛狐外伝，倚天屠龍記，連城訣，天龍八部，俠客行，笑傲江湖（図1，2），鹿鼎記などである。

　第一に，長編小説の殆どは主人公が武術の習得とともに成長する教養小説である。第二に，主人公は歴史上有名な人物に次々と遭遇する。第三に，主人公の多くは他人の罪を着せられ苦悩する。これらは金庸の小説において共通に見

られる特徴である。

最後の『鹿鼎記』だけは，主人公の韋小宝は，正義派でもなく，武功の達人でもない人物で，自分の才覚だけを頼りに大出世する点で，他の作品とは大きく異なっている。

③ 「金学」の成立と改変作業

金庸の武俠小説に対しては，単純な前後の矛盾や歴史学から見て不合理な点についての指摘が相次ぎ，それらをも含めて「金学」と称される学問領域が成立した。「金学」はさらに通俗化され，金庸の武俠小説の中で「最強の主人公」「恋人にしたい登場人物」「最強の武術」といったランキングをまとめた本も出版された。それらの「金学」者たちの指摘を受けて，金庸は前後2回大きな改編を行なっている。新版を出す時に連載時の間違いや，前後の矛盾を解消したのが第1回であり，2回目の改編は2000年代に行なわれたかなり大幅なもので，『書剣恩仇録』では香香公主の死後，失意の主人公を慰めるエピローグがついたし，『射鵰英雄伝』では黄蓉の父黄薬師とその女弟子梅超風の恋愛のエピソードが付け加えられ，『天龍八部』では主人公の段誉が最後に結ばれる相手が変更され……という風に，大幅な改編が無数に行なわれた。

④ 私は金庸の武俠小説をどう読んできたか

私は台湾遠流出版社の金庸全集（旧字体のテキストで文庫本72冊）の旧版と新版を手に入れ，それぞれ10回以上読み，そのおかげで，自分の話す中国語のスタイルが大きく変化した。金庸の小説の文体は口語と文語が混合したスタイルであり，原文そのものを注釈なしで読むのは少し困難かもしれない。大学の授業では『射鵰英雄伝』や『笑傲江湖』に発音記号と注釈をつけた手書きの教材を作り，学生とともに読解に取り組んだ。編入学して来た，もと物理学専攻の学生が，初級中国語の授業と同時に『射鵰英雄伝』の授業に出席し，半年後にはスラスラと『射鵰英雄伝』を読み，一年後には中国文学をテーマに卒論を書き，香港出身の留学生の北京語の発音を矯正し，その人と結婚して起業した，というような奇跡を起こすのも，金庸の武俠小説のもう一つの効果なのである。

（大平桂一）

図2 『笑傲江湖』
（金庸『笑傲江湖』遠流出版事業股份公司，2015年）

▷4 清代の『紅楼夢』に関する研究を「紅学」と称するのに倣い，金庸の武俠小説についての研究を「金学」と称する。

▷5 金庸の代表的な文体は以下の通り。張無忌道，「魔教中就算有人做了壊事，難道人人都做壊事？ <u>正派之中</u>，難道沒人做壊事？説到殺人，那青翼蝠王只殺了二人，<u>你們所殺之人</u>已多了十倍。他用牙齒殺人，尊師用倚天剣殺人，一般的殺，<u>有何善悪之分？</u>」（『倚天屠龍記』第十八章 倚天長剣飛寒鋩）「張無忌は言った，『魔教の中に悪事を働く者がいたとして，魔教の人間が皆悪事を犯すわけでもござるまい？ <u>正義派には悪事を働く者がおらぬのだろうか？</u> 殺人について言えば，青翼蝠王はただの二人を殺しただけなのに，<u>あなた方が殺したのはその十倍</u>。青翼蝠王は歯で人を噛み殺し，尊師は倚天剣を用いて人殺し，どちらも殺人には違いなく，<u>どこに善悪の区別がござろうか？</u>』」登場人物はこのようなクラシカルな文体で話す。下線部を引いた箇所が文語であり，それぞれ漢文訓読すると「正派の中」「你們（なんじら）殺す所の人」「何の善悪の分有らんや？」となる。

五　1949年以降

62 汪曾祺（おうそうき）（1920-97）
「受戒」（1979）

図1　汪曾祺
（鄧九平編『汪曾祺全集』第2巻，
北京師範大学出版社，1998年）

▷1　日中戦争中，北京の
国立北京大学，国立清華大
学，天津の私立南開大学が
雲南省の省都昆明に疎開し，
共同で設立した国立大学
（1938-46）。著名人が輩出
したことで有名。

▷2　『汪曾祺全集』全12巻，
人民文学出版社，2018年。

1 若きモダニストの挑戦——「復讐（ふくしゅう）」

　汪曾祺は，江蘇省高郵の出身（図1）。西南聯合大学で著名な作家沈 従 文（しんじゅうぶん）に学び，彼の紹介で作家としてデビューする。抗戦後の上海では，新進気鋭のモダニズム作家として活躍したが，建国後は，名作「羊舎一夕（ようしゃいっせき）」（1962）や革命模範劇「沙家浜（さかほう）」（1970）のほかは，ほとんど活躍の場がなかった。文化大革命後，再び活発な創作活動を開始し，その逝去まで，湧水のごとく溢れる創作意欲が衰えることはなかった。特に晩年，70歳を過ぎてからの創作が全集12巻のほぼ半分を占めることは，特筆に値するだろう。

　1940年代を代表する「復讐」（1946，『邂逅集（かいこうしゅう）』所収）は，こんな小説だ。父の敵（かたき）を討つため旅に出た男が，ついに山奥の洞窟に目指す敵を発見する。しかし，男は敵が懸命にノミで洞窟を掘り進む姿を見て復讐の剣を捨て一緒に掘り始める。ある日，二人は同時にノミの向こうから差し込む日の光を目にする。

　この小説は，男の自分探しの物語として読むことができそうだ。父が殺されてから生まれた男は，母に敵の名前を腕に彫り込まれる。母から敵討ちという宿命を背負わされたわけだ。これは同時に，敵討ちが終われば，生きる意味を失うことも意味する。男が「敵に好意を抱き」「自分があの敵に殺されてしまうことの方をもっと願った」のも道理である。男が，ノミを振るう敵の腕に自分の父の名前が彫り込んであるのを見たとき，こう感じる。

　　時間が洞窟の外を飛び去った。白雲が渦巻くように掠（かす）めていった。彼は背中に背負った剣をすっかり忘れていた。或は，彼自身が消失してこの剣だけが残された。彼は縮んだ，縮んだ。無くなった。そしてまた戻ってきた，戻ってきた。よし。真っ青な顔に赤味がさしてきた。彼自身が身体に満ち満ちた。剣！　彼は剣を抜き手に持った。

　しかし，次の瞬間，男は「突然，母はもう死んだに違いないと確信した」。男は敵の姿に自己の鏡像を見出し，失われていた自己を探し当てたのだ。もはや復讐の必要はない。男が母親の死を確信したのはそのためである。汪曾祺は，本質が実存に先立つ現代人の空疎な生を見事に描き切った。

　建国後，文芸誌の編集部に務めていた汪曾祺は，1958年右派として張 家口（ちょうかこう）の農業科学研究所へ労働改造に遣られ，1962年北京京劇団に配属される。この間，建国後17年の「最も優れた小説の一つ」「羊舎一夕」（1962）を書いた。

▷3　王彬彬「"十七年文
学"中的汪曾祺」『文学評
論』2010年第1期。

2 夢みる共和国の少年たち──「羊舎一夕」

　汽車が来た。

　「216番だ。北京行きの上り」。老九が言った。

　そこで皆は仕事の手を休め，一斉に汽車を聞いた。老九と小呂の二人には
もう汽車が目に見えるようだ。まず輝く大きなライト。目が腫れるくらい
に明るい。大きなライトは懸命に外側に光を吹き出す。しかも蒸気を吐き
シュッシュッと音をたてている。真っ黒な鉄，ピッカピカの銅。そして緑
色の車体が山をも崩す勢いで突き進んでくる。

　「羊舎一夕」（『羊舎的夜晩』所収）の冒頭である。汽車の音しか聞こえない山
村で，村の子供たちが夜の羊番をしながら，自らの将来を夢見，語り合い，ふ
ざけ合う。それだけの小説であるが，この最初の数行に，1940年代のモダニズ
ムから文化大革命後の「受戒」へと移行してゆく文体が見え隠れしている。ほ
んの数語による書き出し。「汽笛」ではなく「汽車」を「聞く」という描写の妙。
斬新な比喩。「鉄」と「銅」の2語だけによる機関車の描写。共和国の少年たち
の，初々しい夢にふくらむ一夜の興奮が，余すところなく活写される。

3 熟成40年の文体──「受戒」

　このように，処女作から数えてほぼ40年に及ぶ長く，静かな発酵過程を経て，
熟成した汪曾祺の文体が「受戒」（1979）を生み出した（図2）。江南の水郷にあ
る荸薺庵（荸薺はクワイ）という寺に住む僧たちや寺のすぐそばの農家の家族
の暮らしぶりが大らかに描かれる。小説も残り三分の一を切ったところで，小
僧の明海と農家の娘小英子の淡い思いが恋に変わる。泥田でのクワイ採りの場。
足の裏でクワイを探るが，小英子はわざと小僧の足を踏んだりする。採り終え
た後，彼女の小さな足跡があぜ道に残っている。小僧の恋はこう記される。

　　明海は彼女の足跡を見て，ぽうっとなった。

　最高潮のラストシーンも引用しよう。明海が善因寺で僧侶の証しである「受
戒」を受けた翌日，小英子が小舟で迎えに行く。帰途，二人は将来を誓い合う。
そして，そのあと二人は小舟を蘆原へとすべり込ませた。

　　蘆の花が新しい穂をつけている。薄紫色の穂が銀色に光る。なめらかで，
　すべすべとまるで絹糸のよう。ところどころ蒲が実をつける。真っ赤だ，
　一本一本が小さな蠟燭のよう。青い浮草，臙脂の浮草。足の長い蚊，水蜘
　蛛。白く小さな十字の菱の花弁が開いている。アオサギ（水鳥の一種）を驚
　かし，蘆の葉をかすめ，ヒューと飛ぶように遠ざかっていった。

　蘆の花，蒲の実，菱の花の描写は，間違いなく二人の性愛描写に重なるだろ
う。風の色，蘆原の草いきれまで感じられそうな，濃密で鮮やかなイメージと
リズミカルな行文。ここに汪曾祺文学の真骨頂がある。

　　　　　　　　　　　　　　　　　　　　　　　　　　　　（松浦恆雄）

図2　「受戒」
（汪曾祺「受戒」『北京文学』1979
年10月号）

五　1949年以降

63 莫言（ばくげん）（1955-）
『赤い高粱（コーリャン）』（紅高粱家族，1985）

図1　莫言
（莫言ほか『莫言・北海道走筆』
上海文芸出版社，2006年）

▷1　中国出身の作家としては2000年に高行健（1940-）がノーベル文学賞を受賞している。高は1989年の天安門事件後，政治亡命をし，1998年にフランス国籍を取得している。

1　中国初のノーベル文学賞作家

2012年，莫言は『赤い高粱』でノーベル文学賞を受賞した（図1）。⇨Ⅰ-五-65中華人民共和国在住で，中国語を用いて執筆活動をする作家としては初の受賞である。▷1受賞理由は「幻覚的リアリズムによって，民間説話と歴史と現在を融合させたから」であった。

莫言の名を世界が知ったきっかけは，彼の小説を原作とする，張芸謀（チャンイーモウ）監督の映画『紅いコーリャン』（1987）が，ベルリン国際映画祭の最優秀作品・金熊賞を受賞したことだろう。蒸留酒の高粱酒が演出で赤く色付けられているなど，赤の映像美で高い評価を獲得した。ただ，日本兵が人の生皮を剝ぐシーンなど，抗日戦争（日中戦争）に関する，血まみれの凄惨な描写もある。

莫言は山東省高密県（こうみつけん）（青島の北西。現在の濰坊市（チンタオ））出身であり，中国人民解放軍に入隊後，大学で文学を学び，作家デビューした。本名は管謨業（かんばくぎょう）。筆名の莫言は名前の謨の字の偏と旁（つくり）からとられているが，「言う莫れ（なか）」（言ってはならない）と読めるところは意味深長だ。

莫言は，高密県をモデルにした架空の農村・山東省高密県東北郷を舞台とした作品を多く手がけている。過激な性描写のため一時発禁処分となった長編小説『豊乳肥臀（ほうにゅうひでん）』（1995）や「一人っ子政策」の闇を描いた『蛙鳴（あめい）』（原題『蛙（なか）』2011）などで，中国ではタブーとされる題材に切り込んでいる。

2　魔術的リアリズム

莫言が作家活動を始めた1980年代は，中国に西洋の文学作品や文芸理論が一気に流入した時期であった。莫言自身も，ノーベル文学賞作家である，アメリカのウィリアム・フォークナー（1897-1962）やコロンビアのガルシア＝マルケス（1928-2014）の影響を認めている。莫言文学が語られる時に枕詞のように言及されるのが「魔術的リアリズム」（magic realism）だ。

▷2　世界文学における莫言については，藤井省三が早くから紹介している。藤井の近著『魯迅と世界文学』では，魯迅（1881-1936）から莫言と，ロシアのトルストイ（1828-1910）『アンナ・カレーニナ』や，ミステリー作家の松本清張との関係について論じている。

莫言が描く世界は，血腥（ちなまぐさ）く，グロテスクな世界である。『赤い高粱』は，語りの作中の時間的な順序が錯綜する錯時法が用いられており，莫言の虚実入り混じった饒舌な語りに幻惑される。「魔術的リアリズム」は，世界文学との関わりを考える上での莫言文学のキーワードと言えるが，この文芸批評用語に捕▷2らわれすぎる必要はないだろう。

3 現代の水滸伝

『赤い高粱』は，物語の語り手である「私」の祖父・余占鰲が，ゴロツキから
ゲリラ活動の頭目へと至る一代記とも言える。祖父は，ハンセン病を患う造り
酒屋の跡取りに結納金目当てで嫁がされた「私」の祖母・九児（戴鳳蓮）と高
梁畑で野合する。そして，造り酒屋の親子を殺害し，未亡人となった九児の酒
屋に潜り込み，酒作りの才能を発揮し，ついに九児と結ばれる。余占鰲は，自
分の欲望に忠実に生きている。そのあり方は正義の味方とは言えず，脛に傷を
もつ『水滸伝』の好漢を彷彿とさせる。高梁畑は，財を生む，芳醇な蒸留酒の
原料がとれる場所であり，盗賊や日本軍や国民党系ゲリラ部隊や野犬と死闘を
繰り広げる場所でもある。『赤い高粱』は，さまざまな勢力がうごめく魔境・
高梁畑を生きぬく悪漢とその家族の愛と憎しみを描いた物語なのである。

4 紅色経典が描かない抗日戦争

「紅色経典」と呼ばれる1950・60年代の小説群は，抗日戦争期の中国共産党
軍の劇的勝利や英雄の超人的活躍に取材しており，革命の「伝奇」（現実離れし
た話）と呼ばれている。莫言は『赤い高粱』について，抗日戦争を描いてはい
るが，高密で語られる「伝奇」であるとも述べている。

紅色経典の多くには，中国共産党の思想を教え，民衆を善導する政治委員が
登場する。『赤い高粱』には政治委員こそ登場しないが，隊員を指導する役割
を担う任副官がいる。余占鰲の叔父が村娘を強姦すると，任副官は断固たる処
分を求める。余占鰲は叔父を自らの手で銃殺し，副官にも銃口を向ける。

> 任副官が遠くに行くにつれてその姿はますます大きくなった。余司令は
> もう一発発砲した。その銃声は天地を揺るがした。弾丸と銃声が空を飛ぶ
> のを父は同時に感じた。弾丸は一株の高粱に当たり，高粱は地面に倒れた。
> 高粱の穂がはらはらと地面に落ちるさなか，もう一発の弾丸が穂を撃ちぬ
> いた。任副官が腰をかがめて道ばたの黄金色のニガヨモギの花を摘み，そ
> のにおいをしばらくかいでいるかのように父は感じた。

「私」の父の回想で共産党員と推測されるこの正義漢は，余占鰲たちを教化
する役割を全うすることなく，しばらくして銃の暴発で落命したとされる。そ
の死は，紅色経典の善玉の死に見られる「犠牲」（名誉の戦死）ではない。

紅色経典はフィクションであるが，公式の「歴史」として捉えられる向きも
ある。中国の社会主義リアリズム作品は，共産党にとってあるべき「現実」を
描くものであり，ありのままの事実が描かれているわけではない。一方，『赤
い高粱』という虚実入り混じった物語には，残酷な暴力や性，武装勢力と八路
軍（中国北部の中国共産党軍の通称）の緊張関係や秘密結社が生々しく描かれて
いる。紅色経典が描かない抗日戦争の一面を描いており，野蛮でグロテスクで
はあるが，不思議な魅力を湛えた物語なのだ。　　　　　　　　（中野　徹）

▷3　紅色経典の舞台とな
ったまちには，実際の事件
や実在の人物にまつわる記
念館が作られ，その多くは
愛国主義教育基地に指定さ
れている。

▷4　社会主義リアリズム
（"社会主義現実主義"）は，
1934年にソビエト連邦作家
同盟で規定された文学芸術
の創作と批評の基本的方法。
「現実」を革命的発展に即
して，具体的に，歴史的に
描き，社会主義建設のため
に人民を教育するものでな
くてはならないとされた。
中国には1933年に紹介され，
1953年に文学・芸術の創作
と批評の基準とされ，その
後も革命的リアリズムと名
前を変え，基準の一つとさ
れた。紅色経典の創作もこ
の基準の下で創作されてい
る。

▷5　余占鰲はのちに日本
の北海道で14年過ごしたと
いう設定がある。これは高
密出身の劉連仁（1912-
2000）をモデルとしている。
劉連仁は「華人労務者」と
して日本に連行され，労務
中に脱走。終戦を知らぬま
ま13年も厳寒の北海道で逃
亡生活を送ったことで知ら
れる。劉連仁のエピソード
は『赤い高粱』では未消化
のままおわっているが，の
ちに『豊乳肥臀』の鳥人韓
に受け継がれている。

五　1949年以降

64 中華人民共和国期の詩──蝶の詩史（下）

▷1　岩佐昌暲『中国現代詩史研究』汲古書院，2013年，256頁。

▷2　河西回廊は，黄河の西，チベット高原の東北に位置し，東西を結ぶシルクロードの一部として重要な役割を果たしてきた細長い回廊地帯の呼称。乾燥気候である。

図1　『今天』創刊号（1978）
（『今天（1978-80）』（覆刻版）中国文芸研究会，2002年，第二版）

図2　『北島（ペイ・タオ）詩集』
（是永駿編訳『北島（ペイタオ）詩集』）

〔1〕 共和国の蝶

　共和国成立後30年の詩壇を支配したのは，詩は個人の感情（「小我」）ではなく，労働者・農民・兵士の共有する社会の理想（「大我」）を描くべきだという理念である。「大我」には，モダニズムも蝶も無用だ。ゆえに，共和国の詩に蝶はほとんど現れないが，河西回廊の緑化を歌う聞捷（1923-71）の「明日」（1958）に僅かに見える（全9聯のうち第5聯）。

　　それ（植樹による緑地）は穏やかな東風を招き，／水分を含んだ白い雲を招き，／よくさえずるひばりを招き，／蜜蜂と蝶とトンボを招く。

　共和国の空を飛ぶのは，為政者に招かれた蝶だけである。しかも伝統に反し，蜂だけでなく，ひばりやトンボまで引き連れて来る。

〔2〕 北島（ペイタオ）（1949-）と蝶

　文化大革命終結後の1978年12月，『今天』（1978-80）という地下文学雑誌が創刊された（図1）。発起人は詩人の北島と芒克（1950-），それに画家の黄鋭（1952-）。30年の空白ののち，中国にモダニズム詩が復活した瞬間だ。『今天』は，言論の自由を求める民主化運動とも連動し，前衛芸術が普遍的に持つ強い社会批評性を発揮した。この時期の北島の代表作である「回答」（1976）を見てみよう（全7聯のうち第1，4聯）（図2）。

　　卑劣は卑劣な者どもの通行証／高尚は高尚な者たちの墓碑銘／見よ，あの金メッキされた空に／逆さに漂い満てる死者たちの湾曲した影を／／（中略）／／世界よ，きみに告ぐ／わたしは信──じ──ない！／たとえ戦いを挑んだ一千の者たちをお前の足下に踏みしだいていようと／わたしが一千一人目となろう

　ただ，北島の本領は，このような社会に鋭く対峙するヒロイズムにあるのではなく，むしろ瑞々しい抒情性にある。さらに留意すべきは，これが北島の出発点に過ぎないことである。北島が海外に渡った1989年以降，彼の詩は苦い思索のあとを刻み，俄然深度を増す。彼は言う。

　　詩人というものは元来，詩を書き始めた日から亡命の道を歩むものです。
　　ある意味では，詩と亡命は同意義の概念であります。

　「詩」と「亡命」が同義だというのは，ともに人為的境界を越え自由を求める

ということだろう。北島は「天に問う」（全5聯の第5聯）にこう記す。

　　言葉が本から滑り出した／白紙は健忘症／両手をきれいに洗い／紙を破り
　　たら　雨がやんだ

　北島の「白紙」は，戴望舒<ruby>（戴望舒<rt>たいぼうじょ</rt></ruby>の「真っ白なページ」とは大違いだ。言葉の方から書物という文字を幽閉する装置から逃げ出し，「言葉の流亡が始まった」（「無題」）。さらに「逆光時刻」（全3聯のうち第3聯）にこう記す。

　　一羽の蝶が／歴史の巨大な妄言の中を飛ぶ／このときを愛す／物干しロープのように過去と／風吹く明日に向かって

　「歴史の巨大な妄言」とは，すでに定説化した歴史的記述であろう。そんな「妄言」の中を自在に飛ぶ蝶。この蝶は北島の希求する自由な言葉そのものだ。

▷3　北島／是永駿編訳『北島（ペイタオ）詩集』12, 13頁。

▷4　北島は，1989年4月，アメリカへ出国，その後ドイツのベルリン滞在中に六四天安門事件が発生し，帰国せず亡命を選択する。

▷5　財部鳥子・是永駿・浅見洋二編訳『現代中国詩集 China mist』116頁。

3　第三代の蝶

　1983年。ポスト『今天』の胎動が始まる。北島よりさらに若い詩人たちは「第三代」（第三世代）と呼ばれた。彼らの詩は実に多様だ。唯一共通するのは徹底した「個人創作」の傾向だろう。「新古典主義」に擬せられる張棗<ruby>（張棗<rt>ちょうそう</rt></ruby>（1962-2010）の詩を見てみよう（図3）。彼の名を一躍高からしめた「鏡の中」（1983）である。

　　一生悔みきれないことがふと浮かぶだけで／梅の花が散りかかる／たとえば川の向こう岸まで泳ぎ切った彼女を見る／たとえば松の木の枝のはしごを登ってゆく／危うさに美はつきものだが／馬にまたがり帰還する彼女の姿には及ばない／頬の温もり／恥じ入る面差し。俯いて，皇帝に答える／鏡がいつまでも彼女を待っている／鏡の中のいつもの場所に彼女を座らせよう。／窓から眺めるうち，一生悔みきれないことがふと浮かぶだけで／梅の花が南山いっぱいに散りかかる

　恐らく実際の「彼女」は，運動神経が鈍く，金槌で，木登りも乗馬もできないだろう。また芝居に出てくる，男装して科挙に受かってしまうような女丈夫でもないだろう。唐代の詩人・高適<ruby>（高適<rt>こうせき</rt></ruby>に「借問<ruby>（借問<rt>しゃくもん</rt></ruby>す梅花いずれの処よりか落つる／風吹きて一夜関山に満つ」（「塞上聞吹笛」）という句がある。笛の奏でる「梅花落」「関山月」という曲名にひっかけ，関山に照る月の下，一面に散り敷く梅の花を幻視する。張棗は，高適の詩を下敷きにして，実際にはあり得ない幾つもの幻想シーンから，「いつもの場所」にはもういない「彼女」を「鏡の中」に幻視し，「彼女」との時間を反芻<ruby>（反芻<rt>はんすう</rt></ruby>している。

　第三代の詩人たちの蝶は，徹底的に非蝶化されている。張棗の詩には，「死を憎む蝶」（「四月」）や「私たちが解剖するに堪えぬ蝶の頭」（「蝴蝶」）が現れる。于堅<ruby>（于堅<rt>うけん</rt></ruby>（1954-）の蝶は，千手観音の腕から葡萄の房のように連なりぶら下がる（「避雨之樹」）。陳東東（1961-）の蝶は，雨に打たれ大声で叫んでいる（「枝条」）。彼らの蝶は，歴史的に蝶が担ってきたあらゆるイメージから解き放たれ，ようやく軽やかな羽ばたきを取り戻したかのようだ。
⇨I-四-59

（松浦恆雄）

図3　『張棗的詩』
（張棗『張棗的詩』人民文学出版社，2010年）

▷6　川合康三編訳『新編中国名詩選』中，岩波文庫，2015年，155-156頁。

五　1949年以降

65 高行健（こうこうけん）（1940-）　『逃亡』（1990）

▷1　アイルランド出身の劇作家。1906-1989。主にフランスで活躍し，不条理劇の代表的な作家。

図1　『高行健戯劇集1　バス停』
（高行健『高行健戯劇集1　バス停』台湾・聯合文学，2001年）

▷2　1970年代半ばから1980年代初めにかけて，湖北省神農架林区で出没が噂された半人半獣の未確認動物。中国科学院による国家レベルの調査隊が1976年から1980年までに三度組織された。その目撃談の多くは民間伝説や古典文学にルーツを持つものであったが，当時，中国内外の関心を引いていた。

1　中国出身者初のノーベル文学賞受賞作家

⇨Ⅰ-五-63

2000年に，中国出身の作家として初めてノーベル文学賞を受賞したのは，小説家・劇作家でありまた画家としても知られる高行健であるが，受賞時の彼はフランス国籍であった。

高行健は，1962年に北京外国語学院フランス語科を卒業後，外文出版局の中国国際書店に勤めながら創作や翻訳活動を続けた。文化大革命中は紅衛兵のリーダーも務めたが，やがて安徽省に下放されて農業活動に従事し，その後は山村の教員を勤めている。1975年に外文出版局に戻った後は，創作活動も再開して小説を発表していくことになる。

2　舞台劇『非常信号』『バス停』『野人』

1981年には北京人民芸術劇院専属の劇作家となり，翌1982年に劉会遠（りゅうかいえん）との合作『非常信号（原題：絶対信号)』を発表する。社会問題にもなっていた「待業青年」（職に就けない若者）の犯罪をテーマとした本作は，中国で初めて小劇場方式で上演され，劇中で時間・空間を自由に行き来する実験的な作品であった。

1983年には，サミュエル・ベケット▷1の不条理劇『ゴドーを待ちながら』に着想を得たとされる『バス停（原題：車站）』を発表（図1）。とある郊外のバス停でいつ来るとも知れないバスを何年も待ち続け，その場を立ち去れない人々を描いた。本作は，当時西洋からの退廃的な文化や価値観の流入による「精神汚染」を追放しようとするキャンペーンのさなかにあって，その作風が「西洋文化を盲目的に崇拝したものだ」とされ，激しい批判の標的となった。

その後，1985年には，自身の長江流域への旅の実体験と，当時話題となっていた湖北省神農架の未確認動物騒動▷2に材を取った『野人』を発表している。真偽不明の「野人」を村おこしや金儲けに利用しようとする人間たちの諸問題を描きながら，この時代において既に自然破壊に対して警鐘を鳴らすものになっているところなど，高行健の先見の明が窺える。

1987年，ドイツからの招聘を受けて出国した彼は，次いでフランス文化省に呼ばれて翌年にパリへと移住する。1989年6月4日に発生した天安門事件を，彼はパリの地で知ることとなった。

3 『逃亡』

1990年，高行健が国外で初めて発表した作品『逃亡』は，固有の地名や日時は出てこないものの，天安門事件を題材に描いた不条理劇である。

物語の舞台は，都市の中のとある廃墟。「広場」で戦車隊や軍隊による市民への機銃掃射が行なわれているという極限状態の中，そこへ逃げ込んだ若い男女と40歳過ぎの中年の男によって繰り広げられる会話劇である。広場で仲間たちが次々に目の前で命を奪われていく光景を目にした青年は正義の怒りに燃え，若い女は恐慌をきたしている一方，匿名電話に促されて家から逃げてきた中年男性には政治や国家に対する諦念やニヒリズムさえ感じられる。「人民の自由のための闘いはいずれ勝利する」という青年に，中年男性は「自由が死しかもたらさないんだったら，そんな自由は自殺とおんなじさ！」「人生はいつも逃亡だよ！」と反駁する。隙を窺って青年が外へ飛び出した次の瞬間，響く銃声。青年が死んだとパニックになる若い女は，中年男性と肉体関係を持つ。

実は撃たれたのは犬で，無事だった青年は廃墟に戻るが，若い女と一緒になりたいとの思いから感情を爆発させ，女はふたりの男たちの持つ独善性や女性への抑圧を非難し始める。そこに横たわるのは男女間，そして世代間の断絶だ。やがて朝を迎え，機銃掃射のように激しく戸を叩く音を聞くことになる。

4 亡命とその後の作品

『逃亡』において，「人生はいつも逃亡だよ！」とやや自嘲気味に話す中年男性には，その年齢や経歴から高行健自身の姿が投影されているだろう。また，ひたすら残り本数を気にしながらタバコを吸う姿にも，かつて，1983年に誤診ながら肺癌と診断されて絶望していた自身を重ねていたかもしれない。余命いくばくもないと思った彼は仕事や家族から離れ，ひとりで中国西南地方の奥地を数ヶ月かけて旅することとなったが，その時の経験が上述の『野人』や，その後『逃亡』と同年に発表された長編『霊山』（1990）を生み出すこととなる。

『逃亡』（図2）を発表した高行健は，そのままフランスへ亡命する形となった。その後，『生死界』（1991），『対話と反問』（1993），『夜遊神』（1995），『山海経伝』（1993），『週末四重奏』（1996），『ある男の聖書』（1999）などの中国語作品を発表し，2000年にノーベル文学賞を受賞した。

ノーベル文学賞の際には中国メディアも報じたものの，政府は「政治的な意図による受賞」であるとして，選考委員会を批判している。現在では，高行健の作品集や原作を手がけた舞台の VCD・DVD は解禁され，発売もされている。

『逃亡』の中で，青年に「あんただってトランプのカードじゃないか？」と言われた中年男性は，こう語る。「その通りだろうな，だからこそ私は人の手の内のカードとして遊ばれたくないんだ。わたしはわたし個人の意志を，独立不動の意志を持たなきゃならない，だから逃げざるをえないのさ！」。（中根研一）

図2　1992年スウェーデン王立劇場で上演された『逃亡』の劇中写真
（高行健『高行健劇作選』香港，明報出版社，2001年）

五　1949年以降

66 王安憶（1954-）
『おじさんの物語』（叔叔的故事，1990）

▷1　国民革命軍新編第四軍。国民党と共産党の対立が激化した1941年以降，共産党によって再建，拡大され，人民解放軍として再編成された。

図1　1978年撮影。左から王嘯平，王安憶，茹志鵑
（王安憶氏提供）

▷2　1957年に始まる「右派分子」への政治闘争。共産党批判をしたとされる五十万人以上の人々が「右派」として断罪された。

図2　王安憶近影
（王安憶氏提供）

▷3　王安憶「今日創作談」『乗火車旅行』中国華僑出版社，1995年。

1 「知青」からの出発

　現代中国を代表する作家の一人，王安憶は南京で生まれ，上海で育った。父はシンガポール華人の王嘯平（1919-2003）。22歳で中国に渡り，新四軍で演劇プロパガンダに携わっていた。母，茹志鵑（1925-98）も新四軍出身の党員作家である（図1）。王安憶は党幹部の娘として育ったが，反右派闘争で父が，文化大革命で両親が批判された後に安徽省の農村へ下放した。

　この時期，王安憶のように都会から下放した知識青年（知青）は2000万人にのぼる。1966年から76年まで大学入試は停止しており，高等教育と無縁になった青年が大量に流出したのだった。彼らは両親のように革命を「選ぶ」余地もなく農村や工場へ向かったのである。政治に翻弄された青春経験を持つ「知青作家」には王安憶（図2）のほか阿城（1949-），張抗抗（1950-），史鉄生（1951-2010），王小波（1952-97）などがいる。

2 「小鮑荘」と新たな傷

　文革後の80年代，改革開放政策とともに西側の文学作品や理論が解禁され，文学創作は一気に百花繚乱の様相を呈する。この頃，政治闘争以前の中国の「根」を探そうとする「尋根」文学の傑作が多く生まれた。王安憶「小鮑荘」（1985）は，祖父をかばって洪水で命を落とした子供が，革命家の空疎な言葉によって観光資源に祭り上げられるさまを描く。「尋根」文学の収穫の一つだが，「根」よりもむしろ，死んだ子供が革命的英雄として造型されていく様子を，突き放した冷静な筆致で描くところに王安憶文学の真骨頂がある。

　80年代，中国の文学作品は豊作期を迎えたが，経済改革に比して民主化は進まず，多くの社会的矛盾が浮かび上がることになった。民主化運動が膨れ上がり，天安門広場で学生たちがハンガーストライキを始めたのが1989年5月のことである。全国の耳目を集めたこの運動は，6月4日未明に人民解放軍が学生および市民を掃討したことで終結した。六四（天安門事件）は，今も中国では公式に語ることのできない深い傷となっている。⇨Ⅰ-五

　質量共に高い創作活動をしてきた王安憶は，その後約一年間執筆を停止した。彼女はのちに，この時に「全てが破壊されてしまった」と感じたという。葛藤ののち執筆を再開し，「一つの時代の総括と検討」として1990年の冬に発表し

たのが中篇『おじさんの物語』であった。

3　メタフィクション『おじさんの物語』

『おじさんの物語』は，王安憶と同年代の作家「私」が，一世代上の作家「お
じさん」の半生を語るという設定をとる。若くして「右派」とされ，さらに文
革で迫害を受けたおじさんは，苦難を糧として80年代に作家として開花し，
「私」たち若い世代の精神的な領袖として文壇に君臨してきた。「私」はそのお
じさんの生身の姿に接近を試みるが，その語りは冒頭から揺らいでいる。

> 私は失敗する運命も顧みずに，自分には荷の重い物語を選んで語ろうとし
> ている。なぜかといって，物語を語りたいという欲望はあまりにも強烈で
> あり，またこの荷の重い物語以外，私には語りたい物語がないからだ。

フィクション構築の過程を読者に公開するメタフィクションとしてこの物語
は出発するが，「信頼できない語り手(Unreliable narrator)」が述べるおじさん
の経歴は二転三転する。公式発表をなぞりつつも，「私」の語りは黒い噂も拾
って逸脱していくのだ。やがて苦悩する崇高な知識人だったはずのおじさんは，
実は虚言癖のあるセクシストであり，下放先でも，都会に戻った後も，海外出
張先でも，女性を誘惑し，蹂躙し，暴力を振るってきたことが徐々に明らかに
されてゆく。これはフェミニズム小説でもある。

注目すべきなのは，「おじさん」を語ることが「私」たちを顧みることに直結
していることである。「おじさん」世代が昔は理想に燃えていたのに対し，語
り手は「私たちには，もともと何もなかったし，今もなく，将来もあり得ない
のだ」と言い捨て，そして続ける。

> （以前は）彼らの受難とは，彼らが思想の選択を誤り，洒脱な生き方を選ば
> なかったことにもよると考えていた。あの頃は，人の受ける制約がいかに
> 抵抗しがたいものかわかっていなかったし，人が思想方法を選ぶのではな
> く，思想方法が人を選ぶのだということもわかっていなかったのだ。

自分で生き方を選べると思っていたのは誤りだった，と「私」は述べ，「おじ
さんの物語を語りおわった後は，もう二度と幸せな物語を語ることはできない
だろう」と物語を閉じる。上の世代の「おじさん」の内実を暴く物語は，「私」
たち世代もやはり「思想を選べない」という絶望感にたどり着く。『おじさん
の物語』は，他ならぬ「私」の物語でもあった。そこからはまた，六四天安門
事件が知識人に与えた深刻な影響を見出すことができる。

王安憶は政治や国家といった「大きな物語」と，日常生活に潜む性別の問題
を突く「小さな物語」，その双方を高い密度で語ることのできる稀有な作家で
ある。たとえば長篇小説『長恨歌』(1995)は，中華人民共和国建国前から文革
後にいたるまでの上海の変化を一人の女性を通じて描き出し，「海派」作家と
しての王安憶の地位を不動のものとした。　　　　　　　　　　（濱田麻矢）

▷4　信頼性が低いフィク
ションの語り手。読者を惑
わせると同時に，ミスリー
ドの可能性に気づかせる。
本作では，語り手がおじさ
んの行動について複数の解
釈を述べ，読者のおじさん
イメージを撹乱する。

▷5　上海派。もともと上
海の京劇を「京派（北京
派）」と対照させて定義し
た言葉だが，のちに文化，
文学一般について使われる
ようになった。

五　1949年以降

67 閻連科（1958-）
『炸裂志』（2013）

図1　閻連科
（閻連科『夏日落』聯經, 2010年）

1 発禁作家からカフカ賞受賞へ

　閻連科（図1）は，中国河南省の貧しい農村に生まれた。中国人民解放軍に所属しながら，軍隊における兵士の自死を描き発禁処分となった『夏日落』（1992，未邦訳）を皮切りに，中国社会に疑問を投げかける問題作を次々に発表し続けている。『年月日』（1997）で魯迅文学賞，『愉楽』（受活，2003）で老舎文学賞と，国内の権威ある賞を受賞する一方，後者において，障害者ばかりの僻地の村に，社会主義革命が持ち込まれたことで様々な災いが降りかかるという物語を書いたため，閻は軍隊を離れることを余儀なくされた。『人民に奉仕する』（為人民服務，2005）では，過激な性描写と毛沢東への侮辱が問題視され，二度目の発禁処分を受ける。2006年，売血による感染拡大から，「エイズ村」と呼ばれた農村の人々の愛憎を描いた『丁庄の夢』（丁荘夢）は，読む者を震撼させ，再版が差止められた。その後，メディアでの発言や海外への渡航も制限された閻連科は，不遇の時代を経験した。

　2014年，村上春樹に次いでアジアで二人目のフランツ・カフカ賞を受賞すると，国内外の閻連科の評価は一新された。作品は世界各国で翻訳され，ノーベル文学賞候補としても名前が挙がるようになった。『硬きこと水のごとし』（堅硬如水，2001）など，軍隊や革命，ひいては毛沢東という「タブー」と「性愛」を共振させるような初期の作品に加え，「炸裂」という名の貧村が大都市に発展する過程に中国の現実をにじませた『炸裂志』や，2019年に日本で編まれた『黒い豚の毛，白い豚の毛　自選短篇集』など，それまでの作風とは異なる作品も，いまや国内外で読まれている。『心経』（2020）のように，中国大陸では出版できず，香港で出版された近年の作品も邦訳された。

2 『炸裂志』と「神実主義」

　『炸裂志』の冒頭には，「主筆による序文」なるものが置かれている。曰く，作中人物の「著名作家・閻連科」は，炸裂市の市長に巨額の報酬で市史の執筆を依頼され，そうして書かれたのが『炸裂志』であるという。中国には，「地方志」という，ある地域の沿革・習俗・人物・自然などを記した総合的な地理書があるが，この小説はまさにその体裁で書かれた，架空の村の年代記なのだ。

　閻連科は，同作を自らが提唱する「神実主義」の文学と位置づけ，それは中

▷1　閻連科／泉京鹿訳「神実主義とは何か——外国語版あとがき」『炸裂志』参照。

▷2　村上春樹「魂の行き来する道筋」『朝日新聞』2012年9月28日。

国の現実の奥深くに隠れて見えない「内なる因果」,「もっとも中国」たる原因をとらえんとする試みであると述べる。『炸裂志』は,中国で公式に規定されてきた歴史に対する,作家によるもう一つの現実の提示なのである。

3 社会への呼びかけ

作品のみならず,中国社会において多くの人が口をつぐむ政治体制や社会問題に対峙する発言によっても,閻連科は,作家としての影響力を発揮してきた。日中関係で中国側の行為を批判する発言は,中国では世論の反発を招くが,閻は尖閣諸島(中国名:釣魚島)問題でも大胆な声を上げた。「一つの国家,一つの民族の,文化,文学が冷遇され消滅するとき,面積などなんの意味があるというのか?」これは,2012年9月,村上春樹による東アジアの領土問題をめぐる寄稿文[42]に対する「返信」[43]である。閻連科は,文学や民間交流まで巻き込まれる領土権争いを批判し,文化と文学を通した連帯を呼びかけたのだ。

2019年末より,世界を長きにわたって苦しませることになった新型コロナウイルスのパンデミックについても,最初に武漢が封鎖されて間もなく,「この厄災の経験を「記憶する人」であれ」と,自分の言葉で人々に訴えた。[44]

　李文亮[45]のような「警笛を吹く人(警鐘を鳴らす人,告発者)」にはなれないのなら,われわれは笛の音を聞き取れる人になろう。大声では話せないのなら,耳元でささやく人になろう。ささやく人になれないのなら,記憶力のある,記憶のある沈黙者になろう。(中略)いつかこの記憶を,個人の記憶として後世の人々に伝えられる人になろう。

事実が隠蔽され,記録が改竄され,人々の記憶から忘れられていく。閻連科が語らずにいられない中国の歴史的悲劇は,決して隣国の他人事ではない。

4 家族,若者,日本文学へのまなざし

閻連科は,家族思いで,若い世代との交流にも積極的であり,日本文学に親しんできたという一面も持つ。ノンフィクション『父を想う　ある中国作家の自省と回想』(我与父輩,2009)では,故郷で一生を終えた父とその兄弟,中国の農村の人々の生と死を見つめ,中国の若い世代にも読者層を広げた。同作と対をなす,母や姉,妻ら自分を支えてきた女性たちへの思いを綴った『她們』(彼女たち,2020,未邦訳)で,さらに中国国内での評価を高めている。

中国人民大学,香港科技大学で教鞭を執る閻連科は,後進の育成にも熱心だ。90年代生まれの作家・蒋方舟[46]との共著(図2)からは,次世代に対する責任や期待,彼らに向き合う誠実さがうかがえる。また,軍隊にいた頃から日本文学に触れていた閻連科は,徳田秋声,遠藤周作などを愛読し,影響を受けたと公言する。[47]リービ英雄,平野啓一郎ら,日本文学の作家との対談も数多く,日本語でもっとも紹介されている中国作家の一人といえるだろう。　　(泉　京鹿)

▷3　閻連科／泉京鹿訳「中国の作家から村上春樹への返信」『AERA』2012年10月15日号,前掲▷1閻連科／泉京鹿訳『炸裂志』に収録。

▷4　閻連科／泉京鹿訳「この厄災の経験を「記憶する人」であれ」『ニューズウィーク日本版』2020年3月10日号。

▷5　李文亮(1985-2020)は,中国武漢市中心医院の眼科医。2019年,原因不明の肺炎患者の増加に気づき,感染拡大の警告を発したことで処分を受け,翌年,自らも新型コロナウイルスに感染して死亡。没後,湖北省人民政府によってウイルスとの闘いに身を捧げた「烈士」に認定された。

▷6　閻連科・蒋方舟『両代人的十二月』INK印刷文学,2015年。

図2　『両代人的十二月』(2世代の12月)
作家・蒋方舟との共著表紙。
(閻連科・蒋方舟『両代人的十二月』INK印刷文学,2015年)

▷7　閻連科／泉京鹿訳「鎌とニラとニラを食べる人　「発禁作家」の5つの足跡」(オンライン版「閻連科:中国のタブーを描き続けるノーベル文学賞候補が選ぶ意外な5冊」)『ニューズウィーク日本版』2020年8月11日・18日号。閻連科／泉京鹿訳「遠藤さんごきげんよう──遠藤周作への手紙」『すばる』2017年3月号。

五　1949年以降

68　余華（よか）（1960-）
『兄弟』（きょうだい）（兄弟，2005-06）

図1　余華
（『兄弟』上海文芸出版社，2005年）

▷1　幼少期や作家になるまでの経緯については，余華／飯塚容訳「創作」『ほんとうの中国の話をしよう』（河出書房新社，2012年，75-109頁）に詳しい。

▷2　エッセイにはその他，余華／飯塚容訳『中国では書けない中国の話』（原題『毛沢東很生気』河出書房新社，2017年）がある。日本での受容として，文学座の松本祐子によって舞台化されていることもまた特筆される。演目は『兄弟』（2014，16）と『血を売る男』（2021）で，いずれも劇団「東演」による。

**図2　劇団東演による舞台
『兄弟』（2014）のポスター**
（公式HP）

1　並んでも会いたい作家

　ぼくらの貴重な時間，6時間以上並んでも参加したいほど価値のあるイベントって，どれだけ存在する？

　これは数年前，インターネット上に投稿された，中国のある地方都市に住む大学生の書き込みである。イベントの主は，人気作家の余華（図1）。彼の作品の多くは，親やその前の世代を描いているが，今に生きる若者たちをも魅了し，彼の講演会やサイン会ともなれば，全国どこでも，数時間待ちの行列は当たり前の光景となる。

　余華は，浙江省杭州市にて，外科医の父と看護婦の母のもとに生まれた。幼少のころに，杭州近郊の海塩県（かいえん）（いま浙江省嘉興市（かこう））に移り住み，父の職場を遊び場にして育つ。6歳の時に文化大革命が始まり，その時期に見聞きしたことが，後の創作の基礎になっているという[1]。文革後は歯科医になり，22歳の時に創作を始めた。学齢期が文革期に重なったこともあって，当時はあまり多くの漢字を知らなかったと自ら述べるが，文芸誌への度重なる投稿を経て，1983年，三本の短編小説が雑誌『北京文学』の編集者の眼に留まる。彼は歯科医の職を辞し，県の文化館の職員となり，作家としての人生を歩み始めた。

　彼の作家としての活動は，1992年に発表した中編小説『活きる』（活着）の映画化（1994）が一つの転機となる。『活きる』は，ある男とその家族が，国共内戦，大躍進，文化大革命と，激動する中国社会を必死に生き抜くさまを描いた作品だが，張芸謀（チャンイーモウ）（1950-）による同名映画が，カンヌ国際映画祭で審査委員特別賞と主演男優賞を受けて，世界的なヒットとなった。それにともない，原作者である余華もまた，広く知られる存在となった。

　日本でも彼の作品は多くが翻訳され，上述の『活きる』のほか，『雨に呼ぶ声』（在細雨中呼喊，1991），『血を売る男』（許三観売血記，1995），『兄弟』（兄弟，2005-06），『死者たちの七日間』（第七天，2013）などが刊行されている。その他『ほんとうの中国の話をしよう』（十個詞彙裡的中国，2011）などのエッセイもまた，彼自身の体験に基づく具体的なエピソードがこまごまと記されており，大変に読みごたえがある[2]。

2　賛否の分かれる作品『兄弟』

　作品を発表するたびに，着実に作家としての評価を高めてゆく余華だが，決して多作とはいえず，たとえば『血を売る男』の後，次の『兄弟』の発表までには，10年のブランクがある。彼は『兄弟』の「日本語版あとがき」で，次のように述べている。

　　長い間ずっと，こんな作品を書きたいと考えていました。極端な悲劇と極端な喜劇がいっしょくたになった作品を。なぜかといえば，この40年あまり，我々の生活はまさに極端から極端へと向かうものだったからです。▷3

　満を持して刊行された『兄弟』は，まず2005年の夏に上巻が刊行されると，たちまち大ベストセラーとなり，数々のメディアで絶賛され，正規版をはるかに上回る，数百万部の海賊版が出回るなどの大騒ぎになった。しかし翌年，上巻の倍近いボリュームの下巻が刊行されると，描写が通俗的であるといった批判を受け，賛否両論の問題作となった。その後も中国国内では評価が割れているが，少なくとも日本においては，それまで中国の同時代小説にあまり関心のなかった人々までもが広く手に取ったという点で，画期的な作品と言える。

▷3　余華／泉京鹿訳『兄弟』アストラハウス，2021年，968頁（図3）。

図3　『兄弟』

3　悲喜劇のジェットコースター

　『兄弟』は，文化大革命から改革開放の時代を経て，経済大国へと昇りつめてゆく中国を舞台に，宋鋼（ソンガン）と李光頭（リーグアントウ）という，二人の男の人生を描いている。彼らが兄弟となるのは，親同士の再婚がきっかけである。二人の性格は正反対で，兄の宋鋼は優しく品行方正だが，どこか融通が利かない。一方，弟の李光頭は破天荒かつ品性下劣ながら，いつだってズバリと本質を突く。

　物語は，正視に堪えない暴力が陰惨に描かれた直後に，素朴でむき出しの情愛がせつなく描かれ，臭気ただよう猥雑さの中に，救いの言葉が潜んでいる。互いを監視し合うギスギスした文革期から，金のためなら何でもありの危なっかしい開放期まで，禍福はあざなえる縄のごとく，その振り幅があまりに大きいものだから，読み手はページを繰る手が止められない。

　並べられたエピソードは，奇抜で性にまつわるものばかりだが，余華の筆は，巧みにそれらを押し拡げる。主人公の李光頭はのっけから「女子便所を覗いて捕まる少年」として現れ，物語では彼が何を，どのように見たかはもちろん，その事件が，まちの男どもをいかにざわつかせたか，そして李光頭自身がそのことで，いかにしたたかに利益を得たかが語り尽くされる。

　「極端な悲劇と極端な喜劇」が織りなす人間絵巻に，読み手が泣いたり笑ったりしているうちに立ち現れてくるのは，幸せとは何かといった問いである。作品からうかがえる中国社会のバカでかいスケールと，中に暮らすたくましい中国人たちの姿は，小さくきれいにまとまりがちな日本社会に暮らす我ら日本人を心地よく揺さぶり，その普遍的な問いに立ち向かうヒントを与えてくれる。

（泉　京鹿）

五　1949年以降

69 残雪（1953-）
『暗夜（あんや）』（2006）

図1　『暗夜／戦争の悲しみ』
（残雪／近藤直子訳「暗夜」）

▷1　残雪／近藤直子訳
「暗夜」174頁。

図2　残雪
（残雪『残雪』中国当代作家選集
叢書，人民文学出版社，2000
年）

▷2　残雪『趨光運動 回溯
童年的精神図景』（走光性
運動　幼き日々の心象風景
に溯って），上海文芸出版社，
2008年，142頁。

1 独り行かねばならぬ道

　短篇小説「暗夜」（図1）で，14歳の語り手「ぼく」こと敏菊（ミンチュイ）は，ついに斉四爺（チースーイエ）に猿山に連れて行ってもらえることになる。しきりに荷を運ぶ一輪車が行き交ううまっ暗な道を，幾度もぶつかりそうになりながら二人は歩いてゆく。途中で導き手である斉四爺も姿を消し，友人の永植（ヨンチー），自分の父，死んだはずの大叔父，亡霊のような孤児たち，馬の姿をした何者かといった人々が代わる代わる姿を現してはまた消える。どうやら大人たちは夜な夜なこの道を通っているらしく，道は自分で見つけなければならないようだ。

　敏菊は途中で，再び現れた父から家に帰るように言われ，母と兄のいる家に夜明け前に帰りつく。しかし母から「父さんがいつもいっていた末世」が来ているとの言葉とともに食糧の包みを渡され，今度はひとりで猿山に行くことを決意する。「何に阻まれようと決してふり返るまい。ひとりの人間が事をなそうとしたとき，だれが本当に阻むことができよう？」

　果たして「猿山」とは何なのか，それはいったい存在するのだろうか。

2 氷山の深層を探求して

　残雪（図2）は幼年時代の回想録の中で，「わたしの小説は表面的には混沌（こんとん）として，馴染みがなく，奇怪で，構造を持たないようですが，その表面こそがわたしが普段感じとっている事物の表面です」と語っている。その言葉のとおり，残雪の描く人物は各自がめいめいの理屈に従って行動しており，外側からはその理屈がどういうものなのかを窺い知るすべはなく，理屈や論理が互いに共有されることはないかのように見える。

　しかし，残雪はくりかえし，それはあくまで現実世界の表層に過ぎないと説く。彼女の関心は氷山の海面に突き出た部分ではなく，水面下に隠れた部分にある。「暗夜」で窓から頭を突っ込む馬（の姿をしたもの）は，「お前はあれが馬だと思っているのだろうが，とんでもない」と指摘される。残雪の世界では事物とそれを指すことばの対応の曖昧（あいまい）さやずれが，現実に見える世界とその下に潜む夜の世界，無意識の世界の二重性を暗示しているのかもしれない。馬を馬だと受け取るのか，それとも馬の姿を借りた何ものであるかを探るのか，それは読者に委ねられる。

3 夢に食われながら

　残雪の父は1938年に中国共産党に入党した古参革命家で，母は国民党軍人のもとに妾として売られたが，逃げ出して共産党の地下組織に身を寄せた経歴をもつ。しかし残雪が4歳になった1957年に反右派闘争が始まり，父が右派の烙印を押されたことから，文化大革命後の名誉回復まで一家は辛酸を嘗めることになる。残雪も小学校卒業後は中学進学を断念し，18歳からは工場に勤務した。結婚・出産後に29歳で夫と仕立屋を開業し，まもなく小説『黄泥街』の執筆を開始し創作の道に足を踏み入れた。

　中国文学者の近藤直子（1950-2015）は，残雪の父と母の結びつきを「『中国の夢』のひとつの成就の形」とした上で，残雪自身とその二番目の兄から得た，両親が子供たちを「徹底的に抑えつけていた」との証言を記している。「『中国の夢』から生まれたふたりが，その夢に食われながら，またその子供を食おうとする。そしてその子供は……。すでに悪夢と化した『中国の夢』に，外と内から追いつめられる中で，残雪の極北の物語は姿を現した」。

　残雪の描く母と娘の関係も緊張を伴っている。娘の行動を窃視し監視する母と，それに対する娘の側からの強烈な反発は，特に母の頭髪と眼球という身体部位を借りて表現されているようだ。母の頭皮の剝落や脱毛が反復され，その原因は往々にして娘に帰せられる。また，『突囲表演』では主人公のX女史が子供の頃に母の眼鏡を谷川に投げ捨てたと語られる。眼球をえぐることがフロイトのいうとおり去勢を示すなら，眼鏡を捨てることは頭髪を（間接的に）むしり取ることと同様に，女性性や母性を圧殺する試みとも解釈できるだろう。母娘関係を困難にする背景には，「猿山にいたとき，わしは恩人を殺したのだ。あの日，山の中は大混乱，わしもあの猿たちもみな狂ってしまった。わしはあの雌猿の目玉をえぐり出して呑みこんだ……」と語られるような，女であることへの凄惨な攻撃も潜んでいる。

　また，長編小説『黄泥街』（1986）（図3）では，灰が降りそそぐ街に汚水が溢れ，住民は家屋の二階に穴を開けて排泄する。冒頭と結末にはひとりの子供が現れ，たくさんの癌患者が死んだと告げるが，その顔や手は蛇皮のようなうろこに覆われている。ここに寓意を読み込むのは容易だが，環境汚染に対する諷刺であり警鐘であるとのみ読むとすればいささか短絡的だろう。そこで展開されているのは人間の精神の運動であるからだ。残雪は自分の作品について，「読者が瞳を凝らして見据えさえすれば，きっとある種の構造が徐々に眼前に浮かび上がることでしょう。そうした深層の論理は，表層の論理をはるかに超えるものです。それは立体的で，未来に向かって無限に伸びているからです」と記している。このつかみがたい世界を，ことばによって書き表すことに，残雪は絶対的な信頼を置いているのである。

（及川　茜）

▷3　残雪／近藤直子訳『黄泥街』白水Uブックス，2018年。

▷4　近藤直子「残雪年譜」参照。

▷5　近藤直子「訳者あとがき」残雪『蒼老たる浮雲』212頁。単行本初出は1989年。ここでいう「中国の夢」とは，共産党によって旧社会の桎梏から解放されるという輝かしい啓蒙の夢である。

▷6　残雪／近藤直子訳『突囲表演』河出書房新社，2020年。

▷7　前掲▷1残雪／近藤直子訳「暗夜」153頁。

図3　『黄泥街』
（残雪／近藤直子訳『黄泥街』白水Uブックス，2018年）

▷8　残雪『趨光運動 回溯童年的精神図景』，前掲▷2に同じ。

五　1949年以降

70 劉慈欣（1963-）『三体』（2006-10）

▷1　ヒューゴー賞（The Hugo Awards）は，1953年の世界SF大会（Worldcon）において創設された。前年に英語で発表されたSF作品を対象に，SFファンの投票によって受賞作が決定する世界的なSF文学賞。創設当初の正式名称は「年次SF功労賞（the Annual Science Fiction Achievement Award）」であったが，世界初のSF雑誌出版者として知られ，アメリカSF界初期の功労者であるヒューゴー・ガーンズバックにちなんだ非公式ニックネームの「ヒューゴー賞」がよく知られていたため，1958年に「ヒューゴー賞」が別名称として公式認定され，1992年からは正式名称となった。

図1　『三体』
（劉慈欣『三体』重慶出版社，
2008年）

1　アジア初のヒューゴー賞受賞作品

　劉慈欣は，1999年，発電所のコンピューター技師を務めながら，SF誌『科幻世界』に「鯨歌」「微観尽頭（ミクロコズムのはて）」が掲載されて以来，次々に作品を発表し，人気のSF作家になった。中国のSF賞「銀河奨」や，世界の華語SFを対象とする「世界華語科幻星雲奨」を度々受賞し，さらに2014年，『三体』英訳版が出版されると，翌年のヒューゴー賞[1]長編小説部門賞を受賞し，世界的にも注目される作家になった。現在は専業作家として執筆を続けている。

　ヒューゴー賞を受賞した『三体』は「地球往事」三部作，通称「三体」三部作の第一作である。2006年に『科幻世界』誌に連載され，2008年1月に重慶出版社から出版された（図1）。その後，第二作『三体Ⅱ　黒暗森林』（2008年5月）（図2），第三作『三体Ⅲ　死神永生』（2010年11月）（図3）が出版され，三部作完結によって多くの新しい読者を獲得し，ヒューゴー賞受賞後は飛躍的に読者層が広がった。

　劉慈欣は豊富な科学技術知識を持ちながら，科学的な厳密さにこだわり過ぎない発想によってさまざまなガジェットや概念を繰り出す。ミクロ／マクロの視点を操って神秘的な宇宙風景や超文明を描き，貧苦やしがらみに満ちた生々しい中国社会も描く。宇宙への飛翔の夢と泥沼の地上の現実が共存する作風が読者の共感を呼んでいるようだ。ここでは「三体」シリーズを通してその魅力を紹介したい。

2　「いま，ここ」への絶望と彼方にある希望

　「三体」三部作は「三体問題（三つの天体間の運動方式の問題）」をモチーフとする。素粒子物理学や宇宙論を基にした設定のもと，人類と四光年彼方の三体文明との対決が描かれ，さらには三体文明よりも高度な文明の攻撃による太陽系の終焉，宇宙存続の危機の物語へとスケールを拡大してゆく。

　一作目の『三体』では事の発端と近未来が描かれる。文化大革命期に紅衛兵に父親を殺され，一家離散した葉文潔（イエウェンジエ）は，地球外文明を探索する極秘プロジェクトにたずさわることになる。四光年の彼方の異星文明から信号を受け取った葉は，かれらの介入を望み，「ここへ来て欲しい」とメッセージを送る。一方，四光年彼方の三体文明は，不規則に運行する三つの太陽によって崩壊と再生を

繰り返していた。かれらは地球からの信号を受け取って，母星から脱出する希望を抱いた。量子コンピューター「智子」を地球に送り込み，遠隔操作によって地球の基礎科学研究を監視し，その発展を妨げるとともに，艦隊の地球侵攻を開始する。「いま，ここ」を抜け出したい三体人の欲求と，荒廃した世の中に絶望し，「いま，ここ」を変えようとした中国の若者の一縷の望みが触れ合った瞬間，その小さな接点から，人類の未来は大きく変わり始めたのである。

続く『三体Ⅱ　黒暗森林』では，三体星系の艦隊が450年後に地球に到達するという設定のもと，地球人は冬眠技術を活用しながら宇宙軍を整備しつつ，「智子」の監視を欺く「面壁計画」を進めてゆく。そして三作目，『三体Ⅲ　死神永生』では，人類は三体文明との最終対決に挑むが，三体文明よりも更に高度な文明の攻撃に晒される。

「三体」三部作は，全体として侵略と抵抗，新生への希求の物語になっており，物語が進むにつれて，弱肉強食の宇宙空間が浮き彫りにされてゆく。作中の人類の歴史は，近代中国の経験したウェスタン・インパクトと被植民地化の歴史にオーバーラップしてくる。そして，地球も太陽系も失われた後，小宇宙に避難して暮らす一組の男女が，平行宇宙から届いた「回帰運動声明」（無数にできた小宇宙に質量が流れたため，宇宙が膨張し続けて死を迎えることを懸念した一派の，大宇宙への質量返還を求める声明）に賛同し，宇宙の新生を望んで，安寧の小宇宙を出て劣悪な環境の大宇宙に戻る姿は，新中国建設時の中国知識人を彷彿とさせる。

図2　『三体Ⅱ　黒暗森林』
（劉慈欣『三体Ⅱ　黒暗森林』重慶出版社，2008年）

図3　『三体Ⅲ　死神永生』
（劉慈欣『三体Ⅲ　死神永生』重慶出版社，2010年）

3　さまざまな受容と期待される映像化

ガジェットやアイディアが魅力的なだけでなく，悲壮美を帯びた英雄譚，壮大な叙事詩のような物語も多くの読者を魅了していると考えられるが，その読まれ方はさまざまである。興味深いのは中国の企業家たちの読み方だろう。彼らは，弱肉強食の宇宙空間において高次元から低次元を見たり，侵入，攻撃したりする描写にヒントを得て，潜在市場を大航海時代の未開の地に見立て，高次から進入するが如く，高い技術力によって有利な市場開拓を展開する戦略に応用しているという。

ファンによる二次創作も多い。とりわけ注目を集めたのは，自身もSF作家の宝樹（1980-）の作品だろう。秘めた愛を貫いた男性人物の外伝が話題を呼び，本編と同じ重慶出版社から『三体X　観想之宙』（2011）が出版された。

2020年現在，「三体」三部作は二十数言語によって翻訳出版が進められている。巨大な知的財産（IP）となった「三体」は中国のSF産業を活性化した。これまでに，舞台劇の上演や漫画の連載が始まったほか，映画，ゲーム，アニメの制作が進められており，さらに，海外企業のNetflixも参入して，ドラマシリーズの制作が進められている。

（上原かおり）

▷2　劉慈欣の短編小説「さまよえる地球」に基づく映画『流転の地球』（2019）にも悲壮美が見られる。本作は中国国産SF映画として空前の大ヒット作となった。

▷3　Lotus Lee 戯劇工作室により2016年に『三体』の，2019年に『三体Ⅱ』の舞台劇が初上演された。テンセントが運営するアニメーション・コミックのプラットフォーム「騰訊動漫」上で2019年より漫画の連載が始まった。遊族網絡股份有限公司（YOOZOO GAMES）が映画とゲームの制作を進めている。アニメは，動画共有サイトの「bilibili」，三体宇宙（上海）文化発展有限公司，武漢芸画開天文化伝播有限公司が共同で制作を進めている。

五　1949年以降

71 白先勇（1937-）
（台湾の文学）

はくせんゆう

1　白先勇と父・白崇禧

はくすうき

　戦後台湾文学を代表する作家の一人，白先勇の生い立ちは，中華民国の歴史と密接に関わっている。第二次世界大戦後，国民党政府は日本に統治されていた台湾を接収し，中華民国台湾省を設置した。その後，蔣介石率いる国民党が共産党との内戦に敗退すると，多くの国民党関係者は中国大陸から台湾へと渡った。国民党の将軍白崇禧（1893-1966）の五男として広西に生まれた白先勇もまた，1949年に大陸を離れ，香港を経由して52年に台湾に移住する。

しょうかいせき

▷1

　長江三峡ダム建設に携わる希望を抱き，水利工学を学ぶべく台南の成功大学に進学した白先勇は，1957年に進路を変え，台湾大学で外国文学を専攻した。60年，学友とともに雑誌『現代文学』を創刊。同誌はカフカ，ジョイス，フォークナーなど欧米の現代文学を紹介し，台湾の現代文学や詩の創作を促し，文学批評や中国古典文学研究の論壇となった。台湾文学に新たな潮流をもたらした白先勇は，63年に渡米する。66年に父が死去するまで台湾に戻らず，その後はアメリカに定住し，大学で教鞭をとるかたわら，執筆活動に従事した（図1）。

　台湾省籍を持つ「本省人」に対し，戦後，大陸から台湾に渡った人びとは，「外省人」と呼ばれた。外省人第二世代にあたる白先勇は，大陸で高官を務めたものの，台湾の蔣介石政権下で冷遇された父のように，祖国たる「中華民国」を失い，異郷で生涯を終えた第一世代の姿を，その作品に書き残した。

ほんしょうじん

がいしょうじん

2　郷愁と再生──『台北人』（1971）

ノスタルジア

　『台北人』は，1965年から71年にかけて，主に『現代文学』に発表された短編を収める。さまざまな階層の外省人第一世代が抱く郷愁を主題としているが，そこには外省人，本省人を問わず，親世代の追憶するような「故郷」を持たない，戦後台湾の第二世代に共通する帰属感の喪失も込められている。

　その一篇「孤恋花」（1970）は，語り手である外省人の女性が，本省人と擬似的な家族を形成しようとする物語である。表題は戦後台湾で流行した台湾語歌謡曲の題名で，作中，酒場勤めの女性娟娟によって哀切に歌われる。台湾出身の娟娟は，気のふれた母，娘を犯す父の下で育ち，客からも暴行を受けていた。上海の酒場から流れてきた「私」は，彼女を同居させ，庇護する。

チュアンチュアン

▷2

　「私」が夢想したのは，社会の片隅で生きる女同士のユートピア的な共同体

▷1　第二次世界大戦前後の台湾の歴史については，周婉窈／濱島敦俊監訳／石川豪ほか訳『増補版 図説 台湾の歴史』（平凡社，2013年），大東和重『台湾の歴史と文化』（中央公論新社，2020年）に詳しい。

図1　1958年，台湾大学に入学したころの白先勇（右）と父・白崇禧
（白先勇編『父親与民国──白崇禧将軍身影集（下）台湾歳月』時報文化出版，2012年）

▷2　台湾語とは，福建省南部で使用される閩南語にもとづき，台湾先住民族の語彙なども取り入れた中国語方言の一種である。ホーロー（福佬／河洛）語ともいう。戦後，国民党政権下の台湾では，国語（標準中国語）を公用語と定め，学校での台湾語使用を禁止した。

びんなん

であった。その願いが叶うことはないが，「孤恋花」の歌声に「私」が耳を傾ける最後の情景には，穏やかな余韻が漂う。異郷の歌に寄り添われ，郷愁から再生へと導かれる外省人の姿が切り取られているせいであろう。

③ 非合法の「王国」と異端児たちの「家」──『孽子』(1983)

　白先勇の代表作『孽子』もまた，擬似的な家族関係によって孤独を埋めようとする人びとを描いた長編小説である。表題は，妾腹の子，罪の子といった意味で，「異端児」と解釈できよう。舞台は1970年の台北新公園（現在の二二八和平公園），男性同性愛者のたむろするこの場所は「我々の王国」と呼ばれ，「我々には政府もなければ憲法もない。承認も受けていなければ，尊重されることもない」と述べられる，非合法の共同体だ。訳者の陳正醍が指摘する通り，この「王国」は中華民国の寓意でもあり，家族から疎外された同性愛者の群像に，祖国から断裂した中華民国や，台湾という島の歴史が結びつけられている。登場人物の多くは実の父子関係に葛藤を抱え，仲間内で義理の父子や義兄弟のつながりを形成するが，それらは「国」や「家」に対する強烈な帰属願望のあらわれともとれるだろう。

　台湾の文壇では，「同志」と呼ばれるセクシュアル・マイノリティを扱ったジャンルが隆盛している。「満天に輝く星」(1969，『台北人』所収) など，60年代から同性愛者を描いてきた白先勇の作品はその起源の一つであり，台湾の歴史と同性愛という主題は，後続の作品にも影響を与えている。

④ 白先勇と中国文学

　白先勇の文学は，中国文学の伝統に対する深い造詣に支えられていることでも知られる。たとえば，「遊園驚夢」(1966，『台北人』所収) は，明代の劇作家湯顕祖の『牡丹亭還魂記』から表題をとっている。物語は，民国期の南京で名を馳せた崑曲の歌姫で，いまは台湾南部にひっそりと暮らす銭夫人のある一夜を描く。老将軍の後妻となった銭夫人は，かつては南京の社交界を取り仕切っていたが，夫亡き後，昔の仲間に招かれた台北の宴会で酒に酔ううち，封印していた過去の記憶に苛まれる。引用される崑曲の歌詞とともに，銭夫人の意識が台北と南京をさまよい往還する描写は，現代的な心理表現に，夢の中の逢瀬という『牡丹亭』のイメージが重ねられ，銭夫人の回想の儚さが際立つ。

　宴席で往時を懐かしむ人びとの栄華もまた，ひとときの夢のようなものだ。それぞれの過ごした歳月を，チャイナドレスの型や着こなしといった細部から書きあらわす手法も，白先勇が影響を受けた『紅楼夢』を彷彿させる。

　21世紀以降，白先勇は「青春版」と銘打った『牡丹亭』(2004) の製作を手がけるなど，崑曲復興の事業に力を入れている。中国伝統文化への傾倒とその再生への関心は，こうした活動にも継承されているようだ (図2)。(田村容子)

▷3　1971年，国連総会で中華人民共和国の中国代表権が認められると，それまで中国代表権を有していた台湾の中華民国政府は国連から追放された。

▷4　朱偉誠／山口守訳「父なる中国，母（クィア）なる台湾？──同志白先勇のファミリー・ロマンスと国家想像」『クィア／酷児評論集』台湾セクシュアル・マイノリティ文学4，作品社，2009年。

▷5　中国語の「同志」は，中国共産党員が互いの呼称に用いるなど，政治イデオロギーを共有する相手を指す語だが，のちに同性愛者を指すようになった。

▷6　台湾の「同志文学」の邦訳に，「台湾セクシュアル・マイノリティ文学」（シリーズ全4巻，作品社，2008-2009年），徐嘉澤／三須祐介訳『次の夜明けに下一個天亮』（書肆侃侃房，2020年）などがある。

図2　崑曲の青春版『牡丹亭』カーテンコールの白先勇（中央）
（白先勇主編『円夢　白先勇与青春版《牡丹亭》』花城出版社，2006年）

五　1949年以降

72 頼声川（1954-）
（台湾の演劇）

▷1　皇民劇を上演した台湾人には，楊逵（1905-85）のように，面従腹背ともとれる題材を脚本にした作家もいた。1943年10月，楊逵の組織した台中芸能奉公隊は，トレチャコフ原作『吼えろ支那』を脚色，巡演した。同作は，反英米帝国主義を訴える皇民劇として上演されたが，楊逵の脚色および当時の観衆の反応には，「英米」を「日本」と読み替える意図があったという説もあり，後世の評価が分かれている。

▷2　戦後の台湾では，中華民国政府により1949年5月，戒厳令が布かれ，「白色テロ」と呼ばれる言論統制や思想弾圧が行なわれた。蒋介石の没後，中華民国総統を務めた息子の蒋経国は，70年代より政治経済の改革と民主化を進め，87年7月，戒厳令を解除した。

図1　頼声川
（陶慶梅・王偉忠『宝島一村』国立中正文化中心・PAR表演芸術雑誌，2011年）

1　台湾の近代劇と言語状況

　中国の演劇は，伝統的に，韻文による歌詞と音楽の入った歌舞形式で演じられてきた。セリフの演技を主とする近代劇は，20世紀に誕生し，中国語では「話劇⇨Ⅰ-四-52」と呼ばれる。話劇は，日本や西洋の演劇に触れた留学帰りの演劇人らにより上演が試みられ，1924年に上海で確立された。伝統劇にあった女形を廃し，標準中国語のセリフを用いたことなどが，話劇成立の指標とされている。

　一方，広東語や台湾語といった方言文化圏では，方言による上演が行なわれていた。とくに，1895年から1945年まで日本の植民地となった台湾では，宗主国の日本と祖国の中国，双方の影響を受けた独自の近代劇が生まれた。

　台湾の近代劇の歴史は，同地の複雑な言語状況を反映している。たとえば，日中戦争期には，学校では国語として日本語の使用が義務づけられた。しかし，民衆が日常的に用いる言語は台湾語であったため，植民地政策を宣伝する「皇民劇」を日本語で演じても，観衆に伝わりにくいという現実があった。[1]

　戦後，中華民国政府の管轄下に置かれた台湾では，標準中国語が新たな国語となった。台湾語や日本語を混ぜた多言語演劇の試みも現れたが，1946年より国語の使用が推進され，上演の内容にも厳しい検閲が行なわれた。60年代になると，欧米に倣った小劇場演劇の試みが始まるが，70年代まで，台湾の近代劇は政府の干渉を免れず，その歩みは言語や政治状況によって分断されてきた。[2]

2　頼声川と「表演工作坊」

　1980年代，台湾の社会は民主化に向かい，演劇では，民間の劇団による多様なスタイルの現代劇が隆盛した。そのような劇団の代表格が，劇作家・演出家の頼声川率いる「表演工作坊」である。頼声川は，原籍は江西省で，米国ワシントンに生まれた（図1）。[3]中華民国駐米大使館の外交官であった父の転勤により，1966年に台北に移住する。輔仁大学英語系を卒業後，のちに表演工作坊のプロデューサーとなる丁乃竺と結婚，その後渡米し，カリフォルニア大学バークレー校で演劇学を学ぶ。83年，台湾に戻り，国立芸術学院（現在の国立台北芸術大学）戯劇系に赴任し，翌年劇作家としてデビュー，表演工作坊を結成した。

　表演工作坊は，頼声川の創作劇に加え，欧米の翻訳劇を上演し，台湾現代劇を牽引する役割を果たしてきた。集団即興により生み出される笑いと，仏教的

な死生観や，抒情性の混じりあった作風は，現在では中国語圏に広く受け入れられている。21世紀以降は，その作品と創作スタイルが，中国大陸の演劇界にも大きな影響を与えており，大陸の市場と観客を開拓することにも成功した。

③ 離別と再会の悲喜劇──『暗恋桃花源（あんれんとうかげん）』（1986）

初期の代表作『暗恋桃花源』（図2）は，頼声川自身によって92年に映画化され，その後もキャストを変えて再演が繰り返されている。表題は，「密かに慕う桃源郷」と読めるが，劇中で展開されるのは，『暗恋』と『桃花源』というまったく別の劇の稽古を行なう二つの劇団が，手違いから舞台でバッティングする，不条理劇的な状況だ。互いに本番を控え，焦る俳優らは，ついに舞台を左右半分ずつ同時に使い始める。『暗恋』は1948年，国民党と共産党の内戦中に上海で生き別れた恋人が，年老いて台北で再会するシリアスな劇だ。そこに陶淵明の「桃花源記」にもとづく艶笑譚風の喜劇『桃花源』のセリフが重なると，驚くべきことに，二つの劇中劇の会話がつながり，新たな劇が生まれてしまう。

作品の背景には，『暗恋』が示すように，台湾に渡った外省人の記憶や，巻き戻せぬ時間への郷愁といった，大陸と台湾の歴史が横たわっている。他方，『桃花源』で演じられる，妻の浮気に悩み桃源郷に迷い込んだ男が，戻ってみたら居場所を失っていたという話は，より普遍的な離別と再会の寓話になっており，二つの劇中劇は，それぞれの結末にほろ苦い余韻を残す。同作は2006年に大陸の俳優によるバージョンが作られた一方，同年の台湾版では『桃花源』に伝統劇の俳優を起用し，台湾語を用いるなど，多言語上演が試みられた。[4]

④ 頼声川と中国演劇

頼声川の作品は，大陸および台湾の歴史や，記憶の分断と密接に関わる主題を扱ったものが多い。それらはしばしば，『暗恋桃花源』の劇中劇のように，重層的な時空間として表現される。その集大成といえる『如夢之夢（ゆめのごときゆめ）』（2000）では，2000年の台北，90年代のパリ，30年代の上海など，錯綜する時空にまたがる複数の人物の数奇な運命が，円環状の舞台を使って8時間にわたり描かれた。

また，代表作の一つ「相声劇（そうせいげき）」シリーズでは，日本の漫才にあたる「相声」という中国の伝統的な話芸を，現代劇に取り入れた。頼声川がこの形式を始めたのは，幼少期に親しんだ相声が台湾で衰退するのを憂慮したためであるという。同シリーズにも，台湾語などの方言の使用や，大陸および台湾の歴史を，劇中の時空を超越しながら物語るという特徴を見出すことができる。

『暗恋桃花源』『如夢之夢』や相声劇『千禧夜，我們説相声』（ミレニアムの夜，我々は漫才をする，2000）は，頼声川の大陸における出世作でもある。大陸版が作られ，再演を重ねる中で，台湾から出発した頼声川の演劇は，いまや中国語圏に通用する創作のモデルを提供している（図3）。　　（田村容子）

図2　映画『暗恋桃花源』
（頼声川『頼声川劇場（第一輯）
──暗恋桃花源＆紅色的天空』
東方出版社，2007年）

▷3　原籍とは，先祖が籍を置いていた本籍地を指す。

▷4　『暗恋桃花源』は，余光中総編輯『中華現代文学大系──台湾1970-1989』13（戯劇巻貳），九歌出版社，1989年所収。邦訳はまだないが，『幕』69号（日中演劇交流話劇人社，2009年）に，日本語による頼声川作品の紹介が掲載されている。

図3　相声劇『千禧夜，我們説相声』
（陶慶梅・侯淑儀編著『刹那中
──頼声川的劇場芸術』時報文
化，2003年）

第Ⅱ部

小吃（スナック）

中国文学への多様なアプローチ

一　何語で書くか，何文字で書くか

1 文言と白話

1 書きことばと話しことば

　中国語の「文言と白話」は，日本語の「文語と口語」に相当し，「書きことばと話しことば」のこと。白は「独白」などと言ったときの「白」のことで，「はなす」という意味である。

　中国の昔の文章は，おおかた文言で書かれてきた。その代表には『論語』や『孟子』などの儒教経典がある。六朝の『世説新語』や唐詩には，当時の白話が散見され，禅籍の語録もまた，白話語彙の宝庫なわけだが，何でもかんでも記録する中国人が生み出してきた莫大な量の文言に比べれば，記された白話の量など微々たるものであった。

　文言は，語彙が増えてゆくことはありこそすれ，地域や時代の影響を受けにくいことが特徴だ。だから読み方を学びさえすれば，地域や時代を隔ててもわりに自然に読むことができ，それは，広大で方言豊かな中国という国を一つにまとめあげるのに，非常に都合の良い道具だったのである。修養を積むことでエリートとなった人々は，文字を操るもののみが到達できる特権を手に入れたが，そこに至るまでには，時間もお金もかかったから，文言はまた，彼らエリートの子孫をさらにエリート化させる「再生産装置」の一翼を担った。

　白話は，話しことばとはいえ，しょせんは書記言語であり，明清の白話小説においては，おおむね講釈師の語りという枠組みが用いられる。それは文言とは逆に，地域や時代の影響を受けやすい。だから白話小説と言ってもさまざまで，『紅楼夢』には北京方言が，『金瓶梅』には山東方言が織り込まれるから，それらを正確に読むには，個々の方言辞典をひもとかねばならない。　⇨Ⅱ---2

2 話しことばは難しい

　日本で人気の高い中国小説には，『三国演義』と『水滸伝』がある。どちらも明の，同じような時期に今の形になった「白話小説」である。日本では，吉川英治や横山光輝の影響からか，どちらも同じような「英雄豪傑がたくさん出てくる中国のお話」として認識され，それはそれで正しいのだが，この二作品が，江戸時代の日本に入ってきたころは，事情が少し違っていた。というのも『三国演義』と『水滸伝』とでは，翻訳され，広く読まれるようになるまでに，100年ほどの差があるからだ。そしてその理由が，他ならず，両者の文体の違いに

▷1　白話文については，小松謙『水滸伝と金瓶梅の研究』汲古書院，2020年，205-208頁に詳しい。

▷2　小松謙「三国志物語の変容」懐徳堂記念会編『中国四大奇書の世界——『西遊記』『三国志演義』『水滸伝』『金瓶梅』を語る』和泉書院，2003年参照。

由来していたと言われている。[42]

『三国演義』は，歴史物語であり，史書である陳寿『三国志』（3世紀）にルーツを持つ。だから，「白話小説」にくくられはするが，使われている語彙は大半が文言由来であるため，わりに早くに翻訳されることになる。対して『水滸伝』の方は，宋代の語り物などにルーツを持つため，白話が多用されている。その違いは，名詞や動詞といった「わかりやすいことば」はもちろん，副詞や助詞など「わかりにくいことば」にも及んでいて，文言には慣れていた江戸の漢学者たちも，白話を読むのには骨を折ったというわけなのだ。

江戸の漢学者たちの熱心な学習の末，『水滸伝』の翻訳は刊行にいたる。[43]たちまち人気に火がつくと，多くの後続本が生みだされ，滝沢馬琴や歌川国芳らを奮起させ，後には人々の身体を彩るようにまでなっていった。

3 シャウトする文学

明の後半には，出版量の増加とあいまって，大量の白話小説が世に出ることとなったが，それとても所詮は周縁の娯楽に過ぎず，中央で正統とされていたのは，依然として文言であった。両者の立場が逆転するのは，20世紀に入ってからのこと。20世紀の中国は，急速な勢いで大衆や女性や子どもにスポットライトが当たってゆくが，その種の周縁へのまなざしは文体にも及んだのである。

列強に侵食される自国に「遅れ」を自覚したエリートたちは，旧い時代を反省し，新しい時代を夢に見ると，民衆教育の必要を痛切に感じ，これからはエリートの文言ではなく，大衆の白話を用いるべきだ，といった結論にいたる。[44]

アメリカ帰りの胡適は，1917年，当時の上海で一番ホットな文芸誌『新青年』上に「文学改良芻議」を発表し，新たな文学を形式及び内容の点で，次のように提唱した。「典故を用いない／陳腐な言葉を用いない／対句を重んじない／俗字や俗語を避けない／文法を重んじる／無病の呻吟をしない／古人の模倣をしない／内容のあることを語る」。⇨Ⅰ-四

魯迅が1918年に発表した小説「狂人日記」は，この理念をかたちにした最初のものとして名高い。テーマは「食人」で，主人公は「周りの人間はみな人を喰っていて，自分もまた知らずに喰っているかもしれない」と妄想し，日記にそれを書き記す。彼の最後のことば「子どもを救え」は，長いあいだ人々を縛って来た礼教の，桎梏の連鎖を自分の世代で止めなくては，といった気持ちからのものだが，その「心の声」は，ほかならぬ白話を介して人々に届けられることになったのだった。

のちに「狂人日記」は『吶喊』なる名の小説集に収められる。「吶喊」もまた「ときの声をあげる」といった意味であるが，このタイトルにもまた，当時求められたのが，理性により整えられたことばではなく，感情により搾りだされたことばだったことが強く表われている。

（加部勇一郎）

図1 江戸時代に編まれた『水滸伝』を読むための辞書『忠義水滸伝解』（陶山南濤，1757）
（『唐話辞書類集』3，古典研究会，1970年，8頁）

▷3 高島俊男『水滸伝と日本人』ちくま文庫，2006年，第2章「唐話学習の流行」参照。

▷4 清末には，大衆啓蒙を目的として，「白話報」と呼ばれる，白話体を用いた定期刊行物が盛んに発行された。大原信一『近代中国のことばと文字』第2章「清末の白話提唱と白話報」参照。

図2 清末北京で刊行された白話の新聞に掲載された諷刺画。発話のさまが視覚的に表現されている
（『北京白話画図日報』宣統元年（1909）五月十五日。『清末民初報刊図書集成』20，8639頁）

一　何語で書くか，何文字で書くか

2　中国の方言文学

1 方言の台頭

　中国には現在，七大方言がある。「私」を意味する中国語の「我」は，最も変化の早い北京語では「wǒ」（ウォ）と発音するが，最も保守的な閩南語（福建省南部の方言）では「góa」（コア）と発音する。このように北京音と南方の方言音との間には甚だしい違いがあり，相互理解は不可能である。しかし，中国語の書き言葉である文言文は「唐から宋にかけてほぼ固定」し，南方方言を母語とする文人も，ほとんど母語の干渉を受けずに詩文の創作が可能だった。一方，方言は「地方」の話し言葉にすぎず，「地方」は政治・文化の中心である「中央」に倣うことで価値が認められるのである。

　だが，明・清時代になると，「地方」は独自の価値を主張し始める。地方志（省以下の府・州・県ごとに編纂された地理の百科全書）の編纂や，地方を単位とした詩文集の出版がその表れだ。知識人層の庶民化が進み，出版文化の隆盛を背景に，共通語に基づく白話文を用いた小説が大量に出現するのも，この時代のことである。白話文には，当然，多くの方言が含まれる。

2 方言文学の自覚

　白話小説の方言使用には，おおよそ四つの情況が想定される。

　一つ目は，白話文の基づく共通語に反映された方言が小説に用いられる場合であり，これが最もスタンダードな方言使用と言える。二つ目は，作者の出生地や長期滞在地の方言が自然と現れる場合。三つ目は，講談速記に基づく小説が，講談師の方言を記録する場合。そして四つ目が，作者の意図的な使用である。今，問題にすべきは，この四つ目の場合である。この意図的な使用には，さらに二つの場合が考えられる。一つは方言が役割語として機能する場合。もう一つは方言文学による自己実現が図られる場合である。

　まず，一つ目は，登場人物に或る方言をしゃべらせることで，その人物の社会的身分を示す方法である。例えば，西北方言を話せば，「西北出身の純朴な武人」であり，蘇州語を操る女性は妓女が多い。

　二つ目は，方言を用いた歌謡などの出版により，政治的栄達を求める従来の知識人とは異なる，新しい自己実現の方途を求める場合である。明代の馮夢龍（1574-1646）や，清代の招子庸（1786-1847）などがこれに当たる。

▷1　小松謙『水滸伝と金瓶梅の研究』汲古書院，2020年，205頁。なお，同『「現実」の浮上　「せりふ」と「描写」の中国文学史』（汲古書院，2007年）も参照のこと。

▷2　プラセンジット・ドゥアラ「第九章《地方》という世界——政治と文学に見る近代中国における郷土——」『伝統中国の地域像』慶應義塾大学出版会，2000年。

▷3　蔣寅「清代詩学与地域文学伝統的建構」『中国社会科学』2003年第5期。

▷4　潘建国「方言与古代白話小説」『北京大学学報（哲学社会科学版）』第45巻第2期，2008年。

▷5　宋・元時期は，開封・洛陽を中心とする中州音を用いた方言，明代から清代中期までは，南京音を中心とする江淮方言，清代中期以降は，北京音を中心とする北京方言が共通語として機能した。前掲▷4参照。

▷6　金水敏『ヴァーチャル日本語——役割語の謎』岩波書店，2003年。

▷7　前掲▷1小松謙『水滸伝と金瓶梅の研究』339頁。

馮夢龍は，明末，蘇州の通俗文化の中心的人物であり，蘇州語を用いた歌謡『山歌』を出版した。彼はその巻一「笑」に，次のようなコメントを加えている。[8]

> 呉人が呉歌を歌うのは，たとえて言えば瓦投げ銭投げ（子供の遊び）のようなものであって，一地方の遊びである。だから天子様の発布する文章法令のように，天下にあまねく行われる必要はないのである。

この言をもって「方言文学の旗揚げ宣言といえなくもない」と大木康が評するように，山歌（方言文学）には，確かに「天子様の発布する文章法令」とは異なる，独自の価値が賦与されているように思われる。[10]

19世紀広東の文人招子庸は，音律に詳しく，広東語の歌謡を編集して『粤謳』（1828）を刊行した。その巻頭に置かれた「方言凡例」には，70種の方言俗字（方言音を記録するための造字）が提示され，それらの多くは今も用いられている。これは，広東語の分からない読者を想定したものであろうが，広東語を書面語化する具体案の提示は，まさに方言文学の提唱そのものとも取れる。

歌謡ではなく長編小説を用いた例もある。近年の研究成果によれば，山東方言を用いた『金瓶梅』も[11]，また北京語を用いた『紅楼夢』も[12]，著者の秘匿された自己実現の意図が見事にテキストに埋め込まれた小説であった。

3 方言文学のアポリア

1920年代以降，白話文が文言文に取って代わり，文学創作の主流となる。しかし，そのため新たな問題が引き起こされた。民国期の国語は，北京語を基礎とする。白話文も当然北京語中心である。ゆえに，北京語や北方方言を母語とする者は，母語をそのまま白話文の創作に応用できる。しかし，広東語や閩南語のように，北京語からはあまりにかけ離れた方言を母語とする者は，まさに外国語を学ぶようにして白話文を書く技術を身につけねばならなかった。

欧陽山（1908-2000）は，新文学が広東で振わない理由をこう言う。[13]

> 文学的修養のある多くの文学青年（特に本省を離れたことのない）が新文芸の創作に従事できないのは，彼らの熟知する言語ではなく，本から学んだ白話文でしか書けないからだ。

白話文は，リテラシーの階級差を縮めるのには役立ったが，地方差による新たな不平等を将来してしまったのである。

広東語文学が再び脚光を浴びるのは，1947年，香港で起こった方言文学運動である。この方言には，広東語以外に，華南の主要な方言である客家語，潮州語，閩南語なども含まれる。[14]日本に翻訳紹介された黄谷柳（1908-77）の『蝦球物語』は，この運動の成果である[15]（図1）。しかし，中華人民共和国成立後は，言語の規範化が最優先されたため，方言文学はほぼ力を失った。『蝦球物語』も北京語への改作を余儀なくされた。

（松浦恆雄）

▷8 大木康『明末のはぐれ知識人——馮夢龍と蘇州文化』講談社選書メチエ，1995年参照。

▷9 大木康『馮夢龍『山歌』の研究——中国明代の通俗歌謡』勁草書房，2003年，25頁。

▷10 前掲▷9 大木康『馮夢龍『山歌』の研究——中国明代の通俗歌謡』26頁。

▷11 前掲▷7に同じ。

▷12 合山究『『紅楼夢』——性同一性障碍者のユートピア小説』汲古書院，2011年。

▷13 欧陽山「我写大衆小説的経過」『欧陽山文集』第10巻，花城出版社，1988年。

▷14 中華全国文芸協会香港分会方言文学研究会編輯『方言文学』新民主出版社，1949年。

▷15 黄谷柳『蝦球伝』新民主出版社，1948年。島田政雄・実藤恵秀共訳『蝦球物語』三一書房，1950年，島田政雄訳『続蝦球物語』三一書房，1951年。

図1 『蝦球物語』
（黄谷柳／島田政雄訳『蝦球物語』三一書房，1950年）

一　何語で書くか，何文字で書くか

3　域外の中国文学（台湾・香港・マレーシア）

▷1　厦門など福建省南部で用いられる中国語の方言。閩南語，ホーロー（福佬／河洛）語ともいわれ，東南アジアでは福建語（Hokkien）と呼ばれる。

▷2　原住民族とは台湾の先住民を指し，2021年現在16の民族が政府により公認されている。原住民族は台湾の人口のおよそ2.4％で，その言語は各民族で異なるが，いずれもシナ・チベット語族の漢語とは異なり，オーストロネシア語族に属す。

1　台湾のマイノリティ文学

　台湾の文学は中国語による文学のほか，台湾語文学▷1，客家語文学，原住民族▷2の諸言語による文学，さらに日本統治期（1895-1945）の日本語文学といったように重層的な構造を持つ。中国語で書かれた文学の中にも，これらの複数の言語が入り交じることもある。

　特にマイノリティに属する書き手について見てゆこう。

　原住民文学では60年代から創作を始めたパイワン族の陳英雄（ちんえいゆう）（1941-）を先駆として，1983年には雑誌『高山青』，89年には新聞『原報』（Aboriginal Post）が創刊されて発表の場が整備され，原住民自らが中国語による創作の主体となった。民族語の表記の問題や，多くの原住民にとって民族語は必ずしも第一言語ではなくなっているといった状況もあり，執筆の言語は中国語であることが多い▷3。その中でも，タオ族のシャマン・ラポガンがタオ語の台詞をローマ字で表記し中国語訳を添えているように，中国語の中に民族語を響かせる試みも見られる。

　新移民による文学も注目される。新移民とは主に1990年代末以降台湾にやって来た東南アジア諸国や中国出身者を指し，出稼ぎ労働者（移民工）と結婚移民とに大別される。中国語を読み書きの言語としない新移民自身が，台湾の読者に向けて作品を発表する場としては，移民工文学賞（2014年から2020年まで年一回開催）が代表的だ。母国語での創作を募り，中国語に訳して審査した後，優秀作品は原文と中国語訳の対照形式で出版されている（図1）。さらに，台湾人の父と新移民の母との間に生まれ，台湾で育った「新二代」こと二世が創作する年齢に至り，文学を通じて自らの経験を語るようになっている▷4。

⇨Ⅰ-5-71, Ⅱ-3-12

　また，セクシュアル・マイノリティをめぐる文学は「同志文学」と呼ばれ，台湾文学の中では一つのジャンルとして定着している。

図1　第三回移民工文学賞作品集『航：破浪而來，逆風中的自由』

（東南亜移民工『航：破浪而來，逆風中的自由』四方文創，2016年）

2　香港文学と広東語

　香港文学は五四文学の継承が意識されると同時に，「本土意識」（香港文化意識）に根ざしたローカル文学の色彩を強めてきた。1842年，アヘン戦争後の南京条約で清朝からイギリスに割譲された香港は，出稼ぎ者の街として発展してきた。太平洋戦争の開戦後すぐに日本軍によって占領されるが，1945年以降は

再びイギリス植民地となった。1997年の中国返還後は，高度な自治権を持つ特別行政区として「一国二制度」が標榜された。50年代の「南下文化人」たちの築いた基礎の上に，60年代から70年代にかけて，戦後の香港に生まれ育った作家たちの手によって香港文化意識に根ざした香港文学が花開いたといえるだろう。

　イギリス植民地として英中両言語での教育がなされた一方で，文学の言語はほとんどが中国語である。話しことばとしては中国語の方言である広東語が香港の共通語として広く通用するが，書きことばとは乖離がある。ただ，広東地域では伝統的に広東語音で詩文を朗読することが行なわれてきたため，中国古典の世界から切り離されているわけではないし，標準中国語で書かれた文章を広東語音で朗読することも可能である。香港の中国語文学は基本的には標準中国語の文法に則って書かれるため，特に広東語の知識を要さずに読める作品も多い。ただ，香港のコミックなどでは登場人物の台詞がすべて広東語で書かれることも珍しくない。詩や小説においても，そのように広東語を織り込むことで，香港の土地に根ざしながら中国語世界に向けて広く表現の可能性を開拓する試みも見られる。

3　中国語世界に開かれるマレーシアの中国語文学

　マレーシアの中国語文学について知るには，まずマレーシアの言語事情について整理する必要がある。マレーシアで使用されている言語のうち代表的なものは，マレー語，英語，華語（中国語），タミル語だが，1957年のマラヤ連邦独立以来，唯一の国家語としての地位を認められているのはマレー語（Bahasa Melayu）である。公教育においてもマレー語が必修とされ，中国語とタミル語による教育は公立の「国民型小学校」では認められているものの，中等教育からは私立学校でのみ提供される。独立以降の「馬華文学」の担い手に典型的なコースは，私立の「華文独立中学」で中等教育を受けた後，台湾や中国（1990年代以降）の大学に進学するというものである。

　マレーシア華人の中にも英語やマレー語で書く作家も少なくないが，中国語によって執筆することは，マレーシアの中国人コミュニティとの紐帯を示すと同時に，各地に広がる中国語文学の世界につながることになる。とりわけ冷戦体制下では中国語による高等教育を台湾に求める華人学生が多く，大学教育や文学賞といった資源を利用して台湾で作家となったケースが目立つ。馬華作家の執筆と発表の場はマレーシアに限定されず，台湾，香港，中国の中国語メディアにまたがることが多い。2010年以降，在米の研究者の史書美や王徳威らによって，中国中心的な本質主義から脱するための方法論として「華語語系文学」（Sinophone literature）が提起されており，在地の知に根ざしつつ世界に開かれた馬華文学に新たな光が当てられている。　　　　（及川　茜）

▷3　なお，原住民作家は必ずしも単一のアイデンティティーの中に固定されているわけではない。たとえば外省人の父とパイワン族の母の間に生まれた女性作家リグラヴ・アウー（利格拉楽・阿㛦）のように，外省人のコミュニティで育ち，長じてからパイワン族である母方の文化に帰属意識を見出し，創作の主題とするケースもある。

▷4　最も早く作品を発表するようになったのは1986年生まれの陳又津だろう。父は外省人の退役軍人，母はインドネシアの客家系華人であり，退役軍人の娘としての体験と国際結婚の子としての体験を散文集『準台北人』（INK印刻文学，2015年）にまとめている。

▷5　中国内地から香港にやって来た文人たち。

▷6　本項ではマレーシア中国語文学（馬来西亜華文文学）を指す。その範囲はシンガポール（1965年のマレーシアからの分離独立以前）を含むマレー半島，現在のサバ州・サラワク州に相当するボルネオ島北部の英領ボルネオに展開された中国語文学とされる。

▷7　人文書院からシリーズ〈台湾熱帯文学〉として四巻の選集が刊行されており，李永平，張貴興，黄錦樹といった作家が代表的である。

一　何語で書くか，何文字で書くか

4 非中国語で書かれた中国文学（少数民族）

▷1　千田九一・村松一弥編『少数民族文学集』は，中国の少数民族の居住地とその文化圏を，北部遊牧民文化圏，中部高原農牧民文化圏，南部山地居住農牧民文化圏，南部山地焼畑耕作民文化圏，南部河谷居住水稲犁耕民文化圏，南部狩猟栽培民文化圏という六つのグループに分類している。

▷2　たとえば，雲南省のラフ族には，次のような神話がある。神が九つの民族に名前と文字を与えた際，漢族への文字は竹片の上に書いた。そのため，漢族は書物を持つようになった。ラフ族への文字はパンの上に書いた。お腹がすいたラフ族はこれを食べてしまい，かれらは文字を持たず，すべてを記憶に留めておくことにしたという。武田雅哉『蒼頡たちの宴──漢字の神話とユートピア』筑摩書房，1994年。

▷3　1958年には，29の少数民族に対する文芸調査資料をまとめた『1958年少数民族文芸調査資料彙編』（民族文化工作指導委員会辦公室編印，内部資料）が発行された。調査資料は中央民族音楽研究所，中央音楽学院，中央民族歌舞団，中央楽団，中国戯曲学院，中国児童劇院および関連地区の文芸関係者によって整理され，各民族の歴史や口承文芸，音楽の楽譜などが記録されている。

1　中華人民共和国における少数民族

　中華人民共和国には，国民の9割を超える漢族のほかに，公式に認定されている55の少数民族が住む。かれらの主な居住地は，黄河および長江流域に広がる漢族の居住地を半円状に取り囲むような形で，北から南にかけて分布している。遊牧民や農牧民など，その生活形態はさまざまである。▷1

　チベット仏教を信仰するチベット族や蒙古族，イスラム教を信仰するウイグル族など，少数民族にはそれぞれの宗教があり，漢族とは異なる言語や文化の伝統を持つ。中国の紙幣には，チベット語やモンゴル語など，4種類の少数民族の言語がそれぞれの使う文字で記されており，多民族国家であることを表している。もっとも，都市部で漢族と同様に暮らす少数民族も増えており，その言語文化も，中国語の影響を受けて変化してきているのが現状だ。

2　音声の文化から文字の文化へ

　少数民族の中には，文字を持たない民族もおり，かれらの神話伝承には，その由来を伝えるものが見られる。▷2 少数民族の言語文化の特徴の一つに，男女が掛け合いの歌を交換する「歌垣（うたがき）」の風習を持つチワン族やチベット族のように，音声による口承の伝達が重視される点があげられる。一方，中華人民共和国の建国後には，少数民族政策の一環として，各民族の民間伝承を採集し，中国語に翻訳するという事業が行なわれた。▷3 これは，音声による言語文化を，漢族の用いる漢字に文字化する試みであったともいえるだろう。

　1950年代から60年代にかけては，雲南省に伝わるイ族の長編叙事詩『阿詩瑪（アシマ）』や，広西に住むチワン族の伝説『劉三姐（リウサンジエ）』が，いずれも演劇，映画化され，漢族にも広く知られる少数民族のアイコンとなった。両者は，当時の中国の文芸政策に従い，歌謡を中心とする形式や，美しいヒロインが婚姻の自由を求めて権力者に立ち向かう筋が共通している。漢族の政策と隣り合わせにある少数民族の伝説が，格好の題材を提供した例とみなすこともできよう（図1）。

3　少数民族の民話──エペンディの話

　同じく漢族の間に普及した少数民族の物語に，⇨Ⅱ-三-6 ウイグル民話にもとづく『エペンディの話』がある。これは，エペンディ（中国語では「阿凡提（アファンティ）」）と呼ばれ

る男の笑い話やとんち話を集めたもので，日本の昔話「吉四六さん」のような
趣である。中国では1979年より人形アニメが作られ，エペンディは頭に布を巻
き，ヒゲをはやし，ちびロバに乗った姿がトレードマークとなっている（図2）。

　この人物は，イスラム圏ではナスレッディン・ホジャとして知られており，
かれを主人公とする笑い話は，民族・国家・言語の境界を超えて，西アジアか
ら中央アジアにかけて広まっている。少数民族に伝わる民話には，エペンディ
のように，世界に広がる物語との接点を感じさせるものが少なくない。

　エペンディとは，トルコ語で知識人男性の尊称にあたる言葉に由来するが，
ウイグル語では，そこから派生して「奇人」「愚者」の意味をも持つ。各地に分
布するナスレッディン・ホジャ物語の主人公は，名裁判官かと思えば粗忽者で
あったり，お人好しかと思えば狡猾であったりと，さまざまな性格が入り混じ
っている。ウイグル民話のエペンディは，封建的支配者を笑いとばすトリック
スターの色合いが濃く，人形アニメのキャラクターは，息長く愛されている。

4 中国語と非中国語のはざまで

　現代に目を向けると，いますぐれた作品が精力的に日本語に翻訳されている
のが，チベット文学である。チベットの現代文学には，中国語によるものとチ
ベット語によるものがある。ザシダワ（1959-）や阿来（1959-）など，中国語を
用いたチベット族作家の作品は，比較的早い時期から中国国内で認められ，海
外にも紹介されてきた。一方，チベット語による文学は，伝統的に仏教文化や
口承文芸の影響が色濃く，口語表現を用いた散文詩や恋愛小説など，現代的な
作品が書かれるようになるのは，1980年代前半のことであった。チベット語現
代文学の祖といわれる作家に，トンドゥプジャ（1953-85）がいる。

　少数民族の作家が中国で作品を発表する際，何語で書くのか，また中国の政
策下における民族のアイデンティティをいかに表現するのかという問題は，創
作と切り離せないだろう。中国語とチベット語，二つの言語を用いて執筆し，
両者を「お互いに補い合うような関係」と述べるチベット現代文学の作家に，
ペマ・ツェテン（1969-）がいる。映画監督でもあるかれの映画『羊飼いと風
船』（2019）は，その小説「風船」とともに日本に紹介された。「一人っ子政策」
が行なわれていた時代，チベット族にも課せられた産児制限をテーマとした物
語は，中国語とチベット語の混在する世界に生きるチベット族の現在，とりわ
けジェンダー観や宗教観の揺らぎを映し出している。

　なお，中国では，少数民族の各言語で書かれた新聞や，文芸誌も発行されて
いる。代表的な文芸誌に，モンゴル語雑誌『花の原野』（1955創刊）や，ウイグ
ル語雑誌『タリム』（1951創刊）などがあげられる。今後，少数民族に対する中
国語教育の強化政策にともない，民族の言語による文芸創作の場がどのように
変容していくのか，注視する必要があるだろう。　　　　　　　　（田村容子）

図1　映画『阿詩瑪』（1964）
　　のヒロイン阿詩瑪
　（索成立改編『阿詩瑪』電影連環
　　画冊，中国電影出版社，1979年）

図2　人形アニメ『エペンデ
　　ィの話』（1979-88）ちびロ
　　バに乗ったエペンディ
　（孫立軍主編『中国動画史』商務
　　印書館，2018年）

▷4　有名な例として，シ
ンデレラ型の物語との類似
が南方熊楠によって指摘さ
れた民話「葉限」（「しょう
げん」とも）がある。これ
は段成式が，邕州（現在の
広西チワン族自治区）出身
の使用人の話として記録し
ており，チワン族系の人び
とを介して漢族に伝わった
可能性が考えられる。段成
式／今村与志雄訳注『酉陽
雑俎』平凡社，1980-81年，
飯倉照平『南方熊楠の説話
学』勉誠出版，2013年。

5　非中国語で書かれた中国文学（日本語）

1　中国近代文学と台湾文学の中の日本語作品

　日本語で書いた中国の作家のうち，よく知られるのは魯迅（1881-1936）であろう。自ら日本語に訳した「兎と猫」（1922）は光文社古典新訳文庫『故郷／阿Q正伝』（藤井省三訳，2009）で手軽に読むことができる。

　また陶晶孫（1897-1952）も幼年期に来日し，小学校から大学まで日本で教育を受けており，日本語による作品が『日本への遺書』（勁草書房，1963）一冊にまとめられている。

　魯迅や陶晶孫のように，中国語白話文による執筆に加えて日本語で文章をものした大陸出身の日本経験を持つ作家たちとは異なり，台湾で日本語教育を受けた作家たちは，日本の敗戦まで読み書きの言語としては日本語を専らにした。1930年代に日本の文芸誌に作品を発表した楊逵（1905-85），呂赫若（1914-51），龍瑛宗（1911-99）や，全台湾人に日本人化を強いた1940年代の皇民化時代に登場した周金波（1920-96），陳火泉（1908-99），王昶雄（1916-2000）らが挙げられる。また日本語で詩作を始め，戦後になって中国語へと創作言語を切り替え，特別志願兵として従軍したティモール島での経験を小説集『猟女犯』『生きて帰る』に描いた陳千武（1922-2012）（図1）のほか，戦後に執筆を続けた作家では『アジアの孤児』を発表した呉濁流（1900-76），1955年に『香港』で直木賞を受賞した邱永漢（1924-2012）らが代表的である。

図1　晩年の陳千武
（蔡秀菊『文学陳千武 陳千武的創作歴程与作品分析』晨星出版，2004年）

2　2000年以降の日本語作家

　中国出身の楊逸（1964-）は中国語を第一言語とし，長じてから習得した日本語で執筆している。日本人男性に中国人女性との結婚を斡旋する女性を主人公にした「ワンちゃん」，中国人留学生のアルバイト先での経験を描く「すきやき」のように，様々な背景を持つ在日中国人の生活を題材とした小説が多い。2008年の芥川賞受賞作『時が滲む朝』は，天安門事件に身を投じた学生たちのその後を描き，中国から日本に移り住んだ主人公が恩師と旧友に日本で再会する場面をクライマックスとする。

　台湾生まれの温又柔（1980-）は，親密でありながらも生まれたときから自分のものであったわけではない日本語との関係を，日本語が台湾の歴史の中にもまた「縫い込まれ」たものであったという経緯を踏まえつつ思考を重ねてい

る。エッセイ集『台湾生まれ　日本語育ち』(2016) では中国語のかたわらに台湾語，そして日本語が響くことばを自分の母語として抱擁する過程がたどられ，「自分にとって日本語で書くということは，両親の「国語」とは異なる言語で書くことであり，祖父母にとってはかつての「国語」であった言語で書くことになってしまう」(119頁) とつづられる。祖父母と自身をつなぐ日本語で執筆することは，呂赫若ら日本統治期の日本語作家と結びつくことであり，その意味で温又柔は日本語文学の書き手であると同時に，台湾文学の流れを汲む作家でもあろう。

　台湾文学の系譜に連なる日本語作家としては，2021年上半期に芥川賞を受賞した李琴峰（りことみ）(1989-) も挙げられる（図2）。日本にやって来た台湾人女性を主人公とした『独り舞』(2017) では，レズビアンの恋愛を描いた作家 邱妙津（きゅうみょうしん）(1969-95) が，主人公と恋人が同じ世界を共有することを示す鍵として引用され，台湾の「同志文学」を受け継ぐことが示される。▷1 ⇨ I -五-71, II -三-12 連作短篇集『ポラリスが降り注ぐ夜』(2020) は，新宿二丁目のレズビアンバー・ポラリスを舞台に，女性たちにとっての二丁目を描いたものだが，一人一人年齢も背景も考え方も異なるレズビアンの姿を描き出すと同時に，「二丁目が自分の居場所だと別に思ってはいない」と宣言する他者に恋愛感情を持たない A セクシュアルの中国人留学生や，そこが「居場所であると同時に，この街を支配する同性同士の恋愛至上主義の空気に，ある種の疎外感を覚えずにはいられない」台湾出身のトランスジェンダーの女性にも光を当て，どこかに境界線を引いて締め出そうとする力に抗っている。また，中国語と日本語を往還しつつ描かれる「五つ数えれば三日月が」といった小説には，同時代の台湾文学だけではなく，中国古典文学の影が揺曳しており，古典詩の伝統を現代日本語に再移植するかのような試みも見られる。

③ 日本語に呼び込まれる中国語の響き

　日本近代文学の文体を解体し，そこに内在する混淆性を視覚化する試みとして，横山悠太の長編小説『吾輩ハ猫ニナル』(2014) を挙げたい。江戸期の読本は，白話小説に多く材を取り，粉本から近世白話の語彙も踏襲しつつ，和語による左訓を併用することで可読性を確保していたが，日本語を学ぶ中国人を読者に想定したという体で書かれた『吾輩ハ猫ニナル』もまた，中国語の語彙を大量に用いつつ，ルビによって意味を示している。父が日本人で母が中国人という上海の大学生による独白は，カタカナ表記の外来語を排除し，多くの漢字語を現代中国語の語彙に置き換えた文体で書かれている。ルビに従えば日本語として音読可能であるものの，氾濫する中国語の語彙は，日本語と中国語をそれぞれ別のものと捉えることの自明性に揺さぶりをかけてくるようでもある。

（及川　茜）

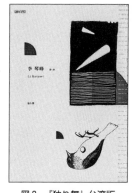

図2　『独り舞』台湾版
李琴峰自身によって中国語に訳された。
(李琴峰『独舞』聯合文学, 2019年)

▷1　邦訳に『ある鰐の手記』（垂水千恵訳，作品社，2008年）がある。

▷2　台湾の文学研究者・作家である紀大偉は「読者に同性愛を感じさせる文学」（『同志文学史　台湾的発明』聯経，2017年，22頁）と定義している。

一　何語で書くか，何文字で書くか

6　非中国語で書かれた中国文学（英語）

1　英語で描かれる中国

　宣教師の娘としてアメリカに生まれたパール・バック（1892-1973）は生後3ヶ月で江蘇省鎮江にわたり，1934年に永久帰国するまでのほとんどを中国で過ごした。英中のバイリンガルだった彼女は，「血統としては米国人だが感情としては中国人」と自認し，「中国語で思考しながら英語で描いた」長篇小説『大地』（1931-35）でノーベル賞を受賞した。中国農民の生活を描いた『大地』は，中国では「農民を故意に貶めたもの」として顧みられなかったのだが。日本に定住し，日本語で著述を続ける米国籍作家のリービ英雄（1950-）は，作家が「ネイティブになるかどうか」は「人種でも生い立ちでもなく，文体の問題なのだ」という。創作言語に英語を選んだ時点で，パール・バックは「ネイティブの中国文学作家」たることを放棄したというのだ。

　では，中国語母語話者が，第二言語である英語を選んで創作した場合，その作品は果たして"中国文学"とどのような関係を結ぶのだろう。創作言語が外国語なら，もはや作者は母語文学の「ネイティブ」ではなくなるのだろうか。いくつかのケースを考えてみたい。

2　中国語母語話者が英語で書くこと

　中華民国期に非母語としての英語で文学創作を始めたのは，教育環境に恵まれたトップエリートたちである。文学者の林語堂（1895-1976）がパール・バックに勧められて書いた評論 *My Country and My People*（1935）[▷1]は，中国の国民性をユーモラスに描きだしてベストセラーとなった。また，新文学最初期の女性作家である凌叔華（1900-90）が戦後渡英してから著した *Ancient Melodies*（1953）[▷2]は，清朝末期の名門一族の日常を子供の目から描いた自伝である。凌叔華は日中戦争期にヴァージニア・ウルフ（1882-1941）[▷3]と文通していたが，ウルフが中国の風俗や風習，特に妻妾同居について強い関心を持ったことが本書の執筆の契機となっている。バックやウルフなどの著名人に激励されて書かれたテクストは，方向の違いはあれど「中国性（チャイニーズネス）」の紹介に主眼がおかれ，セルフオリエンタリズム[▷4]から完全に自由ではなかった。リービ英雄風に言えば，英語で中国性を描き，英語圏の読者に示すことを選んだ彼女／彼らは，中国文学の「ネイティブ」であることから半歩離れた存在だったのであ

▷1　鋤柄治郎訳『中国＝文化と思想』講談社学術文庫，1999年による翻訳『我国土・我国民』（1938）がある。

▷2　日本語全訳はないが，傅光明による中国語訳『古韻』（天津人民出版社，2011年）がある。

▷3　20世紀モダニズムを代表する作家。ロンドン文学界に大きな影響を与えたサロン，ブルームズベリー・グループの一員であった。ヴァージニア・ウルフの甥でサロンの一員でもあったジュリアン・ベルはいっとき凌叔華と恋愛関係にあり，彼のはからいで凌叔華はウルフと文通していた。

▷4　ヨーロッパが作り上げたステレオタイプな東洋像を無批判に受容することを，アメリカの批評家，エドワード・サイードは「オリエンタリズム」と定義した。そうした東洋像を東洋人が自ら発信することをセルフオリエンタリズムという。

る。

3 母語との訣別

天安門事件前後，多くの知識人が中国国外に流出し，楊逸（日本語）や高行健（フランス語）のように，ホスト社会の言語を使って創作する表現者が現れた。天安門事件時，米国留学中だったハ・ジン（哈金，1956-）は，母国の動向を見て帰国をやめ，英文作家となった。彼は英語で書くのは生き残るため，有意義な生を送るための手段だと述べている。つまり，中国語創作ではもはや有意義な生を送れなくなってしまったということだ。

　　　国家が作家に対して犯す最も大きな罪は，作家が自分に誠実になること，
　　　芸術に対して忠実であることを許さないことだ。

初期の長篇 The Crazed（『狂気』2002）は，ある大学院生が婚約者の父である老教授を看病するうち，正気を失った教授のうわごとの端々から現代中国の暗部を知っていく物語だ（図1）。1989年に教授が亡くなると，主人公は天安門の学生運動に加わるべく北京を目指す。このような物語が人民共和国に受け入れられるはずもなく，The Crazed を含むハ・ジン作品の多くは中国語に訳されても台湾でしか出版されていない。

北京生まれのイーユン・リー（李翊雲，1972-）の脱中国語化はもっと徹底している。10歳の時から母国と母語を捨てるべく周到な計画を立て，16歳でD・H・ロレンス（1885-1930）を英語で読みふけっていたというリーは，天安門事件当時高校生だった。23歳で渡米した後，英語で文学創作を始めている。初の長篇 The Vagrants（『さすらう者たち』2009）は文化大革命後の実話を題材とする（図2）。文革批判を恋人に密告された顧珊は，十年の収監のあげく処刑された。彼女の父は，面会時に娘がどす黒い経血でごわごわになった受刑服を着こみ，「毛沢東がもうすぐ謝罪に来る」と繰り返しつぶやいていたことを思い出す。

　　　死など，人間が出会う最悪の事態からほど遠い。恐怖よりも強い感情が彼
　　　を襲った。娘のために，彼女の命を奪ってやりたいと願った。

死よりも凄惨な状況にある顧珊は，小説内で直接言葉を発することはない。しかし彼女が背負わされた罪と罰は，周りの運命を不可逆的に変えていく。これもまた，現在の中国では決して公刊されることのない物語だ。

今まで挙げてきたバイリンガル作家とは異なり，リーは中国語では創作したことのない英語モノリンガル作家であり，自身の作品を中国語に訳することすら許可していない。中国語とは抑圧的な母国の象徴で，それを捨てることは「一種の自殺であり，致命的な決意を要した」とリーは言う。しかし，リーの英語小説に描かれているのは，血がしたたるような中国そのものだ。それは英語文学の収穫であると同時に，中国語では書けない中国を描いた文学として，読者に容赦ない現実を突きつけてくる。

　　　　　　　　　　　　　　　　　　　　　　　　　　　　　（濱田麻矢）

▷5　1964年生まれ，ハルビン出身。1987年に来日，2008年に芥川賞受賞。

▷6　1940年生まれ，江西省出身。1988年に渡仏，2000年にノーベル賞受賞。

▷7　Ha Jin, "The Language of Betrayal", *The Writer as Migrant*, 2008.

図1　『狂気』
（ハ・ジン／立石光子訳『狂気』早川書房，2004年）

▷8　イギリスの小説家，詩人。『チャタレー夫人の恋人』（1928）など大胆な性愛描写で知られる。

図2　『さすらう者たち』
（イーユン・リー／篠森ゆりこ訳『さすらう者たち』河出書房新社，2010年）

▷9　Paul Laity によるインタビュー，"Yiyun Li, 'I used to say that I was not an autobiographical writer — that was a lie'", *The Guardian*, 2017年2月14日。

コラム1

世界は舌先三寸に──王婆<ruby>王婆<rt>ワンポ</rt></ruby>

「王婆」図版
（曹涵美『金瓶梅全図』第66図，
浙江人民美術出版社，2002年）

『金瓶梅』で，主人公とされる西門家の男女たちに負けず劣らず精彩を放ち，むしろかれらを背後で操っているかのような影の策士。それが王婆という名の，茶店の老女である。好色漢の西門慶と人妻の潘金蓮の仲を取り持ち，さらには金蓮の夫・武大の毒殺にも手を貸して，果ては金蓮を西門慶のもとに輿入れさせる。

その悪知恵ときたら，まさに至れり尽くせり。ただの茶店のおばさんかと思いきや，「もう長いこと，媚びへつらいはお手のもので，結婚の仲人婆さん，小間物の押し売り婆さん，女の口入れ婆さんなどはもとより，赤ん坊の取りあげから，お産の腰抱きもできますし，ゆすりにたかり，おどしに言いがかりなども得意といたすところ」（『金瓶梅』第2回）という逸物だ。

さらに，良家の奥さまを女郎屋にたたき売ることなども朝飯前。武大の目をあざむいて，首尾よく西門慶と金蓮の密通を成功させた王婆の手腕を頌えた詩を拝聴してみよう。

王婆<ruby>王婆<rt>ワンポ</rt></ruby>が仕掛けた色の罠　深謀遠慮にぬかりなし
愚図で鈍間<ruby>鈍間<rt>のろま</rt></ruby>の武大には　機関<ruby>機関<rt>からくり</rt></ruby>ばれるわけもなし
女敵<ruby>女敵<rt>めがたき</rt></ruby>様に酒手<ruby>酒手<rt>さかて</rt></ruby>を出して　寝取られ亭主が礼<ruby>礼<rt>れい</rt></ruby>返す
己<ruby>己<rt>おのれ</rt></ruby>の女房に熨斗<ruby>熨斗<rt>のし</rt></ruby>つけて　むざむざ人に贈りもの
　　　　　　　　　　　　　　　（同第3回）

「三姑六婆<ruby>三姑六婆<rt>きんころくば</rt></ruby>」ということばがある。元の陶宗儀『輟耕録<ruby>輟耕録<rt>とうそうぎ てっこうろく</rt></ruby>』によれば，三姑とは，尼姑<ruby>尼姑<rt>にこ</rt></ruby>（尼僧），道姑<ruby>道姑<rt>どうこ</rt></ruby>（女道士），卦姑<ruby>卦姑<rt>かこ</rt></ruby>（女占い師）のことで，六婆とは，牙婆<ruby>牙婆<rt>めがたき</rt></ruby>（女の口入れ屋），媒婆<ruby>媒婆<rt>ばいば</rt></ruby>（女の結婚仲介屋），師婆<ruby>師婆<rt>しば</rt></ruby>（巫女），虔婆<ruby>虔婆<rt>けんば</rt></ruby>（女郎屋のおばさん），薬婆<ruby>薬婆<rt>やくば</rt></ruby>（女の町医者），穏婆<ruby>穏婆<rt>おんば</rt></ruby>（産婆）のこと。いずれも特殊な技能や知識を必要とする女性特有の仕事であり，人びとの生活を円滑に進めるうえで必要欠くべからざる役割を持った女たちのことである。まさに，王婆の職掌と重なるところが多い。

ところが，陶宗儀をはじめとする知識人たちは，このたぐいの女たちとは接触してはならないと主張するのだ。三姑六婆を家の中に入れたら最後，家庭は崩壊，ロクなことにはならないからだという。まさにそれゆえに，物語の世界では，ストーリーをかきまわすキャラクターとして，王婆に代表されるような三姑六婆が，どうしても欠かせないのである。

清代の小説『紅楼夢』の主役は，妖艶な美女たちかもしれないが，最も忘れがたい脇役に，劉姥姥<ruby>劉姥姥<rt>りゅうラオラオ</rt></ruby>（劉ばあちゃん）と呼ばれる，貧しい農民の老女がいる。賈家<ruby>賈家<rt>かか</rt></ruby>の屋敷で繰り広げられる貴人たちの物語は，絢爛豪華<ruby>絢爛豪華<rt>けんらん</rt></ruby>で楽しくもあるが，しばしば息づまる空気にも覆われる。そこに，心からの笑いと安らぎをもたらしてくれるのが，農村から屋敷をときおり訪れる，純朴で滑稽な劉姥姥だ。王婆とは対照的ではあるが，やはり物語をかきまわしつつも，非常に重要な役割を托されている。『紅楼夢』の読者は，この老婆のことを忘れてはならない。

清朝末期には，女権をめぐる議論が高まっていくが，そんな論客のひとり金松岑<ruby>金松岑<rt>きんしょうしん</rt></ruby>は，「女子に才なきことは徳である」という旧観念を否定し，新時代の女性には「勉学に励み，広い世界を見て人的交流を広げること」を求めつつも，同時にまた「婢女<ruby>婢女<rt>はしため</rt></ruby>や三姑六婆のたぐいとは接触すべからず！」とも訴えている。[*1]

そのような，知識人による三姑六婆に対する生理的嫌悪にもかかわらず，小説や演劇の世界では，王婆のようなキャラクターは，物語の潤滑油としての役割を托されている。人と人との関係を取り結ぶ働きは，おそらく，じっさいの中国の街角で，きょうも東奔西走しているに相違ない，あの最強の婆さんたちに期待されているのだ。

（武田雅哉）

*1　衣若蘭『三姑六婆──明代婦女与社会的探索』中西書局，2019年。

コラム2

好きなんだから仕方ない──潘金蓮

湯浴みする潘金蓮（右）
（曹涵美画『金瓶梅』，
1935年）

（『時代漫画』第21期，上
海時代図書公司，1935
年（浙江人民美術出版社，
2014年影印本））

　文学における「魔性の女」といえば，潘金蓮を思い浮かべる中国人は多いのではなかろうか。彼女は，もとは明代の小説『水滸伝』の登場人物である。富豪の薬屋・西門慶と姦通し，うだつの上がらない夫の武大を毒殺した潘金蓮は，「淫婦」，「悪女」の代名詞として語り継がれてきた。

　『水滸伝』では，義弟の武松によって成敗された潘金蓮だが，そこから枝分かれした別世界を描く小説『金瓶梅』では，晴れて西門邸に輿入れし，第五夫人として迎えられる。金蓮の再婚を後押ししたのは，茶店の女将のかたわら仲人稼業で荒稼ぎしている，やり手の王婆だ。この王婆は，密通から始まった二人をまことの夫婦に仕立ててやる。前近代の中国では，婚姻は家長が取り仕切るもので，とりわけ女性の側には相手を選ぶ自由などなかった。金蓮の最初の結婚も，仕えていた主人に決められたものだ。だが，『金瓶梅』の潘金蓮は，因襲など糞食らえといった風情で，王婆を参謀に，ねらった相手との再婚を完遂するのである。

　西門慶を取り巻く一族の栄枯盛衰を描く『金瓶梅』では，潘金蓮を悩ませるのは，西門慶との仲をじゃまする恋敵──妻妾たちや西門慶が手をつける女中ども，廓の女たちなどである。だが，金蓮の西門慶に対する感情は，たんに愛情を独り占めしたいという気持ちとは，少々異なるように見える。おそらく作者は，『水滸伝』に見られる潘金蓮の一面的な毒婦ぶりに飽き足らず，その人間性を掘り下げたかったのではあるまいか。

　たとえば，金蓮づきの女中・春梅に西門慶が目をつけた際，潘金蓮は二人に逢瀬の機会を与え，妹分の春梅とは，なかよく男の寵愛を分け合う。そうかと思えば，隣家の夫人・李瓶児に入れあげた西門慶が，こっそり逢引から戻って来たときには，金蓮はすかさずかれのズボンをおろし，「中身」を点検したりする。西門慶がよそで遊ぶことは許さない潘金蓮だが，瓶児からお近づきのしるしに金のかんざしを贈られると，ちゃっかり二人の密会に協力してやる一面も持つ。このとき金蓮が西門慶に出した条件は，廓に通わないこと，言うことをきくこと，瓶児と会うときは包み隠さず報告すること，というものだった。じつは金蓮の望みは，西門慶にとって唯一無二の理解者，地獄の果てまで道連れの共犯者となることだったのかもしれない。

　貼られたレッテルのイメージが強い分，二次創作の意欲をかき立てるのか，潘金蓮は，後世においてもさまざまに引用されてきた。中華民国期，1927年には，劇作家として著名な欧陽予倩（1889-1962）が，自由恋愛を追求するモダンガールの代弁者たる潘金蓮を脚本に仕立て，男だてらにみずから演じてみせた[*1]。現代の中国では，劉震雲（1958-）の小説『わたしは潘金蓮じゃない』（2012）で，ヒロインの農村女性が離婚した夫を訴え，役人相手に奮闘する原動力に，「潘金蓮」が用いられている[*2]。本邦においては，山田風太郎『妖異金瓶梅』の潘金蓮が，翳りを帯びた「宿命の女（ファム・ファタル）」に生まれ変わった[*3]。

　可憐にして悪辣な潘金蓮の像は，見る者によって異なり，揺れ動く。だが，おのれの欲望に忠実で，欲しいものは手に入れる彼女の生き様は，いつの世も人びとを惹きつけてやまないようである。　　（田村容子）

*1　欧陽予倩／田村容子訳「潘金蓮（抄訳）」『中国現代文学傑作セレクション　1910-40年代のモダン・通俗・戦争』勉誠出版，2018年。

*2　劉震雲／水野衛子訳『わたしは潘金蓮じゃない』彩流社，2016年。

*3　山田風太郎『妖異金瓶梅』角川文庫，2012年。

二　ヴィジュアルとのコラボレーション

1　絵　画

1　死者に捧げられた物語

　絵を用いたストーリーテリングの手法は，文字が発明される以前の時代から洋の東西を問わず広く用いられていたと考えられる。陵墓や宮殿の遺跡に残る壁画には，しばしば物語性を持つ絵画が見られ，中国においても，そのような墓室装飾は紀元前の前漢の時代にまでさかのぼる。

　洛陽近郊で発見された漢代の墓の壁画には，太陽と月，そこに住まう三足烏とガマ，墓に葬られた人物の宴席や豪華な車馬をしたてて郊外に遊ぶ様子などが見える（図1）。彩色壁画以外にも，絵を刻んだ石材や素焼き煉瓦が多く出土するが，これらの画像石や画像塼（煉瓦）にも同様の画像が多く見られる。

　画像石にはまた，秦以前の歴史故事をテーマとしたものが見られる。一見ばらばらのようなこれらのイラストは，実は一つの物語を構成しているかもしれない。前漢時代の墓とされる長沙の馬王堆漢墓の副葬品である絹地の旗には，これらの要素が体系的にデザインされており，故人が天へと昇る一つの物語であると解釈されている。布の上3分の1に色鮮やかな顔料で，右に太陽，左に月が描かれて天界を示し，中ほどには，故人にかしずく従者と宴席の様子，下には黄泉が描かれる。壁画や画像石で構成された墓室がこの物語を表しているとすれば，故人は最後の宴席につき，生前の華やかな生活や，親しんだ歴史物語を目にしつつ，天に昇るひとときを過ごしているのかもしれない。それは死に臨んだ人の人生回顧のようでもある。

2　物語を紡ぐ絵画と自ら主張する絵画

　中国の墓室は，地上の建築を模して建造されたので，現世の住まいにも装飾画が描かれたと考えられるだろう。このような絵画には，統治や宗教上の理由から啓蒙の意図がこめられることが多かった。実際，六朝以後に中国で仏教が盛んになると，寺院の壁画には仏教説話が好んで描かれた。唐代の書画史家として知られる張彦遠（821-74）は，「そもそも，絵とは人民を教化し，君臣や親子のあるべき道を示すもの」だと述べている。しかし，こういった雄弁な絵画の系譜は，やがて中国の知識人たちから俗悪なものとして遠ざけられてしまう。

　宋代に，文官任用試験である科挙が整備されると，家柄に左右されない有能な知識人が高級官僚として社会に進出した。彼ら士人は，試験内容である儒教

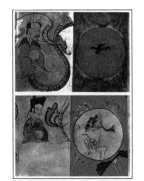

図1　洛陽卜千秋前漢墓の壁画に描かれた太陽と月
（『洛陽漢代彩画』河南美術出版社，1986年）

▷1　「そもそも画なるものは，教化を成し，人倫を助け，神変を窮め，幽微を測り，六籍と功を同じくし，四時と並びめぐる。」（張彦遠／長廣敏雄訳『歴代名画記1』平凡社，1977年）。

⇨Ⅰ-─-12

について自らの理念をストイックにみがきあげ，その思索の発露として水墨による山水画を描くようになる。それは，物語や思想をあれこれと説明する絵画ではなく，ムードの中に作者の観念を主張する作品であり，時に詩文を添えることはあっても画題を直截に語ることはなかった。こうして士人の自己表現である「文人画」と職業画工が描くメディアとしての絵画は分化していく。

3 絵物語の氾濫

同時にまた，宋・元代は民衆に広く受け入れられる文芸が盛んに作られ上演された時代でもある。➡I-二, I-三 この時期，飛躍的に発達した木版印刷の技術によって，これらの作品には物語の場面を描いた挿し絵が付けられて印刷された。このような話本（口語体で書かれた語り物の台本）の題名には，「全相（全像）」＝全頁に挿絵入り，といった商品アピールが加えられることもあったが，挿絵入りであることを特に明記していない場合もある。社会に話本があふれるなか，士人たちは，作中人物に物語を語らせたり，物語を視覚化した絵を「俗」として敬遠したのである。

明代には小説本だけでなく，実用書や教科書など，多種多様な絵入り本が作られた。宋代以来の絵入り小説本の定形ともいえる「上図下文」式の挿絵による全相（全像）本は人気があったと思われ，タイトルでは「全像」を謳いながらわずかな挿絵を片頁に配したのみの絵入り本も作られている。そして絵物語を愛好するのは，もはや「低俗」な民衆ばかりではなかったのである。

4 皇帝が語る物語

1426年，明の宣徳帝は『外戚事鑑』と『歴代臣鑑』という絵本を作り，一セットずつを皇族全員に下賜した。このうち，『外戚事鑑』（図2）は，漢から元までの外戚79人を善悪に分け，その行状や末路を手彩色の挿絵で示す訓戒書である。また，清の最盛期の皇帝として知られる乾隆帝は，自らの外征の成功を誇るため，イタリア出身のイエズス会士カスティリオーネらを動員して『準回両部平定得勝図』（図3）を作成させた。これは原画をパリに送って縦51×横90センチの銅版画を作成させ，乾隆帝自ら筆をとった解説を木版印刷して，絵と解説を交互に装丁した勅版絵本とでも言うべきものであった。

このように，絵にみちびかれて物語を読む行為は，近代以前の中国で身分の上下を問わず一般的な表現の手段として発達した。しかし，この時代の絵画には後世の写真の代用という側面もあった。銅版画に写実性を求めた乾隆帝の絵物語や，清末の画報に掲載された絵画はその好例といえる。写真の代用品ではなく積極的にストーリーを語る絵画，作者による寓意をこめた絵画，すなわち漫画の本格的な登場は，中華民国期を待たねばならない。➡II-二-4

（瀧下彩子）

▷2　前年の1425年に，宣徳帝は叔父のクーデターを未然に防いでいる。訓戒書の制作は，皇族や外戚に釘をさすためのものであった。

図2　劉邦の皇后一族呂氏の権勢と没落を描く。一頁が雲形によって五つのシーンにわけられ，右上から左へと場面が進む
（宣宗勅纂『外戚事鑑』巻第四，宣徳元年，（公財）東洋文庫蔵）

図3　乾隆帝勅版『準回両部平定得勝図』1775年頃
（（公財）東洋文庫蔵）

二　ヴィジュアルとのコラボレーション

2 芝居と語り物

１ 芝居と演芸の大国

　テレビやインターネットが普及するまでの中国庶民の娯楽と言えば，やはり芝居と演芸が中心であったであろう。芝居は，20世紀に話劇（日本の新劇に相当）が誕生するまでは，歌劇形式のものしかなかった。1927年，日本を訪れた中国の役者（韓世昌）が歌舞伎を見物して，役者が歌を歌わないので病気かと思ったというエピソードが残っているくらいだ。
[⇨Ⅰ-Ⅳ-52]

　芝居の歌やセリフは，基本的に方言である。そのため方言が異なれば，芝居の種類も異なることが多い。例えば，四川省の芝居（図1）は，四川方言で歌を歌う。その歌のメロディラインは，ほぼ四川方言のイントネーションに沿う（中国語は声調言語）。ゆえに四川方言を母語とする聴衆にはよく理解されるが，四川方言を解しない観衆にはチンプンカンプンということになる。
[⇨Ⅱ-一-2]

　中国各地に分布する芝居は，仕草や舞台衣装，簡素な舞台装置など上演に関する多くの約束事を共有するが，歌のメロディだけは異なっている。メロディは多くの場合，用いる方言の支配を受ける。こうして中国には，300種を優に超える劇種が出来上がった。

　一方，演芸の花形は，何と言っても語り物であろう。語り物は大きく四つに分けるのが一般的だ。一つ目は鼓曲類。楽器の伴奏で歌を歌いながらセリフを挟んで物語る。北方の京韻大鼓（図2）や蘇州の評弾がこれに当たる。二つ目は説書類。舌先三寸の語りだけで物語を進める。北京の評書や揚州評話がこれに当たる。三つ目は滑稽類。物まねや笑い話などが中心。北京の相声や上海の独脚戯がこれに当たる。四つ目は韻誦類。カスタネットなどでリズムを取りながら朗誦調で物語る。北京の数来宝や山東快書などがこれに当たる。中国には，こうした語り物が400種くらいあり，そのいずれもが方言で歌い，語る。

２ 芝居・語り物（説唱）と白話小説

　語り物の歴史は芝居の歴史より遥かに古い。『逸周書』（戦国時代から秦漢の成書）や『荀子』の一部が説唱の文体で記されていることや，漢代の墓より出土する説唱俑（語り物を演じる芸人の土偶）などにより，権力者に仕える芸人の活躍をかなり早くから確認することができる。

　一方，芝居は，研究者の田仲一成によれば，土地神を祀る社祭が晩唐から五

図1　四川省の芝居・川劇「鳳儀亭」
（『中国戯曲志・四川巻』中国ISBN中心，1995年）

▷1　倪鍾之『中国曲芸史』春風文芸出版社，1991年。

図2　劉宝全のうたう京韻大鼓
（『中国曲芸志・北京巻』中国ISBN中心，1999年）

▷2　尾崎雄二郎・竺沙雅章・戸川芳郎編集『中国文化史大事典』大修館書店，2013年，「講唱文学」（金文京執筆）356頁。

代の時期に変化し始め，続く宋代に演劇への転化が起こったとされる[3]。

　芝居や語り物は，このように長期にわたる形成期間を経て，宋代にはすでに都市芸能として相当の成熟度に達していたと思われる。北宋の首都汴京（べんけい）には，大小五十余りの芝居小屋があり，そのうち最大級の四座は「数千人を収容」したという[4]。南宋の首都臨安（りんあん）（杭州）の繁盛記には，語り物の二つ目に当たる説書類に限っても，ジャンルごとに名人上手の名前がズラリと挙がっている[5]。この盛況ぶりは，芸人たちの技芸や能力の高さを抜きにしては到底考えられない。

　芝居と語り物は，やがて白話小説と密接な関係を結ぶようになる。それは，その歌い，語る内容が白話文によって文字に起こされ出版される元代末期から明代にかけての時期である。⇨I-三-24, I-三-25 明代に刊行された四大奇書と呼ばれる『三国演義』『水滸伝』『西遊記』『金瓶梅詞話』（詞話は説唱の意）のうち，『金瓶梅詞話』を除く三つは，小説に先行する同題材の演目が芝居や語り物にあり，『三国演義』を除く三つは，語り物の文体をそのテキスト内に含んでいる。事は四大奇書に留まらないのは言うまでもない[6]。

　こうした白話小説の成り立ちは，現在の用語で言えば，アダプテーションに当たろう[7]。ジャンルを越えた自由な改編である。しかし，当時こうした改編を，ジャンルを跨いだ改編と認識することはなかっただろう。というのは，「当時の読者にとって小説と説唱は，ともに韻文と白話文を積み重ねることによって面白い物語を語っていく娯楽読み物というにすぎず，両者の間に明確な区分がなかった[8]」からである。喩えて言えば，「白話文の読み物」というラベルを貼った書店の棚に，芝居の脚本も語り物の速記本も白話小説も，順不同で並んでいたのではないかということである。

3　現代の「白話文の読み物」

　清代末期に石印（リトグラフ）の技術が伝わると，芝居や語り物の脚本は，唱本と呼ばれる掌サイズの十頁あるかないかの小冊子の形で大量に印刷され，廉価で販売された（図3）。歌とセリフの別は記されるものの，ベタ一面に印刷された唱本のテキストは，まさに「白話文の読み物」であって，芝居の劇種や語り物の種類など，ほとんど無視して読むことのできるものばかりである。

　1930年，近代的な学校制度に基づき，芝居の役者の養成を目指した中華戯曲専科学校が設立された。この演劇学校では，教授用の脚本を公開出版した。その際，脚本を脚本以上に長い小説に改編して掲載した。題して「民衆小説戯曲読本」。これは，その掌サイズの大きさからして，粗悪な唱本に取って代わり，明末に誕生した「白話文の読み物」の伝統を新文学の見地から捉え直し，現代に再現しようとしたものであったように思われる。

（松浦恆雄）

▷3　田仲一成『中国祭祀演劇研究』東京大学出版会，1981年。

▷4　孟元老『東京夢華録』，孟元老等『東京夢華録（外四種）』上海古典文学出版社，1956年，14頁。

▷5　呉自牧『夢粱録』，孟元老等『東京夢華録（外四種）』上海古典文学出版社，1956年，312, 313頁。

▷6　紀徳君「明代小説与民間説唱之双向互動現象初探」『明清小説研究』2006年第2期。

▷7　リンダ・ハッチオン『アダプテーションの理論』晃洋書房，2012年。

▷8　小松謙『中国白話文学研究——演劇と小説の関わりから』汲古書院，2016年，225頁。

図3　湖南省の唱本「繡像祝英台」

「繡像」というが絵はない。

（筆者蔵）

二　ヴィジュアルとのコラボレーション

3　映画とテレビ

1 映画と中国文学

　文学作品がはじめて映画に改編されたのは，1920年代である。徐枕亜の恋愛小説『玉梨魂』(1912)の映画化（張石川監督，1924）が成功し，いわゆる「鴛鴦蝴蝶派」の娯楽性の高い通俗小説が続々と映画化されて人気を得た。 ⇨Ⅱ-三-5

　1930年代に入って日本の侵略が始まると，映画は，抗日運動やそのための近代化を広く大衆に訴える手段として知識人に注目された。それに伴って題材も，茅盾の小説にもとづいた『春蚕』(程歩高監督，1932)を皮切りに，巴金の"激流三部曲"や『祥林嫂』(原作は魯迅の「祝福」）など，著名な"五四"作家による深刻な社会問題を描いた作品が選ばれた。

　1950年代，毛沢東政権下で，映画は政治宣伝としての役割をより強く求められることになり（図1），厳しい状況は文化大革命で極限に達した。

　文革が終結し1980年代に至ると，国のメディア統括機関による検閲を受けねばならぬものの，一定程度，自由な制作が許されるようになった。文学作品は引き続き映画化されるが，原作の風合いを残しつつ，映像ならではの表現を追求しはじめた。その傾向は，第五世代の監督以降に顕著であり，とくに，張芸謀の『紅いコーリャン』(1987)と陳凱歌の『さらば，わが愛／覇王別姫』 ⇨Ⅰ-五-63 ▲2 ▲3 ▲4
(1993)は，国際的に高い評価を受けた画期的な作品である。

　いまやインターネットで映画が手軽に鑑賞できる時代となった。2012年のある調査では，映画化もされた中国近・現代の著名な小説にかんして，先に映画を観てから小説を読んだという人が，じつに80％近くを占めたという。中国人 ▲5
の読書量が年々減少している昨今，文学と映画の関係は逆転して，映画こそが文学の入り口になりつつあるのかもしれない。

2 ドラマと中国文学

　中国において，本格的にテレビドラマが作られるのは，1980年代に入ってからである。西洋や日本のドラマに学びながら，次々と国産ドラマが制作されていくが，特筆すべきは，国営テレビ局のCCTV（中国中央電視台）が延べ十数年の歳月をかけて完成させた，いわゆる「四大名著」のドラマ化であろう。『紅楼夢』(1987)全36話，『西遊記』(1988)全25話＋続編16話，『三国演義』(1994)全84話，『水滸伝』(1998)全43話。原作同様，長さを存分に堪能できる話数で

▲1　『家』(卜万蒼ほか監督，1941)，『春』『秋』(楊小仲監督，1942)，「祥林嫂」(南薇監督，1948)。

図1　映画放映（丁峻撮影，1963)
（高琴主編『我們的生活記憶──半個世紀百姓生活図誌』中国摂影出版社，2008年，22-23頁）

▲2　文化大革命が終結したのち北京電影学院に入学し，80年代半ばに映画界に参入した監督たちを指す。張と陳のほか，田壮壮，霍建起などが含まれる。

▲3　原題『紅高粱』。原作は莫言の同名小説。

▲4　原題『覇王別姫』。原作は李碧華の同名小説。

▲5　朱怡淼『改編：中国当代電影与文学互動』南京大学出版社，2017年を参照。

ある。今世紀に入って4作ともリメイクされているが，旧版のほうが「経典」として愛されており，いまだに再放送される。

　1990年ごろを境に，テレビは映画に代わって人々の娯楽の中心となり（図2），ドラマ制作の勢いは加速した。同時に，話数の増加にも拍車がかかり，時代劇では1本100話近くまで達することもざらであった。これは，大きな資本を投下する以上，話数が多いほうが得だと制作側が水増ししたからだが，2020年に，一定の品質を保つために，メディア統括機関からドラマは1本40話以下にせよとのお達しが出た。

　一度当たりが出るとみながこぞって真似をし，類似作品が氾濫するとお上が制限をかける，というのが中国ドラマ界の法則である。制作許可の取りやすい抗日ドラマを隠れみのにして，素手で日本兵を真っ二つに斬り裂くスーパーマンが出てくるような荒唐無稽な内容の作品が氾濫したこともあった。[6]

　そんななか，金庸の武俠小説と，瓊瑤（1938-）の恋愛小説は，ほぼすべての作品がドラマ化され，長きに亙って人気を博し，ともに一ジャンルを成していると言える。わけても，金庸の描く神仙俠客が繰り出す技の数々は，映像やCGとの親和性が高く，何度もリメイクを重ねている。⇨I-五-61

図2　テレビを買う人々（蔣鐸撮影，1982）
（高琴主編『我們的生活記憶——半個世紀百姓生活図誌』中国撮影出版社，2008年，170頁）

▷6　岩田宇伯『中国抗日ドラマ読本——意図せざる反日・愛国コメディ』パブリブ，2018年に詳しい。

③　中国でも人気の"三国志"

　映画，ドラマを通じて，変わらぬ人気を誇っているのが『三国演義』である（図3）。赤壁の戦いを描いた映画『レッドクリフ』[7]や，関羽の千里行を扱った映画『KAN-WOO/関羽　三国志英傑伝』[8]は日本でも知られていよう。ドラマ界では，さらにマニアックに掘り進められており，趙雲を中心にした『三国志〜趙雲伝〜』[9]，司馬懿を軸とした魏の知将たちに焦点を当てた『三国志〜司馬懿 軍師連盟〜』[10]，劉協（献帝）が主人公の『三国志 Secret of Three Kingdoms』[11]などなど，枚挙にいとまがない。

図3　1994年版のテレビドラマ『三国演義』（全84集）DVD

④　テレビと中国文学

　毛沢東が名うての読書家だったのは有名な話である。[12]古来，中国の政治指導者には，一定の文学的素養が求められてきた。日本ではあまり知られていないが，習近平・現国家主席も，趣味は読書であるという。テレビに映る彼の執務室の書架にどんな本が並んでいるかも話題になった。

　そうした気風の影響もあってか，国営のCCTVでは，いまだに文学や読書にかんする良質の番組が数多く制作されている。もっとも有名なのは，大学教授や作家が，文学作品や歴史を取り上げて，一般向けにわかりやすく講義する「百家講壇」（2001-）であろう。いま視聴率は下落傾向だが，かつては易中天などスター学者を複数輩出するほどの人気番組であった。最近は，漢字や詩詞をテーマに据えたクイズ番組が流行っている。　　　　（日野杉匡大）

▷7　原題『赤壁』（呉宇森監督，Part I 2008，Part II 2009）。

▷8　原題『関雲長』（麦兆輝・荘文強監督，2011）。

▷9　原題『武神趙子龍』（2016）。

▷10　原題『大軍師司馬懿之軍師聯盟』（2017）。続編もあり。

▷11　原題『三国機密之潜龍在淵』（2017）。

▷12　逄先知／竹内実訳『毛沢東の読書生活——秘書がみた思想の源泉』サイマル出版会，1995年を参照。

二　ヴィジュアルとのコラボレーション

4 漫 画

▷1　畢克官『中国漫画史話』百花文芸出版社，2005年。単行本初出は山東人民出版社，1982年。

図1　謝鑽泰『時局全図』（1899年）
中国に群がるのは，ロシア（熊），イギリス（ブルドック），ドイツ（腸詰め），フランス（カエル），アメリカ（鷲），旭日（日本）。（▷1に同じ）

▷2　なかでも1884年にイギリス人商人メイジャー兄弟が発行した『点石斎画報』は有名。

図2　張光宇が描いた『時代漫画』創刊号の表紙
社会に挑まんとする漫画家の七つ道具の姿には，ドン・キホーテ的自嘲がこめられているかもしれない。
（『時代漫画』浙江人民美術出版社，2015年）

① 「漫画」という概念のはじまり

　中国での漫画の始まりというと，必ず話題になるのが『時局全図（時局図）』である。帝国主義列強の中国侵略を示したもので，1899年に革命団体「興中会」の一員，謝鑽泰（1872-1938）が描いた（図1）。19世紀末期の中国では，外国人資本による画報が庶民の人気を集め，やがて中国人もそのひそみにならって，大小様々な画報が刊行された。そこには記事を説明する図や清朝を諷刺する図など，様々な「物語る」図が見られる。その中で『時局図』が特に話題となるのは，この図の作者が革命人士であり，辛亥革命前夜の中国を象徴的に描いているからだと言える。ともあれ，1900年代になると，画報や新聞にたずさわる職業画家たちは，記事を飾る写真の替わりとしての写実画や小説の挿絵のほかに，諷刺画や滑稽絵を描きはじめた。日本から伝わった「漫画」という語句が使われるようになるのもこの頃である。

② モダン都市を描く漫画家たち

　1920年代の上海や広州の新聞には，中国人漫画家によるコマ漫画が掲載されている。上海では，葉浅予（1907-95）の『王先生』や魯少飛（1903-95）の『改造博士』，広州では李凡夫（1906-67）の『何老大』が知られる。これらの作品は，アメリカの新聞連載漫画の影響を強く受けつつ，それぞれの都市に暮らす人々を悲喜こもごもを笑いのうちに描き，時には社会の暗部をも軽いタッチで諷刺した。読者である都市の住人たちは，この時期に急速に大衆小説や無声映画，流行歌といった娯楽メディアを受容しており，この時期の漫画もまたこれらのメディア表現を取り入れつつ発展をとげたと考えてよい。しかし，デフォルメされた絵柄で庶民の日常を描き，登場人物に大げさな動きや会話をさせる漫画は，知識人（それは前近代の「士人」にあたる人々である）からは低俗な絵画表現としてさげすまれていた。

　1927年，葉浅予や魯少飛ら上海を拠点に活動する漫画家たちは，社会に対して広く漫画家の存在や，漫画が持つ優れた表現の可能性を知らしめるべく，上海漫画会を結成し，これを母体にして『上海漫画』『時代漫画』といった雑誌を刊行した。特に1934年から37年まで刊行された『時代漫画』は社会諷刺と芸術性を強く打ち出した刊行物であった（図2）。このような活動により，1930年代

中葉の上海で，漫画は都市文化を代表するモダンなメディアとしての地位を獲得した。またこの時期には，これらの漫画雑誌から学び，作品を投稿する次世代の漫画家が育ったことも指摘できる。[43]

③ 闘争と批判の季節

1937年に日中戦争が始まり長期化すると，各界でも抗日救国の主張が起こり，漫画界もこれに合流した。特に多くの漫画家が活動していた上海はその中心となり，漫画界救亡協会が設立され，雑誌『救亡漫画』が刊行された。上海が戦場になると，漫画家たちは重慶や広州などに避難して活動を続けた。この時期，漫画を重要視したのは出版社ではなく，政府や救亡団体の知識人であり，その求めに応じて抗日救国をテーマとする漫画が多数制作された。葉浅予は，重慶国民政府のもとで漫画宣伝隊の隊長をつとめ，広州に避難した魯少飛は，李凡夫らを迎えて『国家総動員画報』（図3）を刊行した。漫画を「俗」な文芸と見なしがちだった知識人が，日中戦争を契機として，文盲の農民を啓蒙し抗戦に意識を向けさせるためのツールとしての漫画に着目し，その文芸性を評価したのは皮肉なことである。

戦争が終結し，中華人民共和国が成立すると，漫画のテーマは一党独裁を敷く中国共産党の求めに応じるものへと移行する。1950年代は共産党内部での権力闘争が激化する時代だが，あらゆる文芸作品は中共指導部の意向を反映することを強く求められ，鋭い政敵批判を展開した。漫画が描くのは作家ではなく中共の「寓意」であり，それはもはや漫画ではなく宣伝画である。こうして，個人の寓意の発露としての漫画は，中国大陸からしばらく影をひそめる。

④ 香港・台湾，そして再び大陸

20世紀後半に中国語圏で制作された漫画として，香港と台湾の作品について触れておきたい。香港では，1970年代以降，アメリカン・コミックと同様に分業制で制作されるオールカラーの作品が主流となり，武俠アクションを描く黄玉郎（1950-），馮志明（1951-）やその影響をうけた馬栄成（1961-）らが活躍した。また利志達（1965-）はこれとは異質な作家性の強い作品を発表している。台湾では，水墨画とペン画を融合させた独自の画風で知られる鄭問（1958-2017）をあげることができる。

中国大陸では，2007年以降にインターネットが普及すると，香港・台湾の漫画や，日本のサブカルチャー受容が爆発的に進み，八〇後・九〇後世代が漫画などサブカルチャーの作り手へと成長した。しかし，中国において制作テーマが制限される状況に変化はなく，漫画家は歴史ファンタジーなどの安全なテーマを選ぶか，作家性を強く打ち出して海外の評価を獲得するなどの模索が続いている。[45]

（瀧下彩子）

▷3 戦後中国の著名な漫画家である華君武（1915-2010）は，『時代漫画』の投稿者であった。

図3 『国家総動員画報』創刊号表紙（1937年12月10日）
この時期の漫画は「抗日」の要素と同程度に，中国人に抗戦への参加や，戦時国債の購入を強く訴える内容が多い。
（（公財）東洋文庫蔵）

▷4 1980年代，90年代生まれの世代を指す。1979年から2015年まで実施された一人っ子政策や，改革開放政策に強く影響を受け，独特の価値観や人生観を持つと分析されている。

▷5 前者としては日本でも『長歌行』などを発表している夏達，後者としては2004年にフランスの漫画展で大賞を受賞した本杰明をあげることができる。

二　ヴィジュアルとのコラボレーション

5 アニメーション

▷1　「影片」「片」は写真やフィルムを意味する。「卡通」は英語 cartoon の音訳。

▷2　「動画」という言葉が日本で初めて使われたのは，1937年に政岡憲三が設立した「日本動画協会」とされる。山口且訓・渡辺泰／プラネット編『日本アニメーション映画史』13頁。

▷3　万籟鳴(1900-97)・万古蟾(1900-95)・万超塵(1906-92)・万滌寰(1907-？)の四兄弟。

▷4　孫悟空の旧友である牛魔王の妻。三蔵一行は旅の途中で絶えず激しい炎を噴き上げている火焔山に行き当たり，孫悟空は羅刹女の持つ，あらゆる火を消すことができる芭蕉扇を借りようとする。しかし羅刹女は，愛息の紅孩児が悟空に破れ観音菩薩の弟子となったことを深く恨んでおり，孫悟空と激しく争う。

▷5　当時日本では対米関係悪化のため『白雪姫』は公開されず（戦後の1950年に初公開），『鉄扇公主』が日本で初めて上映された長編アニメ映画となる（日本公開時の題名は『西遊記鉄扇公主の巻』）。少年期の手塚治虫もこの作品に衝撃を受け，のちに漫画『ぼくの孫悟空』を描く動機となった。

1 中国アニメーションの黎明期

アニメーションは現代中国語では「動画影片」「動画片」「卡通片」という。また「漫画」と合わせて「動漫」ともいう。「動画」は日本語の「動画」から入ったようだ。中国にアニメがもたらされた当初は，実写映画とともに「活動影戯」と呼ばれていた。「影戯」は中国の伝統的な影絵芝居のことである。

中国で初めて上映されたアニメは1918年，アメリカのフライシャー兄弟が制作した『インク壺の外へ』という作品であった。この作品に大きな衝撃を受けた万氏兄弟が，初期の中国アニメ制作の中心となった。

1939年，アメリカのウォルト・ディズニー制作の世界初のカラー長編アニメ映画『白雪姫』（中国語題名は『白雪公主』）が上海で公開された。万氏兄弟は『白雪姫』に対抗できる作品を作ることを目指し，『西遊記』に登場する鉄扇公主こと羅刹女と孫悟空との戦いを題材とした白黒長編アニメ映画『鉄扇公主』（図1）を制作。これはアジア初の長編アニメ映画でもある。1941年9月に公開されると大人気を博し，アジア各地や日本でも上映された。内容は，『西遊記』中の，火焔山の炎を消す芭蕉扇を借りるため，孫悟空らが鉄扇公主と牛魔王の夫婦と戦い降伏させる話をもとにする。牛魔王退治に近在の住民が協力する場面があり，当時中国を侵略していた日本軍への批判を表現したとされる。

2 古典とアニメの融合──孫悟空と哪吒の大活躍

中華人民共和国成立後しばらくは，アニメ制作は上海映画製作所美術映像制作班（のちの上海美術電影製片廠）がほぼ一手に担っていた。この制作班は，古典小説や伝説，説話などを題材にしたアニメを数多く手がけてきた。

1964年に中国初のカラー長編アニメ作品，『大暴れ孫悟空』が完成する。この作品は『西遊記』中の，孫悟空が天界に招かれるが与えられた仕事に不満を持ち，神々を相手に大暴れする，という話をアニメ化したものである。孫悟空をはじめとするキャラクターたちのデザインは京劇の隈取・衣装をもとにしており，京劇の所作に加え劇伴音楽にも京劇の音楽をアレンジして採用している。

孫悟空のほかにアニメへと活躍の舞台を移した古典小説の登場人物に，哪吒がいる。哪吒はもとは仏教の神だが，道教にも取り込まれて道教の神の一人となり，民間説話や小説にも登場するようになった。説話では彼は竜王の息子を

⇨Ⅰ-三-28

殺したことを父に責められ自害し，神仏の力により神に生まれ変わる。三面六臂（さんめんろっぴ）の姿で各々の手に武器を持ち，空を自在に飛び回る，闘う神である。『西遊記』では孫悟空と空中戦を繰り広げ，『封神演義（ほうしんえんぎ）』では殷の神仙相手に大立ち回りを演じる。アニメでは先に紹介した『大暴れ孫悟空』にも登場するが，主人公としての初作品は，先の説話を題材とした『ナーザの大暴れ[6]』(1979)（図2）である。伝統演劇の所作に加えて欧米の舞踏の動きをも取り入れ，前半は可愛らしい少年哪吒が竜王の息子を相手に，後半は三面六臂の闘神哪吒が竜王とその配下を相手に，縦横無尽の大活躍を見せる。

3 伝統とアニメの融合——動く伝統絵画の世界

上海美術電影製片廠ではセルアニメのみならず，人形，切り紙，水墨画など，伝統美術の技を応用したアニメ作品（「美術片（びじゅつへん）」と呼ばれた）も制作していた。

中国初の切り紙アニメ作品『猪八戒スイカを食らう』(1958)は，暑い夏のさなか，食糧探しに出かけた猪八戒が立派なスイカを見つけるが，暑さと食欲に負けて食べてしまう。⇨コラム5「影戯」のような柔らかい画風のコミカルな作品である。

水墨画アニメでは『牧笛（ぼくてき）』(1963)（図3），『鹿鈴（ろくれい）』(1982)などが代表作である。『牧笛』は，笛を吹くのが好きな牛飼いの少年と牛の物語である。牛を連れて山中に来た少年は，笛を吹いて遊んでいるうち居眠りしてしまい，牛を見失う。禅宗に伝わる，逃げた牛を探す牧童の姿を描いて悟りへの道を示す「十牛図」を彷彿とさせるストーリーである。

『鹿鈴』は，親とはぐれた子鹿と少女の物語である。山中で祖父と暮らす少女は，鷹に追われて親とはぐれ怪我をした子鹿を保護する。おびえる子鹿に，少女はお気に入りの鈴を鳴らして，仲良くしようと試みる。

両作品ともセリフのない短編音楽劇であり，水墨画風の淡いタッチと柔らかな動きが劇伴音楽と調和して，まさに「動く水墨画」である。

4 日本アニメの影響と国産アニメの振興

1980年代初頭から，『鉄腕アトム』『一休さん』『ドラえもん』など日本のアニメが中国で放映されるようになり，若い世代は日本アニメに夢中になった。中国政府は日本アニメが若者の精神に与える影響を無視できなくなり，外国産アニメの放映制限と国産アニメの保護に乗り出した。各地の大学などにアニメ学科を設置させ，有力な制作会社を「国家動画産業基地」に認定して支援するなど，国産アニメの振興に力を注いでいる。その体制下で量産されたアニメは，初期こそ外国作品の模倣のような作品も少なくなかったが，近年では技術が向上し，独自性を高めている。海外市場にも進出しており，『赤き大魚（たいぎょ）の伝説』(2016)，『ナタ～魔童降臨（まどうこうりん）～』(2019)，『羅小黒戦記（ロシャオヘイせんき）　ぼくが選ぶ未来』(2020)などは日本でも一定の評価を得ている。 （田村祐之）

図1　『鉄扇公主』
（汪寧編著『中外動漫簡史』上海動画大王文化伝媒有限公司・上海人民出版社，2011年，90頁）

▶6　邦訳名は公開時期や媒体により異なり，『ナーザの大暴れ』(1980，日本での劇場初公開時)，『ナージャと竜王』(1982，NHKでの放映時)，『ナーザが海を騒がす』(1988，VHS発売時)などがある。

図2　『ナーザの大暴れ』
（図1，105頁）

図3　『牧笛』
（図1，98頁）

コラム3

美少女戦士の元祖——聶隠娘

虎を退治する聶隠娘
（『太平広記　三　俠義巻』北京美
術撮影出版社，1995年，4頁）

　豹や虎の首を一撃で刎ね，空を飛んでは鷹や隼までをも刺し殺す。指令があればその超人的な能力をもって，狙った標的に音もなく忍び寄り，確実に命を奪う女刺客。しかも彼女はまだ10代の少女だった……。

　裴鉶（生没年不祥）の手による唐代伝奇小説の「聶隠娘」は，幼い頃，比丘尼に連れ去られた少女が，超人的な暗殺能力を身につけた殺人マシーンとしての英才教育を施されて帰ってくる物語である。

　若き少女でありながら凄腕の刺客というギャップや，大人の男性達をもたやすく成敗するという痛快さ，幻想的で多彩な超能力バトル等，活劇的な読みどころも満載だが，暗殺の標的に対しても，子供に優しい様子を見せた男に手を下すことを躊躇ったり，相手の器量に感服して逆にその守護を申し出たりなど，隠娘が単なる冷酷無比な殺し屋ではなく，様々に感情の動きを見せるところも，大きな魅力のひとつだろう。

　本作は女性刺客を主人公にしている点でもエポックメーキングな作品であり，その後，様々な通俗小説や演劇で取り上げられ，後の時代の武俠作品へも，多大な影響を与えている。

　女性の刺客といえば，清の蒲松齢による怪異小説集『聊斎志異』に収める「俠女」にも凄腕の謎めいた美少女刺客が登場する。年の頃は17，8歳で見目麗しく，凜とした気品も備えている娘だった。病身の母親との貧乏暮らしで，しばしば向かいに住む青年の家に物を借りに往来するようになる。青年の母親は彼女の家に縁談を持ちかけるものの，無表情で黙り込むばかりの彼女からよい返事はもらえない。しかし，ある日彼女の方から男を誘い，ふたりは結ばれる。その後，男に取り憑いた白狐の妖怪の正体を見破って匕首で仕留めるなど，ただ者ではないことをにおわせる彼女は，実は父の仇を仕留めるために機会を窺いながら暮らしていたのだった。本懐を遂げた後，今は亡き母ともど

も面倒を見てくれた男への恩返しとばかりに，彼との間に生まれた息子を残して彼女は去っていく。その際も予言めいた言葉を残し，後にそれが的中するなど，終始ミステリアスでクールな美少女として描かれており，『聊斎志異』の中でも人気の高い物語である。

　勇猛な美少女戦士という点では，老いた父の代わりに男装して徴兵に応じた少女，木蘭の物語も忘れるわけにはいかない。古くは南北朝時代の『木蘭詩』で描かれる木蘭は，その後も多くの小説・演劇・映画・ドラマの題材となり，近年ではディズニー製作のアニメ『ムーラン』（1998）や実写映画『ムーラン』（2020）で，世界的にも知名度は高い。屈強な男性ばかりの兵の中でも，負けずに武功を上げる美少女の物語は，それだけで痛快だ。

　また，明『水滸伝』に登場する梁山泊の豪傑108人は，むくつけき男たちばかりのイメージだが，その中には武芸の達人にして美女とされる一丈青・扈三娘がいる。彼女もまた，これら美少女戦士の系譜に連なるものであろう。

　ちなみに聶隠娘の物語は，現代でも台湾の侯孝賢（1947-）監督の映画『黒衣の刺客（原題：刺客聶隠娘）』（2015）や，在米華人 SF 作家ケン・リュウ（1976-）の短編小説「The Hidden Girl（邦題：隠娘）」（2017）等に描かれるなど，本作をベースとした翻案作品は生まれ続けている。

　唐代伝奇小説の中でも屈指の人気を誇る聶隠娘の物語は，今なお人々を惹きつけてやまない。彼女は，現在，小説や映画・ドラマで活躍する女性スーパーヒーローや，美少女戦士達の元祖と言えよう。

（中根研一）

美女二様──林黛玉と薛宝釵

林黛玉（左）と賈宝玉
（『蘇聯蔵中国民間年画珍品集』
中国人民美術出版社・蘇聯阿芙
楽爾出版社，1990年）

　『紅楼夢』は，賈家の貴公子である宝玉を取り巻く，個性的な少女たちを描く清代の小説である。中国では，演劇，映画やドラマに繰り返し改編され，「金陵十二釵」と呼ばれる宝玉の姉妹や従姉妹のキャラクターは，その性格を類型化した占いや心理テストが作られるほど，広く親しまれている。

　中でも，二大ヒロインの林黛玉と薛宝釵は，後世の文芸に大きな影響を与えた。林黛玉は，宝玉の父方の従妹で，いつも憂いに満ちた，腺病質の美少女だ。天界の仙草の生まれ変わりである彼女は，その草に甘露を恵んだ仙童の生まれ変わりである宝玉にとって，いわば「運命の相手」である。現世でも，超然とした孤高の黛玉と，浮世離れした若様である宝玉とは意気投合するが，そこにあらわれるのが，宝玉の母方の従姉にあたる薛宝釵だ。宝釵もまた，品のよい美少女であるが，ふくよかで気配りのできる彼女は人望あつく，癇癪もちで皮肉屋の黛玉は，宝玉と宝釵をお似合いとみなす周囲の目に，しばしば神経をとがらせる。

　外見も性格も対照的な林黛玉と薛宝釵だが，この二人の関係は，単なる恋のライバルという以上の結びつきを感じさせる。『紅楼夢』第40回では，少女たちが宴会で「酒令」に興じる華やかな場面がある。サイコロの目に合わせて即興で詩句を詠み，言い間違えたら罰杯という遊びの中で，黛玉はふと『牡丹亭』と『西廂記』の句を口に出す。どちらも才子佳人の色恋を描き，良家の子女が読むものではないとされていた書物である。宝釵は，黛玉の失態に気づくが，その場であげつらうことはせず，後日，黛玉と二人きりのときに，そっと彼女をたしなめ，悪書の害を説くのであった。

　そこで宝釵は，こんなことを言う。「詩を作ったり字を書いたりすることすら，おたがい女の子の本分ではないんです──結局のところ，それは男の本分でもないのね。殿方は本を読んで物の道理をわきまえ，国

を治め，民を治めてこそ立派なんでしょうけど，今はあまりそういう人は聞かないわね。本を読んで，かえってわるくなってるわ。これは本が人を誤らせたのじゃあなくて，人が本を台無しにしたんだと思うわ[1]」。

　黛玉と宝釵は，いずれ劣らぬ文才を誇る少女であるが，この二人のコントラストは，書物，ひいては世間というものへの対峙の仕方において際立っている。その一方，ここでの二人の語らいは，「女の子は字なんか知らないほうがいい」とみなされていた当時にあって，「字を識る女」として互いが異端の同志であることを確認しあっているようにも見える。

　20世紀に入ると，中国でも女子教育が始まり，黛玉と宝釵のように，字を識り書物を読む女性は，都会では珍しくなくなっていく。大家族の邸内で，学問をする男児らを前にして，詩句をそらんじ，ともに「酒令」遊びに興じる姉妹や従姉妹という構図は，巴金の『家』においても形を変えて取り込まれている。

　『紅楼夢』を愛読したことで知られる張愛玲の「同級生」は，1930年代に女学生だった二人の女性を描く。彼女らが興じるのは，もはや「酒令」ではなく女子寮での噂話や映画スターの品評だが，ともに過ごした少女時代のきらめきと，その後たどった二者二様の人生は，黛玉と宝釵を彷彿させるものがある[2]。

　林黛玉と薛宝釵とは，ひとときの宴にも似た，「少女」という時期の終焉に対する二種類の精神のありようを示したキャラクターだったといえるだろう。

（田村容子）

＊1　曹雪芹・高鶚／飯塚朗訳『紅楼夢』集英社，1980年。

＊2　張愛玲／濱田麻矢訳「同級生」『中国が愛を知ったころ　張愛玲短篇選』岩波書店，2017年。

三　さまざまなジャンルと形態

1 どこでも行っちゃう──旅行文学

▷1　中国の詩跡を調べる
のに重宝する本に，植木久
之編『中国詩跡事典──漢
詩の歌枕』(研文出版，2015
年) がある。

**図1　詩跡としても名高い香
炉峰**
([清]『白嶽凝煙』，鄭振鐸編『中
国古代版画叢刊　4』上海古籍
出版社，1988年)

▷2　民俗学者の江 紹 原が
書いた『中国古代旅行の研
究』の第1章は「旅の途中
で出くわす悪しきものども
(および邪悪な生物)」と題
され，『山海経』などの古
代の地理書に見える遠方の
地の怪獣や妖怪について考
察している。

図2　いつも悲しい船旅の別れ
([明]『唐詩画譜』，鄭振鐸編『中
国古代版画叢刊二編　7』上海古
籍出版社，1994年)

1 旅と場所の文学

　ある土地への旅を描いた文学作品は，フィクションとノンフィクションとを問わず，世界の文学の中でも大きな地位を確立している。中国という広大な空間を舞台とするからには，すべてのジャンルにわたって「旅の文学」と呼ぶべきものがひしめいている。この語彙に厳密な定義を与えることはあきらめて，ここでは，それらしい作品をいくつか紹介してみよう。

　伝統的に，科挙によって官職を得る中国の官人は，そのまま文学的素養をもった文人でなければならない。かれらは，頻繁に行なわれる出張や任地への移動により，長旅を強いられることになった。訪れた名勝古跡で，みずからの感慨を風物に託し，詩をひねり遊記を綴る営為は，文人のたしなみともなっていた。詩に詠まれた場所は，人文的な物語を付与されて，詩跡と呼ばれるモチーフに格上げされる。詩跡とされた場所は，旅人たちが訪れるべき観光スポットとなるとともに，次世代の詩人たちが詩に組み入れるべき名辞ともなり，旅と場所をめぐる中国人の作品世界に，豊富な題材を与えたのであった (図1)。⇨Ⅰ-三-39, Ⅱ-三-2

　紀行文学の傑作として，南宋の詩人陸游 (1125-1209) が，浙江の紹 興から蜀の任地夔 州までを，五か月かけて移動した，長江の船旅の日記『入蜀記』を挙げておこう。同じ時代の范成大『呉船録』と併称されるこの作品では，訪れた土地の自然の描写から，出会った人びととの対話，さらに名勝古跡とこれにまつわる伝説などを詳細に記述しながら，陸游みずからの考察をも加えている。詩跡とされる地点では，陸游の蘊蓄はことさらに冴えを見せる。

　陸游の時代でも，旅は命がけであった。『入蜀記』には，出没する人喰い虎のために，猟師が山小屋に待機しているとの描写がしばしば見えるが，宋代を舞台にした『水滸伝』のエピソード「武松の虎退治」の背景でもあろう。容赦なく旅人を襲うのは，虎や狼や山賊ばかりではない。陸游も出発早々，ゾッとするようなひとことを残している。──「蜂や蠆のような蚊がいて，恐ろしい！」と。旅行の楽しみは，それに倍する危険と表裏を成していた (図2)。

2 旅行と地理書

　北魏時代の酈道元 (469-527) は，中国全土の河川を記した古代の書『水経』に膨大な注を付すというスタイルで，515年，『水経注』を著わした。この地理

書を完成させるべく，酈はフィールドワークを敢行したらしく，その注には，河川の流域にまつわる歴史や伝説が詳述されている。明代には，徐霞客（1586-1641）の『徐霞客遊記』が書かれた。全国の地貌を記述した徐の遊記の特徴は，すぐれて科学的な視線によって綴られていることである。徐の伝記を著わした清初の文人，銭謙益は，その人を「奇人」と，その書を「奇書」と称した（図3）。

図3　徐霞客
（『徐霞客遊記』上海古籍出版社，1980年）

3　旅の猛者たちの第二の旅

中国には，途方もない旅の猛者たちがいる。漢武帝の命を帯びて西域に旅立ち，シルクロードの情報をもたらした張騫の事績は，『史記』「大宛列伝」に読める。また，取経の一念から天竺に向かった僧が残した旅行記には，東晋・法顕の『法顕伝』，北魏・宋雲らの『宋雲行記』がある。さらに，唐の三蔵法師玄奘の旅を追体験するには，玄奘が口述した『大唐西域記』があるし，その冒険譚的な要素は，弟子の慧立らが綴った『大唐大慈恩寺三蔵法師伝』のほうで楽しめる。くだって明代の猛者には，さきほどの徐霞客のほかに，アフリカにいたる大航海を，艦隊司令長官として数回にわたり成し遂げた鄭和がいる。

どうやら中国人は，歴史上の旅の猛者たちに，より破天荒な第二の旅をさせるのが好きなようだ。張騫にまつわる伝説によれば，かれは黄河の源流を遡行したあげく，天の河まで飛んでいき，織女に出会ってきたのだという。玄奘三蔵の旅は，長編小説『西遊記』として花開くが，ちょうど同じころ，鄭和の物語もまた，羅懋登なる人物によって伝奇化され，『西洋記』という長編小説になった。異国の怪人たちと妖術を駆使した戦闘を展開しながら，果ては地獄にまで突入してしまうという荒唐無稽な物語である。旅の猛者たちに終着点はない。かれらの記憶は，人びとの想像力に働きかけて，虚々実々の驚異の旅の物語を綴らせることになったのであった。

4　近代の西遊記

19世紀後半，清朝の末期になると，西欧世界の旅行見聞記が大量に生み出された。外交官によるもの（郭嵩燾『倫敦与巴黎日記』，黎庶昌『西洋雑志』），ジャーナリストによるもの（王韜『漫遊随録』）と，書き手はさまざまだ。寧波の税関の職員，李圭による『環遊地球新録』は，1876年にアメリカのフィラデルフィアで開催された万国博覧会に清朝政府が出展した際の，若き随行員による楽しげな記録である。これらは西欧世界に，新しいお経を取りに行く，近代における「西遊記」であった。20世紀になってからも，多くの中国人が，それぞれに意味のある旅をしている。それは，戦火に焼け出された者たちの流浪の旅であり，銃を肩にした軍旅であり，また，物見遊山の旅であり，なんらかの宝物を探し求める旅でもあった。その多様な旅人たちのなかには，筆を執り，旅行文学をのこしたものも少なくない。

（武田雅哉）

▷3　このほか西域に向かった元代の旅行記としては，道教全真派の祖である長春真人の『長春真人西遊記』や耶律楚材の『西遊録』がある。いずれもチンギス汗の招きに応じた旅であった。

▷4　張騫の宇宙旅行譚は，中国の多くの雑著に見えるが，わが国の『今昔物語集』「震旦部」にも紹介されている。武田雅哉『中国飛翔文学誌』人文書院，2017年参照。

▷5　清末の海外旅行記の多くは，鍾叔河編『走向世界叢書（正・続）』（岳麓書社，1980-）にまとめられている。中国語で挑戦したい向きにはぜひ！

▷6　現代中国における旅をモチーフとした文学作品は，文字どおり枚挙にいとまがない。邦訳のある作家たちの作品集を丹念にひもとけば，出逢うことができるだろう。

三　さまざまなジャンルと形態

2　なんでも記録する——筆記小説

▷1　苗壮『筆記小説史』など参照。ただし，民国期に上海の進歩書局で出版された『筆記小説大観』（全35冊，1983年に江蘇広陵古籍出版社から再版）には，『捜神記』や『聊斎志異』など，文言志怪の代表作は収められていない。『筆記小説大観』は，六朝から清末まで，220点にも及ぶ書籍を集めた叢書。

1　筆記というジャンル

　「筆記」は，筆で記したもの，くらいの意味で，主に文人が記した日々の記録，雑感，メモ書きなどをいう。「筆記小説」というと，もっぱら文言の志怪小説を指すようだが，「小説」観念のややこしさから，その範囲は曖昧かつ広大で，大まかに日常の瑣事の覚書もあれば学術的な考証もあるといった，様々な記録の総称と捉えることもできる。

　邦訳（一部訳も含む）されたものをいくつか並べれば，まずは〔清〕紀昀『閲微草堂筆記』や袁枚『子不語』，〔唐〕段成式『酉陽雑組』や〔宋〕洪邁『夷堅志』などがあり，口伝の説話や事件の記録などが収められる。〔明〕謝肇淛の書いた『五雑組』は，天地人に物と事を含めた五種について，こまごまと記した博物の書で，いま事典のように使うことができる。〔清〕顧禄『清嘉録』は，清代中期の蘇州あたりの年間行事をつづり，当時の繁栄のさまを伝えている。

　「筆」はそもそも，書写のための道具であるのはもちろん，文章への意識が高まる六朝のころには，それ自体が「記されたもの」を意味していた（劉勰『文心雕龍』「総術」）。対立する概念である「文」が，ことばやリズムの点で装飾性の高さを求めたのに対して，「筆」はそのような人為を排して綴られるものを指したのである。この種のものには，他にも「随筆」「筆談」「筆録」「筆叢」「談叢」「叢説」「漫録」などのことばが用いられる。

2　エリートの手すさび

　いまのわれらがSNSにあれこれ書き込むように，文人たちは日々，奇談はもちろん，盛り場の流行りや，うわさに聞く異国の風俗，気になることばの由来などを，こまごまとメモし，ときに手元の，あるいは脳内の古典籍にある関連記事と並べるなどして，データ化していた。

　その目的について，本当のところは単なる手すさびであったかもしれないが，刊行の際などには，様々な理由が述べられた。〔宋〕呉自牧は臨安（いまの杭州）の繁盛記である『夢粱録』の序において「豊かな街も人も，後には一炊の夢のごとく，変わってしまうだろうから」と，唐代伝奇の「枕中記」を踏まえながら，その価値を示した。紀昀は『閲微草堂筆記』の中で，「街や巷の世間話も勧善懲悪に役立つことがあるかもしれない」（「灤陽消夏録」序）と，その効用

について述べている。

　筆記の書き手は，難しい語彙を操る，しかつめらしい文人たちであるから，原文を読み進めるのは，たいへんに骨が折れる。ただときおり，彼らの「童心」に触れるような一節に出会ったりもして，いわゆる物語を読むのとは違った醍醐味があるのである。

図1　俞樾
（葉衍蘭・葉恭綽編『清代学者象伝合集』上海古籍出版社，1989年）

3 清末の大学者が記す論理パズル

　清末に活躍した俞樾（ゆえつ）（1821-1907）（図1）は，経学家（けいがく）として知られる当時のトップエリートであるが，学術書はもちろん，多くの筆記を残している。彼の『右台仙館筆記』（ゆうだいせんかん）[*2] は，紀昀の『閲微草堂筆記』（なら）に倣ったものと言われるが，19世紀後半の社会や風俗をうかがうことができる。例えばこんな話。

> ある嫁，姑と折り合いが悪く，ケンカばかりしていた。ある日，嫁は金の指輪を飲んで自殺を図る。苦しみのたうち回る嫁に，ある者が，羊の脛（すね）の骨を焼いて粉にして飲ませよという。家族がその通りに処置を施すと，次の日，大便と一緒に指輪が出てきて，嫁の命は助かったのだった。（巻2）

　俞樾は，はなしの末尾に情報源を記し，「書くことで世に広く伝えます」と言い添える。それだけ。それだけなのだが，それはおそらく彼にとって，暗く不確かな世界を，少しでも明るく確かなものにする営為に他ならなかった。こんなはなしでも，まわりまわって，誰かの役に立つかもしれないのだ。

　また彼の随筆集である『茶香室叢鈔』（さこうしつそうしょう）には，こんな記事も収められている。

> 『癸辛雑識』（きしんざっしき）にこうある。「虎は子どもを三匹生むと，そのうち必ず一匹，彪（ひょう）がいる。彪はひどく獰猛で，虎の子を食う。猟師にこのことを聞くと，こう言った。『虎が三匹の子を対岸へ渡す時，先に彪を背負って行く。そして戻って虎の子を一匹連れて行き，帰りに彪を連れて帰ってくる。また一匹を連れて行き，最後に彪を連れて行く。これは虎の子が食われないようにするためなのだ』と。」（巻10「虎負子渡水」）

　彪はとりわけ獰猛な虎らしい。『癸辛雑識』は宋の周密（しゅうみつ）（13世紀）の筆記。俞樾は末尾に「このはなし，子どものころに聞いたことがあったが，冗談とばかり思い，本当のこととは思いもよらなかった。」などと記す。

　ここに記されるのはいわゆる「川渡り問題」であり，西洋では8世紀のカール大帝に仕えた聖職者アルクインに遡れるもの。「狼と山羊とキャベツ」を，どれも損うことなく対岸に渡すにはどのように運んだらよいか，といったパズルであるが，大学者の俞樾が，子どものころの「？」（ハテナ）を，大人になって解決し，それを嬉々として記すあたり，こちらも親しみが湧いてくるというものではないか。

　過去の筆記に記述があったとき，彼らにとって，それはマコトになるらしい。そのような「記されたもの」に対する態度は，翻って，彼らに「記すこと」の厳しさを要請するのである。

（加部勇一郎）

▷2　1879年夏，俞樾は59歳のときに妻を亡くし，その亡骸を杭州西湖近くの右台山に葬った。右台仙館はそこに建てられた居宅の名。

三　さまざまなジャンルと形態

3　犯罪と謎解き──ミステリー小説

▷1　邦訳されている島田荘司推理小説賞受賞作品は以下の通り。寵物先生（ミスターペッツ）／玉田誠訳『虚擬街頭漂流記』，陳浩基／玉田誠訳『世界を売った男』，胡傑／稲村文吾訳『ぼくは漫画大王』，文善／稲村文吾訳『逆向誘拐』，雷鈞／稲村文吾訳『黄』，唐嘉邦／玉田誠訳『台北野球倶楽部の殺人』。いずれも文藝春秋から出版。第5回受賞作品の黒猫C『歐幾里得空間的殺人魔（仮訳：ユークリッド空間の殺人鬼）』の邦訳は未定。

図1　『13・67』の原著
邦訳は天野健太郎訳で文藝春秋から出版。日本で「2018本格ミステリ・ベスト10」や「2017年週刊文春ミステリーベスト10，本格ミステリ・ベスト10」の海外部門で1位を取り，その反響は中国にも伝わった。
（陳浩基『13・67』皇冠文化出版有限公司，2014年）

1　浸透した華文ミステリー

　中国語で書かれたミステリー小説が日本で「華文ミステリー」と呼ばれて久しい。島田荘司は2008年に設立した島田荘司推理小説賞に関し，「華文の本格ミステリー創作に期待するもの」と題した文章を書き，華文文化圏の若者の台頭に対し次のような期待を寄せた。

　　これらコンペティションへの参戦に必要なロジカルな思考力に，文学的なイマジネーションの力が加われば，これまで日本の才能が中心になって発展させてきたこの文学ジャンルを，華文の才能が替わって担える時代も来ると，私には感じられます。

　島田荘司の「本格」の定義を満たし，中国語で書かれた長編ミステリー小説を対象とするこの賞は2021年まで7回開かれており，受賞作が6作品邦訳されている。

　この賞以外に，日本で華文ミステリーが有名になったのは陳浩基の『13・67』（2014）（図1）の大ヒットが大きい。6編の短編小説から成る本書は，2013年から1967年まで時間軸をさかのぼり，香港の各時代を象徴するような事件を描いた警察小説だ。

　また，麻耶雄嵩ら日本の新本格ミステリーに影響を受けている陸秋槎，国内で多数の作品が映像化され「中国の東野圭吾」と称される周浩暉の本も邦訳されており，日本で華文ミステリーの裾野を広げている。

　ここでは主に大陸のミステリー小説事情を述べる。

2　海外翻訳ミステリーの受容

　中国におけるミステリー史は日本とほぼ同時期に始まっている。1896年に『時務報』にコナン・ドイルのシャーロック・ホームズ物語の中国語訳が掲載されて以来，ホームズものやモーリス・ルブランのアルセーヌ・ルパンシリーズなどの西洋のミステリー小説が翻訳されるとともに，中国独自のミステリー小説が創作されるようになった。代表的な作家は「中国ミステリーの父」として知られる程小青（1893-1976）だ。ホームズとワトソンの関係を踏襲した『霍桑探案』シリーズでは，探偵の霍桑が助手の包朗と主に上海で発生する難事件を物的証拠と論理的思考をもとに解決する。程小青は同シリーズの『江南

燕』(1919)で，ホームズが生まれた西洋と中国の生活習慣や環境などを比較し，その違いも挙げ，西洋で行なわれる科学捜査が中国で必ずしも通用するわけではないと説明し，本作が中国文化を背景にしたオリジナルミステリーであると強調している。

その後もさまざまなミステリー作家が生まれるが，この流れは1949年の中華人民共和国成立後に一度途切れる。1908年から2011年までの中国語の短編ミステリーを選び10巻に収めた任翔の『百年中国偵探小説精選』(2012)で，1950年から1976年までの作品をまとめた第4巻には，共産党員が国民党やアメリカのスパイ（特務）と対峙する反特（反スパイ）小説ばかりが収録されている。海外の翻訳ミステリーは1980年以降，大量に出版されるようになり，それに影響を受けた作家も多く輩出された。今では書店に東野圭吾を初めとする海外作家の本が並ぶ。

3 国内の作家が業界けん引

現在の中国のミステリー小説業界を支えているのは，主に子どもの頃に翻訳ミステリー小説や漫画などを読んだ30〜40代の作家たちだ。2000年代にはミステリー専門のホームページや雑誌など活躍の空間は多かったが，現在は主に書き下ろしの長編ミステリーが主流となり，新人も長編でデビューする。

当時の短編華文ミステリーの一部は『現代華文推理系列』[45]に収録されており，熱烈な島田荘司ファンが書いた不可能犯罪小説，情けない犯人が警官にいたぶられる倒叙ミステリー，超人的な身体能力を持つ達人が容疑者となる武侠小説的作品など，奥行きが深い華文ミステリーの世界が日本語で味わえる。

そして数はまだ少ないものの，ミステリーの各ジャンルを代表する個性豊かな作家が生まれている。前述の陸秋槎は百合ミス[46]の代表者で，他にもまだ邦訳されていないがユーモアミステリーの陸燁華，館ものの青稞，密室ミステリーの孫沁文，エラリー・クイーンを意識した作風の時晨，中国の伝統文化と社会問題を扱う呼延雲ら多数の作家がいる。日本や欧米ミステリーにルーツを持つ彼らの作品は日本の読者にも好まれるはずだ。

警察が組織力と科学力で難事件を解決する作品も人気を博している。社会派ミステリー作家の紫金陳は防犯カメラがあふれる現代中国社会を反映した作品を著している。『知能犯之罠』(2014)（図2）は出世第一主義の警察官僚が，連続殺人犯の旧友にそうとは知らず事件解決の助けを求める倒叙ミステリーで，犯人が街中の防犯カメラから逃れる工夫が描かれる。

その他，最近では作家や編集者が自発的に推理小説賞を設立し，次世代の育成に努めている。そして上記の中堅作家らの活躍もあり，作品の映像化などによって「国産」ミステリーの知名度がより高まっている。現在は，いかに独自色を持つ作品を生み出すかが作家たちの課題だ。　　　　　　　（阿井幸作）

▷2 前漢時代を舞台にした『元年春之祭』，推理小説好きな文学少女と孤高の天才数学少女がミステリーについて語り合う短編集『文学少女対数学少女』がどちらも稲村文吾訳で早川書房から出版。

▷3 法の代わりに悪人を裁くエウメニデス（復讐の女神）を名乗る犯人と刑事の攻防を描いた警察小説『死亡通知書　暗黒者』が稲村文吾訳で早川書房出版。

▷4 『ホー・ソン探偵集：中国的推理小説』が村上信貴訳でKindleから出版。

▷5 稲村文吾が編集し翻訳した短編集が3巻までKindleから出版。

▷6 女性同士の強い絆を描いたミステリー。

図2 『知能犯之罠』
原題は『設局』。悪徳官僚を対象にした連続復讐殺人が描かれる。
（紫金陳／阿井幸作訳『知能犯之罠』行舟文化，2019年）

三　さまざまなジャンルと形態

4 科学と幻想──SF小説

1 科学普及の文学

　SF小説は，中国では清朝末期に明治期の日本の「科学小説」受容を経由して意識された。当時，西洋のサイエンスは富強と進歩を象徴する新しい概念だった。日清戦争後，欧米列強の中国分割が進む中，社会や国民性改良の手段として小説の改良を唱えた梁啓超は，1902年，小説雑誌『新小説』を創刊した際に，ユートピア小説や科学的冒険小説などを例にあげ，小説によって哲学や科学を詳しく述べるものとして「哲理科学小説」を提唱した。一方，伝統的な神怪小説のたぐいは，迷信を退ける必要が生じ，超自然的な力や道具が科学的な武器へと変化した。

⇨I-四

　米国を中心に「サイエンス・フィクション」が確立発展していった1930年代，中国では著名作家の老舎が，SFの宇宙冒険の形式を借りた諷刺小説『猫城記』(1932)を発表した。一方，科学普及を意図した作品も科学雑誌や教育雑誌などに発表された。代表的な作家・作品に，オゾン管理による巨大な農作物や発達した運輸技術を描いた筱竹（高行健）「凍死体の寒い夢（冰屍冷夢記）」(1935)や，栽培ゴムを防衛設備に利用した島を描いた「ゴムの林の冒険（橡林歴険記)」(1936)，防空演習の描写を通して防空知識を伝える李秀峰「防空演習」(1936)，細菌のミクロな視点から人間との関わりを描いた高士其「菌ちゃんの自伝（菌児自伝)」(1936-37)がある。また，顧均正が同時代のパルプマガジンSFを翻訳し，読者の理解を促す多くの注記を附して発表した。

⇨Ⅱ-四-4

2 「科学幻想小説」と社会主義リアリズム

　中華人民共和国設立後，1950年代にはソ連の「ナウチノ－ファンタスティーチェスキ ラマン」を直訳した「科学幻想小説」という呼称が現れた。この時期，中国の文芸創作は，現実をありうべき理想の形で描くといった，ソ連から導入された「社会主義リアリズム」が規範となり，中ソ対立後は中国独自の表現による「革命的リアリズムと革命的ロマンチシズムの結合」が規範となってゆく。SFの領域では，科学の発展と社会主義中国の理想の現実を描くものが好評を得た。代表的な作家・作品に，巨大なブタの開発を描いた遅叔昌「鼻のないゾウ（割掉鼻子的大象)」(1956)，考古学探検における国際的略奪事件の解決をミステリータッチで描いた童恩正「峡谷の深い霧（古峡迷霧)」(1960)がある。

⇨Ⅱ-三-9

▷1　清末以前のSF関連前史から20世紀までの流れを解説した良書に武田雅哉・林久之『中国科学幻想文学館』上・下がある（図1)。

図1　『中国科学幻想文学館』上・下

また，宇宙探索を描いた鄭文光「地球から火星へ（従地球到火星）」(1955)は，にわかに天文学愛好者を増やしたといわれている。もっともこの時期は，政治的配慮を要する小説創作よりもストレートな科学普及読物が発展し，『十万のなぜ（十万個為什麼）』シリーズ（1961-）のようなロングセラーが生まれた。

文革終了直後の1978年，全国科学大会が開催され，科学技術活動の回復が促された。SF作品の出版も復活し，特に大きな反響を呼んだ作家・作品に，科学技術が発展した，希望と幸福に満ちた未来都市を描いた葉永烈『小霊通未来へ行く（小霊通漫遊未来）』(1978)，高性能電池とレーザー開発をめぐる中国人科学者とスパイのサスペンスを描いた童恩正「珊瑚島の殺人光線（珊瑚島上的死光）」(1978)，宇宙船開発と波乱に満ちた宇宙飛行，華々しい帰還を描いた鄭文光『いて座へ飛べ（飛向人馬座）』(1979)がある。しかし復活の賑わいも束の間，1980年代の精神汚染一掃キャンペーンにより，SFは，科学を曲げたでたらめな物語として批判され，低迷する。

③ 「科学幻想小説」と世界のサイエンス・フィクション

中国のSF小説が本格的な発展の軌道に乗ったのは1990年代と言われる。1990年代以降，海外のSF小説の翻訳出版が活性化し，読者はさまざまなアイディアのフィクションに触れる機会を得た。また，1986年に開設されたSF賞「銀河奨」が継続して実施されたことにより書き手も育成された。1990年代以降にデビューした作家だけでも「新生代」「更新代」「全新代」と分類されるほどの作家群を有している。発展の過程で，物語の空想性や虚構性を意識した「科学幻想小説」という呼称が定着し，必ずしも科学普及を意図しない作品も認められるようになった。

2015年，劉慈欣の『三体』がヒューゴー賞長編小説部門賞を受賞し，2016年に郝景芳の「折りたたみ北京（北京折畳）」が同賞中編小説部門賞を受賞したのを契機に，中国のSFはかつてないほど世界規模で注目されるようになった。中国国内のSFに対する関心も高まり，SF小説の出版をはじめ，その知的財産を活かした関連産業が活性化した。新規軸を打ち出すSF作家の想像力に期待が高まっているようだ。

活況を呈する中国のSFシーンにおいて一際異彩を放っているのは，科学重視の伝統を礎に，マクロ／ミクロの視点を操り驚天動地の情景やガジェットを描く劉慈欣，シュルレアリスムのような筆致，グロテスクな描写を通して社会のタブーや深層に迫る韓松，「SF的リアリズム」を提唱し，近未来の中国を舞台とするサイバーパンク作品の創作を通して未来の日常の発見を試みる陳楸帆であろう。

（上原かおり）

▷2 中国語の「幻想」は必ずしも現実離れした悪い意味だけでなく，よい意味での空想や想像にも用いられる。「科学幻想小説」という呼称は当初は普及しないまま「科学文芸」と総称されるに至り，文革終結後に普及した。今日「科学幻想」という語は一般に「科幻」と略され，小説だけでなく映画やアニメ，マンガなどさまざまなメディアに対応している。

▷3 「新生代」「更新代」「全新代」はデビュー時期に基づく作家分類である。それぞれ，1991-2000年，2001-10年，2010年以降で括られるが，創作態度や作風に一定の相違を見出す向きもある。「新生代」の主な作家は劉慈欣，韓松，王晋康，何夕，趙海虹，凌晨など。「更新代」の主要な作家は陳楸帆，江波，郝景芳，夏笳，飛氘，梁清散，糖匪など。「全新代」の主要な作家は宝樹，張冉，阿缺，滕野，王侃瑜など。

▷4 多様な作品を解説とともに以下の邦訳書で読むことができる。ケン・リュウ編／中原尚哉ほか訳『折りたたみ北京——現代中国SFアンソロジー』。同／大森望ほか訳『月の光——現代中国SFアンソロジー』。立原透耶編『時のきざはし——現代中華SF傑作選』。

三　さまざまなジャンルと形態

5　花よ蝶よ鴛鴦よ——鴛鴦蝴蝶派小説

1　オシドリとチョウチョ

　清朝末期から中華民国にかけて，恋愛をおもなテーマとした小説が新聞や雑誌でさかんに掲載され，また単行本で出版された。それらは鴛鴦蝴蝶派小説と呼ばれている。

　「鴛鴦」はオシドリ。「蝴蝶」はチョウチョ。魯迅が「（鴛鴦蝴蝶派小説では）良家の子女である佳人が才子と相思相愛で切れぬ縁で結ばれ，柳のかげや花の下で，さながらつがいの蝴蝶か鴛鴦のようにしております」と述べたことからもわかる通り，この名称は「美男美女の他愛もない戯れを描いている」という意味の蔑称であり，「私は鴛鴦蝴蝶派の作家である」と自ら名乗った作家はほとんどいないといっていい。

　なぜ，鴛鴦蝴蝶派は嫌われたのか。1910年代後半に始まった文学革命は，文学に社会改革や啓蒙の役目を担わせるものであり，主導者だった胡適らは「内容のあることを語る」「無病の呻吟をしない」等のスローガンを掲げていた。彼らにとって，「内容のない」鴛鴦蝴蝶派小説は，真っ先に打倒すべき対象だったのである。

　しかし，そうした批判をよそに，鴛鴦蝴蝶派小説は売れ，読まれた。鴛鴦蝴蝶派の特徴から「多くの人に売れ，読まれた」ことを外すことはできない。彼らの文学は，何よりも商品であったのである。

　文学が商品になったのは，鴛鴦蝴蝶派小説に始まることではない。しかし鴛鴦蝴蝶派小説が売れたのは，都市化の進展と切り離すことはできないだろう。中国は元来，農村人口が圧倒的に多く，19世紀中盤の都市人口は1割程度だったといわれる。しかし19世紀後半以降，上海を中心に，徐々に都市化が進展していく。都市の特徴の一つに中間層（ホワイトカラー）の存在がある。企業，あるいは公的機関に頭脳労働者として勤める彼らは，相当の学歴を有し，経済的余裕もあり，週末は休み，という生活サイクルを確立していた。彼らは新聞や雑誌に連載された小説を読み，また単行本を購入することによって，鴛鴦蝴蝶派を支えたのである。

2　鴛鴦蝴蝶派の作家と作品

　鴛鴦蝴蝶派と呼ばれる作家たちのうち，代表的なのは徐枕亜（1889-1937）と

▷1　魯迅「上海文芸の一瞥」（1931年）。『二心集』所収。

▷2　胡適（1891-1961）は思想家。アメリカ留学中にデューイのもとでプラグマティズムを学び，帰国後は北京大学教授に就任した。

図1　『啼笑因縁』
（張恨水／飯塚朗訳『啼笑因縁』上，生活社，1943年）

図2　『礼拝六』
（王鈍根編輯『礼拝六』第8期，中華図書館，1914年，江蘇広陵古籍刻印社，1987年影印本）

張恨水（1895-1967）である。徐枕亜の『玉梨魂』（1912）は，鴛鴦蝴蝶派を代
表する作品といえよう。住み込みの家庭教師として崔家を訪れた何夢霞は，そ
の家の寡婦・白梨影（梨娘）と恋に落ちる。が，梨娘は亡き夫に申し訳が立た
ないと，何夢霞を女学校に通う義妹・崔筠倩と結ばせ，自らは身を引こうとす
る。しかし何夢霞と崔筠倩のあいだには何の感情も起こらず，梨娘は悲しみの
あまり絶食し，死に至る。崔筠倩は自分が梨娘を死に至らしめたと悔い，やは
り自ら死を選ぶ。何夢霞も悲しみに暮れるが，男たるもの，国家のために命を
賭けねばならないと気づき，留学し，帰国後に武昌起義に身を投じる。

　『玉梨魂』には駢儷文[44]が使われ，文中には詩歌もふんだんに使われており，
中国古典小説の影響を色濃く受けている。ストーリーも伝統的な才子佳人小説[45]
を思い起こさせるものであるが，執筆の前年に起きた武昌起義を話に盛り込む
など，新聞小説らしい「ニュース性」も有している。この作品は新聞連載当時
から大人気となり，単行本も合計で数十万部と，当時としては破格の売上を記
録した。

　張恨水『啼笑因縁』[46]（1930）は，主人公の樊家樹が，タイプの違う3人の女
性と繰り広げる恋愛模様を描いた作品である（図1）。樊が最終的に大金持ちの
娘と結ばれる，ということを示唆する場面で終わる。この作品も「啼笑因縁迷
（マニア）」と呼ばれる熱狂的なファンを生み出し，張恨水は「国内で唯一の女
性も子供も知っている作家」（老舎「一点点認識」）といわれる人気者となった。

　この二作とも，章回小説[47]の体裁をとり，新聞連載中に人気を博し，単行本
化されたことでさらに人気を呼んだ，という共通点がある。その後何度も映画
化・ドラマ化されており，中華圏を代表する人気コンテンツとなった。

　雑誌としては『礼拝六』[48]（図2）が代表的な刊行物である。鴛鴦蝴蝶派はこの
雑誌の名をとって礼拝六派ともいわれる。礼拝六とは土曜日のことだが，その
名の通り毎週土曜日に発行されていた。編集者・王鈍根[49]は創刊の辞（「礼拝六贅
言」）で，「楽」や「快」という字を繰り返し使っている。そして「銀貨一枚で
新しい小説数十作を読むことができ，友や妻と小説について語らうことで，一
週間の労働の疲れを癒やすことができるのです」と，この雑誌の「効用」を述
べている。

　ともすれば左翼文芸ばかりが注目されがちな中国近現代文学史において，も
う一方の極として，鴛鴦蝴蝶派が確固とした地位を占めているのは間違いない。
しかし中華人民共和国成立後の文学史においては，鴛鴦蝴蝶派は長らく無視さ
れるか，批判されてきた。それは古い中国文学の象徴だと考えられてきたから
である。再評価されるようになったのは1980年代に入ってからであり，その娯
楽性が注目されるようになった。売れるコンテンツとはどういうものか，どう
すれば売れるのか，という現代的な問題を考える上でも，いま一度，この作品
群に向き合う必要があるのではないか。

　　　　　　　　　　　　　　　　　　　　　　　　　　　　　（高橋　俊）

▷3　1911年10月10日，武
昌（現在の武漢）で起こっ
た兵士たちの反乱。武昌蜂
起ともいう。辛亥革命の幕
開けとなり，その年の年末
までに華中・華南の省が
次々に清朝を離脱した。

▷4　中国古典の文体の一
種であり，対句を基本とす
る文体である。四字句また
は六字句を基調とするため，
四六駢儷文ともいわれる。

▷5　男性主人公（書生が
多い）が女性と出会い，さ
まざまな試練に遭遇するも，
それを克服し，結ばれると
いうストーリー。女性は複
数である場合も多い。唐代
の伝奇小説を源とする。

▷6　日本語訳は飯塚朗訳
が生活社から1943年に上下
巻で発行されている。

▷7　中国小説で，回を分
けた形式を取るもの。語り
物の伝統を受け，「次回に
解き明かしますをお聞きく
ださい」で各回が終わる。

▷8　『礼拝六』は1914年6
月-1916年4月，1921年3
月-1923年2月の二度にわ
たって発行された。

▷9　王鈍根（1888-1951）
は新聞・雑誌編集者。『礼
拝六』や『申報』の副刊
「自由談」等の編集を担当
した。書家でもある。

三　さまざまなジャンルと形態

6 語る，聞く，記録する——民話

1 中国の民俗学

　中国人は古くから文字を持ち，世界のありとあらゆる事柄を記録してきたが，人々の識字率，といった話になると，20世紀の半ばに至ってもなお，それほど高いものではなかった。ただし文字を知らない圧倒的な数の人々の思念が，ただ消え去るばかりだったかと言えば，決してそうではなく，それは長い年月をかけて，口伝の物語や歌謡の中に浸み込んでいったのである。名もなき男女の情愛，子どもの遊戯，世界の仕組み。面白くない話は消えるか面白く作り変えられ，ときに山や川を越えて伝えられ，別の話と混じりあって変容する。とりわけ面白い話は，文字を知る文人に書きとめられたり，長大な物語の一部に組み込まれたりする。

　清末にはすでに，ヴィターレやヘッドランドなど，外国人による子どもの歌の収集がされていたが，中国人による本格的な収集と分類は，北京大学における「歌謡研究会」の発足（1920），および機関誌『歌謡』の発刊（1922）が画期となる。研究会の中心であった周作人（1885-1967）は，若いころの日本留学で柳田国男の民俗学に触れており，後に彼の「遠野物語」や佐々木喜善「聴耳草子」を紹介する文章を書いている。

　民話については，東洋文庫版『中国昔話集』（馬場英子・瀬田充子・千野明日香編訳，全2冊，平凡社，2007年）が手にとりやすい。これはドイツの東洋学者であるエーバーハルト（1909-89）がドイツ語で発表した『中国昔話のタイプ』（1937）に基づきながら，関連する物語を訳出し並べたもので，サルの尻がなぜ赤いかを語る昔話のみならず，月の女神である嫦娥や800歳まで生きた彭祖を語る，神話や伝説をも含んでいる。他にも分類については，在米華人の丁乃通（1915-89）による『中国民間故事類型索引』（英語版，1978）を初め，いわゆるAT分類を援用したものが続々と編まれていて，外国のものとの比較ができるようになっている。

2 鼠の嫁入り

　昔話「鼠の嫁入り」は，鼠の夫婦が，年頃の娘を嫁入りさせようとして，格好の結婚相手をあちらこちらに探し求める話である。起源は『パンチャタントラ』など，インドにあると言われる。鼠の夫婦は，結婚相手なのだから，この

▷1　邦訳に，瀬田充子・馬場英子編訳『北京のわらべ唄』（全2冊，研文出版，1986年）や，ロビン・ギル／星野孝司和訳唄・注釈『19世紀のアメリカ人が集めた中国のマザーグース』（北沢図書出版，1991年）がある。

▷2　周作人『夜読抄』（1934年）。

▷3　世界の昔話を類型ごとに収集・分類した，アンティ・アールネとスティス・トンプソンによるタイプ・インデックスのこと。

世で一番強いお方を，と言い，初めは太陽のところへ行く。しかし太陽からは自身を覆い隠す雲の方が強いと言われてしまう。雲からは自身を吹き飛ばす風の方が強いと言われ，風からは壁の方が強いと言われ，結局，壁に穴をあける鼠こそが一番ということになり，娘は同類である鼠のもとに嫁入りする（図1）……のが，日本では一般的な形のようだが[4]，中国ではこの先，鼠より強いもの，ということで猫に嫁入りする流れになったりもする。

　この「鼠の嫁入り」という題材は，鼠という，農業に従事する人々にとっての身近な敵に対する恐れと神聖視から，それを祀るための年中行事にもなっていた。また猫と鼠という素材が，親しみやすく絵画化しやすいせいか，中国各地で民間版画が作られ，音声のみならず図像をも通して人々に受容された。文学者の魯迅は，子どものころ，寝床にこの絵があったといい，実際の彼らの嫁入り行列を見るべく夜更かししたものだ，といった回想を残している（『朝花夕拾』「犬・猫・鼠」）。

図1　鼠の嫁入り
（『識字児歌　鼠大妮』明天出版社出版，1995年）

▷4　楠山正雄『日本の神話と十大昔話』（講談社学術文庫，1983年）所収「ねずみの嫁入り」など参照。

③ 異能の兄弟たちの団結と共闘

　「王さまと九人の兄弟」（図2）は，雲南のイ族に伝わる話で，日本でよく知られる民間説話の一つである[5]。これは大喰らいだったり，水に強かったり，鋼鉄の身体を持っていたりする異能の兄弟たちが，団結しそれぞれの能力を最大限に発揮しながら，ときの為政者を倒す話。数人のスペシャリストが一丸となるあたりで，映画『少林サッカー』（香港，2001）を想起される方もおられようし，その種の物語はグリム童話にもいくつか見られるが[6]，この話のポイントは，能力者たちの顔がみな同じあたりにある。同じ顔の能力者が，入れ代わり立ち代わり敵に向かって行くために，敵の方からすれば一人のトンデモないスーパーマンに狙われているように見えるというわけなのだ。

図2　絵本『王さまと九人のきょうだい』
（君島久子訳，赤羽末吉絵，岩波書店，1980年）

▷5　この民話に関しては，君島久子『「王さまと九人の兄弟」の世界』（岩波書店，2009年）に詳細な解説がある。

　中国全土に類話が見られるもので，それらは一般に十兄弟型としてまとめられ，兄弟の数が五だったり七だったりとさまざまだが，そのバリエーションの豊富さは，この物語が人々に好まれ，繰り返し語られたことを示している。バージョンの一つに，一見役に立たなそうな「鼻たれ」がメンバーにいるものがあったりして，基本的に社会の人々の多様性を大らかに描く話であるあたりが，人気の秘密なのかもしれない。

　この話，古くは明の屠本畯『憨子雑俎』「七人兄弟」（林間懶道人）に遡ると言われるが，さらに仏教説話からの影響も考えられている。在米フランス人のクレール・H・ビショップ（1899-1993）の童話『シナの五にんきょうだい』（1961）は，この話を西洋世界に広めるきっかけとなったが，彼女の父親は清末中国に滞在経験を持つ宣教師とのこと。ソビエトアニメ『リュー兄弟』（1953）や，改革開放後の上海で生まれた中国アニメ『葫蘆兄弟』⇨Ⅱ-二-5（上海美術電影製片廠，1986-87）もまた，この十兄弟型の話がベースとなっている（図3）。　（加部勇一郎）

▷6　KHM71「六人男，世界を股にかける」やKHM134「六人のけらい」など。

図3　アニメーション『葫蘆兄弟』のDVD

三　さまざまなジャンルと形態

7 通俗小説に作者はいるの？

1 多種多様なバージョンの集合体

「国破れて山河在り」で始まるのは杜甫（712-70）の五言律詩「春望」、「春眠暁を覚えず」なら孟浩然（689-740）の五言絶句「春暁」といった具合に，中国の伝統詩文は原則的に作者の名とともに記憶される。西洋文化の影響を受けた近代以降の文学作品もその点は変わらない。ご存じの通り，そうした作品は解釈・鑑賞のうえでも良かれ悪しかれ作者の事績や思想が意識されやすい。一方で，中国の古典文学には，「作者」の位置づけがこれとは大きく異なるジャンルもある。それは，明代に勃興した白話文による通俗小説だ。

このジャンルの長篇作品の嚆矢たる『三国演義』や『水滸伝』，およびそれに少し遅れる『西遊記』や『楊家将演義』などは，いずれも講談や演劇などの通俗文芸の題材として何百年も語り継がれてきた物語を，明代に白話文による章回小説の形にまとめあげたものである。そうなるまでには何人もの手で書き足しや書き換えが長年にわたって繰り返されていたし，16世紀に各作品が出版されるようになって以降でさえも大なり小なりの改編が続けられていたことは，本書の各作品の項目に見える通りである。つまり，これらの小説は，ひとりの作者による特定のテキストの成立をもって完成と呼べるようなものではないのだ。むしろ，商業出版の隆盛とあいまって生み出された多種多様なバージョンのそれぞれがその小説のひとつの到達点であり，そうしたさまざまなバージョンの集合体こそが作品の本質である，といった性格のものなのである。

2 羅貫中と施耐庵

そうは言っても，上記のうち『三国演義』と『水滸伝』は，明代に出版された刊本のほとんどに，前者は羅貫中，後者は施耐庵と羅貫中という作者の名前[1]が記されている。だが，この2人はどちらも作品が出版されるようになった16世紀の時点で既に事績不明で，元末明初の人という程度のことしか伝わっていなかった。当時としてもざっと150年ほどは前の人ということになる。

『三国演義』も『水滸伝』も明代に入ってからも何度も文章に手を加えられてきたものであることが確実視されているので，これらの作品のテキストを今日に伝わる形にまとめあげた人物が羅貫中や施耐庵であったという可能性は極めて低い。彼らの名前は，あくまでも各作品の原型を整えた人物として伝わっ

▷1　施耐庵の原作に羅貫中が改編を施したとか，途中までは施耐庵の作で羅貫中が続きを書いたとかいったさまざまな説が，16世紀後半から17世紀前半にかけての時点で既に存在していた。

▷2　ひとくちに「原型を整えた」といっても，初めてまとまった分量の白話小説にしたという意味から，先行していた原始的な白話小説に大きく手を入れて16世紀以降のテキストが備えるプロットの多くを整えたという意味まで，幅広い可能性を想定しうる。しかし，彼らが実際にどういう役割を担っていたのかは，まったく資料が残っていないため，分からないとしか言いようがない。

ていたと理解するのが妥当であろう[42]。要するに，羅貫中の書いた文章は，現在読める『三国演義』にも部分的にはそのまま使われているかもしれないし，既に全面的に書き換えられていて全然残っていないかもしれない。はたまた，『水滸伝』の現存諸本に共通するプロットは，施耐庵の創意によるものかもしれないし，施耐庵が先行する通俗文芸から襲用したものかもしれないし，あるいは施耐庵以降の改編者の創意によるものかもしれない，ということである。このように，『三国演義』や『水滸伝』における羅貫中や施耐庵は，伝統詩文や近代文学における作者とは，果たした役割がまったく違うのだ。

③　「作者」のいる白話小説

　そもそも，通俗的な娯楽作品は，古今東西を問わず知識人からは軽くみられがちだ。とはいえ，識字率の低い前近代においては，知識人のはしくれでなければ文章を書くことはできない。そこで，書いても名前を出さない，という選択がしばしばなされた。16世紀に100回本が成立した『金瓶梅』には「蘭陵の笑笑生」という他の機会には使わなかったであろうコミカルな筆名だけが記されているし，16世紀末に成立した100回本『西遊記』には作者の名前は記されていない。16世紀に白話小説の作者ないし編者として名前を出しているのは，代々出版業を営む一族に生まれた人物か[43]，長年科挙の受験を続けても合格できずに出版業者お抱えのライターを務めるようになったと思しき人物くらいで[44]，学術的な著作や詩文集を残しているような高級知識人はいなかった。

　そんななかで，『水滸伝』を高く評価することによって知識人が通俗小説にも文学性を認める先鞭を付けたのが，陽明学左派のラディカルな思想で万暦年間（1573-1620）の文壇をリードした李卓吾（1527-1602）であった。明末になると多少は名の売れた文人が普段使いの号で署名した白話小説が増えてくる[45]。

　そして，明の最末期に『水滸伝』の70回本を編んだ金聖歎や，清初に『三国演義』を全面改訂した毛宗崗は，はばかることなく実名を出した。更に下って，清代を代表する白話小説である『紅楼夢』や『儒林外史』は，ともに出版を前提とせずに創作され，写本が回し読みされていたものが後に出版されたという『金瓶梅』と同様の経過をたどった作品だが，作者が誰でどういう人だったかが伝わっている。これらの事例においては，白話小説の作者や改訂者も，もはや伝統詩文や近代文学の作者とほぼ変わらない立ち位置を占めていると言える。

　とはいえ，通俗文芸の積み重ねにルーツを持つ娯楽性に偏重した白話小説の制作が途絶えたわけではなく，例えば乾隆年間（1736-95）に『説唐全伝』『説唐後伝』『説唐三伝』という一連の作品が流行したが，これらには鴛湖漁叟やら如蓮居士やらという正体不明の筆名しか記されていない。結局，ひとくちに白話小説といっても，現代人がまっさきに思い浮かべる意味での作者がいることもあれば，いないこともあり，それは作品の性格によるのだ。　　　　（上原究一）

▷3　16世紀半ばに『唐書志伝通俗演義』や『大宋中興通俗演義』などを手掛けた熊大木や，16世紀末から17世紀前半にかけて『東遊記』『南遊記』『北遊記』ほか多くの通俗小説の出版に関わった余象斗などがいる。その余象斗にしても，最初のうちは書籍の出版者としては実名を出す一方で，小説の編者や批評者としてはしばしば変名を使っていた。

▷4　万暦25年（1597）刊行の『西洋記』の巻頭に「二南里人」と署名し，序文では実名も併記する羅懋登（図1）や，17世紀に入るが，万暦31年（1603）前後に相次いで出た『鉄樹記』『飛剣記』『呪棗記』に普段使いの号で「竹溪山人鄧氏」と署名している鄧志謨などがいる。

図1　『西洋記』序末の羅懋登の署名

（万暦25年序刊清初印本『新刻全像三宝太監西洋記通俗演義』，国立公文書館デジタルアーカイブ）

▷5　『三言』の馮夢龍，『二拍』の凌濛初，『西遊補』の董若雨らが該当する。

三　さまざまなジャンルと形態

8 文学を整理する——類書・叢書・全集

1 散逸と収集

　人類は，石，骨，竹，木，帛書（絹）など，さまざまなものに文字を記してきた。なかでも紙は，記録媒体として不動の地位を占めてきた。ただ，形あるものはいつかは壊れる。経年劣化に加え，戦火や思想弾圧という人為的原因や自然災害が原因で書物は散逸してきた。それでも，現代の私たちが昔の書物を読むことができるのは，だれかが収集し，どこかに保存されてきたからだ。　⇨Ⅰ-二-15, Ⅱ-三-11 ▷1

　中国の文学を整理するというのは大きすぎるテーマだが，「集める」をキーワードにして，文学の整理の営みを概観しよう。

2 文章と書籍を集める——類書・叢書

　類書とは，現在でいう百科事典的性格を持つ工具書（参考書）を指す。▷2 類書は通読するものではなく，知識人が詩や文章を作る時に，起源や逸話を確かめるために用いられてきた。そのため，編集上の工夫として，事項や語句ごとに分類されている。なお，類書には日用類書と呼ばれる，民衆の生活や文化について記されたものもある。当時の文化や風習を知る上で有用だが，ここでは割愛する。

　類書の特徴は過去の書籍からの引用集であることだ。それは類書が一種の記録媒体としての機能をもっていたことを示す。清の馬国翰『玉函山房 輯 逸書』（図1）は，類書や注釈の引用の記述を集めてつなぎ合わせ，散逸した書籍を復元している。復元作業にどれだけ時間と労力がかかったか，想像すらできない。

　類書が書籍の記述を集めるものだとすれば，叢書は書籍を集めたものだ。叢書は，企画によるシリーズという意味で新刊本にも使われるが，一般には既刊の本を集めたものを指す。同一の著者の同一書名の著述物であっても，成立経緯の違いや流通の過程など種々の原因で多くの版本（バージョン）が存在する。叢書は作品を収集することとテキストを規範化する意味をもち，その刊行には人手と知識と資金が必要だ。国家プロジェクトとしての叢書編纂は，清の乾隆帝の勅令による四庫全書が有名だ。⇨Ⅰ-三-38 収録書籍は3400余種，正本と保存用の副本あわせて7セット作られ，全国に保管された。20世紀には商務印書館が漢籍を多数刊行しているが，なかでも，四部叢刊は，校勘された信頼のおけるテキストが多く収められている。いまなお，学問的使命と収集欲からか，『続修四庫全書』や叢書集成の続編が刊行されている。

▷1　散逸した古代の書籍は，断簡（ばらばらになった竹簡や木簡）が集められ，復元された。現在も出土文物の記述から，さまざまな古籍の再読が進められている。また，〔唐〕張鷟『遊仙窟』のように，長らく中国では散逸していたと考えられていたが，海外に渡っていたために散逸を免れた書籍もある。

▷2　代表的な類書には，〔唐〕欧陽詢 等『芸文類聚』，〔宋〕李昉 等『太平御覧』，〔明〕解縉 等『永楽大典』，中国最大の類書である〔清〕蔣廷錫 等『古今図書集成』がある。

図1　『玉函山房輯佚書』
（清・馬国翰『玉函山房輯佚書』
上海古籍出版社，1990年）

3 個人の文章を集める——全集

　一人の作家の書いたものをすべて集めようとするものが全集だ。作品は発表後に改訂されることがあり，書き換えや誤字の修正だけでなく，政治的批判や過激な描写の削除など，編集者による改変がなされることもある。複数の版本を持つ作品もあるが，全集所収のテキストは，その決定版とされることが多い。

　近現代文学の作家の全集刊行には，その文学的評価だけでなく，政治的評価も大きく関わる。選集や文集は出ても，全集が刊行されてない作家もいる。魯迅（1881-1936）や文化部長（文部大臣）を務めた郭沫若（1892-1978）の全集は，大規模な編集委員会が組織されているが，多くの全集は，遺族や少数の協力者たちによって編集作業が行なわれている。沈従文（1902-88）[3]を例に見てみよう。沈従文は，出身地の湘西（湖南省西部）の風俗とおおらかな性を描いた作品を多く手がけ，中華民国期に人気を博した作家である。 ⇨ I-四-51 しかし，1940年代後半にその作風が批判されたことにより，沈は断筆し，以後は文物研究に従事した。その経歴から1980年代に再評価されるまで，海外では高く評価されていたにもかかわらず，中国の近現代文学史では無視されてきた。沈の家族は，1980年代から，手弁当で各地の図書館に通って雑誌掲載の沈の作品を集め，現存する書信を収集・整理し，21世紀になってようやく全集が刊行された。

4 デジタル資料を集める

　近年，インターネットの普及により，書籍を取り巻く環境は大きく変化している。紙は劣化するだけでなく，場所を取るため，資料の保存の観点から，中国でも書籍や文献のデジタル化が促進されている。現在，図書館や檔案館（公文書館）では，デジタル資料の閲覧が可能になっている。中国社会科学院などが提供する「抗日戦争与中日近代史文献数拠平台」は，単行本や雑誌に加え新聞も閲覧できる。また，中国国内外の大学図書館の共同事業体による「CADAL」（大学数字図書館国際合作計画）は，書籍や雑誌，博士論文まで267万件もの資料を集めている。

　今後，書籍のデジタル化の流れはさらに加速するだろう[4]。データベースの活用により，作家の逸文も数多く発見されている。しかし，デジタル化は恩恵をもたらすだけではない。デジタル資料は高額の利用料がかかることも多く，利用環境の格差が広がることも懸念されている。また，デジタル化により，書籍は散逸を避けられるように思えるが，デジタル資料も決して不滅の存在とは言えない。データ化の過程での遺漏や，故意に消去されることにより，存在自体がなかったことにされることもあり得るからだ。

　収集と散逸をめぐる長い歴史のなかで私たちは文学作品を享受している。デジタル化時代では，その恩恵をうけつつも，資料の実物を手に取り，作品をじっくり読むことがより大切になってゆくだろう。　　　　　　　（中野　徹）

▷3　沈従文は作品の書き換えの多い作家であった。沈従文の代表作「辺城」の版本間の異同について調べた労作に，城谷武男／角田篤信編『沈従文「辺城」の校勘』がある。

▷4　漢字文献情報処理研究会編『デジタル時代の中国学リファレンスマニュアル』（図2）は，伝統的な中国学の基本情報に加え，便利なデータベースの情報が満載だ。

図2　『中国学リファレンスマニュアル』

三　さまざまなジャンルと形態

9　みんなで読めば大勝利！——御用文学

1 「御用文学」の誕生

　中国には，「御用文学」と呼びたくなるようなジャンルがある。「御用」とは，権力にこびへつらい，おもねることを揶揄した言葉である。1942年，毛沢東は『文芸講話』において，「われわれの文芸は，基本的には労働者・農民・兵士のためのものである」と文芸政策の方針を発表した。以後，文学や芸術には，中国共産党の方針を人民に伝える宣伝としての役割が求められ，党を礼賛する作品群が生み出された。「御用文学」の誕生である。　⇨Ⅰ-五

　1949年の建国後，文学者はみな全国文学工作者協会（のちの中国作家協会）の所属となり，創作が統制された。文学が政治と結びつくのは，中国の伝統でもあるが，その社会主義的な形態として，職業作家は「御用文人」となった。

　御用文学のルーツは，ソ連から輸入された社会主義リアリズム文学にある。中国においては，1958年より「革命的リアリズムと革命的ロマンチシズムの結合」（略称「両結合」）なる様式が提唱され，形式・内容の両面にわたり，誇張された理想像が表現されるようになった。現実の問題を描くことをめざした作家もいたが，そうした考えは批判され，とくに1950年代から70年代にかけては，美化された英雄人物が大勝利をおさめる物語が氾濫したのであった。　⇨Ⅱ-三-4 ▶1

2 『白毛女』（1945）の通俗性

　とはいえ，御用文学は，教条的で退屈な作品ばかりというわけではない。代表作の一つ，『白毛女』を見てみよう。物語は河北省の民話にもとづく。共産党八路軍によって解放された村で，廟の供物をさらっていく「白毛の仙女」が出ると恐れられていた。区の幹部が調査したところ，この「仙女」は，実は貧農の娘であった。娘は地主によって陵辱されたのち，山中に隠れ住んで身ごもった子を産み，日光と塩分の不足のため，全身の毛が真っ白になったのだった。

　『白毛女』は，1945年に新歌劇として作られ，50年代から70年代にかけて映画，京劇，バレエなどさまざまな視聴覚芸術に改編され，あらゆる教育水準の人民に広く宣伝された。御用文学の特徴は，ある物語が非文字メディアを含む複数のバージョンをもちながら受容される点にあるが，その様相は明代の白話小説とも似ている。この作品が御用文学として重宝されたのも，階級闘争を描く政治性より，娘の長い黒髪が白く変わるという通俗的な怪奇要素が，見る者をひ

▶1　ソ連において「社会主義リアリズム」を文学の基本的方法とすることは，1934年に決定された。理念上は，社会主義国家の現実の革命的発展を歴史的，具体的に描き，芸術的描写は労働者を思想的に改造し教育する課題と結びつけて描くことが提唱された。その表現上の特徴には，「古典的な理想」「現実と芸術の区別のあいまいさ」「英雄主義」などがあげられる。桑野隆『20世紀ロシア思想史——宗教・革命・言語』岩波書店，2017年。

図1　映画『白毛女』（1950）のポスター
（段宝林・孟悦・李楊『《白毛女》七十年』上海人民出版社，2015年）

きつけたからであろう。また，映画版ではヒロインの喜児が許嫁（シーアル）（いいなずけ）に救出され，愛情によって勝利するという，苦難の末の団円が強調されている（図1）。

ところが，改編を重ねる過程で，喜児は陵辱，出産など性にまつわる描写が薄められ，地主に抵抗する闘争的な女性像となっていった。文化大革命期にいたると，御用文学に登場する英雄人物はほぼ単身者として描かれるようになり，共産主義の同志としての結びつき以外，性愛を連想させるような男女の関係は描かれなくなる。一方で，そのような過剰ともいえる性的イメージの抑圧が，当時の観客には，かえって強く性を意識させることもあったようだ。

③ 『紅嫂』（1961）の「政治的に正しい」授乳

その一例として，劉知俠（りゅうちきょう）（1918-91）による小説『紅嫂』（こうそう）の改編をあげておこう。この作品は，1941年，山東省の農村のおかみさんが，日本兵との戦闘で負傷した共産党の兵士を助けるという，実話にもとづいて作られた「美談」である。ヒロインの明徳英は，授乳中の母親であり，彼女はみずからの母乳を飲ませることによって，瀕死の兵士の命を救う。60年代の「両結合」時期，この物語がやはり連環画（絵物語）や演劇といった視覚をともなうメディアに改編されたとき，創作者たちの頭を悩ませたのは，人妻がゆきずりの男にどのように乳汁を飲ませるのか，という表現上の難題であった。

試行錯誤の末，1962年の連環画に描かれたのは，乳汁をいったん水筒に入れ，その水筒から兵士に飲ませるという「政治的に正しい」方法であった。この方法は，その後『紅嫂』が文化大革命期に『沂蒙頌』（ぎもうしょう）というバレエ作品に改編され，1975年に映画化された際も踏襲された。トウシューズを履いたヒロインが胸元を見た後，水筒を掲げて岩陰に駆け込む場面は，そこで何が行なわれているのか，はっきりとは演じられない。バレエを見慣れぬ当時の観客を戸惑わせたであろうが，見る者の想像力をかき立てる場面である（図2）。

④ 革命模範劇の記憶

御用文学の決定版は，文化大革命期に作られた「革命模範劇」（中国語で「様板戯」（ヤンバンシー））であろう。これは，1967年，『文芸講話』発表25周年を記念して北京で上演され，模範的作品に選ばれた現代京劇・現代バレエ・交響楽の八作を指し，「八つの模範劇」とも呼ばれた。それらは，第二次に選ばれた作品とともに，70年代には映画化され，中国全土で上映された。

『白毛女』や『沂蒙頌』も革命模範劇としてバレエに改編されており，こうした現代バレエは，『芳華 Youth』（2017）などの中国映画で，文化大革命期の記憶を語るものとして描かれている。文学が政治に奉仕するというと，抵抗を覚える読者もおられるだろう。しかし，中国語で「主旋律」と呼ばれるこのジャンルは，いまなお現役であり，新作が作られ続けている。　　　　（田村容子）

図2　現代バレエ『沂蒙頌』の一場面
（張雅心編『様板戯劇照』人民美術出版社，2009年）

▷2　『紅嫂』とその授乳表現の変遷については，武田雅哉「中国乳房文化論・序説──記憶の中の図像」『ゆれるおっぱい，ふくらむおっぱい　乳房の図像と記憶』（岩波書店，2018年）に詳しい。鉄凝の小説「麦積み」（てつぎょう）（1986）には，文化大革命期の農村における映画『沂蒙頌』上映の場面があり，映写係の解説によって水筒の中身を知った農民たちの，老若男女それぞれの反応が描かれる。邦訳は鉄凝／池沢実芳訳『棉積み』近代文芸社，2003年。

▷3　『芳華 Youth』は馮小剛（ふうしょうごう）監督，厳歌苓原作・脚本の中国映画。1970年代から80年代にかけて，軍の文芸工作団において兵士の慰問のために歌や踊りに従事した青年の群像を描く。

三　さまざまなジャンルと形態

10 終わらせたくない病——後・続・新の小説

1 本編の増補と続編の登場

　唐・白居易（772-846）の長編七言古詩「長恨歌」に詠まれた唐の玄宗と楊貴妃のロマンスは，彼と同時代の陳鴻（生没年不詳）の伝奇小説「長恨歌伝」を皮切りに，北宋の楽史（930-1007）の長編伝奇小説「楊太真外伝」，元の白樸（1226-1306?）の雑劇「梧桐雨」，清初の洪昇（1645-1704）の長編戯曲「長生殿」や，褚人穫（1635-?）の長編白話小説『隋唐演義』の一部などで繰り返し描かれている。このように，有名なお話は各時代に流行した文学ジャンルで何度もリメイクされ続けるのが常であった。お話はみんなの共有財産だったのだ。

　そんな背景もあって，明代の長編白話小説は，それ自体が増補や改編を繰り返し受けながら練り上げられたものが多い。例えば『三国演義』は，冒頭から活躍する劉備や曹操らが退場してからのお話の大部分は後から段階的に作られたものと思しく，言わば本編とは別の作者の手による次世代を主役に据えた続編や，その更なる続編が，もともとの本編と一体化したような構造になっている。『西遊記』にしても，16世紀末の100回本の成立までに，厄難が追加されたり，順番を入れ替えられたり，既存の場面の文章が書き換えられたりが繰り返されていたようだ。『水滸伝』の版本の一部に入っている田虎・王慶と戦う話に至っては，16世紀の後半に初めて文簡事繁本に挿入され，17世紀前半の120回本はそれを大幅にリメイクしたものを収めるという，大量に出版されるようになって以降の増補・改編の事例である。著作権がどうのこうのとか，原作者自身の手になるものでなければ認めたくないとか，そんな発想はまるで存在しない。おもしろくなりさえすれば，もうそれでよかったのだ。

　だが，17世紀に入ると，有名な作品はそれぞれ版を重ねるうちに定番の形がおおむね固まってきたことや，知識人が白話小説の批評や改編，そして創作に関わることへの抵抗感が薄れてきたこともあってか，続編が本編とは別の独立した白話小説として世に問われるケースが増えてくる。崇禎14年（1641）に出版された董若雨（1620-86）『西遊補』はその一例だ。大量に作られた続編や改作のうち，日本語で触れられるものをいくつか紹介しよう。

2 続きが読みたい，子孫も見たい！

　万暦37年（1609）に出版された酉陽野史（本名も生没年も不詳）『三国志後伝』

▷1　18世紀初頭に中村昂然（生没年不詳）『通俗続三国志』と尾田玄古（?-1715）『通俗続後三国志』という形で，翻案も交えつつ訳されている。

▷2　そのうち，西晋を滅ぼした漢の建国者である劉淵を，匈奴の名門の出身という史実を曲げて劉備の子孫とするのは，既に元代の『三国志平話』に見えていた設定である。『三国演義』が採らなかった『三国志平話』の設定を用いた作品には，馮夢龍「三言」のうち『古今小説』（『喩世明言』）に収める短編白話小説「鬧陰司司馬貌断獄」もある。こちらは前日譚で，曹操・劉備・孫権・孔明・司馬懿・献帝らの前世の因縁が描かれる。

は，『三国演義』の登場人物たちの子孫をメインに据えた次世代もので，時代的にも『三国演義』本編と連続した直接の続編である。もっとも，お話の舞台となる五胡十六国時代前期に活躍した実在の人物を，本当は単に同姓なだけで血縁関係はない『三国演義』の登場人物の子孫だという設定にしているに過ぎないケースがほとんどなのだけれども……[12]。似た題名の梅溪遇安氏（本名も生没年も不詳）『後三国石珠演義』[13]は清代前期の作で，同じ時代を描いている。とはいえ，主人公の女傑・石珠をはじめとする実在の人物をモデルにした架空のキャラクターがメインを張り，妖術合戦が頻出するという，『三国演義』とも『三国志後伝』ともまるで雰囲気が違う作品になっている。

　清代前期の作とみられる作者不詳の『後西遊記』[14]も次世代ものの続編だ。玄奘の西天取経から200年後に，経典を正しく理解するための注釈書を手に入れるべく，唐半偈こと大顛和尚が，孫悟空と同じ場所で同じように生まれた孫履真，猪八戒の息子猪一戒，沙悟浄の弟子の沙弥を伴って天竺へと向かう。

　陳忱（1615-70）の晩年の著作『水滸後伝』は，100回本『水滸伝』から直接続く話として書かれており，金の侵攻で北宋が滅びる混乱期を舞台に，梁山泊の生き残りや，死んだ主要人物の子供たちが，南海の島国である暹羅に渡って自分たちの国を作る過程を描く。終盤には日本国も敵として登場し，白い象に乗った大男の関白[15]が，薩摩・大隅の二州の兵を率いて自ら攻めこんでくる！

　兪万春（1794-1849）『蕩寇志』（別名『結水滸伝』）[16]は，同じ『水滸伝』でも70回本の続きの話で，108人が揃った梁山泊が朝廷の討伐軍に滅ぼされるさまを描く。本編とは異なり，梁山泊の一党は徹底的な悪者として描かれる。

3 大胆に翻案してみよう！

　キャラクターや舞台設定を利用しつつも，大幅に書き換えてしまうパターンもある。古くは関羽の架空の息子で父に似ず小柄な少年花関索が，史実はおろか三国志物語の定番の流れすら無視して敵をかたっぱしからやっつけてしまう『花関索伝』[17]という口唱文芸由来の作品が，明の成化年間（1465-87）に出版されている。新しいところでは，毛宗崗本『三国演義』の第36回途中から続く話として書かれ，やはり史実をまったく無視して蜀が天下を統一する周大荒（1886-1951）『反三国志演義』を挙げておこう。この手の大幅な翻案作品には，中国古典小説を題材とした現代日本の漫画やゲームに通じる雰囲気がある。

　日本と言えば，中国古典小説の翻案ものは江戸時代にも盛んに作られていた。⇨Ⅱ-Ⅳ-7　その中でも本場には見られない趣向で異彩を放つのが登場人物の男女を入れ替えた作品で，文政8年（1825）から天保6年（1835）にかけて刊行された曲亭馬琴（1767-1848）『傾城水滸伝』や，文政13年（1830）から天保5年（1834）にかけての墨川亭雪麿（1797-1856）『傾城三国志』（図1）が有名どころだ。どちらも原作の話の筋を利用しつつ，日本に舞台を移した長編の合巻である。（上原究一）

▷3　寺尾善雄が『後三国演義』の題で訳している。

▷4　ともに省略部分があるが，尾上柴舟訳と寺尾善雄訳がある。

▷5　元ネタはもちろん朝鮮に侵攻した豊臣秀吉だが，人名ではなく官名だという説明はあるものの，姓名は出てこない。

▷6　田中従吾軒（1827-98）と三木愛花（1861-1933）が『（校訂）続水滸伝』の題で，江戸時代の翻訳の文体で訳している。

▷7　未訳だが，井上泰山ほか『花関索伝の研究』が詳しいあらすじを載せる。なお，花関索あるいは関索は，『三国演義』にも初期の版本を除けば登場する。版本系統によって登場場面が異なるが，いずれにしてもチョイ役に止まり，『花関索伝』のような無茶苦茶な活躍はしてくれない。

図1　もちろん曹操も稀代の悪女に！
（文政13年（1830）刊本『傾城三国志初編』，国立国会図書館デジタルコレクション）

三　さまざまなジャンルと形態

11 ポルノグラフィ——思い邪無し

1 人の大いなる欲

中国古代のえらい人たちは，男と女のことに対して，意外に寛大であったようだ。少なくとも，後世の頭の堅い道学先生のようなヤボなことは口にしない。『礼記（らいき）』「礼運」には，飲食男女のことは，人の大いなる欲の存するところである，と分析している。最古の詩集『詩経』には，エロティックな表現で男女のことをうたった民謡が少なくない。それでも，『詩経』の編纂者とされる孔子さまは，これに収められた詩歌に対して，「思い邪無し」——思うところに邪念がない（『論語』「為政」）というひとことで総括したのであった。

聖人もそうおっしゃってくれていることだし……というわけで，後世の筆を執る文人たちは，「飲食」と「男女」のことを物語にして世に送りだすことに，なみなみならぬ情熱を傾けたので，両者はそれぞれ，ひとつのジャンルとして文学史を構築しうるまでになった。特にその後者に関しては，『詩経』以来の伝統の足跡を，膨大な数量のポルノグラフィをあげながら，現在に到るまで着実にたどることが可能だし，これに特化した文学史の著作も少なくない。◁1

2 明清のポルノグラフィ

通俗小説の隆盛を見た明代には，異性間，あるいは同性間の情痴を描写することに意をもちいたポルノグラフィがめじろ押しだ。中国語では「色情小説」「艶情小説」「淫書」などと呼ばれるこのジャンルにおいては，描かれる対象はきわめて広範にわたる。上は皇族貴族から，下は庶民まで。花柳界から僧尼道士の宗教界まで。およそ人として生まれたものであれば，いかなる身分，いかなる社会においても，男女のことからは逃げられぬと言わんばかりだ。それどころか，色情の対象は，妖怪や幽霊にまでおよぶことさえある。本項においては，これら近世の小説にしぼって紹介することにしよう。

明代ポルノグラフィの最初期のものに『如意君伝（にょいくんでん）』がある。これは，則天武后と薛敖曹（せつごうそう）の情交を執拗に描いた⇨Ⅰ-三-37文語による小説である。後世のこの種の作品に，大きな影響を与えたが，『金瓶梅』にもこれを模倣した形跡が認められる。

小粋なおばあちゃんの一人称スタイルで語られる『痴婆子伝（ちばしでん）』は，ひとりの少女が，隣のおばさんから性の知識を教えてもらい，好奇心を抑えきれず，年下のいとこの男の子を実験台に，初めての体験をするところから始まる。女の

▷1　とはいえ，その多くは中国語か英語で書かれたものである。邦訳のあるものとしては，ファン・フーリック／松平いを子訳『古代中国の性生活』（せりか書房，1988年），劉達臨／鈴木博訳『中国性愛文化』（青土社，2002年），呉存存／鈴木博訳『中国近世の性愛』（青土社，2005年）などを参照。だが，これらはポルノグラフィに特化した文学史ではない。

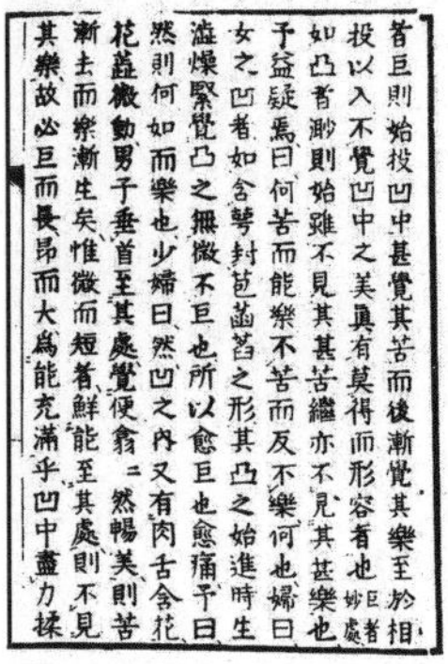
莟巨則始投凹中甚覺其苦而後漸覺其樂至於相
投以入不覺凹中之美眞有莫得而形容者也巨者妙處
如凸者渺則始雖不見其甚苦繼亦不見其甚樂也
予益疑焉曰何苦而能樂不苦而反不樂何也婦曰
女之凹者如含萼封苞菡萏之形其凸之始進時生
澁燥緊覺凸之無微不巨也所以愈巨也愈痛予曰
然則何如而樂也少婦曰然凹之內又有肉舌含花
花蕊微動男子垂首至其處覺便翕翕然暢美則苦
漸去而樂漸生矣惟微而短者鮮能至其處則不見
其樂故必巨而長昂而大爲能充滿乎凹中盡力揉

図1　凹凸が乱舞する頁。『痴婆子伝』
（太田辰夫・飯田吉郎編『中国秘籍叢刊』汲古書院，1987年）

奔放な性遍歴の物語だ。西鶴にも影響を与えたと言われている。「凸」と「凹」とが乱舞する文字列も楽しい（図1）。

3 多様な趣向

　明末の文学者，李漁の作とされる『肉蒲団』は，プレイボーイ未央生の半生を描いたものだが，主人公は，みずからの性器に犬のペニスから採取した筋肉を移植して，その機能をパワーアップさせるという，SF的な人体改造手術を施される。日本人は，江戸期以来，李漁の影響を受けてきたが，この小説も，18世紀初頭に訓点本が出て以来，親しまれてきたようだ。戦後日本の1950年代から60年代にかけて，邦訳本が雨後のタケノコのごとく刊行されている。さらに1980年代にも，新訳旧訳あわせて，『肉蒲団』の出版ブームがある（図2）。もしかしたら，邦訳がもっとも多い中国の小説かもしれない。^{▷2}

　醉心西湖心月主人『醋葫蘆』も明末の作品で，テーマとしては，「懼内（妻を懼れる）小説」と称されるジャンルに含まれる。宋代を舞台に，主人公の男と，強烈な嫉妬心をいだいた妻との攻防を滑稽に描く。婚外性行為の描写が多いとの理由で，清代には禁書とされた。清代になると，『金瓶梅』はじめ，多くの先行作から淫書に不可欠なモチーフの数々――房中術，淫薬，淫具，春画など――をたっぷり吸収して，曹去晶なる人物が『姑妄言』（1730）と題する長編を完成させた。『灯草和尚』は，夜な夜なランプから飛びだしてきて，女主人と交わる小さな和尚の奇譚。わが国の浮世草子や，鈴木春信の浮世絵春画で活躍する「豆男」ものの元祖であろう。こうなると，交情の相手は，もはや生身の人間を越えており，エロティック・ホラーの趣向を取り入れている。同性愛小説も数多く書かれたが，それらについては次項を参照されたい。^{⇨II-三-12}

4 作品集の整理と刊行

　ポルノグラフィの書き手たちは，その序文などにおいて，作品の目的はけっして「淫を誨える」ことにあるのではなく，むしろ淫を描くことによって「淫を戒める」ことにあるのだと，うそぶくことが少なくない。そう宣言することは，この種の小説を出版するにあたっての，必要不可欠なマナーでもあった。

　こうして書きつづけられてきた中国のポルノグラフィも，それなりの数量に達しているはずである。これらが焚書の憂き目に遭わないように，研究者たちは，世界の図書館で所蔵を確認し，そのテキストを校訂し，未来への文化遺産として，読みやすい形での書物にしなければならない。^{⇨II-三-8}そこで，1994年から97年にかけて，フランス国立科学センターと台湾大英百科株式会社は，明清時期の「艶情小説」56種を収録した全集を刊行し，これを「思無邪匯宝」（「思い 邪無し」の宝を匯めたもの）と命名した。かくして孔子さまの遺志は，正しく踏襲されたというわけである（図3）。

（武田雅哉）

図2　『肉蒲団』邦訳本
（伏見沖敬訳，創造社，1968年）

▷2　中国のポルノグラフィは，日本でも読まれてはきたものの，執拗ともいえる描写が日本人の肌に合わないせいか，あるいは文学作品として下に置かれてきたせいか，趣味人の手でエッセイ風に書かれた紹介本は多いが，原著の雰囲気を正しく伝えうる，読むに堪える完訳は多いとは言えない。

図3　『思無邪匯寶』
（陳慶浩・王秋桂主編，法国国家科学研究中心，台湾大英百科，1994年）

三　さまざまなジャンルと形態

12 男と女を越えて——異性装と同性愛の文学

▷1　ほかの三つは，七夕伝説，孟姜女伝説，白蛇伝説である。

図1　木蘭
（『呉友如画宝』上海古籍書店，1983年）

▷2　いま筆者の書架には『断袖文編』と題する，1800頁になんなんとする三分冊の本が並んでいるが，これは中国古来の男色文献を集めた本である。ちなみに，ロバート・A・ハインラインの傑作SF『夏への扉』（1956）の第二章では，主人公が猫のことを称賛し，「ぼくは，眠りこんでいる小猫をおこさないために，高価な袖を切り捨てたという昔の中国の官吏の話に，心の底から同感するのである」（I fully sympathize with the mandarin who cut off a priceless embroidered sleeve because a kitten was sleeping on it.）と言っている（邦訳は福島正実）。断袖の故事が英語圏に伝わる過程で，董賢を「猫」（kitten）と表現したものが猫そのものと誤解されたケースであろうか。

1 女の男装

　中国語では，女が男に扮することを「女扮男装（ニュバンナンヂュアン）」という。中国の四大民間伝説のひとつである「梁山伯と祝英台（りょうざんぱく しゅくえいだい）」は，まだ女性が学校に行けない時代，祝英台という女の子が男装して学校に通い，同窓の男子学生である梁山伯に恋心を覚える……というストーリー（⇨I-一-13）だが，この物語に典型をみるように，男と女の上下関係が社会の規範として明瞭となっている文化圏の常として，女が男になろうとすることは，上昇志向と見なされた。

　また「軍装して戦う女性」も中国では人気である。いまでもアニメや映画になっている花木蘭（かもくらん）などは，その嚆矢であろう。老父に替わって従軍すべく，男装した木蘭は，男の部下たちをひきいて数々の戦功をあげたが，12年ものあいだ，彼女が女であることは，部下たちにもまったく気づかれなかった（図1）。男装こそしていないが，唐代の伝奇小説では，謝小娥（しゃしょうが）や聶隠娘（じょういんじょう）といった美少女剣士が活躍している（⇨コラム3）。

　中国の物語の世界には，女の武将が多く登場する。宋代の将門である楊家の女将（じょしょう）たちの痛快な活躍を描いた「楊家将（ようかしょう）」の物語は，『楊家将演義』などの通俗小説や芝居を通して広く親しまれ，いまでも京劇などの舞台で頻繁に演じられる人気のテーマである。また，武田泰淳の小説『十三妹（シーサンメイ）』のタイトルは，清代の小説『児女英雄伝（じじょえいゆうでん）』のヒロインから採ったものだが，この原作は，文弱な青年，安公子（あんこうし）を魔の手から救いつつ，みずからの親の仇を討つ美少女の物語（⇨I-五-61）である。中国では，「男装の麗人」の活躍する物語が，数多く作られている。「女扮男装」のヒロインたちは，基本的にカッコいい。

2 男の女装

　いっぽう，男が女に扮することは「男扮女装（ナンバンニュヂュアン）」と言うが，こちらについても，物語にはこと欠かない。そして，やはり下降志向のものが多いようだ。

　男が女装する物語として，わりと有名なのは，15世紀後半，明代に実在した，桑沖（そうちゅう）なる女装犯罪者のエピソードであろう。陸粲（りくさん）の随筆『庚巳編（こうしへん）』（16世紀初頭）には，その裁判記録の写しと称するものが載せられている。

　桑沖は，完璧な女装をしただけでなく，一般に女性がすべきであるとされた針仕事などをマスターし，良家の娘の家庭教師となっては，ひそかに娘を姦淫

した。拒んだ娘には，抵抗できなくなる薬物を投与した。意に反して犯された娘たちも，それが世間に知られるのを恥として，だれも訴え出ようとしなかった。このあたりは現代の性暴力をめぐる問題にも通じるものがあるだろう。こうして沖は，各地を転々として，性犯罪を繰りかえしていった。

そんな桑沖を慕って，女装犯罪の志を持った者どもが，彼の弟子となり，技能を学び，それぞれ姦淫をほしいままにしたのだという。桑沖じしんにも，谷才（きゆさい）という師匠がいたらしい。だが桑沖にも，とうとう裁きの時が来た。男であることがばれて，お縄を頂戴し，1477年，ついに酷刑に処されたのである。

このエピソードは，文学者たちの筆を刺激したようで，明代の短編小説集
⇨Ⅰ-三-30
『醒世恒言』にも収められている。清代の『聊斎志異』には，これをモチーフにした作品「人妖」がある。人妖とは，「人にして妖なるもの」の謂いだが，生理的な性転換から異性装まで，広い意味での性の逸脱を指す語彙である。現在ではトランスジェンダーを謂う俗語でもあるようだ。

③ 中国古典 BL 小説

「断袖（だんしゆう）」ということばがある。漢の哀帝が，寵愛する董賢と共寝し，先に目覚めたところ，董賢は，帝の袖の上でまだ夢ごこち。そこで帝は，愛人の眠りを妨げぬよう，そっとみずからの袖を断ち切って起きたという。これにより「断袖」は，中国で男色を意味する語彙群のひとつとなった。男色を謂う語彙には，ほかに「分桃」「龍陽」などがあり，それぞれ故事来歴がある。

明代の後期になると，通俗小説が爆発的に増加していくが，これらには同性愛を描いたものにこと欠かない。当時の短編小説集には，いくつも見えているし，『痴婆子伝（ちばしでん）』『繡榻野史（しゆうとうやし）』『金瓶梅』『禅真逸史』などの中・長編小説にも，男
⇨Ⅱ-三-11
性同性愛のモチーフが散見される。醉西湖心月主人による短編小説集『宜春香質（ぎしゆんこうしつ）』と『弁而釵（べんじさ）』は，いずれも男色テーマのみで構成された小説集だ。登場するのは男娼や男色愛好者たちだが，前者に描かれるのは反面人物ばかりで，空想の国を訪れるなど，ファンタジーの要素も取り込んでいる。後者に描かれるのは正面人物ばかりであり，そのあまりにもピュアな愛情には胸をうたれる。「弁而釵」とは，男の髪形である弁（まげ）に女の髪飾りである釵（かんざし）を挿すという意味である（図2）。清代後期には，陳森の『品花宝鑑（ひんかほうかん）』（1849）が書かれた。北京の梨園（りえん）（役者世界）を舞台に，ここに息づく「相公（しようこう）」と呼ばれる男妓たちの生態を描いたものである（図3）。古典文学においては，女性同性愛をテーマにしたものは極めて少ない。

現代においてはどうだろうか。たとえばLGBTをめぐる世界的な動きに伴って，中華人民共和国，香港，台湾，その他の華語圏では，異性装や，男性，女性の同性愛に関わる作品（同志文学）は，それぞれ異なった様相を呈しつつも，
⇨Ⅰ-五-71，Ⅱ-一-5
確実に書きつづけられている。

（武田雅哉）

▷3 「分桃」は，衛の霊公の寵愛を受けていた彌子瑕（びしか）は，口にした桃が美味しかったので，食べ残しを霊公に渡した。霊公は喜んでこれを口にした。後日，瑕の容色が衰え，霊公の愛が冷めると，霊公は「こいつはかつて食べ残しの桃をよこした」となじった。『韓非子』「説難篇」などに見えるエピソードである。「龍陽」は，魏王の寵愛を受けていた龍陽君のエピソードに由来する。『戦国策』に見える。

図2 『弁而釵』
（醉西湖心月主人『弁而釵』華滋出版，2019年）

図3 『品花宝鑑』
（石函氏／秦浩二訳『品花宝鑑』紫書房，1952年）

三　さまざまなジャンルと形態

13　清末の画報──志怪の伝統と画文一致（イコノテクスト）の快楽

1　ヴィジュアル系志怪小説の誕生

　古来，記録することにかけては他の追随を許さない中国人は，あらゆる超常現象を，つとめて文字に記録してきた。⇨Ⅱ-三-2 文学史においては，志怪小説は六朝時期に隆盛を見せるが，⇨Ⅰ-一-6 その伝統は脈々と受け継がれ，清代になっても，伝統的なスタイルの志怪小説集はたくさん編まれていた。⇨Ⅰ-三-37, Ⅰ-三-38

　清朝の末期，19世紀の末くらいには，ジャーナリズムが発展し，特に西洋から石版印刷術が伝わるや，「画報」と呼ばれる，イラストレーションをメインとし，画面の空白部分に文字説明を書き込んだ，画文一致（イコノテクスト）の形式を採用した事件報道が，隆盛を極めた。ここにおいて，志怪の伝統は，絵解きという，これもまた悠久の伝統を誇る古来の手法と合体することにより，新たな目玉の刺激を人びとに与えることとなった。

　そんな画報ブームを作ったのが，イギリス人が上海に創設した近代的な新聞『申報』（しんぽう）から，1884年にその附録として刊行された『点石斎画報』（てんせきさいがほう）である。▷1 初期の『点石斎画報』は，清仏戦争の報道が主であったが，その後は，当時の読者たちをめぐる「世界」を，あらゆる角度から描き出すことにつとめた。遠い外国での事件報道があれば，中国の田舎町で起きた小さな怪異報道もある。

2　近代中国の怪異図鑑

　われわれは，清末の画報をどのように楽しんだらよいのであろうか。ひとつには，志怪の伝統から連なる怪異報道の世界であろう。中国人は，怪物図譜を作成することで，古来の怪獣，妖怪のたぐいをヴィジュアル化してきたが，近代の画報が刊行されるや，それが迅速に，また大量に，世に送り出されることとなった。

　絵師たちが，ヴィジュアルな情報が提供されないまま，新たに出現した妖怪や事物を，どのような方法で可視化していったかを考察することは，なかなかにおもしろい。見たこともないものを描くというのは，きわめて難しい。当時の妖怪図像には，完全なオリジナルのデザインというものは，それほど多くはないようである。ひとたび怪物出現の報があれば，かれらは，明代以降に描かれた『山海経』などの怪物図譜をひっぱり出したり，あるいはまた，西洋からもたらされた動物図譜をひろげたりして，それら既存の図像を流用した（図1

▷1　『点石斎画報』の概要については，中野美代子・武田雅哉編訳『世紀末中国のかわら版──『点石斎画報』の世界』を参照されたい。

図1①　刑天之流
（『点石斎画報』己九集，1886年2月）

図1②　刑天
（『古本山海経図説』広西師範大学出版社，2007年）

①②)。また，そこに適切な素材が見つからない場合には，もたらされた文字情報のみから，ヴィジュアル・イメージをデザインするという作業が強いられた。たとえばアメリカで〈Air Ship〉なるものが発明され，天空高く飛翔しているとのニュースが届いたとしよう。写真やスケッチなどのヴィジュアルな資料がなにもない場合には，まずは〈Air Ship〉が〈飛舟〉という漢語に翻訳され，その二文字から容易に類推される「正当な」イメージとして，絵師たちは，一艘の帆船を天空に配置したのである。われわれの目には奇妙に映る飛翔機械ではあるが，当時の多くの読者の目には，それはまぎれもなく世界の真実だったのである（図2）。

図2 「飛舟窮北」
（『点石斎画報』丑五集，1887年11月）

　しかしながら，画報の報道は，妖怪変化ばかりではなく，そのほとんどが，有名無名の人間どもがやらかした事件である。そこには，清末の社会が目に見える形で活写されている。かれらはさまざまな仕事についている人間たちだが，時代も国も異なるわれわれには，それらを正しく理解することは容易ではない。『点石斎画報』の怪異図像と，周辺の類似の図像については，相田洋『中国妖怪・鬼神図説──清末の絵入雑誌『点石斎画報』で読む庶民の信仰と俗習』でお楽しみいただきたい。さらに，同じく相田氏の『中国生業図譜──清末の絵入雑誌『点石斎画報』で読む庶民の"なりわい"』は，描かれた人びとの職業への関心から編まれた楽しい著作である。

3 日本はどのように描かれたか

　『点石斎画報』が刊行された時期には，日清戦争も起きている。戦争以前と戦争中，そして戦後の，日本報道を読み比べることで，中国人の日本人観を読み取ることができる（図3）。やがて日中は十五年戦争に突入し，文学の世界でも，日本を「鬼子」と呼んで，最大の敵とするテーマが，幅を利かすようになる。その淵源として，『点石斎画報』の記事を読んでおくのもいいだろう。石暁軍氏の著作『『点石斎画報』にみる明治日本』は，日本に関するニュースを紹介，分析したものである。あわせて武田『鬼子たちの肖像』も参照いただきたい。

図3　日本兵は従軍慰安婦を連れている
（『点石斎画報』射10集「倭亀」1894年11月）

4 旧聞の再利用も？

　『点石斎画報』の文字テクストには，『山海経』『爾雅』『博物志』のような古代の博物学的著作はもとより，『聊斎志異』『閲微草堂筆記』など同時代の志怪小説集からの引用も多い。その怪異報道が，伝統的な志怪小説の流れの末にあることがうかがえるだろう。おもしろいことに，古今の志怪小説に見える話柄を書きなおし，特に引用であることを示さないまま報道することもあった。つまりは「旧聞」の，「新聞」としての再利用である。六朝期の志怪小説を，あたかも最近起きた事件であるかのごとく図解した記事も見受けられる。特に報道に値するような事件もおこらず，ニュースが枯渇するときもあったのかもしれない。

（武田雅哉）

▷2　たとえば「路鬼揶揄」（『点石斎画報』礼九集）は，口から人や物を次々に出す不思議な人物の話だが，梁代・呉均の志怪小説集『続斉諧記』に収められた「陽羨鵞籠」の焼き直しである。

コラム5

とりあえずなんか食おう──猪八戒

伝統演劇における張飛（左），李逵（中），猪八戒（右）の隈取。
張飛と李逵は京劇，猪八戒は山西の「耍孩児」劇のもの

（孫建君主編『中国民間美術全集11　游芸篇・面具臉譜巻』（山東友誼出版
社，1993年）

だらりと垂れたぶつぶつの口
耳はバタバタ，目はギラリ
やすりのような歯をのぞかせて
真っ赤な口をカッと開く

　これは『西遊記』第8回，猪八戒初登場の時の姿を
描写した詩の一節である。「だらりと垂れた」口に，
「バタバタ」動く耳。猪八戒は「ブタ」の姿をしている
が，現代人が思い浮かべるであろう「ブタ」の姿とは
かなり異なる容貌である。中国で伝統的に飼育されて
きたブタの多くは，いわゆる黒ブタで，耳がうちわの
ように大きい。猪八戒は，この黒ブタの姿をしている
のだ。

　ブタはイノシシを家畜化したものであり，中国では
新石器時代にはブタの飼育を行なっていたという。古
代から人間と密接な関係を持っているブタだが，とき
に怪異を起こし，人に害をなすブタもいた。晋・干宝
『捜神記』には，夜な夜な黒衣の男に化けて人を食ら
うブタが登場する。人を食うブタは唐・牛僧孺『幽怪
録』に収める「郭代公」にも現れる。毎年美しい娘を
生贄として要求する「烏将軍」なる神を退治したと
ころ，正体は巨大なブタの妖怪だった，という話であ
る。「烏」はカラスの羽のような黒い色である。

　黒衣の男も烏将軍も，猪八戒と同じく黒ブタの化身
である。八戒も，仏法に帰依する前は，人を食らって
暮らしていた。ただ黒衣の男や烏将軍と異なり，少な
くとも三蔵法師の弟子としての八戒は，人に害をなす
存在ではなく，ドジを踏んだり，悟空らにからかわれ
て笑いを誘うトリックスターなのだ。

　黒いトリックスターといえば，『水滸伝』の主役の
一人，李逵もそうである。梁山泊の一員である李逵は，
黒い肌の大男で，戦闘時には二丁のまさかりを振り回
し，敵味方関係なく斬り殺すので，「黒旋風」と呼ば
れている。そして猪八戒との共通点は，黒いだけでは

ない。李逵も大食漢であり，たびたびドジを踏むコミ
カルな人物でもある。

　もう一人，『三国演義』の張飛も，黒いトリックス
ターといえるだろう。『演義』成立以前の「三国志」物
語の一つ，『三国志平話』に登場する張飛は，李逵に
負けず劣らずの乱暴者であり，また関羽が
「美髯公」と呼ばれるのに対抗して，自ら「黒髯公」
と名乗るなど，コミカルな面も持つ。また元雑劇に登
場する張飛は「莽張飛」「莽撞張飛」とあだ名される
ように，猪突猛進しては騒動を引き起こす存在である。
そして京劇など伝統演劇に登場する張飛は，黒を基調
とする隈取を施している。

　黒や赤の隈取は，「凡俗を超えた神のしるし」であり，
張飛も神であったが，その座から滑り落ちて道化にな
った，と金文京氏はいう。猪八戒ももとは天蓬元帥と
いう神であったのが，地上に落とされて道化を演じる
ことになった，ともいえよう。

　彼ら黒いトリックスターは，宋元代の講談や雑劇の
なかで形作られたとされる。佐竹靖彦氏は李逵の「ド
タバタ劇」を「作者と俳優および観衆の相互の交渉の
中で育ってきたものであろう」とする。「莽張飛」も
猪八戒も，李逵と同様に，舞台の上と下との相互作用
によって育てられた。その役割は，武田雅哉氏がいう
ように「喜劇的な舞台芸術上の効果」だろう。彼らは
物語のおもしろさを増し，先に進める原動力として，
笑いの力を大いに活用したのだ。　　　（田村祐之）

＊1　金文京『三国志演義の世界【増補版】』参照。
＊2　佐竹靖彦『梁山泊　水滸伝・108人の豪傑たち』
　　　参照。
＊3　武田雅哉『猪八戒の大冒険』参照。

この世もあの世も裁いちゃう——包公（バオゴン）

京劇のなかの包公
（高新『京劇欣賞』学林出版社，
2006年）

　包公とは，北宋の時代に仁宗皇帝の側近として朝廷に仕えた実在の人物，包拯（ほうじょう）（999-1062）のことである。県や州の知事を務めたほか，官吏のお目付け役である監察御史（かんさつぎょし）や，北宋の都・開封府（かいほう）の知事などの要職を歴任した。賄賂を求めない清廉潔白な役人（清官）であり，権力者にも手を緩めない厳格な裁きは「鉄面無私」と評され，人びとは敬意を込めて「包公」と呼んだ。その話は語り物や芝居，小説によってひろく巷に流行し，現代でも京劇で上演されているほか，テレビドラマも日本の時代劇のように視聴されている。中華圏では誰もが知る人物だといえるだろう。

　包公は名裁きで知られるが，知事という役職は任地の事件を裁くものでもあった。その明察ぶりは正史の『宋史』「包拯伝」などにも見えるが，後世の物語には，もともと別の人物の話であったものも少なくない。その状況を，中国文学者の胡適（こてき）（1891-1962）は，『三国演義』において諸葛亮が赤壁の戦いで十万本の矢を集めるのに用いた藁の標的に喩えた（「三俠五義」序）。無数のエピソードが，本人のものとして矢のように体に射込まれているというわけである。

　かくして包公には権限や能力が付与されていった。元代の雑劇『陳州糶米（ちょうべい）』では，陳州の街で飢饉が発生し，役人が難民を救済しないとの訴えを受けて，包公が視察に向かう。その際，包公は皇帝から「先斬後奏（先に処断し後に奏上する）」のお墨付きを与えられ，その証に勢剣と金牌を賜った。物乞いに扮した包公は，役人の非道ぶりをその目で確認し，最後は身分を明かして裁きを下す。この話からも窺われるように，包公には水戸黄門と類似する点も多い。[*1]

　訴えを聞く相手も亡霊にまで及び，包公の裁きは，「昼はこの世を裁き，夜はあの世を裁く（日判陽，夜判陰）」というフレーズとともに語られるようになる。ときには遺骨を「おまる」にされた幽霊の声に耳を傾

け（元・雑劇「盆児鬼（ぼんじき）」），ときには事件を調べに冥府へと足を運び（明・『百家公案』），さらには宝物を用いて死者を蘇らせもする（清・『万花楼演義』）。包公がかくも「多忙」になったのは，現実世界に冤罪が多かったことの裏返しでもあるだろう。

　あの世との繋がりについては，次のような話もある。金代の『続夷堅志（けんし）』巻1には，包公がその正直さゆえに，因果応報を掌握する冥界の役所「速報司」の統括を任されたことが，俗説として記されている。時代がくだると，包公は地獄に十人いる閻羅王（閻魔）のひとりに数えられる場合もあり，これは「あの世を裁く」というイメージとも重なるものだろう。

　包公のキャラクターはその形象にも表れている。たとえば現代の京劇では，包公に施される臉譜（くまどり）は黒い。黒は臉譜では剛直さを象徴する色だが，これは「鉄面無私」の性格だけでなく，包公が異貌であったとする伝説も背景にあるという。[*2]また，額には白い三日月が描かれ，現世と冥界を股にかける超能力の象徴だとされる。この特徴は民間芸能だけでなく，ドラマのなかの包公にも受け継がれている。

　もっとも，そのドラマも古典の要素を継承するばかりではない。2000年代には，包公の若い頃の活躍を描く『少年包青天』シリーズが放送されており，その中には，日本の推理物から着想を得たと思しいモチーフなども見られる。包公はこれからも事件の裁きに奔走することだろう。

（藤井得弘）

＊1　金文京『水戸黄門「漫遊」考』参照。
＊2　阿部泰記『包公伝説の形成と展開』参照。

四　世界から見た中国文学

1 ヨーロッパ19世紀以前

図1　18世紀に英国王立協会に提出された中国人が捏造したという植物羊

(Henry Lee, *The Vegetable Lamb of Tartary*, London, Sampson Low, 1887)

▷1　前者は*Cinderella across Cultures: New Directions and Interdisciplinary Perspectives*, Detroit, Wayne State University Press, 2016, 後者は中野美代子『三蔵法師』中央公論新社，1999年を参照。アールネ＝トンプソンによる昔話の分類と，文献の歴史的研究は，もっと組み合わされてしかるべきだろう。

▷2　風景式庭園を中国では「シャラワジ」と呼んで賞賛するとウィリアム・テンプルが記し，中国風庭園が流行したのも同時代である。古代派テンプルは文明の起源である中国はヨーロッパでは失われた古代の高度な科学も継承していると考えていた。近代派デフォーは中国など，その文明の起源である月世界の模倣にすぎないと月世界旅行記『コンソリデイター』(1705)で古代派を諷刺し，『ロビンソン・クルーソー』第2

1 ヨーロッパ中世の東方の驚異談とユーラシア大陸における交通

　長くヨーロッパにとって中国は驚異の地だった。奇想天外な事物に満ちあふれた地という幻想は，マルコ・ポーロやマンデヴィルらによる14世紀の旅行記によってさらに強固となる。彼らがどこまで東を旅し，何を見たのかは，今も議論が尽きない。興味深いのは，インド（洋）を仲介しながら欧亜で交わされた（法螺）物語の方だろう。バロメッツこと羊が生える木は，そんな東方幻想の一例である（図1）。南方熊楠は唐代の『酉陽雑俎』にシンデレラ物語があることを指摘したが，古代ローマのストラボンも『地理誌』で同様の話を記録しており，発生と流布が調べられるべき奇談は他にも多い。古代ギリシャのルキアノスが「シリアの女神」で記した，不実を疑われぬよう旅の前に去勢した男の話は，酷似する由来談が『大唐西域記』にあり，家族を置いて過酷な旅に出た人々のあいだで，こうした奇談が好まれたことは想像に難くない。[41]

⇨Ⅱ-一-4

2 16世紀のイエズス会士到来と中国＝理性の帝国像の成立

　イエズス会士がカトリック布教のため中国を訪れるようになると，こうした奇想天外な幻想は鳴りを潜める。そもそも彼らが到来したのは，ヨーロッパでの内戦に等しい宗教対立のためである。それゆえ，こうあってほしい理想やそうだったと思いこんでいる古代の姿を中国に読み込みがちとなる。宣教師は，それまで中国を訪れた商人たちと違って知識人ぞろいだったので，言語を学び，中国の文化や政治と衝突しないよう，巧みに妥協を試みた。こうして理性と調和が強調された彼らの報告は，当然ながらヨーロッパで憧憬をもって読まれることとなる。[42]音が違っても，全土で意味が通じる漢字が普遍言語のようにもてはやされたのも，ラテン語に代わって「俗語」が各国語として台頭していった背景のためだ。地上すべてを沈めたはずのノアの大洪水で，中国が壊滅しなかったことは大論争を巻き起こしたが，おそらく皇帝の堯あたりがノアなのだろうということに落ち着いた。結果として中国の史書が紹介され，漢字は，バベルの塔が崩れる前の言語ではないかという幻想が広まったのである（図2）。

　儒教も哲学であることが強調された。孔子がコンフキウス，孟子がメンキウスと西洋古代の哲人のように翻訳され，彼らを敬う皇帝は，プラトンが夢見た哲人政治のように理想化された。辺境の騎馬民族が明王朝を倒しても揺るがな

い儒教体制は，野蛮を圧倒する文明の力の証左とみなされた。元代の血みどろの復讐劇『趙氏孤児』が勧善懲悪の物語としてもてはやされ，ヴォルテールにより『中国の孤児』(1755) へと翻案されたのは，こうした文脈である。

したがって仏教や道教は邪教としてほとんど顧みられなかった。1761年，明末清初の『好逑伝』が長編小説としてヨーロッパで最初に翻訳されたのも（英訳が各国語に重訳された），律義なまでに婚前交渉を避けた才子が苦難を乗り越え，佳人と結ばれるためであろう。短編小説は，イエズス会士のダントルコールによる明代『今古奇観』の仏訳を嚆矢とするが，20・29・30・31話だけの抄訳であり，日本でも有名な「売油郎独占花魁」は，娼妓が出てくるためか入っていない。ただ4編の仏訳は，先の『趙氏孤児』をはじめ当時の中国学を集大成したデュ・アルドの『中国全誌』(1735) に収められ，広く欧州で読まれた。特に20話「荘子休鼓盆成大道」は，モーツァルトの歌劇『女はみんなこうしたもの』(1790) が粋だった時代にあって，ゴールドスミスの書簡体小説『世界市民』(1762) で登場するなど，各国語に翻案された。荘子の思想に力点はなく，男の理性を強調する点が『好逑伝』の翻訳と共通しており，これらの翻訳もまた，イエズス会士の儒教理解の延長で生まれたことがうかがえる。

3 アヘン戦争前夜に対比された疾風怒濤のヨーロッパと停滞した老帝国

18世紀の後半から進歩思想とロマン主義がヨーロッパを席巻するようになると，中国は「ノアの大洪水以前」の珍奇な遺物を後生大事にため込み，それゆえ時に滑稽な国としてみなされるようになる。コールリッジの詩「クブラ・カーン」(1816) や，焼豚の起源にまつわるラムの『エリア随筆』(1823)，陶磁器の柳模様は駆け落ちした男女の悲恋の物語を描いたという因縁話など，いずれも中国との関係は希薄であり，物語の骨格はみな古代西洋に由来する（図3）。

一方，地政学的な思惑ゆえ，従来にない翻訳が生まれた。トルグート族がロシアから逃げて乾隆帝に庇護された記録の仏訳は，1804年にベルクマンのドイツ語の旅行記で注目され，ド・クインシーの小説『タタール人の反乱』(1837) で脚色された。そのトルグート族への康熙帝使節の記録『異域録』(1724) も，少年時にマカートニーの乾隆帝訪問に同行したストーントンにより，1821年に英訳される。ここで興味深いのは，マンモスの言及に関連してストーントンが漢代の『神異経』を引き，中国では地中を潜る巨大な鼠とみなされていたと注記したことだ。以降，この話は欧米の博物学書の定番トリヴィアとなる。[43]

海では，中国沿岸を荒らす海賊の証左として，1831年に『靖海氛記』(1820) が英訳されている。9年後のアヘン戦争は，どちらが「海賊」なのかという難問をつきつけるが，ここでも興味深いのは副産物の方だ。この英訳が紹介した鄭一嫂 (1775-1844) は東洋の女海賊の代名詞となり，映画『パイレーツ・オブ・カリビアン／ワールド・エンド』(2007) にまで顔を出している。（橋本順光）

部 (1719) で「陶磁器でできた邸宅」も張りぼてだとイエズス会士の理想化を強く非難した。

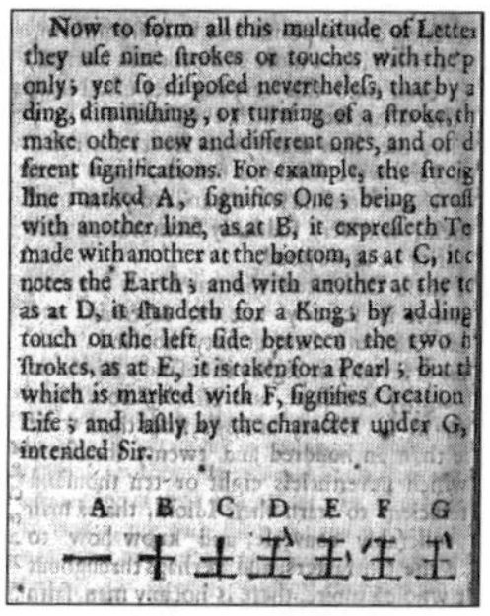

図2 聖書の記述とつじつまをあわせるため，洪水後，ノアは中国へ移り，こうして息子が漢字を作ったと称する奇書
(John Webb, *Historical Essay Endeavoring a Probability that the Language of the Empire of China is the Primitive Language*, London, Nath Brook, 1669)

図3 柳模様の物語は，英国製中国風陶磁器という「海賊版」を由緒あるかのように偽装する能書きでもあった。これは恋人二人の逃避行にちなむ迷路遊びの図
(Robert Kemp Philp, *Family Pastime*, London, Houlston & Stoneman, 1851)

▶3 『異域録』の「麻門蟲窟」は「神異経」の「磎鼠」と同じとは，南方熊楠が「マンモスに関する旧説」(1909) で，幸田露伴が「東方朔とマンモス」(1925) で指摘したが，すでに英語圏では有名な逸話だった。詳細は橋本順光「欧亜にまたがる露伴」『大阪大学大学院文学研究科紀要』59，2019年を参照。

四　世界から見た中国文学

2 ヨーロッパ19世紀以後

図1　玄宗に最後の絵を披露する呉道玄
この逸話は橘守国の『絵本通宝志』（1729）がアンダーソンに引かれ，さらにジャイルズに引用されて広まった。

（William Anderson, *The Pictorial Arts of Japan*, London, Sampson Low, 1886）

▷1　ドイツでは，乾隆帝の白蓮教徒鎮圧を扱ったデーブリーンの『王倫の三跳躍』（1915）が，道教を非暴力の思想として知らしめた（そのため1933年にナチスが焚書）。漢詩は荒んだ世相の対極として好まれ，R・シュトラウスからシェーンベルクまで多くの作曲家に採用された。パウル・クレーやカフカも愛読しており，クレーは王僧孺の「秋閨怨」を「文字絵」（1916）にし，水面に映る逆さまの《沈思に浸る庭》（1918）も描いた。

▷2　呉道玄の奇談はハーン「果心居士の話」（1901）を経て，ブラックウッド「ミリガンだった男」（1923）やユルスナール「老絵師の行方」（1938）へ続く。水面の燈明に詩を重ねるヘッセ「詩人」（1913）も同工異曲。一方，ブレヒトは同時代を戦国時代に重ね，1930年代から『墨子一転機の書』（未完）を書き継ぎ，『トゥランドット姫』（1954）で焚書坑儒を戯曲にした。

1 アヘン戦争と本格化する中国研究

　二度に渡るアヘン戦争によって，宣教師や外交官の常駐が容易となり，特に戦勝国の英仏では，中国からの協力者もあって研究と翻訳が飛躍的に進んだ。円明園の破壊など両戦争はヴィクトル・ユゴーが非難したような蛮行だったが，海外向けとは違い，柳模様など描かない一級の美術品が流出したことで，中国文化への関心と知識は結果的に増大した。事実，ユゴーの小説『海の労働者』（1866）にも，略奪品の絹織物の模様から蟷螂窺蟬の故事を知る場面がある。

　同じ頃，英国の宣教師　J・レッグが四書五経などの古典を全訳し，T・ウェードと共に中国語表記法に名を残す H・ジャイルズがさらに基盤を固めた。彼の『聊斎志異』や詩の英訳も重要だが，その『中国文学史』（1901）や『中国絵画史』（1905）も，類書がなかったため広く世界で参照された。フランスではS・ジュリアンが多くの作品を翻訳したが，欧米の物語に近いという基準で選んだ側面が否めない。元代の『灰闌記』の翻訳（1832）などは，その大岡裁きがソロモン王の故事と似ているためだろう。実際，ドイツのクラブントが戯曲「白墨の輪」（1925）で翻案し，さらにブレヒトが舞台を変えて短編「アウクスブルクの白墨の輪」（1940）などで援用した。『白蛇精記』は古代の蛇女レイミアを，『趙氏孤児』もヘロデ王の虐殺を思わせたからだろう（共に1834刊行）。ただし，1850年代にインドとの交流に注目し，玄奘や仏教説話について翻訳したジュリアンの一連の業績は，学問的に伝播の可能性を考える先駆けとなる。⇨Ⅰ-三-26, Ⅱ-三-1　⇨Ⅰ---12

2 漢詩の評価と芸術至上主義

　漢詩の魅力を欧米の読書界に広めたのはフランスだった。エルヴェ・ド・サン・ドニによる『唐の詩』（1862）や，亡命した丁墩齢の協力でジュディット・ゴーティエが大胆に意訳した『玉書』（1867）は，いまだ原典不明の詩があるほどだが，それだけ詩として完成しており，多くの読者を獲得した。そんな『玉書』には，かつてデフォーが諷刺した陶器の屋舎と，水面に映るその影を李白が詠んだと称する詩がある。是非はともかく，17世紀からの中国趣味を唯美主義の文脈で見事に更新させた功績は大きい。両仏訳を重訳したハイルマンの『中国の叙情詩』（1905）とベートゲの『中国の笛』（1907）は，ドイツで愛唱されるほど人気となり，何十もの歌曲が生まれた。特に李白は，ヘッセの「クリ

ングゾルの最後の夏」(1919)で「対酒行」と「将進酒」が朗唱されるように，虚栄に対する芸術の優位を謳うボヘミアンの詩と受け取られたのである。

　こうした李白熱は，中国美術への関心の高まりとも軌を一にしていた。呉道玄が玄宗皇帝の前で注文された絵の中に入り込み，皇帝は入れずに呉がそれきり消えてしまう逸話は，ジャイルズが『中国絵画史』で紹介して以降，東洋美術の神髄を示すと幾度も引用された（図1）。李白が水面の月を取ろうと溺死したという逸話も，ジャイルズが『中国文学史』で史実のように記して有名となり（ヘッセの小説「詩人」でも示唆されている），李白は水面という詩文の世界へ登仙したように受け取られた。主にベートゲの訳詩を転用したマーラーの交響曲「大地の歌」(1909)では，第3楽章で陶器の四阿での宴とその水面の影が対比され，終楽章では王維の「送別」により，「私」は大地から永遠に姿を消す。

　ジャイルズは『中国絵画史』で北宋の『夢溪筆談』から対照的な逸話も紹介している。集めた一級の絵師に傑作を描かせ，これ以上の名作が生まれないよう皆殺しにした王鉷の逸話で，これはタイが舞台のモームの童話「九月姫と鶯」(1922)にも顔を出す。こうしてアンデルセンの「夜啼鳥」(1843)も手伝って，政治と芸術が衝突する中国の故事が好んで選ばれることとなった[92]（図2）。

3　中国側の過剰適応とモダニズムにおける過大評価

　中国を唯美主義や隠遁思想から評価する風潮は，第一次世界大戦により強まり，墨子や老荘思想が脚光を浴びた。特に南京国民政府は，日本への抗議もあり，流れに棹さす宣伝を欧米で展開している。1935年，英国政府が全面協力した中国芸術国際展覧会は，美術品だけでなく，文人の書斎に凝縮される生活の中の美を印象付けた。1934年には，これまでの「翻訳」に寄り添うように，熊式一は夫の帰りを待つ妻王宝釧についての京劇から多妻制や「釧」の字を改変し，創作交じりに英訳して『王宝川』のロンドン公演を成功させ，梅蘭芳は京劇を巧みに近代化し，海外公演で喝采された[93]。ただし1935年にソ連で観劇したブレヒトが衝撃を受けたのは，内容よりも俳優の梅が直に黒子から道具を受け取るなど，観客の前で演じていることに自覚的な演出だった。観客が舞台に同化するのを拒むブレヒト提唱の異化効果は，京劇から大きく影響を受けている。

　これはフェノロサの遺稿を『詩の媒体としての漢字考』(1936)としてまとめた詩人パウンドと比較できるだろう。字謎よろしく「土」の下に「ム」（肘を曲げた人）で「去」と，パウンドは漢字を概念のモンタージュとみなし，形自体が詩になっていると強調した（図3）。レッグ訳の論語やジャイルズの訳詩を改変した「翻訳」に飽き足らず，自作の詩にも積極的に漢字を引用している。当初，共通点に注目した中国文学の翻訳は，その深読みや買い被りの文脈を考慮すると興味深い。19世紀ヨーロッパの価値観を相対化するためにモダニズムで援用された側面も，驚異に注目した近世の記述と比べられるだろう。　　（橋本順光）

図2　理想的な書斎を描いたデュラックによるアンデルセン「夜啼鳥」挿絵
左隅の書物に「鴬君」とある。パウンドによれば，デュラックは漢字を象形文字として絶賛していたという。
(*Stories from Hans Andersen*, London, Hodder & Stoughton, 1911)

▷3　王宝釧の物語は，オデュッセウスの帰還を思わせたのだろう，ジャイルズも『中国文学史』で詳述している。一方，洗練された文化の陰画として，『灰闌記』にも登場する凌遅刑の紹介などから，フランスのミルボー『責苦の庭』(1899)が芸術としての中国式拷問という幻想を流布させた。小説は独訳され，フロイトの「鼠男」に登場し，カフカ（『聊斎志異』や李白は評価せず，杜甫を好んだ）の『流刑地にて』(1919)にまで反響している。

図3　カティ王と康熙帝を結びつけたパウンドの詩篇93
ここに17世紀の漢字エジプト起源説を想起したのは澁澤龍彦『思考の紋章学』(1977)である。
(Ezra Pound, *The Cantos* (1-95), New Directions, 1956)

四　世界から見た中国文学

3 アメリカ

図1　「漢字」が記されたペルーの出土品
東洋人アメリカ発見説にあてこんだ捏造だが，一時，学界を騒がせた。同様の「漢字」は徐福や鄭和アメリカ発見説で今も登場する。（『大阪毎日新聞』1935年1月13日付）

▷1　ただし桑原は章が法顕と誤解したのを冷笑したのであって，説自体には賛同していた。詳しくは橋本順光「東洋人アメリカ発見説とその転生」稲賀繁美編『映しと移ろい——文化伝播の器と蝕変の実相』（花鳥社，2019年）を参照。

▷2　東西交渉史への熱い注目と神智学流行の文脈については，ハーン著作集の「アメリカ論説集」を参照。とりわけ神智学協会のH・オルコットによる『仏教問答』（1881）は，キリスト教布教の際によくある質問に答える想定問答集（17世紀利瑪竇の『天主実義』が典型）の仏教版で，仏教復興の起爆剤となった。譚嗣同の『仁学』（1896-97）で西洋の仏教熱の例として登場するオルコットが会長の組織とは，この協会だろう。

1 アメリカの「発見」と東西交渉研究の隆盛

　中国史の「発見」同様，アメリカの「発見」も聖書の権威を揺さぶった。ここの「ネイティブ」はどこから来たのか議論となり，人間（ノアの子孫）ではないという意見まで生まれた。両者の解決を試みたのが18世紀フランスの東洋学者ド・ギーニュで，彼は中国のエジプト起源とアメリカの中国起源とを提唱する。『梁書』にいう僧慧深が訪れた5-6世紀の扶桑をメキシコとする彼の説は，19世紀アメリカで再発見され，多くの信奉者を生んだ（図1）。譚嗣同（1865-98）の友人J・フライヤーは，布教僧の薗田宗恵からその説を聞き，1901年に論説を発表した。章炳麟（1869-1936）も，『現代世界』誌の記事を元に「法顕西半球発見説」（1908）を発表し，東洋学者の桑原隲蔵に失笑されている。[注1]

　ラフカディオ・ハーンは，東洋人アメリカ発見説を否定したが，短編「玄奘」（1882）を書くなど，東西の往来には強い関心を抱いていた。フン族は匈奴であり，大秦国王安敦はローマ皇帝だというド・ギーニュ説に共感し，1885年に山西省でローマ帝国の貨幣が見つかった報道を詳しく紹介している。そもそも東西交渉史への関心は，マルコ・ポーロのいう「サガムニ」やキリスト教の聖ヨサファトは釈迦を伝聞したものと1860年代に判明し，俄然高まった。キリスト教の源として仏教が脚光を浴び，その復興を謳う神智学協会が設立されて人気を博したのも，東西が交わる新天地アメリカならではの現象だろう。[注2]

　ハーンは『飛花落葉集』（1884）で，鉄を食らって凶暴化し，国を荒廃させる『旧雑譬喩経』由来の怪物譚「禍母」を再話している。出典はS・ジュリアンが漢訳仏教説話を仏訳した『アヴァダーナ』（1859）で，暴れ象から井戸に逃げ込んだものの，男のつかまる木の根を黒と白の鼠が齧るという二鼠譬喩譚を翻訳した本書は，聖ヨサファト伝のインド起源を解き明かす基盤となった。ハーンはまた『中国怪談集』（1887）で，世紀末好みの物語を翻案して関心を高めた。『今古奇観』の「女秀才移花接木」の枕話に基づく「孟沂の話」や，イエズス会士ダントルコールが紹介した陶磁器の火中に身を捧げた布袋の話など，いずれも男たちが魔性の女に身を亡ぼすか，芸術に殉じるかする物語である。

2 中国系移民の増加とアメリカ文学としての中国文学

　漢詩の再評価はヨーロッパに後れを取ったが，外国での無理解や差別に対し

て中国人自身が積極的に反論したのは，アメリカから始まる。神智学協会創設者のブラヴァッキーに仏教をはじめとして情報提供する一方，執筆と行動で差別に抗議した王清福，中国初の米国留学生容閎の自伝『西学東漸記』(1909)，神智学の人種平等に言及しつつ，軽妙に東西文化を対比した伍廷芳の『東洋の外交官が見たアメリカ』(1914)，移民初とされる水仙花の小説は，アジア系アメリカ文学の基礎となる。むろんステレオタイプも生まれた。ゴールドスミスの『世界市民』(1762)ばりの伍の西欧文明への物言いは，1920年代のE・D・ビガーズの小説で中国人探偵チャーリー・チャンが引く論語もどきの箴言，さらに映画『スターウォーズ』のヨーダの説教にまで引き継がれてゆく（図2）。

　周縁に追いやられていた中国系の女性が声を挙げだすのも20世紀アメリカの特徴である。梅蘭芳が演じ，映画『木蘭従軍』(1939)にもなったムーランはむしろアメリカで有名となる（図3）。林語堂やP・バックの小説，A・スメドレー，A・L・ストロング，E・ハーンらと宋姉妹などとの交流など，宣伝の色彩は強いが，虐げられた女性たちの交流と活躍は再評価されるべきだろう。[43]

　狭義の政治にからめられることなく，知らせることと復讐することが同じ「報」であることに注目し，中国文学を異議申し立ての小説へと語り直したのが，ホン・キングストンだ。その『チャイナ・メン』(1980)は，中国文学を中国系移民によるアメリカ「発見」の物語へと転倒させた記念碑的小説といえる。例えば冒頭では，訪れた女児国で男性が纏足の激痛を味わう『鏡花縁』の逸話を，抑圧的な中国の旧社会として描く。そこへ女児国がアメリカで発見されたという説を書き足すことで，移民した中国の男たちが，洗濯や料理など「女性」の仕事に従事した歴史が重ねられることになる。アメリカでの女児国発見が5世紀というのも，慧深をふまえてのことだろう。「杜子春」をどんな逆境にあっても沈黙を強いられる女性の寓話として読み直し，「孟沂の話」に基づく「死霊の愛」やロビンソン・クルーソーを誤伝した「羅賓遜の冒険」では，移民の出稼ぎ経験が中国でこれらの物語を生んだかのように巧みな読み替えを示唆している。

[3] 世界の各地で意外な形で姿を見せる中国幻想の地下水脈

　中国が存在感を増すにつれて緻密になった研究とは無縁に，欧州の中国幻想を継承したのがアルゼンチンのJ・L・ボルヘスである。『続審問』(1952)では，半分ずつ折る棒には終わりがないという『荘子』の一節，誰も見たことがないなら聖獣の麒麟が現れても誰も気づかないと記す韓愈の「獲麟解」など，意外な文脈で奇想を取り出してみせる。[44]ただ，中国では「皇帝に帰属するもの」や「芳香を発するもの」など独特の分類で書かれた百科事典があるという有名な一節は，彼一流の創作である。特に「遠くで見ると蠅に似ているもの」は，19世紀以来のマンモス＝鼠説からの着想ではないか。それこそ広い視野から見ないとわからない中国幻想の水脈を見つけるのも，また一興だろう。　（橋本順光）

図2　映画『フーマンチュウ博士の秘密』の一場面
義和団事件で家族を殺された博士は，以降，西洋世界の転覆を誓う。博士役のW・オーランドは，チャーリー・チャンほか，中国人役を得意とした俳優。これらの映画で中国人の多くが洗練された書痴に登場するのは，芸術至上主義の陰画だろう。
(*The Mysterious Dr. Fu Manchu*, Dir. Rowland V. Lee, America, 1929)

図3　木蘭を演じる梅蘭芳
1939年の映画版が典型的だが，（日本軍からの）祖国防衛の物語となっていたムーランを，家父長制と戦う女性へと読み替えたのはホン・キングストンである。
(村田烏江『支那劇と梅蘭芳』玄文社，1919年)

▶3　ロシアからの逃避行を長征(1934-36)のように描いた小説『トルグート族』(1939)の著者の脚本家W・L・リヴァーは，赤狩りで共産党関係者としてマークされた。バックが『水滸伝』を『人類皆兄弟』(1933)と英訳したのも，同様の文脈といえよう。

▶4　ボルヘスは，H・ジャイルズの研究をよく参照しており，ジャイルズ訳の『聊斎志異』の一部も『バベルの図書館』叢書(1979)に収録している。『汚辱の世界史』(1954)で女海賊鄭一嫂の小伝を書いたほか，聖ヨサファトについても『続審問』で詳述している。

四　世界から見た中国文学

4 ロシア

図1　エカチェリーナ2世の宮殿の中国風建築

(Сост. Соснина О. А. Воображаемый восток. Китай « по-русски » XVIII - начало XX века. М.: Кучково поле, 2016)

▷1　俗名ニキータ・ビチューリンで，イアキンフは修道名。チュヴァシ人。清朝に仕えていたコサックの子孫アルバジン人のための第九次ロシア正教使節団を率いて北京に滞在（1807-21）。その後，中国や周辺地域の地誌について多くの著作を発表，中国語の文法書・辞書をまとめ，ロシアの中国学の基礎を築いた。

図2　イアキンフ（ビチューリン）の肖像

(Бичурин Н. Я. Собрание сведений о народах, обитавших в Средней Азии в древние времена. Т.1. М.: АН СССР, 1950)

1 東から東への眼差し

　ロシアは大まかにはキリスト教を基盤とするヨーロッパ文化圏だが，イスラムや仏教も伝統宗教として存在し，西欧ではアジアの一部と見なされることもある。ロシアから中国に向けられるオリエンタリズムの眼差しには，ロシア自体が「東」として見られてきたという意識が重ねられる。ロシアの中国像には，西洋とは異なる発展を遂げた文化の独自性が強調されたり，欧米列強の植民地化を批判したりする傾向があった。そのためか，中国とロシアを連続したユーラシアの帝国に見立てるような夢想が何度も繰り返されてきた。

2 ロシア帝国と中国

　18世紀のヨーロッパは中国趣味（シノワズリ）の美術が流行し，啓蒙思想家は旧体制の堕落を諷刺するため，過度に理想化された中国像を対比させた（図1）。エカチェリーナ2世（1729-96）は『趙氏孤児』を翻案したヴォルテールの影響を受けつつ（⇨Ⅱ-四-1），中国人皇帝が「啓蒙専制君主」としてシベリアを統治する寓話『フェヴェイ皇子の物語』（1782）を書き，ロシアと中国を対比させるのではなく，ひとつに融合させた。この時代には儒教の文献が重要視され，四書五経や『三字経』『二十四孝』などが紹介されるが，英仏語からの重訳が多かった。

　19世紀になると西欧での理想的な中国像の流行は衰え，停滞した大国というイメージが定着する。しかしロシアの中国学の創始者イアキンフ（1777-1853）は（図2），肯定的なイメージを守った。彼と親しかった作家ヴラジーミル・オドーエフスキー（1804-69）の未来小説『4338年』（1839）では，超文明国のロシアと停滞から「目覚め」た中国が世界を分割する。その構図は同時代の西欧と後進国ロシアの関係を反転して投影したものだ。東洋学者と流行作家を兼ねるオシープ・センコフスキー（1800-58）は『好逑伝』の翻案小説（1845）を書いた。舞台は同時代の清末に移され，ヒロインの父親はアヘン貿易に立ち向かう林則徐とされ，西欧列強を批判する視点が加えられている。

　帝国領内で最東端の大学が設置（1804）されたカザン市はアカデミックな東洋学の拠点となるが，やがてその機能と役割は首都のペテルブルグ大学に移される（1855）。両大学で勤務したヴァシリイ・ヴァシリエフ（1818-1900）は中国の仏教について専門的な研究を行い，中露外交問題について積極的に発言する

一方，中国文学史の先駆的な概説書（1885）を出している。カザン大学で学んだ（ただし中退）トルストイ（1828-1910）は後に中国思想に関心を持ち，ロシアに留学中の小西増太郎の協力を得て『老子道徳経』を翻訳（1893）した。ペテルブルグ大学で学んだヴァシリイ・アレクセエフ（1881-1951）は，古典から民国期の新文学まで幅広い研究・紹介を行なった。とりわけ1920年代に出された『聊斎志異』の一連の翻訳は広く読まれ，中国を舞台にした革命バレエ『赤いケシの花』（1927）の幻想的な場面の演出に影響を与えたとされる。

世紀末には中国や日本の脅威を説く黄禍論がロシアでも流行する。しかしアレクサンドル・ブローク（1880-1921）の詩『スキタイ人』（1918）で宣言されるように，ロシアをアジアの一部として積極的に位置づける見方も強かった。歴史作家グリゴリイ・ダニレフスキー（1829-90）の未来小説『百年後の暮らし』（1879）ではヨーロッパが中国に支配されるが，ロシアは中国の援助を受けてユーラシアの大国となっており，オドーエフスキーの小説とは中露の力関係が逆になりながら同じような構図を示している。

3 革命の文学とその終わり

社会主義体制が成立した1920年代のソ連では中国の革命動向への期待が高まった。戦闘的な詩人マヤコフスキー（1893-1930）の『中国から手を引け』（1924），北京大学でロシア文学を教えたセルゲイ・トレチャコフ（1892-1937）の革命劇『吼えろ中国』（1926）は，列強の植民地政策を激しく批判した。1930年代には魯迅や茅盾の作品が紹介されるが，この時期によく知られていた中国の作家は，ロシア語で『毛沢東伝』（1939）を発表し，ソ連作家同盟極東支部にも所属した詩人蕭三（1896-1983）だった。中華人民共和国成立から50年代の友好期には中国文学の専門家の数も増え，『三国演義』『水滸伝』『西遊記』『紅楼夢』などの古典文学の完訳が次々に現れた。

1960年代の中ソ対立期には，中国文学の出版数は目に見えて減った。しかし必ずしも中国共産党が模範とみなす作品だけでなく，主流を外れたり粛清されたりした作家にも目が向けられるようにもなった。文化大革命期に非業の死を遂げた老舎の本格的な紹介はこの時期に行なわれた。中でも『猫城記』の翻訳（1969）は現代SF文庫シリーズに収録されるなど人気を集めた（図3）。

ソ連解体後の90年代にはロシア極東が移民によって占拠されるのではという中国脅威論が説かれる一方で，ロシアのような経済危機を回避して改革を成功させた鄧小平路線を高く評価する意見がみられた。現代文学では中国のモチーフが流行し，ポストモダン作家のペレーヴィンやソローキン，SF作家と中国学者を兼ねるホリム・ヴァン・ザイチクなどが，中国とロシアの融合する架空のユーラシア世界を描いて人気を博した。2000年代以降は，莫言，劉震雲，余華といった現代作家の翻訳が活況を呈している。

（越野 剛）

▷2 『好逑伝』は明末清初の才子佳人小説。名教中人の作。ヨーロッパに初めて紹介された小説のひとつで，18世紀初めに英訳されている。最初のロシア語訳は1832年に出版された。

▷3 1960-70年代にはソ連の中国文学研究者によって，知識人の迫害を批判的に論じた著作が多く出されている。ローズマンは中ソ対立期の中国論が，ソ連の同じような状況を間接的に批判するための隠れ蓑になっていた可能性を論じている。

図3 『猫城記』ロシア語訳（1969）の表紙
（Лао Шэ/ Перевод на русский: Семанов В. И. Записки о кошачьем городе. М.: Наука, 1969）

▷4 ペテルブルグのSF作家ヴァチェスラフ・ルイバコフとイーゴリ・アリトフの二人組で，それぞれ中国法制史と中国文学の専門家でもある。『ユーラシア・シンフォニー』シリーズで中露の融合した世界を描く。ペンネームは狄仁傑の公案小説を元にした「ディー判事シリーズ」の作者ロバート・ファン・フーリック（ヒューリック）へのオマージュらしい。

四　世界から見た中国文学

5　朝鮮・韓国

▷1　『開闢』（1920年 6 月
-1926年 8 月）。天道教青年
会が新文化運動を背景に朝
鮮人の啓蒙のために創刊し
た雑誌。

▷2　『東光』（1926年 5 月
-1933年 1 月）。思想・学説
の研究，宣伝，文芸の創
作・翻訳，歴史，地理，伝
記，伝説，風俗，習慣など
について掲載した総合誌。

▷3　「민족자존과 통일번
영을 위한　특별선언 (民
族自尊と統一繁栄のための
特別宣言)」（大韓民国統一
部，1988年 7 月 7 日）

▷4　本項目では，韓国で
の刊行年を記す。以下同様。

［1］日本植民地統治下の中国現代小説の受容

　韓国に中国現代文学が初めて紹介されたのは，梁白華（1889-1942，小説家，中国語翻訳者）が1920年11月，天道教の青年雑誌『開闢』▷1に掲載した「胡適を中心に渦いてゐる文学革命」⇨I-四である。これは日本の中国文学者である青木正児が1920年 9 月から11月まで『支那学』に掲載したものの翻訳である。その後，中国文学に関する文章が雑誌や新聞にたびたび登場する。

　作品の翻訳は，1927年 8 月，柳基石（1905-80，独立運動家）の訳による魯迅「狂人日記」（雑誌『東光』▷2掲載）を嚆矢とする。さらに，1929年 1 月，梁白華訳の『中国短編小説集』が出版される。収録作品は，魯迅「頭髪的故事」，楊振声「阿蘭的母親」，葉紹鈞「両封信」など15篇である。また，この時期，郭沫若，郁達夫，丁玲などの作品も翻訳・紹介された。

　しかし，1931年満洲事変が起こり，朝鮮の出版物に対する朝鮮総督府の検閲と文学活動への弾圧が厳しくなると，中国文学に関する研究や紹介も萎縮する。1937年，日中戦争が勃発する。以後，総督府による検閲が一層厳しくなり，魯迅の著作は一律禁書に指定された。このような状況の中で，中国文学に関する研究や紹介はほとんど途絶える。

［2］1945年以降の中国現代小説の受容

　1945年，日本降伏後の韓国では，『魯迅小説選集』が出版されるなど，中国文学作品の紹介が再開された。しかし，1950年，朝鮮戦争勃発による中国との国交断絶によって，中国現代文学の研究や翻訳は，またも中断されることになる。

　韓国で中国現代文学の紹介が新たに始まるのは，1978年，中国が改革開放政策に転換してからである。だが，北朝鮮と敵対関係にあった韓国では，中国から作品を直輸入することはできず，香港に旅行に行った人が，荷物にこっそり書物を忍ばせて持ち込む程度だった。1988年 7 月19日，韓国政府の「北朝鮮及び共産圏資料開放措置」▷3により，中国文学書の輸入が活発になる。加えて，1992年，韓中国交正常化によって，輸入が促進される。この時期は，知識人の苦悶や人間愛といった普遍的な問題に時代の苦悩を絡ませて描いた，張賢亮，戴厚英などの作品が注目を浴びた。特に，戴厚英の『ああ，人間よ』（1991）▷4が人気を得た。その後も，2008年の北京五輪，2012年の韓中国交樹立20周年を記

念したイベントなどを通じて，中国文学への関心が続いていたが，2014年以降は低迷している状態である。

3 韓国で好まれる中国人作家

1927年に，「狂人日記」^{⇨Ⅱ-一-1}が紹介されてから，魯迅は韓国人がもっとも愛読する中国人作家となった。現在までに，実に70種を超える魯迅の「小説選集」が編まれている（図1）。前述のように，1950年以降の困難な状況下でも，魯迅の作品は大学の教材に使われるなどして，韓国における中国文学の命脈を保った。韓国人が魯迅の小説を好む理由には二つある。まず，日本の植民地統治下にあった韓国は，類似した状況の中国に対して，同病相憐れむ感情を抱いたこと，つぎに，魯迅の小説に見える封建社会に対する強い反抗精神に共感したことが挙げられる。

1980年代後半から上映が許された中国映画の中でも，張芸謀監督の『紅いコーリャン』（1989）は大きな反響を呼び，原作である莫言の『赤い高粱』（1989）^{⇨Ⅰ-五-63}が翻訳された。さらに，『蛙鳴』（2012），『十三歩』（2012）など，莫言の作品はほとんどは翻訳され，愛読され続けている。余華の小説『活きる』も，映画が先にヒットして，その後に原作が翻訳されたケースである。余華は，『血を売る男』（1999）^{⇨Ⅰ-五-68}，『兄弟』（2007），『死者たちの七日間』（2013）など，多数の作品が翻訳されており，特に，『血を売る男』（図2）は，韓国で映画化されるなど，現在もっとも人気のある中国人作家である。

ほかに，台湾の作家，瓊瑤（けいよう）の小説もすべて韓国語に翻訳されている。瓊瑤の小説は，1992年にSBS^{▷5}が『金盞花』をテレビドラマ化して人気を集め^{⇨Ⅱ-二-3}，『庭院深深』もドラマ化された。ドラマの人気を背景に瓊瑤の作品はすべて翻訳され，韓国の女性に愛読された。

4 2020年のベストセラー

韓国のインターネット書店の大手4社（教保文庫，永豊文庫，Yes24，アラジン）を調べてみたところ，2020年の翻訳小説トップ50に，日本の小説が複数入っている（それぞれ14冊，13冊，7冊，6冊）のに対し，中国の小説は一冊もランクインしていない。中国小説だけのランキングでは，トップ50に入った作品は，余華が一番多く，魯迅，莫言（ばくげん），戴厚英，蘇童（そどう），劉慈欣（りゅうじきん），閻連科（えんれんか）の作品がこれに続く。そのほか，児童文学作家である常新港（じょうしんこう）の作品，推理小説作家紫金陳（しきんちん）の作品，香港出身の推理小説作家陳浩基^{⇨Ⅱ-三-3}の作品も入っている。ちなみに，中国古典小説の中では，『三国演義』がトップ50にランクされている。『三国演義』は，翻訳書のほか，韓国の小説家である李文烈（イ・ムンヨル）の翻案本や青少年向けのリライトも全てトップ50に入っている。

（呉　明熙）

図1　韓国語版『魯迅小説全集』
（김시준옮김『루쉰 소설 전집』을유문화사，2008년）

図2　韓国語版『血を売る男』
（최용만옮김『허삼관매혈기』푸른숲，2007년）

▷5　ソウル放送，韓国の三大放送局一つ。

四　世界から見た中国文学

6 ベトナム

図1　『翹伝』
阮攸の生誕250周年を記念して
2015年に出版された。
(Nguyễn Du / Ban Văn bản Truyện
Kiều - Hội Kiều Học Việt Nam
hiệu khảo, chú giải, *Truyện Kiều*,
nxb Trẻ, TP HCM, 2015)

▷1　現在のローマ字に基
づく文字が普及する以前，
ベトナム語表記には，
字喃(チューノム)と呼ばれる漢字を組
み合わせて造った文字が使
用されていた。『翹伝』も，
もとは字喃表記であった。
近年出版された『翹伝』で
は，図2のように，左ペー
ジに字喃が，右ページには
クォックグーと呼ばれる現
在の文字への翻音（音写），
その下には校異と注釈が記
載されている。

1 漢字文化圏の国ベトナム

ベトナムは漢字文化圏の南端に位置する国で，北部地域は前漢の時代から10世紀に独立するまで中国の版図に組み込まれていたこともあり，長らく中国の文化・文学からの影響を受けてきた。かつては，歴史書や文学作品，経典などの記述に漢字，漢文が用いられていた。

古いところでは，訳経僧の康僧会(こうそうえ)（?-280）は，現在のベトナム北部にあたる交趾(こうし)の出身で，呉の建業に赴く前に，釈迦(しゃか)の前世譚を集めた漢文説話集『六度(ろくど)集経(じっきょう)』⇨Ⅰ-─-12の一部をすでに撰述していたとの見解もある。15世紀編纂のベトナム初の漢詩集『越音詩集』には13世紀以降の漢詩600首あまりが収録されていたと伝わる。新しいところでは，ホー・チ・ミン（胡志明，1890-1969）作とされる『獄中日記』（1942-43）が漢詩作品として有名で，ベトナムにおける漢文の伝統・権威をうかがい知ることができる。

口語であったベトナム語の表記のために，漢字を基にした字喃(チューノム)という文字も作られ，13世紀以降に使われてきたが，中国の通俗小説をベトナム語の韻文で語りなおしたものも多く，たとえば，18世紀に作られた阮輝似（1743-90）の『花箋伝(かせんでん)』は中国明代の『花箋記』に基づくものである。

以下では，これと同様に中国の作品に基づく『翹伝』と，その作者の阮攸(グエン・ズー)（1765-1820）の漢詩を紹介しながら，中国文学との関係を見ていくことにする。

2 阮攸のこと，および中国の原作『金雲翹伝』

ベトナム文学で最も代表的な作品と言えば，18世紀末か19世紀初頭頃に作られた阮攸の『翹伝』（ベトナム語では「伝翹(チュエン・キェウ)」と呼ぶ。他に『金雲翹(キム・ヴァン・キェウ)』『金雲翹新伝』『断腸新声』とも呼ばれる）を挙げることができる（図1）。作者の阮攸は，3つの王朝が入れ替わる乱世の時代に生まれ，十数年に渡って隠遁生活を送る不遇の青年期を過ごした人物で，30代後半になってベトナム最後の王朝阮朝(グエン)（1802-1945）に仕えた官吏でもあった。

『翹伝』はベトナムの他の多くの古典作品と同じく中国の話に基づくもので，原作は明末清初の青心才人という者による白話小説『金雲翹伝(きんうんきょうでん)』である。この小説もさかのぼれば，明の武将の胡宗憲(こそうけん)が明の嘉靖(かせい)年間（1522-66）に猛威をふるった倭寇の徐海を討伐した史実に基づく，茅坤(ぼうこん)の「紀剿除徐海本末(きそうじょじょかいほんまつ)」に行き

着く。そこに登場する，徐海に見そめられて夫人となった王翠翹_{おうすいぎょう}という妓女を『金雲翹伝』は主人公とし，胡琴の名手で佳人だった翠翹がだまされて青楼_{せいろう}（遊郭）へ送られ，さまざまな悲運にもてあそばれる，その悲劇的生涯が描かれている。

③ ベトナム文学としての『翹伝』

　中国の『金雲翹伝』はほとんど無名で，それが日本に伝わって曲亭馬琴_{きょくていばきん}が翻案した『風俗金魚伝』^{⇨Ⅱ-四-7}も知る人は少ない。しかしながらベトナムでは，話の筋や場所，時代，登場人物などの設定は原作と同じままだが，6語と8語が交互に繰り返される六八体と呼ばれるベトナム語の韻文形式で，3254段におよぶ長編作品として阮攸によって「翻訳」され，ベトナム人であれば誰もが知る最高傑作となっている（図2）。

　翠翹_{すいぎょう}の悲劇的運命は，大国に翻弄されてきた歴史を持つ小国ベトナムの運命とそれに巻きこまれてきた自分たちの人生に通じるものがあり，ベトナム人は自国と自身の運命を翠翹に重ね合わせて『翹伝』を読む。中国人であるはずの翠翹は，翹の一字を取って「キェウ」と呼ばれ，あたかもベトナム人女性であるかのごとく感情移入がなされている。これもひとえに，『詩経』から唐詩や元曲など膨大な漢籍の知識に基づく修辞を織り交ぜつつも，当時の俗語であったベトナム語を用いて巧みに語った阮攸の詩才によるものであると言える。

④ 阮攸の漢詩

　阮攸はベトナム語による『翹伝』の他に，当時の他の文人と同様，漢詩も多く手がけ，その評価も高い。1813年から1814年にかけて清朝北京に朝貢に赴いた際，往復の道中で書いた漢詩は『北行雑録_{ほっこうざつろく}』（図3）という詩集にまとめられている。

　その詩作からは，彼の人生観の一端をうかがい知ることができる。たとえば，端午節の競漕^{▷2}を見た際には，屈原_{くつげん}の弔い_{とむら}という本義を忘れてうかれ騒ぐ者たちを嘆き（「五月観競渡」），その一方で，屈原の魂に向かっては，私利私欲にまみれた者たちの餌食_{えじき}に再びなるだけだからもうこの世になど戻ってくるな，と『楚辞_{そじ}』の「招魂_{しょうこん}」^{⇨Ⅰ-一-2}とはまったく逆のことを呼びかけてもいる（「反招魂」）。

　悲惨を背に負う人々に対する慈悲心も表れている。昇龍_{しょうりゅう}（現在のハノイ）で20年ぶりに再会した琴弾きの女性を描いた詩では，昔の面影もないほど落ちぶれ身をやつしたその姿を見た阮攸は，彼女が耐えてきた屈辱やこの世の無常に思いを馳せ，涙している（「龍城琴者歌」）。この琴弾きとの再会が，『翹伝』の創作へと阮攸を向かわせたという推測もあるが真相は定かでない。ただ少なくとも，自身もまた時代に翻弄され長く不遇の時代を送った阮攸であればこそ，国や時代，地位の違いなどは関係なしに，苦海に生きる者への共感の眼差しを持ち得，そして，その慈悲心が『翹伝』へと結晶していることは間違いあるまい。

（野平宗弘）

図2　『翹伝』の冒頭部分
（図1，pp. 16-17）

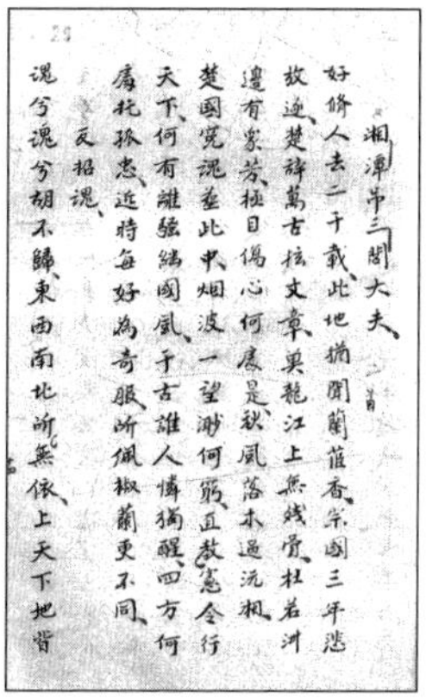

図3　阮攸の漢詩集『北行雑録』写本影印
（阮攸「北行雑録（附高敏軒集）」）

▷2　中国で端午節に行なわれる手こぎ舟のレース。屈原が入水自殺したとされる命日の旧暦5月5日に行なわれている。

▷3　2010年には，ベトナムで最初の本格的な王朝であった李朝（1010-1225）の昇龍（ハノイ）遷都千年を記念して『タンロンの歌姫』_{ロンタインカムザーカー}（原題「龍城琴者歌」）という映画が作られた。これは，阮攸の漢詩「龍城琴者歌」を原作として，動乱の時代に翻弄された琴弾きの女性と阮攸二人の出会いと別れの人生を描いた時代映画である。

四　世界から見た中国文学

7 日　本

▷1　子安宣邦『漢字論
不可避の他者』岩波書店,
2003年, 66頁。

▷2　辻本雅史「素読の教
育文化——テキストの身体
化」中村春作ほか編『続
「訓読」論——東アジア漢
文世界の形成』勉誠出版,
2010年。

▷3　齋藤希史『漢文脈と
近代日本』88頁。

▷4　多和田葉子『エクソ
フォニー——母語の外に出
る旅』岩波現代文庫, 2012
年（単行本は岩波書店,
2003年）。多和田は同書で
「エクソフォン文学」を
「『自分を包んでいる（縛っ
ている）母語の外にどうや
って出るか？出たらどうな
るか？』という創作の場か
らの好奇心に溢れた冒険的
な発想」（7頁）と解釈し
ている。

1 漢字・漢字文化の受容と日本語文体としての訓読

　日本語の表記法の成立と漢字・漢字文化の受容とは不可分であった。子安宣邦は漢字で記された『古事記』（712成立）を訓読することをめぐって, 書記言語としての日本語は「漢字・漢文からなる書記テクストの訓読という読解作業を介してはじめて成立する言語である[1]」と指摘している。言語接触の産物としての漢文訓読が, その作業を通じて新たに和文体テクストを構成するのだ。

　江戸期に下り寛政年間（1789-1801）には「異学の禁」により朱子学が正学として制度化されるが, 経書の解釈が統一化され統一的な「読み」が可能になると共に, 初等教育として経書を訓点に従って音読する「素読」が普及してゆく。それは漢文訓読体によって漢籍を読む方法を習得するための訓練であり, 音読を重ね暗記を通じて「身体化[2]」することでもあった。それはやがて漢文から独立した日本語文体としての訓読体の定着につながり, 明治期には漢文に代わる公式文体としての地位を獲得することになる[3]。

2 荻生徂徠とエクソフォニー

　江戸期の儒学者・荻生徂徠（1666-1728）は訓読に対する批判で知られるが, 中国と日本との隔たり,「今」と「古」との隔たりを自覚し, その上で「古言」に接近するというのが彼の姿勢であった。訓読を通じて原文を理解したつもりになれば, 両者の隔たりを十分に認識できない。時間的・空間的懸隔を超えて「古文辞」に沈潜し, 読めるだけでなく自分でも同じ文体で書けなければならないという徂徠の思想を敷衍するならば, はざまへの認識という点で, 現代の作家・多和田葉子（1960-）のいうところの母語の外に出る創作の営為を「エクソフォニー[4]」にもつながってゆく。漢文による創作は必ずしも日本語の外に向かう運動と等号で結ばれるわけではないだろうが, エクソフォン文学の角度から捉えることで日本文学と中国文学に新たな視座がもたらされるだろう。

3 日本漢文学

　漢文を学ぶことは, 漢籍を読むことと同時に, 自ら詩文を作ることでもあった。奈良時代には六朝詩に範を仰ぐ日本最古の漢詩集『懐風藻』（751）が作られた。平安時代には『文選』と白居易『白氏文集』が好まれ, 平安朝初期には

漢詩文を愛好した嵯峨天皇（在位809-23）の影響下に漢詩文の創作が流行した。勅命によって編纂された勅撰三集『凌雲集』『文華秀麗集』『経国集』の後，平安朝後期には9世紀初頭から10世紀初頭の漢詩文を集めた藤原明衡編『本朝文粋』，藤原公任（966-1041）の編になる和歌と漢詩文（中国人の作も含む）『和漢朗詠集』が編纂されている。『和漢朗詠集』は白居易の詩句を圧倒的に多く選録し，当時の好尚がうかがわれる。

　朝廷の勢力が衰退した鎌倉・室町時代，漢文学の主な担い手は貿易船で渡航し中国に留学した五山の禅僧たちであった。[5]

　江戸期には儒者の間に文人趣味が広がり，明治期にかけて多くの漢詩人が生まれた。また頼山陽（1780-1832）による歴史書『日本外史』は，音読に適した名文として知られ広く読まれた。

　詩文に比べて戯曲の創作例は少なく，江戸期に都賀庭鐘が能や歌舞伎，人形浄瑠璃を曲牌体で白話訳した『四鳴蟬』（1771），明治に入り森槐南（1863-1911）が少年期に物した「補春天」（1880）「深草秋」（1882）などわずかである。

4 小説の受容

　文言小説では，室町時代に入り唐代伝奇の翻案が見られるようになる。謡曲「邯鄲」は沈既済「枕中記」に基づくもので，御伽草子『李娃物語』は白行簡「李娃伝」の翻案である。近現代では，高校の国語教材で定番の中島敦（1909-42）「山月記」（1942）も李景亮「人虎伝」に基づいたものであるのはよく知られているだろう。また怪異をモチーフにした小説の数々も日本の作家の創作意欲を刺激した。江戸期には浅井了意が元末明初の瞿佑『剪灯新話』（1378序）所収作品を仮名草子『伽婢子』（1666）に翻案し，近現代に入ってからも芥川龍之介や太宰治が清代の蒲松齢『聊斎志異』を粉本に短篇小説を執筆している。[6]故事集では馮夢龍（1574-1646）の『智嚢』（1626）『智嚢補』（1637）が辻原元甫の仮名草子『智恵鑑』（1660年跋）の種となった。

　白話小説は江戸文学に広く影響を及ぼしたが，特に文語調の和漢混淆文で書かれた読本との関連が大きい。初期読本では上田秋成（1734-1809）『雨月物語』（1768序）が「菊花の約」と「蛇性の婬」でそれぞれ『古今小説』巻16「范巨卿雞黍死生交」と『警世通言』巻28「白娘子永鎮雷峰塔」を翻案しているのが代表的な例である。[7]長編白話小説では『水滸伝』が多く影響作を生み，建部綾足（1719-74）による雅文体の『本朝水滸伝』（1773）をはじめ，山東京伝『忠臣水滸伝』（1799・1801），曲亭馬琴『傾城水滸伝』（1825-35）などの読本に加え，黄表紙や合巻といった絵に文を添えた形式の書籍も多く，明治に入ってからも月岡芳年（1839-92）が挿絵を手がけた本（図1）が刊行されている。現代の作家による白話小説の翻案では，山田風太郎による推理小説仕立ての『妖異金瓶梅』（1954）も忘れてはなるまい。　　　　　　　　（及川　茜）

▷5　臨済宗の5つの大寺院で，幕府の定めた寺格の最上位を占めるものを五山というが，これに限らず中世の禅林全体の文学を五山文学と呼ぶ。

▷6　芥川龍之介「酒虫」，太宰治「清貧譚」（『聊斎志異』「黄英」の翻案）「竹青」などが挙げられる。

▷7　なお，〈三言〉と総称される『古今小説』『警世通言』『喩世明言』の三部の白話小説集の編者・馮夢龍（猶龍）の名は，版によっては叢書『五朝小説』の編者として記される。『五朝小説』は『伽婢子』の典拠の一つとなった書籍であり，仮名草子から読本に至る江戸文学に与えた馮夢龍の影響は特筆に値しよう（花田富二夫「仮名草子と中国小説——馮夢龍」『江戸文学』38号，2008年6月，43-46頁参照）。

図1　月岡芳年「宋江婆惜を斬って文書を焼く」
（武田平次・芳年画図『絵本忠義水滸伝』聞花堂，1886年）

▷8　水滸伝の影響に関しては，高島俊男『水滸伝と日本人』（ちくま文庫，2001年）に詳しい。

コラム7

不正があれば呼んでくれ──済公_{さいこう}

ドラマ『済公』の游本昌

　つぎはぎの僧衣に，破れ扇，腰にはヒョウタン，足には草履，煤けた肌に，こけた頬，はだけた胸には肋骨が浮き出ている……と，風貌だけ見れば，ただの貧乏くさいオジさんだが，なかなかどうして，この済公なるお方，歴代屈指の人気者なんである。

　南宋のころに実在した人で，俗名を李心遠といい，法号を道済という。もとは裕福な家のお坊ちゃんだったが，両親が亡くなると仏門にくだり，杭州の古刹霊隠寺で出家し，酒は飲むわ，肉は喰らうわの，どうしようもない坊主として知られるようになった。語り継がれるうちに，いつしか神通力を備え，指先一つで貧乏人を助け，病人を癒すまでになる。

　諧謔を好み頓智に溢れ，強きを挫き弱きを助け，みなに愛され「済公」と呼ばれる一方で，その吃驚な振る舞いから「済顛」または「済癲」と呼ばれた。「顛」はさかさま，「癲」は気がふれる，といった意味。『聊斎志異』「画皮」の後半で，鬼に夫を殺された奥さんは，道端の乞食の吐いた痰でもって，夫をこの世に引き戻すのだが，中国の物語にはときおり，この乞食のような，聖俗や真仮のはざまで事態を逆転させる不思議な人が登場する。済公はその代表格だ。

　たとえばこんな話。ある金持ち，コオロギ相撲に熱を上げ，特に一匹を可愛がっていたが，家の使用人がうっかり逃がしてしまう。金持ちは怒り狂って，使用人をむち打ち，弁償しろと迫る。困りはてた使用人，橋から川に身を投げんとした，そのとき，現れ出でたる済公，使用人を助けると，こんなことを言った。

　「飛び込むんなら，その服，オイラにおくれ！」

　使用人は死ぬ気も失せて，済公に事情を告げた。すると済公，彼から銅銭三枚を求め，道で一匹，瀕死のコオロギを買った。コオロギは済公の手の上で，見る間に生気を取り戻し，金持ちの目の前で，元気にニワトリのとさかを食いちぎった。金持ちはコオロギの強

さを気に入り，大枚をはたいて，それを手に入れたが，このちっぽけなコオロギ一匹のせいで彼の大きな屋敷は，倒壊に至ってしまう……。この話は1959年に「済公闘蟋蟀（済公のコオロギ相撲）」（万古蟾_{ばんこせん}監督）の名で，剪紙_{きりがみ}アニメーションが作られている。

　済公モノは，民国期の上海で人気を博したという。京劇『済公活仏』は幾度も上演され，1927年の早い段階で，すでに映画がつくられている。[*1]最近では，游本_{しょう}昌が主演したテレビドラマ『済公』（1985-88）がおすすめだ。游のまなざしは，優しさに溢れながら，どこか物悲しい。主題歌「鞋児破帽児破（草履も帽子もぼろぼろ）」は，「ナムアミダブツ」が連呼され，歌えば悩みも吹き飛ぶこと請け合い。その他，香港のチャウ・シンチー主演で映画（1993）も撮られている。

　済公は，数多いる神々の中でも，しょっちゅうこちら側に現れて，人と関わる部類のお方らしい。「中国のこっくりさん」とも称される「扶乩_{ふけい}」という自動書記の儀式では，よくこの済公と，八仙の一人である呂洞賓_{どうひん}が呼ばれるとのこと。[*2]台湾では『地獄遊記』（1976）なる宗教書が出ていたりして，彼の案内で地獄めぐりができるようになっている。

　彼のことばはいつもそっけなく，人助けもスマートだ。生臭いようで大らかなあたりもまた，旅の連れにはうってつけかもしれない。　　　　（加部勇一郎）

*1　山下一夫「『済公伝』の戯曲化と済公信仰──連台本戯『済公活仏』をめぐって」『藝文研究』82号，2002年6月，211-227頁。
*2　志賀市子『中国のこっくりさん──扶鸞信仰と華人社会』大修館書店，2003年。

なんでも聞いておくれ──厳君平と張華

張騫（右）に向かって支機石について
ウンチクを垂れる厳君平（左）

（『輿論時事報図画』国家図書館古籍文献
叢刊／国家図書館分館文献開発中心編
『清代報刊図画集成　9』全国図書館文
献縮微複製中心，2001年，3492頁）

　西暦の紀元前後が変わるころ，漢代の中国にとてつもない物知りおじさんがいた。その名を厳君平（前86-10）という。厳君平は，蜀（現在の四川省）の成都の町の占い師であった。当時，占い師は賤業とされていたが，厳君平は，世間のみなさんのお役に立てばということで，その商売をつづけていたという。毎日，数人の運命を占い，百銭もうけると，店を閉め，『老子』を講義して過ごしたそうである。

　市井のしがない占い師であった厳君平がここでなぜ話題になるのだろうか。それは晋代の張華（232-300）が『博物志』巻10「雑説下」で厳君平のことを書き残しているからである。その記録はこんなふうだ。古い説では天の川と海とはつながっているという。海辺にすむ，ある男が毎年８月に謎のいかだがやって来るのを不思議に思っていた。そこで，そのいかだに楼閣を建てて，食糧を積み込んで乗ってみたところ，最初は月星太陽が見えていたけれども，やがて昼も夜もわからなくなってしまった。しばらくしてあるところに漂着し，遥かに見やると，女たちが機を織り，男たちが牛に水を飲ませていた。その人が不思議に思って「ここはどこ？」と聞くと，牛飼いの男は「帰ったら，蜀に行って，厳君平を訪ねなさい。そしたらわかるよ」と答えたのであった。帰還の後，厳君平に尋ねてみると，「某年月日，彗星が牽牛宿を犯したぞ」と教えてくれた。年月を計算してみると，まさにこの人が天の川に到着したときのことであった。

　星のことをなんでも知っている厳君平は，ある男の図らずも行われた宇宙旅行の証人となったのである。

　実は，この宇宙旅行の物語にはさまざまなバリエーションが存在する。梁・宗懍『荊楚歳時記』では，この旅する男は，漢の武帝が西域の大月氏に派遣し，黄河源流を探検させたという張騫（前164?-前114?）だったとされている。張騫は天界の機織機を支えていた

支機石という石を持ち帰る。ただし，その石が支機石だと見抜いたのは，やはり物知りで知られた東方朔（前154-前93）だったということになっている。

　そして，明の曹学佺（1574-1646）『蜀中広記』「厳遵伝」では，いよいよ張騫と厳君平が結びつけられる。厳君平は，張騫の宇宙旅行についても，ちゃんと謎解きをしてくれたのであった。現在の成都市には，君平胡同あらため支機石街があり，張騫が持ち帰ったとされる支機石は成都文化公園に安置され，2000年前の物知りおじさんの記憶をいまにとどめているという。

　中国の物語世界では，物知りおじさんが登場し，しばしばうんちくを傾けるようだ。不可解な世界，不条理なできごとも，彼らの知識によって，切り分けられ，筋道立てられて現実に定着するのであった。

（齊藤大紀）

＊1　班固／小竹武夫訳『漢書』ちくま学芸文庫，1998年。
＊2　張華／范寧校証『博物志校証』中華書局，1980年。この宇宙船たる「八月のいかだ」については，武田雅哉『中国飛翔文学誌──空を飛びたかった綺態な人たちにまつわる十五の夜噺』（人文書院，2017年）を参照。また黄河源流と宇宙旅行の関係については，武田雅哉『星への筏──黄河幻視行』（角川春樹事務所，1997年）を参照。
＊3　宗懍／守屋美都雄注／布目潮渢・中村裕一補訂『荊楚歳時記』平凡社東洋文庫，1978年。
＊4　東方朔の登場は，守屋美都雄氏が収集した『荊楚歳時記』の佚文に見える。同上『荊楚歳時記』188頁。
＊5　曹学佺『蜀中広記』『四庫全書』上海古籍出版社，1987年。

コラム9

まわりがやってくれるから── 劉 備・三蔵
りゅう び さんぞう

妊娠する三蔵と八戒
(連環画『西遊記』之二〇「女児
国」河北美術出版社，1986年)

　物語のヒーロー，リーダーといったとき，どんな人物を思い浮かべるだろうか。超人的な知力，けた外れの体力，弱者への限りない慈愛──こんな人物をついつい思い浮かべてしまうだろう。ところが，中国の物語世界では，大きくようすが異なるようだ。

　まずは『三国演義』である。早くも第2回で劉備がジタバタする。劉備はある県の県尉（警察署長）に就任する。そこに上官が視察にやって来る。上官は，劉備が漢の皇室の一族だというのを信じず，摘発しようとする。なのに，劉備は「ハイハイ」と答えるばかり。張飛と関羽が怒って上官を成敗し，劉備はようやく啖呵を切り，県尉を辞すことにしたのであった。漢の皇室の血を引くと言いながら，余りにへなちょこなリーダーではないだろうか。困ったものである。

　ついで三蔵法師である。『西遊記』第53回ではなんと三蔵が妊娠する。三蔵一行は西梁女人国に入る。三蔵と猪八戒は，のどが渇き，川の水をすくって飲む。じきに二人は激しい腹痛に襲われる。おまけに腹がどんどんふくれ，中では肉塊らしきものが動くではないか。この川は子母河といい，男のいない女人国では，この川の水を飲んで妊娠するのであった。二人は妊娠してしまったわけである。その衝撃の事実を知ったときの三蔵の反応は「ああ，弟子や，どうしたらよいのだろう？」であった。やがて落胎泉の水を飲むと堕胎できることがわかり，悟空と悟浄が，妖怪との悪戦苦闘の末，泉水をくむのに成功する。三蔵と八戒は，それを飲み，便所で腹を下し，妊婦生活を脱したのであった。三蔵はただ「どうしたらよいかのう」と言うばかり。ふくれゆく腹になす術もなく，悟空と悟浄に尻拭いをしてもらう。ついつい「三蔵よ，この人をどうしてくれよう」とつぶやきたくなるではないか。

　現実への対処能力を欠き，困難に直面してもジタバタするばかりで，まわりに甚大な迷惑をかける──こ

んな人を「困ったちゃん」と呼ぶならば，まさに劉備も三蔵も，「困ったちゃん」そのものであろう。

　中国文学者の井波律子は，劉備について，三蔵や宋江などとともに「各々強烈な個性をもつ多数の登場人物をつなぐ『虚なる中心』」とし，無数の登場人物が織りなすストーリーを展開させるために，中国古典小説でしばしば採用される手法だとする。[*1]

　中国文学には，こういう「困ったちゃん」のリーダーへの偏愛が脈々と存在すると言ってよい。それは，あるいは『荘子』に見える身体にまったく穴のない皇帝・渾沌の姿にその源流を見ることができるのかもしれない。あるがままに生きる渾沌は，眼鼻口などの現実や欲望へ通じる穴をあけられることによって，死んでしまう。[*2]何もできないことが徳であった皇帝が，はからずも現実とつながることによって，存在価値を失い，落命する。渾沌の後輩たちは，中国の物語の中で，その無能という存在価値を遺憾なく発揮する。まさに無能であってこそのリーダーなのだ。　（齊藤大紀）

*1　井波律子『三国志演義』岩波新書，1994年，116-126頁。
*2　福永光司／興膳宏訳『荘子内篇』「応帝王篇」ちくま学芸文庫，2013年，277-279頁。

半匿名性の主人公？──張三李四

「張三李四」
（『呉友如画宝』風俗志図説・下，上海古籍書店，1983年）

　「張三李四」とは，張家の三番目の息子と，李家の四番目の息子という意味だが，どこにでもいる平凡人，特筆すべきほどではない群衆などを指す。AさんとBさん，甲氏と乙氏というような，「あるひと」の意味もある。日本語なら「熊さん八つぁん」であろうか。

　たとえば『金瓶梅』の第65回では，主人公西門慶の第六夫人・李瓶児のために行なわれた豪勢な葬礼を描写する詞のなかで，見物人・野次馬としての群衆は，「デブの張三，チビの李四」と描写されている。王さんも，趙さんも，金さんも，呉さんもいるであろうに，張と李とで，すべての群衆を包括している。半匿名性を付与されているとでもいうべきだろうか。

　張三李四という語彙は，宋代の文献，特に禅宗関係の書物によく見られるようだ。『五灯会元』に引かれた禅語には，「和尚がたずねた。『なにが仏か？』　禅師は答えた。『張三李四！』」とある。万人だれしも仏性を持っているということであろう。また『朱子語類』には，「張三は銭があっても使えない，李四は使えるけれど銭がない」という禅語が見えている。

　「張公が酒を飲み，李公が酔った」ということわざもある。一方がいい思いをし，一方が損をすること。あるいは，一方が悪さを働いて，一方がその罪を着せられること。唐の則天武后の時に，この俗謡が流行したという。張公は，武后の寵臣である張易之兄弟を指し，李公は唐王室の李氏を指す。張兄弟が権勢をほしいままにし，唐朝はそのために憂き目を見た，というわけだ。張三李四は，このあたりから派生したと言いたいところだが，三世紀に編まれた『三国志』「魏書」の「王脩伝」の注に見える，太祖が王脩に送った書簡では，「張甲李乙」の四文字を，一般の人，平凡な人の意味で使っている。似たような組み合わせの語彙は，古くから流行していたのだろう。

　『水滸伝』の第7回では，怪力の破戒僧・魯智深を

とっちめて，肥溜にたたき込んでやろうとたくらんだゴロツキどものリーダーの名が，張三と李四であった。みんなして襲いかかったものの，張三と李四の二人は，魯智深によって，逆に肥溜に蹴落とされてしまう。張三と李四と命名されるからには，その人物は，吹けば飛ぶよな，パッとしないキャラクターだ。とはいえ，この張三と李四は，必ずしも没個性な捨てゴマではなく，むしろ名脇役である。なにしろ張三は「過街老鼠」，李四は「青草蛇」という，りっぱな綽名まで持っているのだから。ちなみに『金瓶梅』の第19回には，「草裏蛇の魯華」に「過街鼠の張勝」という，似たような綽名のゴロツキのコンビが登場する。ここにはなにか「親戚関係」があるのだろう。

　ありふれた中国人の姓を使うことで，半匿名性を付与されている「張三李四」は，物語の世界を進展させ，おもしろくするために設定された，隠れた重要人物である。かれらが物語の主人公になることは，ありえないが，主人公が言えないような言葉，さらには読者の立場からの本音を，かれらに言わせることはできた。

　近代にいたって，張三李四のひとりを主人公にした小説が書かれた。『阿Q正伝』である。正しく半匿名性の名を冠するかれは，あっさり処刑され，その死は，これまた多くの張三李四たちによって「観賞」された。

　さらにくだって，社会主義の国家のもとでは，張三李四は，「人民」という，たいそうご立派な呼称を与えられて，正しい行動をする主人公を演じることを求められたかもしれない。かれらはその力で何かを動かしもしたようだが，あっさりと抹殺されもした。張三李四の面目躍如たるものがある。

（武田雅哉）

■ 読書案内 ■

「読書案内」には，それぞれの項目について，より深く知ることのできる書籍，論文，映像資料をまとめています。ここにあげた参考文献の書誌情報は，本文の側注，図版出典では省略している場合があります。

〈I ─── 0〉
伊藤正文・一海知義編訳『漢・魏・六朝・唐・宋散文選』中国古典文学大系23，平凡社，1970年。
目加田誠編訳『文学芸術論集』中国古典文学大系54，平凡社，1974年。
小尾郊一『真実と虚構──六朝文学』汲古書院，1994年。
斯波六郎『六朝文学への思索』東洋学叢書，創文社，2004年。

〈I ─── 1〉
石川忠久『詩経』上・中・下，新釈漢文大系110-112，明治書院，1997-2000年。
牧角悦子『詩経・楚辞』角川学芸出版，2012年。

〈I ─── 2〉
星川清孝『楚辞』新釈漢文大系34，明治書院，1970年。
小南一郎『楚辞とその注釈者たち』朋友書店，2003年。
小南一郎訳注『楚辞』岩波文庫，2021年。
石川三佐男『楚辞新研究』汲古書院，2002年。
青木正児『新訳　楚辞』春秋社，1957年。『青木正児全集』第4巻，春秋社，1973年。

〈I ─── 3〉
荘子／池田知久訳『荘子』上・下，講談社学術文庫，2017年。
荘子／金谷治訳注『荘子』岩波文庫，1971-83年。
中嶋隆蔵『荘子──俗中に俗を超える』中国の人と思想5，集英社，1984年。
中島隆博『『荘子』──鶏となって時を告げよ』岩波書店，2009年。
ベンジャミン・ホフ／吉福伸逸・松下みさを訳『タオのプーさん』平河出版社，1989年。

〈I ─── 4〉
司馬遷／小川環樹・今鷹眞・福島吉彦訳『史記列伝』全5冊，岩波文庫，1975年。ワイド版岩波文庫，2015-16年。
司馬遷／小川環樹・今鷹眞・福島吉彦訳『史記世家』上・中・下，岩波文庫，1980-91年。
宮崎市定『史記を語る』岩波文庫，1996年。
宮城谷昌光『重耳』上・中・下，講談社文庫，1996年。
宮城谷昌光『管仲』上・下，角川文庫，2006年。

〈I ─── 5〉
高馬三良訳『山海経──中国古代の神話世界』平凡社ライブラリー，1994年。
伊藤清司著／慶應義塾大学古代中国研究会編『中国の神獣・悪鬼たち──山海経の世界【増補改訂版】』東方選書44，東方書店，2013年。
中野美代子『中国の妖怪』岩波新書，1983年。
松田稔『『山海經』の基礎的研究』笠間叢書，1995年。
松田稔『『山海經』の比較的研究』笠間叢書，2006年。

〈I ─── 6〉
干宝／竹田晃訳『捜神記』東洋文庫10，平凡社，1964年。
干宝／竹田晃訳『捜神記』平凡社ライブラリー，2000年。

大橋由治『『捜神記』研究』明徳出版社，2014年。
佐野誠子『怪を志す──六朝志怪の誕生と展開』名古屋大学出版会，2020年。
矢野光治『『捜神記』のどうぶつたち』駿河台出版社，2016年。

〈I ─── 7〉
劉義慶撰／井波律子訳注『世説新語』東洋文庫843・845・847・849・851，平凡社，2013-14年。
目加田誠『世説新語』上・中・下，新釈漢文大系76-78，明治書院，1975-78年。
井波律子『中国人の機智──『世説新語』の世界』講談社学術文庫，2009年。
川勝義雄「『世説新語』の編纂をめぐって──元嘉の治の一面」『東方學報』（京都）第41冊，1970年。
矢淵孝良「世説の撰者について──語林との相違に見る世説撰者の立場」『中國貴族制社會の研究』京都大學人文科學研究所，1987年。

〈I ─── 8〉
鈴木虎雄訳注『陶淵明詩解』弘文堂書房，1948年。東洋文庫529，平凡社，1991年。
一海知義訳『陶淵明』世界古典文学全集25，筑摩書房，1968年。
一海知義『一海知義著作集』1，藤原書店，2009年。
釜谷武志『陶淵明』新釈漢文大系詩人編1，明治書院，2021年。
松枝茂夫・和田武司訳注『陶淵明全集』上・下，岩波文庫，1990年。
吉川幸次郎『陶淵明伝』新潮社，1956年。『吉川幸次郎全集』7，筑摩書房，1974年。

〈I ─── 9〉
小林信明訳注『列子』新釈漢文大系22，明治書院，1967年。
小林勝人訳注『列子』上・下，岩波文庫，1987年。
福永光司訳注「列子」『老子・荘子・列子・孫子・呉子』中国古典文学大系4，平凡社，1973年。東洋文庫533・534，平凡社，1991年。
円満字二郎『ひねくれ古典『列子』を読む』新潮選書，2014年。

〈I ─── 10〉
川合康三・冨永一登・釜谷武志・和田英信・浅見洋二・緑川英樹訳注『文選　詩篇』全6冊，岩波文庫，2018-2019年。
中島千秋訳注『文選（賦篇上）』新釈漢文大系79，明治書院，1977年。
高橋忠彦訳注『文選（賦篇中・下）』新釈漢文大系80・81，明治書院，1994-2001年。
原田種成訳注『文選（文章篇上）』新釈漢文大系82，明治書院，1994年。
竹田晃成訳注『文選（文章篇下）』新釈漢文大系93，明治書院，2001年。

〈I ─── 11〉
鈴木虎雄訳解『玉台新詠集』上・中・下，岩波文庫，1953-56年。
内田泉之助『玉台新詠』上・下，新釈漢文大系60・61，明治書院，

1974-75年。

石川忠久訳『玉台新詠』中国の古典25, 学習研究社, 1986年。

〈I-一-12〉
新井慧誉「恩思想からみた『盂蘭盆経』と『父母恩重経』の関係」
　仏教思想研究会編『仏教思想4　恩』平楽寺書店, 1979年。
小南一郎「『盂蘭盆経』から「目連變文」へ——講經と語り物文藝
　とのあいだ（上）」『東方學報』（京都）第75冊, 2003年。
野沢佳美『印刷漢文大蔵経の歴史　中国・高麗篇』シリーズ・ア
　タラクシア vol. 3, 立正大学情報メディアセンター, 2015年。
船山徹「漢語仏典——その初期の成立状況をめぐって」『漢籍は
　おもしろい』京大人文研漢籍セミナー1, 研文出版, 2008年。
水野弘元『経典はいかに伝わったか——成立と流伝の歴史』佼成
　出版社, 2004年。

〈I-一-13〉
袁珂／鈴木博訳『中国の神話伝説』上・下, 青土社, 1993年。
劉向・葛洪／沢田瑞穂訳『列仙伝・神仙伝』平凡社ライブラリー,
　1993年。
小南一郎『西王母と七夕伝承』平凡社, 1991年。
周静書編／渡辺明次訳『梁祝口承伝説集』日本僑報社, 2007年。
飯倉照平『中国民話と日本——アジアの物語の原郷を求めて』勉
　誠出版, 2019年。

〈I-二-0〉
魯迅／丸尾常喜訳注『中国小説の歴史的変遷——魯迅による中国
　小説史入門』凱風社, 1987年。
孟元老／入矢義高・梅原郁訳注『東京夢華録——宋代の都市と生
　活』岩波書店, 1983年。

〈I-二-14〉
石田幹之助／榎一雄解説『長安の春』東洋文庫91, 平凡社, 1967
　年。
今村与志雄訳『唐宋伝奇集』上・下, 岩波文庫, 1988年。
岡田充博『唐代小説「板橋三娘子」考——西と東の変驢変馬譚の
　なかで』知泉書院, 2012年。
齋藤茂ほか訳注『『夷堅志』訳注』甲志（上・下）乙志（上・下）
　丙志（上）, 汲古書院, 2014-21年。

〈I-二-15〉
張文成／今村与志雄訳『遊仙窟』岩波文庫, 1990年。＊詳細な訳
　注を付し, 附録として醍醐寺蔵古抄本の影印を収める。
八木沢元『遊仙窟全講　増訂版』明治書院, 1975年。
成瀬哲生『古鏡記　補江総白猿伝　遊仙窟』中国古典小説選4,
　明治書院, 2005年。
武田雅哉『星への筏——黄河幻視行』角川春樹事務所, 1997年。
張鷟／前野直彬訳『遊仙窟』『幽明録・遊仙窟　他』東洋文庫43,
　平凡社, 1965年。

〈I-二-16〉
李白／松浦友久編訳『李白詩選』岩波文庫, 1997年。
筧久美子『李白』鑑賞中国の古典16, 角川書店, 1988年。『李白』
　角川ソフィア文庫, 2004年。
金文京『李白——漂泊の詩人　その夢と現実』岩波書店, 2012年。
杜甫／下定雅弘・松原朗編『杜甫全詩訳注』全4冊, 講談社学術
　文庫, 2016年。
杜甫／吉川幸次郎著／興膳宏編『杜甫詩注』全10冊, 岩波書店,
　2012-16年。

〈I-二-17〉
韓愈／川合康三・緑川英樹・好川聡編『韓愈詩訳注』第1-3冊,
　研文出版, 2015-21年。
清水茂訳『韓愈』I・II, 世界古典文学全集30, 筑摩書房, 1986-87
　年。
竹田晃編『柳宗元古文注釈——説・伝・騒・弔』新典社, 2014年。
下定雅弘『柳宗元——逆境を生きぬいた美しき魂』勉誠出版,
　2009年。
筧文生『韓愈・柳宗元』中国詩文選16, 筑摩書房, 1973年。

〈I-二-18〉
岡村繁『白氏文集』全16冊, 新釈漢文大系, 明治書院, 1988-2018
　年。
白居易／川合康三訳注『白楽天詩選』上・下, 岩波文庫, 2011年。
川合康三『白楽天——官と隠のはざまで』岩波新書, 2010年。
アーサー・ウェーリー／花房英樹訳『白楽天』みすず書房, 1959
　年。
高橋和巳『詩人の運命』高橋和巳作品集別巻, 河出書房新社,
　1972年。

〈I-二-19〉
小島毅『中国思想と宗教の奔流　宋朝』中国の歴史7, 講談社,
　2005年。
銭鍾書／宋代詩文研究会訳注『宋詩選注』全4冊, 東洋文庫
　722・727・733・737, 平凡社, 2004-05年。
小川環樹編訳『宋詩選』ちくま学芸文庫, 2021年。
内山精也『宋詩惑問——宋詩は「近世」を表象するか？』研文出
　版, 2018年。
孟元老／入矢義高・梅原郁訳注『東京夢華録——宋代の都市と生
　活』東洋文庫598, 平凡社, 1996年。

〈I-二-20〉
林語堂／合山究訳『蘇東坡』上・下, 講談社学術文庫, 1986-87年。
近藤光男『蘇東坡』漢詩大系17, 集英社, 1964年。
筧文生『唐宋八家文』鑑賞中国の古典20, 角川書店, 1989年。

〈I-三-21〉
王実甫／田中謙二訳「西廂記」『戯曲集』上, 中国古典文学大系52,
　平凡社, 1970年。
田中謙二著／著作集刊行委員会編『田中謙二著作集』第1巻, 汲
　古書院, 2000年。
元稹／今村与志雄訳「鶯鶯との夜——鶯鶯伝」『唐宋伝奇集』上,
　岩波文庫, 1988年。
金文京ほか『『董解元西廂記諸宮調』研究』汲古書院, 1998年。
黄冬柏『『西廂記』変遷史の研究』白帝社, 2010年。

〈I-三-22〉
高明／浜一衛訳「琵琶記」『戯曲集』中国古典文学全集33, 平凡社,
　1959年。
田仲一成『中国演劇史』東京大学出版会, 1998年。

〈I-三-23〉
瞿佑／飯塚朗訳『剪灯新話』東洋文庫48, 平凡社, 1965年。
瞿佑／竹田晃・黒田真美子編／竹田晃・小塚由博・仙石知子訳
　『剪灯新話（明代）』中国古典小説選8, 明治書院, 2008年。
浅井了意／松田修・渡辺守邦・花田富二夫校注『伽婢子』新日本
　古典文学大系75, 2001年。

〈Ⅰ-三-24〉

羅貫中／立間祥介訳『三国志演義』全4冊，角川ソフィア文庫，2019年。

井波律子訳『三国志演義』全4冊，講談社学術文庫，2014年。

小川環樹・金田純一郎訳『完訳三国志（改版）』全8冊，岩波文庫，1988年。

二階堂善弘・中川諭訳注『三国志平話』光栄，1999年。

立間祥介訳『全相三国志平話』潮出版社，2011年。

井上泰山訳『三国劇翻訳集』関西大学出版部，2002年。

陳寿／裴松之注／小南一郎・今鷹真・井波律子訳『正史三国志』全8冊，ちくま学芸文庫，1993-94年。

渡辺精一『三国志人物事典』全3冊，講談社文庫，2009年。

金文京『三国志演義の世界【増補版】』東方選書39，東方書店，2010年。

井波律子『三国志演義』岩波新書，1994年。

箱崎みどり『愛と欲望の三国志』講談社現代新書，2019年。

〈Ⅰ-三-25〉

吉川幸次郎・清水茂訳『完訳水滸伝』全10冊，岩波文庫，1998-99年。＊100巻100回本。

井波律子訳『水滸伝』全5冊，講談社学術文庫，2017-18年。＊100巻100回本。

小松謙訳『詳注全訳水滸伝』第1巻，汲古書院，2021年。＊以後続刊，全13冊予定。100巻100回本。

駒田信二訳『水滸伝』全8冊，講談社文庫，1984-85年。＊120回本。

金聖嘆／佐藤一郎訳『世界文学全集 水滸伝』全2冊，集英社，1979年。＊70回本。

高島俊男『水滸伝の世界』ちくま文庫，2001年。

高島俊男『水滸伝と日本人』ちくま文庫，2006年。

松村昂・小松謙『図解雑学水滸伝』ナツメ社，2005年。

〈Ⅰ-三-26〉

中野美代子訳『西遊記』全10冊，岩波文庫，2005年。＊底本は明代の李卓吾評本。

鳥居久靖・太田辰夫訳『西遊記』全2冊，中国古典文学全集13・14，平凡社，1960年。＊底本は文章が簡略化された清代の版本。『大唐三蔵取経詩話』の全訳も併録する。

中野美代子『なぜ孫悟空のあたまには輪っかがあるのか？』岩波ジュニア新書，2013年。

武田雅哉『西遊記――妖怪たちのカーニヴァル』慶應義塾大学出版会，2019年。

磯部彰『『西遊記』受容史の研究』多賀出版，1995年。

〈Ⅰ-三-27〉

小野忍・千田九一訳『金瓶梅』全10冊，岩波文庫，1973-74年。

田中智行訳『新訳 金瓶梅』上・中，鳥影社，2018-2021年。

日下翠『金瓶梅――天下第一の奇書』中公新書1312，1996年。

荒木猛『金瓶梅研究』佛教大学研究叢書，思文閣出版，2009年。

川島優子『『金瓶梅』の構想とその受容』研文出版，2019年。

白維国・卜鍵校注『全本詳注金瓶梅詞話』人民文学出版社，2017年。

梅節校訂／陳詔・黄霖注釈『〔夢梅館校本〕金瓶梅詞話』里仁書局，2007年（初版），2009年（修訂版）。

Roy, David Tod, *The Plum in the Golden Vase or, CHIN P'ING MEI*, 5 vols (Princeton Library of Asian Translations, c1993-2013)

〈Ⅰ-三-28〉

大塚英志『物語消費論――「ビックリマン」の神話学』新曜社，1989年。

二階堂善弘『封神演義の世界――中国の戦う神々』あじあブックス，大修館書店，1998年。

二階堂善弘監訳／山下一夫・中塚亮・二ノ宮聡訳『全訳 封神演義』全4冊，勉誠出版，2017-18年。

〈Ⅰ-三-29〉

岡崎由美・松浦智子訳『完訳楊家将演義』上・下，勉誠出版，2015年。

岡崎由美・松浦智子編『楊家将演義読本』勉誠出版，2015年。

岡崎由美『漂泊のヒーロー――中国武俠小説への道』あじあブックス，大修館書店，2002年。

井波律子『破壊の女神――中国史の女たち』光文社，2007年。

大塚秀高「西王母の娘たち――「遇仙」から「陣前比武招親」へ」『日本アジア研究』第8号，2011年。

〈Ⅰ-三-30〉

松枝茂夫訳「三言二拍抄」『宋・元・明通俗小説選』中国古典文学大系25，平凡社，1970年。

千田九一・駒田信二訳『今古奇観』上，中国古典文学大系37，平凡社，1970年。

駒田信二・立間祥介訳『今古奇観』下，中国古典文学大系38，平凡社，1973年。

大木康『中国明末のメディア革命――庶民が本を読む』世界史の鏡・情報4，刀水書房，2009年。

大木康『馮夢龍と明末俗文學』汲古書院，2018年。

〈Ⅰ-三-31〉

傅世怡『西遊補初探』台湾学生書局，1986年。

董若雨／荒井健・大平桂一訳『鏡の国の孫悟空――西遊補』東洋文庫700，平凡社，2002年。

董説／大平桂一訳注『昭陽夢史』『颺風』48，颺風の会，2010年。

大平桂一訳「西遊補訳注」『人文学論集』30-33，大阪府立大学人文学会，2012-15年。

〈Ⅰ-三-32〉

李漁／辛島驍訳「十番楼」中野美代子・武田雅哉編『中国怪談集』河出文庫，1992年（2019年新装版）。

李漁／藤田祐賢訳／奥野信太郎編『中国文学』世界短篇文学全集15，集英社，1963年。

李漁／辛島驍訳注『覚世名言十二楼』全訳中国文学大系第1集第23巻，東洋文化協会，1958年。

〈Ⅰ-三-33〉

蒲松齢／黒田真美子訳『聊斎志異』光文社古典新訳文庫，2021年。

蒲松齢／柴田天馬訳『和訳 聊斎志異』ちくま学芸文庫，2012年。

蒲松齢／立間祥介編訳『聊斎志異』上・下，岩波文庫，1997年。

蒲松齢／増田渉・松枝茂夫・常石茂訳『聊斎志異――中国怪異譚』全6冊，平凡社ライブラリー，2009-10年。

稲田孝『『聊斎志異』を読む――妖怪と人の幻想劇』講談社学術文庫，2001年。

〈Ⅰ-三-34〉

洪昇／岩城秀夫訳『長生殿――玄宗・楊貴妃の恋愛譚』東洋文庫731，平凡社，2004年。

洪昇／竹村則行訳注『長生殿訳注』研文出版，2011年。

孔尚仁／岩城秀夫訳「桃花扇」『戯曲集』下，中国古典文学大系53，

平凡社，1971年。
武田雅哉『中国飛翔文学誌——空を飛びたかった綺態な人たちにまつわる十五の夜噺』人文書院，2017年。
李孝悌／野村鮎子監訳『恋恋紅塵——中国の都市，欲望と生活』台湾学術文化研究叢書，東方書店，2018年。

〈Ⅰ-三-35〉
稲田孝訳『儒林外史』中国古典文学大系43，平凡社，1968年。
宮崎市定『科挙 中国の試験地獄』中公新書15，1963年。中公文庫，1984年（2003年改版）。
宮崎市定『科挙史』東洋文庫470，平凡社，1987年。
須藤洋一『儒林外史論——権力の肖像，または十八世紀中国のパロディ』汲古書院，1999年。

〈Ⅰ-三-36〉
曹雪芹・高蘭墅／伊藤漱平訳『紅楼夢』全12冊，平凡社ライブラリー，1996-97年。
曹雪芹・高鶚／井波陵一訳『新訳 紅楼夢』全7冊，岩波書店，2013-14年。
合山究『『紅楼夢』新論』汲古書院，1997年。
伊藤漱平「紅楼夢編」上・中・下『伊藤漱平著作集』第1-3巻，汲古書院，2005-08年。
井波陵一『『紅楼夢』の世界——きめこまやかな人間描写』京大人文研東方学叢書10，臨川書店，2020年。

〈Ⅰ-三-37〉
アーサー・ウェイリー／加島祥造・古田島洋介訳『袁枚——十八世紀中国の詩人』東洋文庫650，平凡社，1999年。
袁枚／手代木公助訳『子不語』全5冊，東洋文庫788・790・792・794・795，平凡社，2009-10年。

〈Ⅰ-三-38〉
紀昀／前野直彬訳『中国怪異譚 閲微草堂筆記』上・下，平凡社ライブラリー，2008年。
黒田真美子・福田素子『閲微草堂筆記・子不語・続子不語（清代Ⅲ）』中国古典小説選11，明治書院，2008年。

〈Ⅰ-三-39〉
沈復／松枝茂夫訳『浮生六記——浮生夢のごとし』岩波文庫，1981年。
沈復／俞平伯校閲『浮生六記』霜楓社，樸社，1924年。
沈復／周公度訳注『浮生六記』浙江文芸出版社，2017年。
沈復／金文男訳注『浮生六記』上海古籍出版社，2020年。
陳毓羆『《浮生六記》研究』社会科学文献出版社，2012年。
蔡根祥詳註『精校詳註《浮生六記》』萬巻樓，2008年。

〈Ⅰ-三-40〉
李汝珍／田森襄訳「児女英雄伝下・鏡花縁」（抄訳）『児女英雄伝下・鏡花縁』中国古典文学全集30，平凡社，1961年。
李汝珍／藤林広超訳『則天武后外伝 鏡花縁』講談社，1980年。
合山究『明清時代の女性と文学』汲古書院，2006年。
加部勇一郎『清代小説『鏡花縁』を読む——一九世紀の音韻学者が紡いだ諧謔と遊戯の物語』北海道大学出版会，2019年。

〈Ⅰ-三-41〉
韓邦慶／太田辰夫訳『海上花列伝』中国古典文学大系49，平凡社，1969年。
宮田一郎編著『『海上花列伝』語彙例釈』汲古書院，2016年。

〈Ⅰ-三-42〉
李宝嘉（李伯元）／入矢義高・石川賢作訳『官場現形記』中国古典文学大系50，平凡社，1968年。
阿英／飯塚朗・中野美代子訳『晩清小説史』東洋文庫349，平凡社，1979年。

〈Ⅰ-三-43〉
劉鶚／岡崎俊夫訳『老残遊記』東洋文庫51，平凡社，1965年。
樽本照雄『清末小説閑談』法律文化社，1983年。
王徳威／神谷まり子・上原かおり訳『抑圧されたモダニティ——清末小説新論』東方書店，2017年。

〈Ⅰ-四-0〉
魯迅／相浦杲ほか編『魯迅全集』学習研究社，1984-86年。
田中仁ほか『新図説中国近現代史——日中新時代の見取図』法律文化出版社，2012年。
宇野木洋・松浦恆雄編『中国二〇世紀文学を学ぶ人のために』世界思想社，2003年。
藤井省三『中国語圏文学史』東京大学出版会，2011年。
濱田麻矢『少女中国——書かれた女学生と書く女学生の百年』岩波書店，2021年。

〈Ⅰ-四-44〉
藤井省三『魯迅事典』三省堂，2002年。
竹内好『魯迅』講談社文芸文庫，1994年。
丸尾常喜『魯迅——「人」「鬼」の葛藤』岩波書店，1993年。
魯迅／竹内好編訳『魯迅評論集』岩波文庫，1981年。
魯迅／松枝茂夫訳『朝花夕拾』岩波文庫，1981年。
魯迅／藤井省三訳『故郷／阿Q正伝』光文社古典新訳文庫，2009年。
魯迅／藤井省三訳『酒楼にて／非攻』光文社古典新訳文庫，2010年。
魯迅／今村与志雄訳『中国小説史略』上・下，ちくま学芸文庫，1997年。
魯迅／中島長文訳注『中国小説史略』1・2，東洋文庫618・619，平凡社，1997年。
片山智行『魯迅「野草」全釈』東洋文庫541，平凡社，1991年。
丸尾常喜『魯迅『野草』の研究』汲古書院，1998年。

〈Ⅰ-四-45〉
周作人／中島長文訳注『周作人読書雑記』全5冊，東洋文庫886・888・889・891・892，平凡社，2018年。
周作人／松枝茂夫訳『周作人随筆』冨山房百科文庫53，1996年。
周作人／木山英雄編訳『日本談義集』東洋文庫701，平凡社，2002年。
劉岸偉『周作人伝——ある知日派文人の精神史』ミネルヴァ書房，2011年。
木山英雄『周作人「対日協力」の顛末——補注『北京苦住庵記』ならびに後日編』岩波書店，2004年。

〈Ⅰ-四-46〉
郁達夫／岡崎俊夫訳「沈淪」『短篇集』現代中国文学全集第14巻，河出書房，1955年。
郁達夫／大東和重訳「果てしなき夜」『中国現代文学傑作セレクション——1910-40年代のモダン・通俗・戦争』勉誠出版，2018年。
郁達夫／白水紀子訳「蔦蘿行」『中国現代文学珠玉選 小説1』二玄社，2000年。
大東和重『郁達夫と大正文学——〈自己表現〉から〈自己実現〉

の時代へ』東京大学出版会，2012年。
鈴木正夫『スマトラの郁達夫——太平洋戦争と中国作家』東方書店，1995年。

〈Ⅰ-四-47〉
張天翼／寺尾善雄訳「華威先生」『中国のユーモア』河出文庫，1982年。
張天翼／魚返善雄訳「宝のひょうたん」『少年少女世界名作文学全集 54』小学館，1964年
張天翼／松枝茂夫・君島久子訳『宝のひょうたん』岩波少年文庫，1981年。
張天翼／伊藤貴麿訳「あっぱれ弟」『少年少女新世界文学全集 35 中国現代編』講談社，1965年。
張天翼／伊藤敬一・代田智明訳『まぼろしの金持ち島』太平出版社，1991年。

〈Ⅰ-四-48〉
廃名／昏迷訳「柚子」『北京週報』第86-90号，1923年。
廃名／木吉訳「柳」『満蒙』第7巻第11号，1926年。
廃名／佐藤普美子訳「桃畑」『中国現代文学珠玉選　小説1』二玄社，2000年。
張雪晶・山田史生「廃名『莫須有先生伝』訳稿（一）～（六）」『弘前大学教育学部紀要』第121-126号，2019-21年。
村田裕子「『竹林的故事』の周辺——周作人と馮文炳」『一九二〇年代の中国』汲古書院，1995年。
松浦恆雄「程小林の物語——廃名『橋』上巻の構造」『未名』第32号，2014年。

〈Ⅰ-四-49〉
巴金／飯塚朗訳『家』上・下，岩波文庫，1956年。
山口守『巴金とアナキズム——理想主義の光と影』中国文庫，2019年。
河村昌子『巴金——その文学を貫くもの』中国文庫，2016年。
篠原杏由美「巴金『激流三部曲』についての一考察——覚新の姿を中心として」『未名』第33号，2015年。
David Der-wei Wang, "Impersonating China", *Chinese Literature: Essays, Articles, Reviews*, Vol. 25, 2003.

〈Ⅰ-四-50〉
茅盾／小野忍・高田昭二訳『子夜』上・下，岩波文庫，1962-70年。
茅盾／立間祥介・松井博光訳『茅盾回想録』みすず書房，2002年。
茅盾／宮尾正樹ほか訳『藻を刈る男——茅盾短篇集』発見と冒険の中国文学第4巻，JICC出版局，1991年。
桑島由美子『茅盾研究——「新文学」の批評・メディア空間』汲古書院，2005年。
白井重範『「作家」茅盾論——二十世紀中国小説の世界認識』汲古書院，2013年。

〈Ⅰ-四-51〉
沈従文／松枝茂夫・立間祥介・岡本隆三訳『沈従文篇』現代中国文学全集第8巻，河出書房，1954年。
沈従文／福家道信訳『湘行書簡——沅水の旅』白帝社，2018年。
小島久代『沈従文——人と作品』汲古書院，1997年。
城谷武男／角田篤信編『沈従文研究　わたしのばあい』サッポロ堂書店，2008年。
齊藤大紀「遥かな夜の路面電車——一九二四年，北京での電車開通と知識人」『饕餮』第5号，1997年。

〈Ⅰ-四-52〉
曹禺／飯塚容・中山文訳『中国現代戯曲集　第八集　曹禺特集【上】』晩成書房，2009年。
曹禺／飯塚容・内山鶉訳『中国現代戯曲集　第九集　曹禺特集【下】』晩成書房，2009年。
曹禺／松枝茂夫訳「日の出」『老舎・曹禺集』中国現代文学選集第6巻，平凡社，1962年。
曹禺／松枝茂夫・吉田幸夫訳「北京人」『郁達夫・曹禺』現代中国文学6，河出書房新社，1971年。
ヘンリック・イプセン／毛利三彌訳『人形の家』近代古典劇翻訳〈注釈付〉シリーズ，論創社，2020年。

〈Ⅰ-四-53〉
蕭紅／中里見敬訳「蕭紅「生死の場」」上・下『言語科学』第43・44号，2008-09年。
駱賓基／市川宏訳「蕭紅小伝」『評論・散文』現代中国文学12，河出書房新社，1971年。
平石淑子『蕭紅研究——その生涯と作品世界』汲古書院，2008年。
林敏潔／藤井省三・林敏潔共訳『蕭紅評伝——空青く水清きところで眠りたい』東方書店，2019年。
【映画】アン・ホイ（許鞍華）監督『黄金時代』中国・香港，2014年。

〈Ⅰ-四-54〉
老舎／竹中伸ほか訳『老舎小説全集』全10冊，学習研究社，1981-82年。
老舎／立間祥介訳『駱駝祥子——らくだのシアンツ』岩波文庫，1980年。
老舎／中山時子監修・斉霞監訳『老舎幽黙詩文集』叢文社，1999年。
舒乙／林芳編訳『文豪老舎の生涯——義和団運動に生まれ，文革に斃す』中公新書1225，1995年。
中山時子編『老舎事典』大修館書店，1988年。

〈Ⅰ-四-55〉
丁玲／江上幸子訳「霞村にいた時」『中国現代文学珠玉選　小説1』二玄社，2000年。
丁玲／江上幸子訳「国際女性デーに思う」『中国現代散文傑作選1920-1940——戦争・革命の時代と民衆の姿』勉誠出版，2016年。
丁玲／田畑佐和子訳『丁玲自伝——中国革命を生きた女性作家の回想』東方書店，2004年。
丁玲／岡崎俊夫訳『丁玲篇』現代中国文学全集第9巻，河出書房，1955年。
尾坂徳司『丁玲入門』青木書店，1953年。

〈Ⅰ-四-56〉
張愛玲／濱田麻矢訳『中国が愛を知ったころ　張愛玲短篇選』岩波書店，2017年。
張愛玲／池上貞子訳『傾城の恋』平凡社，1995年。
アイリーン・チャン（張愛玲）／南雲智訳『ラスト，コーション——色・戒』集英社文庫，2007年。
張愛玲／藤井省三訳『傾城の恋／封鎖』光文社古典新訳文庫，2018年。

〈Ⅰ-四-57〉
趙樹理／小野忍訳「小二黒の結婚」『趙樹理集』中国の革命と文学7，平凡社，1972年。
趙樹理／加藤三由紀訳「小二黒の結婚」『中国ユーモア文学傑作

選 笑いの共和国』白水社，1992年。

釜屋修『中国の栄光と悲惨 評伝趙樹理』玉川大学出版部，1979年。

加藤三由紀「人民作家がいるところ——趙樹理『"鍛えろ鍛えろ"』から」『立命館文学』第667号，2020年。

加藤三由紀「人民作家がいるところ——趙樹理『小二黒結婚』と殺害事件判決書」『お茶の水女子大学中国文学会報』第40号，2021年。

〈I-四-58〉

銭鍾書／荒井健・中島長文・中島みどり訳『結婚狂詩曲』上・下，岩波文庫，1988年（原題『囲城』）。

銭鍾書／宋代詩文研究会訳注『宋詩選註』1-4，東洋文庫722・727・733・737，平凡社，2004-05年。

〈I-四-59〉

中野重治・今村与志雄編『詩・民謡集』中国現代文学選集第19巻，平凡社，1962年。

台湾現代詩人シリーズ第1期全8冊，第2期全8冊，思潮社，2006-2018年。

佐藤普美子『彼此往来の詩学——馮至と中国現代詩学』汲古書院，2011年。

岩佐昌暲『中国現代詩史研究』汲古書院，2013年。

〈I-五-0〉

毛沢東／竹内実訳『毛沢東語録』平凡社ライブラリー，1995年。

中国共産党北京市委員会宣伝部／武田雅哉訳「北京で発生した反革命暴乱の真相」『中国怪談集』河出文庫，1992年（2019年新装版）。

陳東林・苗棣・李丹慧主編『中国文化大革命事典』中国書店，1997年。

牧陽一・松浦恆雄・川田進『中国のプロパガンダ芸術』岩波書店，2000年。

藤井省三『中国語圏文学史』東京大学出版会，2011年。

〈I-五-60〉

玄珠／伊藤弥太郎訳『支那の神話』地平社，1943年。

袁珂／伊藤敬一・高畠穣・松井博光訳『中国古代神話』みすず書房，1960年。

袁珂／鈴木博訳『中国の神話伝説』上・下，青土社，1993年。

袁珂／鈴木博訳『中国神話・伝説大事典』大修館書店，1999年。

〈I-五-61〉

「金庸武俠小説集」シリーズ，徳間文庫，1996-2004年。

岡崎由美監修『武俠小説の巨人——金庸の世界』徳間書店，1996年。

岡崎由美監修『きわめつき武俠小説指南——金庸ワールドを読み解く』徳間書店，1998年。

艾涛『金庸新伝』山東友誼出版社，2002年。

〈I-五-62〉

汪曾祺／市川宏訳「安楽亭」『季刊中国現代小説』第1巻第7号，1988年。

汪曾祺／市川宏訳「小学同級」『季刊中国現代小説』第1巻第13号，1990年。

汪曾祺／市川宏訳「橋辺小説三篇」『季刊中国現代小説』第1巻第26号，1993年。

汪曾祺／市川宏訳「七里茶坊」『季刊中国現代小説』第1巻第36号，1996年。

汪曾祺／市川宏訳「猫いじめ」『季刊中国現代小説』第2巻第5号，1997年。

汪曾祺／土屋肇枝訳「鑑賞家」『季刊中国現代小説』第2巻第12号，1999年。

汪曾祺／市川宏訳「李三——〈故里雑記（李三 楡の木 魚）〉より」『季刊中国現代小説』第2巻第15号，2000年。

汪曾祺／市川宏訳「楡の木——〈故里雑記（李三 楡の木 魚）〉より」『季刊中国現代小説』第2巻第17号，2000年。

汪曾祺／市川宏訳「魚——〈故里雑記（李三 楡の木 魚）〉より」『季刊中国現代小説』第2巻第20号，2001年。

汪曾祺／子安加余子「復讐」『中国現代文学珠玉選 小説2』二玄社，2000年。

松浦恆雄「汪曾祺の文学——「受戒」を中心に」『野草』第45号，1990年。

今泉秀人「汪曾祺の「職業」について」『季刊中国』第74号，2003年。

〈I-五-63〉

莫言／井口晃訳『赤い高粱』岩波現代文庫，2003年。

莫言／井口晃訳『続 赤い高粱』岩波現代文庫，2013年。

莫言／林敏潔編／藤井省三・林敏潔訳『莫言の思想と文学』東方書店，2015年。

莫言／林敏潔編／藤井省三・林敏潔訳『莫言の文学とその精神』東方書店，2016年。

藤井省三『魯迅と世界文学』東方書店，2020年。

吉田富夫『莫言神髄』中央公論新社，2013年。

〈I-五-64〉

北島／是永駿編訳『北島（ペイタオ）詩集』土曜美術社，1988年。

芒克／是永駿訳『芒克（マンク）詩集』書肆山田，1990年。

芒克／是永駿訳『時間のない時間』書肆山田，1991年。

北島／是永駿訳『ブラックボックス』書肆山田，1991年。

是永駿編訳『中国現代詩三十人集——モダニズム詩のルネッサンス』凱風社，1992年。

財部鳥子・是永駿・浅見洋二訳編『現代中国詩集 China mist』思潮社，1996年。

北島／是永駿編訳『北島詩集』書肆山田，2009年。

〈I-五-65〉

牧陽一・瀬戸宏・菱沼彬晁訳／話劇人社中国現代戯曲編集委員会編『中国現代戯曲集』第1集，晩成書房，1994年。

藤井省三編『現代中国短編集』平凡社ライブラリー，1998年。

＊以上2冊はともに瀬戸宏訳「逃亡」を載せるが，晩成書房版が実際の上演台本としての使用を想定して訳出しているのに対し，平凡社版は「読む戯曲」を目指したもので訳文がかなり改訂されている。本項の引用訳文は平凡社版による。

高行健／菱沼彬晁・飯塚容訳／話劇人社編集委員会編『高行健戯曲集』晩成書房，2003年。

瀬戸宏『中国演劇の二十世紀——中国話劇史概況』東方書店，1999年。

瀬戸宏『中国の現代演劇——中国話劇史概況』東方書店，2018年。

〈I-五-66〉

王安憶／佐伯慶子訳『小鮑荘・他』徳間書店，1989年。

王安憶／田畑佐和子訳「叔父さんの物語」『季刊中国現代小説』第2巻第13号，1999年。

松村志乃『王安憶論——ある上海女性作家の精神史』中国書店，2016年。

ウェイン・C.ブース／米本弘一・服部典之・渡辺克昭訳『フィク

ションの修辞学』水声社，1991年。

濱田麻矢「災厄の物語は共有されうるか——王安憶『おじさんの物語』から」『共生の人文学』昭和堂，2008年。

〈Ⅰ-五-67〉

閻連科／谷川毅訳『人民に奉仕する』文藝春秋，2006年。

閻連科／谷川毅訳『丁庄の夢——中国エイズ村奇談』河出書房新社，2007年（2020年新装版）。

閻連科／谷川毅訳『愉楽』河出書房新社，2014年。

閻連科／飯塚容訳『父を想う——ある中国作家の自省と回想』河出書房新社，2016年。

閻連科／谷川毅訳『年月日』白水社，2016年。

閻連科／泉京鹿訳『炸裂志』河出書房新社，2016年。

閻連科／谷川毅訳『硬きこと水のごとし』河出書房新社，2017年。

閻連科／谷川毅訳『黒い豚の毛，白い豚の毛——自選短篇集』河出書房新社，2019年。

閻連科／飯塚容訳『心経』河出書房新社，2021年。

〈Ⅰ-五-68〉

余華／飯塚容訳『血を売る男』河出書房新社，2013年。

余華／飯塚容訳『死者たちの七日間』河出書房新社，2014年。

余華／飯塚容訳『活きる』中公文庫，2019年。

余華／飯塚容訳『雨に呼ぶ声』アストラハウス，2020年。

【映画】張芸謀監督『活きる』中国，1994年。

〈Ⅰ-五-69〉

残雪／近藤直子訳「暗夜」『暗夜／戦争の悲しみ』池澤夏樹＝個人編集世界文学全集Ⅰ-06，河出書房新社，2008年。

近藤直子『残雪　夜の語り手』河出書房新社，1995年。

残雪／近藤直子訳『最後の恋人』平凡社，2014年。

残雪／近藤直子訳『蒼老たる浮雲』白水Ｕブックス，2019年。

残雪／近藤直子訳『カッコウが鳴くあの一瞬』白水Ｕブックス，2019年。

〈Ⅰ-五-70〉

劉慈欣／立原透耶監修／大森望ほか訳『三体』早川書房，2019年。

劉慈欣／大森望・立原透耶ほか訳『三体Ⅱ　黒暗森林』上・下，早川書房，2020年。

劉慈欣／大森望・光吉さくらほか訳『三体Ⅲ　死神永生』上・下，早川書房，2021年。

「特集：『三体』の科学」『日経サイエンス』2020年3月号。

劉慈欣／阿部敦子訳「さまよえる地球」『Ｓ-Ｆマガジン』2008年9月号。

〈Ⅰ-五-71〉

白先勇／山口守訳『新しい台湾の文学　台北人』国書刊行会，2008年。

白先勇／陳正醍訳『新しい台湾の文学　孽子』国書刊行会，2006年。

山口守編『講座　台湾文学』国書刊行会，2003年。

中島利郎・河原功・下村作次郎編『台湾近現代文学史』研文出版，2014年。

陳芳明／下村作次郎ほか訳『台湾新文学史』上・下，東方書店，2015年。

〈Ⅰ-五-72〉

瀬戸宏『中国の現代演劇——中国話劇史概況』東方書店，2018年。

間ふさ子『中国南方話劇運動研究（1889-1949）』九州大学出版会，2010年。

飯塚容「頼声川の「相声劇」について——究極の「語る」演劇」『現代中国文化の光芒』中央大学人文科学研究所研究叢書，中央大学出版部，2010年。

戸張東夫『中国のお笑い——伝統話芸"相声"の魅力』あじあブックス，大修館書店，2012年。

「表演工作坊」ウェブサイト　https://www.pwshop.com/（中国語・英語）。

〈Ⅱ---1〉

魯迅／今村与志雄訳「門外文談」『魯迅全集』第8巻，学習研究社，1984年。

前野直彬編『中国文学史』東京大学出版会，1975年。

前野直彬『中国文学序説』東京大学出版会，1982年。

大原信一『近代中国のことばと文字』東方書店，1994年。

村田雄二郎・Ｃ.ラマール編『漢字圏の近代——ことばと国家』東京大学出版会，2005年。

〈Ⅱ---2〉

邵彬儒編／魚返善雄校点『広東語小説集——俗話傾談』小峯書店，1964年。

石汝杰『呉語読本——明清呉語和現代蘇州方言』好文出版，1996年。

藤井省三責任編集『東アジアの文学・言語空間』（岩波講座「帝国」日本の学知第5巻）岩波書店，2006年。

周振鶴／游汝傑・内田慶市・沈国威監訳『方言と中国文化（第2版）』光生館，2015年。

廖瑞銘／酒井亨訳『知られざる台湾語文学の足跡』国書刊行会，2020年。

〈Ⅱ---3〉

下村作次郎『文学で読む台湾——支配者・言語・作家たち』田畑書店，1994年。

山田敬三編『境外の文化——環太平洋圏の華人文学』汲古書院，2005年。

藤井省三『中国語圏文学史』東京大学出版会，2011年。

黄錦樹／大東和重・羽田朝子・濱田麻矢・森美千代訳『夢と豚と黎明——黄錦樹作品集』台湾熱帯文学3，人文書院，2011年。

奈倉京子編著『中華世界を読む』東方書店，2020年。

〈Ⅱ---4〉

千田九一・村松一弥編『少数民族文学集』中国の革命と文学13，平凡社，1972年。

中野重治・今村与志雄編『詩・民謡集』中国の革命と文学12，平凡社，1972年。

牧田英二『中国辺境の文学——少数民族の作家と作品』同学社，1989年。

トンドゥプジャ／チベット文学研究会編訳『チベット現代文学の曙——ここにも激しく躍動する生きた心臓がある』勉誠出版，2012年。

ペマ・ツェテン／大川謙作訳『風船　ペマ・ツェテン作品集』春陽堂書店，2020年。

〈Ⅱ---5〉

陶晶孫『日本への遺書』勁草書房，1963年。

陳千武／丸川哲史訳『台湾人元日本兵の手記——小説集『生きて帰る』』明石書店，2008年。

温又柔『台湾生まれ　日本語育ち』白水Ｕブックス，2018年。

李琴峰『ポラリスが降り注ぐ夜』筑摩書房，2020年。

横山悠太『吾輩ハ猫ニナル』講談社，2014年。

〈Ⅱ-一-6〉
パール・バック／新居格訳『大地』全4冊，新潮文庫，1953-54年。
リービ英雄『大陸へ――アメリカと中国の現在を日本語で書く』岩波書店，2012年。
ハ・ジン／立石光子訳『狂気』早川書房，2004年。
イーユン・リー／篠森ゆりこ訳『さすらう者たち』河出文庫，2016年。
植木照代監修『アジア系アメリカ文学を学ぶ人のために』世界思想社，2011年。

〈Ⅱ-二-1〉
渡部武『画像が語る中国の古代』平凡社，1991年。
伊藤清司『死者の棲む楽園――古代中国の死生観』角川選書，1998年。
クレイグ・クルナス／武田雅哉訳『図像だらけの中国――明代のヴィジュアル・カルチャー』国書刊行会，2017年。
宮崎法子『花鳥・山水画を読み解く――中国絵画の意味』ちくま学芸文庫，2018年。

〈Ⅱ-二-2〉
『中国伝統音楽集成――史料としてのSP原盤復刻』日本コロムビア，1980年。
田仲一成『中国演劇史』東京大学出版会，1998年。
伊藤茂『上海の舞台』翠書房，1998年。
井口淳子『中国北方農村の口承文化――語り物の書・テキスト・パフォーマンス』風響社，1999年。
加藤徹『京劇――「政治の国」の俳優群像』中公叢書，2002年。
吉川良和『中国音楽と芸能――非文字文化の探求』創文社，2003年。
濱一衛著訳・中里見敬整理『濱一衛著訳集　中国の戯劇・京劇選』花書院，2011年。

〈Ⅱ-二-3〉
程季華主編／森川和代編訳『中国映画史』平凡社，1987年。
竹内実・佐藤忠男『中国映画が燃えている――「黄色い大地」から「青い凧」まで』朝日ソノラマ，1994年。
藤井省三『中国映画を読む本』朝日新聞社，1996年。
応雄編著『中国映画のみかた』あじあブックス，大修館書店，2010年。
佐藤信弥『戦乱中国の英雄たち――三国志，『キングダム』，宮廷美女の中国時代劇』中公新書ラクレ729，2021年。

〈Ⅱ-二-4〉
畢克官／落合茂訳『中国漫画史話』筑摩書房，1984年。
森哲郎編『抗日漫画戦史――中国漫画家たちの15年戦争』日中クリエイト，1995年。
武田雅哉『中国のマンガ〈連環画〉の世界』平凡社，2017年。

〈Ⅱ-二-5〉
山口且訓・渡辺泰／プラネット編『日本アニメーション映画史』有文社，1977年。
小野耕世『中国のアニメーション――中国美術電影発展史』平凡社，1987年。
遠藤誉『中国動漫新人類――日本のアニメと漫画が中国を動かす』日経BP社，2008年。
「アニメ　日中アニメの未来へ」『和華』第19号，アジア太平洋観光社発行，星雲社発売，2018年。
須川亜紀子・米村みゆき編著『アニメーション文化55のキーワード』世界文化シリーズ別巻3，ミネルヴァ書房，2019年。

汪寧編著『中外動漫簡史』上海動画大王文化伝媒有限公司，上海人民美術出版社，2011年。

〈Ⅱ-二-コラム3〉
今村与志雄訳『唐宋伝奇集』下，岩波文庫，1988年。
岡崎由美『漂泊のヒーロー――中国武俠小説への道』あじあブックス，大修館書店，2002年。
井波律子『中国俠客列伝』講談社学術文庫，2017年。

〈Ⅱ-三-1〉
長澤和俊訳注『法顕伝・宋雲行紀』東洋文庫194，平凡社，1971年。
酈道元／森鹿三・日比野丈夫訳『洛陽伽藍記・水経注（抄）』中国古典文学大系21，平凡社，1974年。
陸游／岩城秀夫訳『入蜀記』東洋文庫463，平凡社，1987年。
范成大／小川環樹訳『呉船録・攬轡録・驂鸞録』東洋文庫696，平凡社，2001年。
玄奘／水谷真成訳注『大唐西域記』東洋文庫653・655・657，平凡社，1999年。
慧立・彦悰／長澤和俊訳『玄奘三蔵　西域・インド紀行』講談社学術文庫，1998年。
『世界ノンフィクション全集　19』筑摩書房，1961年。＊『長春真人西遊記』（岩村忍訳）と『耶律楚材西遊録』（中野美代子訳）を収める。
『世界ノンフィクション全集　6』筑摩書房，1960年。＊『徐霞客遊記』（三木克己抄訳）を収める。

〈Ⅱ-三-2〉
『筆記小説大観』全35冊，江蘇広陵古籍刻印社，1983年。
俞樾『茶香室叢鈔』中華書局，1995年。
苗壮『筆記小説史』浙江古籍出版社，1998年。
呉自牧／梅原郁訳注『夢粱録――南宋臨安繁昌記』全3冊，東洋文庫674・676・681，平凡社，2000年。

〈Ⅱ-三-3〉
曹正文『世界偵探小説史略』上海訳文出版社，1998年。
姜維楓『近現代偵探小説作家程小青研究』中国社会科学出版社，2007年。
任翔主編『百年中国偵探小説精選』北京師範大学出版社，2012年。
樽本照雄『漢訳ホームズ論集』大阪経済大学研究叢書第52冊，汲古書院，2006年。
華斯比選編『2017年中国懸疑小説精選』長江文芸出版社，2018年。
褚盟『謀殺的魅影――世界推理小説簡史』古呉軒出版社，2011年。

〈Ⅱ-三-4〉
武田雅哉・林久之『中国科学幻想文学館』上・下，あじあブックス，大修館書店，2001年。
長山靖生『日本SF精神史――幕末・明治から戦後まで』河出ブックス，2009年。
ケン・リュウ編／中原尚哉ほか訳『折りたたみ北京――現代中国SFアンソロジー』新☆ハヤカワ・SF・シリーズ，早川書房，2018年。
ケン・リュウ編／大森望ほか訳『月の光――現代中国SFアンソロジー』新☆ハヤカワ・SF・シリーズ，早川書房，2020年。
立原透耶編『時のきざはし――現代中華SF傑作選』新紀元社，2020年。
陳楸帆／中原尚哉訳『荒潮』新☆ハヤカワ・SF・シリーズ，早川書房，2020年。

〈II-三-5〉

張恨水／飯塚朗訳『啼笑因縁』上・下，生活社，1943年。

張恨水／神谷まり子訳「上海特急（抄訳）」『中国現代文学傑作セ
　レクション――1910-40年代のモダン・通俗・戦争』勉誠出版，
　2018年。

周痩鵑／張文菁訳「レコード盤」『中国現代文学傑作セレクショ
　ン――1910-40年代のモダン・通俗・戦争』勉誠出版，2018年。

阪本ちづみ『張恨水の時空間――中国近現代大衆小説研究』勉誠
　出版，2019年。

中里見敬『中国小説の物語論的研究』汲古書院，1996年。

〈II-三-6〉

直江広治『中国の民俗学』岩崎美術社，1967年。

澤田瑞穂訳『中国の昔話』三弥井書店，1975年。

飯倉照平編訳『中国民話集』岩波文庫，1993年。

子安加余子『近代中国における民俗学の系譜――国民・民衆・知
　識人』御茶の水書房，2008年。

立石展大『日中民間説話の比較研究』汲古書院，2013年。

〈II-三-7〉

竹内真彦『最強の男――三国志を知るために』春風社，2020年。

〈II-三-8〉

漢字文献情報処理研究会編『デジタル時代の中国学リファレンス
　マニュアル』好文出版，2021年。

狩野直喜／狩野直禎校訂『漢文研究法――中国学入門講義』東洋
　文庫890，平凡社，2018年。

「中国の百科全書――〈類書〉の歴史・その活用法」『月刊しにか』
　1998年3月号，大修館書店。

佐藤信弥『中国古代史研究の最前線』星海社新書，2018年。

城谷武男／角田篤信編『沈従文「辺城」の校勘』サッポロ堂，
　2005年。

〈II-三-9〉

毛沢東／竹内好訳『文芸講話』岩波文庫，1956年。

吉田富夫・萩野脩二編『原典中国現代史第5巻　思想・文学』岩
　波書店，1994年。

魯迅芸術学院文工団集団創作／島田政雄等集団翻訳『白毛女』未
　来社，1952年。

牧陽一・松浦恆雄・川田進『中国のプロパガンダ芸術』岩波書店，
　2000年。

武田雅哉『よいこの文化大革命――紅小兵の世界』廣済堂出版，
　2003年。

〈II-三-10〉

田中従吾軒・三木愛花訳『校訂続水滸伝』博文館，1900年。＊国
　会図書館デジタルコレクション所収。

中村昂然『通俗二十一史　第6巻　通俗続三国志』早稲田大学出
　版部，1911年。＊国立国会図書館デジタルコレクション所収。

尾田玄古『通俗二十一史　第7巻　通俗続後三国志』早稲田大学
　出版部，1911年。＊国立国会図書館デジタルコレクション所収。

尾上柴舟訳『後西遊記』堀書店，1948年。＊国立国会図書館デジ
　タルコレクション所収。

陳忱／鳥居久靖訳『水滸後伝』全3冊，東洋文庫58・66・78，平
　凡社，1966年。

寺尾善雄訳『後西遊記』秀英書房，1977年。

寺尾善雄訳『後三国演義』秀英書房，1980年。

董若雨／荒井健・大平桂一訳『鏡の国の孫悟空――西遊補』東洋
　文庫700，平凡社，2002年。

周大荒／渡辺精一訳『反三国志』全2冊，講談社文庫，1994年。

竹田晃・檜垣馨二訳『緑珠伝　楊太真外伝　夷堅志　他』中国古
　典小説選7，明治書院，2007年。

後藤裕也・西川芳樹・林雅清編訳『中国古典名劇選』東方書店，
　2016年。

井上泰山・大木康・金文京・氷上正・古屋昭弘『花関索伝の研
　究』汲古書院，1989年。

林美一校訂『江戸戯作文庫　傾城水滸伝』全2冊，河出書房新社，
　1984-86年。

徳田武・神田正行「曲亭馬琴『傾城水滸伝』第〜編翻刻と影印」
　全11本，第三編-第十三編上映，江戸風雅4-14，2011-16年。

神田正行「墨川亭雪麿『傾城三国志』翻刻」全8本，（一）-（八・
　完），明治大学教養論集504・515・520・522・531・534・537，
　2015-17年。

〈II-三-11〉

伏見冲敬訳『完訳　肉蒲団』平凡社ライブラリー，2010年。

中野美代子『中国春画論序説』講談社学術文庫，2010年（旧版
　『肉麻図譜　中国春画論序説』作品社，2001年）。

太田辰夫・飯田吉郎編『中国秘籍叢刊』汲古書院，1987年。

土屋英明編訳『中国艶妖譚』徳間文庫，2005年。＊『灯草和尚』
　を収める。

土屋英明編訳『房中秘記』徳間文庫，2004年。＊『如意君伝』『痴
　婆子伝』などを収める。

土屋英明『中国艶書大全』研文出版，2018年。

土屋英明『続　中国艶書大全』研文出版，2019年。

〈II-三-12〉

武田雅哉『楊貴妃になりたかった男たち――〈衣服の妖怪〉の文
　化誌』講談社選書メチエ，2007年。

田村容子『男旦（おんながた）とモダンガール――二〇世紀中国
　における京劇の現代化』中国文庫，2019年。

石函氏（陳森）／秦浩二訳『品花宝鑑』紫書房，1952年。

張杰『断袖文編――中国古代同性恋史料集成』天津古籍出版社，
　2013年。

〈II-三-13〉

中野美代子・武田雅哉編訳『世紀末中国のかわら版――絵入新聞
　『点石斎画報』の世界』中公文庫，1999年。

相田洋『中国妖怪・鬼神図譜――清末の絵入雑誌『点石斎画報』
　で読む庶民の信仰と俗習』集広舎，2015年。

相田洋『中国生業図譜――清末の絵入雑誌『点石斎画報』で読む
　庶民の“なりわい”』集広舎，2020年。

石暁軍編著『『点石斎画報』にみる明治日本』東方書店，2004年。

武田雅哉『〈鬼子〉たちの肖像――中国人が描いた日本人』中公
　新書1815，2005年。

〈II-三-コラム5〉

佐竹靖彦『梁山泊　水滸伝・108人の豪傑たち』中公新書1058，
　1992年。

武田雅哉『猪八戒の大冒険』三省堂，1995年。

金文京『三国志演義の世界【増補版】』東方選書39，東方書店，
　2010年。

武田雅哉『西遊記――妖怪たちのカーニヴァル』慶應義塾大学出
　版会，2019年。

〈II-三-コラム6〉

阿部泰記『包公伝説の形成と展開』汲古書院，2004年。

金文京『水戸黄門「漫遊」考』講談社学術文庫，2012年。

〈Ⅱ-四-1〉

ジョー・スタンリー／竹内和世訳『女海賊大全』東洋書林，2003年。

レイモンド・ドーソン／田中正美・三石善吉・末永国明訳『ヨーロッパの中国文明観』大修館書店，1971年。

D. E. Mungello, *The Great Encounter of China and the West, 1500-1800* (Lanham: Rowman & Littlefield Publishers, 2013)

ヘンリー・リー／ベルトルト・ラウファー／尾形希和子・武田雅哉訳『スキタイの子羊』博品社，1996年。

武田雅哉『蒼頡たちの宴』ちくま学芸文庫，1998年。

高山宏『庭の綺想学──近代西欧とピクチャレスク美学』ありな書房，1995年。

Chris Murray, *China from the Ruins of Athens and Rome: Classics, Sinology, and Romanticism, 1793-1938* (Oxford: Oxford University Press, 2020)

〈Ⅱ-四-2〉

門田眞知子『クローデルと中国詩の世界』多賀出版，1998年。

川島隆『カフカの〈中国〉と同時代言説』彩流社，2010年。

野田由美意『パウル・クレーの文字絵』アルテスパブリッシング，2009年。

長谷川四郎『中国服のブレヒト』みすず書房，1973年。

範麗雅『中国芸術というユートピア』名古屋大学出版会，2018年。

富士川英郎『西東詩話』玉川大学出版部，1974年。

〈Ⅱ-四-3〉

Lan Dong, *Mulan's Legend and Legacy in China and the United States* (Philadelphia: Temple University Press, 2010)

ラフカディオ・ハーン／森亮訳『ラフカディオ・ハーン著作集』第3巻，恒文社，1981年。

平川祐弘『マッテオ・リッチ伝』全3冊，東洋文庫141・624・627，平凡社，1969-97年。

ジョゼフ・ニーダム／坂本賢三ほか訳『中国の科学と文明』第11巻，思索社，1981年。

フレデリック・ルノワール／今枝由郎・富樫瓔子訳『仏教と西洋の出会い』トランスビュー，2010年。

〈Ⅱ-四-4〉

デイヴィド・シンメルペンニンク＝ファン＝デル＝オイェ／浜田樹子訳『ロシアのオリエンタリズム』成文社，2013年。

望月哲男編著『ユーラシア地域大国の文化表象』ミネルヴァ書房，2014年。

Alexander Lukin, *The Bear Watches the Dragon: Russia's Perceptions of China and the Evolution of Russian-Chinese Relations Since the Eighteenth Century* (Routledge, 2003)

Susanna Soojung Lim, *China and Japan in the Russian Imagination, 1685-1922: To the Ends of the Orient* (Routledge, 2013)

Gilbert Rozman, *A Mirror for Socialism: Soviet Criticism of China* (Princeton: Princeton University Press, 1985)

〈Ⅱ-四-5〉

김시준（金時俊）「광복 이전 한국에서의 노신문학과 노신（光復以前の韓国における魯迅文学と魯迅）」『中国文学』第29輯，韓国中国語文学会，1998年。

김시준（金時俊）「한국에서의 중국현대문학연구 개황과 전망（韓国における中国現代文学研究の概況と展望）」『中国語文学志』第4輯，中国語文学会，1997年。

김혜준（金恵俊）「중국현대문학과 우리 말 번역──1980～1990년대를 위주로（中国現代文学と韓国語翻訳──1980～1990年代を中心に）」『中国語文論訳叢刊』第6輯，中国語文論訳学会，2000年。

金恵俊「中国現当代文学的翻訳和研究在韓国──以2000年代為主」『韓中言語文化研究』第22輯，2010年。

양세옥（梁世旭）「한국이 읽은 중국──중국 관련 국내 출판의 변화（1992-2012）（韓国が読んだ中国──中国関連国内出版の変化（1992-2012））」『中国学報』第68輯，韓国中国学会，2013年。

『日政下의 禁書33巻』『新東亜』別冊付録，1977年。

〈Ⅱ-四-6〉

川本邦衛『ベトナムの詩と歴史』文藝春秋，1967年。

阮攸／竹内與之助訳『金雲翹』講談社，1975年。

阮攸「北行雑録（附高敏軒集）」「使程諸作」『越南漢文燕行文献集成（越南所蔵編）』第10冊，復旦大学出版社，2010年。

野平宗弘「ベトナムの酒と文学──阮攸作品における酒を中心に」『バッカナリア──酒と文学の饗宴』成文社，2012年。

【映画】ダオ・バー・ソン監督『タンロンの歌姫』ベトナム，2010年。

〈Ⅱ-四-7〉

前野直彬『精講 漢文』ちくま学芸文庫，2018年。

金文京編『漢字を使った文化はどう広がっていたのか──東アジアの漢字漢文文化圏』文学通信，2021年。

齋藤希史『漢文脈と近代日本』角川ソフィア文庫，2014年。

金文京『漢文と東アジア──訓読の文化圏』岩波新書，2010年。

吉川幸次郎『古典について』講談社学術文庫，2021年。

〈Ⅱ-四-コラム9〉

井波律子訳『三国志演義』全4冊，講談社学術文庫，2014年。

中野美代子訳『西遊記』全10冊，岩波文庫，2005年。

武田雅哉『猪八戒の大冒険』三省堂，1995年。

中野美代子『西遊記の秘密──タオと煉丹術のシンボリズム』岩波現代文庫，2003年。

武田雅哉『西遊記──妖怪たちのカーニヴァル』慶應義塾大学出版会，2019年。

■歴史・文化年表■

時　　　代		歴　　史	文　　化
春秋	殷 西周 東周	前1100頃　周の武王，殷の紂を討ち即位 前770　平王，洛邑に遷都 前484　呉の伍子胥自害	前1300頃　甲骨文字あらわれる 前481　獲麟の年（『春秋』の記事終わる）
戦国		前479　孔子没 前453　韓・魏・趙が晋の智氏を滅ぼし，戦国時 　　　代はじまる 前359　秦，商鞅の改革 前290頃　荘子没 前256　秦，周を滅ぼす	
	秦	前221　始皇帝，中国を統一	前221　文字の統一 前213　医薬・農業・卜占以外の書物が焼かれる 　　　（焚書） 前212　咸陽で数百名の儒者が埋められる（坑儒）
	前漢	前210　始皇帝没 前206　秦滅亡 前202　項羽が敗れ，劉邦が皇帝に即位 前139　張騫，西域に出発 前110　武帝，泰山で封禅をおこなう 前99　李陵，匈奴に降伏 前98　司馬遷，宮刑	
	新 後漢	8　王莽，漢を簒奪，新を建国 25　劉秀，漢を再興（後漢）	67頃　仏教伝来 80　班固『漢書』ほぼ完成 100　許慎『説文解字』成立
	三国 （魏・ 呉・蜀） 西晋	184　黄巾の乱 208　赤壁の戦いで曹操大敗，三国鼎立 220　魏の曹丕，即位。後漢滅亡。これより三国 　　　時代 263　蜀滅亡 265　司馬炎，魏を滅ぼし，西晋を建国	284　陳寿『三国志』成立
五胡十 六国		304　北方で五胡十六国時代始まる	
	東晋	317　司馬睿，即位。東晋を建国	353　敦煌石窟の開削はじまる 399　法顕，インドに向かう

時　代		歴　史	文　化
北魏	宋	420 劉裕，東晋を滅ぼし，宋を建国。南朝のはじまり	
		439 北魏，華北を統一	
	斉	479 蕭道成，宋を滅ぼし，斉を建国	492 沈約『宋書』ほぼ完成
東魏・西魏北斉北周	梁	502 蕭衍，斉を滅ぼし，梁を建国	
		534 北魏，東西に分裂	534 宮体詩の流行
		550 高洋，東魏を滅ぼし，北斉を建国	
		557 西魏滅び，北周おこる	
	陳	陳覇先，梁を滅ぼし，陳を建国	
	隋	581 楊堅，北周を滅ぼし，隋を建国	
		589 隋の文帝，陳を滅ぼし南北統一	
		598頃 隋で科挙制度を創設	
	唐	618 隋滅び，李淵が即位。唐王朝の成立	601 陸法言らの韻書『切韻』成立
		626 李世民即位。貞観の治	
		645 玄奘，西域より帰国	646 玄奘『大唐西域記』成立
		690 則天武后，帝位につき国を周とする	690頃 律詩の確立
		705 国号を唐に復す	
		712 玄宗即位。開元の治	
		745 楊太真，貴妃となる	741 道教を奨励
		755 安禄山の乱	
		756 玄宗，蜀に亡命	
			805頃 韓愈・柳宗元らによる古文運動おこる
		845 武宗，仏教を弾圧	白居易・元稹らを中心に伝奇小説が盛んになる
	五代十国	907 朱全忠，唐を滅ぼし，後梁を建国	
	北宋	960 趙匡胤，後周を滅ぼし，北宋王朝が成立	
			978 李昉らによる類書『太平広記』成立
			984 李昉らによる類書『太平御覧』成立
		1004 遼と北宋との間に「澶淵の盟」結ばれる	
			1060 欧陽脩らによる『新唐書』成立
			この頃，雑劇の流行
		1115 金，建国	この頃，金で諸宮調の流行
	南宋	1127 金軍により首都開封陥落，北宋滅亡	
		1142 金と南宋との間に「紹興の和議」結ばれる	
		1206 チンギス・ハン即位。モンゴル帝国の成立	
		1234 モンゴル，金を滅ぼす	
		1260 フビライ・ハン即位	
		1275 マルコ・ポーロ，元に至る	
	元	1279 フビライ，南宋を滅ぼし，元が中国を統一	
			1300頃 元雑劇（元曲）の隆盛
			1314 元の建国当初に中止された科挙の再開
			1330頃 南宋を起源とする南戯の復興
		1351 紅巾の乱	

時　代		歴　史	文　化
	明	1368 朱元璋，元を滅ぼし，明王朝が成立	
			1369 宋濂らによる『元史』編纂
			1373 科挙の中止
			1384 科挙の再開
		1405 鄭和の航海（西洋下り）はじまる	
			1408 類書『永楽大典』完成
		1421 南京から北京へ遷都	
			1465頃 八股文が科挙の答案作成に用いられるようになる
			1541頃 魏良輔らによる崑曲の創始
		1601 マテオ・リッチ，北京に至る	
			1616 臧懋循『元曲選』出版
		1629 李自成の反乱	
		1636 後金，国号を清と改める	
		1642 チベットにダライ・ラマ政権成立	
		1644 李自成，明を滅ぼす	
	清	清，李自成を破り，順治帝即位	
		1661 鄭成功，台湾に拠る	
		1689 清とロシアとの間に「ネルチンスク条約」締結	康熙より乾隆頃まで「文字の獄」が苛烈になる
			1707 『全唐詩』成立
		1723 キリスト教布教の禁止	1725 『古今図書集成』成立
			1739 『明史』刊行
			1782 紀昀らの編纂による『四庫全書』成立
		1793 イギリス使節マカートニー，北京に至る	
		1796 白蓮教徒の乱おこる	
			1814 『全唐文』成立
		1840 アヘン戦争はじまる	
		1842 南京条約，香港をイギリスに割譲	
		1845 イギリス，上海租界を設置	
		1851 太平天国の乱おこる	
		1856 第二次アヘン戦争（アロー号事件）	
		1858 天津条約，アイグン条約の締結	
		1860 英仏連合軍の北京侵入，北京条約	
		1861 西太后，北京政府を掌握する	1861 英国の宣教師レッグによる四書五経の英訳
		1864 曽国藩，太平天国の乱を平定	
			1867 江南製造局に翻訳館設立，西洋の科学書の翻訳はじまる
			1872 容閎，留学生を率いて渡米
		1884 清仏戦争勃発	
		1894 日清戦争勃発	
		1895 日本軍，台北占領，台湾総督府設置	
		1898 康有為らの戊戌の変法おこる	1898 厳復訳『天演論』（ハックスレー『進化と倫理』）
		1900 義和団事件おこる	1899 河南省安陽県で甲骨文字発見
			林紓訳『巴黎茶花女遺事』（デュマ・フィス『椿姫』）

時　代	歴　史	文　化
中華民国	1905 科挙廃止	この頃，敦煌文書発見される
		1907 スタイン，ペリオら西域を探検調査
	1908 光緒帝没，西太后没	
	1911 辛亥革命おこる，清朝崩壊，孫文が臨時大総統に選ばれる	1911「統一国語辦法案」通過，「国音」の基準を決める
	1912 清滅び，中華民国が成立	1912 太陽暦の採用
	袁世凱が臨時大総統に就任	この頃，「鴛鴦蝴蝶派」小説の流行
	1914 第一次世界大戦勃発	
	1915 日本，対華二一カ条要求	1915 陳独秀『青年雑誌』（翌年『新青年』と改名）創刊
	1916 袁世凱没，軍閥の専横	1917 文学革命運動おこる
		1918「注音字母表」公布される
	1919 五四新文化運動おこる	
	1921 中国共産党第一回大会	
	1924 第一次国共合作	
	1925 孫文没	
	1926 国民革命軍，北伐開始	
	1928 日本軍，張作霖を爆殺	1928 国語ローマ字公布される
	北京，北平と改名	1930 左翼作家聯盟の結成
	1931 満洲事変	
	中華ソビエト共和国臨時政府成立	
	1932 上海事変	
	「満洲国」建国	
	1934 中国共産党および紅軍，長征を開始	
	1936 西安事変	
	1937 盧溝橋事件，日中戦争はじまる	1937 皇民化運動（台湾）
	第二次国共合作	1938 魯迅芸術学院成立（延安）
	1938 国民政府，重慶に遷都	西南連合大学成立（昆明）
	1939 第二次世界大戦勃発	
	1941 太平洋戦争勃発	
		1942 延安文芸座談会の開催
	1945 第二次世界大戦終結	
	1946 国共内戦，全面化する	
	1947 二・二八事件おこる（台湾）	
中華人民共和国	1949 中華人民共和国成立	1949 中華全国文学者工作協会（のちに中国作家協会に改名）成立
	1950 朝鮮戦争勃発	
	1953 第一次五ヵ年計画はじまる	
	1955 毛沢東，農業集団化を提唱	1955 胡風批判
	1957 反右派闘争	
	1958 大躍進，人民公社化はじまる	1958「漢語拼音方案」批准される
	1959 チベット蜂起	
	ダライ・ラマ14世，インド北部ダラムサラへ亡命	
	1961 整風運動	
	1966 文化大革命はじまる	
		1967「革命模範劇」の北京上演

時　代	歴　史	文　化
		1968 知識青年の「下放」運動盛んになる
	1969 中ソ軍事衝突	
	1971 林彪事件	
	1971 国連の代表権が台湾の中華民国から中華人民共和国に移る	
	1972 アメリカ大統領ニクソン訪中	1972 長沙の馬王堆漢墓，発掘される
	日中国交正常化	
	1975 蔣介石没	
	1976 周恩来没，第一次天安門事件	
	唐山大地震	
	毛沢東没	1977 文化大革命で打倒された人々の名誉回復
	毛沢東夫人江青ら四人組の逮捕	
	1978 鄧小平による改革開放政策はじまる	1978 反右派闘争で右派とされた人々の名誉回復
	1979 中越戦争勃発	
	計画出産の導入	
	1983 精神汚染追放運動が展開される	
	1989 第二次天安門事件（六四）	1989 ダライ・ラマ14世，ノーベル平和賞受賞
	1992 鄧小平，南巡講和	
	改革開放再推進を指示	
	1997 鄧小平没	
	香港返還	2000 高行健，ノーベル文学賞受賞
	2001 中国が世界貿易機関（WTO）に正式加盟	
	2002 広東省で重症急性呼吸器症候群（SARS）の症例報告，翌年にかけて流行	
	2008 四川大地震	
	北京オリンピック開催	
	2010 尖閣諸島中国漁船衝突事件	2010 「零八憲章」の起草者，劉暁波が獄中でノーベル平和賞受賞
	2012 習近平が中国共産党中央委員会総書記に就任，翌年国家主席となる	2012 莫言，ノーベル文学賞受賞
	2015 計画出産法の改正案採択，第二子までの出産が合法となる	
	2019 湖北省武漢市で新型コロナウイルス感染症（COVID-19）の症例報告，翌年にかけて流行	
	2020 中華人民共和国香港特別行政区国家安全維持法（国安法）施行	

■ 事 項 索 引 ■

・太字は項目見出しであることを示す。

・原則として，人名に続けてその作品名を列記している。また，太字は見出し項目であることを示す。

阿井幸作 （あい・こうさく）
華文ミステリー評論家

泉　京鹿 （いずみ・きょうか）
翻訳家

上原かおり （うえはら・かおり）
フェリス女学院大学国際交流学部准教授

上原究一 （うえはら・きゅういち）
東京大学東洋文化研究所准教授

呉　明熙 （お・みょんひ）
北海道大学大学院文学研究院専門研究員

及川　茜 （おいかわ・あかね）
無所属

大平桂一 （おおだいら・けいいち）
大阪府立大学名誉教授

大谷通順 （おおたに・みちより）
北海学園大学人文学部教授

＊加部勇一郎 （かべ・ゆういちろう）
奥付編著者紹介参照

釜谷武志 （かまたに・たけし）
神戸大学名誉教授

越野　剛 （こしの・ごう）
慶應義塾大学文学部准教授

齊藤大紀 （さいとう・ひろき）
富山大学人文学部教授

佐々木睦 （ささき・まこと）
東京都立大学人文社会学部教授

高橋　俊 （たかはし・しゅん）
高知大学人文社会科学部教授

瀧下彩子 （たきした・さえこ）
公益財団法人東洋文庫研究員

＊武田雅哉 （たけだ・まさや）
奥付編著者紹介参照

田村加代子 （たむら・かよこ）
名古屋大学大学院人文学研究科准教授

田村祐之 （たむら・ひろゆき）
姫路獨協大学人間社会学群教授

＊田村容子 （たむら・ようこ）
奥付編著者紹介参照

中根研一 （なかね・けんいち）
北海学園大学法学部教授

中野　徹 （なかの・とおる）
近畿大学文芸学部准教授

野平宗弘 （のひら・むねひろ）
東京外国語大学総合国際学研究院准教授

橋本順光 （はしもと・よりみつ）
大阪大学大学院人文学研究科教授

濱田麻矢 （はまだ・まや）
神戸大学大学院人文学研究科教授

林　香奈 （はやし・かな）
京都府立大学文学部教授

日野杉匡大 （ひのすぎ・ただひろ）
北海学園大学非常勤講師

藤井得弘 （ふじい・とくひろ）
北海道大学大学院文学院専門研究員

松浦恆雄 （まつうら・つねお）
大阪市立大学大学院文学研究科教授

山田大輔 （やまだ・だいすけ）
北海道大学大学院文学院専門研究員

《編著者紹介》

武田雅哉（たけだ・まさや／1958年生まれ）

北海道大学名誉教授

『西遊記——妖怪たちのカーニヴァル』（慶應義塾大学出版会，2019年）

『中国飛翔文学誌——空を飛びたかった綺態な人たちにまつわる十五の夜噺』（人文書院，2017年）

『中国のマンガ〈連環画〉の世界』（平凡社，2017年）

『万里の長城は月から見えるの？』（講談社，2011年）

クレイグ・クルナス『図像だらけの中国——明代のヴィジュアル・カルチャー』（国書刊行会，2017年）

加部勇一郎（かべ・ゆういちろう／1973年生まれ）

立命館大学食マネジメント学部准教授

「新中国の武松たち——「虎退治」の物語を読む」（『連環画研究』第10号，2021年）

『清代小説『鏡花縁』を読む——一九世紀の音韻学者が紡いだ諧謔と遊戯の物語』（北海道大学出版会，2019年）

『中華生活文化誌（ドラゴン解剖学・竜の生態の巻）』（第４章「聞く——爆竹・コオロギ・物売りの声」）（中国モダニズム研究会，関西学院大学出版会，2018年）

『中国文化　55のキーワード』（武田雅哉・田村容子との共編著，ミネルヴァ書房，2016年）

田村容子（たむら・ようこ／1975年生まれ）

北海道大学大学院文学研究院准教授

『男旦（おんながた）とモダンガール——二〇世紀中国における京劇の現代化』（中国文庫，2019年）

「「救国の妓女」を描く中国映画——社会主義文化における女性の身体と国家の想像」（越野剛・高山陽子編著『紅い戦争のメモリー・スケープ——旧ソ連・東欧・中国・ベトナム』所収，北海道大学出版会，2019年）

武田雅哉編『ゆれるおっぱい，ふくらむおっぱい　乳房の図像と記憶』（「男旦（おんながた）が脱ぐとき——纏足・柳腰・幻の乳房」ほか分担執筆，岩波書店，2018年）

『中国文化　55のキーワード』（武田雅哉・加部勇一郎との共編著，ミネルヴァ書房，2016年）

シリーズ・世界の文学をひらく④
中国文学をつまみ食い
——『詩経』から『三体』まで——

2022年 2 月25日　初版第 1 刷発行　　　　〈検印省略〉
2022年11月20日　初版第 2 刷発行
定価はカバーに
表示しています

編著者　　武　田　雅　哉
　　　　　加　部　勇一郎
　　　　　田　村　容　子
発行者　　杉　田　啓　三
印刷者　　田　中　雅　博

発行所　株式会社　ミネルヴァ書房
〒607-8494　京都市山科区日ノ岡堤谷町 1
電話代表　（075）581-5191
振替口座　01020-0-8076

ISBN978-4-623-09283-3
Printed in Japan

シリーズ・世界の文学をひらく ──────────

① ドイツ文学の道しるべ　　　　　　　　　　　畠山寛・吉中俊貴・岡本和子編著　　B 5 判・268頁
　　● ニーベルンゲンから多和田葉子まで　　　　　　　　　　　　　　　　　　　　本　体 2800円

② フランス文学の楽しみかた　　　　　　　　　永井敦子・畠山達・黒岩卓編著　　B 5 判・258頁
　　● ウェルギリウスからル・クレジオまで　　　　　　　　　　　　　　　　　　　本　体 2800円

③ 深まりゆくアメリカ文学　　　　　　　　　　竹内理矢・山本洋平編著　　　　　B 5 判・256頁
　　● 源流と展開　　　　　　　　　　　　　　　　　　　　　　　　　　　　　　　本　体 2800円

④ 中国文学をつまみ食い　　　　　　　　武田雅哉・加部勇一郎・田村容子編著　　B 5 判・266頁
　　● 『詩経』から『三体』まで　　　　　　　　　　　　　　　　　　　　　　　　本　体 2800円

⑤ 日本文学の見取り図　　　　千葉一幹・西川貴子・松田浩・中丸貴史編著　　　B 5 判・266頁
　　● 宮崎駿から古事記まで　　　　　　　　　　　　　　　　　　　　　　　　　　本　体 2800円

⑥ ロシア文学からの旅　　　　　　　　　　中村唯史・坂庭淳史・小椋彩編著　　　B 5 判・256頁
　　● 交錯する人と言葉　　　　　　　　　　　　　　　　　　　　　　　　　　　　本　体 2800円

──────────

中国文化 55のキーワード　　　　　　　　武田雅哉・加部勇一郎・田村容子編著　　A 5 判・298頁
　　　　　　　　　　　　　　　　　　　　　　　　　　　　　　　　　　　　　　　本　体 2500円

テーマで読み解く中国の文化　　　　　　　　　　　　　　　湯浅邦弘編著　　　　A 5 判・440頁
　　　　　　　　　　　　　　　　　　　　　　　　　　　　　　　　　　　　　　　本　体 3500円

よくわかる中国思想　　　　　　　　　　　　　　　　　　　湯浅邦弘編著　　　　B 5 判・212頁
　　　　　　　　　　　　　　　　　　　　　　　　　　　　　　　　　　　　　　　本　体 2800円

中国思想基本用語集　　　　　　　　　　　　　　　　　　　湯浅邦弘編著　　　　四六判・384頁
　　　　　　　　　　　　　　　　　　　　　　　　　　　　　　　　　　　　　　　本　体 2500円

教養としての中国古典　　　　　　　　　　　　　　　　　　湯浅邦弘編著　　　　A 5 判・364頁
　　　　　　　　　　　　　　　　　　　　　　　　　　　　　　　　　　　　　　　本　体 3000円

教養の中国史　　　　　　　　　　　　　　　　　　　津田資久・井ノ口哲也編著　　A 5 判・372頁
　　　　　　　　　　　　　　　　　　　　　　　　　　　　　　　　　　　　　　　本　体 2800円